Elizabeth George

Née aux États-Unis dans l'Ohio, Elizabeth George est diplômée de littérature anglaise et de psychopédagogie. Elle a enseigné l'anglais pendant treize ans avant de publier *Enquête dans le brouillard,* qui a obtenu le grand prix de Littérature policière en 1990 et l'a imposée d'emblée comme un grand nom du roman « à l'anglaise ». Dans ce premier livre apparaît le duo explosif composé du très aristocratique Thomas Lynley, éminent membre de Scotland Yard, et de son acolyte Barbara Havers, qui évoluera au fil d'une quinzaine d'ouvrages ultérieurs, parmi lesquels *Sans l'ombre d'un témoin* (2005), *Anatomie d'un crime* (2007), *Le Rouge du péché* (2008), *Le Cortège de la mort* (2010) ou *La Ronde des mensonges* (2012), tous parus aux Presses de la Cité. En 2009, elle a publié un recueil de nouvelles, *Mortels péchés*. En 2013 paraît *Saratoga Woods*, premier livre de la série *The Edge of nowhere* mettant en scène la jeune Becca King, suivi de *L'Île de Nera* (2013) et des *Flammes de Whidbey* (2015). Dans *Juste une mauvaise action* (Presses de la Cité, 2014), Elizabeth George renoue avec les enquêtes de Thomas Lynley et Barbara Havers. Ont paru en 2016 *Une avalanche de conséquences*, publié aux Presses de la Cité, et *L'Étrange talent de Janet Shore* aux éditions Ombres noires.

Retrouvez toute l'actualité de l'auteur sur :
www.elizabethgeorgeonline.com

JUSTE
UNE MAUVAISE ACTION

DU MÊME AUTEUR
CHEZ POCKET

LES ENQUÊTES DE BARBARA HAVERS & THOMAS LYNLEY

ENQUÊTE DANS LE BROUILLARD
LE LIEU DU CRIME
CÉRÉMONIES BARBARES
UNE DOUCE VENGEANCE
POUR SOLDE DE TOUT COMPTE
MAL D'ENFANT
UN GOÛT DE CENDRES
LE VISAGE DE L'ENNEMI
LE MEURTRE DE LA FALAISE
UNE PATIENCE D'ANGE
MÉMOIRE INFIDÈLE
SANS L'OMBRE D'UN TÉMOIN
ANATOMIE D'UN CRIME
LE ROUGE DU PÉCHÉ
LE CORTÈGE DE LA MORT
LA RONDE DES MENSONGES
JUSTE UNE MAUVAISE ACTION

LES ENQUÊTES DE SIMON & DEBORAH SAINT-JAMES

UN NID DE MENSONGES

LES ENQUÊTES DE BECCA KING

SARATOGA WOODS
L'ÎLE DE NERA

NOUVELLES

UN PETIT RECONSTITUANT

ELIZABETH GEORGE PRÉSENTE

LES REINES DU CRIME
MORTELS PÉCHÉS

ELIZABETH GEORGE

JUSTE UNE MAUVAISE ACTION

*Traduit de l'anglais (États-Unis)
par Isabelle Chapman*

Titre original :
JUST ONE EVIL ACT

Pocket, une marque d'Univers Poche,
est un éditeur qui s'engage pour la préservation
de son environnement et qui utilise du papier fabriqué
à partir de bois provenant de forêts gérées
de manière responsable.

Le Code de la propriété intellectuelle n'autorisant, aux termes de l'article L. 122-5, 2° et 3° a, d'une part, que les « copies ou reproductions strictement réservées à l'usage privé du copiste et non destinées à une utilisation collective » et, d'autre part, que les analyses et les courtes citations dans un but d'exemple et d'illustration, « toute représentation ou reproduction intégrale ou partielle faite sans le consentement de l'auteur ou de ses ayants droit ou ayants cause est illicite » (art. L. 122-4).
Cette représentation ou reproduction, par quelque procédé que ce soit, constituerait donc une contrefaçon, sanctionnée par les articles L. 335-2 et suivants du Code de la propriété intellectuelle.

© Susan Elizabeth George, 2013

© Presses de la Cité, un département de place des éditeurs, 2014
pour la traduction française
ISBN 978-2-266-26015-2

*A Susan Berner,
merveilleuse amie,
modèle entre toutes,
et ma formidable lectrice
depuis vingt-cinq ans*

« Le monde reste dupe des ornements.
Au tribunal, le plaidoyer le plus retors et corrompu,
Porté par la grâce d'une belle voix,
N'occulte-t-il pas la substance du mal ? »

Le Marchand de Venise,
William SHAKESPEARE

15 novembre

Earls Court
Londres

Thomas Lynley n'aurait jamais imaginé se retrouver un jour assis sur un siège en plastique de Brompton Hall au milieu d'une foule braillarde de plus de deux cents personnes portant des tenues qu'il fallait bien qualifier… d'oripeaux. De la musique crispante se déversait de haut-parleurs grands comme des blocs d'immeubles de Miami Beach. Le snack ne désemplissait pas, écoulant à flots continus hot dogs, pop-corn, bière et sodas. Périodiquement, une présentatrice annonçait les points et les pénalités en hurlant d'une voix suraiguë pour se faire entendre. Mais surtout, dix femmes casquées et juchées sur des patins à roulettes tournaient à toute allure sur une piste plate délimitée par des bandes adhésives sur le sol en béton.

En principe, il assistait à une simple démonstration, dont le but était d'initier le bon peuple aux subtilités du roller derby féminin. Cela dit, les joueuses n'avaient pas l'air au courant, vu le sérieux avec lequel elles se jetaient les unes sur les autres.

Elles portaient toutes un nom pour le moins étrange, qui légendait leurs photos patibulaires à souhait, imprimées sur le programme distribué aux spectateurs à l'entrée. Lynley n'avait pas manqué de manifester par des gloussements son amusement à la lecture de ces noms guerriers : Killeuse, Rita la Faucheuse, Coups et Blessures...

S'il était là, c'était pour une seule patineuse, la dénommée Kickarse Electra, autrement dit : Electra-coups-de-pied-au-cul. Elle ne faisait pas partie de l'équipe locale – les Electric Magic de Londres –, mais de celle de Bristol, un groupe au look déjanté qui sévissait sous le nom des Boadicea's Broads[1]. Derrière le pseudo de Kickarse se cachait Daidre Trahair, une vétérinaire pour gros animaux attachée au jardin zoologique de Bristol. Elle ne se doutait même pas de la présence de Lynley parmi le public déchaîné. D'ailleurs, celui-ci hésitait encore à se faire connaître. Pour l'heure, il fonctionnait à vue.

N'ayant pas eu le courage de s'aventurer seul dans ce monde inconnu, il avait emmené un compagnon. Charlie Denton avait accepté de participer à cette expédition aussi éducative que divertissante au palais des expositions d'Earls Court. Lynley l'apercevait un peu plus loin en train de jouer des coudes dans la cohue devant le snack.

Charlie s'était éloigné en lui lançant :

« C'est moi qui régale, *my lord*... monsieur. »

Cette correction hâtive avait de quoi surprendre de la part d'un homme depuis sept ans au service de Thomas Lynley. Charlie Denton, en effet, quand il ne s'adonnait

---

1. Filles de Boadicée : reine du peuple britto-romain au Ier siècle après J.-C.

pas à sa passion pour le théâtre en courant les auditions dans le Grand Londres, était le valet de chambre, le cuisinier, l'aide de camp, bref le factotum de Lynley. Il avait réussi jusqu'ici à décrocher le rôle de Fortinbras[1] dans un théâtre d'avant-garde du nord de Londres, mais le West End[2], c'était une autre paire de manches. Il persévérait dans cette double vie, tambour battant, persuadé envers et contre tout que le succès était au coin de la rue.

Leur petite virée en tout cas l'amusait, c'était certain. Lynley le voyait à son air alors qu'il regagnait, un plateau en carton entre les mains, la rangée où ils avaient pris place.

— Des nachos, précisa Charlie tandis que Lynley fronçait les sourcils devant ce qui ressemblait à une coulée de lave orangée sortant d'une montagne de chips de maïs. Votre hot dog est accompagné de moutarde, d'oignons et de cornichons. Le ketchup n'avait pas bonne mine, je l'ai abandonné à son triste sort, mais la bière est bonne. Vous pouvez y aller, monsieur.

Une lueur de malice brillait-elle dans ses yeux ou était-ce le reflet de l'éclairage sur les verres de ses lunettes rondes ? Non seulement il mettait au défi Lynley de refuser ce repas qui lui était offert et de révéler sa vraie nature, mais il était surtout enchanté de voir son patron obligé de faire copain-copain avec un mec au ventre flasque qui retombait sur son jean baggy et aux dreadlocks qui lui dégoulinaient dans le dos. Cet individu s'était rendu indispensable pour la

---

1. Dans *Hamlet*, de William Shakespeare, personnage qui n'apparaît qu'à la fin de la pièce.
2. Quartier central de la capitale où sont donnés tous les plus grands spectacles.

compréhension de ce que Lynley et Denton avaient sous les yeux. Il s'appelait Steve-o, et s'il ignorait une chose à propos du roller derby féminin sur piste plate, eh bien, c'est que cette chose n'avait absolument aucun intérêt.

Steve-o les avait informés d'un ton joyeux qu'il était à la colle avec Flaming Aggro. En plus, Soob – sa sœur – faisait partie des *cheerleaders* du cru, des filles qui avaient pris place un peu trop près d'eux au goût de Lynley, leurs vociférations rajoutant une sérieuse couche à la cacophonie ambiante. Vêtues de noir, avec des touches de rose bonbon sous la forme de tutus, d'accessoires pour cheveux, de chaussettes montantes ou de gilets, elles paraissaient ne pas savoir hurler autre chose que « Cassez-les, les filles ! » en agitant des pompons rose et argent.

— Quel sport, pas vrai ? lâcha Steve-o pour la énième fois, tandis que l'équipe des Electric Magic engrangeait les points sur le tableau d'affichage. C'est Mortelle Digitale qui rafle tout. Tant qu'elle se prend pas de pénalités, on est bons, mon pote…

Il se leva d'un bond en criant à sa petite amie qui passait en trombe au centre de la meute :

— Vas-y, Aggro, fonce !

Lynley hésitait à avouer à Steve-o qu'il était un supporter des Boadicea's Broads. Le hasard les avait placés, Charlie Denton et lui, parmi les fans des Electric Magic. Ceux de l'équipe adverse se trouvaient de l'autre côté de la piste ovale et gueulaient en cadence sous la direction de leurs propres meneuses, elles aussi tout en noir, mais avec des touches de rouge, et elles faisaient la claque de manière plus professionnelle. Elles effectuaient une drôle de danse ponctuée de coups de pied d'une vigueur peu commune.

C'était le genre d'événement qui aurait dû horrifier Thomas Lynley. Si son père avait été là – forcément tiré à quatre épingles avec une décoration à la boutonnière, au cas où quelqu'un aurait mis en doute son statut dans la société –, il serait parti au bout de cinq minutes. Ou alors il aurait eu une syncope à la vue de ces folles furieuses à roulettes, ou encore un coup de sang en entendant l'accent populaire de Steve-o. Mais son père était depuis longtemps dans sa tombe, et Lynley à force de sourire depuis le début de la soirée en avait mal aux joues.

C'était fou ce qu'il avait appris en se rendant à l'invitation d'un prospectus arrivé quelques jours plus tôt dans sa boîte aux lettres. Il avait très vite découvert qu'il ne fallait pas quitter des yeux la jammeuse, reconnaissable à son couvre-casque à deux étoiles. Ce n'étaient pas obligatoirement les mêmes qui occupaient cette position, le couvre-casque à étoiles passait d'une joueuse à l'autre entre les jams. Toujours est-il que c'était elle, la jammeuse, qui marquait les points et faisait progresser le score lorsque, à la suite d'actions illégales, celle de l'équipe adverse était envoyée sur le banc des pénalités. Il avait compris le but du jeu et, grâce à Steve-o, savait ce que cela signifiait quand la jammeuse se levait de sa posture accroupie et mettait ses mains sur ses hanches. Il ne voyait toujours pas très bien ce que venaient faire là-dedans les pivots, même s'il les reconnaissait à leurs couvre-casques rayés, mais il commençait à saisir que le roller derby était un sport de stratégie et d'habileté.

En fait, pendant cette confrontation Londres-Bristol, celle qu'il n'avait guère quitté des yeux était Kickarse Electra. Une sacrée jammeuse ! Elle se démenait avec agressivité, à croire qu'elle était née sur des patins.

Lynley n'aurait pas cru ça de la vétérinaire effacée et réfléchie dont il avait fait la connaissance sept mois plus tôt en Cornouailles[1]. Il savait déjà qu'elle était imbattable aux fléchettes. Mais il ne l'aurait jamais imaginée pratiquant une telle activité…

Le plaisir qu'il prenait à ce spectacle débridé ne fut interrompu qu'une seule fois. Sentant son téléphone vibrer dans sa poche, il le sortit pour voir qui l'appelait. Sans doute la Met[2] qui réclamait sa présence, se dit-il en voyant s'afficher le nom de sa coéquipière, le sergent Barbara Havers. Comme elle lui téléphonait de son domicile et non avec son portable, il en déduisit que ce n'était sûrement rien de grave.

Il prit l'appel, mais le tapage était tel qu'il n'entendait rien. Il cria qu'il la contacterait dès que possible puis glissa le téléphone dans sa poche et oublia aussitôt l'incident.

Vingt minutes plus tard, les Electric Magic remportèrent le match. Les deux équipes de patineuses se congratulèrent. Puis elles se mêlèrent au public, rejointes par les *cheerleaders* des deux camps et par les arbitres, et tout ce petit monde se mit à jacasser à qui mieux mieux. Personne n'avait l'air pressé de partir, ce qui arrangeait tout à fait Lynley.

Il se tourna vers Denton.

— Ne m'appelez pas monsieur.

— Pardon ?

— Nous sommes deux amis. Des camarades d'école par exemple. Vous pouvez faire ça, non ?

— Quoi ? Comme si j'avais été à Eton ?

---

1. *Le Rouge du péché* (même auteur, même éditeur ; Pocket n° 14012).
2. Pour « Metropolitan Police Service », la police du Grand Londres.

— Je suis sûr que c'est dans vos cordes, Charlie. Appelez-moi Thomas, ou Tommy, comme vous voudrez.

Les yeux ronds de Denton s'arrondirent encore plus derrière ses lunettes.

— Vous voulez que je... Mais je n'y arriverai jamais !

— Charlie, vous êtes un comédien, oui ou non ? C'est le moment de rafler le rôle. Je ne suis pas votre patron, et vous n'êtes pas à mon service. Nous allons parler à quelqu'un, et vous vous comporterez comme un ami de longue date. Considérez ça comme...

Il chercha le terme exact.

— ... une impro.

Le visage de Charlie s'éclaira.

— Je le fais avec... « la Voix » ?

Il parlait de l'accent particulièrement distingué de Thomas Lynley.

— S'il le faut. Venez avec moi.

Ils s'approchèrent de Kickarse Electra, en grande conversation avec Lise La Tour Penchée, de l'équipe adverse, une impressionnante amazone qui devait bien mesurer près de deux mètres du haut de ses patins. Elle était d'autant plus impressionnante que sa stature tranchait avec celle de Kickarse Electra, laquelle, même hissée sur ses roulettes, faisait trente centimètres de moins.

Lise La Tour Penchée fut la première à remarquer les deux hommes.

— Vous deux, on vous a jamais dit que vous aviez des gueules d'amour ? Je prends le plus petit.

Elle roula jusqu'à Charlie Denton, enlaça d'un bras ses épaules puis l'embrassa sur la tempe. Il devint aussi rouge qu'une tomate bien mûre.

Daidre Trahair se retourna. Elle avait ôté son casque et relevé sur le haut du crâne ses lunettes de protection en plastique qui retenaient les mèches de cheveux blonds échappées de sa natte. Ses lunettes de vue étaient obscurcies par la crasse – ce qui ne la rendait pas aveugle pour autant, constata Lynley en la voyant piquer un fard tandis que leurs regards se croisaient. Enfin, c'est ce qu'il pensait parvenir à distinguer à travers l'épaisse couche de maquillage qu'elle arborait. Comme celui des autres joueuses, son visage était couvert d'une sorte de peinture de guerre, composée principalement de paillettes et d'éclairs.

— Mon Dieu ! s'exclama-t-elle.

— J'ai déjà entendu pire, lâcha-t-il en brandissant le prospectus. Nous nous sommes dit que ce serait une bonne idée de venir nous instruire. C'était magnifique. Nous avons beaucoup aimé.

— C'est votre première fois ? s'enquit Lise.

— Tout à fait, confirma Lynley, avant de se tourner de nouveau vers Daidre. Vous avez plus de cordes à votre arc que vous ne me l'aviez laissé croire. Vous avez autant de talent à ce sport qu'aux fléchettes.

Le visage de Daidre devint carrément écarlate.

— Tu connais vraiment ces mecs ? s'étonna sa copine.

— Lui, je le connais, émit faiblement Daidre.

Lynley tendit la main à la dénommée Tour Penchée de Lise.

— Thomas Lynley, se présenta-t-il. Et vous avez le bras autour des épaules de mon ami Charlie Denton.

— Charlie, répéta la jeune femme. Il est affreusement mignon. Est-ce que tu es aussi charmant que tu en as l'air, Charlie ?

— Je pense que oui, répondit Lynley à sa place.

— Et il est branché sur les grandes ?
— Il n'est pas très difficile.
— Pas très bavard non plus, hein ?
— Vous êtes peut-être trop impressionnante pour lui.
— Ah, c'est toujours comme ça.

Avec un éclat de rire et un deuxième baiser sonore sur la tempe, Lise relâcha Denton.

— Si tu changes d'avis, tu sais où me trouver, conclut-elle en s'éloignant sur ses roulettes pour rejoindre ses copines.

Daidre Trahair avait manifestement profité de cet interlude pour reprendre ses esprits.

— Thomas, dit-elle. Je n'aurais jamais cru vous voir un jour à un match de roller derby.

Puis elle se tourna vers Charlie Denton et lui tendit la main.

— Charlie, je suis Daidre Trahair. Qu'avez-vous pensé du match ? lança-t-elle en s'adressant à l'un comme à l'autre.

— Je ne savais pas que les femmes pouvaient se montrer aussi impitoyables, déclara Lynley.

— Vous oubliez lady Macbeth, marmonna Denton.

— C'est vrai, admit Lynley.

Son téléphone vibra dans sa poche. Il le sortit et y jeta un coup d'œil. Encore Barbara Havers. Il laissa la boîte vocale prendre le message.

— Scotland Yard ? interrogea vivement Daidre. Alors, vous avez vraiment repris le boulot ?

— Oui, acquiesça-t-il, mais pas ce soir. Ce soir, Charlie et moi vous invitons à une petite... troisième mi-temps. Si vous voulez bien.

— Ce serait avec plaisir, répondit-elle en balayant du regard la salle bourdonnante. Mais c'est que... On fête ça en équipe au pub. Une tradition, si vous voulez. Vous êtes les bienvenus, d'ailleurs... D'après ce que j'ai compris, les Electric Magic ont leurs habitudes au Famous Three Kings, sur North End Road. Tout le monde est invité. On va un peu se marcher sur les pieds...

— Moi qui espérais, je veux dire *nous* qui espérions quelque chose de plus propice à la conversation... Ne pourriez-vous pas, pour une fois, rompre avec la tradition ?

Elle prit un air désolé.

— Si seulement... Mais nous sommes venues en car, alors ça ne va pas être facile de faire bande à part. Il faut que je rentre à Bristol.

— Ce soir ?

— Non, on dort à l'hôtel cette nuit.

— Nous vous y ramènerons quand vous voudrez, proposa Lynley.

La voyant hésiter, il précisa :

— Nous ne ferions pas de mal à une mouche, Charlie et moi.

Daidre dévisagea à tour de rôle les deux hommes en essayant de ramener en arrière une longue mèche échappée de sa natte.

— En plus, je n'ai rien à me mettre... Je veux dire... On n'a pas l'habitude de bien s'habiller pour les soirées d'après-match.

— Nous trouverons un restaurant adapté à votre tenue quelle qu'elle soit, lui assura Lynley. Allez, Daidre, dites oui.

Etait-ce sa manière de prononcer son prénom ? Ou le changement dans l'intonation de cette dernière phrase ? Toujours est-il qu'après quelques secondes de réflexion elle accepta l'invitation. Mais elle souhaitait toutefois se changer, et surtout se débarrasser des paillettes et des éclairs sur sa figure.

— Je trouve qu'ils vous vont bien, pourtant, fit Lynley. Qu'en penses-tu, Charlie ?

— Cela fait vraiment forte impression, renchérit Denton.

Daidre éclata de rire.

— Bonne ou mauvaise : je préfère ne pas le savoir ! Je ne serai pas longue. Où est-ce qu'on se retrouve ?

— Nous vous attendrons dehors. Ma voiture sera devant la porte.

— Comment je vais la reconnaître… ?

— Oh, vous ne pourrez pas vous tromper, lui affirma Denton.

Chelsea
Londres

— Je comprends ce que Charlie a voulu dire, déclara Daidre lorsque Lynley sortit de son véhicule pour lui ouvrir la portière passager. C'est quelle marque de voiture ? Elle date de quand ?

— Une Healey Elliott. De 1948.

— Le grand amour de sa vie, précisa Denton, installé sur la banquette arrière. J'espère qu'il me la léguera.

— Tu peux toujours rêver, rétorqua Lynley. J'ai l'intention de vivre beaucoup plus vieux que toi.

Thomas Lynley démarra et se dirigea vers la sortie du parking.

— Comment vous êtes-vous rencontrés, tous les deux ? demanda soudain Daidre.

Lynley attendit d'être sur Brompton Road, devant le cimetière, pour répondre :

— On était à l'école ensemble.
— … avec mon frère aîné plutôt, lâcha Denton.
Daidre jeta un coup d'œil derrière elle, puis se tourna vers Lynley.
— Je *vois*, dit-elle d'un ton qui donna à Lynley l'impression qu'elle était plus fine mouche qu'il ne l'aurait souhaité.
— Son frère a dix ans de plus que Charlie, renchérit-il en regardant dans le rétroviseur. N'est-ce pas ?
— C'est à peu près ça, admit Charlie. Bon, écoute, Tom, ça t'embêterait si je vous lâchais en route ? J'ai eu une longue journée, je suis diantrement fatigué. Si tu me déposes à Sloane Square, je peux rentrer chez moi à pied. Ça commence tôt, à la banque. Demain matin, réunion du conseil d'administration. Le directeur est dans tous ses états à cause d'une prise de participation chinoise. Tu sais comment c'est.

« Diantrement » ? s'étonna Lynley intérieurement. « Tom » ? « Banque » ? « Réunion du conseil d'administration » ? Pendant qu'on y était, Denton n'avait qu'à lui adresser un clin d'œil appuyé en lui donnant un coup de coude de connivence.

— Tu es sûr, Charlie ?
— Je te jure, je suis crevé. Et demain, ça va être pire.
Denton ajouta à l'intention de Daidre :
— Je crois que j'ai le pire patron qui soit. Il voudrait tout le monde sur le pont vingt-quatre heures sur vingt-quatre.
— Je compatis, dit Daidre. Et vous, Thomas ? Il est tard. Si vous préférez…
— Ce que je préfère, c'est passer une heure avec vous, rétorqua Lynley. Entendu pour Sloane Square, Charlie. Tu es sûr que tu tiens à marcher ?

— C'est une soirée idéale pour se promener, confirma Denton.

Il n'ajouta rien d'autre – Dieu merci, songea Lynley – jusqu'à ce que celui-ci le dépose devant le magasin Peter Jones à Sloane Square. Alors il lança un « Tchao ! » qui fit lever les yeux au ciel à Lynley, lequel s'estima heureux qu'il ne l'ait pas renforcé d'un « coco » pour faire bonne mesure. Il se promit de lui parler en privé. Son faux accent était déjà pénible, mais là il en faisait franchement trop.

— Il est gentil, fit remarquer Daidre tandis que Denton traversait la rue en direction de la fontaine de Vénus au centre de la place.

Ils n'étaient pas loin de chez Lynley, à Eaton Terrace. Denton avait une démarche particulièrement guillerette. Lynley le soupçonnait de s'être pris au jeu de son personnage.

— Je ne sais pas si « gentil » est l'épithète qui convient, soupira Lynley. En fait, je lui loue une chambre. Une faveur que je fais à son frère.

Ils ne se trouvaient plus très loin de leur destination. Un bar à vins de Wilbraham Place, situé à trois portes d'une boutique de luxe faisant l'angle. La seule table de libre était placée à côté de la porte, vraiment pas idéale étant donné le froid dehors, mais elle ferait l'affaire. Ils commandèrent deux verres.

— Quelque chose à manger ? proposa Lynley.

Elle hésita. Il la rassura en lui confiant qu'il n'avait pas non plus beaucoup d'appétit. Le hot dog et les nachos avaient des qualités roboratives certaines.

Elle rit et fit tourner entre ses doigts la tige de la rose décorant leur table. Elle avait des mains de médecin, songea Lynley. Des ongles coupés ras, des doigts forts, pas du tout fuselés. Il savait quels seraient les mots de Daidre pour les décrire : des mains de paysanne ou de gitane ou encore d'orpailleuse. En tout cas pas des mains d'aristocrate, ce qu'elle n'était absolument pas.

Soudain, il eut l'impression qu'ils n'avaient rien à se dire depuis la dernière fois. Il la regarda. Elle le regarda. Il émit un « Bon ». Puis se traita d'idiot. Il avait voulu la revoir, et maintenant qu'elle se trouvait devant lui, la seule idée qui lui venait à l'esprit, c'était de lui dire qu'il n'avait jamais su si ses yeux étaient noisette, bruns ou verts. Lui les avait brun foncé, presque noirs, contrastant avec ses cheveux blonds, très clairs en été, mais tirant sur le châtain dès la mi-automne.

Elle lui sourit.

— Vous avez l'air en forme, Thomas. Vous avez changé depuis la nuit où nous nous sommes rencontrés.

Comme c'était vrai. Cette nuit-là était celle où il était entré par effraction dans son cottage, l'unique construction de Polcare Cove en Cornouailles, non loin de l'endroit où un jeune homme de dix-huit ans s'était tué en escaladant la falaise. Lynley était à la recherche d'un téléphone en fait. Daidre était venue se reposer au cottage après une période de travail harassant. Il se rappelait son indignation en le trouvant à l'intérieur de sa maison, puis la douceur qui s'était peinte sur ses traits quand elle avait compris qu'il avait besoin d'aide.

— Je *suis* en forme. Il y a, bien sûr, des mauvais jours, mais la plupart du temps, tout va bien.

— Je suis heureuse de l'entendre.

Le silence se réinstalla. Il aurait pu dire quelque chose comme : « Et vous, Daidre ? Vos parents ? », mais cela aurait été indélicat ; elle avait quatre parents et il aurait été cruel de l'obliger à parler des uns plutôt que des autres. Il n'avait jamais rencontré ses parents adoptifs. En revanche, il avait vu ses géniteurs, dans leur caravane délabrée au bord d'une rivière en Cornouailles. Sa mère était mourante et espérait un miracle. Peut-être était-elle décédée, peut-être pas, mais il n'allait sûrement pas poser la question.

Brusquement, elle l'interrogea :
— Depuis quand avez-vous repris ?
— Le travail ? Depuis cet été.
— Ça n'a pas été trop dur ?
— Si, au début. Forcément.
— Bien sûr, acquiesça-t-elle.

A cause de Helen... La phrase resta suspendue dans l'air entre eux. Helen, sa femme, avait été victime d'un meurtre sauvage alors même qu'il était enquêteur à Scotland Yard... Une histoire épouvantable, indicible, à laquelle il n'avait pas la force de penser, alors en faire un sujet de conversation... Ni l'un ni l'autre n'oserait franchir ce pas.

— Et le vôtre ?

Elle fronça les sourcils, un instant décontenancée, puis ses traits se détendirent.

— Ah ! Mon travail ? Ça va très bien. Nous avons deux femelles gorilles enceintes et une troisième qui ne l'est pas, alors nous la surveillons de près en croisant les doigts.

— Pourquoi ?
— La troisième a perdu son petit. Retard staturopondéral. Cela pourrait être très embêtant.
— Pouvez-vous traduire ?
— C'est un retard de croissance.

Un nouveau silence, qu'il se chargea vite de rompre :
— Votre nom figurait sur le prospectus. Enfin, votre pseudo de patineuse. Etiez-vous déjà venue à Londres pour des matchs ?

— Oui.

— Je vois, dit-il en faisant tourner son vin dans son verre. Pourquoi ne pas m'avoir téléphoné ? Vous avez toujours ma carte, n'est-ce pas ?

— Oui. C'est vrai. J'aurais pu, mais... j'avais l'impression que...

— Oh, je sais ce que vous avez ressenti... La même chose qu'avant, n'est-il pas ?

— Vous savez, les gens comme moi ne disent pas « n'est-il pas ».

— Ah.

Elle but une gorgée de vin, les yeux baissés. Il pensa à combien elle était différente de Helen. Daidre n'était ni spirituelle, ni insouciante, ni douée de cette extraordinaire gaieté naturelle qu'avait eue sa femme. Et pourtant elle exerçait sur lui un charme indéniable. Peut-être à cause de tout ce qu'elle dissimulait au regard du monde.

— Daidre... commença-t-il.

— Thomas... fit-elle simultanément.

Il l'encouragea à finir sa phrase :

— Peut-être que vous pourriez me ramener à mon hôtel ?

Bayswater
Londres

Lynley n'était pas idiot. Il savait qu'il n'y avait pas de sous-entendu dans sa question. C'était ce qu'il appréciait chez Daidre Trahair. Elle était la franchise même.

Elle le dirigea vers Sussex Gardens, au nord de Hyde Park, dans le quartier de Bayswater. Une artère encombrée, aussi bien de nuit que de jour, bordée d'une suite d'hôtels indifférenciés, sinon par leurs noms en lettres plastique lumineuses d'une laideur affligeante. Une pollution visuelle en disait long sur le déclin des quartiers résidentiels. Elle signalait des établissements qui allaient du convenable-sans-plus au crasseux-vraiment-ignoble, avec la présence incontournable de voilages blancs défraîchis et d'un vestibule mal éclairé par des appliques en cuivre jamais astiquées. En arrêtant la Healey Elliott devant l'hôtel de Daidre – The Holly –, Lynley sut au premier coup d'œil à quelle extrémité de l'échelle de salubrité il se situait.

Il s'éclaircit la voix.

— Je suppose que vous êtes habitué à autre chose, dit-elle. Mais c'est seulement pour une nuit, et puis il y a une salle de bains. L'équipe bénéficie d'un tarif réduit. Alors…

Il se tourna vers elle. Le réverbère lui dessinait autour de la tête un halo lumineux, ce qui lui rappela les martyrs des peintures de la Renaissance. Il ne lui manquait qu'un rameau de palmier à la main.

— Cela ne me plaît pas de vous laisser ici, Daidre.

— C'est un peu lugubre, mais je n'en mourrai pas. Croyez-moi, c'est un palace à côté de l'endroit où nous avions passé la nuit lors du dernier match.

— Ce n'est pas ce que je voulais dire.

— Je sais.

— A quelle heure partez-vous, demain matin ?

— A huit heures et demie. Evidemment, personne ne sera à l'heure, après la fête de ce soir. Je vais être la première couchée.

— J'ai une chambre d'amis. Pourquoi ne pas en profiter ? Vous pourriez prendre votre petit déjeuner avec moi, et je vous ramènerais à temps pour que vous rentriez à Bristol avec les autres.

— Thomas...

— C'est Charlie qui prépare le petit déjeuner. C'est un fameux cuisinier.

Elle encaissa et resta silencieuse une minute. Puis :

— C'est votre homme ?

— Que voulez-vous dire ?

— Thomas...

Il esquiva son regard. Sur le trottoir à quelques pas de la Healey Elliott, un jeune couple enlacé commençait à se disputer. La fille repoussa soudain la main du garçon, comme si elle jetait le papier d'emballage d'un hamburger.

— Personne ne dit plus « diantrement ». Sauf au théâtre, dans les drames historiques en costume.

Lynley poussa un soupir.

— Il en fait parfois un peu trop.

— Alors c'est vrai, c'est votre homme ?

— Pas du tout. Il n'est l'homme de personne. Cela fait des années que je m'y oppose, mais il adore jouer le rôle du majordome. Il s'imagine que c'est un excellent entraînement. Il a sans doute raison.

— Alors il n'est pas domestique ?

— Mon Dieu, non, enfin, oui et non. C'est un acteur, en tout cas c'est ce qu'il serait si tout marchait comme il le voulait. En attendant, il travaille pour moi. Il est libre d'aller à des auditions quand il le souhaite. En échange, il ne peut pas râler si je lui fais faux bond pour le dîner alors qu'il a passé tout l'après-midi aux fourneaux...

— On dirait que vous vous entendez comme larrons en foire.

— Ou comme chien et chat, c'est selon.

Lynley détourna les yeux des deux jeunes gens en pleine scène, qui se menaçaient à présent de leurs téléphones portables.

— Il sera à la maison, Daidre. Il pourra jouer les chaperons. Comme je vous l'ai dit, cela nous permettrait de bavarder encore un peu durant le petit déjeuner. Et dans la voiture pendant que je vous ramènerai ici, bien sûr. Mais si vous préférez, je vous appellerai un taxi.

— Pourquoi ?

— Un taxi ?

— Vous savez très bien ce que je veux dire.

— C'est juste que… je sens qu'entre nous il y a quelque chose d'inachevé… J'aimerais découvrir quoi. Je ne sais pas ce que c'est, mais je pense que vous partagez mon avis.

Elle se tut et parut réfléchir. Lynley reprit espoir. Finalement, elle secoua la tête et posa la main sur la poignée de la portière.

— Je ne crois pas… Et de toute façon…

— De toute façon quoi ?

— C'est comme l'eau sur les plumes d'un canard. Voilà, Thomas. Je ne suis pas un canard et les choses ne marchent pas comme ça pour moi.

— Je ne comprends pas…

— Mais si. Vous savez très bien que si.

Elle se pencha et déposa un baiser sur sa joue.

— Mais je ne vais pas vous mentir, ajouta-t-elle. C'était merveilleux de vous revoir. Merci. J'espère que le match vous a plu.

Sans lui laisser le temps de répondre, elle descendit de voiture et se dirigea à vive allure vers l'entrée de l'hôtel, où elle disparut sans un regard en arrière.

Bayswater
Londres

Il était toujours assis dans sa voiture devant l'hôtel quand son téléphone carillonna. La pression de ses lèvres encore sur sa joue. La chaleur de sa main sur son bras. La sonnerie le fit redescendre sur terre. Soudain, il se souvint qu'il n'avait pas rappelé Barbara Havers comme il le lui avait promis. Il jeta un coup d'œil à sa montre.

Une heure du matin. Ce ne pouvait être Havers. Et dans l'infime fragment de seconde qu'il faut pour sauter d'une pensée à l'autre, tout en tirant son portable de sa poche, il songea à sa mère, à son frère, à sa sœur et aux urgences qui avaient le chic pour se produire au milieu de la nuit. Parce que personne ne vous téléphonait pour tailler une bavette à cette heure.

Le temps de sortir son mobile de sa poche, il avait décidé qu'il s'était produit une catastrophe en Cornouailles, dans le château familial ; un incendie allumé par une folle façon Mrs Danvers, la gouvernante dans le film *Rebecca*...

Mais c'était Havers.

Il porta le téléphone à son oreille en s'écriant :

— Barbara, veuillez me pardonner...

— Mais merde ! Pourquoi vous n'avez pas rappelé ? Je suis en train de prendre racine, ici. Et lui, il est tout seul là-bas. Je sais pas quoi faire ni quoi lui dire parce que le pire, c'est qu'il n'y a pas grand-chose qu'on puisse faire, et je le sais. Je lui ai menti en lui promettant qu'on ferait une enquête et j'ai besoin de votre aide. Parce qu'il doit y avoir un truc à...

— Barbara.

Elle semblait ne plus savoir où elle en était. C'était si peu son genre de divaguer. Il devait se passer quelque chose de grave.

— *Barbara*. Moins vite, s'il vous plaît. Qu'est-il arrivé ?

Son récit lui parut décousu. De toute façon, à cause de son débit, il ne parvint à saisir que quelques détails. En plus, elle avait une drôle de voix. Soit elle avait pleuré – ce qui aurait été étonnant de sa part –, soit elle avait bu, ce qui n'avait pas beaucoup de sens non plus, vu la situation qu'elle décrivait, qui exigeait une intervention immédiate. Lynley finit par reconstituer plus ou moins l'histoire.

La fille de son voisin et ami, Taymullah Azhar, avait disparu. Azhar, un professeur de sciences à l'University College de Londres, était rentré chez lui et avait trouvé son appartement vidé de tout ce qui appartenait à sa fille de neuf ans et à sa femme, sauf l'uniforme d'école de l'enfant, une peluche et l'ordinateur portable, le tout posé sur le lit de la petite.

— Azhar m'attendait assis sur les marches devant ma porte, reprit Havers. Elle m'avait téléphoné un peu plus tôt – je parle d'Angelina. Il y avait un message sur mon répondeur. Elle me demandait si je pouvais m'occuper de lui ce soir. « Hari va être secoué », me disait-elle. Oh oui, pour ça, oui. Sauf qu'il n'est pas secoué, il est anéanti, brisé. Je ne sais que lui dire, ni quoi faire. Angelina a même persuadé Hadiyyah de laisser derrière elle cette girafe. Nous savons tous les deux pourquoi. Parce que ça lui rappelait l'époque où son père l'a emmenée au bord de la mer, quand il avait gagné une peluche pour elle, et que quelqu'un la lui prise sur la jetée où se tenait une fête foraine[1]…

---

1. *Le Meurtre de la falaise* (même auteur, même éditeur ; Pocket n° 10552).

— Barbara, prononça Lynley d'un ton ferme. *Barbara*.
Elle avait une respiration sifflante.
— Monsieur ?
— J'arrive !

Chalk Farm
Londres

Barbara Havers habitait le nord de Londres, non loin du marché de Camden. A une heure du matin, les rues étaient presque désertes. Il suffisait de savoir comment se rendre à Eton Villas, et ensuite de confier à la providence le soin de vous trouver une place de stationnement. Au milieu de la nuit, tous les riverains étant au fond de leur lit, vos chances étaient minces. Lynley se résigna à se garer dans l'allée.

Pour arriver chez Barbara, il fallait contourner la maison jaune de style édouardien transformée en appartements vers la fin du XXe siècle. Elle logeait juste derrière. Dans un bungalow sommaire, composé de planches, qui avait servi on ne savait à quoi. La cheminée incitait cependant à penser que c'était peut-être une habitation, mais, au vu des dimensions du lieu, cela ne pouvait être que pour une unique personne, et une personne qui ne soit pas trop exigeante sur l'espace.

Tout en suivant le chemin qui menait au bungalow, Lynley jeta un coup d'œil à l'appartement du rez-de-chaussée. Celui de Taymullah Azhar, l'ami de Barbara. Les portes-fenêtres donnant sur la terrasse étaient éclairées, toutes les lampes paraissaient allumées à l'intérieur. Au téléphone tout à l'heure, il avait supposé que Barbara l'appelait de chez elle. D'ailleurs, une fois derrière la maison, il constata que les lampes étaient allumées aussi dans son bungalow.

Il toqua doucement, entendit un bruit de chaise raclant le plancher. La porte s'ouvrit en grand.

Il eut un choc.

— Dieu du ciel ! Qu'avez-vous fait ?

Il songea aux rites funéraires de l'Antiquité, où les femmes se coupaient les cheveux et se couvraient le crâne de cendres. Pour le moment, elle avait accompli seulement la première partie du rite, mais elle trouverait sans problème assez de cendres sur la petite table de la kitchenette. Elle avait dû passer des heures assise à fumer en écrasant ses mégots dans une assiette, qui en contenait plus d'une vingtaine.

Le visage de Barbara était défait. Il émanait d'elle une odeur de cheminée froide. Elle portait un vieux peignoir en chenille d'un vert pisseux et elle était pieds nus dans ses baskets rouges.

— Je l'ai laissé là-bas. Je lui ai promis de revenir, mais j'en ai pas eu la force. Je ne sais pas quoi lui dire. Je vous attendais... Pourquoi ne m'avez-vous pas rappelée ? Vous n'avez pas compris... Bon sang, monsieur, où étiez-vous ? Pourquoi ne...

— Je suis désolé. Je ne vous entendais pas. J'étais... Peu importe. Racontez-moi tout.

Lynley la prit par le bras et l'obligea à s'asseoir. Il débarrassa l'assiette où étaient plantés une tonne de mégots, un paquet encore fermé de Player's et une grosse boîte d'allumettes et les posa sur le plan de travail, où il repéra la bouilloire électrique, qu'il remplit d'eau et mit en marche. Du fouillis du placard, il réussit à extraire deux sachets de PG Tips ainsi que du faux sucre, et trouva dans l'évier rempli de vaisselle sale deux mugs. Il les lava, les sécha, ouvrit la porte du petit frigo. Comme on pouvait s'y attendre, son contenu était consternant : rien que de la nourriture de traiteur et des plats cuisinés de supermarché. Il repéra néanmoins une brique de lait dont il s'empara pile à l'instant où la bouilloire fit entendre son clic.

Pendant tout ce temps, Havers n'avait pas prononcé un mot. Cela ne lui ressemblait pas du tout. Depuis qu'il la connaissait, jamais elle ne lui avait épargné ses remarques, d'autant plus dans une situation comme celle-ci, où il préparait du thé et se demandait même si des toasts ne seraient pas une bonne idée. C'était dérangeant, à la fin, ce silence.

Il posa un mug brûlant devant elle. Il y en avait déjà un sur la table. Du thé froid, une pellicule d'indifférence flottant à sa surface.

— C'est le sien, déclara Havers. J'ai eu le même réflexe. Qu'est-ce que nous avons tous avec le thé ?

— Ça vous donne quelque chose à faire, se défendit Lynley.

— Quand vous flippez, préparez-vous donc une bonne tasse de thé… Je ne serais pas contre un whisky. Ou du gin. Oui, du gin, ce serait mieux.

— Vous en avez ?

— Bien sûr que non. Je ne veux pas me transformer en une de ces vieilles dames qui sirotent du gin à partir de cinq heures du soir pour finir ivres mortes.

— Vous n'êtes pas une vieille dame.

— Je n'en suis pas si loin, croyez-moi.

Lynley ne put s'empêcher de sourire. Il y avait un léger progrès. Il tira la deuxième chaise et s'assit en face d'elle.

— Maintenant, racontez-moi ce qui s'est passé.

Le sergent Havers commença par lui parler d'une certaine Angelina Upman, la mère de la fille de Taymullah

Azhar. Lynley avait rencontré Azhar et la petite Hadiyyah. Il savait que la mère de l'enfant était partie peu de temps avant que Barbara achète le bungalow. Mais il ignorait qu'elle était réapparue dans leur vie au mois de juillet précédent, qu'Azhar et elle n'étaient pas mariés et que le nom d'Azhar ne figurait pas sur l'acte de naissance de sa fille.

Vint ensuite un flot de détails dans lequel Lynley crut se noyer. Ce n'était pas parce qu'ils étaient modernes qu'Azhar et Angelina vivaient en concubinage. En fait, Azhar avait quitté sa femme légitime avec laquelle il avait déjà deux enfants, et celle-ci refusait de divorcer. Où habitaient-ils ? Barbara n'en savait rien.

Ce qu'elle savait en revanche, c'était qu'Angelina avait réussi à embobiner Azhar et Hadiyyah, leur faisant croire qu'elle était venue reprendre sa place auprès d'eux. Il fallait qu'elle gagne leur confiance, précisa Barbara, afin de préparer son coup.

— C'est pour ça qu'elle est revenue. Pour charmer tout le monde, moi y compris. J'ai été une imbécile toute ma vie, mais cette fois-ci, je me suis surpassée.

— Pourquoi ne me l'avez-vous pas dit ? s'étonna Lynley.

— Que je suis une pauvre idiote ? J'étais sûre que vous étiez au courant...

— Pour Angelina, pour la femme d'Azhar et les autres enfants, pour le divorce et tout ce qui s'ensuit. Pourquoi ne m'avoir rien dit ? Vous avez sûrement dû vous sentir...

Il ne termina pas sa phrase. Havers n'avait jamais formulé ce qu'elle éprouvait pour Azhar ni pour la petite fille. Et Lynley s'était toujours bien gardé de l'interroger. Il avait eu l'impression de se taire par délicatesse, alors qu'en réalité il avait cédé à la facilité.

— Je suis désolé, ajouta-t-il.

— Oh, vous aviez vos propres chats à fouetter.

Naturellement, elle faisait allusion à sa liaison avec leur supérieur hiérarchique à la Met. Il avait pourtant été discret. Isabelle Ardery aussi. Mais le sergent Havers n'était pas née de la dernière pluie et pour tout ce qui le concernait, rien ne lui échappait.

— Oui, bon, ça, c'est terminé, Barbara.

— Je sais.

— Ah. D'accord. Ça ne m'étonne pas de vous.

Havers fit tourner son mug entre ses paumes. Lynley remarqua la caricature de la duchesse de Cornouailles, avec son casque de cheveux et son sourire rectangulaire. Havers collait sa main sur le dessin comme si elle était gênée pour la pauvre femme.

— Je savais pas quoi lui dire, monsieur. Quand je suis rentrée du boulot, il était assis sur les marches, devant chez moi. Il n'avait pas bougé depuis des heures, je crois. Il m'a tout expliqué. Je l'ai ramené chez lui, j'ai bien regardé dans l'appartement. Je vous jure devant Dieu, quand j'ai vu qu'elle avait tout emporté, j'étais comme paralysée...

Lynley réfléchit. La situation était plus compliquée qu'il n'y paraissait et Havers le savait, d'où son désarroi.

— Montrez-moi cet appartement, Barbara. Mais d'abord, habillez-vous.

Elle acquiesça et alla se planter devant son armoire, d'où elle sortit des vêtements qu'elle tint serrés contre sa poitrine. Sur le seuil de la salle de bains, elle se figea subitement.

— Au fait, monsieur, merci de n'avoir rien dit pour les cheveux.

Lynley leva les yeux vers son crâne à moitié rasé parsemé ici et là de touffes disgracieuses.
— Ah, oui... Habillez-vous, sergent.

Chalk Farm
Londres

Barbara Havers se sentait mieux à présent que l'inspecteur se trouvait auprès d'elle. Elle regrettait de ne pas avoir su prendre la situation en main, mais le chagrin d'Azhar lui avait fait perdre tous ses moyens. Un homme si discret et digne. Depuis deux ans qu'elle le connaissait, elle ne l'avait jamais vu sortir de sa réserve. A le voir anéanti par la cruauté dont venait de faire preuve sa compagne, elle était effondrée, d'autant qu'elle se maudissait de ne pas avoir deviné dès sa première rencontre avec Angelina que celle-ci avait une idée derrière la tête et que sa gentillesse à son égard cachait de noirs desseins...

Comme n'importe qui, elle n'avait vu en Angelina Upman que ce qu'elle avait bien voulu voir et avait fermé les yeux sur tous les clignotants qui s'allumaient. Angelina avait mené une triple opération de séduction. Ses manœuvres avaient réussi à attirer Azhar de nouveau dans son lit, à gagner la dévotion de sa fille et à soutirer à Barbara sa complicité en la persuadant de se taire sur ses agissements.

Barbara s'habilla. Le miroir de la salle de bains lui renvoya une image hideuse, surtout à cause des cheveux. Entre des étendues de crâne rasé jaillissaient, telles des mauvaises herbes, des mèches entières de ce qui avait été une coupe lui ayant coûté une petite fortune chez un artiste capillaire de Knightsbridge. Il ne lui restait plus qu'une chose à faire : se raser complètement, mais pour l'heure elle n'avait pas le temps. Elle fouilla dans la commode et sortit un bonnet dont elle se coiffa pour rejoindre Lynley qui l'attendait à l'extérieur.

Dans l'appartement d'Azhar, rien n'avait bougé. La seule différence, c'était qu'au lieu d'être assis le regard dans le vide il arpentait les pièces. Il venait de surgir de la chambre de Hadiyyah, la girafe en peluche serrée contre son cœur. Lorsqu'il se tourna vers Barbara avec un air d'immense tristesse, elle lui annonça doucement :

— Azhar, je vous ai amené l'inspecteur Lynley, de Scotland Yard.

— Elle l'a enlevée, dit-il à Lynley.

— Barbara m'a mis au courant.

— Il n'y a plus rien à faire.

— Il y a toujours quelque chose à faire, s'empressa d'intervenir Barbara. Nous allons la retrouver, Azhar.

Elle préféra ignorer le coup d'œil réprobateur que lui lança Lynley. Ce n'était pas bien de faire des promesses quand on savait qu'on ne pourrait peut-être pas les tenir. Barbara ne voyait pas les choses de cette manière. S'ils ne pouvaient pas aider cet homme, pensait-elle, à quoi cela servait-il d'être flic ?

— Et si nous nous asseyions ? proposa Lynley.

Azhar dit « oui, oui, bien sûr ! » et ils passèrent dans le séjour, une pièce fraîchement repeinte et redécorée par Angelina. Une fois de plus, Barbara se reprocha de ne pas avoir eu l'intelligence de percer à jour les véritables intentions de la jeune femme : l'ensemble était d'un goût irréprochable, comme sorti des pages d'un magazine de décoration… mais totalement impersonnel.

Alors qu'ils s'asseyaient, Azhar se tourna vers elle.

— Après votre départ, j'ai téléphoné à ses parents.

— Où sont-ils ? s'enquit-elle.
— A Dulwich. Ils ont refusé de me parler, bien entendu. Ils m'ont accusé d'avoir gâché la vie d'un de leurs deux enfants. Ils refusent de se salir en m'aidant à la retrouver.
— Des gens charmants, ironisa Barbara.
— Ils ne savent rien, affirma Azhar.
— Comment pouvez-vous en être si sûr ? demanda Lynley.
— D'après ce qu'ils m'ont dit, et compte tenu de ce qu'ils sont ; non seulement ils ne savent rien sur Angelina, mais ils ne veulent surtout rien savoir. Ils ont déclaré que comme on fait son lit, on se couche, qu'elle avait pris une décision il y a dix ans et que, si elle changeait d'avis maintenant, ça n'était pas à eux d'en assumer les conséquences.
— Mais ils en ont un autre, n'est-ce pas ? fit observer Lynley.
Azhar prit un air effaré.
— Un autre quoi ? dit Barbara.
— Ils vous ont accusé d'avoir « gâché la vie d'un de leurs deux enfants »... Qui est l'autre ? Angelina pourrait être avec cette personne...
— Bathsheba, prononça Azhar. La sœur d'Angelina. Je ne l'ai jamais rencontrée.
— Angelina et Hadiyyah pourraient être chez elle ?
— Si j'ai bien compris, les deux sœurs ne s'aiment pas beaucoup. Alors, cela m'étonnerait.
— Elles ne s'aiment pas beaucoup... d'après Angelina ? insinua Barbara.
— Lorsque les gens sont désespérés, insista Lynley en regardant Azhar, lorsqu'ils préparent ce genre de méfait... parce que cela a forcément nécessité beaucoup de préparatifs, il arrive que l'on passe l'éponge sur de

vieilles rancunes. Avez-vous téléphoné à la sœur ? Vous avez son numéro ?

— Je connais seulement son nom. Bathsheba Ward. Rien d'autre. Désolé.

— Pas de souci, le rassura Barbara. C'est un début. Au moins, on va pouvoir…

— Barbara, c'est vraiment gentil à vous, et à vous aussi, dit Azhar en se tournant vers Lynley, de venir à mon secours au milieu de la nuit. Mais je ne me fais pas d'illusions sur ma situation…

— Je vous ai promis qu'on la retrouverait, Azhar, le coupa Barbara. On la retrouvera !

Azhar la dévisagea de ses yeux noirs, puis braqua sur Lynley ce même regard calme où on pouvait lire une résignation qui révoltait Barbara.

Lynley prit la parole.

— Barbara m'a expliqué qu'il n'est pas question de divorce entre vous et Angelina…

— Nous n'étions pas mariés, il ne peut donc pas y avoir de divorce. Et comme je n'étais moi-même pas divorcé de ma femme légitime, Angelina n'a pas inscrit mon nom sur l'acte de naissance de Hadiyyah… C'était son droit, bien sûr. Je l'ai accepté comme une des conséquences de mon incapacité à obtenir le divorce de Nafeeza.

— Où se trouve Nafeeza ? demanda Lynley.

— A Ilford. Nafeeza et les enfants vivent avec mes parents.

— Angelina aurait-elle pu aller chez eux ?

— Elle ne sait même pas où ils habitent, elle ne sait rien sur eux.

— Auraient-ils pu venir ici, alors ? Auraient-ils pu la rechercher ? Auraient-ils pu la chasser de chez vous ?

— Pour quoi faire ?

— Pour lui nuire ?

Barbara estima cette possibilité tout à fait envisageable.

— Azhar, intervint-elle, c'est peut-être ça. On a pu l'enlever. Les apparences sont peut-être trompeuses. Ils auraient pu venir les kidnapper toutes les deux. Ils auraient obligé Angelina à emballer toutes leurs affaires et à me laisser un message sur mon répondeur...

— Oui, n'oublions pas ce message, approuva Lynley. Semblait-elle stressée, Barbara ?

Bien sûr que non. Elle semblait comme d'habitude, charmante et amicale.

— Elle aurait pu jouer la comédie, répondit Barbara en s'efforçant de ne pas laisser transparaître son total désarroi. Elle m'a menée en bateau pendant des mois. Elle a trompé Azhar. Elle a trompé sa propre fille. Mais c'est peut-être nous qui nous trompons sur son compte. Elle n'aurait pas eu l'intention de partir. Ils lui seraient tombés dessus sans crier gare, ils les auraient toutes les deux emmenées quelque part et ils l'auraient forcée à me laisser ce message enjoué...

— Ce sont deux choses incompatibles, l'interrompit doucement Lynley.

— Il a raison, souligna Azhar, si on l'avait forcée à passer ce coup de téléphone, si on était en train de les enlever, elle et Hadiyyah, elle vous aurait laissé entendre quelque chose. Il y aurait un détail qui clocherait, or il n'y en a pas. Il n'y a rien. Et ce qu'elle a laissé – l'uniforme d'école de Hadiyyah, son ordinateur portable, la petite girafe –, c'était pour me signifier qu'elles ne reviendraient pas.

Les yeux d'Azhar brillèrent soudain.

Barbara se pencha impulsivement vers Lynley. Son coéquipier était le flic le plus compatissant du Yard, en fait, elle n'avait jamais connu aucun type aussi doué d'empathie que lui. Cela lui était d'autant plus pénible de voir se peindre sur son visage le constat d'une vérité qui n'avait rien à avoir avec ses sentiments.

— Monsieur... *Monsieur !* répéta-t-elle, désespérément.

— A part vérifier auprès des familles, Barbara... C'est elle la mère. Elle n'a violé aucune loi. Comme il n'y a pas divorce, il ne peut y avoir une décision du juge relative au partage de la garde de l'enfant, et donc elle ne peut pas être accusée de ne pas l'avoir respectée...

— Une enquête privée alors, avança Barbara. Si nous ne pouvons rien faire, un détective privé le peut...

— Où puis-je trouver une personne de ce genre ? s'enquit Azhar.

— Je peux être cette personne, affirma Barbara.

16 novembre

*Victoria
Londres*

— C'est hors de question !

Ce furent par ces mots que la commissaire intérimaire Isabelle Ardery accueillit la demande de congé du sergent Havers. Puis, dans le même souffle, elle voulut connaître l'explication du couvre-chef qui ornait le crâne de Barbara, un bonnet de laine comme en portent les skieurs, avec un pompon. Non seulement le comble du « pas chic », mais aussi un très mauvais point pour elle à la Met, puisque la coupe hors de prix qu'elle avait massacrée lui avait été recommandée par la même commissaire intérimaire, et comme la moindre de ses recommandations était la cousine germaine d'un ordre, Barbara avait été obligée d'obtempérer. Voilà pourquoi le traitement radical qu'elle avait fait subir à sa coiffure s'apparenterait à un acte de rébellion dès qu'Isabelle Ardery découvrirait l'étendue des dégâts.

— Otez-moi ça !

— Juste quelques jours, chef...

— Je vous rappelle que vous venez de prendre pas mal de congés, rétorqua sèchement la commissaire intérimaire. Combien de temps avez-vous passé à l'entière disposition de l'inspecteur Lynley pendant son petit séjour dans le Cumbria[1] ?

Touché. Elle venait tout juste d'assister Lynley dans une enquête privée – l'adjoint au préfet de police, sir David Hillier, l'avait dépêché dans le Lake District, non loin du lac Windermere, pour une mission spéciale si secrète que Lynley avait dû s'y rendre incognito. Quand Isabelle Ardery s'était aperçue que Barbara aidait l'inspecteur en sous-main, elle l'avait très mal pris. Aussi Barbara ne pouvait-elle s'étonner que son chef envisage un nouvel épisode d'investigation policière hors les murs de Scotland Yard avec l'enthousiasme d'une femme à qui on demande de danser la valse avec un porc-épic...

— Otez-moi ce bonnet, répéta Isabelle Ardery. Tout de suite !

Barbara pressentait que dans ce cas précis, obéir allait lui coûter cher.

— Chef, c'est hyper-urgent. Un problème personnel. En rapport avec ma famille...

— Et de quelle manière vous est-il apparenté, ce « problème » ? Si j'ai bien compris, votre famille se réduit à une seule et unique personne, sergent, et cette personne est actuellement dans une maison de retraite à Greenford... Vous n'allez pas me faire croire que votre mère a besoin de vos talents d'enquêtrice ?

— Ce n'est pas une maison de retraite, c'est une résidence.

— Avec personnel spécialisé ? Il faut que quelqu'un s'occupe d'elle ?

---

1. *La Ronde des mensonges* (même auteur, même éditeur ; Pocket n° 15625).

— Bien sûr qu'il y a des gens pour s'occuper d'elle, répliqua Barbara. Et vous le savez parfaitement.

— Alors sur quoi veut investiguer votre maman ? poursuivit la commissaire, perfide.

— Bon, soupira Barbara. Il ne s'agit pas de ma mère.

— Vous avez dit « famille », non ?

— D'accord, ce n'est pas ma famille, mais c'est un ami proche, et il est dans le pétrin jusqu'au cou...

— Tout comme vous. Combien de fois faudra-t-il que je vous demande d'ôter ce bonnet ridicule ?

Cette fois, elle n'y couperait pas. Barbara retira lentement le bonnet de sa tête.

Abasourdie, Isabelle Ardery leva une main devant elle comme pour écarter une vision apocalyptique.

— Qu'est... qu'est-ce que c'est que cette histoire, encore ? finit-elle par marmonner entre ses dents. Soit vos ciseaux ont malencontreusement dérapé, soit nous avons un cas d'insubordination envers un officier supérieur, le supérieur en la circonstance étant... moi !

— Chef, ce n'est pas ça du tout, lui assura Barbara. Et ce n'est pas de ça que je suis venue vous parler...

— Je m'en doute. Mais moi, je tiens à ce qu'on en parle. Et voilà que vous vous habillez de nouveau n'importe comment ! Qu'est-ce que vous voulez faire passer comme message, au juste, sergent ? Parce que ce que je vois pour vous, c'est une fin de carrière à régler la circulation quelque part dans les îles Shetland !

— Je ne comprends pas pourquoi vous faites une fixette là-dessus, riposta Barbara. Mes cheveux, ma façon de m'habiller. Quelle importance, du moment que je fais mon travail ?

— Tiens, justement ! Du moment que vous *faites* votre travail... C'est bien là que le bât blesse. Alors qu'on ne vous avait pas vue depuis je ne sais combien de temps, vous vous proposez maintenant de sécher encore quelques jours, voire des semaines ? Et je suppose que vous vous attendez à toucher votre salaire comme d'habitude, celui qui vous permet de garder le seul membre de votre famille douillettement installé dans une maison de retraite médicalisée… Que préférez-vous au juste, sergent ? Continuer à être rémunérée pour un travail dûment effectué ou bien courir comme une dératée pour le compte d'un membre inexistant de votre famille dans un but au sujet duquel, soit dit en passant, vous êtes singulièrement muette ?

Elles se regardèrent un moment en chiens de faïence. Dans son dos, Barbara percevait le brouhaha de l'activité du Yard, qui s'élevait et s'abaissait à la façon du ressac. Les bavardages allaient bon train dans le couloir, et les « Chut ! » qui fusaient de temps en temps parmi ses collègues lui indiquaient que sa discussion orageuse avec la commissaire intérimaire Ardery titillait les curiosités. Cela alimenterait les ragots échangés autour de la fontaine à eau, se dit Barbara : le sergent Havers avait encore une fois fait des pâtés dans son cahier.

— Ecoutez, chef, un ami à moi a perdu son enfant. Elle a été enlevée par la mère…

— Dans ce cas, elle n'est pas perdue. Et si elle a contrevenu à la décision du juge, votre « ami » peut téléphoner à son avocat ou au commissariat de son quartier ou à qui il voudra, mais il ne vous appartient pas de quadriller le pays en aidant les gens en détresse à moins d'en avoir reçu l'ordre de votre officier supérieur. Je me suis bien fait comprendre, sergent Havers ?

Barbara resta silencieuse mais elle bouillonnait intérieurement. Ce qu'elle brûlait d'envoyer dans les gencives du patron tenait en quelques mots crus : « T'as mis ton string à l'envers, grosse vache ? » Sauf qu'elle savait où une remarque de ce type la mènerait. Les îles Shetland étaient un paradis à côté de l'endroit où elle échouerait. Elle répondit donc à regret :

— Je crois que oui, chef.
— Très bien. Maintenant, au travail. Vous avez un rendez-vous avec le proc. Dorothea va vous expliquer. Elle a tout organisé.

Victoria
Londres

Dorothea Harriman n'était pas seulement la secrétaire du département, elle était aussi la gravure de mode sur laquelle Barbara était censée prendre modèle pour son relookage. Mais que Dee Harriman parvînt à être aussi merveilleusement habillée avec le maigre salaire que lui versait la Met laissait Barbara songeuse. Dee se plaisait à répéter qu'il suffisait de connaître ses couleurs – on se demandait bien comment ça se déterminait, ça – et de choisir les bons accessoires. Et surtout, confiait-elle, il était conseillé de tenir à jour sa liste des dépôts-ventes de luxe. « N'importe qui peut avoir du style, sergent Havers. C'est vrai. Je peux vous montrer si vous voulez. »

Très peu pour Barbara. Elle imaginait trop bien Dee Harriman se précipitant dès qu'elle avait un moment dans les rues commerçantes de la capitale pour les arpenter en quête de vêtements sublimes. Qui avait envie d'une existence pareille ?

En voyant sa collègue se diriger vers le bureau d'Isabelle Ardery, Dee avait eu la bonté de s'abstenir de commentaires sur son bonnet et ce qu'il cachait. Elle qui avait poussé des « Oh ! » et des « Ah ! » devant la nouvelle coiffure, une coupe et des mèches qu'elle devait aux mains expertes d'un « visagiste » de Knightsbridge. Après avoir laissé échapper un cri du cœur – « Sergent Havers ! » –, elle avait compris à l'expression de Barbara que toute question donnerait raison au vieux proverbe selon lequel l'enfer était pavé de bonnes intentions.

Lorsque, un peu plus tard, Barbara s'arrêta devant son poste de travail, Dorothea s'était remise de sa surprise. Ayant en outre entendu les éclats de voix dans le bureau du patron, elle était prête à fournir toutes les informations, comme stipulé par Isabelle Ardery.

Elle devait téléphoner au numéro indiqué sur cette note, expliqua la secrétaire à Barbara. Celui du magistrat au service des poursuites judiciaires de la Couronne à qui elle avait fait faux bond pour courir assister l'inspecteur Lynley dans l'enquête du Lake District... ? Il l'attendait pour reprendre avec elle l'étude des dépositions de témoins... Le sergent Havers s'en souvenait, sûrement ?

Barbara acquiesça. Elle ne s'en souvenait que trop bien. Le proc qui avait un bureau au Middle Temple[1]. Elle promit de lui passer un coup de fil et de se remettre très vite à la constitution du dossier.

— Désolée, chuchota presque Harriman en penchant la tête du côté de l'antre d'Isabelle Ardery. Je ne sais pas ce qu'elle a ce matin, elle est d'une humeur massacrante.

Barbara, en revanche, savait parfaitement ce qui se passait. Leur chef s'était envoyé Thomas Lynley un paquet de fois ces derniers temps. Les parties de jambes en l'air n'étant plus à l'ordre du jour, l'ambiance au Yard allait se durcir singulièrement.

---

1. Une des institutions qui assurent le recrutement et la formation des gens de robe.

Une fois à son poste, Barbara se laissa tomber comme un sac sur sa chaise. Elle relut le numéro de téléphone sur la note, souleva le combiné et était sur le point de le composer quand elle entendit au-dessus d'elle prononcer son prénom – un simple « Barb ». Elle leva les yeux pour trouver la haute silhouette de son collègue le sergent Winston Nkata debout devant elle. Il tripotait la longue cicatrice qui lui barrait la joue, un souvenir de ses années d'apprentissage dans les gangs de Brixton. Comme toujours, il était impeccablement habillé, à croire qu'il avait Dee sous la main chaque fois qu'il faisait les magasins. Barbara se demanda s'il ne s'éclipsait pas toutes les demi-heures dans une pièce secrète pour repasser sa chemise. Ni pli ni faux pli, pas même aux manches.

— Il fallait que je lui demande.

Il parlait avec une voix douce et un accent qui évoquait ses origines caribéenne et africaine.

— Quoi ?

— L'inspecteur Lynley. Il m'a expliqué pourquoi… Tu vois ce que je veux dire. Tu fais ce que tu veux, bien sûr, mais comme ça signifiait qu'il était arrivé quelque chose, je lui ai demandé. En plus, il y a ça, ajouta-t-il en désignant le bureau d'Isabelle Ardery d'un mouvement du menton.

— Ah, oui.

Il faisait allusion à ses cheveux. Bon, il fallait s'attendre à ce que tout le monde en parle au Yard, devant elle et dans son dos. Au moins, Winston avait, comme toujours, la courtoisie d'être franc.

— L'inspecteur m'a raconté, pour Hadiyyah et sa maman. Ecoute, je sais qu'elle… Je me doute que tu veux agir. J'étais sûr que le patron allait te refuser un congé, alors, tiens…

Il lui tendit une feuille arrachée au bloc d'un calendrier journalier. Un de ceux qui proposent une citation inspirante pour la journée. En l'occurrence : « Si vous voulez faire rire Dieu, confiez-Lui vos projets. » Barbara trouvait que c'était dans le ton. Et sur ce morceau de papier, Winston, de sa belle écriture aux pleins et aux déliés parfaitement tracés, avait écrit un nom, Dwayne Doughty, et une adresse dans Roman Road, en plein centre du quartier de Bow, agrémentée d'un numéro de téléphone. Barbara leva un regard interrogateur.

— Un détective privé, déclara Winston.

— Comment t'as fait pour en trouver un aussi vite ?

— Là où on trouve tout et n'importe quoi... sur Internet. Il a un site avec des messages de clients satisfaits. Il les a peut-être rédigés lui-même, mais ça vaut le coup d'essayer.

— Tu savais qu'elle allait me clouer à mon poste, alors ? répliqua-t-elle, fine mouche.

— Une simple déduction, Barb, corrigea-t-il. Pas des plus difficiles, tu en conviendras.

19 novembre

Bow
Londres

Barbara Havers passa les deux jours suivants concentrée sur la tâche ingrate qui consistait à faire profil bas. Dans les faits, il s'agissait de se soumettre à plusieurs réunions avec le substitut du procureur, le seul moment de répit étant le déjeuner auquel il l'invita dans la splendide salle à manger de Middle Temple. Le repas aurait même pu être plaisant si ce monsieur n'avait pas insisté pour discuter dans ses détails les plus infimes de l'affaire dont ils étaient en train de mettre au point le dossier, mais comme elle n'avait pas le choix, n'est-ce pas, Barbara s'efforça de mettre du piquant dans une conversation qui en réalité lui donnait envie d'enfouir sa tête dans sa purée et de se suicider par inhalation de carbohydrates. C'était exactement le genre de travail qu'elle méprisait et exécrait. La commissaire Ardery n'avait rien trouvé d'autre pour se venger que de l'embarquer dans cette galère.

Elle avait été obligée de se raser la totalité du crâne. Il n'y avait pas eu d'autre solution : avec les touffes qui lui restaient, elle avait l'air d'un croisement entre une néonazie et une boxeuse. Elle prenait soin de se couvrir la tête d'un bonnet, dont elle avait acheté un assortiment au marché de Berwick Street.

Il y avait deux enquêtes en cours auxquelles elle aurait pu être affectée, si la commissaire intérimaire Ardery avait bien voulu. L'inspecteur Philip Hale dirigeait la première, l'inspecteur Lynley la seconde. Mais tant qu'Isabelle Ardery jugerait que Barbara n'avait pas été assez punie pour ses transgressions, elle resterait coincée, à vérifier les dépositions des témoins dans une vieille affaire avec ce bureaucrate tatillon.

Deux jours après sa prise de bec avec son patron, Barbara termina plus tôt que prévu dans l'après-midi. Elle ne fit ni une ni deux : elle téléphona à Azhar à son université en lui annonçant qu'elle venait le voir sur-le-champ. Et où était-il, au juste ? En conférence avec quatre étudiants au labo, l'informa-t-il. Elle lui demanda de l'attendre. Elle avait quelque chose pour lui.

Le laboratoire ne fut pas compliqué à trouver. Une grande salle pleine de blouses blanches, d'ordinateurs, de hottes filtrantes, de symboles de danger biologique, de microscopes géants, de boîtes de Petri, de lamelles de verre, de placards vitrés, de réfrigérateurs, de tabourets, de comptoirs et d'objets plus mystérieux. Taymullah Azhar la présenta poliment aux étudiants. Il n'avait pas plus tôt prononcé leurs noms qu'elle s'empressa de les oublier, la faute en étant à la présence d'Azhar lui-même.

Depuis la disparition de Hadiyyah, Barbara l'avait vu tous les jours. Elle lui avait apporté de quoi manger, navrée de voir qu'il touchait à peine à la nourriture. Aujourd'hui, il avait particulièrement mauvaise mine, sans doute parce qu'il manquait de sommeil. Il tenait le coup grâce à un régime de cigarettes et de café. Comme elle, d'ailleurs.

Elle lui demanda à quelle heure il aurait fini au labo, ajoutant qu'elle avait le nom d'une personne susceptible de les aider. C'est un détective privé, lui dit-elle. En entendant cela, Azhar déclara à Barbara qu'ils pouvaient partir tout de suite.

En route pour le quartier de Bow, Barbara l'informa de ce qu'elle avait réussi à dénicher sur le compte du détective. En dépit de tous les « clients satisfaits » qui chantaient ses louanges sur son site Web, elle avait mené sa petite enquête, ce qui n'avait pas été bien difficile, étant donné tout ce que les gens racontaient sur Internet de nos jours rien que pour se faire mousser. Dwayne Doughty était âgé de cinquante-deux ans. Il jouait au rugby le week-end. Il était marié depuis vingt-six ans et avait deux enfants. D'après les photos sur sa page Facebook, on pouvait déduire que chaque génération des siens avait gravi un échelon dans l'échelle sociale. Ses parents avaient tiré leur subsistance des mines de charbon de Wigan. Ses enfants avaient des diplômes universitaires. Si le mouvement se poursuivait pour le clan Doughty, ses petits-enfants – s'il en avait un jour – iraient à Oxford ou à Cambridge. C'était, pour faire court, une famille ambitieuse.

Cela dit, le bâtiment qui abritait les locaux de Doughty ne suintait pas l'ambition. Au rez-de-chaussée, un magasin de literie répondant au doux nom « Bedlovers » présentait une devanture fermée par un rideau de fer bleu décoloré que grignotait tranquillement la rouille. Le petit immeuble étroit était pris en sandwich entre une officine de prêt sur gage et une supérette « Bangla Halal ».

Bizarrement, la rue était déserte. Deux musulmans en tenue traditionnelle sortirent d'un immeuble voisin, mais autrement il n'y avait personne. Les commerces étaient presque tous fermés. On était à des années-lumière du centre de Londres, où les trottoirs ne désemplissaient pas de jour comme de nuit.

Ils se dirigèrent vers la porte à gauche de Bedlovers. Elle n'était pas verrouillée et ils se retrouvèrent au bas d'un escalier sur du linoléum orné d'un paillasson *Welcome*.

Il n'y avait qu'un étage, qui ne comptait que deux portes. L'une affichait une pancarte où on lisait *Frappez avant d'entrer*. L'autre pouvait apparemment être poussée sans prévenir, mais on priait les visiteurs de ne pas laisser sortir le chat. Ils choisirent celle où il fallait toquer. Une voix masculine les invita à entrer et, à en juger par son accent, il y avait longtemps que la famille Doughty avait quitté Wigan dans le Lancashire pour l'East End de Londres.

Barbara avait averti Azhar qu'elle ne se présenterait pas comme quelqu'un de Scotland Yard. Elle ne voulait pas que le sieur Doughty se croie l'objet d'une investigation. Ce serait une très mauvaise entrée en matière.

Doughty était occupé à transférer des photos de son appareil à un cadre numérique du genre qui permettait de visionner plusieurs clichés en diaporama. Etalés sur la table devant lui : les câbles, l'appareil photo, le cadre et la notice d'utilisation qu'il semblait, à son air courroucé, sur le point de réduire à l'état de boulette.

Il leva les yeux.

— Ce truc est écrit par un Chinois avec des tendances sadiques. Je ne sais pas pourquoi je me donne la peine de lire ça.

— Comme je vous comprends...

Même si elle n'avait pas su que Doughty jouait au rugby en amateur, son nez l'aurait aussitôt renseignée. Il paraissait avoir été cassé plus qu'une ou deux fois, voire trois. Elle imaginait le chirurgien désespéré levant les bras au ciel en s'écriant : « Qu'il aille se faire voir où il veut ! » Ce qu'il faisait certainement, un petit coup à droite, puis un coup à gauche, l'ensemble prêtant à sa figure une curieuse asymétrie qui avait quelque chose de fascinant. Le reste du bonhomme était banal : corpulence moyenne, cheveux bruns. A part son appendice nasal, il ressemblait à n'importe quel type dans la rue. Mais son nez le rendait inoubliable.

— Miss Havers, je présume ? dit-il en se levant.

Taille moyenne, nota Barbara alors qu'il ajoutait :

— Et voici l'ami dont vous m'avez parlé ?

Azhar s'avança, la main tendue.

— Taymullah Azhar.

— Mr Azhar...

— Juste Azhar.

Hari, rectifia à part elle Barbara. Angelina l'appelait Hari.

— Et il s'agit d'une enfant qui a disparu. La vôtre ?

— Tout à fait.

— Asseyez-vous.

Doughty désigna une chaise devant son bureau. Une deuxième, dépareillée, était placée devant la fenêtre – pour épier la rue ? Doughty la tira auprès de la première en veillant à la disposer suivant le même angle.

Barbara profita de cet instant pour examiner la pièce. Elle s'était attendue à trouver un décor dans la plus pure tradition des privés, transmise par un siècle de polars. Mais ici elle avait plutôt l'impression d'être dans le bureau d'un militaire tant tout y était vert kaki :

la table, les casiers à dossiers, les rayonnages d'une bibliothèque où étaient rangés avec soin des livres classés par tailles, des piles de magazines alignés au cordeau et les photos de ses enfants le jour de la remise de leurs diplômes. Sur la table, elle aperçut un portrait encadré d'une femme de l'âge de Doughty, sans doute son épouse.

Tout était parfaitement ordonné, depuis les cartes du Grand Londres et de la Grande-Bretagne punaisées à un panneau sur le mur jusqu'aux corbeilles à courrier et trieurs sur la table, en passant par la boîte pour les cartes de visite. En dehors des photos, les touches décoratives se résumaient à une fausse plante verte poussiéreuse posée sur un des meubles de rangement.

Ils exposèrent par le menu la situation à Dwayne Doughty. Il prit des notes. La pertinence de ses questions rassura Barbara. Il connaissait manifestement son droit. Mais hélas ce n'était pas ça qui allait la rendre plus optimiste sur les chances qu'ils avaient de retrouver l'enfant.

Barbara avait cependant un élément à ajouter à ce qu'Azhar avait pu leur apprendre, à Lynley et à elle, la nuit de la disparition de sa fille. Pendant les quelques instants de liberté dont Isabelle Ardery n'était pas parvenue à la priver, elle avait réussi à localiser Bathsheba Ward, la sœur d'Angelina Upman.

— Elle habite Hoxton.

Barbara lui communiqua son adresse, qu'il écrivit en lettres majuscules.

— Elle est mariée à un certain Hugo Ward. Deux gosses, mais ce sont ceux du mari, pas les siens. Je lui ai passé un coup de fil, elle a confirmé tout ce qu'on sait déjà sur Angelina et sa famille. Ils ont tous coupé les ponts avec elle il y a une dizaine d'années, lorsque

Angelina a rencontré Azhar. Bathsheba prétend ne pas savoir où elle se trouve et n'en avoir rien à fiche. C'est à voir... Elle ment peut-être.

Doughty opina tout en écrivant.

— Et les autres membres de la famille ?

— Les Upman habitent Dulwich, dit Barbara, consciente de la présence attentive d'Azhar. Je leur ai aussi passé un coup de fil un soir, histoire de voir s'ils avaient quelque chose à ajouter. Rien du tout. Sauf que Bathsheba pourrait bien être sincère : les deux sœurs ne s'aiment guère.

— Et vous leur avez parlé longtemps ? s'enquit Doughty en dévisageant Barbara avec une expression dubitative.

— Au paternel seulement, et non, pas longtemps. Je lui ai juste demandé s'il savait où était Angelina. Je me suis fait passer pour une camarade de classe qui ne l'avait pas vue depuis longtemps et qui cherchait à reprendre contact. Vous voyez le tableau. J'ai cru comprendre qu'il était ravi d'avoir perdu sa fille de vue. Il n'est pas impossible qu'il ait cherché à la couvrir, mais à mon avis ce n'est pas le style.

Doughty se tourna vers Azhar et commença une nouvelle page de son bloc-notes. Avec les mêmes majuscules d'imprimerie, il écrivit « LE PAPA » en haut de la feuille. Barbara ne l'avait pas vu inscrire son nom à elle, tout à l'heure.

— Citez-moi tous les noms qui vous passent par la tête en relation avec Angelina Upman, demanda-t-il à Azhar. Je me fous de qui ils sont, de ce qu'ils représentent pour vous et de la nature de leurs liens avec cette personne. Ensuite, on fera la même chose pour votre fille. Voyons ce qui va en sortir.

*Bow
Londres*

Dwayne Doughty se planta à sa fenêtre après le départ de ses visiteurs. Il les regarda s'éloigner en direction du portique en forme d'arc qui marque l'entrée de la Roman Road et disparaître au coin de la rue. Par mesure de précaution, il attendit encore une trentaine de secondes. Puis il sortit de son bureau et entra immédiatement dans celui d'à côté.

Il ne s'inquiéta pas pour le chat. Il n'y avait pas de chat. La pancarte avait pour seul but d'empêcher les gens d'entrer intempestivement. Une femme était assise devant trois écrans d'ordinateurs. Elle portait un casque et était en train de visionner l'entrevue que Doughty venait d'avoir. Le film se termina par l'échange d'une poignée de main entre lui et la dénommée Barbara Havers, qui soumettait une seconde et dernière fois la pièce à une inspection en règle.

— Alors, qu'est-ce que t'en penses, Em ?

Sans quitter des yeux l'écran où Doughty était en train d'épier par sa fenêtre en prenant garde de ne pas être vu d'en bas, Emily tendit la main vers un sachet de bâtonnets de carotte et se mit à en croquer un.

— De la volaille, laissa-t-elle tomber. Ça pourrait être un poulet d'un commissariat de quartier, mais à mon avis il faut viser plus haut. Une de ces unités spéciales, peut-être. Les services de contre-espionnage, tu sais, SO quelque chose. Ils changent si vite les appellations, à la Met, que je n'arrive plus à suivre.

— Et le type ?

— Il a l'air sincère. Il réagit comme un père dont la fille a été enlevée, mais qui sait qu'elle est avec sa mère.

La mère ne va pas faire de mal à l'enfant, et il le sait. Alors, oui, il est très inquiet, mais il ne s'affole pas comme quelqu'un qui penserait que son gosse est dans les griffes d'un pervers.

— Et alors ? fit Doughty, toujours curieux d'entendre les déductions de son cerveau de vingt-six printemps.

Elle se cala dans son fauteuil, bâilla et se frictionna la tête. Elle avait les cheveux courts et s'habillait aussi comme un homme. De fait, on la prenait souvent pour un garçon. Ses choix d'activités extraprofessionnelles étaient à l'avenant : le ski acrobatique, le snowboard, l'escalade, la planche à voile, le VTT. Elle était le bras droit de Doughty, une championne de la « filoche » et du *blagging*, cette technique qui consiste à usurper une identité pour soutirer des informations confidentielles, capable en outre de courir vingt kilomètres le matin avec vingt kilos sur le dos et d'être quand même à l'heure au boulot.

— Je pense qu'il faut faire comme d'habitude, dit Em. La prudence s'impose, surveillons nos arrières et jouons-la réglo.

Elle recula son fauteuil et se leva.

— Je m'en suis tirée comment ?

— Je suis d'accord avec tout ce que tu viens de dire, approuva-t-il.

30 novembre

Bow
Londres

Onze jours plus tard, un coup de téléphone de Dwayne Doughty ramena Barbara et Azhar dans les locaux du détective privé. Entre-temps, ce dernier s'était rendu à Chalk Farm afin d'inspecter l'appartement d'Azhar. Il avait fureté à droite et à gauche, mais il n'y avait pas eu grand-chose à examiner. L'uniforme scolaire de Hadiyyah. La girafe : pourquoi avoir laissé cette peluche de foire ? Il avait hoché pensivement la tête pendant qu'Azhar lui racontait qu'il avait gagné à un stand de fête foraine une autre girafe qui avait été dérobée à sa fille par une bande de voyous, celle-ci lui ayant été donnée ensuite[1]. Doughty avait emporté l'ordinateur de Hadiyyah en déclarant qu'il allait le confier à un expert qui travaillait pour lui.

Pour l'heure, ils étaient de retour dans son bureau, assis sur les deux mêmes chaises que la première fois. On était en début de soirée.

Doughty s'était rendu lui-même chez Bathsheba Ward,

---

1. *Le Meurtre de la falaise* (*op. cit.*, même auteur, même éditeur).

la sœur. Malheureusement, il n'en était guère plus avancé. Bathsheba possédait à Islington un magasin de meubles design appelé « WARD ».

— Une belle boutique, précisa Doughty. Il y a plein de pognon là-dedans, et il vient du mari, ça fait pas de doute.

Hugo Ward comptait vingt-trois printemps de plus que Bathsheba. Il avait quitté sa femme et ses deux enfants six mois après avoir tendu son parapluie à Bathsheba Upman alors qu'elle essayait d'intercepter un taxi sur Regent Street.

— Le coup de foudre, déclara le privé avec un haussement d'épaules.

Puis, se reprenant, il ajouta, à l'adresse d'Azhar :

— Le prenez pas mal. Je dis pas ça pour vous.

— Je ne le prends pas mal, répliqua Azhar paisiblement.

Barbara se fit la réflexion que piquer les maris des autres était décidément un sport familial. Intéressant…

— Tout ce que j'ai tiré de cette Bathsheba, c'est des moues sarcastiques. Elle ne porte vraiment pas sa sœur dans son cœur, on dirait. Elle m'a accordé dix de ce qu'elle appelle ses « précieuses minutes », mais on n'en a pas eu besoin d'autant. Soit elle est une menteuse de première, soit elle ne sait pas du tout où se trouve Angelina.

— Rien d'autre ? questionna Barbara.

— Pas ça ! répondit Doughty en faisant claquer l'ongle de son pouce contre ses dents.

— Et l'ordinateur de Hadiyyah, qu'est-ce qu'il contenait ?

— A première vue, le disque dur est effacé.

— « A première vue » ?

— Récupérer des données, ça prend du temps. Il faut du doigté… Savoir manier des logiciels délicats d'emploi. On ne peut pas aller plus vite que la musique, vous voyez. Sinon, qui aurait besoin des experts ? Bon, mais croisez les doigts. Si le disque dur a été effacé, c'est pour une bonne raison, et nous allons, avec un peu de chance, la découvrir.

Azhar sortit un dossier marron de sa mallette. Il avait reçu le relevé des opérations de carte bancaire d'Angelina. Il y aurait peut-être un indice ? Doughty chaussa des lunettes de lecture sans doute achetées chez Boots.

— Tiens, cette opération à l'hôtel Dorchester. Pas assez pour louer une chambre, mais...

— C'était pour un thé, l'interrompit Barbara. Angelina m'a invitée. Hadiyyah était là aussi. C'est au début du mois, non ?

Doughty confirma d'un signe de tête. Il continua à lire le relevé et cita le nom du salon de coiffure où Barbara s'était fait faire sa mise en plis au destin tragique. Angelina était sûrement allée confier sa jolie tête à son cher Dusty. Le détective nota les noms du salon et du coiffeur, en suggérant qu'Angelina avait peut-être changé sa coupe et sa couleur avant de se volatiliser. Il y avait quelques opérations montrant des achats dans des boutiques de mode de Primrose Hill, mais après être passée chez le coiffeur elle avait cessé de se servir de sa carte.

— Elle en probablement une autre, ajouta Doughty. Elle pourrait bien avoir pris un autre nom aussi. Nouveau passeport, nouvelle carte d'identité. Dans ce cas, elle a sans doute adopté la solution la plus simple, et la plus courante pour obtenir des papiers de l'administration. Connaîtriez-vous le patronyme de sa mère ?

— Non, répondit Azhar à regret.

Il y avait tant de choses qu'il ignorait sur la mère de son enfant.

— Mais je peux téléphoner à ses parents...

— Je m'en occupe, intervint Barbara.

Autant profiter des avantages offerts par Scotland Yard, songea-t-elle.

— Laissez-moi m'en charger, déclara Doughty en rangeant le relevé dans un dossier sur la couverture duquel Barbara eut le temps d'apercevoir la mention *Upman/Azhar*, ainsi que l'année.

Il ôta ses lunettes-loupe et, se penchant en avant, regarda alternativement Azhar et Barbara avant de poursuivre :

— Il faut que je vous pose la question, ne le prenez pas mal. Vous avez l'air de deux amis, mais si j'en crois mon expérience, quand un homme et une femme semblent aussi bien s'entendre... Il n'y a pas de fumée sans feu. Il existe sûrement un terme pour ce genre de relations que vous avez tous les deux. Bon, assez tourné autour du pot. Ma question, la voici : est-ce qu'Angelina vous aurait surpris à... vous savez, vous voyez ce que je veux dire ?

Barbara eut l'impression que ses joues prenaient feu. Azhar prit les devants pour répondre :

— Bien sûr que non. Barbara est l'amie d'Angelina autant que la mienne. Et elle est proche de Hadiyyah également.

— Angelina savait qu'il n'y avait rien entre vous, alors ?

Barbara avait envie de lui crier : « Regardez-moi, enfin, vous êtes crétin ou quoi ? » Mais elle demeura muette, ce qui ne lui ressemblait pas.

— Il va de soi qu'il ne pouvait rien y avoir, affirma Azhar, catégorique.

Même connaissant la réponse, Barbara réprima de justesse un « Pourquoi ? ».

— Très bien, c'était juste une question obligée. Faut rien négliger dans ces affaires. Remuer ciel et terre, et le linge sale avec...

Le bougre savait tirer parti d'un lieu commun, elle devait lui reconnaître ça.

— Bon, à part l'ordinateur, il reste votre famille, dit Doughty à Azhar. Se débarrasser de votre fille et de sa mère pour vous persuader de retourner auprès de votre épouse délaissée...

— Impossible.

— Qu'est-ce qui est impossible ? Qu'on se soit débarrassé d'elles ou que vous retourniez auprès de votre femme ?

— Les deux. Cela fait des années que je ne lui ai pas parlé.

— La parole, mon vieux, n'est pas toujours obligatoire.

— N'empêche, je ne veux pas qu'on les mêle à cette histoire.

Pour la première fois depuis que Doughty avait évoqué leurs relations, Barbara se tourna vers Azhar.

— Angelina les a peut-être localisés, lui suggéra-t-elle. Elle m'a parlé d'eux, un après-midi. Elle disait que Hadiyyah serait enchantée de les rencontrer. Si en effet elle les a retrouvés, si certains arrangements ont été pris... Il faut vérifier.

— Ce n'est pas nécessaire, répliqua Azhar d'une voix dure.

Doughty leva et abaissa une main pacificatrice.

— Cela nous laisse avec l'ordinateur et le nom de jeune fille de la mère. Et je dois vous avouer que celui-ci ne nous mènera sûrement pas loin.

Il ouvrit un tiroir de son bureau et en tira une carte de visite qu'il tendit à Azhar.

— Téléphonez-moi dans deux jours. Je vous annoncerai la couleur. Les chances sont minces, mais on sait jamais... Le problème, vous en êtes conscient, c'est que vous n'avez aucun droit.

— Cette triste vérité est gravée dans mon cœur, rétorqua Azhar.

Bow
Londres

Doughty, aussitôt Taymullah Azhar et son amie partis, recommença son petit manège. Il trouva Emily Cass à son poste, devant la vidéo de l'entretien qui venait d'avoir lieu. Elle avait relâché sa cravate, mais le gilet de son costume trois-pièces « vintage » était parfaitement boutonné. Sur le portemanteau dans le coin de la pièce, un imper et un feutre mou étaient suspendus au-dessus d'un parapluie replié.

Quand il regardait Em, ce qui n'était pas une occupation désagréable, tant s'en faut, il se disait que personne ne se serait douté qu'elle se distrayait en draguant des inconnus dans les bars pour des parties de sexe anonymes. Elle allait jusqu'à calculer le temps qui séparait la première œillade du moment où ils étaient prêts pour l'acte lui-même. Jusqu'ici, son record était de treize minutes. Cela faisait deux mois qu'elle essayait vainement de l'améliorer.

Il avait passé un temps fou à la sermonner sur les conduites à risque. C'était toujours le même refrain : elle le traitait par le mépris. Et de son côté, il soupirait toujours : « J'ai pigé. Tu as vingt-six ans. J'avais oublié qu'on était immoral à cet âge. »

A présent, il l'interrogeait :

— Qu'est-ce qu'on a, alors ?

— Elle a brouillé les pistes. On a besoin du nom de jeune fille de sa mère. La fliquesse de Scotland Yard pourrait se le procurer facilement. Pourquoi tu l'as pas laissée faire ?

— Parce qu'elle ne sait pas que nous savons ce qu'elle est... entre autres. Une impression que j'ai.

— Toi et tes impressions, rétorqua Em.

— Et puis je suppose que ce sera pas un problème pour toi. On en est où, avec l'ordi de la gamine ?

— J'ai fait mon maximum, hélas je crois qu'il est temps d'appeler Bryan à la rescousse.

— Je croyais que t'avais dit « plus jamais »...

— En effet, et ce serait génial si tu trouvais quelqu'un d'autre, Dwayne.

— Il n'y a pas meilleur que lui.

— Il doit bien y en avoir un presque aussi bon quelque part.

Elle recula son fauteuil à roulettes et ramassa distraitement ses clés, au nombre de trois – maison, voiture, bureau –, qu'elle avait l'habitude de faire tourner sur leur anneau quand elle réfléchissait. Mais là, elle ne jouait pas avec, elle examinait le porte-clés : un Titi dont la mimique disait clairement que ce petit canari ne supportait pas les idiots.

— Ce qu'il y a...

— Oui ? l'encouragea Doughty.

Une Em songeuse, voilà qui sortait de l'ordinaire. Elle était en général une femme d'action, pas une contemplative.

— J'ai vu ton tour de passe-passe, Dwayne. Qu'est-ce que tu mijotes ?

Doughty sourit.

— Tu me surprendras toujours. Pas étonnant que Bryan veuille te culbuter dans le foin.

— S'il te plaît. Il me débecte totalement.
— Je croyais que tu aimais être prise à la hussarde.
— Par certains. Pas par des mecs comme Bryan Smythe...

Elle tressaillit et jeta Titi sur le bureau avant d'enchaîner :

— Tu lui cèdes d'un pouce – je parierais qu'il en a une pas plus grosse que ça, d'ailleurs – et il te lâche plus d'une semelle, ce gros con. Je déteste quand les hommes font des avances aussi explicites.

— J'en prends bonne note, répliqua-t-il en faisant semblant d'écrire sur sa paume. « Bryan, mon pote, avance masqué »...

Puis, en désignant le téléphone d'un geste de la tête, il ajouta :

— Je vais te laisser continuer. D'abord le nom de jeune fille de la mère. T'en as pour combien de temps ?

— Dix minutes.

— Très bien, dit-il en se dirigeant vers la porte.

Comme elle prononçait son nom, il se retourna.

— Quoi ?

— Tu n'as pas répondu à ma question. Tu m'as eue avec Bryan... habile diversion. Mais ça n'a pas marché.

— De quelle question s'agissait-il, déjà ? riposta-t-il en prenant un air innocent.

Elle rit.

— S'il te plaît, quoi que tu concoctes et quelle que soit la somme que tu comptes soutirer à ce pauvre mec, je te suggère que nous restions pour une fois du bon côté de la loi.

— Sur mon honneur, déclara-t-il d'un ton faussement solennel.

— Ah, *ça*, c'est rassurant !

17 décembre

Soho et Chalk Farm
Londres

Barbara Havers n'en pouvait plus, après trois heures à écumer les boutiques d'Oxford Street, et se demandait s'il aurait été préférable de zigouiller Bing Crosby avant qu'il enregistre « The Little Drummer Boy » ou le compositeur avant qu'il ait pondu cette daube. La deuxième solution aurait sans doute été la meilleure. Si ce n'était pas Bing, un autre crooner aurait fini par chanter « Pa Ram – Pam Pam Pam » au moins une fois par heure depuis le 1er novembre jusqu'au 24 décembre.

Cette satanée mélodie la poursuivait depuis la station Tottenham Court Road. Au bas de l'escalator du métro, un chanteur de rue la braillait dans un micro, puis elle lui cassa les oreilles chez Accessorize, puis devant Starbucks, et aussi à l'entrée de chez Boots. Le violoniste aveugle qui grattait son crincrin depuis des lustres devant chez Selfridges reprenait lui aussi la ritournelle dégoulinante de bons sentiments. Le supplice de la goutte d'eau devait être un réel plaisir, comparé à ça.

Elle faisait ses courses de Noël. Sa famille étant réduite à une seule personne, cette corvée était en général vite expédiée à l'aide d'un catalogue et d'un téléphone. Sa mère n'avait pas besoin de grand-chose, et envie de rien du tout. Elle passait le plus gros de ses journées devant des vidéos avec Laurence Olivier – jeune, de préférence – et le reste du temps à participer aux ateliers de « loisirs stimulants » organisés par la directrice de la résidence de Greenford, Florence Magentry – Mrs Flo pour ses ouailles. Barbara cherchait aussi un cadeau pour elle. Normalement, elle en aurait acheté un pour sa petite voisine, Hadiyyah. Mais la fillette n'avait pas encore été localisée et chaque jour l'espoir de la retrouver s'amenuisait.

Barbara s'efforçait de ne pas penser à Hadiyyah. Elle se répétait que le privé faisait de son mieux. Dès qu'il serait sur une piste, elle le saurait par le truchement d'Azhar.

Elle cherchait également pour lui quelque chose de sympa, histoire de le réconforter un peu. Depuis la disparition, il était de plus en plus silencieux, et rentrait chez lui de plus en plus rarement. Barbara pouvait comprendre. Que pouvait-il faire d'autre ? A moins de se lancer lui-même dans une enquête. Mais faudrait-il encore qu'il sache par où commencer. Le monde était vaste et Angelina Upman avait bien calculé son coup. Elle n'avait laissé aucune trace.

Il fallait avoir confiance en Dwayne Doughty. Seulement, rien que de se promener dans Oxford Street, les souvenirs affluaient. L'été précédent, obéissant aux ordres de la commissaire Ardery qui exigeait d'elle un « relookage », elle était venue faire les boutiques en compagnie de Hadiyyah afin de jeter les premiers jalons d'une nouvelle garde-robe. Elles avaient dégotté quelques frusques, et surtout elles s'étaient bien amusées. Mais maintenant cette page de sa vie était tournée.

Et elle était aussi déprimée qu'Azhar, c'était un fait, à quoi s'ajoutait comme un sentiment de gêne, car il lui semblait qu'elle n'avait pas le droit d'être aussi affectée, Hadiyyah n'étant pas *sa* fille.

L'obsédant « Pa Ram – Pam Pam Pam » continua de poursuivre Barbara, qui finit par tomber sur un objet susceptible de plaire à Azhar. Non loin de Bond Street, des stands de rue illuminés comme des arbres de Noël proposaient un peu de tout, depuis des fleurs jusqu'à des chapeaux. L'un d'eux exposait des jeux de société, et parmi ceux-ci « Cranium ». Barbara ramassa la boîte. « Un jeu qui secoue les méninges » ? Exactement ce qu'il fallait à un professeur de microbiologie. Elle paya sans poser de question et se lançait dans une fuite éperdue vers la station de métro quand son téléphone sonna.

Elle répondit en négligeant de vérifier le numéro qui s'affichait sur le cadran. Peu lui importait. En d'autres temps, elle aurait craint d'être rappelée au Yard, surtout qu'elle était censée être de service. Mais ces jours-ci, elle s'en fichait. Le travail était devenu un refuge.

C'était Azhar. Au son de sa voix, elle ressentit un frisson de plaisir. Il voyait de sa fenêtre la voiture de Barbara dans l'allée, lui dit-il. Cela la dérangerait-il s'il passait la voir pour parler un peu ?

Mince alors ! Elle était dans Oxford Street, l'informat-elle. Mais elle rentrait tout de suite. Avait-il eu des nouvelles ? Y avait-il du nouveau ?

Il répondit qu'il l'attendrait. Il venait de parler à Mr Doughty.

— Alors ? fit Barbara.
— Tout à l'heure.

D'après ses intonations, les nouvelles n'étaient pas bonnes.

Elle arriva à Eton Villas en un temps convenable si on considérait qu'elle avait dû emprunter l'abominable Northern Line. Alors qu'elle contournait la maison, ses emplettes au bout des bras, Azhar surgit de son appartement du rez-de-chaussée. Il lui prit galamment deux sacs des mains. Elle fit celle qui n'avait pas besoin d'aide, affectant une gaieté forcée en accord avec la saison, mais elle voyait bien à son expression que ce qu'elle avait déduit de ses intonations au téléphone se confirmait.

— Que voulez-vous boire, je peux vous offrir du thé ou du gin ? C'est un peu tôt pour du gin, mais qu'est-ce que ça peut faire ? On le mérite.

Il ébaucha un pâle sourire.

— Ah, si seulement ma religion m'y autorisait…

— On peut toujours tricher. Mais je voudrais pas vous corrompre. Ce sera donc du thé. Bien noir. Avec un petit moelleux, je vous dis que ça… Rien que parce que c'est vous.

— Vous êtes trop bonne avec moi, Barbara.

Azhar avait toujours été le plus courtois des hommes. Dans son bungalow, Barbara alluma le radiateur électrique dans la minuscule cheminée et ôta son manteau, son écharpe et ses gants. Elle hésita pour le bonnet. Ses cheveux commençaient à repousser, mais elle ressemblait toujours à une cancéreuse en chimio. Azhar, bien élevé comme il l'était, n'avait jamais émis le moindre commentaire sur ses goûts en matière de coiffure. Elle supposait qu'il n'allait pas plus tiquer aujourd'hui, en voyant sa tête rasée. D'un seul mouvement, elle enleva son bonnet et le jeta sur le lit avec le reste.

En préparant le thé et en plaçant des moelleux sous le gril de son four, elle se félicita d'avoir acheté du beurre et du lait. Pour un peu, elle se prendrait pour une fée du logis. En plus, avant sa tournée d'emplettes, elle avait rangé plus ou moins ses pénates – du moins avait-elle épargné à Azhar la vue de ses slips séchant sur la corde à linge au-dessus de l'évier.

Il attendit qu'elle ait posé la théière, les mugs, les gâteaux et le reste sur la table pour entamer la conversation. Impatiente de savoir ce qu'il avait appris, Barbara rongea son frein quand il se mit à s'enquérir de la santé de sa mère, et à plaindre l'inspecteur Lynley, qui passait son premier Noël seul après la mort de sa femme. Finalement, il lui dit qu'il s'était déplacé jusqu'à Bow sur l'invitation de Dwayne Doughty. Parti plutôt optimiste à la pensée que le privé souhaitait l'éblouir par ses talents de détective, il avait éprouvé une cuisante déconvenue.

— Il voulait seulement que je lui paye ses frais et ses honoraires, déclara Azhar d'une voix sans colère. Pendant la période de Noël, un chèque risque tellement facilement d'être perdu par la poste...

— Mais qu'est-ce qu'il vous a dit ? S'il vous a dit quelque chose...

Barbara aurait bien voulu savoir pourquoi il avait négligé de l'inviter à entendre le rapport du privé. Pourquoi ? Elle se mordit la langue. Bon sang, sa fille avait disparu, alors tout ce qui comptait c'était Hadiyyah, et peu importait si Barbara était à ses côtés ou non.

— Il a trouvé le nom de jeune fille de la mère d'Angelina. Ruth-Jane Squire. Mais là s'est arrêtée la piste. Rien n'indique qu'Angelina s'en soit servie pour se faire faire de nouveaux papiers, passeport, permis de conduire, acte de naissance...

— C'est tout ? s'étonna Barbara. Mais cela n'a pas de sens ! Ces types-là, ces privés, ils passent leur vie à faire des entourloupes à la loi... Ils fouillent dans les poubelles des gens, ils posent des mouchards sur leurs téléphones, ils piratent leurs courriers électroniques, ils interceptent leurs lettres, ils sont les rois du *blagging*…

— Le *blagging* ?

— Les détectives privés ont des collaborateurs et des collaboratrices prêts à tout pour soutirer des informations. Par exemple, appeler le généraliste d'Angelina en se faisant passer pour son assistante sociale ou je ne sais quoi. « Est-il exact qu'elle est atteinte de la syphilis, docteur ? »

— Mais pour quelle raison poser une question pareille… ?

— Pour avoir l'air d'avoir des raisons légitimes de faire parler les gens, pardi. Je suis sûre que Doughty emploie plusieurs *blaggers*, des extorqueurs d'information professionnels.

— Il a une assistante, une femme, lui dit Azhar. Elle a lancé des recherches auprès des compagnies aériennes, des taxis, des minicabs, des trains et du métro. Sans résultat.

— Elle était là ? Au rendez-vous ? Elle vous a fait un rapport ?

— Non, c'était lui. Je n'ai pas vu cette femme. Aurais-je dû ? s'enquit Azhar en fronçant les sourcils.

Il ramassa le moelleux, l'inspecta puis le reposa sur l'assiette avant de poursuivre :

— Je m'en veux de ne pas vous avoir demandé de m'accompagner. Vous auriez pensé à tout. Je suis… tellement inquiet, Barbara. Quand il m'a appelé et m'a convoqué d'urgence, en ajoutant qu'il préférait ne rien me dire par téléphone…

Azhar esquiva son regard, l'air soudain accablé.

— J'étais sûr qu'il avait réussi. Je m'attendais, je crois, à trouver Hadiyyah dans son bureau, peut-être même avec Angelina... qu'on puisse discuter tous ensemble et tomber d'accord sur une solution...

Il se tourna de nouveau vers elle.

— C'est idiot de ma part, mais cela fait des années que j'agis comme un idiot, alors...

— Ne dites pas ça. Vous n'y pouvez rien. Nous prenons tous les jours des décisions qui entraînent des conséquences que nous n'avions pas imaginées, c'est ça la vie.

— Oui, bien sûr. Mais quand même, quelle idée j'ai eue ! Qu'est-ce qui a bien pu me traverser l'esprit ? Je l'ai vue, voyez-vous, à l'autre bout de la pièce...

— Angelina ? Où ça ? émit Barbara alors que son cœur faisait un bond dans sa poitrine.

— Ce n'était pas les places qui manquaient à la cafétéria. J'aurais pu m'asseoir n'importe où. Mais j'ai choisi sa table.

— Ah, le jour où vous l'avez rencontrée...

— Je l'ai vue et je me suis cru autorisé à l'aborder.

Il marqua une pause. Pour peser ses mots afin d'éviter de froisser Barbara ?

— Et sans réfléchir j'ai décidé là, sur-le-champ, qu'elle serait ma maîtresse. Mon ego, vous comprenez, c'était une question d'ego. Comment ai-je pu être aussi bête ?

Barbara ne savait trop quoi lui répondre. Cela ne la regardait pas. Et puis la liaison dont le fruit avait été Hadiyyah, c'était de l'histoire ancienne. Ce qui ne signifiait pas qu'elle s'en désintéressait, au contraire elle était très intriguée et ne pouvait s'empêcher d'en tirer des conclusions. N'empêche, elle n'était fière ni de sa curiosité ni de ses déductions. Pour une raison bien simple et qui ne concernait qu'elle-même, Barbara Havers, qui se demandait si elle serait capable de se mettre à la place d'une femme telle qu'Angelina Upman, une femme qu'un homme tel qu'Azhar pouvait désirer au point que la face du monde en était changée.

— Je suis désolée, dit-elle. Pas pour Hadiyyah évidemment. Vous non plus, je pense.

— Non, bien sûr que non.

— Bien, alors où en êtes-vous ? Vous avez rémunéré Doughty pour sa peine et maintenant… ?

— Il m'affirme qu'elle finira par réapparaître. Il me conseille de rendre visite aux parents d'Angelina. Selon lui, un jour ou l'autre elle reprendra contact avec eux. Les personnes disparues perdent rarement contact de façon permanente avec leur famille quand il n'y a plus de raison.

— La raison étant vous ?

— Il dit que puisqu'ils ont coupé les ponts avec leur fille parce qu'elle était enceinte de moi et que je refusais le mariage, je devrais me présenter chez ses parents et leur faire part de mon intention de l'épouser. Tout me serait alors pardonné…

— Quoi ? Et il se base sur quoi, pour l'amour du ciel ? Une planche de ouija ?

— Sa sœur. Son raisonnement est le suivant : sa sœur n'a pas été traitée par ses parents comme Angelina alors qu'elle a commis exactement le même crime, elle a eu une liaison avec un homme marié. D'après Doughty, c'est parce que cet homme l'a épousée. Voilà pourquoi ma proposition pourrait les pousser à me confier ce qu'ils savent sur sa disparition. Aujourd'hui ou demain… s'ils apprennent quelque chose.

— Qu'est-ce qui fait croire à Doughty qu'ils pourraient savoir quelque chose aujourd'hui ?

— Personne ne disparaît sans laisser de traces,

répliqua Azhar. Si Angelina semble avoir réussi ce tour de force, c'est que quelqu'un l'a aidée.

— Ses parents.

— Doughty estime que c'est le genre de gens qui fermerait les yeux sur un adultère tant qu'il mène devant monsieur le maire. Il me pousse à me servir de cet argument comme levier. Il dit que je dois m'habituer à manipuler les autres.

Il la dévisagea, un sourire triste aux lèvres. Une immense fatigue se lisait dans ses yeux. Barbara songea qu'elle devrait le prendre dans ses bras et le bercer jusqu'à ce qu'il s'endorme. La manipulation, voilà bien une aptitude dont était dépourvu Azhar, si forte que soit sa détresse.

— Comment allez-vous vous y prendre ? interrogea-t-elle.

— Je vais aller à Dulwich leur parler.

— Permettez-moi de vous accompagner.

Son visage s'adoucit.

— Cela, ma chère Barbara, c'était ce que j'avais envie de vous entendre dire.

19 décembre

Dulwich Village
Grand Londres

Barbara Havers n'avait jamais mis les pieds dans la ville de Dulwich avant de s'y rendre en compagnie d'Azhar, mais dès qu'elle vit l'endroit, elle sut que c'était celui qu'elle devrait apprendre à rêver d'habiter un jour. Au sud de la Tamise dans le comté de Southwark, Dulwich n'avait rien à voir avec le reste de la grande banlieue de Londres. Elle méritait le nom de « ville verte », même si les beaux arbres qui bordaient les rues étaient à cette saison dépouillés de leurs feuilles. Mais leurs branches promettaient de l'ombre en été et une symphonie de couleurs en automne. Les trottoirs larges, d'une propreté incroyable, ne présentaient pas une seule de ces constellations de chewing-gums écrasés que l'on avait sans cesse sous les pieds dans le centre.

Dans cette partie du monde, les maisons étaient énormes, en brique et coûtaient un max. Ces dames n'avaient que l'embarras du choix parmi les boutiques de mode de la rue principale, et leurs maris pouvaient se faire dorloter dans des « instituts de soins pour hommes » pendant que les chères têtes blondes allaient à l'école dans de magnifiques bâtiments de style victorien, ou jouaient dans le parc Dulwich. On y trouvait aussi un collège Dulwich, et un musée Dulwich, le tout évoquant la vie d'une classe moyenne supérieure qui se réunissait à l'occasion de cocktails et dotait ses enfants d'un bagage universitaire de qualité supérieure dans les établissements les plus coûteux du royaume.

« Comme un poisson hors de l'eau »... Cette expression n'était pas assez forte pour décrire l'impression que Barbara éprouvait à s'immiscer dans ces rues au volant de son antique Mini. Avec Azhar assis à côté d'elle, le plan de Londres – le *A to Z* – ouvert sur les genoux, elle avait bon espoir d'arriver à bon port et espérait que Frank Dixon Close, où habitaient les Upman, lui réserverait une bonne surprise, et qu'elle ne se sentirait pas comme une récente émigrée d'un pays déchiré par la guerre, dans une vieille chignole offerte par une association caritative chrétienne.

Raté. La maison – que lui indiqua Azhar d'un tranquille : « On dirait que c'est ici, Barbara » – s'élevait au coin d'une impasse privée. Une demeure de style néo-géorgien, aux murs en brique et aux fenêtres blanches, un modèle de symétrie aux proportions généreuses. La gouttière était fraîchement repeinte en noir. Devant, une pelouse fraîchement tondue, divisée en deux par une allée de dalles menant au perron. De chaque côté, des spots éclairaient des plates-bandes encore fleuries. Derrière chaque fenêtre brillaient de fausses bougies à led, sans doute pour se conformer à l'humeur festive de la période.

Barbara trouva sans mal à se garer. Azhar et elle restèrent un moment à contempler la façade.

— On dirait qu'il n'y a pas pénurie de pognon dans le coin, finit par lancer Barbara en regardant autour d'elle.

Frank Dixon Close était un rêve de cambrioleur devenu réalité.

Ils frappèrent à la porte. Pas de réponse. Il devait bien y avoir une sonnette quelque part. En cherchant bien, ils la dénichèrent sous une couronne de houx. Elle se révéla plus efficace. De l'intérieur leur parvint une voix féminine :

— Humphrey, tu peux répondre, mon chéri ?

Des bruits de loquets, puis la porte s'ouvrit. Barbara et Azhar se retrouvèrent face à face avec le père d'Angelina Upman.

Azhar avait appris à Barbara que Humphrey Upman était directeur de banque et que sa femme était psychothérapeute pour enfants. Ce qu'il ne lui avait pas dit, c'était que le type était raciste. A la limite c'était inutile. Cela se voyait comme le nez au milieu de la figure. Un peu plus et elle l'aurait entendu grommeler : « C'en est fini de la paix du quartier... » Les narines palpitantes, la bouche pincée, il se plaça en travers du seuil comme s'il cherchait à bloquer le passage à Azhar, au cas où celui-ci se serait rué dans le salon, un sac sur l'épaule, pour dérober l'argenterie.

— Qu'est-ce que vous voulez ?

En fait, il savait parfaitement qui était Azhar, même s'il était dans le noir quant à l'identité de Barbara. Elle sortit sa plaque.

— Une petite conversation, c'est tout ce que nous voulons, Mr Upman, lui dit-elle alors qu'il étudiait sa carte de police.

— Qu'est-ce que la police me veut ? répliqua-t-il en

lui rendant sa plaque sans pour autant s'écarter pour leur laisser le passage.

— Peut-on entrer ? demanda Barbara.

Il cogita quelques instants.

— D'accord, mais lui, il reste dehors.

— J'admire votre autorité, mais ce n'est pas la meilleure manière d'engager notre petite conversation.

— Je n'ai rien à lui dire.

— On ne vous en demande pas tant.

Barbara commençait à s'impatienter quand la maîtresse du logis claironna derrière son mari :

— Humphrey ? Qu'est-ce que...

A la vue d'Azhar, elle se tut. Ce dernier lui lança, par-dessus l'épaule du mari :

— Angelina a disparu. Depuis un mois. Nous essayons de...

— Nous sommes au courant, le coupa Humphrey Upman. Que ce soit bien clair pour tous les deux : si notre fille était morte, cela ne nous importerait pas le moins du monde, au point où nous en sommes.

Barbara allait lui demander s'il avait toujours été aussi débordant de tendresse pour son enfant, quand sa femme ordonna :

— Laisse-les entrer, Humphrey.

Il la fusilla du regard.

— Je ne veux pas de cette pourriture chez moi.

Barbara avait déjà entendu des malfrats employer ce terme injurieux à l'égard des flics, mais elle savait qu'Upman ne parlait pas d'elle.

— Mr Upman, à la prochaine insulte je...

Encore une fois, ce fut la femme qui intervint.

— Si l'air te paraît irrespirable, Humphrey, tu n'as qu'à aller faire un tour ailleurs. Laisse-les entrer, enfin !

Il lui opposa un silence hostile pour bien montrer qu'elle lui revaudrait ça, puis il pivota sur ses talons et s'éloigna. Elle les mena au salon, une pièce luxueuse mais totalement impersonnelle, sûrement l'œuvre d'un décorateur payé grassement. Les portes-fenêtres s'ouvraient sur un jardin paysager dont les sentiers, la fontaine, les statues et les parterres étaient éclairés.

Dans un coin du salon, un sapin attendait d'être décoré. Ils avaient dû interrompre Ruth-Jane Upman dans l'accomplissement de cette tâche rituelle, car des guirlandes lumineuses traînaient par terre à côté d'une boîte de boules de Noël posée devant la cheminée.

Elle ne leur proposa pas de s'asseoir. Manifestement, elle ne souhaitait pas qu'ils s'attardent.

— Avez-vous des raisons de penser que ma fille est morte ? s'enquit-elle d'un ton froid et détaché.

— Elle ne vous a donné aucune nouvelle ? demanda Barbara.

— Bien sûr que non. Quand elle s'est amourachée de cet homme, susurra-t-elle en lançant à Azhar un coup d'œil acerbe, nous l'avons bannie de notre vie. Elle refusait d'entendre raison. Nous avons donc cessé de la voir.

Se tournant vers Azhar, elle continua en haussant le ton :

— Alors, elle vous a enfin quitté ? Vous vous attendiez à quoi au juste ?

— C'est la deuxième fois, en fait, expliqua Azhar sans se démonter. Nous sommes venus vous voir parce que mon souhait le plus cher est…

— C'est bien vrai ? Elle vous a déjà quitté ? Vous ne vous êtes pas précipité chez nous la première fois. Qu'est-ce qui motive votre visite aujourd'hui ?

— Elle a emmené ma fille.

— Laquelle ?

Fière de son effet, elle ajouta :

— Parfaitement, Mr Azhar. Nous savons tout sur vous. Humphrey a bien travaillé et j'ai suivi l'enquête.

Barbara s'impatientait :

— Il s'agit de Hadiyyah. Je suppose que vous savez de quelle fille d'Azhar il s'agit ?

— Celle dont Angelina a... accouché.

— Et à qui son papa doit manquer terriblement, précisa Barbara.

— Vous savez quoi : je me fiche de ce qui arrive à cette enfant. Angelina n'est plus ma fille, tenez-vous-le pour dit. Et je ne m'intéresse pas plus à vous. Ni son père ni moi ne savons où elle est, ni où elle compte aller. Vous avez d'autres questions ? Sinon, j'aimerais terminer de décorer mon sapin, s'il vous plaît.

— Vous a-t-elle contactée ?

— Vous n'avez pas entendu ce que je vous ai expliqué ?

— Vous avez dit que vous ne saviez pas où elle était, mais vous n'avez pas dit que vous ne lui aviez pas parlé, elle aurait très bien pu le faire sans vous confier où elle était.

Ruth-Jane répondit par un silence. *Bingo*, songea Barbara. Hélas, la mère d'Angelina ne leur céderait rien de plus. Même si elle avait reçu un coup de fil, une lettre, une carte postale avec la mention « Je l'ai quitté », cette femme n'allait pas lâcher le morceau.

— Azhar souhaite savoir où est sa fille. Vous pouvez comprendre ça, quand même ?

Mrs Upman affichait une attitude d'indifférence absolue.

— Que je comprenne ou pas, qu'est-ce que ça

change ? Ma réponse reste la même : je n'ai eu aucun contact avec Angelina.

Cette fois, Barbara sortit une de ses cartes de visite de sa poche et la tendit à leur interlocutrice.

— Je souhaiterais que vous m'appeliez si vous avez des nouvelles. C'est Noël, après tout.

— Souhaitez ce que vous voulez, mais il n'est pas en mon pouvoir d'exaucer vos vœux.

Barbara posa sa carte sur une petite table.

— Réfléchissez, Mrs Upman.

Comme Azhar semblait prêt à continuer à plaider sa cause, Barbara lui indiqua d'un regard la sortie. Cela ne servait à rien d'insister. Elle les avertirait peut-être si Angelina donnait signe de vie. Ou pas… En tout cas, ils ne pouvaient rien faire de plus.

Sur les murs du couloir menant au vestibule étaient accrochés un certain nombre de tableaux, et parmi ceux-ci, trois photos en noir et blanc qui ressemblaient à des instantanés. Barbara marqua une pause pour les regarder. Elles représentaient toutes les trois le même sujet : deux filles. Sur la première elles étaient sur une plage occupées à faire un château de sable, sur la deuxième elles étaient sur un manège, l'une perchée sur un grand cheval, la seconde sur un plus petit ; et sur la dernière elles tendaient une carotte à une jument et à son adorable poulain. Ce qui retint l'attention de Barbara, ce ne fut pas la beauté des images. Ni le soin apporté à leur encadrement. La chose qui aurait frappé n'importe qui devant ces clichés, c'étaient les filles elles-mêmes.

Angelina et Bathsheba, sans doute, songea Barbara. Elle se demanda pourquoi personne n'avait spécifié qu'elles étaient de vraies jumelles, parfaitement identiques.

20 décembre

*Islington
Londres*

Barbara estimait qu'il y avait encore un espoir, que tout n'était peut-être pas perdu. Dès le lendemain, pendant son heure de déjeuner, elle passa à l'action ; sans en avertir Azhar, de crainte d'un échec. Il avait le moral suffisamment à plat comme ça. Signer son chèque à Dwayne Doughty, c'était admettre que l'affaire était close. Mais si elle l'était aux yeux du privé, elle ne le serait pas pour Barbara tant qu'elle n'aurait pas exploré toutes les pistes imaginables. Elle n'arrivait pas à accepter que Hadiyyah et sa mère puissent s'être volatilisées.

A New Scotland Yard, Barbara, une fois n'est pas coutume, se tenait à carreau. Ce qu'elle avait fait à ses cheveux était pour l'heure rédhibitoire, mais étant résolue à caresser la commissaire intérimaire dans le sens du poil, elle s'efforçait de garder une tenue sinon impeccable, du moins correcte. Elle portait des bas, cirait ses pompes. A la demande d'Ardery, elle avait même accepté sans se plaindre de faire équipe avec l'inspecteur John Stewart, malgré l'envie qui la démangeait de lui écraser une cigarette allumée sur le nez. Elle s'interdisait aussi de fumer dans la cage d'escalier de la Met. Avec tout ça, elle finissait par se sentir tellement vertueuse qu'elle décida qu'un petit écart de conduite ne ferait pas de mal.

Elle se rendit chez WARD. Elle connaissait l'adresse de la sœur d'Angelina, mais comme elle n'avait aucune envie d'essuyer le même genre d'accueil que chez les parents, elle s'était dit que de se pointer sur son lieu de travail lui procurerait l'avantage de la surprise.

WARD se trouvait sur Liverpool Road, ce qui situait avantageusement le magasin à deux pas du Business Design Center. C'était un de ces espaces « tendance » à la décoration si dépouillée que Barbara se demanda si ce n'était pas une façade légale permettant de blanchir de l'argent sale plutôt que le showroom d'une éditrice de mobilier contemporain dont l'enseigne portait le nom. La « designeuse » en question était dans la place. Barbara s'en était assurée en prenant rendez-vous avec elle un peu plus tôt dans la journée. Ayant eu la présence d'esprit de lui cacher qu'elle était officier de police, elle avait expliqué en termes vagues qu'elle était une cliente intéressée par ses créations, dont elle avait « beaucoup entendu parler ».

Afin de se préparer à l'entrevue, elle avait effectué quelques petites recherches pendant qu'elle dactylographiait le rapport que l'inspecteur Stewart, décidé à lui manifester ouvertement son antipathie, lui avait ordonné d'insérer dans HOLMES[1], tâche en principe réservée aux secrétaires, qui étaient des employées civiles. Au lieu de se faire prier et de râler haut et fort

---

1. Pour « Home Office Large Major Enquiry System », base de données de la Met.

pour que tout le monde l'entende, elle avait susurré un « Ça marche, monsieur » appuyé d'un sourire bon enfant qui lui avait valu un regard méfiant de la part de l'inspecteur. Toujours est-il qu'elle avait eu le temps de se renseigner sur Bathsheba Ward née Upman. En entrant dans le showroom, elle n'était sûre que de deux choses : Bathsheba n'avait pas réussi à devenir top-modèle – parce qu'elle était trop petite – et le monde impitoyable de la mode n'avait pas voulu d'elle comme styliste. Mais avec les meubles elle avait connu un succès foudroyant, comme en témoignait une moisson de prix qu'illustraient des photos des créations en question. Le couronnement de sa carrière avait été l'achat de deux d'entre elles par de prestigieux musées, le Victoria & Albert et le Museum of London. Ces deux victoires étaient commémorées par des plaques et des articles de magazine joliment encadrés.

La ressemblance de Bathsheba avec sa sœur était renversante. Elles auraient facilement pu se faire passer l'une pour l'autre. Mais en l'examinant avec attention, Barbara s'aperçut que leurs signes distinctifs – un grain de beauté au coin de l'œil, une fossette – étaient inversés, à la manière d'un reflet dans le miroir. Bathsheba n'avait pas de taches de rousseur, mais peut-être fuyait-elle le soleil.

Elle n'avait pas non plus la personnalité chaleureuse d'Angelina. Cependant, comme cette dernière n'était qu'une ruse, il y avait des chances pour que les deux femmes soient l'une comme l'autre aussi fourbes qu'un boa constrictor affamé attendant son heure planqué derrière un canapé. Barbara se promit de rester sur le qui-vive.

En l'occurrence, elle avait eu tort de s'inquiéter. Lorsqu'elle lui révéla qu'en réalité elle n'était pas là pour claquer vingt-cinq mille livres pour meubler son appartement d'esthète avec vue sur la Tamise à Wapping, Bathsheba Ward ne cacha pas son irritation.

— On est déjà venu me déranger à ce sujet, répondit-elle.

Elles étaient assises à une grande table dans son bureau, où elle avait, préalablement au rendez-vous, étalé quelques photos de ses œuvres en guise de démonstration. Barbara lui avait dit qu'elle trouvait ses meubles « chics et beaux » avant de lâcher sa malencontreuse bombe, à savoir la véritable raison de sa visite.

— Un détective privé… Celui que le… je ne sais pas comment l'appeler… de ma sœur a engagé pour la retrouver. Je lui ai dit que je ne savais pas où elle était ni avec qui elle vivait maintenant, parce que, croyez-moi, c'est pas le genre à rester seule. Même si elle avait déménagé à côté de chez moi, je ne serais pas au courant. Cela fait des années que je ne l'ai pas vue.

— Mais vous la reconnaîtriez, non ? lui lança Barbara, sardonique, alors que Bathsheba se levait pour aller s'asseoir à son bureau.

— Ce n'est pas parce qu'on est jumelles qu'on a la même façon de penser, sergent…

Elle jeta un coup d'œil à la carte de Barbara qu'elle tenait entre ses doigts aux ongles vernis. Sur son bureau étaient posées des photos encadrées d'un homme dont le visage rappelait celui d'une tortue, sans doute son mari, et de deux jeunes adultes – l'un d'eux avec un bébé dans les bras –, sans doute les enfants du premier mariage de monsieur.

— Havers, prononça Bathsheba en lisant le patronyme de Barbara sur la carte de police, qu'elle s'empressa de jeter sur son bureau.

— Elle a réussi à disparaître sans laisser de traces, l'informa Barbara. Toutes ses affaires se sont envolées. Jusqu'ici, nous n'avons pas réussi à comprendre comment elle a pu embarquer tout ça ni vers quelle destination.

— Elle s'est peut-être débarrassée de ses « affaires », avança Bathsheba avec une moue de dégoût, comme si elle avait dit « bouse de vache ». Chez Oxfam, par exemple. Pas besoin de billet, pas de traces.

— C'est possible, mais comment ? Nous avons vérifié les transports publics, les taxis, les minicabs. Sans résultat. A croire qu'elle s'est télétransportée avec Hadiyyah. A moins que quelqu'un ne l'ait aidée dans ce voyage instantané...

— En tout cas, ce n'est pas moi. Si vous ne pensez à personne d'autre, peut-être devriez-vous envisager une éventualité plus... sinistre.

— Comme quoi ?

Bathsheba écarta son fauteuil du bureau, l'un et l'autre ses créations, aux lignes épurées et incrustées de bois précieux que Barbara aurait été bien en peine de nommer. Elle-même avait la sveltesse d'une liane, et les mêmes cheveux longs et clairs que sa sœur. Ses vêtements soulignaient sa minceur. Elle devait passer des heures à transpirer en compagnie d'un coach sportif à domicile. Même ses lobes d'oreilles semblaient avoir pris des cours de fitness pour rester fermes et rebondis.

— Je me demande si vous et ce monsieur... ce détective... avez envisagé que l'on ait pu éliminer Angelina et sa fille.

Elle s'était exprimée avec un tel détachement que Barbara mit une seconde à enregistrer le sens de la phrase.

— Vous voulez dire que l'on aurait pu les assassiner ? Mais qui aurait pu faire une chose pareille ? Et puis il n'y a pas une seule trace de violence dans l'appartement. De plus, elle a laissé un message sur mon répondeur, où elle n'a pas la voix d'une femme qui a le couteau sous la gorge.

Bathsheba haussa ses épaules bien galbées.

— Je n'ai pas d'explication à vous offrir, c'est évident. Mais cela me laisse songeuse... Tout le monde a l'air tellement désireux de le croire...

— Qui ça ?

Les yeux de Bathsheba – grands et bleus comme ceux de sa sœur – s'arrondirent.

— Je ne crois pas nécessaire de vous faire un dessin, si ?

— Vous... vous parlez d'Azhar ? Azhar assassinant Angelina et Hadiyyah, sa propre fille ! Seigneur ! Et jouant les pères éplorés depuis cinq semaines... ? Mais admettons... Comment, à votre avis, se serait-il débarrassé des corps ?

— Il les aura enterrés, je suppose, répondit-elle avec un sourire amusé, comme si elle racontait une blague macabre. Voyez-vous, aucun de nous... sa famille... n'a vu Angelina depuis des années. Si elle venait à disparaître, nous ne nous en apercevrions même pas. Tout ce que je dis, c'est que c'est une possibilité.

— C'est grotesque. Est-ce que vous avez déjà rencontré Azhar ?

— Une fois, il y a très longtemps. Angelina a rappliqué avec lui dans un bar à vins, pour se rendre intéressante. C'était son truc, à ma sœur. Elle voulait toujours me montrer combien elle était maligne... unique. Elle détestait autant que moi avoir une jumelle. Nos parents nous ont tellement bassinées avec ça.

Même aujourd'hui, je parie qu'ils ne sauraient pas nous distinguer. Pour eux, nous étions toujours « les jumelles », ou au mieux « les filles ».

Barbara lui fit remarquer qu'elle parlait au passé. Bathsheba lui affirma qu'elle n'avait pas vu sa sœur depuis le jour où, dix ans plus tôt, Angelina lui avait donné rendez-vous dans un Starbucks de South Kensington, pour lui annoncer triomphalement sa grossesse.

— Après ça, j'ai préféré ne plus lui parler. Elle aurait agité sa fille sous mon nez…

— Vous n'avez pas d'enfants ? s'enquit Barbara, sachant très bien ce qu'elle faisait.

— J'en ai deux, comme vous pouvez le voir, répliqua Bathsheba en désignant les photos sur son bureau.

— Vous êtes un peu jeune, non, pour avoir des enfants de cet âge ?

— On peut avoir des enfants sans qu'ils soient… comment dire ?… le fruit de vos entrailles.

Barbara, qui jugeait inutile de poursuivre sur ce terrain, se rappela que son interlocutrice avait insinué que, si Angelina avait quitté Azhar, ce n'était certainement pas pour se retrouver seule. Bathsheba aurait-elle des lumières sur l'identité d'un deuxième homme ? Par exemple, savait-elle pour qui elle avait quitté Azhar lors de sa première disparition, quand elle avait passé un an loin de lui et de Hadiyyah, soi-disant au Canada, mais cela pouvait être n'importe où ?

— Cela ne m'étonne pas, répondit Bathsheba d'un ton badin.

— Pourquoi ?

— Je suppose que ses relations avec l'autre, là, étaient devenues un peu plan-plan pour elle. Si vous êtes certaine qu'il n'a pas pu leur faire de mal, alors cherchez du côté des hommes qui sont différents d'elle, aussi différents d'elle que Machin-Chose…

Barbara eut soudain envie de la prendre par le cou et de la secouer comme un prunier en lui répétant « Tay-mu-llah-A-zhar » jusqu'à ce qu'elle se fourre dans le crâne qu'il était un être humain et non une sorte de fléau social. Mais à quoi cela aurait-il servi ? Bathsheba trouverait toujours une façon d'exprimer son antipathie pour Azhar à travers sa race ou sa religion. Barbara aurait aussi voulu lui envoyer dans les gencives qu'elle ne lui enviait pas Mister Tête de Tortue. Au moins sa sœur avait-elle choisi un bel homme.

— Azhar, dit-elle poliment. Votre sœur l'appelle Hari. Ce n'est pas très compliqué à mémoriser, il me semble.

— Azhar. Hari. Peu importe. Ce que je veux dire, c'est qu'Angelina n'a jamais été attirée que par des hommes qui ne sont pas comme elle.

— De quelle façon ?

— De n'importe quelle façon. Elle a toujours cherché à être différente. Je ne le lui reproche pas. Nos parents s'attendaient à ce que nous soyons inséparables. Dévouées l'une à l'autre, capables de lire dans nos pensées respectives. On était habillées pareil, et on ne nous laissait jamais l'une sans l'autre. « Vous avez de la chance, nous serinait notre mère. Il y a des gens qui tueraient pour avoir une jumelle ou un jumeau. »

Barbara se demanda si des gens tueraient pour se débarrasser d'un être identique à eux ? La thèse du meurtre était à double tranchant, concernant Bathsheba Ward. Après tout, elle aurait pu avoir intérêt à faire disparaître définitivement sa sœur et sa nièce. Des choses plus étranges s'étaient produites dans la bonne ville de Londres.

— Le sort de votre sœur n'a pas l'air de beaucoup vous toucher. Celui de votre nièce non plus, d'ailleurs.

Bathsheba esquissa un sourire perfide.

— Vous semblez croire qu'Angelina est en vie. Je veux bien. Quant à ma nièce, je ne la connais pas. Et aucun de nous ne souhaite la rencontrer.

Bow
Londres

Dwayne Doughty était son ultime planche de salut, et elle comptait bien s'y accrocher, pour la simple raison qu'elle était têtue comme une mule et que, si mince soit cet espoir, elle n'allait pas le laisser filer – contrairement à Ophélie[1], si on lui avait jeté une bouée alors qu'elle passait en flottant sous un pont. La journée tirait à sa fin quand elle prit le chemin de Bow.

Le quartier ne s'était pas amélioré depuis sa dernière visite, même s'il y avait plus de monde sur Roman Road. C'était le coup de feu au Roman Café & Kebab. A la supérette, le vendeur se dépêchait d'emballer les articles que des ménagères en tchador empilaient devant sa caisse. L'officine de prêt sur gage était déjà fermée, mais la porte de Dwayne Doughty n'était toujours pas verrouillée. Barbara entra sans s'annoncer. Sur le palier, elle tomba justement sur lui, en pleine conversation avec une créature androgyne. En la voyant, ils échangèrent un regard coupable d'amoureux surpris dans une ruelle. Doughty, après tout, aimait peut-être les garçons. Mais en l'entendant lui présenter son acolyte, Barbara comprit qu'il s'agissait de l'« Em Cass » dont Azhar lui

---

1. Personnage de *Hamlet* de William Shakespeare.

avait parlé. Elle s'était trompée du tout au tout. Ils étaient en train de discuter d'un triathlon. Apparemment, un dénommé Bryan se proposait d'escorter Em avec un chronomètre, de l'eau minérale et des barres énergétiques. Doughty avait l'air de trouver ça amusant, mais il était le seul.

Ils fermaient boutique, l'informa Doughty. Quel dommage qu'elle n'ait pas téléphoné pour prendre rendez-vous avant. Il était pressé, Em aussi.

— Oui, désolé, dit Barbara. Comme j'étais dans le quartier, j'ai tenté ma chance. Je n'en ai que pour cinq minutes...

Ils la dévisagèrent avec des mines dubitatives : personne n'avait jamais à faire dans ce coin de Londres, et rien chez eux ne prenait cinq minutes, sauf signer un chèque, ce qui prenait beaucoup moins de temps que cela.

— Cinq minutes ? répéta Barbara. D'ailleurs...

Elle sortit son chéquier, une mite morte en tomba. Pas un bon signe, mais Doughty ne parut pas s'en offusquer.

— Je vous paierai, bien sûr.
— Pour quoi ?
— La même chose que précédemment.

Ils échangèrent un deuxième regard, qui laissa de nouveau Barbara songeuse. Les détectives privés avaient la réputation de s'adonner à toutes sortes d'activités douteuses. Et aussi celle de monnayer le fruit de leur labeur auprès des tabloïds. Doughty et son assistante préféraient peut-être qu'elle ne découvre pas ce qu'ils avaient combiné.

Doughty soupira.

— Cinq minutes, alors.

Il ouvrit la porte de son bureau et l'invita à entrer d'un geste impatient.

— Et votre collaboratrice ? s'enquit Barbara.

— Il faut qu'elle s'entraîne. Vous devrez vous contenter de moi.

— Quelle est sa spécialité ? demanda Barbara en entrant dans la pièce pendant qu'Emily Cass dévalait l'escalier.

— Emily ? Elle se débrouille bien avec l'ordinateur. Elle fait des recherches, passe des coups de fil, règle des questions de détail. Quelquefois, elle mène des entretiens.

— En se faisant passer pour ce qu'elle n'est pas ?

Il n'était manifestement pas près d'admettre qu'Emily Cass possédait d'autres talents exceptionnels que ceux qui étaient nécessaires à un triathlon.

— Ecoutez, j'ai vu Azhar. Je sais ce que vous lui avez dit. Une disparition totale, sans laisser de traces. Mais personne ne disparaît ainsi, et je ne vois pas comment Angelina Upman aurait pu réussir cet exploit.

— Moi non plus, mais voilà, c'est arrivé.

— Encore, si elle était seule… A l'extrême rigueur. Elle s'en va, tout le monde s'en fiche. Mais dans notre cas, il y a quelqu'un qui ne s'en fiche pas du tout. Elle a avec elle une fillette de neuf ans, qui, soit dit en passant, est très proche de son papa. Alors même si Angelina ne veut pas qu'on la retrouve, Hadiyyah doit poser des questions sur son père et demander pourquoi elle ne reçoit même pas une carte postale…

Doughty approuva de la tête.

— On ment à un enfant, quand on l'enlève, dit-il. Ce n'est pas à moi de vous l'apprendre.

— Quel genre de mensonge ?

— « Papa et moi divorçons », ou bien « Papa est mort brutalement ce matin au bureau ». Bref, elle a réussi sa disparition. C'est ce que j'ai dit au professeur.

S'il y a autre chose à faire, je ne sais pas ce que c'est, et il faudra qu'il engage quelqu'un d'autre que moi.

— Il m'a appris que vous aviez découvert le nom de jeune fille de sa mère. Ruth-Jane Squire.

— Un jeu d'enfant. Il aurait pu le trouver lui-même.

— Avec ça et quelques autres renseignements, comme des adresses, des dates de naissance, par exemple, vous savez aussi bien que moi qu'un enquêteur expert en extorsion d'informations ne se contente pas de ça : comptes en banque, cartes de crédit, boîtes postales, relevés de téléphone portable, de fixe, passeports, permis de condùire... Et vous continuez à prétendre qu'il n'y a aucune piste ?

— Je ne prétends pas : j'affirme ! Ça ne me plaît pas plus qu'à vous, mais c'est comme ça.

— Qui est Bryan ?

— Qui ?

— J'ai entendu Emily parler d'un Bryan ? Votre « informateur » ?

— Miss... Havers ?

— Vous avez une bonne mémoire, dites donc.

— Bryan est mon technicien. C'est lui qui a exploré le disque dur de l'ordinateur de la petite.

— Et ?

— Même chanson. L'enfant s'en servait. Pas la mère. Il ne contient rien de suspect.

— Dans ce cas, pourquoi avoir effacé le disque dur ?

— Peut-être pour brouiller les pistes, pour faire croire qu'il y avait quelque chose à effacer, alors qu'il n'y avait rien. Maintenant...

Doughty se leva pour appuyer la suite de sa phrase :

— ... vous avez eu vos cinq minutes. Ma femme m'attend pour dîner, et si vous souhaitez bavarder plus longtemps avec moi, il faudra prendre rendez-vous.

Barbara le fixa intensément. Il devait obligatoirement y avoir quelque chose. Mais quoi ? A part enfoncer des tiges de bambou sous les ongles de Dwayne Doughty, elle ne voyait pas ce qu'elle pouvait faire. En désespoir de cause, elle sortit un stylo de son sac et ouvrit son chéquier.

Doughty leva la main.

— Je vous en prie, vous ne me devez rien.

15 avril

Lucca
Toscane

Après mûre réflexion, il conclut que le meilleur endroit pour organiser une rencontre était le *mercato*. En effet, les marchés de plein air ne manquaient pas à Lucca[1], les plus intéressants se situant à l'intérieur des fortifications de la vieille ville. Parmi ses étals, qui proposaient aussi bien des foulards que des meules de fromage, le *mercato* de la Piazza San Michele attirait une foule de Lucquois des quartiers périphériques. L'ennui, c'était que cette place était située au centre de l'enceinte fortifiée, ce qui compliquait le plan d'évacuation. Il ne lui restait donc plus que le marché du Corso Giuseppe Garibaldi, à un jet de pierre de la Porta San Pietro, ou l'énorme foire le long des murs entre les portes Elisa et San Jacopo.

Mais comment choisir entre les deux *mercati* ? Pour trancher la question, il devait prendre en compte leur atmosphère et leurs habitués. Le Corso Giuseppe Garibaldi était plein de touristes et de locaux aux porte-monnaie

---

1. Lucques, en italien.

assez bien remplis pour s'offrir des produits raffinés. Les familles y affluaient, certes, mais moins qu'au deuxième.

Les stands se suivaient le long du tracé curviligne de la Passeggiata delle Mure Urbane, à l'ombre des remparts massifs de la ville. Dans ce marché populaire, il fallait jouer des coudes pour avancer, en prenant soin d'éviter les chiens qui aboyaient et les mendiants qui demandaient l'aumône avec des « *lo venderebbe per meno?* » qui transperçaient le vacarme des conversations, des altercations, des musiciens de rue qui faisaient la manche, des gens qui criaient dans leurs téléphones portables... Oui, plus il y pensait, plus il se disait que c'était le marché idéal – il y avait tellement de monde que personne ne remarquerait rien. En outre, ce n'était pas loin de la Via Santa Gemma Galgani, où la famille au complet se réunissait chaque semaine pour le déjeuner du samedi. Par une belle journée comme celle-ci, le repas était servi dans le jardin.

Chacun supposerait que l'enfant était allée se réfugier là, dans cette maison familiale, dans ce jardin. Forcément. Il imaginait la façon dont cela se déroulerait. Le *papà* regardant autour de lui et, ne la voyant pas, ne s'inquiéterait même pas. Dans la maison au beau jardin qui se trouvait à deux pas vivait un garçon du même âge qu'elle. Elle l'appelait « Cigino » parce que, son italien n'étant pas encore très bon, elle écorchait Guglielmo. Mais le garçon s'en fichait, il ne pouvait pas non plus prononcer le prénom de la fillette. Et de toutes les manières, qui avait besoin de parler pour jouer au *calcio* ? Il suffisait d'être déterminé à envoyer le ballon derrière la ligne de but adverse...

Elle n'aurait pas peur de lui quand il l'aborderait, même si elle ne le connaissait pas. On lui avait sans doute expliqué que les étrangers dont il fallait se méfier étaient ceux qui prétendaient avoir perdu leur petit chien, ou voulaient te présenter des chatons dans un carton – « juste derrière cette voiture garée, *cara bambina* » –, ceux dont émanait quelque chose de malsain, de louche, les mal habillés, les mal lavés qui puaient de la bouche, tous ceux qui avaient un truc à te montrer ou qui voulaient t'emmener dans un endroit génial où t'attendait un super cadeau... Mais il n'était pas comme ça, lui, et ce qu'il avait à proposer était bien mieux. D'abord son beau visage – *la faccia di un angelo*, comme disait sa maman – et puis un message. Plus un tout petit mot qui était le « Sésame, ouvre-toi ». C'était un mot qu'il n'avait jamais entendu dans aucune des trois langues qu'il parlait couramment, mais on lui avait juré que dès qu'il le prononcerait, la petite fille goberait ce qu'il lui raconterait. Elle le suivrait sans se méfier. Bref, c'était lui qui avait été choisi.

Comme il faisait consciencieusement son travail, il avait réuni tous les renseignements nécessaires. Toute famille a sa routine. C'est plus commode pour les uns et les autres. Au bout d'un mois d'observation, de filatures et de prises de notes, il se sentait prêt à passer à l'action dès qu'il recevrait le feu vert.

Voici ce qui allait arriver : ils gareraient leur Lancia en dehors des murs, dans le *parcheggio* près de la Piazzale Don Aldo Mei. Là, ils se sépareraient pour deux heures, la *mamma* se dirigeant vers la Via Della Cittadella pour son cours de yoga tandis que le *papà* et la *bambina* franchiraient sans se presser la Porta Elisa. C'était la *mamma* qui aurait le plus de distance à parcourir, mais elle ne porterait que son tapis de yoga, et elle aimait bien la marche à pied. Le *papà* et la *bambina* porteraient chacun un panier qu'ils iraient remplir au marché.

Il les connaissait si bien qu'il aurait pu décrire les vêtements de la *mamma* et les sacs à provisions : un filet vert pour lui, et un sac en toile orange pour la petite. On devient vite esclave de l'habitude.

Le jour J, il se posta de bonne heure dans le parking. C'était la huitième fois qu'il suivait la famille et en principe rien ne devait altérer leur routine. Il n'était pas pressé. Son seul souci, c'était que le travail soit bien fait, de sorte que plusieurs heures s'écouleraient avant qu'ils s'aperçoivent de quoi que ce soit.

Il avait laissé son propre véhicule dans le *parcheggio* de la Viale Guglielmo Marconi. En arrivant plusieurs heures avant l'ouverture du marché, il avait trouvé une place proche de la sortie. En route pour la Piazzale Don Aldo Mei, il acheta une grosse part de *focaccia* fourrée aux oignons. Une fois celle-ci engloutie, tout en suçant une menthe forte pour parfumer son haleine, il sortit un plan de la ville du sac qu'il portait sur l'épaule et le déplia sur le capot d'une voiture. Avec ça, il aurait l'air d'un touriste comme il y en avait tant à Lucca.

La famille se pointa avec dix minutes de retard, mais ce n'était pas un problème. Ils se séparèrent comme à chaque fois à la porte de la ville, la *mamma* partant dans un sens faire son yoga, le *papà* et la *bambina* entrant dans l'office de tourisme pour un arrêt pipi. Ils étaient non seulement routiniers, mais aussi dotés d'un sens pratique hallucinant. On prenait ses petites précautions, n'est-ce pas, car une fois au marché il n'y aurait plus de toilettes.

Il patienta de l'autre côté de la rue. C'était une magnifique journée d'avril, ensoleillée, mais pas encore aussi chaude que si on avait été au mois de juin. Derrière lui, sur la promenade au sommet des remparts, la brise légère faisait bruire les vertes frondaisons des arbres dont l'ombre baignait le *mercato*. Un peu plus tard dans la matinée, un soleil ardent tomberait d'aplomb sur les étals qui bordaient la rue. Puis, dans l'après-midi, il inonderait les façades séculaires.

Il alluma une cigarette, inhala voluptueusement. Lorsque le *papà* et la *bambina* sortirent de l'office de tourisme, il l'avait presque terminée.

Il les suivit. Vu le nombre de fois où il les avait filés depuis la Porta Elisa jusqu'à la Porta San Jacopo, il pouvait prévoir exactement à quels stands ils allaient marquer une halte. Tout était prévu jusqu'à l'endroit où ce serait à son tour d'opérer. A la Porta San Jacopo, tout au bout du marché, se tenait un musicien des rues. La *bambina* s'arrêtait toujours pour l'écouter, une pièce de deux euros dans la main. Là, elle attendait son *papà*. Mais aujourd'hui, cela ne se passerait pas comme ça. Son *papà* ne la retrouverait pas.

Le *mercato* était bondé. Personne n'allait remarquer qu'il se figeait dès que le *papà* et la *bambina* ralentissaient. Ils achetèrent des bananes, du raisin et des légumes. Puis, le *papà* acheta des pêches pendant que la *bambina* sautillait jusqu'au stand du quincaillier en gazouillant : « Maman veut un éplucheur à pommes de terre. » Lui-même fit l'achat d'une râpe à fromage. Puis la petite courut chez la marchande de *sciarpe* – des foulards bon marché mais joliment colorés, qu'elle s'amusait à nouer de toutes sortes de manières autour de son cou gracile. Un peu plus loin, il crut qu'ils allaient prendre racine devant l'étal « *Tutto a 1 Euro* », qui proposait en effet de tout, depuis des bassines en plastique jusqu'à des pinces à cheveux. Vint ensuite un long arrêt devant des rangées de *scarpe*, que l'on avait le droit d'essayer à condition d'avoir les pieds propres, suivi de stations moins longues devant de la lingerie pour *le donne*, un stand de lunettes de soleil et un autre de *cinture* en cuir. Le *papà* en fit glisser une dans les passants de son jean délavé. Il la rendit au marchand en secouant la tête. La *bambina*, elle, était déjà loin.

Une tête de porc entière attirait l'attention du chaland sur l'étal du *macellaio*. A partir de là, la *bambina* trottinait en direction de la Porta San Jacopo. On aurait dit qu'elle suivait un rituel immuable. En prévision de la suite, il sortit de sa poche le billet de cinq euros qui y était soigneusement plié.

Le musicien était à son poste, à vingt mètres de la porte de la ville. Comme d'habitude, accompagné de son caniche dansant, il jouait un air folklorique sur son accordéon au milieu d'un demi-cercle de spectateurs et chantait dans un microphone fixé sur le col de sa chemise bleue. La même que la semaine dernière et celle d'avant, effilochée aux manches.

Après deux chansons, il se prépara à entrer en scène. Quand la *bambina* s'avança pour jeter ses deux euros dans le panier à oboles, il se rapprocha afin d'aller à sa rencontre.

— *Scusa*, lui dit-il. *Per favore, glielo puoi dare…?*

Il désigna du menton le billet plié en deux au creux de sa main sur une carte d'étrennes qu'il venait d'extraire de la poche de son veston.

Elle leva les yeux vers lui en fronçant les sourcils et en se mordant la lèvre inférieure.

Cette fois, il désigna le panier en penchant la tête de côté.

— *Per favore*, répéta-t-il avec un sourire en lui tendant la carte. *Leggi anche questo. Non importa ma…*

Elle n'avait qu'à l'ouvrir et à lire ce qui était écrit, comme il venait de l'en prier.

Puis il ajouta le mot qui devait achever de la convaincre. Les yeux de la *bambina* s'arrondirent de stupéfaction. Après quoi, il continua en anglais, d'un ton qui ne lui laisserait aucun doute sur ce qu'elle devait faire.

— Je t'attends de l'autre côté de la Porta San Jacopo. Tu n'as rien à craindre.

17 avril

Belgravia
Londres

La journée avait été diablement bizarre. Barbara Havers savait depuis longtemps qu'avec l'inspecteur Lynley il fallait se méfier de l'eau qui dort. N'empêche, elle n'en revenait pas qu'il ait réussi à lui cacher qu'il « voyait » quelqu'un. Si l'on pouvait parler de quelqu'un... Sa vie personnelle, depuis qu'il avait cassé avec Isabelle Ardery, se résumait à assister régulièrement à un événement sportif dont elle n'avait jamais entendu parler.

Il l'avait assez tannée pour qu'elle l'accompagne. Une expérience inoubliable, lui serinait-il. Elle avait repoussé le plus longtemps possible le plaisir douteux de le voir essayer d'étendre sa sphère sociale. Mais au bout du compte, elle avait cédé. C'est ainsi qu'elle se laissa traîner à un tournoi remporté par une équipe musclée de nanas de Birmingham dont elle n'aurait pas été étonnée d'apprendre qu'elles mangeaient des enfants au petit déjeuner.

Lynley lui avait offert au fur et à mesure des explications sur les « finesses » de ce sport qui lui paraissait plutôt extrême, avec son « pack », ses « pivots » et ses athlétiques « jammeuses » rompues aux règles de la castagne. Et malgré elle, comme Lynley, comme toute la salle, elle avait bondi sur ses pieds pour insulter l'arbitre qui s'abstenait de siffler une pénalité alors que l'une des joueuses avait envoyé un coup de coude dans la figure d'une adversaire.

Après plusieurs heures de ce spectacle, elle commença à se demander ce qu'elle était venue faire là et si l'inspecteur n'avait pas eu d'arrière-pensées, comme lui faire découvrir un sport qui lui permettrait de se défouler par exemple. Mais elle changea bientôt d'avis quand, à l'issue d'une manche, elle vit s'approcher une patineuse aux joues décorées d'éclairs blancs, à la bouche rutilante et aux paupières qui étincelaient de paillettes. Cette incarnation de l'athlète ôta son casque et se tourna vers elle en disant :

— Quelle joie de vous revoir, sergent Havers.

Daidre Trahair !... Soudain, tout devint beaucoup plus clair.

Au début, Barbara soupçonna qu'elle avait été conviée pour tenir le rôle de chaperon – Lynley espérait sans doute qu'en rassurant la vétérinaire celle-ci accepterait un dîner avec lui. Mais elle ne tarda pas à comprendre que Lynley et Daidre s'étaient vus plusieurs fois depuis leurs retrouvailles, au mois de novembre précédent. C'était donc là où il se trouvait le soir où elle n'avait pas réussi à le joindre au téléphone... D'abord un match de roller derby, puis un verre quelque part... Cela dit, et Lynley le lui confirma alors qu'ils attendaient la sortie des joueuses à la fin du match, il n'était guère plus avancé qu'au premier jour.

Daidre Trahair les retrouva dans la rue. La suite se déroula telle que, apparemment, elle se déroulait à chaque fois. Daidre l'invita – ainsi que Barbara – aux festivités qui devaient avoir lieu dans un pub, le Famous Three Kings. Lynley déclina et l'invita – ainsi que Barbara – à un petit dîner. Daidre déclara qu'elle ne pouvait pas aller au restaurant dans cette tenue. A quoi Lynley – et c'est là, d'après Barbara, qu'il s'écarta des scénarios précédents – répliqua que cela n'avait aucune importance, il avait préparé quelque chose chez lui. Si Daidre – et Barbara – voulait bien lui faire l'honneur d'accepter, ce serait avec plaisir qu'il reconduirait Daidre à son hôtel après le repas.

Le gros malin, se dit Barbara en décidant qu'elle ne se vexerait pas. Elle espérait seulement qu'il n'avait pas fait lui-même la cuisine, sinon elles étaient bonnes pour un dîner mémorable...

Daidre hésita. Elle dévisagea tour à tour Lynley et Barbara. Une amazone prénommée Lise s'approcha pour leur demander s'ils venaient s'en jeter quelques-uns au pub, où une personne du nom de McQueen attendait Daidre pour une partie de fléchettes. On lui tendait une perche, mais au lieu de la prendre Daidre répondit, avec un rapide coup d'œil à Lynley, qu'elle espérait qu'on voudrait bien l'excuser, ses amis insistaient... Lisa jeta un regard entendu du côté de Lynley. Très bien, dit-elle. Il vaut mieux vivre avec des remords qu'avec des regrets.

Barbara se demanda si maintenant que Lynley était parvenu à ses fins elle ne devrait pas s'éclipser, mais il lui interdit de se défiler. En plus, elle avait laissé sa Mini devant l'entrée de son garage dans la ruelle derrière chez lui, une de ces *mews* où jadis on rangeait les calèches.

Pendant le trajet jusqu'à Belgravia, la conversation commença par le sujet préféré des Britanniques, la météo. Après quoi, Daidre et Lynley abordèrent la question des gorilles, ce qui ne manqua pas de déconcerter Barbara. Une dame gorille était enceinte. En revanche, un des éléphants avait la patte avant droite meurtrie. Les négociations continuaient en ce qui concernait la visite des pandas. Le zoo de Berlin cherchait à mettre la main sur un ourson polaire né l'année précédente. Etait-ce difficile d'élever des ours polaires en captivité ? voulut savoir Lynley. En captivité, ça l'était toujours, l'informa Daidre. S'ensuivit un silence, comme s'ils s'aventuraient dans des sables mouvants.

Ils arrivèrent. Barbara, étant de toute façon obligée de bouger sa voiture, proposa de nouveau de les laisser seuls.

— Ne soyez pas ridicule, Barbara. Je sais que vous mourez de faim.

(Sous-entendu : Vous n'allez pas me lâcher maintenant, sergent !)

Ce que Barbara ignorait, c'était ce qu'il attendait d'elle. Connaissant l'histoire de Daidre Trahair, elle savait combien il était peu probable que celle-ci accepte d'aller plus loin avec Lynley. Le pauvre, ce n'était pas sa faute s'il était comte, si son arbre généalogique remontait à Mathusalem et s'il était propriétaire d'un gigantesque château en Cornouailles. Devant une assiette entourée de seize couverts en argent, il savait d'instinct quelle fourchette prendre pour quel plat. Alors que dans la famille de Daidre ils mangeaient sans doute avec un couteau. Qu'est-ce qu'elle ferait, face à toute cette porcelaine armoriée ? Elle ne saurait jamais dans quel ordre aligner les verres à vin…

Heureusement, Lynley avait tout prévu. Dans la salle à manger – quoique la présence même d'une pièce dédiée aux repas était en soi problématique – étaient disposées trois assiettes blanches toutes simples flanquées chacune d'une seule fourchette et d'un seul couteau pourvus d'un manche qui avait l'air en bakélite. Le tout avait sans doute été acheté pour l'occasion, songea sardoniquement Barbara. Elle avait vu sa vaisselle habituelle. Eh bien, elle ne venait pas de chez le quincaillier du coin de la rue.

Le repas fut également très modeste. N'importe qui aurait pu le préparer, et même si Barbara aurait volontiers parié que ce n'importe qui n'était pas Thomas Lynley, elle lui accorda le bénéfice du doute et l'imagina touillant la soupe et remuant la salade, son costume sur mesure protégé par un tablier... Ah, Lynley en train de suivre une recette de quiche ! Evidemment, tout ce qu'il avait fait, c'était de passer chez Partridges, sur King's Road. Daidre n'était sans doute pas dupe non plus, mais elle n'en laissa rien paraître.

— Où est Charlie ? s'enquit Barbara alors que Daidre et elle restaient plantées là, un verre de vin à la main, pendant que Lynley allait et venait de la cuisine à la salle à manger.

Charlie Denton avait filé sur Hampstead, les informa Lynley. Il assistait à un spectacle en matinée, *The Iceman Cometh*.

— Je l'attends d'une minute à l'autre, leur assura-t-il avec véhémence.

Il ne voulait pas que Daidre ait soudain peur qu'il ne lui saute dessus si jamais Barbara venait à prendre congé.

Ce qu'elle ne tarda pas à faire. Lynley les conduisait au salon pour les digestifs quand elle décida que ça suffisait, et que ses obligations envers son officier supérieur s'arrêtaient là. Il était encore un peu tôt peut-être, admit-elle d'un ton dégagé, mais il fallait le mettre sur le compte du roller derby : elle était rincée.

Daidre se dirigea vers la table placée entre les deux fenêtres qui donnaient sur la rue et vers la photo de Lynley et de sa femme le jour de leur mariage, qui y était posée. Barbara jeta à Lynley un regard perplexe. Pourquoi ne pas l'avoir enlevée avant la visite de Daidre ? Il avait pensé à tout, sauf à ça, apparemment.

Alors que Daidre soulevait le cadre et s'apprêtait manifestement à se retourner, sans doute pour offrir un commentaire du style « Helen Lynley était une femme merveilleuse », Barbara se lança :

— Bon, je vais vous dire bonsoir, monsieur. Et merci pour le dîner. Il faut que je file avant de me transformer en citrouille… ou en autre chose, rectifia-t-elle en se rappelant que c'était sa Mini qui était concernée par la métamorphose, pas elle.

Pourquoi fallait-il qu'elle cite toujours de travers les contes de fées ?

— Il faut que j'y aille, moi aussi, Thomas, fit Daidre. Barbara pourrait peut-être me déposer à mon hôtel ?

Lynley et Barbara échangèrent un regard, mais il fut plus rapide qu'elle :

— Pas question ! Je vous ramène… quand vous voulez.

— C'est préférable, enchérit Barbara. Il me faudrait jusqu'à demain matin pour dégager le siège de tout mon fatras.

Avant de sortir, elle eut d'eux une dernière vision : Lynley versant du brandy dans deux verres ballon en cristal. Oups ! Il aurait dû se servir de vieilles tasses à thé. Si dîner dans une salle à manger avait été une première erreur, il en commettait là une seconde.

La véto était sympa, mais Barbara se demandait ce que Lynley lui trouvait. Il y avait entre eux quelque chose d'électrique, indéniablement. Mais elle n'avait pas l'impression que c'était sexuel.

Peu importait. Cela ne la regardait pas. Tant que Lynley ne retombait pas sous l'emprise d'Isabelle Ardery, tout lui allait. Sa liaison avec la commissaire intérimaire avait dégagé des odeurs pestilentielles façon équarrissage. Elle était soulagée qu'on ait finalement évacué la charogne des lieux !

La vue d'une voiture de patrouille blanc et noir devant la grande maison jaune derrière laquelle se cachait son bungalow n'aurait pas dû la déranger plus que ça. Seulement, d'une part le véhicule était arrêté en double file à côté d'une vieille Saab et d'autre part les locataires de la maison au complet semblaient s'être regroupés de part et d'autre de l'allée, comme des gens attendant qu'on en fasse sortir une personne menottée. Barbara se gara précipitamment, et illégalement. En descendant de sa voiture, elle entendit quelqu'un dire :

— Je sais pas... J'ai rien entendu jusqu'à ce que les flics débarquent.

Elle se dépêcha de rejoindre la foule des badauds.

— Qu'est-ce qui se passe ? demanda-t-elle à Mrs Silver, qui occupait un logement au deuxième étage de la maison.

Comme toujours, Mrs Silver était en robe-tablier et coiffée d'un turban. Elle mastiquait nerveusement ce qui ressemblait à un abaisse-langue maculé de taches de chocolat.

— Elle a appelé la police, expliqua Mrs Silver. Enfin, quelqu'un l'a appelée. Peut-être lui. Ça a commencé par des bruits de dispute. Tout le monde vous le confirmera. Un autre homme aussi. Il ne parlait pas anglais. Il criait dans je ne sais quelle langue. Impossible à dire. Je sais, je suis dure d'oreille, c'est vrai. En tout cas, on devait les entendre jusque sur Chalk Farm Road...

Mrs Silver aurait aussi bien pu lui parler en langage codé. Barbara regarda autour d'elle pour voir qui était là, ou plutôt qui n'était pas là. Puis ses yeux se fixèrent sur la façade de la maison. L'appartement du rez-de-chaussée était éclairé ; les portes-fenêtres grandes ouvertes.

Elle sentit sa gorge se nouer. Elle murmura :

— Azhar... ? Que s'est-il... ?

Mrs Silver se tourna vers elle et la dévisagea.

— Elle est revenue, Barbara. Et elle n'est pas seule. Il y a eu du grabuge, la police est en train de s'en occuper.

Chalk Farm
Londres

Ce « Elle » ne pouvait signifier qu'une chose : Angelina Upman était de retour. Barbara plongea la main dans son sac fourre-tout et en retira sa plaque de New Scotland Yard : le seul moyen d'arriver jusqu'à Azhar, et ce quel que soit le policier en charge de l'opération.

Elle passa devant ses voisins, franchit la barrière et traversa la pelouse. Les cris l'assaillirent dès qu'elle s'approcha des portes-fenêtres. Elle n'eut aucun mal à reconnaître la voix d'Angelina :

— Faites-le avouer ! vociférait-elle. Au Pakistan ! Il l'a envoyée là-bas. Elle est avec sa famille... Tu es un monstre ! Faire ça à ta propre fille...

Puis, la voix d'Azhar, paniquée :

— Comment peux-tu dire...

Une voix masculine, maintenant, à l'accent étranger :

— Pourquoi vous pas arrêter cet homme ?

Barbara entra pour découvrir un tableau vivant : deux agents de police en uniforme, des constables, s'étaient placés entre Taymullah Azhar et Angelina Upman. Son mascara avait coulé, ce qui lui donnait des yeux de raton laveur. A ses côtés, un homme à la chevelure bouclée et au buste d'athlète, beau comme une statue grecque, fixait Azhar en serrant les poings comme s'il s'apprêtait à lui cogner dessus. Un des agents le retenait par le bras tandis qu'Azhar et Angelina s'invectivaient.

Azhar aperçut Barbara en premier. Son visage, défait depuis des mois, était tout à fait ravagé, à présent. Depuis sa dernière conversation avec Dwayne Doughty, il tournait à vide. Il prenait de plus en plus d'étudiants et, dès que l'occasion de s'échapper se présentait, il sautait dessus : plus il s'éloignait de Chalk Farm, meilleur c'était pour lui. Pas plus tard que la veille au soir, en rentrant d'un symposium qui avait eu lieu à Berlin, il était passé la voir chez elle avec toujours les mêmes questions… Un message ? Des nouvelles… ? Et ses réponses, comme à chacun de ses retours, avaient été les mêmes.

En voyant l'expression d'Azhar changer, Angelina se tourna vers elle, imitée aussitôt par son compagnon, que Barbara put considérer de face. Il avait une tache de vin, telle la marque de Caïn, qui allait de son oreille droite jusqu'à sa joue. Seul accroc dans toute cette beauté.

Le constable qui retenait cet homme lança à Barbara :

— Madame, il faut que vous partiez.

Barbara agita sa carte de police.

— Sergent Havers. J'habite ici. Qu'est-ce qui se passe ? Je peux vous être utile ?

— C'est Hadiyyah, émit Azhar dans un souffle.

— Il m'a pris mon enfant ! s'écria Angelina. Il a kidnappé Hadiyyah. Il l'a cachée quelque part. Vous comprenez ? Oh mais bien sûr, je suis trop bête ! Vous l'avez aidé, pas vrai ?

Barbara resta sans voix, éberluée. Aidé qui, et à faire quoi ?

— Dites-moi où elle est ! continua Angelina. Dites-le-moi !

— Angelina, qu'est-ce qui s'est passé ? questionna Barbara. Ecoutez-moi. Je ne suis pas au courant...

L'atmosphère s'échauffait. Lorsque les constables se rendirent compte que Barbara était une amie de la famille, et non une envoyée de Scotland Yard, ils tentèrent de la mettre à la porte, sauf qu'Angelina et Azhar, chacun pour des raisons qui lui étaient propres, ne voulaient pas qu'elle parte.

— Je veux qu'elle entende ça ! vociférait Angelina.

— Barbara connaît très bien ma fille, disait Azhar.

— Ta fille, *ta fille* ! lui cracha à la figure Angelina. Un père ne traiterait jamais son enfant comme ça !

Barbara finit par saisir que la fillette avait été enlevée au beau milieu d'un marché de plein air, en Italie, dans la ville de Lucca. Le drame s'était produit deux jours plus tôt. Il était convenu qu'elle attende Lorenzo – l'homme ici présent et manifestement le nouvel amant d'Angelina – devant un chanteur de rue. Quand Lorenzo était arrivé, elle n'était pas là, mais il ne s'était pas inquiété et il ne l'avait pas cherchée tout de suite.

— Pourquoi ? interrogea Barbara.

— Qu'est-ce que ça peut faire ? s'exclama Angelina. Nous savons tous ce qui s'est passé ! Nous savons qui l'a enlevée. Elle ne suivrait jamais un inconnu, jamais ! Et personne n'a pu matériellement l'enlever de force devant des centaines de personnes. Elle aurait crié. Elle se serait débattue. C'est toi qui l'as prise, Hari, et je te jure devant Dieu que...

— *Cara*, l'interrompit Lorenzo. *Non devi.*

Il se rapprocha d'elle.

— *La troveremo. Te lo prometto*.

Elle se mit à pleurer. Azhar fit un pas vers elle.

— Angelina. Ecoute. On perd du temps, là...

— Je te crois pas ! hurla Angelina.

— Est-ce que vous avez averti la police de Lucca ? s'enquit Barbara.

— Bien sûr que oui ! Vous me prenez pour qui ? Je les ai appelés, ils sont venus, ils cherchent. Et qu'est-ce qu'ils trouvent ? Rien ! Une petite fille de neuf ans s'est volatilisée. Et c'est *lui* qui l'a ! Nul autre que lui n'a pu l'enlever. Vous devez l'obliger à me dire où elle est ! cria-t-elle en s'adressant aux constables, qui se tournèrent vers Barbara.

Ce que Barbara avait envie de répliquer, c'était : « Comme si vous ne l'aviez pas enlevée ? Comme si vous aviez informé Azhar de l'endroit où vous l'emmeniez ? » Mais comme elle était raisonnable, elle se tourna vers le compagnon d'Angelina.

— Racontez-moi exactement comment cela s'est passé. Pourquoi ne pas l'avoir cherchée sur le moment quand vous ne l'avez pas vue à l'endroit convenu ?

— Vous allez l'accuser !? continua à crier Angelina.

— Si Hadiyyah a disparu...

— « Si » ? C'est ce que vous pensez vraiment ?

— Angelina, je vous en prie, dit Barbara. Il n'y a pas de temps à perdre. Je dois connaître tous les détails depuis le départ.

Se tournant de nouveau vers Lorenzo, elle répéta sa question :

— Pourquoi ne pas l'avoir cherchée tout de suite ?

— A cause de ma sœur.

Et comme Angelina recommençait à protester, il ajouta avec douceur :

— *Per favore, cara. Vorrei dire qualcosa, va bene?* Ma sœur habite près du *mercato*. Chez elle on allait toujours après. Je pensais Hadiyyah est là-bas. Pour jouer.

— Qu'est-ce qui vous a fait penser ça ? demanda Barbara.

— *Mio nipote...*

— Son neveu, traduisit Angelina. Hadiyyah et lui s'entendent bien.

Azhar ferma les yeux.

— Tous ces mois, articula-t-il.

Pour la première fois depuis la disparition de sa fille, Barbara le vit au bord des larmes.

— Quand je la voir pas, je pense elle est à la maison.

— Elle connaissait le chemin ? s'enquit Barbara.

— Elle allait souvent jouer là-bas, *si*. Et puis Angelina vient au *mercato*, et...

— D'où venait-elle ?

— De la Piazzale...

— Je veux dire, que faisait-elle ? Que faisiez-vous, Angelina ?

— Maintenant, c'est moi que vous allez accuser...

— Bien sûr que non. Où étiez-vous ? Qu'avez-vous vu ? Combien de temps vous êtes-vous absentée ?

En fait, elle prenait un cours de yoga, comme chaque semaine à la même heure.

— Angelina retrouve moi, nous allons chez ma sœur. Hadiyyah pas là.

Ils s'étaient dit qu'elle s'était égarée dans le marché. Ou qu'elle s'était arrêtée longtemps à un stand avant d'arriver jusqu'au musicien. Ils étaient retournés sur place, cette fois avec la sœur et le beau-frère de Lorenzo. Ils avaient cherché partout.

Après avoir exploré tous les recoins du marché, ils étaient sortis de l'enceinte fortifiée autour de laquelle la ville moderne s'étendait aux quatre points cardinaux. Ils étaient montés sur les *baluardi*, les remparts qui jadis protégeaient Lucca de la menace extérieure. Aujourd'hui, plantés d'arbres et de pelouses, ils sont un lieu de promenade. Des enfants y jouent. Mais Hadiyyah n'était nulle part. Et pas non plus dans l'aire de jeux, non loin de la Porta San Donato, proche de son école et par conséquent un refuge possible pour une fillette lasse d'attendre ses parents.

« Ses parents »... A ces mots, Barbara jeta un rapide coup d'œil vers Azhar. Il réagit à la manière d'un boxeur coincé dans les cordes qui met un genou à terre sous un ultime coup mieux ajusté que les autres.

C'est à ce moment-là qu'ils avaient envisagé l'impensable et alerté la police. Angelina avait aussi téléphoné à Azhar. Elle n'avait pas réussi à le joindre. A l'University College, on lui avait appris qu'il était parti pour quelques jours. Son téléphone portable ne répondait pas. Son fixe à Chalk Farm non plus. Elle avait alors compris ce qui s'était passé.

— Angelina, j'étais à un symposium, murmura presque Azhar.

— Où ça, on peut savoir ?

— En Allemagne, à Berlin.

Le constable intervint :

— Pouvez-vous en apporter la preuve, monsieur ?

— Bien entendu. Le symposium a duré quatre jours. Il y a eu de nombreuses interventions. Je suis moi-même intervenu et j'ai assisté à...

— Tu as quitté Berlin le temps de l'enlever, c'est ça ? insista Angelina. Ce n'était pas trop compliqué. Où est-elle, Hari ? Qu'est-ce que tu as fait de ma fille ?

— Ecoute-moi, lui dit Azhar.

Il se tourna brièvement vers l'autre homme, que, jusqu'ici, il avait royalement ignoré.

— Faites-lui entendre raison... Ecoute, Angelina, tu es partie, je ne savais pas où vous étiez passées. J'ai essayé de vous retrouver. C'est vrai. J'ai engagé quelqu'un pour faire des recherches. Tu n'avais laissé aucune trace. Alors, écoute-moi...

— Madame, on ne pourra rien régler ici, fit remarquer le constable. La police italienne va diligenter une enquête. Ils vont aussi vérifier l'alibi de monsieur...

— Si vous saviez combien ça a dû être facile pour lui de quitter Berlin au milieu de ce symposium ! Il l'a enlevée, vous ne voyez pas ? Elle n'est plus en Italie. Elle est peut-être en Allemagne. Qu'est-ce que vous avez tous, enfin ?

— Comment aurais-je pu l'enlever ? protesta Azhar en jetant à Barbara un regard désespéré.

Barbara se porta à sa rescousse :

— Angelina, son passeport. Ses papiers d'identité. Réfléchissez ! Vous avez tout emporté. J'étais là. J'ai vérifié. Azhar est venu me trouver le jour où vous avez disparu. Il n'a pas pu la faire sortir d'Italie sans ses papiers...

— Alors vous êtes complice ! accusa Angelina. Vous l'avez aidé, c'est ça ? Vous, vous savez où on peut se faire faire des faux papiers. Tout ce qu'il faut...

Tout en parlant, elle se remit à sangloter.

— Je veux ma fille. Je veux ma petite fille.

— Sur ma vie, Angelina, elle n'est pas avec moi, jura Azhar d'une voix brisée. Nous devons aller en Italie immédiatement.

Ilford
Grand Londres

Ni Angelina ni son amant – dont le nom se révéla être Lorenzo Mura – n'avaient l'intention de retourner en Italie tant qu'ils n'auraient pas obtenu satisfaction. Cela, Barbara n'eut pas besoin de plus d'un quart d'heure pour le comprendre. Azhar aurait beau déposer à ses pieds toutes les preuves possibles et imaginables de sa présence à Berlin au moment de la disparition de Hadiyyah – les documents du symposium, sa note d'hôtel, ses billets d'avion, les factures de restaurant –, rien ne semblait pouvoir persuader Angelina que dans une affaire de kidnapping les heures étaient comptées et que c'était perdre un temps précieux que de rester là à se crier dessus à Chalk Farm.

Elle voulait aller à Ilford, claironna finalement Angelina.

A ces mots, Azhar devint vert, au point que Barbara crut qu'il allait vomir.

— Ilford ? s'écria-t-elle. Qu'est-ce qu'Ilford vient faire là-dedans ?

La réponse tomba de la bouche d'Azhar, cinq mots qui disaient tout :

— Mon épouse et mes parents.

Barbara se tourna vers Angelina.

— Vous croyez qu'il a caché Hadiyyah chez ses parents ? Voyons, Angelina, vous êtes plus intelligente que ça. Nous devons...

— La ferme ! hurla Angelina.

Les deux constables ne furent pas assez rapides. Elle se rua sur Azhar en hurlant :

— Tu ferais n'importe quoi !

Barbara l'attrapa par le bras et l'écarta d'Azhar.

— D'accord, soupira-t-elle. D'accord pour Ilford.

— Barbara, émit Azhar d'une voix mourante. On ne peut pas.

— Il va bien falloir, pourtant, lui dit Barbara.

Les constables, voyant que l'affaire allait échapper à leur circonscription, ne semblèrent pas s'en formaliser, trop contents de la laisser aux mains de la police de Londres. Ils s'éclipsèrent discrètement, se rendant toutefois utiles une dernière fois en dispersant la petite foule de voisins, ménageant ainsi à Barbara, Azhar et aux autres une sortie dégagée.

Ils montèrent tous dans la voiture d'Azhar. Barbara entendait Lorenzo chuchoter à l'oreille d'Angelina sur la banquette arrière. Hélas, elle ne comprenait pas plus l'italien que le martien.

Azhar, les mains crispées sur le volant, avait le regard fixe et la respiration courte de quelqu'un en proie à une terrible angoisse.

La famille d'Azhar habitait une rue donnant sur Green Lane, au coin de laquelle on trouvait un marchand de primeurs : Ushan's Fruit & Veg. Une double rangée de maisons résidentielles comme il y en avait tant à Londres et qui ne se distinguaient, à la lumière des réverbères qui venaient de s'allumer, que par l'aspect plus ou moins verdoyant de leurs jardinets. Contrairement toutefois aux rues plus proches du centre de la capitale, celle-ci n'était pas bordée de voitures en stationnement. Dans ce quartier, la voiture était un luxe dont on pouvait se passer.

— Laquelle ? interrogea Angelina alors qu'Azhar s'arrêtait le long du trottoir.

Lorenzo aida Angelina à descendre de voiture, la main tendrement posée au creux de ses reins. Azhar répondit à la question d'Angelina en se dirigeant vers une porte. Il sonna. Le battant s'ouvrit sur un adolescent. Ce fut un moment horrible. Barbara vit le visage d'Azhar se figer dans une souffrance muette. Elle savait qu'il avait en face de lui son fils ; un fils qu'il n'avait pas vu depuis dix ans.

En revanche, le garçon paraissait se demander qui pouvaient bien être tous ces gens.

— Oui ? fit-il en ramenant ses cheveux vers l'arrière.

Barbara remarqua qu'Azhar se retenait de tendre la main pour toucher son fils.

— Sayyid, je suis ton père. Peux-tu dire aux personnes qui sont avec moi qu'aucun enfant n'a été amené dans cette maison ?

Le garçon resta un moment bouche bée. Il regarda Barbara, puis Angelina.

— Laquelle est la pute ?

Il exprimait sans doute par là l'opinion de la famille.

— Sayyid, insista Azhar, s'il te plaît. Dis-leur qu'aucune petite fille de neuf ans n'a été amenée dans cette maison.

— Sayyid ? s'enquit derrière l'adolescent une voix de femme aussi lointaine que si elle parlait d'une autre pièce. Qui est là, Sayyid ?

Le garçon s'abstint de répondre. Les yeux rivés à ceux de son père, il semblait le mettre au défi de révéler sa présence à l'épouse qu'il avait abandonnée. Comme le silence se prolongeait, des bruits de pas se rapprochèrent et l'adolescent s'effaça. Azhar et sa femme se retrouvèrent face à face.

— Sayyid, dit-elle. Va dans ta chambre.

Barbara ne fut pas étonnée de la voir porter non seulement la tenue traditionnelle composée d'un pantalon large et d'une tunique, le *salwar-kameez*, mais aussi le foulard. Ce à quoi elle ne s'attendait pas en revanche, et qui la stupéfia, c'était qu'Azhar ait une épouse aussi belle. Barbara avait, comme n'importe qui l'aurait fait sans doute, subodoré qu'il avait quitté une ménagère ordinaire pour une femme extraordinaire, la stratégie commune aux mâles consistant à passer du moins bien au mieux, jamais du pareil au même. N'empêche, la beauté de son épouse éclipsait tout à fait celle d'Angelina : Nafeeza était très brune, avec de grands yeux noirs en amande, des pommettes ravissantes, une bouche sensuelle, un long cou et un teint parfait.

— Nafeeza, prononça Azhar.
— Qu'est-ce qui t'amène ?
Angelina devança Azhar :
— Nous voulons fouiller votre maison.
— S'il te plaît, Angelina, lui dit Azhar. Tu vois bien...
Puis, en s'adressant à la belle Pakistanaise, il ajouta :
— Nafeeza, je te présente toutes mes excuses pour cette intrusion. Je ne... Si tu voulais bien expliquer à ces personnes que ma fille n'est pas sous ton toit...
Nafeeza n'était pas grande, mais à ces mots elle se dressa de toute sa hauteur.
— Ta fille est dans sa chambre. Elle fait ses devoirs. C'est une excellente élève.
— Cela me fait grand plaisir. Tu dois être très fière... Mais je ne te parle pas de...
— Vous savez parfaitement de qui il parle, l'interrompit Angelina.
Barbara, malade de voir Azhar aussi malheureux, sortit sa plaque d'officier de Scotland Yard.
— Est-ce qu'on peut entrer, madame... ?
Elle laissa sa phrase en suspens, ne sachant quel patronyme lui donner, puis enchaîna immédiatement :

— Madame, si vous voulez bien… Nous cherchons une enfant disparue.

— Et vous pensez qu'elle est chez moi ?

— Non, pas exactement…

Nafeeza, sans se presser, les dévisagea les uns après les autres. Puis elle s'écarta pour les laisser passer. L'étroit vestibule au bout duquel commençait un escalier était encombré de bottes, de manteaux, de sacs à dos, de crosses de hockey et d'équipements de football. Ils entrèrent en file indienne dans un petit séjour qui s'ouvrait à droite.

Sayyid n'était pas monté dans sa chambre. Il était assis sur le canapé, les avant-bras ballant entre les genoux, coudes sur les cuisses. Le mur derrière lui s'ornait d'une photo géante de La Mecque avec ses milliers de pèlerins. Aucun autre objet décoratif n'était visible, excepté deux petites photos encadrées sur une table. Azhar se dirigea droit vers celles-ci, les souleva toutes les deux et les dévora des yeux. Nafeeza s'approcha de lui et les lui prit des mains. Elle les reposa, face contre la table.

— Il n'y a aucun autre enfant ici que les miens.

— Je veux voir, s'obstina Angelina.

— Mon mari, dis-lui que c'est la vérité. Explique-lui que je n'ai aucune raison de mentir. Cela n'a rien à voir avec moi ou mes enfants.

— Alors c'est elle ! s'exclama Sayyid. C'est ça, la pute ?

— Sayyid, fit sa mère.

— Je suis désolé, Nafeeza, prononça Azhar. Pour ça, pour tout ça, pour ce que j'ai été…

— Désolé ? grogna Sayyid. Tu oses dire à maman que tu es désolé ? Tu es un salaud, et n'espère pas qu'on te prenne pour autre chose. Si tu penses que tu…

— Assez ! s'exclama sa mère. Monte dans ta chambre, Sayyid.

— Pendant que *ça*, cracha-t-il en se tournant vers Angelina, fourre son nez partout pour retrouver sa bâtarde ?

Azhar dévisagea intensément l'adolescent.

— Tu n'as pas le droit…

— Salaud ! Tu n'as pas à me donner des ordres.

Il se leva d'un bond et sortit en trombe de la petite pièce. Mais au lieu d'emprunter l'escalier, il tourna à gauche dans le vestibule. Ils l'entendirent parler dans un téléphone. En ourdou. Nafeeza fit un signe à Azhar.

— Ce ne sera pas long.

Azhar souffla une fois de plus :

— Je suis désolé.

— Tu ne sais pas ce que c'est, d'être désolé…

Puis, s'adressant à ceux qui accompagnaient son mari, d'un ton empreint de dignité, elle déclara :

— Les seuls enfants sous ce toit sont ceux que j'ai mis au monde et qui ont été abandonnés par cet homme.

Barbara demanda à voix basse à Azhar :

— Qui est-ce que le gosse appelle ?

— Mon père.

Purée ! Ça tournait vraiment au vinaigre… Elle lança à Angelina :

— Nous perdons du temps. Vous voyez bien que Hadiyyah n'est pas ici. C'est quand même pas sorcier à comprendre ! C'est évident que ces gens ne lèveraient pas plus le petit doigt pour lui que votre famille pour vous, Angelina…

— Vous êtes amoureuse de lui, rétorqua Angelina. Je ne ferais pas moins confiance à un serpent.

Se tournant vers Lorenzo, elle ajouta d'un ton adouci :

— Tu pourrais regarder en haut pendant que je…

A cet instant, Sayyid déboula dans le séjour et se jeta sur Lorenzo en hurlant :

— Sortez de chez nous ! Sortez ! Sortez !

Lorenzo le repoussa d'une chiquenaude. Azhar se rapprocha de l'Italien d'un air menaçant. Barbara le retint par le bras. La situation dégénérait. Il ne manquerait plus que ces gens appellent la police du coin.

— Ecoutez-moi, dit-elle d'un ton incisif. Angelina, de deux choses l'une : soit vous croyez ce que vient de vous dire Nafeeza, soit vous fouillez la maison et vous vous expliquez avec les flics quand ils débarqueront. A la place de Nafeeza, dès que Monsieur muscles aura posé le pied sur la première marche de l'escalier, je les appellerais. Nous perdons un temps précieux. Pour l'amour du ciel, réfléchissez ! Azhar se trouvait en Allemagne. Il a pu vous le prouver. Il n'était pas en Italie, il ne savait même pas où vous étiez. Vous pouvez continuer à faire des histoires pour rien, ou bien retourner en Italie et aider la police à retrouver Hadiyyah. Je vous conseille de vous décider. Soit l'un, soit l'autre. Tout de suite !

— Je n'y croirai pas tant que…

— Mais qu'est-ce que vous avez dans le crâne, bordel ?

— Fouillez, si vous voulez, intervint Nafeeza calmement en désignant Barbara. Mais seulement… vous.

— Ça vous suffira ? demanda Barbara à Angelina.

— Comment je peux être sûre que vous ne trempez pas là-dedans ? Que tous les deux, lui et vous…

— Parce que je suis un flic, parce que j'aime votre fille, parce que si vous ne comprenez pas que la dernière chose que nous voudrions, Azhar et moi, c'est ce que vous, vous avez fait en l'enlevant et en la privant de son père… Il n'est pas comme vous, d'accord ? Et moi non plus. Et vous le savez parfaitement. Alors si vous refusez de rester ici pendant que je me promène dans la maison pour vous prouver que Hadiyyah n'y est pas, j'appellerai moi-même les flics pour violation de domicile et voie de fait. C'est clair ou il faut vous faire un dessin ?

Lorenzo chuchota à Angelina quelque chose en italien et posa doucement sa main sur sa nuque.

— D'accord, opina-t-elle.

Barbara ne mit pas longtemps à explorer la maison pour la simple raison qu'elle n'était pas bien grande, quelques chambres, une cuisine, deux salles de bains réparties sur les deux étages supérieurs. Sa brusque apparition fit sursauter la fille d'Azhar, absorbée dans son travail scolaire. Mais il n'y avait personne d'autre.

En redescendant, elle proclama :

— Rien. Allez, on y va. Tout de suite.

En voyant les yeux d'Angelina se remplir de larmes, Barbara se rendit compte qu'elle avait sincèrement espéré, en dépit de tout bon sens, que Hadiyyah se trouverait dans cette maison. L'espace d'un instant, Barbara éprouva de la sympathie pour elle. Mais elle étouffa ce sentiment : seul Azhar importait, et bientôt il aurait à affronter son père. Elle devait l'éloigner de ce guêpier le plus vite possible.

La chance n'était pas de leur côté. Alors qu'ils sortaient de la maison, deux hommes en longue tunique traditionnelle remontaient à grands pas vers eux depuis Green Lane. Le premier avait une pelle à la main, le second une pioche. Il ne fallait pas s'appeler Sherlock pour deviner leurs intentions.

— Montez dans la voiture, ordonna-t-elle à Azhar. Vite !

Il resta cloué sur place. Les nouveaux venus criaient des mots en ourdou. Le plus grand devait être le père d'Azhar, se dit Barbara, car une rage terrible déformait ses traits. L'autre, un homme d'un âge approchant, venait sans doute en renfort.

— *La macchina, la macchina*, pressa Lorenzo en attrapant Angelina pour la déposer dans la voiture.

Mais au lieu de s'installer à côté d'elle et de verrouiller les portières, il se tourna vers les autres messieurs. Il ne portait certainement pas Azhar dans son cœur, mais s'il s'agissait-il d'une bagarre... *No problema.*

Entre les cris en ourdou et les cris en italien, Barbara aurait été bien en peine de dire qui accusait qui de quoi. Mais une chose était sûre : les deux Pakistanais en voulaient à Azhar. Ils se rapprochaient en balançant leurs outils entre leurs mains. Barbara poussa Azhar sur le côté et hurla à tue-tête :

— Police !

Ils ne ralentirent même pas l'allure. C'est alors que Lorenzo s'en mêla.

Il avait beau jurer en italien, la crudité des insultes écorcha tout de même les oreilles de Barbara tandis qu'il leur tombait dessus à bras raccourcis... et avec les pieds aussi ! Ils se retrouvèrent par terre en un clin d'œil, leurs outils hors de leur portée. Mais ils n'y restèrent pas longtemps. L'instant d'après, ils se relevaient alors que Sayyid bondissait hors de la maison en criant. Une femme plus âgée et deux autres hommes surgirent de la maison voisine. Sayyid se rua sur son père et lui envoya son poing dans la gorge.

Quelqu'un hurla. Elle-même, peut-être, songea Barbara. Sauf qu'elle avait son portable au creux de la main et qu'elle était en train de composer le numéro de la police. Manifestement, il ne servirait à rien d'agiter sa plaque de la Met sous le nez de ces gens-là...

Le père d'Azhar arracha Sayyid du dos de son propre père pour prendre sa place. Lorenzo se propulsa vers lui, mais fut intercepté par l'homme à la pioche. La femme plus âgée se précipita vers Azhar et son père. Il semblait à Barbara qu'elle vociférait un nom tout en tirant de toutes ses forces sur les vêtements du père d'Azhar. Barbara l'imita en tirant sur ceux de l'adversaire de Lorenzo. Nafeeza sortit alors de la maison et se saisit de Sayyid. Trois adolescents apparurent au bout de la rue, armés de battes de cricket, et sur le trottoir d'en face deux dames joignaient leurs cris au tapage.

Il fallut une descente de police en bonne et due forme – deux voitures blanc et noir, quatre agents en uniforme – pour calmer le jeu, et toute l'habileté de Barbara pour éviter que qui que ce soit se retrouve au trou, même si tout le monde fut emmené au poste. Quand elle expliqua aux constables qu'il s'agissait d'un conflit familial, le père d'Azhar cracha :

— Il n'est pas de notre famille !

Les flics convoquèrent un des leurs, qui parlait ourdou. Chacun eut la possibilité de s'exprimer. Au bout du compte, l'affaire se solda par une perte de temps générale, des crises d'angoisse, quelques blessures légères et pas le moindre nouvel élément. Ils rentrèrent à Chalk Farm en silence.

Azhar était mutique. Angelina ne faisait que pleurer.

18 avril

Victoria
Londres

— Vous êtes devenue folle ou quoi ? répondit Isabelle Ardery à Barbara lorsqu'elle lui présenta sa requête. Remettez-vous au travail, sergent, et restons-en là.

— Vous savez bien qu'ils ont besoin de la présence d'un officier de liaison ! se sentit obligée de lui rappeler Barbara.

— Il n'est pas question d'envoyer qui que ce soit enquêter sur le territoire d'un Etat étranger.

En entrant dans le bureau du patron, Barbara avait entendu les bribes d'une conversation téléphonique qui avait pris fin aussitôt. Sûrement au sujet de l'organisation des réjouissances, après l'annonce officielle venue des hautes sphères une trentaine de minutes plus tôt, en la personne de l'adjoint au préfet de police, sir David Hillier, qui leur avait fait l'honneur de montrer sa face rubiconde dans leur coin de New Scotland Yard. Il avait déclaré devant le personnel rassemblé qu'il était désormais inutile, en s'adressant à Isabelle Ardery, d'ajouter au titre de commissaire la précision « intérimaire ».

Roulez tambours, résonnez trompettes, et qu'on débouche le champ ! Après un parcours de neuf mois, Isabelle Ardery avait réussi à voler au-dessus des derniers obstacles avec des sabots ailés.

Azhar était parti le matin même à Lucca, en Italie, en même temps qu'Angelina Upman et Lorenzo Mura. Barbara comptait bien les rejoindre au plus vite. Et c'était dans ce but qu'elle avait brossé un tableau de la situation à la commissaire.

Sa requête lui semblait obéir à une logique en béton. Une ressortissante britannique avait disparu dans un pays étranger. Peut-être avait-elle été kidnappée. Quand un crime était commis hors du Royaume-Uni, un officier de liaison était en général dépêché sur place afin d'aplanir les difficultés d'ordre culturel, linguistique et judiciaire entre les deux pays concernés. Barbara souhaitait être cet officier. Elle connaissait la famille. Tout ce qu'il lui fallait, c'était le feu vert de la commissaire Ardery.

Mais cette dernière ne voyait pas les choses sous cet angle. Elle avait écouté le résumé de Barbara, commençant par la disparition de Hadiyyah en novembre avec sa mère et se terminant par une nouvelle disparition, cette fois d'un marché italien, et demandé des précisions sur les lieux et la nature des liens entre les protagonistes. Arrivée à la fin de son exposé, le sergent se tut, sûre que la réponse coulerait de source : « Bien sûr, Barbara, vous devez partir tout de suite pour la Toscane ! » Mais Ardery lui fit observer qu'elle avait noté « un certain nombre d'éléments importants » qu'elle, Barbara, avait « négligé de prendre en compte ».

Premièrement, l'ambassade de Grande-Bretagne n'était pas intervenue. Personne n'avait jugé bon de l'avertir, par télégramme, courrier électronique, fax ou signaux de fumée. Sans l'intercession du corps diplomatique – histoire de mettre de l'huile dans les engrenages –, la Met s'abstiendrait de piétiner les plates-bandes de la police italienne.

Deuxièmement, le rôle d'un officier de liaison était d'assurer le lien entre la famille au Royaume-Uni et tout ce qui concernait l'enquête en terre étrangère. Sauf qu'en l'occurrence les parents de l'enfant se trouvaient en Italie, n'est-ce pas ? Du moins en chemin, à en croire le sergent. La mère de l'enfant vivait même en Italie, si elle avait bien compris. Quelque part à Lucca ? Dans les environs de Lucca ? Et avec un Italien, n'est-ce pas ? De sorte qu'un officier de liaison n'avait aucune raison d'être. Et par conséquent il n'était pas nécessaire d'envoyer le sergent Barbara Havers en Toscane pour démêler ce qui s'y passait.

— Ce qui s'y passe, dit Barbara, c'est qu'une petite fille de neuf ans a disparu. Une petite *Anglaise* de neuf ans. Elle s'est fait enlever au milieu d'une foule de gens dans un marché, et aucun des témoins potentiels n'a vu quoi que ce soit, apparemment.

— Jusqu'ici, acquiesça Ardery. Tout le monde n'a pas encore été interrogé. La disparition date de quand ?

— Qu'est-ce que ça peut faire ?

— C'est vous qui posez cette question ?

— Vous savez aussi bien que moi que les premières vingt-quatre heures sont cruciales. Il s'en est écoulé plus de quarante-huit.

— La police italienne sait cela aussi bien que vous, sergent Havers.

— Ils ont dit à Angelina...

— Sergent, la coupa Isabelle d'un ton ferme mais dépourvu d'animosité. Je ne vais pas me répéter. Vous paraissez me prêter des pouvoirs que je n'ai pas. Quand un pays étranger…

— Vous ne comprenez pas, la coupa à son tour Barbara. Elle a été enlevée sous le nez de tas de gens. Elle pourrait être morte, à l'heure qu'il est.

— C'est possible. Et si c'est le cas…

— Vous entendez ce que vous dites ? s'écria Barbara. C'est d'une gosse qu'on est en train de parler. Une gosse que je connais bien. A vous entendre, on croirait qu'il s'agit d'un gâteau qu'on a laissé trop longtemps dans le four. Il est possible qu'il soit brûlé. Le fromage est peut-être trop fait. Le lait a tourné…

Isabelle se leva lentement.

— Calmez-vous, sergent ! Vous êtes beaucoup trop impliquée. Même si l'ambassade téléphonait en réclamant à cor et à cri quelqu'un de chez nous, vous seriez la dernière personne que je leur enverrais. Vous n'avez aucune objectivité et, si vous n'avez pas pigé que cette qualité est indispensable à toute enquête, vous pouvez retourner à l'académie de police.

— Et si c'était arrivé à un de vos fils ? demanda Barbara. Quel serait votre degré d'objectivité ?

— Décidément, vous êtes devenue folle.

La commissaire conclut leur entretien par cette phrase, en lui ordonnant d'un geste de se remettre au travail.

Barbara sortit en trombe du bureau d'Ardery en se demandant à quel travail elle était censée se remettre. Elle se dirigea machinalement vers son poste, s'assit, fixa l'écran de son ordinateur comme s'il était doué de parole et qu'il allait lui rafraîchir la mémoire, mais elle avait l'esprit totalement vide. Et il n'y avait aucune chance que cet état de choses change tant qu'elle n'aurait pas trouvé le moyen de se rendre en Italie.

Lucca
Toscane

L'inspecteur-chef Salvatore Lo Bianco ne dérogeait jamais à ce rituel les soirs où il parvenait à rentrer chez lui à l'heure du dîner. Un *caffè corretto* à la main, il montait au sommet de la tour qu'ils occupaient seuls, sa mère et lui. Là, sur la terrasse carrée au milieu des plantes, il dégustait son café arrosé d'alcool en regardant les façades des anciennes bâtisses de la ville s'enflammer dans la lumière du couchant. Plus encore que ce spectacle, il savourait ce délicieux moment de quiétude loin de la *mamma*. A soixante-seize ans, handicapée par une mauvaise hanche, elle ne s'aventurait plus jusqu'en haut de la Torre Lo Bianco, cette tour qui, comme l'indiquait son nom, était dans la famille depuis la nuit des temps. Les deux dernières volées d'escalier étaient étroites, avec des marches en métal ; un faux pas lui aurait été fatal. Salvatore, même s'il détestait cette cohabitation autant qu'elle se délectait, elle, à l'avoir de nouveau sous son toit, ne voulait pas qu'il arrive malheur à sa mère.

Le retour de Salvatore à la maison signifiait aux yeux de la *mamma* qu'elle avait eu raison tout du long, ce qui avait le don de susciter chez elle une satisfaction encore plus profonde que si elle avait été touchée par la grâce. Depuis le jour où, dix-huit ans plus tôt, il lui avait présenté la jeune Suédoise qu'il avait rencontrée sur la Piazza Grande, elle ne portait plus que du noir, une manière d'exprimer son mécontentement – elle avait assisté à son mariage habillée comme un corbeau. Récemment, depuis le soir où il lui avait annoncé que Birgit et lui divorçaient, elle s'était mise, en plus, à ne plus quitter son chapelet, qu'elle égrenait pieusement.

Elle aurait bien voulu lui laisser croire qu'elle priait pour que Birgit reprenne ses esprits et supplie son mari de revenir vivre auprès des enfants dans le quartier autour de la Via Borgo Giannotti, juste de l'autre côté des remparts. Mais en vérité, elle avait fait une promesse à la Sainte Vierge : Mettez un terme à l'union blasphématoire de mon fils avec cette *putta straniera*, et je dirai chaque jour le rosaire, ou cinq rosaires, ou six… Salvatore n'avait aucune idée du nombre de prières, mais il se figurait qu'il y en avait déjà eu pas mal. Il était tenté de lui faire observer que l'Eglise catholique ne se reconnaissait pas le droit de délier « ceux que Dieu a unis », mais comme il était au fond un bon fils, il hésitait à lui gâcher son plaisir pour des broutilles.

Salvatore, toujours son *caffè* à la main, se leva pour inspecter ses plants de tomates. Ils commençaient à donner des fruits qui allaient mûrir magnifiquement dans ce jardin suspendu au-dessus de la ville. Il porta ses regards vers la Via Borgo Giannotti. Bien entendu, Birgit était un de ses sujets de préoccupation principaux.

Sa mère avait eu raison, sans aucun doute. Il avait commis une erreur. S'il était exact que les opposés s'attiraient en amour, le postulat ne s'était vérifié avec eux que temporairement, et encore. Il aurait dû le pressentir, ce jour où il avait ramené Birgit chez eux et où devant sa mère aux petits soins pour lui – elle venait de lui laver, amidonner et repasser quinze chemises – Birgit s'était exclamée : « Tu as une bite, Salvatore, et après ? », sans saisir l'importance dans la société italienne du rôle du fils chargé de perpétuer la lignée et le nom de la famille. Au début, cette ignorance l'avait amusé et il s'était dit que ces différends culturels entre l'Italie et la Suède finiraient par s'estomper. Il avait eu tort. Mais au moins, après la séparation, elle n'avait pas déguerpi à Stockholm avec leurs deux enfants. Rien que pour ça, Salvatore s'estimait heureux.

Son autre sujet de préoccupation était la disparition d'une petite fille. Une petite Anglaise, de surcroît. Qu'elle soit étrangère, c'était déjà très ennuyeux, mais sa nationalité britannique rendait le drame encore plus brûlant. On se souvenait encore de ce qui s'était passé en 2007 à Pérouse (le meurtre de Meredith Kercher, âgée de vingt et un ans) et au Portugal (la disparition de la petite Madeleine McCann). Salvatore était convaincu que personne à Lucca ne lui reprocherait d'avoir évité que cette histoire tourne au cirque médiatique : la ville grouillant de journalistes de la presse à scandale du monde entier, d'équipes de télévision bivouaquant devant la *questura*, la préfecture de police, sans parler des parents hystériques, du harcèlement des autorités supérieures, des coups de fil de l'ambassade, des imbroglios entre les différentes forces de police. Les choses n'en étaient pas là. Pas encore.

De fait, il était très inquiet. Trois jours après la disparition de la fillette n'avaient émergé que deux pistes d'enquête. Les témoignages d'un accordéoniste à moitié soûl qui se produisait les jours de marché près de la Porta San Jacopo et d'un jeune toxicomane bien connu de leurs services, qui se postait à genoux au milieu de la chaussée à l'entrée du marché avec autour du cou une pancarte marquée *Ho fame*. Faim de quelles nourritures ? La question restait ouverte. Par le musicien, Salvatore avait appris que la fillette était là chaque samedi pour l'écouter jouer. *La piccola bella* lui donnait toujours deux euros. Mais ce jour-là, elle lui en avait déposé sept dans son panier. D'abord la pièce, puis un billet de cinq euros. Il avait eu l'impression que le billet lui avait été passé par quelqu'un qui se trouvait non loin d'elle. Qui ? L'accordéoniste n'en savait rien. Il y avait tant de gens dans la foule des spectateurs. Avec l'aide de son caniche qui savait danser, il s'efforçait de les distraire. Les seuls qu'il remarquait étaient ceux qui lui jetaient quelques pièces. Aussi avait-il repéré la *piccola bella* parmi eux. « Comme je vous l'ai déjà dit, *ispettore*, elle me file toujours quelque chose », avait-il précisé d'un ton qui insinuait que Salvatore Lo Bianco devait être du genre qui préférait se couper un doigt plutôt que de faire l'aumône à quiconque.

Quand il lui avait demandé s'il avait noté quoi que ce soit d'inhabituel, l'accordéoniste avait d'abord répondu par la négative. Puis il avait admis que celui qui lui avait « peut-être » glissé un billet de cinq euros se tenait derrière elle et avait les cheveux noirs. Mais tout bien réfléchi, une vieille au décolleté parcheminé et aux seins qui lui tombaient jusqu'à la taille aurait tout aussi bien pu le faire. Elle était debout pile à côté d'elle. Ces descriptions, hélas, pouvaient s'appliquer à une bonne partie de la population. Mon Dieu, la femme à la poitrine affaissée aurait pu être la propre mère de Salvatore.

Du jeune drogué à genoux – un bon à rien du nom de Carlo Casparia, le désespoir d'une famille de Padoue – Salvatore avait appris que la fillette lui était passée sous le nez. Même s'il faisait face à l'extérieur des remparts, de manière à accrocher l'œil de ceux qui arrivaient avec sa pancarte « J'ai faim », Carlo affirmait qu'il s'agissait bien de la même gamine dont la photo était à présent placardée sur les murs, les portes et les vitrines un peu partout dans la ville. Il l'avait en effet vue s'arrêter et se retourner, comme si elle cherchait quelqu'un dans la foule, puis elle était revenue vers lui en sautillant pour lui donner la banane qu'elle avait dans les mains. Après quoi, elle avait continué son chemin et disparu.

Une fois que la mère lui eut fait comprendre, entre deux crises de nerfs, que sa fille n'avait pas fait de fugue et n'était pas en train de jouer quelque part avec des copains, et qu'avec l'aide de son amant elle avait passé la ville au peigne fin, Salvatore avait convoqué à la *questura*, Viale Cavour, ceux à qui on pensait forcément en pareilles circonstances. Il avait ainsi mis sur le gril huit délinquants sexuels en congé pénitentiaire, six pédophiles, un cambrioleur récidiviste en liberté surveillée jusqu'à son procès et un prêtre que Salvatore tenait à l'œil depuis plusieurs années. Les interrogatoires avaient fait chou blanc. Mais à présent, la gazette locale s'était emparée de l'affaire. Pour l'heure, grâce au ciel, la nouvelle n'avait eu de retentissement ni national ni même dans la province de Lucca, mais cela ne saurait tarder s'il ne retrouvait pas la fillette dans les plus brefs délais.

Il but la dernière goutte de son *caffè corretto*. Tournant le dos au coucher de soleil. Il se dirigeait vers la porte dans l'intention de redescendre tenir compagnie à sa *mamma*, quand son portable sonna. A la vue du numéro sur le cadran, il laissa échapper un grognement.

Charger sa boîte vocale de prendre le message était une solution, mais ensuite son téléphone sonnerait quatre fois par heure. Se retenant de jeter le portable dans la rue étroite en contrebas où il se briserait en mille morceaux, il prit la communication :

— *Pronto*, soupira-t-il.

Et comme il l'avait prévu, il entendit :

— Montez donc à Barga, Topo[1]. Il est temps qu'on ait une petite conversation, vous et moi.

---

1. *Topo* signifie « souris », se dit de quelqu'un qui met son nez partout, surnom que l'on donne généralement à un enfant.

Barga
Toscane

Piero Fanucci aurait certainement pu élire domicile dans un endroit plus facile d'accès depuis Lucca. Mais ce n'était pas le genre d'*il pubblico ministero*[1] de rendre la vie des autres plus facile, surtout celle des policiers sur lesquels il s'appuyait. Il aimait vivre dans les montagnes toscanes, eh bien, qu'à cela ne tienne. Si, pour lui procurer toutes les informations nécessaires au cours d'une enquête, ses interlocuteurs devaient se cogner une heure de route un soir d'avril, où était le problème ?

Heureusement, *il pubblico ministero* n'habitait pas la vieille ville. Sinon, Salvatore aurait été obligé, en plus, de se coltiner une multitude d'escaliers en évitant de se perdre dans le dédale de rues médiévales qui grimpaient jusqu'au Duomo, juché au sommet de la colline. Fanucci vivait sur la route de Gallicano – une route escarpée, en lacets, avec des virages en épingle à cheveux, mais présentant l'avantage d'être accessible en voiture.

Salvatore savait qu'il trouverait *il pubblico ministero* seul, son épouse étant sans cesse par monts et par vaux, en visite chez l'un ou l'autre de leurs six enfants qui, devenus adultes, avaient déménagé ailleurs, ce qui arrangeait bien leur mère. Celle qui lui servait de maîtresse occasionnelle serait également déjà partie – une pauvre femme de Gallicano, qui faisait son ménage et sa cuisine, et qui, quand il lui disait « *Resta* », se rendait dans sa chambre, une fois la vaisselle faite dans la cuisine où elle mangeait seule après le repas solitaire de

---

1. Procureur général.

son patron. Fanucci n'avait en réalité qu'un amour : ses orchidées cymbidium, qu'il soignait avec une tendresse qu'il s'abstenait de dispenser à sa famille. Salvatore serait invité à admirer ceux d'entre ses spécimens qui étaient en fleur. *Il pubblico ministero* attendrait ses compliments, délivrés avec le niveau de sincérité jugé adéquat, avant de lui faire part de la raison de sa convocation à Barga.

Salvatore se gara devant la maison de Fanucci, une villa, carrée, couleur de terre cuite, plantée au milieu d'un jardin coûteusement entretenu et derrière un portail en fer forgé. Ce dernier était fermé, comme toujours, mais il avait le code.

Sans prendre la peine de frapper à la porte d'entrée, il contourna la villa pour rejoindre la terrasse d'où on avait une vue de toute beauté sur la vallée et les collines en face. Des perles de lumière commençaient à briller dans les villages blottis dans les creux du paysage. Dans une heure, elles essaimeraient sur le manteau de la nuit.

Au bout de la terrasse se profilait le toit de la serre à orchidées, construite sur une pelouse en contrebas où l'on descendait par quelques marches. Salvatore suivit l'allée de gravier jusqu'à une tonnelle avec des feuilles de vigne qui ombrageaient une table et des chaises. La table accueillait une bouteille de grappa, deux verres et une assiette de *biscotti*, les préférés de Fanucci. *Il pubblico ministero* n'était pas là, toutefois. Comme prévu, il se trouvait dans la serre et attendait les compliments. Salvatore se prépara mentalement à l'entretien avant d'entrer.

Fanucci était en train de faire le tour de la serre chaude en vaporisant les feuilles vernissées de ses plantes alignées sur une étagère. Les longues hampes sinueuses que de fins tuteurs de bambou empêchaient de piquer du nez s'ornaient de fleurs que le magistrat protégeait délicatement de sa main pour éviter de les mouiller. Ses lunettes étaient posées sur le bout de son nez, une cigarette roulée à la main pendouillait entre ses lèvres. Son ventre débordant de son pantalon recouvrait à moitié sa *cintura*.

Fanucci ne leva même pas les yeux. Il ne prononça pas un mot. Ce qui permit à Salvatore de l'observer à loisir en essayant de deviner ce qu'il lui voulait. Fanucci, surnommé par certains *il drago*, par d'autres *il vulcano*, était connu pour ses accès de colère mémorables.

Jamais Salvatore n'avait vu d'homme aussi hideux. Son visage, aussi basané que celui d'un paysan de sa région natale, la Basilicate, était couvert de verrues si nombreuses que seul saint Roch aurait pu espérer le guérir. Il possédait en outre à la main droite un sixième doigt qu'il agitait quand il vous parlait, comme pour lire dans votre regard le degré d'aversion qu'il vous inspirait. Quand il était jeune et pauvre, sa laideur l'avait tourmenté, mais l'âge venant il avait appris à en jouer. Et alors qu'il aurait aujourd'hui eu les moyens de rendre son apparence moins effrayante, il n'en faisait rien. Sa laideur lui était trop utile.

— Elles sont magnifiques, comme toujours, *magistrato*, dit Salvatore pour rompre le silence. Quel nom donnez-vous à celle-ci ?

Il désigna une fleur dont le cœur était éclairé par les mouchetures jaunes de ses pétales d'un rose fuchsia.

Fanucci jeta un regard indifférent à l'orchidée et épousseta la cendre de cigarette sur sa chemise blanche déjà maculée d'huile d'olive et de sauce tomate – qu'en avait-il à faire ? Ce n'était pas lui qui lavait son linge.

— Elle est nulle. Seulement une fleur par saison. Je devrais la jeter à la poubelle. Vous n'y connaissez rien, Topo. Moi qui croyais que vous apprendriez, je commence à désespérer de vous.

Il posa son brumisateur, ôta sa cigarette de sa bouche et toussa. Une toux grasse et sifflante. Fumer s'apparentait à un suicide pour cet homme. De toute façon, nombreux étaient les officiers aussi bien de la *polizia di Stato* que des *carabinieri* qui espéraient le voir réussir ce coup-là.

— Comment va la *mamma* ? demanda-t-il à Salvatore.
— Elle ne change pas.
— C'est une sainte.
— C'est ce qu'elle voudrait me faire croire.

Salvatore marcha jusqu'au bout de la serre en admirant les orchidées au passage. L'air sentait bon le terreau mouillé. Il fut tenté d'en prendre un peu au creux de sa paume pour en malaxer la riche et granuleuse texture. Il aimait la terre, la terre ne mentait pas. Elle était ce qu'elle était, un point c'est tout.

Il suivit Fanucci quand celui-ci sortit de la serre, et s'assit pendant que le magistrat leur servait deux verres de grappa. Salvatore aurait préféré un Pellegrino, mais il était poli. Il déclina néanmoins le biscuit en se tapant sur le ventre pour montrer que la *mamma* le gavait déjà bien assez, alors qu'en réalité il faisait simplement attention à sa ligne.

Bridant son impatience, il se résigna à laisser *il pubblico ministero* choisir le moment où il arrêterait de parler dans le vide et lui révélerait le but de sa convocation. De toute façon, cela ne servait à rien de pousser Fanucci. C'était un roc inébranlable. Aussi Salvatore s'enquit-il de la santé de sa femme, de ses enfants et de ses petits-enfants. Ils se plaignirent d'un printemps trop pluvieux, prédirent un été long et chaud. Ils abordèrent même la question du conflit ridicule entre les *vigili urbani* et la *polizia postale*[1]…

Finalement, alors que Salvatore commençait à craindre d'y passer la nuit, Fanucci se pencha pour se saisir d'un journal plié sur une chaise à côté de lui.

— Et maintenant, Topo, il nous faut parler de ça…

Il déplia le journal afin d'exposer le gros titre en première page.

Fanucci avait réussi à se procurer un exemplaire de *Prima Voce*, le quotidien de la province, à paraître le lendemain. *Da Tre Giorni Scomparsa*[2]. L'article faisait la une avec la photo de la petite Anglaise. Une jolie enfant, ce qui rendait d'autant plus touchant le drame. Mais ce qui attisait surtout les curiosités et garantissait à l'affaire une couverture médiatique, c'était qu'elle impliquait les Mura.

Salvatore comprit instantanément pourquoi le magistrat l'avait fait appeler d'urgence. Quand il l'avait informé des résultats de l'enquête, il avait volontairement omis de mentionner le nom des Mura. Car il savait d'avance que Fanucci, comme la presse, en ferait tout un plat et viendrait fourrer son nez là où Salvatore ne voulait surtout pas le voir. Les Mura étaient en effet une grande famille de propriétaires terriens, anciens marchands de soieries de Lucca, dont l'influence remontait à deux siècles avant que Napoléon n'attribue, entre autres, la ville à sa sœur. Bref, les Mura pouvaient

---

1. Les *vigili urbani* sont les policiers municipaux chargés de la circulation. La *polizia postale*, quant à elle, est un département de la police nationale chargé du contrôle et de la répression des infractions dans l'envoi de courrier, d'argent, de colis…
2. Disparue depuis trois jours.

causer des problèmes. Jusqu'ici, cela n'avait pas été le cas, mais leur silence n'avait rien de rassurant.

— Vous ne m'aviez pas parlé des Mura, Topo, lui dit Fanucci d'une voix dont les intonations aimables ne trompèrent pas Salvatore. Pourquoi donc, mon ami ?

— Je n'y ai pas pensé, *magistrato*, mentit Salvatore. La petite n'est pas une Mura, ni la *mamma*. Sa mère est la maîtresse d'un des fils Mura, *certo*...

— Et vous en déduisez... quoi, Topo ? Qu'il n'a pas envie qu'on retrouve l'enfant ? Qu'il a engagé quelqu'un pour l'enlever et se débarrasser d'elle pour mieux s'accaparer la mère ?

— Pas du tout. Mais jusqu'ici, je me suis concentré sur les suspects les plus plausibles. Mura n'en était pas un...

— Et que vous ont dit vos suspects, Salvatore ? Qu'est-ce que vous me cachez encore ?

— Cela n'avait rien de secret, je vous assure.

— Alors comment se fait-il que, lorsque les Mura me téléphonent pour savoir où nous en sommes et pour réclamer les noms des suspects, je ne sache même pas en quoi les regarde la disparition de cette fillette ? Qu'avez-vous à me répondre, Topo ?

Salvatore se rembrunit. Il n'allait quand même pas lui avouer que son seul objectif avait été de le tenir, lui, *il pubblico ministero*, aussi éloigné que possible de l'enquête. Fanucci était un fouteur de merde de première. Salvatore avait beau le manier avec des pincettes, il n'avait pas encore maîtrisé l'art de le circonvenir.

— *Mi dispiace*, Piero. Je ne sais pas à quoi je pensais. Ce genre de chose, dit-il en indiquant le journal, ne se reproduira plus.

— Bien, alors vous ne verrez pas d'objection à...

Fanucci laissa un instant sa phrase en suspens, comme s'il hésitait entre plusieurs mesures disciplinaires : pure comédie.

— J'attends de vous désormais un rapport par jour.

— Mais il y a tellement de jours où il n'y a rien à signaler... protesta Salvatore. Et quand ça se bouscule, je n'ai souvent pas le temps de m'asseoir pour rédiger un rapport...

— Ah, mais vous y parviendrez, n'est-ce pas ? Je ne veux plus apprendre quoi que ce soit en lisant *Prima Voce*. *Capisci*, Topo ?

— *Capisco, magistrato*, opina Salvatore.

— *Bene*. Si vous voulez bien, nous allons revoir point par point cette affaire depuis le début. Ne m'épargnez aucun détail.

— Maintenant ? s'exclama Salvatore, pour qui il se faisait un peu tard.

— Maintenant que votre femme vous a quitté, mon ami, vous avez tout le temps du monde, pas vrai ?

19 avril

Villa Rivelli
Toscane

Une pauvre pécheresse, voilà ce qu'elle était. Elle avait promis de se donner entièrement au bon Dieu s'Il exauçait sa prière. Elle avait été entendue. Et cela faisait maintenant près de dix ans qu'elle vivait en ce lieu, vêtue l'été d'une robe en toile de coton qu'elle avait cousue de ses propres mains, et l'hiver d'une grossière étoffe de laine. Elle se bandait les seins afin de lutter contre la tentation. Elle cueillait les épines des rosiers du jardin pour en clouter son linge de corps, qu'elle transformait ainsi en cilice. La douleur était pénible mais nécessaire. Quand on a prié pour demander quelque chose de mal, et que cette chose, pour votre malheur, vous a été octroyée... Personne ne peut échapper éternellement au châtiment.

Elle menait une vie simple. Son logis, dans la grange, au-dessus des chèvres qu'elle était chargée de traire, était petit et d'un confort spartiate. Une chambre avec un lit dur, une commode et un prie-dieu surmonté d'un crucifix, une cuisine et une minuscule salle d'eau. Il faut dire qu'elle était frugale. Elle se contentait des poulets de la basse-cour, des fruits et des légumes du potager. Et de temps en temps, rarement, la villa lui fournissait du poisson, de la farine, du pain, du lait de vache et du *formaggio*, en guise de rémunération pour son travail sur cette propriété dont les habitantes vivaient recluses. Quelle que soit la saison, qu'il vente ou qu'il pleuve, elles demeuraient entre les murs d'enceinte de la Villa Rivelli.

Elle espérait la miséricorde du Tout-Puissant. Mais au fil des années elle avait commencé à entrevoir une autre vérité : son passage ici-bas ne suffirait pas à la laver de ses péchés.

Il lui avait dit : « On ne peut pas prévoir la volonté de Dieu en Le priant, Domenica. *Capisci ?* » Elle avait acquiescé. Elle comprenait d'autant mieux cet article de foi quand elle lisait au fond de ses yeux la gravité de son péché. Non seulement contre le bon Dieu, mais contre sa propre famille et surtout contre lui…

Elle avait tendu la main vers lui pour poser sa paume sur sa joue et sentir sous ses doigts le galbe de la pommette qui rendait son visage si beau. Mais devant sa moue de dégoût, elle avait laissé son bras retomber le long de son corps et baissé les yeux. Elle persistait dans la voie du péché et jamais il ne le lui pardonnerait. Comment lui en vouloir ?

Ensuite il lui avait amené l'enfant. La petite fille avait franchi en sautillant l'imposant portail de la Villa Rivelli et s'était arrêtée, éblouie. Brune comme elle, Domenica, elle avait des yeux couleur *caffè*, la peau sombre, et le long de son dos tombait une cascade de cheveux noirs où le soleil posait des reflets acajou. Une chevelure pareille, il fallait les doigts de Domenica pour la caresser, la coiffer, pour dompter cette masse luisante.

L'enfant avait d'abord couru jusqu'à une majestueuse fontaine d'où jaillissaient des gerbes d'eau qui reflétaient dans l'air cristallin toutes les couleurs de l'arc-en-ciel avant de retomber dans le bassin circulaire situé à mi-chemin du portail et de la gigantesque bâtisse. Puis elle avait filé sur le côté de la loggia, là où d'antiques statues à l'abri dans leurs niches de pierre personnifiaient, au scandale de Domenica, des divinités païennes. La fillette avait crié quelque chose, mais comme elle se trouvait trop loin, à la fenêtre de son logis au premier étage de la grange, elle n'avait pas compris ce qu'elle disait. La petite fille avait pivoté sur ses talons, sa chevelure volant dans les airs, et lancé un appel en direction de l'endroit d'où elle venait.

C'est alors que Domenica l'avait aperçu. Il remontait l'allée de cette démarche qu'il avait depuis son adolescence, leur adolescence. « Il roule des mécaniques », se moquaient les amies de Domenica. « Ce garçon est le danger personnifié », le stigmatisaient ses tantes. Le père de Domenica, lui, disait qu'il était son neveu et que par conséquent son devoir était de lui donner un toit. Autrefois, au début… Pour l'heure, le voilà qui se profilait dans l'embrasure du portail de la Villa Rivelli, avec son regard troublant, ce regard qu'il tenait fixé sur la petite fille. Le cœur de Domenica fit un bond dans sa poitrine et les épines de son cilice enfoncèrent leurs dards dans sa chair. Elle avait conscience de ce qu'elle avait désiré, de ce qu'elle désirait encore et aussi de ce qui devait être, depuis neuf ans qu'elle se fustigeait elle-même. Le bon Dieu lui avait-Il pardonné ? Devait-elle l'interpréter comme un « signe » ?

Ces paroles, « Tu dois le faire pour moi », n'étaient pas sorties de Sa bouche, mais ne nous interpelle-t-Il pas à travers Ses créatures ?

La petite fille l'avait rejoint et lui avait dit quelque chose. De loin, Domenica l'avait vu prendre tendrement le menton de la fillette dans sa main, puis laisser glisser celle-ci sur son épaule pour détourner l'enfant de la maison et la diriger vers l'allée de *sassoloni*[1] couleur d'ambre qui, par une trouée en forme d'arche dans une haie de camélias, débouchait sur une vaste terrasse en terre battue où se dressait la grange de pierre. En le voyant approcher en compagnie de l'enfant, Domenica avait repris un peu espoir.

Elle était descendue à leur rencontre et, écartant les lanières de couleurs vives du rideau de porte qui protégeait des mouches et gardait à l'intérieur les bonnes odeurs de pain chaud, les avait contemplés tous les deux : debout derrière la petite fille, il la tenait par les épaules.

« *Aspettami qui. Tornerò*, avait-il dit à l'enfant, qui avait opiné pour montrer qu'elle comprenait qu'elle devait attendre à cet endroit son retour.

— *Quando?* avait demandé la petite. *Perché Lei ha detto*...

— *Presto.* »

Il avait esquissé un geste vers Domenica, qui debout devant eux, tête baissée, silencieuse, sentait comme des coups dans sa poitrine.

« *Suor Domenica Giustina*, avait-il ajouté sans accompagner ce titre d'autre marque de respect. *Rimarrai qui alle cure della suora, si? Capisci, carina?* »

La petite fille avait fait signe qu'elle acceptait de rester avec la bonne sœur.

Domenica ne connaissait pas le nom de l'enfant. Il ne lui avait rien dit et elle n'avait pas osé poser la question,

---
1. Petits cailloux, gravier.

elle ne méritait pas de savoir, pas encore. Elle avait donc décidé de l'appeler « Carina ». Et l'enfant avait gentiment accepté.

A présent, elles étaient toutes les deux au potager où, dans la douceur de l'air en cette fin avril, les premières pousses se transformaient en plants bourgeonnants. Elles s'employaient à arracher les mauvaises herbes, chacune en fredonnant une petite chanson. De temps à autre, elles relevaient la tête et échangeaient un sourire.

Carina n'était avec elle que depuis une semaine, mais il semblait à Domenica qu'elle avait été auprès d'elle depuis toujours. Elle parlait peu. La religieuse l'entendait babiller au milieu des chèvres, mais sinon elle ne communiquait que par des phrases simples et courtes, à la limite par des mots. Souvent, Domenica ne savait pas ce qu'elle cherchait à lui dire. Souvent aussi Carina ne comprenait pas Domenica. Mais quand elles jardinaient, quand elles mangeaient et quand elles se couchaient, après la tombée de la nuit, elles étaient toujours en harmonie.

Dans la prière, en revanche, elles différaient. Carina ne s'agenouillait pas devant le crucifix. Elle ne faisait pas couler entre ses doigts les grains du chapelet que Domenica avait confectionné en se servant de noyaux de cerises. En la voyant prête à le mettre autour de son cou, afin de prévenir un acte sacrilège, Domenica s'était dépêchée de le lui fourrer dans la main, la croix nichée au centre, le corps du Christ tourné vers le firmament afin que l'enfant ne se trompe pas sur ce que cet objet représentait. Malgré tous ses efforts rien n'y faisait, lors de leurs dévotions du matin, du midi et du soir, la petite fille ne parvenait pas à dire ses prières ni même à répéter les mots prononcés par Domenica. Il lui manquait la foi pour recevoir la vie éternelle. Dieu lui envoyait un « signe ».

Domenica se releva de sa posture agenouillée entre les rangées de plants de poivrons et de haricots. Posant ses mains sur ses reins, elle infligea à sa chair une douleur familière en la lardant d'épines. Mais devait-elle continuer à se punir ainsi si le bon Dieu lui avait pardonné ? Sans doute était-il trop tôt pour répondre à cette question. Sa tâche n'était pas terminée.

Carina se redressa à son tour et leva son mince visage vers la voûte bleue du ciel sans nuages où brillait un soleil doux. Derrière elle, sur une corde à linge, séchaient ses vêtements d'enfant. A part ce qu'elle avait sur le dos, elle était arrivée sans rien. Maintenant, elle était habillée tout en blanc, comme un ange, et à travers le léger tissu elle avait la minceur des elfes, les longues jambes d'un faon, les bras aussi graciles qu'un rameau de jeune arbre. Domenica lui avait cousu ces vêtements. Quand l'hiver viendrait, elle lui en ferait d'autres.

Elle fit un geste à Carina.

— *Vieni*, lui dit-elle.

A la sortie du potager, elle attendit que l'enfant ferme la barrière derrière elle et vérifie – comme elle lui avait montré – que le loquet était en place.

Domenica mena Carina jusqu'à la trouée dans la haie de camélias qui débouchait sur le jardin d'agrément. L'enfant adorait s'y promener et, à condition que Domenica soit là pour la surveiller, elle passait deux heures par jour autour de la *peschiera*, le plan d'eau où nageaient des poissons rouges voraces auxquels Domenica l'autorisait à donner à manger. Après avoir de son pas dansant tourné le long du tracé rectangulaire du bassin, elle courait du côté du couchant se percher sur le mur qui surplombait les motifs géométriques complexes que dessinaient les parterres du *giardino dei fiori*. Une seule fois, Domenica l'avait emmenée parmi les fleurs dans leurs massifs bien ordonnés, et elles avaient aperçu la Grotta dei Venti, une immense grotte aux parois ornées d'arabesques en coquillages, qui exhalait un courant d'air frais, ou était-ce le souffle des sculptures scabreuses qui grimaçaient sur leurs socles ?

Aujourd'hui, elle la conduisait dans un autre lieu, mais pas dans le parc cette fois : à l'intérieur de la bâtisse. Sur le côté au levant, elles descendirent par des marches jusqu'à deux grandes portes vertes. C'était par là que l'on accédait aux caves. De vastes salles mystérieuses à l'abandon depuis un siècle. Vieux tonneaux à vin couverts de poussière et tissés de toiles d'araignée ; grandes jarres en terre cuite pour l'huile d'olive noircies par les moisissures ; pressoirs en bois avec de la rouille rongeant leurs parties métalliques et un duvet de crasse sur le tuyau d'où jaillissait autrefois l'*oro di Lucca*.

Sous ces voûtes moisies, le décor invitait à l'exploration : des échelles appuyées contre d'énormes tonneaux, une pile de passoires géantes entassées pêle-mêle dans un coin sur le sol dallé de brique et de pierre, une cheminée dont l'âtre montrait encore des traces de cendres. Des odeurs fortes et complexes. Des sons étouffés. Les cris des oiseaux dehors, le bêlement des chèvres, un bruit d'eau qui coulait et, pile au-dessus de leurs têtes, l'écho lointain d'un chant choral.

— *Senti, Carina?* chuchota Domenica, un doigt sur les lèvres.

L'enfant tendit l'oreille aux voix désincarnées.

— *Angeli? Siamo in cielo?*

Domenica sourit à la pensée que l'on puisse confondre cet endroit avec le paradis.

— *Non angeli, Carina. Ma quasi, quasi.*

— *Allora fantasmi?*
Des spectres ? L'idée fit de nouveau sourire Domenica.
— *Forse, bambina. Questo luogo è molto antico. Forse qui ci sono fantasmi.*

Elle n'en avait jamais vu. Si les caves de la Villa Rivelli étaient hantées, ces fantômes ne l'avaient jamais tourmentée. Sa conscience s'en chargeait bien assez comme ça.

Elle laissa le temps à Carina de comprendre qu'elle n'avait rien à craindre dans ce sous-sol. Puis elle lui demanda de la suivre. Cette enfilade de salles humides recelait la promesse du salut de son âme.

La faible clarté qui filtrait à travers les vitres sales des soupiraux suffisait à éclairer le sol. Le bruit de leurs pas se réverbérait sur les murs froids. La cave où elle la conduisit s'enfonçait dans les profondeurs des fondations. Là aussi, il y avait des tonneaux, pourtant elle était différente des autres, avec son sol à motifs de losanges et, en son centre, une fontaine de marbre où se déversait une eau de source qui jaillissait de sous la maison et s'écoulait en gargouillant dans la grande vasque puis vers le jardin par une rigole pavée.

Trois marches de marbre, des parois visqueuses et verdâtres, un fond noir, et tout cela sentait affreusement mauvais. Domenica n'y avait jamais trempé même ses pieds, ne sachant trop ce qui pouvait être tapi dans cette eau. Mais maintenant, elle savait. Le bon Dieu lui avait envoyé un signe.

Domenica ôta ses sandales et demanda d'un geste à la petite fille de l'imiter. Puis elle enleva sa robe, l'étala soigneusement sur le sol et posa les pieds sur la première marche, la deuxième, la troisième. Se retournant, elle encouragea l'enfant à la suivre. Mais Carina se contentait de la regarder avec des yeux ronds.

— *Non avere paura*[1].

Carina se détourna. L'enfant est pudique, pensa Domenica en mettant sa main sur ses yeux. Mais au lieu de froissements d'étoffe, elle entendit des bruits de pas qui s'éloignaient à vive allure.

Domenica remonta à toute vitesse, avec la sensation d'avoir les jambes couvertes d'une matière gluante. Elle était seule dans la cave. En baissant les yeux pour voir où elle posait les pieds, elle vit ce qui avait provoqué la fuite de l'enfant.

De ses seins bandés ruisselait du sang, un liquide chaud coulait de multiples petites plaies, elle en avait les jambes toutes poisseuses. Quelle vision pour une enfant ignorante de son péché ! Elle allait devoir trouver une explication.

Car il était essentiel que Carina n'ait pas peur.

Holborn
Londres

Barbara Havers avait à présent un indic au sein du quatrième pouvoir avec qui elle pratiquait des renvois réguliers d'ascenseur. C'était parfois lui l'informateur, parfois elle. Ils se tuyautaient mutuellement, des rapports complexes plutôt inhabituels. Mais il fallait bien avouer qu'un journaliste pouvait se révéler d'une grande utilité en certaines circonstances, et celle-ci en était une. Car elle n'était pas prête à digérer sa conversation avec la commissaire Isabelle Ardery.

Son dernier rendez-vous avec cet indic lui avait coûté bonbon. Mais aussi quelle idée stupide elle avait eue de

---

1. N'aie pas peur.

l'inviter à déjeuner ! Elle avait été obligée de casquer pour un repas gargantuesque, rosbif, Yorkshire pudding et autres digestifs rien que pour lui soutirer un seul malheureux nom, à ce goinfre.

Mais on ne l'y reprendrait pas, d'autant qu'elle ne pouvait pas faire figurer sur ses notes de frais « rémunération de renseignements émanant d'un tabloïd ». Elle lui proposa donc de le retrouver au Watts Memorial, le monument commémoratif du sacrifice de soi héroïque, ce qui tombait bien puisque le journaliste couvrait en ce moment un procès à Old Bailey.

Au moment où elle quittait New Scotland Yard, il se mit à pleuvoir. Quand elle sortit du métro pour se diriger vers Postman's Park, la pluie tombait à verse. Elle s'abrita sous l'auvent de tuiles vertes de la loggia qui protégeait le monument des outrages du temps et du climat londonien, s'assit sur un banc et alluma une cigarette à la hauteur d'une plaque rendant hommage à l'exploit d'un gentleman qui, en 1869, avait réussi à arrêter un attelage emballé dans Hyde Park, sauvant comme il se doit une demoiselle en détresse, mais y trouvant lui-même la mort. William Drake. Hélas, de nos jours on ne fabriquait plus d'hommes de cette trempe.

On ne les fabriquait pas non plus comme Mitchell Corsico. Il arriva de la direction des Royal Courts of Justice dans sa tenue coutumière, c'est-à-dire déguisé en cow-boy. Comme à chacune de leurs rencontres, Barbara se demanda comment il s'en tirait avec une touche pareille. Manifestement, au tabloïd *The Source*, vous pouviez avoir l'allure que vous vouliez tant que vous alimentiez en scoops la machine à calomnies.

Et elle en avait un superbe qu'elle apportait à Corsico sur un plateau d'argent. De quoi obliger la commissaire

Ardery à se remuer les fesses – modelées par la méthode « Pilates » – et à satisfaire finalement sa requête. Barbara avait apporté des photos chapardées le matin même dans l'appartement d'Azhar. Il y en avait une de lui, une de Hadiyyah, une d'Angelina Upman, la plus belle étant un portrait de bonheur familial à trois.

Corsico l'aperçut. En marchant dans les flaques avec ses santiags pointues, il se dirigea vers elle. Sous l'auvent du monument, il ôta son stetson. Barbara n'aurait pas été étonnée s'il l'avait saluée du buste en posant son chapeau contre son ventre. Mais il se borna à le renverser pour en vider l'eau de pluie en éclaboussant les jambes de Barbara. Heureusement qu'elle était en pantalon, se dit-elle tout en lançant au journaliste un regard mi-figue, mi-raisin. Il lui présenta ses excuses et s'assit sur le banc à côté d'elle.

— Alors ?
— Kidnapping.
— Et que dois-je trouver renversant ?
— Kidnapping en Italie.
— Et ça doit suffire à me précipiter sur Internet ?
— La victime est britannique.

Corsico ne paraissait toujours pas convaincu.

— Elle a neuf ans.
— Bon, c'est un début.
— Elle est adorable, jolie, intelligente, gentille.
— Ne le sont-elles pas toutes ?
— Pas comme ça.

Barbara sortit la première photo, celle de Hadiyyah. Corsico avait oublié d'être bête. Pigeant tout de suite qu'elle était métisse, il leva un sourcil sceptique. Elle lui présenta la photo d'Angelina Upman, puis celle d'Azhar et celle de la famille heureuse où l'enfant dans la poussette avait deux ans. Par bonheur, ils étaient tous très beaux.

The Source, dont elle était une fidèle lectrice, ne consacrerait jamais une première page à quiconque – kidnappé, mort ou autre – n'avait pas le look qu'il fallait. Les criminels endurcis avec des trognes patibulaires faisaient la une s'ils étaient arrêtés pour un délit supposé faire frémir le chaland. Mais une petite laideronne kidnappée ? Une femme moche assassinée ? Un père ou un mari éploré avec une tête de poisson ? Rien à faire, ça ne passerait pas.

— La gosse est peut-être morte, fit observer Barbara.

Elle était furieuse contre elle-même d'employer le terme « gosse » pour qualifier Hadiyyah, sans parler du mot « morte ». Mais elle ne pouvait pas se permettre de trahir la nature de son implication dans l'affaire. Sinon, c'était certain, il refuserait tout net de coopérer. Il se sentirait exploité et elle n'obtiendrait rien de lui.

— Elle est peut-être dans un bordel à Bangkok, jeta-t-elle dans la balance. Quelqu'un l'a peut-être vendue à un type qui a une cave dans la campagne belge. Cette gamine pourrait être aux Etats-Unis. Qui sait ce qu'elle est devenue… *Nous* n'en savons rien.

Si elle avait insisté sur le « nous », c'était pour lui laisser entendre que *The Source* avait la possibilité de devancer la Met. Ils le savaient aussi bien l'un que l'autre : sur le chapitre de l'information, griller Scotland Yard sur son propre terrain était tout aussi juteux qu'un scoop sur un scandale sexuel touchant un député ou les photos prises au vol d'un prince nu s'amusant avec les « joyaux de la Couronne ».

Mais il était méfiant, Mitchell Corsico. Faire preuve de prudence dans de tels moments l'avait mené là où il était aujourd'hui, c'est-à-dire à pondre des papiers qui faisaient la une deux ou trois fois par semaine alors que le reste de la presse de caniveau britannique lui offrait des centaines de milliers de livres pour remuer la boue à son profit. Il prit par conséquent soin de ne pas trop s'engager.

— Pourquoi, dans ce cas, les autres journaux n'en ont pas parlé ?

— Parce que aucun d'eux ne connaît toute l'histoire, Mitch.

— Sordide, hein ?

Il voulait dire : « Assez sordide pour moi ? »

— Oh, je pense que vous allez vous régaler.

21 avril

Victoria
Londres

Dorothea Harriman répandit la nouvelle que la commissaire Ardery avait été convoquée en haut lieu. « Convoquée » était le mot qu'elle avait employé. Entendant cela alors qu'elle se servait un Fanta au distributeur de boissons, Barbara songea immédiatement à l'adjoint au préfet. Qui d'autre pouvait avoir fait venir la commissaire de manière aussi impérative ? C'était mauvais pour Ardery, mais Barbara n'allait quand même pas la plaindre. Si elle-même devait continuer à servir de dactylo à l'inspecteur Stewart jusqu'à ce qu'Ardery juge opportun de la transférer ailleurs, alors peu lui importait si elle souffrait mille morts.

Il ne traversa pas l'esprit de Barbara que la convocation par sir David Hillier pouvait être en rapport avec ses machinations à elle. Depuis leur rendez-vous à Postman's Park, elle téléphonait toutes les heures à Mitchell Corsico, mais tout ce qu'elle avait réussi à lui soutirer se résumait en une phrase pour le moins sibylline : « Je suis dessus. »

S'il ne se passait pas quelque chose très vite, elle allait bientôt se mettre à grincer des dents, tant elle était rongée d'impatience. Depuis le départ d'Azhar, elle avait reçu de lui quelques appels réduits au minimum : « Rien » ou « Toujours rien ». La gorge nouée par le simple son de la voix d'Azhar, Barbara désespérait de trouver des paroles réconfortantes.

Le retour d'Isabelle Ardery mit fin au supplice de l'attente. Un aboiement : « Sergent Havers, dans mon bureau, tout de suite ! », suivi d'un « Inspecteur Lynley, vous aussi » à peine moins hostile. Des murmures s'élevèrent des différents postes de travail. Seul l'inspecteur Stewart avait l'air de se frotter les mains. Tout ce qui pouvait nuire à Barbara Havers lui convenait.

Barbara interrogea Lynley du regard. Il n'en savait pas plus long qu'elle. Il s'effaça devant la porte du bureau de la commissaire pour la laisser passer en premier.

La commissaire avait jeté quelque chose sur sa table. Un tabloïd. *The Source*, plus précisément. L'heure de vérité avait sonné à la Met – pas mal, se dit Barbara, compte tenu que Mitch avait réussi son coup en quarante-huit heures chrono... On allait enfin s'agiter pour retrouver la petite Anglaise disparue en Italie.

Mitch avait soigné sa prose, constata avec satisfaction Barbara. *Une écolière britannique kidnappée !* s'étalait à la une. L'article était signé Mitchell Corsico et était illustré par un portrait de Hadiyyah, absolument adorable, occupant la moitié de la page. Imprimée en plus petit, une photo aérienne montrait, enveloppé dans la corolle des remparts, un labyrinthe de ruelles pavées, d'auvents de marché, où circulait une foule compacte... Le lieu où avait disparu Hadiyyah. Barbara se pencha pour voir s'il y avait une suite à l'intérieur du journal.

Page 3 ! Un peu plus et elle s'écriait « Yahou ! ». Cela signifiait que l'affaire allait avoir du retentissement dans l'opinion et, par contrecoup, des répercussions à Scotland Yard, où l'adjoint du préfet ne lâcherait plus le morceau jusqu'à ce qu'on retrouve Hadiyyah. Bien entendu, c'était ce dont Isabelle Ardery souhaitait discuter avec le sergent.

— Croyez-moi, si cela ne tenait qu'à moi, je vous rétrograderais aux archives dans la seconde ! lui cracha-t-elle en ramassant le journal et en le lui lançant.

Elle ajouta que le sergent pouvait leur faire la lecture de ce qu'elle était sûrement « contente de voir crié sur les toits ».

— Mais, chef, c'est pas moi...

— Vous avez laissé vos empreintes dessus, sergent, accusa Ardery. Evitez au moins de me prendre pour une idiote...

— Chef... avança Lynley d'un ton conciliateur.

— Je tiens à ce que vous entendiez ça, lui répliqua vivement Ardery. C'est important que vous soyez à jour sur cette affaire, Thomas.

Barbara eut soudain la chair de poule. Cette petite remarque en aparté à l'inspecteur ne présageait rien de bon. Mais, obéissant aux ordres d'Ardery, elle lut l'article à haute voix. De temps à autre, quand survenait un détail particulièrement significatif, Ardery l'arrêtait et la faisait répéter.

C'est ainsi qu'ils apprirent que la police britannique n'était pas impliquée dans les recherches de la petite Anglaise disparue sur le marché de Lucca, en Italie ; qu'aucun enquêteur britannique n'avait été dépêché en Toscane pour prêter main-forte aux flics italiens ; que personne à Scotland Yard ne se préoccupait de soutenir la famille, ni celle en Angleterre ni celle en Italie.

Les allusions étaient nombreuses, concernant la cause de cette totale inaction : la petite disparue était à moitié pakistanaise. Si son enlèvement n'était pas jugé digne d'un travail de police dans l'un et dans l'autre pays, c'était à cause de la couleur de sa peau. Les étrangers comme elle éveillaient chaque jour plus de méfiance et d'antipathie. Il suffisait de voir ce qui se passait dans une ville métissée comme Bradford ; les mosquées cibles d'attentats, les femmes en tchador ou en foulard harcelées dans la rue, les jeunes des cités traqués pour détention d'armes ou de bombes... Tss-tss, semblait dire le vertueux tabloïd. Mais où allait le monde ?

Corsico avait mis en avant tous les détails susceptibles d'inciter les lecteurs à prendre leur téléphone et à renseigner discrètement le journal, provoquant une de ces rondes de délations qui faisaient basculer dans le sensationnel le fait divers le plus banal : le père professeur de microbiologie dans une faculté londonienne ; les grands-parents du côté maternel appartenant à la bonne bourgeoisie de Dulwich ; la tante designer de meubles ; la disparition à l'automne précédent de la mère et de l'enfant ; le refus de l'ensemble des protagonistes de raconter ce qui s'était passé.

L'adjoint au préfet Hillier avait apparemment passé un savon à Isabelle Ardery et celle-ci n'allait pas lâcher Barbara tant qu'elle ne se serait pas vengée. Heureusement, rien ne prouvait qu'elle était derrière l'article de Mitchell Corsico. Ce dernier était tellement méprisé par tout le monde au Yard depuis qu'il avait participé à sa manière très personnelle à une enquête sur des meurtres en série, qu'on le fuyait comme s'il était pestiféré, ce qui arrangeait Barbara.

Elle posa le tabloïd sur le bureau d'Ardery.

— Il fallait bien que ça sorte, chef, dit-elle prudemment.

— Ah, c'est votre avis ?

Ardery s'était levée et se tenait devant la fenêtre, les bras croisés sur la poitrine. Barbara ne s'était encore jamais rendu compte qu'elle était aussi grande, elle devait mesurer au moins un mètre quatre-vingt-deux avec ses talons ; une haute taille dont elle jouait pour vous intimider. Toute droite dans sa jupe crayon et son chemisier en soie, elle semblait aussi s'imposer par son indéniable forme physique. Mais Barbara refusait de se laisser impressionner. Après tout, la commissaire avait son talon d'Achille et il était là dans le bureau avec elles.

Elle jeta un coup d'œil à Lynley. Il avait l'air sombre.

— Le terrain est glissant, déclara l'inspecteur.

— Et qui a savonné la planche, croyez-vous ?

— Chef, comment pouvez-vous me soup...

La commissaire ne la laissa pas terminer sa phrase :

— Je vous confie l'enquête. Vous partez pour l'Italie demain. Je vous autorise à prendre la journée pour préparer votre déplacement.

Comme ce n'était pas à Barbara qu'elle s'adressait, celle-ci protesta :

— Mais je connais la famille, chef ! Et l'inspecteur a déjà une enquête en cours. Vous ne pouvez pas l'envoyer...

— Vous remettez en cause mes ordres ? rétorqua sèchement Ardery. Vous espériez peut-être me convaincre avec *ça*, ajouta-t-elle en montrant le tabloïd, de vous envoyer prendre du bon temps en Italie tous frais payés ? Vous croyez vraiment qu'on me manipule aussi facilement, sergent ?

— Je dis seulement... Je...

— Barbara, intervint Lynley d'un ton apaisant.

— Ah, non, ne vous avisez pas de prendre son parti maintenant, Thomas ! s'exclama Isabelle Ardery. Si elle n'est pas à l'heure qu'il est en train de classer des dossiers dans un placard de l'île aux Chiens[1], c'est qu'il n'y a pas de preuves suffisantes de sa complicité avec ce... ce Corsico !

— Je ne prends le parti de personne, repartit toujours aussi placidement Lynley.

— Et n'utilisez pas ce ton exaspérant avec moi ! Vous cherchez à m'amadouer, eh bien, c'est peine perdue. Je veux que cette affaire soit réglée le plus vite possible et que vous soyez de retour à Londres au plus tard dans quelques jours. Je me suis bien fait comprendre ?

Barbara remarqua qu'un petit muscle tressaillait dans la mâchoire de Thomas Lynley. La commissaire devait avoir une toute autre attitude sur l'oreiller.

— Vous savez que je suis sur...

— J'ai transféré cette enquête à John Stewart.

— Mais il est déjà sur une autre affaire, protesta Barbara.

— Et il bénéficie de vos compétences, n'est-ce pas, sergent ? Vous voyez, vous serez à partir d'aujourd'hui très occupée. Maintenant, déguerpissez et allez prendre vos instructions auprès de Stewart, il saura vous empêcher de faire des bêtises. Vous devriez vous mettre à genoux et remercier Dieu. Allez, ouste !

Barbara était sur le point de contre-attaquer quand un regard de Lynley l'en dissuada. Un regard pas du tout

---

1. Ancienne île à l'est de Londres. Quartier bordé sur trois côtés par la Tamise.

amical. A cause de ses manœuvres ineptes, lui s'envolait pour l'Italie et elle n'allait nulle part.

Belgravia
Londres

Lynley attendit d'être rentré chez lui pour téléphoner à Daidre Trahair. Elle se trouvait toujours au zoo de Bristol, où elle discutait avec son équipe de l'anesthésie d'un vieux lion à qui il allait falloir arracher trois dents.

— Il a dix-huit ans, dit-elle à Lynley. En âge de lion... Il faut tenir compte de l'état de son cœur et de ses poumons. De toute façon, c'est toujours risqué d'anesthésier un animal de cette taille.

— Je suppose que vous ne pouvez pas lui demander de faire « Aaaah » et lui injecter de la novocaïne, ironisa Lynley.

— Si seulement... Mais le problème, Thomas, c'est que l'opération est programmée pour ce mercredi. Hélas, je vais de nouveau être dans l'impossibilité de revenir à Londres ce mois-ci.

Depuis quelques mois, les matchs bimensuels de roller derby étaient devenus pour lui des moments qu'il attendait avec impatience.

Il l'informa de son départ précipité pour la Toscane à la suite d'un traficotage raté de Barbara, qui aurait voulu y aller elle-même.

— Je prends l'avion demain matin. Vous pouvez arracher les dents de votre lion en toute impunité.

— Ah.

Un temps de silence. Lynley entendit une voix masculine :

— Tu viens avec nous, Daidre, ou tu nous retrouves là-bas ?

Daidre répondit :

— Attendez-moi, j'en ai pour une minute.

Puis, à Lynley :

— Vous serez parti longtemps ?

— Je n'en ai aucune idée.

Il marqua une pause, espérant un « Oh, je vois » déçu, mais elle lui demanda, plus prosaïquement :

— C'est quel genre d'enquête ?

— Un enlèvement. Une petite Britannique de neuf ans.

— Oh... C'est affreux.

— Barbara est une amie de la famille.

— Seigneur. Pas étonnant qu'elle ait voulu y aller elle-même.

Lynley n'avait pas du tout envie de l'entendre justifier la conduite de Barbara Havers, d'autant qu'il était celui qui allait payer les pots cassés.

— Peut-être. Mais j'aurais pu me passer de jouer les médiateurs entre les parents et la police italienne.

— Ce sera votre rôle ?

— Sans doute.

— Dois-je vous souhaiter bonne chance ?

Lynley songea qu'il aurait préféré qu'elle lui avoue qu'il allait lui manquer.

— Vous partez demain matin, alors ? ajouta-t-elle.

— Charlie est en train d'organiser mon voyage.

— Ah, je vois. Bon...

Il ne décelait toujours pas de tristesse dans ses intonations.

— Daidre...

— Oui ?

— Je ne vais pas vous retarder plus longtemps. On dirait que vous avez des choses à faire cet après-midi...

— Un tournoi de fléchettes. Nous nous réunissons au pub après le travail. Pas le pub de mon quartier, celui du zoo.

Lynley n'était jamais allé chez elle.

— Vous allez tous les ratiboiser. N'oubliez pas que je vous ai vue à l'œuvre.

— Plus qu'à l'œuvre, répliqua-t-elle en riant. Si mes souvenirs sont bons, nous avions même fait un pari, le perdant devait laver la vaisselle du dîner. Pas de souci cette fois-ci. Il n'y a pas de vaisselle à faire et mon adversaire est de mon niveau.

Il se retint de lui demander qui était le champion de fléchettes.

— J'espère qu'on se reverra à mon retour.

— Passez-moi un coup de fil.

Après avoir raccroché, il resta quelques instants à contempler le téléphone. Il se trouvait dans son salon d'Eaton Terrace, une pièce au décor traditionnel, murs vert pâle, moulures crème. Dans un cadre de bois doré, un portrait de son arrière-grand-mère paternelle ornait le dessus de la cheminée. Une femme vêtue d'une robe en dentelle blanche se tenait debout au milieu d'un jardin de fleurs rendu avec toute la délicatesse de la peinture impressionniste. Elle se présentait de profil, le regard fixé au loin comme si elle invitait le spectateur à voir ce qu'elle voyait… Regarde ailleurs, Thomas, semblait-elle lui dire.

Il soupira. Sur un guéridon entre les deux fenêtres qui donnaient sur la rue, sa photo de mariage n'avait pas bougé. Helen riait à ses côtés parmi un petit groupe d'amis. Il ramassa le cadre d'argent et s'étudia lui-même. Il fixait Helen avec des yeux pleins de tendresse, l'air de penser : Quelle chance j'ai !

En reposant le cadre, il s'aperçut que Denton était sur le seuil. Leurs regards se croisèrent, puis Charlie se détourna.

— J'ai préparé votre valise. Mais il vaudrait mieux que vous vérifiiez. J'ai consulté la météo. Il va faire chaud. J'ai imprimé votre carte d'embarquement. Gatwick à Pise. Une voiture de location vous attendra à l'aéroport.

— Merci, Charlie, dit Lynley en se dirigeant vers l'escalier.

— Y a-t-il quelque chose...

— Quelque chose ? s'étonna Lynley en voyant Charlie hésiter.

Denton jeta un coup d'œil vers le portrait de Helen.

— Que je puisse faire pendant votre absence ?

Lynley savait à quoi il faisait allusion. Il aurait tout aussi bien pu lire dans ses pensées. D'ailleurs, c'était ce que tout le monde avait en tête. Mais pour sa part il ne pouvait s'y résoudre.

— Rien que la routine, Charlie, répondit-il d'un ton dégagé.

La routine, il n'y avait plus rien d'autre.

Bow
Londres

Le détective privé était son seul espoir, maintenant qu'Isabelle Ardery avait refilé l'affaire à Lynley. Barbara était toujours furieuse contre elle-même d'avoir anticipé de travers la réaction de la commissaire concernant l'article de *The Source*. Cependant, quand le vin est tiré, il faut le boire, s'était-elle dit, et ne songer qu'à Hadiyyah. Lynley ferait tout son possible pour la retrouver, dans la limite de la légalité et en ménageant les susceptibilités. Ce qui signifiait qu'il avancerait avec des boulets aux pieds. Alors si la commissaire pensait que le sergent Havers allait rester docilement aux ordres de John Stewart sans s'agiter pour retrouver la fillette, elle se fourrait le doigt dans l'œil...

Dwayne Doughty et son assistant, l'androgyne Em Cass, pourraient peut-être l'aider. Cette fois, elle téléphona pour prendre rendez-vous, lequel fut fixé à la fin de l'après-midi le jour même. Comme Doughty ne paraissait pas prêt à dérouler pour elle le tapis rouge, elle avait pris soin de préciser qu'elle avait l'intention de l'engager et qu'il devait réfléchir au montant de l'acompte.

Il l'avait accueillie assez froidement :

« Je suis désolé, mais je ne crois pas avoir le temps...

— Doublez votre acompte. »

L'argument l'avait convaincu de réexaminer sa demande.

Il se retrouvèrent non pas dans son bureau, mais dans un pub plutôt branché de Coborn Road, le Morgan Arms. Il y avait du monde en terrasse, des fumeurs jouissant de ce début de soirée printanière. Barbara se serait volontiers jointe à eux, mais Em Cass se révéla à cheval sur la qualité de l'air. Apparemment, tabagisme passif et triathlons ne faisaient pas bon ménage.

A l'intérieur, Barbara sortit son carnet de chèques.

— Laissons la charrue et les bœufs où ils sont, lui dit Doughty avant de se diriger vers le bar pour passer commande.

Il revint avec une pinte de Guinness pour lui, une bière blonde pour Barbara et de l'eau minérale pour Em, plus quatre petits sachets de chips qu'il jeta sur la table que Barbara avait choisie, dans un coin tranquille, loin du vacarme que faisaient huit copines réunies pour enterrer la vie de jeune fille de l'une d'entre elles.

Barbara déclara, sans s'embarrasser de préambule :

— Hadiyyah a été kidnappée.

Doughty ouvrit les sachets puis renversa leur contenu sur la serviette qu'il avait dépliée sur la table.

— Vous ne nous apprenez rien, dois-je vous le rappeler ?

— Je ne parle pas du premier enlèvement par sa maman. Je veux dire, il y a quelques jours. Elle était en Italie, on l'a enlevée.

Elle leur résuma la situation, la disparition sur le marché de Lucca, l'arrivée d'Angelina Upman et Lorenzo Mura à Chalk Farm, passant toutefois sous silence l'esclandre avec la famille d'Azhar à Ilford – elle préférait ne même pas penser à eux.

— Angelina accuse Azhar de l'avoir kidnappée. C'est pourquoi elle est venue à Londres. Elle pense qu'il l'a enlevée en Toscane et la cache quelque part.

— Et qu'est-ce qui peut lui faire penser ça ?

— Personne n'a rien vu. Il y avait foule au marché, et Hadiyyah s'est comme évaporée. C'est pour ça qu'Angelina soupçonne Azhar. Il l'aurait attendue caché parmi tous ces gens. La petite serait bien sûr partie avec lui. C'est ce que j'ai cru comprendre, en tout cas, parce qu'elle hurlait comme une furie...

— L'enfant ? s'enquit Doughty.

— Angelina. « Tu l'as prise, où est-elle ? » « Où l'as-tu cachée ? » « Rends-la-moi »... etc., etc.

— Vraiment, personne n'a rien vu ?

— C'est ce qu'on m'a dit.

— Des retrouvailles entre une gamine de neuf ans et son père après cinq mois de séparation, et personne n'aurait rien remarqué ? En supposant que Mr Azhar l'ait enlevée...

— Vous au moins vous ne perdez pas le nord, opina Barbara. C'est ce qui me plaît chez vous.

— Comment s'y serait-il pris ?

— Vous avez raison, mais Angelina était hors d'elle. Vous n'auriez pas paniqué, vous ? Mettez-vous à sa place. Les flics italiens n'ont pas une seule piste.

Doughty hocha la tête. Em Cass but une gorgée d'eau minérale. Barbara avala un peu de bière et mangea une poignée de chips. Ce n'étaient pas des chips au vinaigre, ses préférées, mais c'était mieux que rien. Elle avait soudain une de ces fringales !

Doughty, la tête tournée vers la fenêtre comme s'il examinait les visages des clients attablés en terrasse, reprit :

— Permettez-moi de vous poser une question, miss Havers. Comment pouvez-vous être sûre que le professeur n'a pas enlevé sa fille ? J'ai été témoin de beaucoup de conflits familiaux en mon temps, et je peux vous assurer une chose : en ce qui concerne les ruptures conjugales...

— Ils ne sont pas mariés.

— Ne chipotons pas, ils ont vécu maritalement, non ? Quand il y a rupture et que les enfants sont un enjeu, tout peut arriver.

— Mais comment aurait-il fait ? Et pour quoi ? Dès qu'il ramènerait Hadiyyah à Londres Angelina viendrait la réclamer. De toute façon, comment l'aurait-il retrouvée ?

— Il aurait pu engager un détective italien, suggéra Em Cass, tout comme il a engagé Dwayne. Il a très bien pu flairer qu'Angelina était partie pour l'Italie...

Comme dit Dwayne, dans ce genre de situation, tout peut arriver.

— C'est vrai. Bref. Mettons qu'Azhar ait compris, je ne sais comment, pour l'Italie. Mettons aussi qu'il ait engagé un détective privé là-bas et que ce détective, par Dieu sait quel moyen, en faisant du porte-à-porte par-ci par-là dans tout le pays, ait déniché Hadiyyah. Cela ne change rien au fait qu'Azhar se trouvait en Allemagne quand elle a disparu. Il était à un symposium, ce dont peuvent témoigner des centaines de scientifiques, le personnel de son hôtel et l'équipage des avions…

— Ah, voilà un détail intéressant, interrompit Doughty. Et vous pouvez être certaine que les flics vont vérifier. Quant aux Italiens, ils ont l'air désorganisés comme ça vu de l'extérieur, mais j'imagine qu'ils savent ce qu'ils font quand il s'agit de mener une enquête, ce n'est pas votre avis ?

Barbara fut prise de court. Elle était loin de penser autant de bien de la police italienne, et peut-être pas davantage de ceux qui l'employaient, elle.

— Ils sont… super. Sûrement. Bref, bref… J'ai besoin de votre aide, Mr Doughty, avec ou sans les fins limiers italiens.

Doughty consulta Em Cass d'un discret coup d'œil. Ni l'un ni l'autre ne s'écrièrent : « Quel genre d'aide ? » Ce n'était pas bon signe, mais Barbara persévéra :

— Ecoutez, je connais cette gosse. Je connais son père. Il faut que je fasse quelque chose. Vous comprenez ?

— Absolument, approuva Doughty.

— Et Scotland Yard, alors ? lança Em Cass en la fixant avec une expression qui en disait long sur ce que Barbara aurait préféré laisser dans l'ombre.

Un silence s'ensuivit. A l'autre bout de la salle, l'enterrement de vie de jeune fille se déchaînait et faisait plus de bruit qu'une basse-cour. La future mariée, montée sur la banquette et le nez contre la vitre de la fenêtre, le voile de travers, se mit à crier :

— C'est votre dernière chance, les mecs !

— Ils envoient un officier de liaison, les informa Barbara. L'inspecteur Lynley. Il part aujourd'hui même.

— Curieux que vous soyez au courant, grommela Doughty, la bouche pleine de chips.

Sous leurs regards interrogateurs, elle but un peu de bière.

— Ecoutez, j'aurais pu vous donner un autre nom, Julie Blue Eyes ou n'importe quoi, mais je l'ai pas fait... Je savais qu'il ne vous faudrait pas cinq minutes pour comprendre que je suis un poulet...

— Et là, maintenant, vous allez nous dire « Vous pouvez avoir confiance en moi » ? ironisa Em Cass.

— Exactement ! Je ne planque pas un micro dans mon slip, vous n'avez pas à craindre que je vous prenne en flagrant délit de je ne sais quoi. Dans votre métier, je le sais, il vous arrive de jouer à cache-cache avec la légalité. Non seulement je m'en fous, mais ça m'arrangerait plutôt, quelquefois. Vous comprenez, il faut que je retrouve cette gosse. Et mon collègue l'inspecteur aura les mains liées, il n'enfreindra pas la loi, c'est pas son genre.

Sous-entendu, c'était le sien, et celui des privés.

Le détective fit la moue.

— Il va vous falloir trouver quelqu'un d'autre. Nous agissons dans la plus stricte...

— Ce que je dis, c'est que peu m'importent vos méthodes, Mr Doughty. Vous pouvez espionner qui vous voulez, fouiller dans des poubelles, placer des mouchards sur des portables, hacker des comptes Internet, des boîtes mail... Vous pouvez vous faire passer pour des mères, des pères, emprunter l'identité de qui vous voulez, tout ce qui peut servir. Je vous ai donné plusieurs pistes à explorer.

Ils ne lui demandèrent pas pourquoi elle ne les explorait pas elle-même, ce qui l'aurait obligée à avouer que sa carrière était déjà assez compromise comme ça. Entre la commissaire qui la surveillait de près et l'inspecteur Stewart qui allait d'autant plus l'accabler de travail qu'il avait été chargé d'une deuxième enquête, elle n'allait pas avoir le temps de lever le nez pour s'occuper de quoi que ce soit d'autre. La seule solution était d'employer Doughty et son assistante. Au moins elle ne resterait pas à attendre que Lynley veuille bien l'informer, ce dont il s'abstiendrait sans doute, pour la bonne raison qu'à cause d'elle il avait dû quitter Londres au pied levé.

Doughty laissa échapper un soupir.

— Emily ? dit-il comme s'il déléguait la décision à son assistante.

— C'est assez tranquille en ce moment, déclarat-elle. Un divorce, et puis on a ce type qui veut être indemnisé après une blessure au dos. On pourrait vérifier une ou deux petites choses. Pour commencer, cette histoire d'Allemagne...

— Azhar n'est pas...

— Attendez ! s'exclama Doughty en pointant un doigt vers Barbara. Il ne faut présumer de rien, miss... Oh, et puis zut ! Est-ce que je peux vous appeler sergent ? C'est bien ça, Em ?

— Oui.

— Vous devez rester ouverte à toutes les possibilités, sergent. La question est : êtes-vous prête à l'accepter ?

— Toutes les possibilités ?

Bow
Londres

Ils sortirent ensemble du pub et se séparèrent sur le trottoir. Dwayne Doughty et Emily Cass regardèrent cette enquêtrice habillée comme l'as de pique s'éloigner en direction de la Roman Road. Dès qu'elle fut hors de vue, à la demande d'Emily, ils retournèrent à l'intérieur de l'établissement.

— C'est pas une si bonne idée, dit-elle. On bosse pas pour des flics, Dwayne. C'est dangereux.

Il n'allait pas la contredire. Seulement, elle voyait les choses par le petit bout de la lorgnette.

— Vérifier un alibi à Berlin... un jeu d'enfant. Et cette enfant, nous voulons la retrouver, pas vrai ?

— Ce n'est pas notre responsabilité. Il y a des limites à notre rayon d'action, et avec Scotland Yard sur le dos...

— Elle s'est montrée franche avec nous. Elle aurait pu mentir. C'est quelque chose, quand même.

— Tu parles ! En venant nous voir avec le professeur, elle savait que nous allions vérifier son identité. Elle n'est pas stupide, Dwayne.

— Mais elle est désespérée.

— Elle est amoureuse de lui, tu veux dire. Et elle adore cette petite gamine.

— Et l'amour, comme chacun sait, est aveugle...

— Non, c'est toi qui l'es. Tu m'as pas sonnée, je sais, mais voilà : Je suis contre. On lui répond bla-bla-bla et bonne chance, on ne peut rien pour vous. C'est la vérité. On ne peut rien faire, Dwayne !

Il la dévisagea d'un air pensif. Emily était flegmatique de nature ; cela lui ressemblait peu d'être tout feu tout flamme. Il n'aurait pas payé une petite fortune une donzelle qui se laissait gouverner par ses émotions. Si elle réagissait ainsi, c'était qu'elle était très inquiète.

— Te bile pas, Em, lui dit-il enfin. Vois la situation du bon côté. Nous faisons notre boulot, un point c'est tout. Nous fournissons des renseignements, que ce soit aux flics ou au pékin moyen, peu importe. Ce que les gens font des renseignements que nous leur vendons, c'est leur affaire, pas la nôtre.

Ils ressortirent du pub, Emily prenant bien soin de rester à distance de la fumée des cigarettes.

— Par quel bout tu veux que j'attaque ? reprit-elle d'une voix neutre, car même si le tour que prenaient les événements ne lui plaisait pas, elle était avant tout une pro et, comme lui, elle avait des factures à honorer.

— Merci, Emily. Il y a l'histoire allemande dont on a parlé. Mais comme on n'est jamais assez prudent, nous écumerons les relevés de téléphone.

— Et les ordinateurs ?

— Pour ça, on ne pourra pas se passer des services de Bryan, lui fit-il observer en appuyant ses paroles d'un regard lourd de sous-entendus.

Elle leva les yeux au ciel.

— Tu n'auras qu'à me prévenir, que je débarrasse le plancher ce jour-là.

— Promis. Mais, je t'assure, Em, tu devrais plutôt céder à ses avances. Tout deviendrait beaucoup plus cool...

— Ça t'arrangerait bien parce qu'il ferait tout ce que tu me dirais de lui dire de faire !

— Il y a pire dans la vie que d'avoir un mec comme Bryan Smythe à sa botte.

— Toutes les pires choses dans la vie ont à voir avec les hommes comme lui, lui rétorqua-t-elle avec une moue dégoûtée. Je ne me servirai pas de mes charmes pour raison professionnelle. Point barre.

Em regarda par-dessus son épaule la bande de copines qui, en dépit de l'absence de musique, s'était mise à faire le petit train. Dans un brouhaha de cris et d'éclats de rire, elles se dirigeaient vers la sortie en file indienne.

— Comment les femmes peuvent-elles être aussi bêtes ?

— Nous le sommes tous, philosopha Doughty. Mais nous nous en apercevons toujours trop tard.

22 avril

Villa Rivelli
Toscane

En face du *giardino di fiori*, à l'autre bout du bassin à poissons rouges, quelques marches montaient jusqu'au sommet de la colline où se déployait une étroite terrasse avec une balustrade. Par-delà la pente boisée encore verdoyante après les pluies de l'hiver, on apercevait au loin des villages chatoyant sous le chaud soleil printanier et la route de montagne qui grimpait jusqu'à la villa. C'était là que sœur Domenica Giustina se postait pour guetter son arrivée.

Carina et elle étaient allées donner à manger aux poissons qui filaient sous l'eau comme des flammèches orange, puis elles s'étaient écartées de la margelle pour mieux les regarder gober ce qu'elles leur avaient lancé comme des bonbons. Après quoi, sœur Domenica Giustina avait mené l'enfant jusqu'à la balustrade.

« *Che bella vista, eh?* » avait-elle murmuré avant de nommer les villages.

Carina avait répété solennellement après elle chaque nom. L'enfant avait changé depuis l'incident de la cave. Elle était moins spontanée, peut-être un peu inquiète.

Mais Domenica n'y pouvait rien. Certaines choses étaient prioritaires.

C'est alors qu'elle vit la voiture foncer derrière le rideau d'arbres en contrebas, sur la route en lacets de la villa. Même à cette distance, elle ne pouvait pas la confondre avec une autre, à cause de sa couleur : rouge vif. En plus, elle était décapotée, et elle aurait reconnu le conducteur d'entre mille. Pourtant, son arrivée imprévue était alarmante. Car s'il avait pu lui amener Carina, il pourrait tout aussi bien la lui enlever. Il l'avait déjà fait une fois, non ?

— *Vieni, vieni*, dit-elle à l'enfant.

Et au cas où Carina n'aurait pas compris, elle tapa dans ses mains en la poussant dans l'allée qui longeait l'étroite terrasse. Elles traversèrent le plan de gazon derrière la villa et prirent le chemin des caves.

Le rideau d'une des fenêtres du haut bougea. Sœur Domenica Giustina sut alors qu'on les épiait, mais ce qui se passait à l'intérieur de la maison lui était indifférent. Le péril venait de l'extérieur.

Elle voyait bien que Carina n'était pas ravie de redescendre dans les sous-sols. Sœur Domenica Giustina n'avait même pas essayé de la ramener dans la cave avec la fontaine, mais manifestement l'enfant avait peur. Pourtant cette eau était pure, mais comment lui faire comprendre ? Et de toute façon, elle n'avait pas l'intention de la conduire aussi loin. Cela suffirait qu'elle reste sagement dans la deuxième, celle où l'on entreposait autrefois le vin et l'huile.

— *Veramente, non c'è nulla da temere qui*, chuchota-t-elle.

Il y avait peut-être quelques araignées, mais elles n'étaient pas méchantes. Si on devait avoir peur de quelque chose, c'était du diable.

Carina semblait comprendre ce qu'elle lui disait, surtout qu'elle était soulagée de voir qu'elle pouvait rester cachée entre deux tonneaux, les genoux dans la poussière.

— *Non chiuda la porta. Per favore, suor Domenica.*

Bien sûr, elle ne fermerait pas la porte, tant que Carina promettait de ne pas faire plus de bruit qu'une souris.

— *Aspetterai qui?* demanda sœur Domenica.

Carina fit oui de la tête. Oui, elle attendrait ici.

Sœur Domenica courut s'accroupir au potager. Elle entendit d'abord la voiture, le ronronnement du moteur et le chuintement des pneus sur le gravier. Puis une portière qui claquait, et presque aussitôt, des pas dans l'escalier intérieur de la grange : il montait chez elle ! Il l'appela. Elle se redressa en essuyant ses mains pleines de terre sur le chiffon qu'elle avait toujours à la ceinture. Dans la grange, on fermait des portes, on descendait l'escalier. Puis la barrière du potager grinça. Elle baissa le front. Humble Domenica. Elle ferait ce qu'il voudrait.

— *Dov'è la bambina?* s'exclama-t-il. *Perché non sta nel granaio?*

Elle répondit par un silence. Quand il s'approcha, elle vit ses pieds. Elle se répétait qu'elle devait être forte. Il ne réussirait pas à lui reprendre Carina.

— *Mi senti?* dit-il. *Domenica, mi senti?*

Elle opina : elle n'était pas sourde.

— *La porterai via di nuovo...*

— *Di nuovo?* répéta-t-il comme s'il n'en croyait pas ses oreilles.

Pourquoi, en effet, lui reprendrait-il l'enfant ?

— *Lei è mia*, décréta-t-elle.

Sur ces paroles, elle leva les yeux. Il paraissait avoir enfin compris. Il posa la main sur la nuque de sœur Domenica.

— *Cara, cara,* souffla-t-il en l'attirant contre lui.

Sa main sur sa chair était pareille à un fer chauffé à blanc qui l'aurait marquée à jamais.

— *Cara, cara, cara... Non me la reprenderò più, mai più.*

Il posa ses lèvres sur les siennes, la langue caressante, possessive ; il souleva son ample robe de lin.

— *L'hai nascosta?* articula-t-il contre ses lèvres. *Perché non sta nel granaio? Te l'ho detto, no?* « *La bambina deve rimanere dentro il granaio.* » *Non ti ricordi? Cara, cara.*

Comment aurait-elle pu garder Carina enfermée entre les murs de pierre de la grange où il faisait toujours froid ? C'était une enfant, et elle avait le droit de courir librement.

Il déposa une pluie de tendres baisers sur sa gorge. Ses doigts la caressèrent. Ici, puis là, allumant en elle un incendie alors qu'il l'allongeait doucement sur le sol. Et sur le sol, il la pénétra et s'enfonça en elle en lui imprimant un mouvement hypnotique. Comment détester ce plaisir ?

— *La bambina,* lui murmura-t-il à l'oreille. *Capisci? L'ho ritornata, tesoro. Non me la riprenderò. Allora. Dov'è? Dov'è?*

Et à chaque coup de reins, à nouveau : Où elle est ? Je te l'ai ramenée, trésor.

Domenica, subjuguée par le flot de plaisir qui devenait de seconde en seconde plus intense, ne pensait plus.

Quand ce fut fini, il resta un moment à bout de souffle dans ses bras, mais cela ne dura pas longtemps. Il se releva, se reboutonna et la contempla avec sur les lèvres un rictus qui n'avait rien d'amoureux.

— *Copriti*, susurra-t-il entre ses dents. *Dio mio. Copriti.*

Elle se couvrit. Elle leva les yeux vers le ciel. Pas un nuage. Le soleil tombait droit sur elle, telle la miséricorde de Dieu.

— *Mi senti? Mi senti?*

Non, elle n'avait pas écouté. Elle avait été ailleurs. Elle avait été dans les bras de son bien-aimé, mais à présent...

Il l'obligea à se lever.

— *Domenica, dov'è la bambina?*

Il s'était mis à crier... à aboyer... Elle contempla l'endroit entre les plants de haricots où la terre avait été damée par le poids de leurs corps. Que s'était-il passé ? Que s'était-il passé aujourd'hui ?

— *Che cos'è successo?* murmura-t-elle en se tournant vers lui. *Roberto. Che cos'è successo qui?*

— *Pazza*, répondit-il. *Sei sempre stata pazza.*

Il lui disait qu'elle était folle. Il s'était donc passé quelque chose. Elle le sentait en elle, dans son corps, elle le flairait dans l'air. Ils s'étaient roulés par terre comme des bêtes, elle avait souillé son âme, une fois de plus.

Quand il lui redemanda où se trouvait l'enfant, sœur Domenica Giustina eut l'impression qu'il enfonçait une épée dans son flanc.

— *Mi hai portato via la bambina già una volta. Non te permetterò di farlo di nuovo.*

Elle répéta en appuyant chaque mot. Il lui avait déjà pris son enfant. Elle ne le laisserait pas recommencer.

Il alluma une cigarette et jeta l'allumette.

— Pourquoi tu me fais si peu confiance, Domenica ? J'étais jeune, alors. Toi aussi. Nous sommes plus vieux maintenant. Tu l'as cachée quelque part. Tu dois m'emmener la voir.
— Qu'est-ce que tu feras ?
— Je ne lui veux pas de mal. Je veux voir si elle va bien. J'ai des vêtements pour elle. Viens. Je vais te montrer. Ils sont dans la voiture.
— On n'en a pas besoin, tu peux partir.
— *Cara*, murmura-t-il. Tu ne peux pas faire ça...
Il jeta un coup d'œil à la villa, dont la façade semblait les observer à travers l'ouverture en arche dans la haie de camélias.
— ... tu n'as pas envie que je reste ici. Ce n'est bon ni pour toi ni pour moi.
Elle entendit la menace.
— Montre-moi les vêtements, dit-elle.
Il ouvrit la barrière et la laissa passer devant avec un sourire et une caresse sur son cou. Elle tressaillit au contact de ses doigts sur sa chair.
Il y avait des sacs sur le plancher de la voiture. Deux sacs. Il n'avait pas menti. Dedans, des vêtements de petite fille, pliés, usés mais encore mettables.
— Je ne veux que son bien, Domenica. Tu dois apprendre à me faire de nouveau confiance.
Elle se détourna brusquement en s'écriant :
— *Vieni!*
Ils repassèrent par l'ouverture dans la haie de camélias. Mais, arrivée devant l'escalier de la cave, elle marqua une pause et interrogea son cousin du regard. Il lui sourit de ce sourire qu'elle aimait. Il n'y a rien à craindre, disait ce sourire. Je suis innocent, proclamait ce sourire. Elle devait le croire, comme elle l'avait toujours fait.

Il la suivit en bas des marches.

— *Carina*, appela-t-elle tout doucement. *Vieni qui. Tutto va bene, Carina.*

En réponse à son appel s'éleva un frottement de petits pieds dans la poussière, la fillette émergea de sa cachette et s'approcha d'eux d'un pas dansant. Il faisait sombre dans la cave, pourtant sœur Domenica Giustina distingua les toiles d'araignée dans la chevelure noire de l'enfant, ses genoux couronnés de crasse et sa robe maculée par la poussière.

En voyant avec qui était Domenica, le visage de l'enfant s'illumina. Toute peur oubliée, elle courut vers lui.

En anglais, elle s'exclama :

— Oui ! Oui ! Tu es venu me chercher ? Je vais rentrer à la maison ?

Lucca
Toscane

Etre convoqué par *il pubblico ministero* dans son bureau était presque aussi horripilant que d'avoir à faire la route jusqu'à son domicile de Barga. Car si la seconde éventualité équivalait à une insulte, la première était *un'eritema*. Un érythème… une méchante démangeaison. Salvatore Lo Bianco aurait dû être reconnaissant au procureur de ne pas l'avoir convié de nouveau en son auguste présence parmi ses orchidées cymbidium. Mais il ne l'était pas. Il lui avait transmis son rapport quotidien, ce qui n'empêchait pas Piero de s'immiscer de plus en plus dans son enquête. Ce dernier n'avait rien d'un imbécile, mais il avait l'esprit obtus : fermé à double tour, et personne n'avait la clé.

En sa qualité de magistrat, Piero était conscient de son rôle prédominant dans une investigation, et il lui plaisait de le faire valoir. C'était lui qui décidait à quel enquêteur confier une affaire, et il avait le pouvoir de l'en dessaisir à n'importe quel moment et sous n'importe quel prétexte. Aussi, s'il demandait à vous voir, vous n'aviez pas intérêt à vous esquiver si vous ne vouliez pas qu'il vous en cuise.

Comme ce n'était pas loin du commissariat, Salvatore se rendit à pied au Palazzo Ducale, où Piero Fanucci occupait une suite de salles aussi splendidement entretenues que le permettaient les deniers municipaux. Il traversa la Piazza Napoleone, dominée par la statue de la bien-aimée Marie-Louise de Bourbon que les touristes mitraillaient de leurs appareils photo tout en écoutant leurs guides leur raconter l'histoire d'Elisa Bonaparte, condamnée par son frère à régner sur cette principauté reculée d'Italie. Un peu plus loin, un manège emportait des enfants fous de joie dans un voyage sans destination.

Tout en observant la scène, Salvatore réfléchissait à ce qu'il allait dire au magistrat. D'une source inattendue, sa propre fille, il avait appris quelque chose d'intéressant. La fille de Salvatore était en effet à l'école élémentaire Dante Alighieri, à Lucca, comme la petite disparue.

Les enfants des familles habitant les faubourgs fréquentaient souvent les établissements intra-muros. Mais ce qui était plus inhabituel, c'était la quantité d'informations que sa fille lui avait apportée.

Il n'avait pourtant pas mis Bianca au courant de la disparition de Hadiyyah Upman, pour la simple raison qu'il ne voulait pas l'effrayer. Mais il n'avait pas pu l'empêcher de voir les affiches placardées un peu partout en ville. Elle avait reconnu sa camarade de classe, s'en était ouverte à sa mère, qui avait eu l'excellente idée d'avertir Salvatore.

Autour d'une glace sur la terrasse de l'unique café de la promenade des remparts, Salvatore avait posé quelques questions à sa fille. Cette dernière avait d'abord cru que Lorenzo Mura était le papa de Hadiyyah, sans se demander pourquoi dans ce cas elle ne parlait pas mieux italien. C'était Hadiyyah qui lui avait appris que son papa était un professeur d'université à Londres. Sa mère et elle étaient seulement en visite chez l'ami de sa mère, Lorenzo. Son père n'avait pas pu venir la voir à Noël comme prévu, parce qu'il avait trop de travail, et elle l'avait attendu pour Pâques, sûre et certaine qu'il viendrait. Mais Pâques était arrivé, et de nouveau son travail l'avait retenu en Angleterre... Hadiyyah lui avait montré une photo. Un scientifique. Il lui envoyait des mails et elle lui répondait. Peut-être serait-il là au moment des grandes vacances...

« Tu crois que son papa l'a ramenée à Londres ? s'était enquise Bianca, avec au fond des yeux une inquiétude qui n'aurait pas dû s'y trouver à son âge.

— Peut-être, *cara*. »

Maintenant, fallait-il en informer Piero Fanucci ? Il finit par décider que cela dépendrait de la tournure que prendrait leur entretien.

En haut de l'imposant escalier, il tomba sur la secrétaire du procureur, une dame de soixante-dix ans qui avait bien du mérite. Elle rappelait toujours à Salvatore sa propre mère, sauf qu'au lieu d'être tout en noir, elle était tout en rouge. Ses cheveux étaient teints couleur charbon et elle arborait une vilaine moustache qu'elle ne s'était jamais donné la peine d'épiler depuis qu'il la connaissait. Si elle s'était maintenue si longtemps à ce poste, c'était uniquement parce qu'elle ne plaisait pas du tout à Fanucci, de sorte qu'il l'avait laissée tranquille. Eût-elle été un tant soit peu séduisante à ses yeux, elle n'aurait pas tenu plus de six mois, la carrière de Fanucci étant jonchée des cadavres virtuels des femmes qu'il avait harcelées.

Une fois entré, Salvatore comprit qu'il y aurait un temps d'attente. Un jeune substitut du procureur avait été reçu avant lui, fut-il informé. Autrement dit, le malheureux était en train de recevoir un savon. Salvatore soupira et prit un magazine. Il le feuilleta distraitement. Le seul article qui retint son attention concernait la liaison d'une célébrité, un homosexuel américain « pas sorti du placard », avec une top-modèle italienne commodément niaise âgée de vingt ans de moins que lui. En pestant intérieurement, *Rivista idiota*, il jeta le magazine sur la table. Au bout de cinq minutes, il se leva pour presser la secrétaire d'avertir le procureur de sa présence.

Elle parut consternée. Voulait-il vraiment risquer l'éruption d'*il vulcano* ? lui lança-t-elle. Absolument, répondit-il.

Cela ne fut en définitive pas nécessaire. Un jeune homme blême émergea du bureau du magistrat et se dépêcha de disparaître. Salvatore entra sans se faire annoncer, délibérément.

Piero le regarda approcher. Ses verrues ressortaient, blafardes, sur son visage empourpré par ce qui s'était passé lors de l'entrevue qu'il venait d'avoir avec son sous-fifre. Sans commentaire sur l'effronterie de Salvatore ni un seul mot de salutation, il désigna d'un mouvement de tête le poste de télévision qui trônait sur un meuble et actionna la télécommande.

C'était l'enregistrement d'un journal télévisé de la BBC. Comme Salvatore ne parlait pas anglais, il était incapable de comprendre les reparties rapides entre les deux présentateurs, mais il s'agissait apparemment d'une discussion sur les unes des journaux, qu'ils levaient les uns après les autres pour les montrer à la caméra.

Piero fit un arrêt sur image sur la première page d'un tabloïd, *The Source*. L'enlèvement faisait la une.

Ce n'était pas une bonne nouvelle. Après une telle publication, il y en aurait d'autres, ce qui signifiait le débarquement à Lucca de journalistes britanniques.

Fanucci éteignit la télé et invita Salvatore à s'asseoir. Piero resta debout, simplement parce qu'il pouvait ainsi le dominer de toute sa hauteur. Le pouvoir, après tout, ne se manifestait pas de mille façons.

— Qu'est-ce que vous avez tiré d'autre de votre mendiant ? lui demanda Fanucci.

Il faisait allusion au drogué à la pancarte *Ho fame*. Salvatore avait interrogé le jeune homme, mais le procureur tenait à ce qu'il y ait un deuxième interrogatoire. Plus sérieux, précisa-t-il, plus long, afin de « stimuler » la mémoire du toxico…

C'était aller à l'encontre de l'avis de Salvatore qui, contrairement à Fanucci, ne croyait pas les drogués capables de tout pour se procurer leur came. En plus, dans ce cas particulier, cela faisait six ans que Carlo Casparia occupait cette place à l'entrée de la ville devant la Porta San Jacopo, six ans sans incident. Certes, il était une honte pour sa famille, mais sinon, il ne nuisait qu'à lui-même.

— Piero, dit-il, il n'y a rien à tirer de Carlo. Croyez-moi, vu le peu de cervelle que la drogue lui a laissé, il serait bien incapable d'organiser un enlèvement…

— Organiser ? répéta Fanucci. Topo, qui est-ce qui parle d'organiser quoi que ce soit ? Il l'a vue, il l'a prise, et voilà.

Et après ? songea Salvatore en espérant que son expression refléterait clairement son incrédulité.

— Il est tout à fait envisageable qu'il s'agisse d'un crime « d'opportunité », mon ami. Vous n'êtes pas d'accord ? Il vous a dit qu'il avait vu l'enfant, non ? Il lui reste quand même assez de neurones pour se rappeler la petite fille. Mais pourquoi celle-là plutôt qu'une autre, Topo ? Pourquoi celle-là précisément ? Et pourquoi Carlo aurait été frappé par la vue d'une petite fille ?

— Elle lui a donné à manger, *magistrato*. Une banane.

— Bah ! Ce qu'elle lui a donné, c'était un espoir.

— Comment ça ?

— L'espoir de récolter de l'argent. Faut-il que je vous fasse un dessin ?

— Il n'y a pas eu de demande de rançon…

— Il y a d'autres moyens de s'enrichir sur le dos d'une petite fille innocente, rétorqua Fanucci en comptant sur les cinq doigts de sa main à six doigts. Il la fourre dans une couverture à l'arrière de sa voiture et la sort du pays, Topo, et il la vend à un réseau quelconque. Elle devient une petite esclave dans une famille. Elle termine chez un pédophile qui la garde prisonnière dans sa cave. Elle est offerte en sacrifice par des satanistes. Elle devient le jouet d'un riche Arabe…

— Mais cela aurait nécessité de prévoir à l'avance, de s'organiser, vous ne croyez pas ?

— Vous ne le saurez pas tant que vous n'aurez pas réinterrogé Carlo. Occupez-vous-en tout de suite. Je veux des réponses dans votre prochain rapport. Et, si je ne m'abuse vous n'avez rien de mieux à faire, mon petit bonhomme ?

Salvatore tressaillit sous l'insulte. Pour commencer, donc, il s'employa à conserver son sang-froid. Puis il évoqua un fait intéressant. Il avait reçu deux appels téléphoniques de deux hôtels de Lucca, l'un intra-muros, l'autre à Arancio, non loin de la route de Montecatini. Les deux personnes, qui avaient vu les affiches dans les rues de la ville fortifiée, lui avaient expliqué avoir reçu la visite d'un homme qui leur avait présenté une photo de la petite fille disparue et d'une femme assez jolie, sans doute sa mère. L'homme les recherchait. Il avait déposé sa carte de visite à la réception. Hélas, dans les deux cas, la carte avait été jetée à la poubelle.

Fanucci pesta contre la bêtise des femmes. Salvatore ne se donna pas la peine de lui préciser que les deux personnes en question étaient des hommes. En revanche, il ajouta que l'individu à la photo était passé un mois ou même six semaines avant l'enlèvement. L'enquête en était là.

— Qui était cet homme ? s'enquit Fanucci. A quoi ressemblait-il, au moins ?

Salvatore secoua la tête et leva les mains en faisant un geste indiquant « Je ne sais pas ». La visite éclair était trop lointaine, les deux réceptionnistes n'avaient aucun souvenir. Un individu quelconque, cela aurait pu être n'importe qui, *magistrato*.

— C'est tout ce que vous avez ?

— *Purtroppo*, malheureusement, mentit Salvatore.

Il attendit ensuite que le procureur en eût terminé avec les accusations d'incompétence et les menaces de le remplacer pour lui lancer un os à ronger : les mails échangés par la petite Hadiyyah et son papa.

— Il est à Lucca, à l'heure qu'il est. C'est une piste.

— Un père qui réside à Londres écrivant à sa fille en Italie ? ronchonna Fanucci. Qu'est-ce que ça a d'une piste ?

— Il a manqué à deux reprises à sa promesse de venir la voir. Promesses non tenues, cœurs brisés, enfants fugueurs... Il y a là une piste à explorer, affirma Salvatore en consultant sa montre. J'ai d'ailleurs rendez-vous avec eux... les deux parents... dans quarante minutes.

— Après quoi vous m'enverrez un rapport...

— *Sempre*...

Il ferait figurer en effet dans son rapport le minimum, juste de quoi prouver à *il pubblico ministero* que l'enquête avançait en dépit de son incapacité à diriger la moindre affaire.

— Alors, mon ami, s'il n'y a rien d'autre... ? poursuivit-il en se levant.

— Eh bien, il se trouve que je n'ai pas terminé, annonça Fanucci avec un sourire de la bouche seulement.

Le procureur tenait toujours le sceptre. Salvatore se dit qu'une fois de plus il allait devoir en rabattre. Il se rassit et d'un air dégagé lança :

— *Sì?*

— L'ambassade de Grande-Bretagne a téléphoné, l'informa Fanucci du ton satisfait et insupportable de celui qui a gardé le meilleur pour la fin.

Comme Salvatore s'abstenait de réagir, Fanucci enchaîna :

— Scotland Yard nous envoie un inspecteur.

Il indiqua la télévision d'un geste avant de préciser :

— Ils n'avaient pas le choix, après toute cette mauvaise publicité.

Salvatore poussa un juron. Il n'avait pas prévu une intervention de cette nature, cela ne lui disait rien qui vaille.

— Il ne nous embêtera pas, reprit Fanucci. D'après eux, il n'est là que pour assurer la liaison entre nous et la mère de la petite fille.

Salvatore laissa échapper un deuxième gros mot. Il aurait désormais à répondre aux exigences d'*il pubblico ministero*, mais aussi à celles d'un inspecteur de Scotland Yard... Avec tout ça, il n'aurait plus une minute à lui.

— Que savez-vous sur cet inspecteur ? s'enquit-il, résigné.

— Thomas Lynley, c'est son nom. Je n'en sais pas plus. Sauf pour un détail que devrez garder en tête...

Fanucci marqua une pause, comme si leur entretien n'avait pas déjà duré assez longtemps.

— Quel détail ?
— Il parle italien.
— Bien ?
— Suffisamment pour nous, si j'ai bien compris. *Stai attento*, Topo.

*Lucca
Toscane*

Salvatore choisit le Caffè di Simo comme lieu de rendez-vous. En d'autres circonstances, il aurait fait venir les parents de la petite disparue à la *questura*, mais il avait pour habitude de réserver le poste de police à des fins d'intimidation. Il souhaitait mettre le plus possible à l'aise les parents, et pour ce rien de tel qu'une ambiance détendue et dépourvue de présence policière.

Le Caffè di Simo était un lieu historique fréquenté par de grands noms des lettres et des arts, on y dégustait en outre de succulents gâteaux ; en d'autres termes le salon de thé, qui faisait aussi bar et restaurant, lui fournirait l'atmosphère idéale. Chacun devant sa tasse de *cappuccino* ou de *caffè macchiato*, selon les goûts, une assiette de biscuits du Prato à partager posée entre eux trois, et la conversation coulerait paisiblement entre les murs lambrissés, autour d'une des petites tables de la salle au sol carrelé.

Ils n'arrivèrent pas ensemble, le père et la mère. Elle se présenta la première, seule, sans son compagnon, Lorenzo Mura. Le professeur débarqua trois minutes plus tard. Salvatore passa commande au bar et, le *piatto di biscotti* à la main, les conduisit au fond de la salle, où il n'y avait personne.

— *Signor Mura?* s'enquit-il poliment auprès de la mère, étonné de ne pas le voir avec elle alors que jusqu'ici il ne l'avait pas lâchée une seconde.

— *Verrà*, répondit-elle. Il va venir.

Elle ajouta, avec un petit sourire triste :

— *Sta giocando a calcio.*

De toute évidence, elle savait que ce n'était pas flatteur pour elle, son amant préférant aller disputer un match de foot plutôt que de la soutenir dans l'épreuve de cet entretien.

— *Lo aiuta*, précisa-t-elle en guise d'explication.

Salvatore ne voyait vraiment pas comment le football, aussi bien sur le terrain qu'en spectateur, pouvait aider qui que ce soit dans la situation présente. Peut-être voulait-elle dire que la pratique de ce sport permettait à Mura de penser à autre chose, ou bien de prendre un peu ses distances à l'égard de sa compagne affolée par la disparition de sa fille.

Pourtant, elle ne paraissait pas tellement affolée. Elle avait surtout l'air abattue. En fait, à la voir, on l'aurait crue malade. Le père de l'enfant, un Pakistanais de Londres, n'avait pas tellement meilleure mine. Et ils étaient tous les deux sur les nerfs. Qui le leur reprocherait ?

Il n'échappa pas à Salvatore que le professeur tirait la chaise afin de permettre à la *signora* de s'asseoir. Les mains de cette dernière tremblaient alors qu'elle mettait du sucre dans son espresso. Le professeur lui proposa en outre l'assiette de *biscotti* alors qu'il aurait pu tout aussi bien la laisser au milieu de la table. Salvatore remarqua encore que la *signora* l'appelait Hari, ce qui, à chaque fois, faisait tressaillir ce dernier.

La plus fine des subtilités dans le mode de communication intéressait Salvatore. Après vingt ans passés dans la police, on ne se faisait plus d'illusions sur l'innocence des familles quand une tragédie s'abattait sur l'un de ses membres.

Dans son exécrable anglais et bien aidé par l'italien à peu près correct de la *signora*, Salvatore finit par les mettre au courant des derniers développements. Tous les aéroports avaient été vérifiés, au même titre que les gares de chemin de fer et les gares routières. Le quadrillage policier mis en place après la disparition était maintenu, non seulement à Lucca, mais aussi dans les villes environnantes. Jusqu'ici, *purtroppo*, il n'y avait rien à signaler.

Il attendit que la *signora* ait effectué une traduction laborieuse pour l'homme à la peau sombre.

— Ce n'est plus aussi simple qu'autrefois, embrayat-il quand elle eut terminé. Avant l'Union européenne, les frontières, c'était autre chose… Aujourd'hui ?…

Il esquissa un geste de résignation pour montrer l'ampleur des difficultés.

— Cela arrange les criminels, l'absence de contrôles aux frontières. Ici, en Italie, l'euro a guéri notre monnaie de sa folie. Mais pour le reste... on a beaucoup plus de mal à pister les gens. Si quelqu'un passe la frontière sur l'autoroute, on peut trouver des traces, mais cela prend du temps.

— Et les ports ? s'enquit le père de la petite fille.

La mère traduisit en italien, inutilement cette fois.

— On vérifie les ports, répondit-il, sans prendre la peine de leur expliquer ce que tout un chacun connaissant la région savait.

Sur plusieurs milliers de kilomètres de littoral, combien y avait-il de ports ou de plages accostables dans son pays entre deux mers ? Si quelqu'un lui avait fait quitter le territoire par cette voie, ils n'avaient aucune chance de la retrouver jamais. Il ajouta donc :

— Mais il est probable que votre petite Hadiyyah se trouve toujours en Italie, dans cette province même. Il faut que vous vous en persuadiez.

Les yeux de la *signora* se remplirent de larmes. Elle cilla pour les retenir.

— Combien de jours faut-il en général, inspecteur, avant que vous ne découvriez... quelque chose ?

Elle ne voulait pas dire « avant que vous ne découvriez le corps », pas plus que lui, mais ils y pensaient tous.

Il leur exposa du mieux qu'il put la complexité de la région. Les collines toscanes toutes proches et, au nord, la chaîne des Apennins qui se dressait telle une menace. Avec partout des centaines de villages, de hameaux, de villas, de fermes, de grottes, d'églises, de couvents, de monastères... L'enfant pouvait se trouver n'importe où, leur dit-il. Tant qu'ils ne recevaient pas un tuyau d'une personne l'ayant aperçue, ils ne pouvaient que patienter.

Angelina Upman laissa alors couler ses larmes. Tout doucement, sans même un sanglot. Le professeur rapprocha sa chaise de la sienne et posa sa main sur son bras.

Salvatore leur parla ensuite de Carlo Casparia, histoire de terminer sur une note d'espoir. Ils allaient de nouveau interroger le drogué. Qui sait ce que recelait sa mémoire défaillante ? Au début, ils l'avaient soupçonné, mais comme il n'y avait eu aucune demande de rançon...

Salvatore marqua une pause.

— Non, il n'y a eu aucune demande de la sorte, confirma Angelina Upman dans un murmure.

— Reste la possibilité qu'il l'ait enlevée pour le compte d'un tiers contre rétribution. Mais pour cela il aurait fallu qu'il soit capable de dresser un plan, de s'organiser et de passer inaperçu au marché, ce qui semble inenvisageable dans le cas de Carlo. Il était aussi connu que l'accordéoniste auquel votre fille a fait l'aumône. S'il était parti avec elle, un des marchands l'aurait remarqué...

Salvatore en était là de ses explications, lorsque Lorenzo Mura arriva enfin. Il posa sur le sol son sac de sport et préleva une chaise à une autre table pour s'asseoir avec eux. On voyait à son expression qu'il estimait le professeur de Londres un peu trop proche de la *signora*. Il fixa intensément la main de Taymullah Azhar sur le bras d'Angelina Upman. Le Pakistanais la lâcha mais ne bougea pas sa chaise.

— *Cara*, dit Mura en embrassant les cheveux de sa maîtresse.

Salvatore ne voyait pas d'un bon œil qu'il ait fait passer en premier le football. Aussi poursuivit-il comme si de rien n'était. Lorenzo Mura n'aurait qu'à s'informer auprès des autres.

— Et puis son profil ne colle pas. Nous sommes à la recherche de quelqu'un qui correspond à un type bien précis. C'est pourquoi nous avons interrogé tous les pédophiles dans nos fichiers et même ceux qui sont seulement soupçonnés de pédophilie…

— Alors ? laissa tomber abruptement Lorenzo avec l'arrogance propre à sa condition.

Ces grandes familles, elles estimaient toutes que la police devait se tenir au garde-à-vous devant elles, comme au temps de leur splendeur passée, lorsqu'elles détenaient d'immenses fortunes. Salvatore fit la sourde oreille et ignora carrément la question.

— Je dois vous dire que ma fille connaît Hadiyyah, elle m'en a informé dès qu'elle a vu les affiches en ville. Elles sont toutes deux à l'école Dante Alighieri. Elles ont souvent parlé ensemble. Votre fille et la mienne sont dans la même classe, voyez-vous. Et une de ses remarques m'a fait envisager la possibilité que nous n'ayons peut-être pas affaire à un enlèvement…

Les parents gardèrent le silence. Mura fronça les sourcils. Tous avaient la même pensée. Si la police écartait la thèse de l'enlèvement, c'était qu'elle penchait en faveur d'une fugue. Ou d'un meurtre. Il n'y avait pas d'autre éventualité.

— Votre fille a beaucoup parlé de vous à Bianca, continua Salvatore en se tournant vers le professeur.

Il attendit patiemment que la *signora* traduise avant de reprendre :

— D'après elle, vous lui auriez promis dans des mails de venir la voir à Noël puis à Pâ…

Au cri étouffé que poussa le professeur, Salvatore s'interrompit. La *signora* porta sa main à sa bouche. Mura, interloqué, regarda tour à tour les parents de l'enfant.

— Je n'ai pas... *Des mails ?* bredouilla le professeur.

La tension monta d'un seul coup.

— *Sì.* Vous n'avez pas envoyé de mails à Hadiyyah ?

— Quand Angelina m'a quitté, elle ne m'a pas dit où elle allait. Le portable de ma fille est resté à la maison. Je n'avais aucune idée... Angelina... Angelina...

Le professeur, consterné, articulait avec difficulté. Il était manifestement sincère.

— Hari, il le fallait, répliqua la mère de l'enfant. Tu l'aurais fait, toi... Je ne savais pas quoi faire d'autre... Sans nouvelles de toi, elle aurait demandé... Elle aurait posé des questions. Elle t'adore et c'était la seule façon de...

Salvatore s'appuya au dossier de sa chaise pour dévisager la *signora*. Il connaissait quand même assez d'anglais pour comprendre ce qu'elle venait d'avouer. Il observa le professeur, puis Mura. Ce dernier avait l'air de tomber des nues, mais lui, Salvatore, s'employait à réunir quelques pièces d'un puzzle qui lui plaisait de moins en moins.

— Ces mails, c'étaient des faux, énonça-t-il pour mettre les points sur les i. C'est vous qui les écriviez, *signora* ?

En faisant signe que non, elle baissa la tête. Ses cheveux tombèrent sur son visage.

— Ma sœur. Je les lui ai dictés.

— Bathsheba ? s'étonna le professeur. Bathsheba a écrit des mails à Hadiyyah ? Angelina ! Elle s'est fait passer pour moi ? Pourtant, quand on a parlé avec elle... quand on a parlé avec tes parents... ils nous ont tous affirmé...

Il ferma le poing avant de poursuivre :

— Hadiyyah a cru en ces mails, n'est-ce pas ? Elle a vu le nom d'une messagerie anglaise, et elle ne s'est même pas posé de questions. Elle a pensé que c'était moi, que je lui faisais de belles promesses que je ne tenais pas...

— Hari, je suis désolée...

Les larmes de la *signora* coulaient à présent à flots. Elle se lança dans une explication décousue. Sa sœur et ses parents ne pouvaient pas sentir cet homme originaire du Pakistan. Sa sœur n'avait pas hésité à l'aider à s'échapper et à se cacher de lui. Elles étaient en contact depuis le mois de novembre, mais cela n'avait rien à voir avec la disparition de l'enfant, affirmait-elle.

— Je suis désolée, conclut-elle, la tête dans les mains.

Le professeur la contempla longuement. Salvatore eut l'impression qu'il cherchait en lui-même la force de reconnaître à la mère de son enfant, malgré tout, des qualités.

— Ce qui est fait est fait, Angelina, déclara-t-il alors, avec une dignité extraordinaire étant donné le coup qu'il venait d'encaisser. Je ne prétends pas comprendre. Je ne comprendrai jamais. Cette haine que tu as envers moi ?... Ce... Ce que tu as fait... Tout ce qui compte maintenant, c'est retrouver Hadiyyah saine et sauve.

— Mais je ne te hais pas du tout ! sanglota la *signora*. C'est toi qui ne m'as jamais comprise, j'ai pourtant essayé de te montrer...

Le professeur posa de nouveau sa main sur le bras de la mère de son enfant.

— Nous nous sommes mutuellement déçus, je pense. Mais peu importe, maintenant. Seule compte Hadiyyah, tu m'entends, Angelina ? Seulement Hadiyyah.

Comme Lorenzo se penchait brusquement en avant, Salvatore se tourna vers lui. La tache brune qu'il avait sur la joue rendait naturellement sa peau pâle en comparaison, mais là, le rouge de la colère lui montait au visage, une colère que trahissait en outre une forte crispation des mâchoires, à croire qu'il allait se mettre à grincer des dents. Sans croiser le regard de Salvatore, il se redressa et recouvra son calme. Un homme qui méritait que l'on s'intéresse un peu plus à son cas, assurément...

Mais quand il reprit la parole, Salvatore s'adressa aux parents :

— Vous serez soulagés, je suppose, d'apprendre que la police britannique nous envoie dès aujourd'hui un inspecteur de Scotland Yard...

— Barbara Havers ? s'exclama le professeur.

Il s'était exprimé de manière si spontanée que Salvatore fut navré de le décevoir :

— C'est un homme. Thomas Lynley.

Le professeur donna une petite tape sur l'épaule de son ex, puis y laissa reposer sa main.

— Je connais cet homme, Angelina. Il va nous aider à retrouver Hadiyyah. C'est une excellente nouvelle.

Salvatore n'en était pas si sûr. Il allait leur préciser que l'inspecteur serait là uniquement pour les tenir au courant des progrès de l'enquête, quand Lorenzo Mura se leva précipitamment.

— *Andiamo*, lança-t-il à Angelina en tirant sa chaise en arrière.

Il salua Salvatore d'un signe de tête. Quant au professeur, il l'ignora.

Lucca
Toscane

Lynley fit la route entre Pise et Lucca sans encombre, grâce aux indications de Charlie Denton, auxquelles ce dernier avait joint des itinéraires téléchargés sur Internet et une carte satellite de la ville avec de grands *P* rouges à l'emplacement des parkings aussi bien intra-muros que situés à l'extérieur des remparts monumentaux. Charlie avait poussé la conscience professionnelle jusqu'à marquer la *questura* et, par des flèches, la place édifiée sur les restes d'un ancien amphithéâtre romain où Lynley trouverait sa *pensione*, laquelle était aussi celle où était descendu Taymullah Azhar. Une proximité, s'était-il dit, qui simplifierait les choses quand il aurait besoin de lui parler.

Il était allé en Italie un nombre incalculable de fois, enfant, adolescent puis adulte, mais il se trouvait qu'il ne connaissait pas Lucca. Aussi fut-il impressionné à son arrivée par l'état parfait des fortifications qui avaient jadis protégé la ville médiévale des bandes de maraudeurs et des inondations lors des crues du fleuve Serchio, qui parcourt la plaine alluviale de la province de Lucca. De bien des points de vue, Lucca ressemblait à d'autres villes et villages de Toscane : des ruelles pavées, des piazzas dominées par des églises, des fontaines d'où jaillissait de l'eau de source. Elle s'en distinguait par le nombre supérieur de ses églises, par ses tours et surtout par ses fortifications.

Il lui fallut un certain temps pour trouver le parc de stationnement sélectionné par Denton comme étant le plus proche de la place de l'Amphithéâtre. Les énormes murailles et bastions de brique rouge plantés d'arbres accueillaient des statues, des cyclistes, des rolleurs, des joggeurs, des poussettes... Une voiture de police circulait à une allure d'escargot. Un autre véhicule semblable était figé au-dessus d'une des portes de la ville donnant sur la partie la plus ancienne de Lucca.

Lynley entra par la Porta Santa Maria et trouva facilement le parking. De là, il était à quelques minutes de marche de la Piazza dell'Anfiteatro, un espace ovoïde constituant un des sites les plus remarquables de la ville. Il fut obligé d'en contourner la moitié avant de trouver une des portes, une espèce de tunnel appelé *galleria*. Une fois dans l'arène, il s'immobilisa, ébloui par le soleil qui inondait les façades jaunes ou blanches des constructions qui cernaient l'ellipse. S'y trouvaient des boutiques à touristes, des cafés, des immeubles d'habitation et des *pensioni*. La sienne s'intitulait Pensione Giardino, le jardin paraissant se réduire à un assortiment de cactus, de plantes grasses et de petits buissons en pots de terre cuite disposés en gradins devant l'établissement.

En quelques minutes seulement, Lynley fit connaissance avec la propriétaire. Une jeune femme très enceinte, qui se présenta sous le nom de Cristina Grazia Vallera avant de lui confier sa clé, de lui indiquer une étroite salle à manger et de lui préciser l'heure de *la colazione*. Sur ce, elle disparut dans le fond du bâtiment d'où s'échappaient des pleurs de petit enfant ainsi que d'agréables odeurs de pain en train de cuire. Ne restait plus à Lynley qu'à dénicher sa chambre tout seul.

En haut d'une courte volée d'escalier, il n'y avait en tout et pour tout que quatre portes. La sienne portait le numéro 3. Comme il y faisait chaud, il ouvrit les persiennes métalliques intérieures puis la fenêtre. Dehors, au centre de la place, il remarqua d'abord un groupe d'étudiants qui formaient un large cercle, chacun muni d'un carnet de croquis, tandis que leur professeur allait de l'un à l'autre, puis il aperçut Taymullah Azhar émergeant d'une *galleria*. Il se dirigeait tout droit vers la *pensione*.

Lynley, en se reculant légèrement pour ne pas être vu, l'observa attentivement. Un homme effondré, tels furent les mots qui lui vinrent à l'esprit, et il savait exactement ce qu'il ressentait, à la nuance près. Azhar entra dans l'établissement.

Après avoir ôté son veston et posé sa valise sur le lit, entendant des pas sur le carrelage, il ouvrit sa porte. Azhar était devant la sienne, adjacente à celle de Lynley. Quand il se retourna, Lynley fut frappé, en dépit de la relative obscurité du couloir, par son contrôle de soi.

— L'inspecteur-chef nous a annoncé votre venue, dit-il à Thomas en s'avançant vers lui la main tendue. Inspecteur Lynley, je vous suis tellement reconnaissant. Je sais combien vous êtes un homme occupé.

— Barbara voulait venir, mais le patron s'y est opposé.

— Je me rends compte combien, dans cette situation, elle marche sur le fil du rasoir.

Azhar agitait la main comme s'il désignait la *pensione*, mais Lynley savait qu'il voulait parler de la disparition de Hadiyyah, et que par « elle » il voulait dire non pas Isabelle Ardery, mais Barbara Havers.

— En effet, l'image est tout à fait juste.

— J'ai des remords à son égard... Les risques qu'elle prend pour moi... Sa carrière dans la police... Cela me pèse sur la conscience, avoua franchement Azhar.

— Ne la chargez pas trop. Moi qui côtoie Barbara depuis longtemps, je peux vous affirmer qu'elle n'en fait jamais qu'à sa tête. Et à vrai dire, son cœur a des raisons que sa raison ne connaît pas, ce que je suis souvent le premier à regretter.

— C'est bien ce que j'ai cru comprendre, opina Azhar.

Lynley lui expliqua son propre rôle dans l'investigation. Son importance dépendait totalement de l'attitude de la police et du procureur. Ce dernier était en réalité le magistrat qui dirigeait l'enquête. Dans le système judiciaire italien, en effet, précisa-t-il à Azhar, la police judiciaire était placée sous les ordres du ministère public.

— Je ne suis pour l'instant qu'une courroie de transmission...

Lynley raconta la suite de circonstances qui avait conduit Scotland Yard à dépêcher un officier de liaison à Lucca, notamment les soupçons qui pesaient sur Barbara, qui aurait été à l'origine de la fuite...

— Vous pouvez imaginer que la commissaire Ardery n'a pas apprécié. Il n'y a pas de preuve, bien sûr. Mais j'espère que ma présence ici va éviter à Barbara de s'attirer des ennuis supplémentaires.

Azhar resta un moment silencieux. Puis :

— J'espère...

Laissant sa phrase en suspens, il enchaîna :

— Les journaux d'ici suivent aussi l'enquête. Je m'en félicite, d'ailleurs. Avec les tabloïds qui s'en mêlent...

Il haussa tristement les épaules.

— Je comprends, opina Lynley.

Maintenir la pression sur la police portait toujours ses fruits.

Azhar l'informa qu'il distribuait des photos de sa fille dans les villes et les villages environnants. Plutôt que d'endurer le supplice de l'attente, il parcourait chaque jour un périmètre plus large autour de Lucca. Il disparut un instant dans sa chambre pour revenir avec une pile de feuilles. Le portrait de l'enfant était bien imprimé, en grand, avec sous son nom le mot « disparue » écrit en italien, allemand, anglais et français, et un numéro de téléphone que Lynley supposa être celui du commissariat.

L'innocence qui se lisait sur son visage et son air d'extrême jeunesse émurent Lynley. Dans le monde moderne, les enfants grandissaient de plus en plus vite. Hadiyyah aurait pu ressembler à une star de Bollywood en miniature. Mais avec ses tresses attachées par des rubans, son uniforme d'écolière bien repassé, elle avait l'air d'une petite fille malicieuse. Azhar confirma qu'elle était petite pour son âge – neuf ans. Ce qui signifiait qu'elle aurait pu être prise pour une enfant plus jeune. Une pièce de choix pour un pédophile, songea Lynley avec un pincement au cœur.

— Les environs de Lucca sont assez commodes à quadriller, déclara Azhar quand Lynley lui rendit la photo. Mais plus on s'éloigne, plus les agglomérations se trouvent soit dans les collines, soit carrément en pleine montagne...

Il fit signe à Lynley de le suivre dans sa chambre. D'un tiroir de la commode, il sortit un plan en expliquant son intention de passer le reste de la journée à distribuer les photos de Hadiyyah. Si l'inspecteur avait le temps, il aurait bien voulu lui montrer ce qu'il avait fait jusqu'ici. Les deux hommes descendirent sur la place et se dirigèrent vers la petite terrasse d'un café en face de la *pensione*, où quelques tables offraient de l'ombre. Ils commandèrent chacun un Coca-Cola, puis Azhar déplia son plan.

Lynley vit qu'il avait entouré au crayon les villes où il était déjà passé. Quoique familier de la topographie toscane, il écouta d'une oreille attentive l'exposé des difficultés de circulation d'une colline à l'autre que rencontrait Azhar, comprenant que ce dernier ne cherchait qu'à apaiser une angoisse qui menaçait à tout moment de le submerger.

Finalement, Azhar se tut. Après un temps de silence, il proféra les paroles qu'il s'était jusqu'ici interdites :

— Cela fait maintenant une semaine, inspecteur.

Comme Lynley se bornait à acquiescer, il ajouta :

— Qu'en pensez-vous ? Dites-moi la vérité. Je sais combien cela vous est pénible, mais je tiens à l'entendre.

Lynley commença par promener son regard sur les étudiants penchés sur leurs carnets de croquis autour de la piazza, sur les volets toujours du même vert qui protégeaient les intérieurs des féroces rayons du soleil. Un chien aboya dans un des logements. D'un autre leur parvenaient des accords de piano. Lynley ne pouvait hélas pas tergiverser plus longtemps sur la manière de lui présenter les choses.

— Ce n'est pas comme l'enlèvement d'un tout petit enfant que l'on arrache à son landau ou à son berceau. Ce style de kidnapping, sans demande de rançon, suggère que celui qui l'a perpétré a l'intention de garder le petit ou de le donner à des tierces personnes. Je pense aux adoptions « illégales », par exemple, des affaires juteuses… Ou bien tout simplement, on vole un enfant parce qu'on ne peut pas en avoir. Mais quand on prend un enfant de l'âge de Hadiyyah, qui a neuf ans, c'est qu'on a en tête d'autres projets.

Azhar plia son plan et croisa les mains en les serrant très fort.

— Il n'y a eu aucun signe… pas de trace de violence… pas de…

« Pas de corps », voilà au final ce qu'il voulait dire.

— Et c'est de bon augure, approuva Lynley, en s'abstenant de lui faire observer combien il était aisé de cacher un cadavre dans les collines de Toscane ou les Apennins. Nous pouvons en conclure qu'elle est vivante et en bonne santé. Peut-être effrayée, certes. Si le criminel compte la transférer ailleurs, il faut qu'il la cache pendant un certain temps d'abord.

— Pour quelle raison ?

Lynley but une gorgée de son Coca et en versa un peu plus dans son verre où des restes de glaçons peinaient à lui conserver sa fraîcheur.

— Une enfant de neuf ans ne va pas oublier ses parents, n'est-ce pas ? La retenir captive, c'est lui inculquer la docilité, l'habituer à une autre vie. Elle se trouve dans un pays étranger dont elle ne parle peut-être pas tout à fait couramment la langue. Au bout d'un certain temps, elle finira par voir en ses geôliers ses bienfaiteurs. Elle finira par compter sur eux. Cela dit, le temps joue en notre faveur…

— Mais si elle n'est pas vendue à des gens pour « adoption », fit remarquer Azhar, à quoi d'autre…

— Elle est assez jeune pour être formée à tout ce qu'on peut attendre d'un enfant, mais ce qu'il faut retenir, c'est qu'elle est en vie et que ses ravisseurs doivent la garder en bonne santé.

Lynley préféra taire le scénario abominable qui était envisageable dans un cas de disparition de ce type : qu'elle était peut-être prisonnière d'un pédophile, dans une cave, dans une pièce insonorisée enfouie dans une maison abandonnée quelque part dans les collines. Qu'on ait réussi à la subtiliser en plein jour, au milieu d'un marché bondé, sans laisser la moindre trace, cela prouvait que l'opération avait été froidement préparée. Et pareille préméditation ne pouvait pas se limiter à l'enlèvement, une suite était prévue. Alors, le temps était peut-être de leur côté... mais pas les circonstances.

Ils n'avaient pas le choix, ils devaient miser sur l'intelligence de Hadiyyah. Car tout le monde ne se conduisait pas comme on s'y attendait et la petite fille réservait, on pouvait du moins l'espérer, peut-être des surprises à ses ravisseurs.

— A votre avis, Hadiyyah a-t-elle la capacité de résister ?

— Que voulez-vous dire ?

— Eh bien, vous savez, les enfants sont très débrouillards. Elle pourrait faire un caprice au moment opportun ? Ou attirer l'attention sur elle ?

— De quelle façon ?

— En se montrant imprévisible. En essayant de s'échapper. En attaquant ses ravisseurs. En fichant le feu... En crevant les pneus d'une voiture... En d'autres termes, en refusant de se montrer docile.

A part lui, Lynley ajouta : En refusant de se comporter comme une petite fille.

Azhar parut se plonger dans une profonde méditation. Des cloches se mirent à carillonner au loin, imitées par d'autres, plus proches. Un vol de pigeons tournoya au-dessus de leurs têtes.

Azhar se racla finalement la gorge.

— Elle ne ferait rien de tout cela. Je l'ai trop bien élevée... Que Dieu me pardonne...

Lynley hocha la tête. Malheureusement, c'était trop souvent le cas. Une petite fille, quelle que soit la société où elle était née, apprenait de ses parents qu'il fallait être gentille et sage. Seuls les petits garçons étaient encouragés à se servir de leur intelligence et de leurs poings.

— Même si une semaine s'est déjà écoulée, l'inspecteur Lo Bianco, ajouta Azhar, semble garder un espoir… ?

— Et il a tout à fait raison, je suis d'accord avec lui.

Mais ce qu'il passa sous silence, c'était que sans message des ravisseurs ni de quiconque, cet espoir s'amenuisait d'heure en heure.

Victoria
Londres

Barbara Havers se retint le plus longtemps possible. Ce n'était pas facile. En début d'après-midi, son impatience devenant une torture, elle appela l'inspecteur Lynley.

Elle savait qu'il était remonté contre elle. N'importe quel policier lui aurait baisé les pieds pour avoir goupillé son affaire de manière à ce qu'il soit envoyé en Italie en qualité d'officier de liaison. Mais voilà, Lynley avait d'autres choses en tête qui n'avaient rien à voir avec un voyage en Toscane aux frais de la Met. Il avait un match de roller derby programmé et Daidre Trahair à… quoi que ce soit qu'il ait l'intention de fabriquer avec la vétérinaire qui soignait les gros mammifères.

Alors que Lynley répondait par un sobre « Barbara », elle débita d'un trait :

— Je sais que vous êtes fâché, je suis désolée, monsieur. Vous aviez d'autres chats ou je ne sais quoi à fouetter et moi je suis qu'une idiote.

— Ha, ha, vous m'en direz tant.
— Je n'avouerai rien. Mais quand on la connaît, et qu'on connaît son père et sa mère, qui ne voudrait pas faire quelque chose pour elle ? Vous voyez...
— Que vous importe ce que je vois ?
— Pardon, mais... ça pourra attendre ? Elle attendra ?
— « Ça » ? « Elle » ? répliqua-t-il avec son accent le plus distingué.

Barbara, se rendant compte qu'elle était partie dans une mauvaise direction, s'empressa de corriger le tir :

— Après tout, ce n'est pas mes affaires. Je ne sais pas pourquoi je m'en mêle... Bon, mais je suis malade d'inquiétude et, c'est vrai, il est préférable que vous soyez là-bas et moi ici...
— Barbara.
— Oui ? Quoi ? Je suis trop bavarde, je le sais, mais, vous comprenez, je sens que vous êtes dégoûté et vous avez raison parce que cette fois j'ai fichu un merdier pas...
— Barbara !... Il n'y a rien de neuf. S'il se produit quoi que ce soit, je vous passe immédiatement un coup de fil.
— Et lui... Eux ? Ils sont...
— Je n'ai pas encore rencontré Angelina Upman. Mais j'ai parlé avec Azhar. Il se porte aussi bien que possible en pareilles circonstances.
— Et maintenant ? A qui avez-vous parlé d'autre ? Où êtes-vous allé ? Les flics sont compétents ? Ils vous laissent...
— Faire mon travail, la coupa-t-il. Jusqu'ici, oui. Mais, croyez-moi, celui-ci va être très encadré. Vous avez d'autres questions ?
— Non.
— Alors, à plus tard.

Il raccrocha.

En se demandant s'il la rappellerait vraiment de sitôt, elle fourra son téléphone dans son sac et reprit conscience de ce qui l'environnait : la cantine de la Met où pour calmer ses nerfs, tel un chien errant qui va ronger l'os qu'on lui a jeté dans un coin à l'écart de la meute, elle s'était servi un muffin de la taille du rocher de Gibraltar, qu'elle ne serait pas arrivée à avaler sans de grandes lampées de café tiède. Quand ce stratagème avait échoué à apaiser ses angoisses, elle aurait peut-être dû envisager la thérapie par la musique... mais elle avait cédé à la tentation d'appeler l'Italie. Lynley ne l'ayant pas rassurée, de deux choses l'une : elle mangeait un deuxième muffin ou elle trouvait une autre solution pour soigner son mal.

Elle n'avait pas de nouvelles de Dwayne Doughty. Sûrement parce qu'il ne travaillait pour elle que depuis moins de vingt-quatre heures. N'empêche, une petite voix lui murmurait que vérifier l'alibi de Taymullah Azhar, qui affirmait avoir été à Berlin le jour de l'enlèvement, ne pouvait pas prendre aussi longtemps. Si seulement elle avait pu se servir du système informatique de la Met, cela lui aurait pris une heure tout au plus, mais en ce moment elle n'osait plus trop tirer sur la corde. Entre la commissaire Ardery qui l'avait à l'œil et l'inspecteur Stewart qui devait noter dans son rapport quotidien son degré de coopération en tant que membre de son équipe, elle avait tout intérêt à filer droit, et doux.

Une chance que son téléphone portable n'appartienne pas à la Met. On ne pouvait pas lui reprocher de s'en servir ni pendant son heure de repos ni dans les toilettes quand une envie pressante l'y conduisait. C'est donc là qu'elle se rendit ensuite. Après avoir vérifié qu'aucune cabine n'était occupée, elle composa le numéro de Mitchell Corsico.

— Bravo, super bon boulot, lui dit-elle après qu'il lui eut aboyé un « Corsico » bourru à l'oreille, sans doute pour montrer combien on pouvait être débordé dans la presse de caniveau.

— C'est qui ?

— Le monument Watts, Postman's Park. Je portais du fuchsia, vous un stetson. Partez-vous pour l'Italie ?

— J'aimerais bien.

— Quoi ? C'est pas assez sensationnel pour vous ?

— Elle n'est pas morte, si ?

— Alors ça ! Merde ! Vous n'êtes vraiment qu'une bande de...

— Stop ! C'est pas moi qui décide. Qu'est-ce que vous croyez ? Vous me prenez pour le grand manitou, ou quoi ? A moins que vous n'ayez quelque chose d'autre pour moi... à part l'histoire d'Ilford qui a l'air de plaire assez en haut lieu pour faire encore quelques premières pages...

Barbara eut l'impression qu'on lui injectait un liquide glacé, du genre ultime, dans les veines.

— Quelle histoire d'Ilford ? Qu'est-ce que vous mijotez encore, Mitch ?

— Je mijote, comme vous dites, de donner à notre affaire une autre dimension. Cela vous arrangeait, hein, de me cacher votre implication ?

— Comment ? Quel genre d'implication ?

— Le genre qui vous a mêlée à une bagarre de rue avec les parents du professeur Azhar. Croyez-moi, ma petite, avec comme thème « la deuxième famille abandonnée à Ilford », on va cartonner !...

Barbara, toujours pétrifiée, articula :

— Vous ne pouvez pas ! Il y a une enfant. Sa vie est en jeu. Vous devez…

— Ça, c'est votre problème, pas le mien. Le mien, c'est mon lectorat. D'accord, l'enlèvement d'une mignonne petite fille fait vendre un canard, je vous l'accorde, mais si en plus son papa dissimule qu'il a une deuxième famille, qui accepte de parler…

— Il ne dissimule rien du tout. Et ils refuseront de vous parler.

— Dites ça au gamin. Sayyid.

Barbara était au bord de la panique. Il fallait à tout prix qu'elle trouve un moyen d'épargner à Azhar de voir son histoire personnelle traînée dans la boue. Elle n'imaginait que trop bien ce que donnerait un article fondé sur l'interview de son fils par Mitchell Corsico. Cela relevait de l'impensable. La petite Hadiyyah ne méritait pas ça. On devait coûte que coûte se concentrer sur elle, sa disparition, les recherches, les Italiens, sur ce qui était en train de se passer en Italie. Elle n'avait pas le choix.

— Bon, entendu, je comprends votre point de vue. Mais vous serez sans doute intéressé d'apprendre que de notre côté… je veux dire du côté du Yard…

— Ah, oui ?

— L'inspecteur Lynley, lâcha-t-elle, furieuse contre elle-même de cette trahison obligée. Il est parti là-bas. Il assure la liaison entre les enquêteurs et la famille.

A l'autre bout, le silence se prolongea. Barbara aurait juré entendre crépiter ses synapses. Depuis la mort de la femme de Lynley devant leur domicile, Mitchell Corsico la tannait pour obtenir une interview exclusive avec l'inspecteur. Helen rentrait chez elle après avoir fait des courses. Elle cherchait ses clés dans son sac quand elle avait été abordée par un gamin armé qui l'avait abattue, pour rien, d'une balle dans la tête, entraînant sa mort cérébrale. L'inspecteur avait été forcé de prendre la décision de débrancher l'appareil qui maintenait en vie le fœtus dans le ventre de sa femme. Si Corsico voulait du piment, il ne serait pas déçu avec Lynley. Et ils le savaient aussi bien l'un que l'autre.

— Le porte-parole du Yard l'annoncera bientôt, mais grâce à moi vous êtes au courant avant tout le monde. J'espère que vous appréciez... L'inspecteur sera disposé à répondre aux questions de la presse, et la presse, ce sera... vous. Vous aurez votre interview, Mitch.

— Je devine où vous voulez en venir. Je serai franc avec vous, Barb : Lynley est un coup fameux, mais le poisson que j'ai ferré...

— Lynley... C'est lui que vous devez ferrer ! s'écria Barbara, à bout d'arguments. Parlez-en à votre rédac chef et je vous parie que vous prenez le prochain vol pour Pise.

Car c'était là-bas, en Toscane, qu'elle avait besoin qu'il soit, occupé à recueillir des détails à faire frémir dans les chaumières les lecteurs britanniques anxieux de savoir pourquoi la police judiciaire ne creusait pas plus de pistes pour retrouver la petite fille.

— Là-dessus, comptez sur moi. Mais pour commencer, le gosse.

— La gosse, corrigea Barbara.

— Pas Hadiyyah, je veux parler de l'autre. Sayyid.

— Mitch, il ne faut pas...

— Merci quand même pour le tuyau sur Lynley, Barb.

Il raccrocha.

Victoria
Londres

Barbara mourait d'envie de lancer son portable contre le mur, exactement comme un flic frustré dans une mauvaise série policière. N'ayant toutefois pas les moyens de s'en acheter un neuf, elle se contenta de jurer en fonçant vers la sortie. Elle devait empêcher Corsico d'atteindre la famille d'Azhar à Ilford, mais comment ? Des idées défilaient à toute allure dans sa tête. Nafeeza, elle en était presque certaine, resterait mutique sur le chapitre de son mari. Mais son fils, Sayyid, était en révolte contre son père.

Elle poussa la porte à la volée et tomba nez à nez avec un grand homme noir : Winston Nkata. Sans prendre la peine de faire semblant de passer par là par hasard, il indiqua d'un signe de tête les toilettes et, l'attrapant par le bras, l'entraîna à l'intérieur.

— Oups ! Pour les messieurs, c'est à l'autre bout du couloir, Winnie...

Nkata ne trouva pas la plaisanterie à son goût. Cela s'entendait au fait qu'il avait abandonné son faux accent afro-caribéen pour celui des cités de South-Brixton.

— T'es devenue folle ou quoi ? susurra-t-il. T'as du bol que ce soit moi que Stewart ait choisi pour te filer le train. Avec un autre mec, tu serais de nouveau en uniforme demain matin.

Elle joua les idiotes :

— Pardon ? Win, de quoi tu parles, là ?

— Je te parle de ton boulot. Tu es à deux doigts de le perdre. S'ils découvrent que tu mouchardes pour *The Source*, ils te colleront à la circulation. Ou pire, tu me suis ? Et fais pas celle qui croit que personne au Yard en veut à ta peau, Barb.

— Moi, une moucharde ? Mais tu délires ! Jamais de la vie !

— Ah, vraiment ? Tu viens de leur vendre l'inspecteur Lynley. Je t'ai entendue, Barb... Maintenant tu vas me dire que tu l'as pas donné au même salopard qui a écrit ce torchon sur Hadiyyah ?... Tu crois que je vais avaler ce mensonge ? T'étais au téléphone avec Corsico, Barb, il suffira de regarder ton relevé d'appels. Et je te parle pas de ton compte en banque...

— Quoi ? s'écria Barbara, cette fois réellement piquée au vif. Tu crois que je prends du blé ?

— Je sais pas pourquoi tu fais ça. Je m'en contrefous, en fait. Et les autres se foutront encore plus de tes raisons...

— Ecoute, Winnie. Toi et moi, on sait que dans ce genre d'affaire il faut que ça bouge. J'ai pas trouvé d'autre moyen pour envoyer un reporter en Italie. Car seul un journaliste britannique peut maintenir la pression sur Scotland Yard pour qu'on laisse Lynley là-bas tant que ce n'est pas résolu. En plus, la présence sur place d'un journaliste de chez nous stimulera la presse italienne, qui à son tour maintiendra la pression sur la police du coin. Tu sais comment ça marche.

— Ce que je sais, c'est que t'auras personne de ton côté, Barb, répliqua-t-il d'un ton plus calme, retrouvant le doux accent des Caraïbes de sa mère. Si ce truc sort, t'es toute seule, t'entends ? T'auras aucun soutien ici.

— Oh, merci beaucoup, Winston. C'est bon de savoir qui sont ses vrais amis.

— Je veux dire aucun soutien de ceux qui ont assez de pouvoir pour intervenir, corrigea Winston.

Il faisait allusion à Lynley, bien sûr. L'inspecteur, en effet, était le seul officier susceptible de prendre sa défense, non pas tant parce qu'il lui était tout dévoué, mais tout simplement parce qu'il n'avait pas besoin, du moins pas matériellement, de travailler et que, par conséquent, il n'avait pas peur de tenir tête à ses supérieurs hiérarchiques.

— T'as capté, ce coup-là ? fit Winston en voyant à la tête de Barbara qu'elle avait compris. Tu débloques, Barb. A donf. Ce type, Corsico ? Il pousserait sa propre mère sous un bus s'il pouvait en tirer un scoop.

— Je me charge de manipuler Corsico, Winston, déclara Barbara en essayant de se glisser entre lui et le mur pour gagner la sortie.

Il n'eut aucun de mal à lui bloquer le passage, étant donné qu'il la dominait de plusieurs têtes.

— Personne ne « manipule » ces mecs-là, Barb. Si tu le sais pas encore, tu vas bientôt l'apprendre.

Ilford
Grand Londres

Barbara Havers pouvait déplacer ses pièces de plusieurs façons sur l'échiquier de ses relations avec Mitchell Corsico. En ce qui concernait Sayyid, un seul coup était envisageable. Elle appela Azhar. La communication était mauvaise. Ils ne parlèrent pas longtemps et, ce dont il l'informa, elle le savait déjà par Lynley.

— Où Sayyid va à l'école ? fit Azhar. Pour quelle raison avez-vous besoin de savoir ça, Barbara ?

Elle ne voyait pas comment elle pouvait éviter de l'informer des intentions du journaliste de *The Source*, qui comptait utiliser l'adolescent justement comme une

« source » pour raconter une de ces histoires vraies dont raffolent les lecteurs de cette presse-là.

Azhar lui donna le nom de l'école et ajouta :

— Faites quelque chose pour empêcher ça, Barbara. Vous savez ce qu'un tabloïd fera de lui.

Nul besoin de préciser, d'autant qu'elle-même était une fidèle lectrice de ce torchon depuis des années. Elle remercia Azhar et lui promit de le tenir au courant pour son fils.

La partie la plus difficile était de s'éclipser de New Scotland Yard. Elle se refusait à prendre le risque de rester jusqu'à la fin de sa journée de travail. Connaissant Corsico, il allait faire fissa pour coincer le garçon et lui tenir le crachoir afin qu'il y déverse sa rancune contre son père. Elle devait quitter le bâtiment au plus vite. Mais sous quel prétexte ? Elle avait une excuse toute trouvée : sa maman.

Barbara interrompit l'inspecteur Stewart, occupé à dresser sur un tableau blanc une liste de ce que son équipe aurait à faire au cours de la journée. Elle ne prit même pas la peine d'y chercher son nom. Elle connaissait trop bien Stewart. Sans tenir le moindre compte de ses compétences d'enquêtrice, il l'obligerait à rester au Yard à dactylographier des rapports, rien que pour l'enquiquiner.

Elle s'adressa à lui en commençant par lui marquer son respect, avec la sensation d'avoir du plomb sur la langue :

— Monsieur, je viens de recevoir un appel de Greenford...

Prendre une mine anxieuse ne lui fut en revanche pas difficile. Sauf que ce n'était pas la santé de sa maman qui la souciait.

Sans cesser de tracer avec un soin maniaque ses pleins et ses déliés sur le tableau, Stewart répliqua un « vraiment ? » avec cette lassitude exaspérée qu'il manifestait à l'égard de tout ce qui concernait le sergent Havers. Barbara lui aurait volontiers sauté à la gorge.

— Ma mère a fait une mauvaise chute. Elle est aux urgences. Je vais devoir aller...
— Où, exactement ?
— Dans la résidence où elle...
— Je veux dire : quel hôpital, sergent ?

Barbara était prête à déjouer ce piège-là. Si elle lui donnait un nom, il téléphonerait pour vérifier si sa mère y avait bien été admise.

— Je ne sais pas encore, monsieur. J'avais l'intention d'appeler une fois en route.
— Appeler qui ?
— La dame qui dirige la résidence. Elle m'a contactée juste après avoir prévenu les secours. Elle ne savait pas encore où ils allaient l'emmener.

Quand l'inspecteur se tourna vers elle, Barbara crut qu'il allait lui demander si elle le prenait pour une bille. Au lieu de quoi :

— Dites-le-moi au plus vite. Le département tient à lui envoyer un bouquet de fleurs.
— Dès que je le sais, monsieur, lui assura-t-elle en remontant sur son épaule la bandoulière de son sac.

En sortant, elle évita de regarder Winston Nkata, lequel fit de même. Lui, il savait ce qu'il en était, mais il ne pipa mot : un véritable ami.

Ilford n'était pas tout près, cependant elle réussit à y arriver avant la sortie des cours. Une fois devant le collège, elle scruta les alentours pour vérifier si Mitchell Corsico n'était pas planqué quelque part, prêt à sortir d'une poubelle comme un diable d'une boîte. Elle ne vit qu'une vieillarde décatie poussant un Caddie sur le trottoir. La voie était libre. Barbara fonça dans l'établissement, présenta sa plaque de police et atterrit dans le bureau de la principale en un rien de temps.

A la principale, qui, si on se fiait au nom affiché sur sa table, s'appelait, la pauvre dame, Ida Croak[1], elle dit la vérité. A savoir qu'un journaliste de tabloïd allait débarquer d'un instant à l'autre pour interviewer un de ses élèves sur l'abandon par son père de sa famille légitime pour une autre femme. Elle lui communiqua le nom de Sayyid, ajoutant :

— Ce qu'il cherche, c'est à écrire un article provocateur. Vous voyez ce que je veux dire, je pense : ces types-là prétendent s'intéresser à la détresse des gens alors qu'en réalité ils traînent tout le monde dans la boue. Il faut l'en empêcher, pour Sayyid, pour sa mère, pour tous les siens.

La principale hocha la tête, tout à la fois à l'écoute et passablement éberluée. Elle posa une question de bon sens :

— Pour quelle raison Scotland Yard est-il impliqué ?

Certes, il était évident que les services de police ne chérissaient pas un journal comme *The Source*, mais envoyer un officier pour s'opposer à une interview, cela n'était pas si courant.

— C'est une faveur que nous accordons à la famille. Pouvez-vous téléphoner à la maman de Sayyid et lui demander si je peux raccompagner son fils chez elle en évitant qu'il tombe entre les pattes de ce journaliste ?

— Le journaliste est ici ? s'exclama la principale comme si la Faucheuse se tenait derrière la porte.

---

1. *Croak :* « Mourir » en langage familier.

— Pas encore, mais ça ne saurait tarder. Il sait que je veux l'arrêter…

Mme Croak n'était pas parvenue à grimper les échelons jusqu'au poste de principale de collège pour rien. Elle pria fermement le sergent Havers de patienter un moment dans le couloir pendant qu'elle téléphonait.

Barbara craignait qu'elle n'appelle aussi Scotland Yard afin de s'assurer qu'elle n'était pas une pédophile se faisant passer pour un flic afin de kidnapper un adolescent. Mais que pouvait-elle faire d'autre que croiser les doigts ? Si jamais Mme Croak tombait sur John Stewart ou, pire, sur la commissaire Ardery…

La principale finit par sortir de son bureau et lui faire signe de revenir s'asseoir.

— La mère est en chemin. Comme elle ne conduit pas, elle vient avec le grand-père de l'élève. Ils vont le ramener tout de suite à la maison.

Oh, non ! Cette exclamation lui vint à l'esprit à la manière d'une bulle dans une bande dessinée à taille humaine. Elle avait voulu prévenir Sayyid contre le tabloïd, contre tous ces torchons, et maintenant le père d'Azhar, vu son comportement lors de sa précédente rencontre avec lui, allait se faire un plaisir de raconter des salades à Corsico et de salir la réputation d'Azhar pour quelques millénaires. Elle se prépara à le raisonner. Une tâche qui s'annonçait coton, vu l'état de rage dans lequel elle l'avait vu la dernière fois.

— Cela ne vous embête pas que je les attende ? J'aimerais dire un mot à…

Mme Croak ne lui opposa aucune objection. Du moment qu'elle voulait bien attendre ailleurs que dans son bureau… Elle avait beaucoup de travail… En outre, elle aimerait avoir une petite conversation avec la maman de Sayyid…

Tout ce que voulait Barbara, c'était avertir Nafeeza des intentions de Mitch Corsico, au cas où Mme Croak n'aurait pas été assez claire. Elle devait à tout prix comprendre que, même si cela paraissait tentant de déballer sur la place publique ce que l'on avait sur le cœur, *The Source* constituait un forum plus que douteux. « Aucun journaliste de tabloïd n'est votre ami », lui soufflerait-elle.

Elle se posta donc devant le collège. Nafeeza et le père d'Azhar arrivèrent heureusement avant Mitch Corsico. Ils la reconnurent tous les deux en même temps. Barbara leur expliqua brièvement la situation. Après quoi, Nafeeza déclara avec dignité :

— Merci, sergent. Nous vous sommes très reconnaissants.

Le père d'Azhar se borna à lui adresser un signe de tête.

— Ne laissez personne l'approcher, leur dit Barbara alors qu'ils entraient dans l'établissement. J'espère que vous parviendrez à le lui faire comprendre.

— Nous, nous comprenons. Nous lui parlerons.

Ils disparurent dans le vestibule. C'est alors que Mitch Corsico se pointa à l'horizon.

Barbara l'aperçut devant le marchand de journaux de l'autre côté de la rue. Se voyant découvert, il la salua d'un coup de son chapeau ridicule, et croisa les bras sur sa poitrine sous l'appareil numérique qu'il portait autour du cou. Son roi venait d'être mis en échec, avait-il l'air de dire, mais elle aurait eu bien tort de crier victoire…

Barbara détourna son regard. Tout ce qu'il lui restait à faire, c'était escorter la famille jusqu'à la voiture et exposer à Sayyid les dangers d'une trop grande confiance dans les journalistes, car elle n'était pas sûre du tout que les paroles d'une maman et d'un grand-père suffiraient à lui faire entendre raison.

Dix minutes plus tard, la porte d'entrée du collège se rouvrit. Barbara, qui attendait auprès d'un houx maladif, s'avança à leur rencontre. Du coin de l'œil, elle vit Corsico s'approcher à son tour.

— Nafeeza, dit-elle d'une voix calme. Le type déguisé en cow-boy, c'est le journaliste. Il a un appareil photo. Sayyid, c'est l'homme dont il faut te méfier. Il…

— Vous ! cracha Sayyid.

Et, se tournant vers sa mère, il accusa :

— T'avais pas dit que sa pute… Tu m'avais pas dit que c'était sa pute qui…

— Sayyid ! Cette femme n'est pas ce que tu crois…

— Des idiots, voilà ce que vous…

Il ne put terminer sa phrase, son grand-père s'était saisi de lui et, en criant en ourdou, voulut l'entraîner de force vers la voiture.

— Je parle à qui je veux ! décréta Sayyid en se dégageant. Toi… La putain ! T'approche pas de moi. Fous le camp. Retourne dans le lit de mon père, va lui sucer la bite !

Nafeeza le gifla à toute volée. Il se mit à hurler :

— Je parle à qui je veux ! Je dirai la vérité ! Sur elle. Sur lui. Sur ce qu'ils font quand ils sont seuls, parce que je sais, je sais. Je sais ce qu'il est et ce qu'elle est et…

Son grand-père lui donna alors un coup de poing en vociférant, toujours en ourdou. Nafeeza protesta et s'accrocha à lui. Il la repoussa et asséna un deuxième coup à l'adolescent, dont le nez se mit à pisser le sang, du sang qui éclaboussa la chemise blanche parfaitement repassée de son aïeul.

— Bon Dieu ! s'écria Barbara en fonçant pour libérer le garçon.

Quel foutu merdier, se dit-elle tout en songeant qu'elle verrait sûrement dès le lendemain, en première page de *The Source*, ce qu'en pensait Corsico.

Lucca
Toscane

Laissant Taymullah Azhar à la Pensione Giardino, Lynley fila directement à la *questura* située hors les murs, non loin de la Porta San Pietro. En pénétrant dans l'imposant bâtiment de style roman, couleur abricot, dont émanait une impression de robustesse et de sobriété, Lynley s'attira les regards intrigués de ceux qui y circulaient, policiers en uniforme et administratifs en civil. On le conduisit toutefois sans tarder auprès de l'inspecteur-chef Salvatore Lo Bianco.

Il apparut vite à Lynley que Lo Bianco était déjà au courant de la nature de sa mission. Et de toute évidence, il n'était pas content. Son sourire forcé en disait long sur ce qu'il pensait d'un flic de Scotland Yard venant empiéter sur son territoire, mais lui-même était trop bien élevé pour afficher son déplaisir autrement que par un accueil un tantinet frisquet.

Il n'était pas très grand, Lynley le dominait d'une bonne tête. Des cheveux poivre et sel, un front dégarni, un teint basané, des joues grêlées de cicatrices d'acné. Un homme qui, manifestement, prenait soin de sa personne : mince, musclé, merveilleusement habillé. Les mains manucurées.

— *Piacere*, dit-il à Lynley. *Parla italiano, sì?*

Lynley répondit qu'en effet, à la condition que son interlocuteur n'ait pas un débit de commentateur de courses hippiques. Lo Bianco sourit et l'invita d'un geste à s'asseoir.

Il lui offrit un *caffè*... *macchiato* ? *americano* ? Lynley dit non merci. Un *tè caldo*, alors ?... Après tout, Lynley était anglais, n'est-ce pas ? Et tout le monde savait que ces fous buvaient des litres de thé. Lynley le remercia en l'assurant qu'il n'avait besoin de rien. Il informa ensuite Lo Bianco de sa conversation avec Taymullah Azhar à la *pensione*. Il n'avait pas encore fait la connaissance de la mère de la petite disparue. Mais il espérait que l'inspecteur-chef faciliterait cette rencontre.

Lo Bianco fit signe que oui. Il fixait Lynley comme s'il tentait de se forger une opinion. Il n'avait en effet pas échappé à Lynley qu'après l'avoir prié de s'asseoir Lo Bianco, pour sa part, était resté debout. Peu importait d'ailleurs. Il était en pays inconnu à plus d'un titre, et ils en étaient conscients tous les deux.

— Cette mission qui vous incombe, dit Lo Bianco en italien. Officier de liaison. Pour nous, Italiens, cela revient un peu à nous montrer que la police britannique met en doute notre compétence. En matière d'investigation, bien sûr.

Lynley s'empressa de tranquilliser l'inspecteur-chef. S'il était ici, lui expliqua-t-il, c'était pour des raisons essentiellement « politiques ». Les tabloïds britanniques avaient commencé à faire un battage terrible à propos de la disparition de la petite fille. En particulier un des plus perfides de tous, si l'inspecteur-chef comprenait ce qu'il voulait dire. Cette presse n'avait aucun respect pour les relations diplomatiques entre deux pays, elle ne cherchait qu'une chose : le sensationnel. C'était pour limiter des risques d'incident de ce type qu'il avait été envoyé en Italie, non pour gêner l'enquête de l'inspecteur-chef Lo Bianco. Mais s'il pouvait faire quoi que ce soit pour l'aider...

— Il se trouve que je connais déjà le père de l'enfant, ajouta-t-il, en taisant cependant qu'une de ses collègues était une proche de Taymullah Azhar.

Pendant qu'il parlait, Lo Bianco le dévisageait attentivement en hochant la tête. A un moment donné, il avait émis un « Ah, vos tabloïds... », d'un air de dire que ce fléau ne sévissait pas en Italie, puis un peu plus tard il avait quand même avoué : « Ici, c'est pareil » et sorti de sa mallette un journal, *Prima Voce*. A la une, un gros titre : *Dov'è la bambina?*, au-dessus d'une photo d'un homme à genoux dans une rue de Lucca, tête basse, une pancarte entre les mains avec écrit à la main *Ho fame*. L'espace d'un instant, Lynley avait cru qu'il s'agissait d'une forme de châtiment médiéval qui se serait perpétué en Italie. Il s'agissait en réalité du seul suspect qu'ils avaient trouvé : un drogué du nom de Carlo Casparia, qui disait avoir aperçu Hadiyyah le matin de sa disparition. Ils l'avaient interrogé à deux reprises, la deuxième fois à la demande d'*il pubblico ministero* lui-même. Car Piero Fanucci, le magistrat en charge de l'enquête, était convaincu que Carlo était mêlé à l'enlèvement de la petite fille.

« Et pourquoi cela ? avait demandé Lynley.

— D'abord, à cause de son addiction : il a besoin d'argent pour s'acheter sa drogue. Ensuite, il n'est pas revenu mendier au *mercato* depuis qu'elle s'est volatilisée... »

Avec une moue goguenarde, Lo Bianco avait ajouté :

« *Il pubblico ministero* estime que c'est une preuve de culpabilité.

— Et vous ? »

Lo Bianco avait esquissé un sourire : il était satisfait de se sentir compris par son confrère étranger.

« Je pense que Carlo redoute le harcèlement de la police et jusqu'à nouvel ordre ne reviendra pas au marché, où on peut facilement le cueillir pour le repasser à la question. Seulement, voyez-vous, *il magistrato*, comme l'opinion publique, tient à ce que l'enquête progresse. Et questionner Carlo comme un accusé, c'est progresser. Vous aurez bientôt l'occasion de le constater par vous-même... »

En effet, Lo Bianco ne tarda pas à proposer à Lynley de le présenter au procureur. La Piazza Napoleone – « Nous disons la *Piazza Grande* » – était toute proche, mais ils prendraient la voiture : « Le privilège de la police », puisque seul un petit nombre de véhicules étaient autorisés à circuler intra-muros, où les gens étaient à pied ou à vélo ou bien sautaient dans un des minuscules autobus qui se déplaçaient pratiquement sans bruit.

Le gigantesque *palazzo* de la Piazza Grande, à l'instar de la plupart des palais en Italie, avait été détourné de sa fonction initiale. Après avoir gravi un majestueux escalier, ils furent salués d'un « *Ancora, Salvatore...* » par la secrétaire du procureur, preuve que l'inspecteur n'en était pas à sa première visite ce jour-là.

Piero Fanucci, le magistrat qui dirigeait l'enquête, ne leva pas le nez de ses dossiers. Lo Bianco jeta un coup d'œil à Lynley, lequel haussa imperceptiblement les épaules pour montrer qu'il n'était pas étonné : il ne s'attendait pas à être accueilli en Italie à bras ouverts.

— *Magistrato*, dit Lo Bianco, je vous présente l'officier de Scotland Yard, Thomas Lynley.

Fanucci émit un drôle de petit grognement, froissa du papier, signa deux documents, appuya sur un bouton de son téléphone et aboya trois mots à sa secrétaire. Puis il souleva le dossier devant lui pour le poser sur une pile et fit mine d'en ouvrir un autre.

— *Basta, Piero*, dit Lo Bianco d'un ton irrité. *Sono occupato, eh?*

Piero Fanucci leva enfin le nez, l'air pas du tout d'humeur à prendre en compte l'emploi du temps chargé de l'inspecteur-chef.

— *Anch'io*, Topo.

Lynley vit l'inspecteur se raidir ; lui non plus n'aurait guère aimé s'entendre traiter de « souris ». Mais ce qui le stupéfia vraiment, ce fut la laideur du procureur, qui s'était mis à déblatérer en italien sans se soucier du niveau de son visiteur. Il s'exprimait en plus avec un fort accent du sud de la péninsule. Lynley comprit toutefois, principalement à ses intonations, que l'homme était outré.

— Alors la police britannique juge qu'il faut un officier de liaison pour informer la famille, déclara-t-il en substance. C'est ridicule. Nous nous chargerons de les mettre au courant au fur à mesure. Nous tenons un suspect. Encore un ou deux interrogatoires, et il nous dirigera vers l'enfant.

Comme à Lo Bianco, Lynley lui expliqua :

— Nous avons été soumis à la pression des médias. Les relations entre la police et les journalistes ne sont pas de tout repos, *signore* Fanucci. Des fautes ont été commises par le passé : condamnations sujettes à caution, non-lieux pour vice de procédure au cours de l'enquête, fuites d'information de la part de la police judiciaire... Bref, quand les tabloïds s'en mêlent, les grands patrons de Scotland Yard se secouent. Et c'est ce qui s'est passé ici, je le crains.

Fanucci joignit les mains sous son menton, procurant à Lynley une raison de plus de s'étonner : il possédait un sixième doigt à la main droite. Vu la position, sûrement calculée, Lynley avait du mal à en détacher son regard.

— Cela ne se passe pas comme ça chez nous, déclara Fanucci. Ici, nous ne nous laissons pas dicter nos actions par les journalistes.

— Vous avez beaucoup de chance, répliqua Lynley sans ironie. Si seulement nous pouvions en dire autant...

Le procureur inspecta Lynley de la tête aux pieds ; sa coupe de cheveux, celle de son costume, la cicatrice sur sa lèvre supérieure...

— Je compte sur vous pour ne pas interférer. Nous travaillons différemment en Italie. Ici c'est *il pubblico ministero* qui dirige d'emblée l'enquête. S'il veut procéder à une arrestation, il a le champ libre.

Lynley s'abstint de tout commentaire désobligeant sur la singularité d'un système qui ne fournissait pas de contrepoids au pouvoir du ministère public. Il se contenta d'acquiescer en s'engageant à en faire part aux parents de la petite disparue, qui, très probablement, n'étaient pas au courant de ces différences.

— Bien, dit Fanucci en agitant l'air de sa main droite, son sixième doigt au premier plan, d'un geste qui les invitait à prendre congé.

Mais alors qu'ils s'apprêtaient à sortir, il les rappela :

— Au fait, qu'est-ce que donne la piste des hôtels, Topo ?

— Pour l'instant, rien, répondit Lo Bianco.

— Rapportez-moi quelque chose aujourd'hui.

— *Certo.*

La docilité apparente de Lo Bianco était contredite par la crispation de ses mâchoires, sembla-t-il à Lynley.

Devant le palais ducal, sur la vaste place bordée de châtaigniers en feuilles, des jeunes garçons shootaient dans un ballon en riant aux éclats.

— Un homme intéressant, votre... *pubblico ministero*, fit observer Lynley.

— Il est ce qu'il est.

— Si je peux me permettre : que voulait-il dire par « la piste des hôtels » ?

Lo Bianco lui expliqua qu'un inconnu avait présenté dans plusieurs d'entre eux une photo de la fillette et de sa maman.

— Avant ou après la disparition ? s'enquit Lynley.

— Avant.

Six ou huit semaines avant, précisa Lo Bianco. Reconnaissant l'enfant sur les affiches de l'appel à témoins, des hôteliers avaient téléphoné au commissariat pour signaler qu'un homme était passé dans leur établissement à la recherche de la petite ou de sa mère. Le signalement de cet homme ? Ils avaient été assez précis sur ce point.

— Alors que huit semaines s'étaient écoulées... s'étonna Lynley.

— Il est difficile à oublier. Ils ne connaissaient pas son nom, mais nous l'avons retrouvé. Il s'appelle Michelangelo Di Massimo. Il vient de Pise.

— De Pise ? Pourquoi de Pise ?

— Bonne question, approuva Lo Bianco. Je cherche la réponse. Quand je l'aurai, j'aurai une petite conversation avec le *signor* Di Massimo. Je sais où le trouver.

Avec un coup d'œil par-dessus son épaule à la façade du palais ducal, Lo Bianco ébaucha un sourire.

— Vous n'avez rien dit au *signor* Fanucci, n'est-ce pas ? devina Lynley.

— *Il magistrato* l'appréhenderait tout de suite et le retiendrait en garde à vue à la *questura*. Il le cuisinerait six ou sept heures d'affilée pendant deux, trois, quatre jours. Il userait de menaces, il l'affamerait, il le priverait d'eau, de sommeil, lui répéterait d'« imaginer » la scène de l'enlèvement, puis, fort de ce récit imaginaire, il l'écrouerait.

— Sous quel chef d'accusation ?

— *Chissà?* Qui sait ? Du moment qu'il peut fournir à la presse des détails prouvant que l'enquête est entre de bonnes mains... Oui, je sais, il vous a dit le contraire...

Arrivé devant son véhicule, il lança à Lynley :

— Voulez-vous que nous rendions une petite visite à ce Michelangelo Di Massimo, *ispettore* ?

— Avec plaisir.

Pise
Toscane

Lynley n'avait pas imaginé que cette « petite visite » nécessiterait d'effectuer une aussi longue route. Quand il vit qu'ils s'engageaient sur l'*autostrada*, il se demanda ce qui motivait Lo Bianco.

Ils se rendirent directement à un terrain de foot au nord d'*il centro*. Une vingtaine de joueurs à l'entraînement se déplaçaient sur la pelouse en tapant dans un ballon.

Lo Bianco se gara au bord du terrain. Il descendit de la voiture de police, imité par Lynley, mais ne s'avança pas plus loin. Adossé au véhicule, il sortit de la poche de son veston un paquet de cigarettes. Il en offrit une à Lynley, que celui-ci refusa poliment. En allumant la sienne, Lo Bianco garda les yeux fixés sur les footballeurs. De toute évidence, il attendait de Lynley un commentaire, pas nécessairement sportif.

Lynley observa les déplacements des joueurs. Comme souvent en Italie, à première vue, on aurait pu croire qu'il régnait sur le terrain la plus grande désorganisation. Mais en regardant mieux, peu à peu, il s'aperçut que les choses étaient moins confuses qu'il n'y paraissait et que les mouvements étaient orchestrés par un des joueurs.

Lequel ne passait d'ailleurs pas inaperçu : ses cheveux d'une couleur qui oscillait entre le jaune et l'orange tranchaient sur le reste de sa personne, sa poitrine, son dos, ses bras, ses jambes étant couverts d'une épaisse toison noire. Ses joues, elles, étaient bleutées et il ne lui faudrait sans doute pas une journée pour arborer une barbe de trois jours. Etant donné son teint basané, on avait du mal à concevoir qu'il se soit volontairement fait une décoloration. En tout cas, cela expliquait pourquoi les gens dans les hôtels et les *pensioni* s'étaient souvenus de son passage avec la photo de Hadiyyah et de sa mère.

— Ah, je vois, Michelangelo Di Massimo, n'est-ce pas ?

— *Ecco l'uomo*, confirma Lo Bianco.

Sur ces paroles, il fit signe à Lynley de remonter en voiture : ils rentraient à Lucca.

Lynley se demanda pourquoi l'inspecteur-chef avait fait tout ce chemin rien que pour lui montrer un individu dont une brève recherche sur le système informatique de la *questura* aurait produit une photo suffisamment édifiante. Sans doute ses raisons – car il devait y en avoir plusieurs – étaient-elles seulement en partie liées au contraste entre la toison sur sa tête et celle sur son corps.

Il reçut un début de réponse quand ils arrivèrent à Lucca. Au lieu de rentrer à la *questura*, Lo Bianco contourna les fortifications par le boulevard extérieur, la *viale*, jusqu'à une porte où ils bifurquèrent dans une rue qui s'éloignait de la ville en direction du Parco Fluviale, un jardin public aussi étroit que long sur les rives du fleuve Serchio. Lo Bianco se gara dans un parc de stationnement pour tout au plus trois voitures, avec deux tables à pique-nique installées à l'ombre de grands chênes verts et une piste de skateboard. Il y avait aussi un grand champ bordé d'une haie de peupliers. Là, des garçons d'une dizaine d'années jouaient au foot.

Sans sortir du véhicule, Lo Bianco observa le terrain improvisé. Lynley suivit la direction de son regard. Sur le côté du groupe d'enfants se tenait un homme vêtu d'une tenue de footballeur, un sifflet autour du cou. Il souffla dedans puis cria quelque chose. Les garçons s'arrêtèrent de jouer. Nouveau coup de sifflet, et c'était reparti.

Cette fois, Lo Bianco klaxonna à deux reprises et ouvrit sa portière. L'homme se tourna vers lui. Après avoir dit quelque chose aux enfants, il s'approcha au pas de course de la voiture de police, dont descendaient les deux inspecteurs.

Voilà un homme dont l'apparence est elle aussi propre à marquer les esprits, songea Lynley. Pas à cause de ses cheveux, mais parce qu'il avait une tache de vin, à peu près de la taille et de la forme d'un poing de petit enfant, qui lui descendait sur la joue depuis l'oreille et gâchait la beauté remarquable de son visage.

— *Salve*, dit-il en appuyant cette salutation d'un signe de tête à l'adresse de Lo Bianco. *Che cosa è successo?*

Il semblait anxieux, ce qui était tout à fait normal, l'apparition inopinée de la police signifiant automatiquement qu'il y avait du nouveau.

Lo Bianco le détrompa d'un hochement de tête puis fit les présentations. Inspecteur Lynley. Lorenzo Mura. Lynley se trouvait devant l'amant d'Angelina Upman.

Après avoir informé Mura que Lynley parlait couramment italien, ce qui pouvait être une manière de l'avertir, genre : « Alors attention à ce que vous allez raconter », il expliqua sa mission à Mura, lequel avait l'air d'être déjà au courant.

— L'officier de liaison que nous attendions, déclara Lo Bianco. Il voudra voir la *signora* Upman dès que possible.

Mura ne parut pas bondir de joie, sans doute parce que l'inspecteur anglais assurerait aussi la liaison avec Taymullah Azhar. Comme le silence se prolongeait, il dit en anglais à Lynley :

— Elle est fragile. Il faut vous y prendre doucement. Cet homme, il lui cause beaucoup de chagrin.

Lynley lança un regard interrogateur à Lo Bianco, pensant d'abord que par « cet homme » il désignait l'inspecteur-chef et les effets néfastes d'une investigation sur le moral d'une mère dont l'unique enfant avait disparu.

— Je ne voulais pas qu'il vienne en Italie. Il appartient au passé.

Ah, il parlait d'Azhar...

— Un homme certainement très inquiet pour son enfant, argua Lynley.

— *Forse*, marmonna Lorenzo Mura.

Puis, se tournant vers Lo Bianco, avec un coup d'œil vers le groupe qui l'attendait sur la pelouse, il ajouta :
— *Devo ritornare...*
— *Vada*, répliqua Lo Bianco.

Mura rejoignit au pas de course les petits footballeurs en criant : « On reprend, les gars ! » Une seconde plus tard, il se lança dans un dribble à la sortie duquel il expédia le ballon au fond des filets. De toute évidence, Lorenzo Mura était un joueur brillant.

Lynley comprit enfin pourquoi Lo Bianco l'avait conduit jusqu'à Pise rien que pour lui montrer à quoi ressemblait Michelangelo Di Massimo.

— Ah, je vois, dit-il à l'inspecteur-chef.
— Intéressant, non ? Notre Lorenzo fait partie d'une équipe d'amateurs de Lucca. En plus, il est l'entraîneur d'un club de foot privé pour les enfants. Moi, je trouve ça fascinant, expliqua Lo Bianco en sortant de nouveau son paquet de cigarettes. Il y a un lien dans tout ça, inspecteur, conclut-il en offrant une cigarette à Lynley, et j'ai bien l'intention de découvrir lequel.

Fattoria di Santa Zita
Toscane

Salvatore s'était attendu à trouver l'inspecteur de Scotland Yard antipathique. Tous les policiers italiens savaient que leurs confrères du Royaume-Uni les tenaient en piètre estime. Il fallait bien avouer qu'ils avaient échoué dans leur combat contre la Camorra à Naples et la Mafia à Palerme. En Toscane même, un tueur en série surnommé « le Monstre de Florence », qui assassinait sauvagement des jeunes amoureux dans les collines autour de la capitale de la Toscane, avait réussi à passer entre les mailles du filet pendant plus de dix ans. Et plus récemment, après le meurtre d'une étudiante britannique à Pérouse, la façon dont s'était déroulé le procès avait fait de leur système judiciaire la risée du monde entier. En d'autres termes, les Anglais les taxaient d'indolence, de stupidité et de corruption. Aussi, quand on avait annoncé à Salvatore qu'un enquêteur britannique était dépêché à Lucca en observateur, il s'était préparé à subir son jugement. Mais il fallait bien avouer que pour le moment il ne ressentait de sa part aucun mépris, ou alors Thomas Lynley cachait bien son jeu. En outre, il trouvait ses questions pertinentes, son écoute exceptionnelle et ses talents de déduction impressionnants. Ces trois qualités à elles seules l'inclinaient à pardonner la supériorité en taille et en élégance de Lynley qui, avec son costume froissé et ses manières tout à la fois courtoises et décontractées, appartenait sans doute à une vieille famille fortunée.

Au lieu de rentrer à Lucca, ils continuèrent en direction de la maison de campagne des Mura, au-delà du Parco Fluviale, sur une route qui ne tarda pas à traverser un paysage de douces collines. Les champs verdoyaient en ce milieu de printemps, les arbres déployaient un feuillage d'un vert tendre et les bords de la route étaient couverts de fleurs sauvages.

Au bout de neuf kilomètres, ils atteignirent un chemin de terre battue avec un panneau *Fattoria di Santa Zita* – la ferme de Sainte-Zita –, où figuraient aussi des dessins illustrant les diverses activités de l'exploitation agricole : grappe de raisin, branche d'olivier, un âne et une vache aussi peu réalistes que ceux d'une crèche de Noël.

Salvatore jeta un coup d'œil à Lynley tandis qu'ils roulaient vers les corps de ferme dont les toitures en tuiles de terre cuite étaient visibles à travers les arbres.

— Les Mura, *ispettore*, dit Lo Bianco, sont une très vieille famille de chez nous, à Lucca. Ils étaient très riches autrefois, des commerçants en soieries, et cette propriété leur servait de pavillon d'été. C'est là qu'ils venaient passer la saison chaude depuis… trois cents ans, peut-être ? Le frère aîné de Lorenzo n'y tenait pas. Il habite Milan, il est psychiatre, cet endroit était pour lui plus un fardeau qu'autre chose. La sœur de Lorenzo vit à Lucca, intra-muros, et elle non plus n'avait pas envie de s'en charger. Elle est donc revenue à Lorenzo, il pouvait en faire ce qu'il voulait, la vendre même… Vous verrez. Je ne pense pas que ce soit très différent de ce que vous avez dans votre pays, ces grandes demeures anciennes…

Ils passèrent devant une ancienne grange que Lorenzo avait aménagée en cave proposant des dégustations de vin. Il y mettait en bouteilles un excellent chianti et du *vino da tavola* local réputé plus qu'honorable. Un peu plus loin, un corps de ferme était en cours de rénovation, destiné à abriter des chambres d'hôtes pour les amateurs d'*agriturismo*. Au-delà encore, une haie mal entretenue était percée d'un portail rouillé grand ouvert. Lo Bianco le franchit allègrement. Bientôt se profila la villa, le fleuron de l'histoire du clan des Mura. Ce bâtiment était lui aussi en travaux, en voie d'être caparaçonné d'échafaudages.

Lo Bianco ralentit sur le gravier de la terrasse afin de laisser le temps à Lynley d'observer les lieux. Un bâtiment massif majestueux, si l'on évitait de trop regarder les endroits où les murs s'émiettaient. Une double volée d'escalier ornait la façade et permettait l'accès à une loggia sur laquelle des meubles étaient disposés en désordre, comme si quelqu'un cherchait à suivre la course du soleil. Au centre de la loggia une porte à panneaux peints de scènes de chasse au sanglier était flanquée de sculptures représentant les saisons. L'*inverno*, hélas, avait perdu sa tête, et le panier de fleurs au bras de *la primavera* avait été brisé en deux. Sur les trois étages et sur toutes les fenêtres, les volets étaient fermés.

Lynley se tourna vers Salvatore.

— Comme vous dites, en Angleterre, nous avons aussi des endroits semblables, de vieilles demeures distinguées appartenant à de vieilles familles distinguées. Elles sont tout à la fois un fardeau et un privilège. Je comprends pourquoi le *signor* Mura souhaite la préserver.

Sur ce point, Salvatore voulait bien le croire. Le pays de Lynley était plein de châteaux. Mais Lynley lui-même comprenait-il vraiment la passion des Italiens pour leurs maisons familiales… ? Il en doutait un peu.

Il suivit l'allée contournant la pelouse et se gara non loin des deux escaliers entre lesquels poussait une glycine qui cachait à moitié la porte du rez-de-chaussée. Alors qu'ils descendaient de voiture, celle-ci s'ouvrit pour laisser le passage à Angelina Upman émergeant de la partie de la villa occupée par la cuisine. Elle avait encore plus mauvaise mine qu'un peu plus tôt dans la journée, se dit Lo Bianco. Lorenzo n'avait pas exagéré. Elle avait l'air plus maigre, les yeux cernés de violet.

A la vue du policier anglais, elle fut tout à coup au bord des larmes.

— Merci, merci d'être venu, inspecteur Lynley.

A Salvatore, elle déclara en italien :

— Je dois parler anglais avec lui, mon italien n'est pas... ce sera plus facile. Vous comprenez pourquoi je dois parler anglais, inspecteur ?

— *Certo*, acquiesça Salvatore.

Son anglais à lui était rudimentaire, et elle le savait. S'ils parlaient lentement, il pourrait sans doute suivre la conversation.

— *Grazie*. Entrez donc...

Ils pénétrèrent dans les entrailles de la villa, où la lumière était faible et l'atmosphère plutôt lugubre. Lo Bianco trouva curieux qu'elle les conduise dans ces pièces alors que le *soggiorno* du rez-de-chaussée était tellement agréable. La loggia aurait également été plus accueillante. Mais elle paraissait préférer la pénombre, sans doute parce qu'elle y serait plus indéchiffrable...

Voilà un détail digne d'être noté, songea Salvatore. Décidément, dans cette affaire d'enlèvement d'enfant, les détails insolites abondaient.

Fattoria di Santa Zita
Toscane

Angelina les emmena dans la cuisine où coexistaient des équipements appartenant à des périodes historiques différentes. Une cuisinière, un réfrigérateur, un gigantesque poêle à bois, une cheminée où on aurait pu faire cuire un sanglier, un évier en pierre où on aurait pu baigner deux bergers allemands. Au milieu de la pièce, une vieille table de ferme disparaissait sous les piles de journaux, magazines, vaisselle, serviettes fanées. Lynley et Lo Bianco s'assirent. Angelina leur apporta une bouteille du vin « maison », ainsi que du fromage, des fruits, de la charcuterie et du pain frais. Elle leur servit à chacun un verre de chianti, mais pour sa part se contenta d'un peu d'eau.

En s'asseyant, elle prit une des serviettes de table comme on saisit un talisman et répéta à l'adresse de Lynley :

— Merci d'être venu, inspecteur.

— C'est Barbara que vous devriez remercier. Quand elle veut quelque chose... Peut-être est-elle allée un peu trop loin cette fois, la suite le dira. Hadiyyah est très importante pour elle.

Angelina eut l'air émue.

— Ce que j'ai fait, c'est terrible, j'en suis consciente. Mais je ne peux pas accepter que ce qui est arrivé à ma fille soit mon châtiment. Parce que si c'est le cas...

Elle serra encore plus fort la serviette.

Lo Bianco émit un bruit de gorge pour montrer qu'il comprenait qu'il puisse y avoir un lien entre une peine que l'on subit et une faute dont on se sait coupable. Lynley, estimant pour sa part cette manière de pensée stérile, intervint :

— Votre réaction est normale... croyez-moi, je sais... mais cela ne nous mènera à rien.

Avec un sourire, Lynley ajouta :

— Comme dit le roi Lear : « La folie est sur cette pente, évitons-la. »

— Cela fait une semaine, dit-elle. Une semaine sans un signe de vie, comment est-ce possible ? Au moins s'il y avait une demande de rançon, la famille de Lorenzo paierait. Je sais qu'ils paieraient. Ça arrive, dans ce pays. Ça arrive dans le monde entier. C'est vrai, non ? Non ? Je me suis renseignée, chaque année, des enfants sont kidnappés en Italie... Voyez vous-même !

Piochant dans une pile de journaux, elle en retira

quelques feuilles imprimées avec des informations téléchargées sur Internet.

— J'essaye de calculer combien de temps se passe en moyenne avant que les kidnappeurs... prennent contact avec les parents pour réclamer de l'argent...

Elle se tut. Des larmes roulèrent sur ses joues pâles.

Lynley interrogea Lo Bianco du regard. De nos jours, en effet, les rapts d'enfants aboutissaient le plus souvent à une exploitation sexuelle d'une nature ou d'une autre, ou même à un assassinat de type « meurtre récréatif ». Lo Bianco souleva brièvement ses doigts de son verre, un geste discret que Lynley traduisit par « Dites-lui ce que vous voulez du moment que ça la tranquillise ».

— Vous avez raison, répliqua Lynley à Angelina Upman. Mais il est essentiel de revenir sur ce qui s'est passé le jour de sa disparition : où vous étiez, où se trouvait le *signor* Mura, où était Hadiyyah, qui l'entourait, des gens qui auraient pu voir quelque chose, mais qui ne se sont pas manifestés tout simplement parce qu'ils ne se rendaient pas compte de l'importance de ce qu'ils ont vu...

— Tout s'est déroulé comme chaque semaine, murmura Angelina d'une voix épaisse.

— Ce qui est un détail précieux. La police peut en déduire qu'une personne mal intentionnée a observé vos habitudes. Il ne s'agit pas d'un crime d'opportunité. Tout a été minutieusement étudié. Le ravisseur a fait en sorte que l'enfant parte avec lui sans se faire remarquer.

Angelina s'épongea les yeux avec la serviette et expliqua rapidement leurs différentes activités ce matin-là : elle était allée à son cours de yoga pendant que Lorenzo et Hadiyyah étaient au marché. Hadiyyah avait filé comme toujours en avant de Lorenzo pour écouter le chanteur de rue. Ils devaient ensuite tous se retrouver chez la sœur de Lorenzo pour le déjeuner. C'était ainsi chaque fois. N'importe qui souhaitant épier leurs mouvements pouvait le constater.

Lynley opina. Lo Bianco lui avait déjà fait part de ces informations, mais voyant que cela lui redonnait espoir il la laissa parler. En face de lui, Lo Bianco écoutait patiemment. Quand Angelina eut terminé, il dit à Lynley :

— *Con permesso...?*

Il se pencha vers Angelina pour lui poser quelques questions dans son anglais exécrable :

— Je vous demander déjà, *signorina*. Comment Hadiyyah avec le *signor* Mura ? Sans son papa si longtemps. Comment elle est avec votre ami ?

— Elle s'entend très bien avec Renzo, affirma Angelina. Elle l'aime beaucoup.

— Vous êtes sûre ?

— Bien sûr que oui. C'est une des raisons...

Elle jeta un coup d'œil à Lynley, puis revint à Lo Bianco avant de poursuivre :

— C'est pourquoi ma sœur lui a envoyé ces mails. Je me suis dit que si Hadiyyah recevait des nouvelles de Hari, si elle croyait que nous étions en Italie pour quelque temps seulement, en visite, elle finirait par s'accoutumer...

— Des mails ? interrogea Lynley.

Lo Bianco lui expliqua en quelques mots que la sœur d'Angelina avait usurpé l'identité de Taymullah Azhar pour envoyer à la fillette des mails dans lesquels il promettait de venir la voir en Italie.

— Elle a eu accès à sa boîte mail ? s'enquit Lynley.

— Elle a créé un compte à son nom avec l'aide d'une amie universitaire. J'ai dicté à ma sœur les messages.

Ainsi, continua Angelina en se tournant de nouveau vers Lo Bianco, Hadiyyah ne pouvait pas reprocher à Lorenzo de prendre la place de son père. Sa vie restait inchangée.

— Mais quand même, ça peut entre la fille et le *signore* Mura qu'il y a...

Comme Lo Bianco semblait chercher ses mots, Lynley vola à son secours :

— Il n'y avait pas de... tension entre eux ?

— Aucune tension, déclara Angelina. Aucun problème.

— Et le *signor* Mura, reprit Lo Bianco, il aime votre Hadiyyah ?

Angelina demeura un instant bouche bée. Sa pâleur s'accentua. Puis elle se reprit :

— Renzo adore Hadiyyah. Il ne lui ferait jamais de mal, si c'est ce à quoi vous pensez. Tout ce qu'il a fait, comme moi, c'était pour Hadiyyah. J'étais trop malheureuse sans elle. J'avais quitté Hari pour Renzo, mais je ne pouvais pas me passer de Hadiyyah. Alors je suis retournée auprès de Hari pendant quelques mois et j'ai attendu, attendu, attendu, et Renzo a attendu aussi. Tout ça pour Hadiyyah, alors je ne vous permettrai pas de dire que Renzo...

Lo Bianco émit l'équivalent italien d'un tss-tss désapprobateur, loin de lui cette pensée, puis Angelina se livra à un exposé détaillé de sa nouvelle vie en Italie. Lynley songea que des événements appartenant au passé étaient susceptibles d'avoir eu des conséquences à retardement.

— Quand avez-vous rencontré le *signor* Mura ? lui demanda-t-il. Dans quelles circonstances ?

A Londres, répondit-elle. Lors d'une averse. Comme

elle n'avait pas de parapluie, elle s'était réfugiée dans un Starbucks...

Lo Bianco émit un nouveau bruit, celui-ci dénotant un certain dégoût. Lynley lui jeta un regard interloqué. C'était l'évocation de la chaîne multinationale de cafés qui suscitait la réprobation de l'Italien, et non le fait qu'Angelina Upman ait pu y faire une rencontre amoureuse.

La salle était pleine de gens qui avaient eu la même idée qu'elle. Angelina s'était commandé un cappuccino qu'elle était en train de boire debout devant la vitrine quand Lorenzo était entré, pour la même raison que les autres. Ils s'étaient mis à bavarder, comme il arrive quelquefois entre inconnus. Il était à Londres pour trois jours de vacances et pestait contre le climat. En Toscane, à cette époque de l'année, lui avait-il dit, le soleil brillait, les jours étaient chauds, les fleurs répandaient leur parfum... Il l'avait invitée à venir vérifier ses dires de ses propres yeux.

Elle avait remarqué qu'il avait regardé si elle portait une alliance, et elle l'avait imité : il n'en portait pas. Elle ne lui parla ni d'Azhar, ni de Hadiyyah, ni... des autres choses. L'averse terminée, il lui avait tendu sa carte et lui avait fait promettre, si elle venait un jour en Toscane, de ne pas manquer de lui téléphoner ; il lui montrerait les beautés du pays. Ce qu'elle avait fait. Après une dispute avec Hari... une de plus, une de trop... toujours la nuit, en chuchotant, sans cris, pour ne pas réveiller Hadiyyah, qui ne devait pas se douter de la mésentente entre ses parents.

— Quelles « autres choses » ? s'enquit Lynley.

Du coin de l'œil, il vit Lo Bianco approuver d'un signe de tête.

— Comment ? dit-elle.

— Lors de votre première rencontre avec le *signor* Mura vous ne lui avez parlé ni de Hadiyyah, ni d'Azhar, ni des... autres choses. Lesquelles ?

Elle baissa les yeux sur les feuilles imprimées devant elle sur la table comme si elle avait besoin de se concentrer pour fouiller dans sa mémoire. Lynley ajouta :

— Tous les détails comptent, vous savez.

Le silence n'était plus rompu que par les gouttes qui tombaient du robinet de l'évier et le tic-tac sonore d'une horloge. Finalement, elle répondit :

— Je n'ai pas informé Renzo que j'avais un amant.

Lo Bianco émit cette fois un sifflement étouffé. Lynley croisa un instant son regard où il lut : « *Le donne, le donne, le cose che fanno.* » Ah, ces femmes, les choses qu'elles font...

— Vous voulez dire un autre homme ? Autre que Azhar ?

Un des professeurs, à l'école de danse où elle prenait des cours. Un chorégraphe. A l'époque de sa rencontre avec Lorenzo Mura, cet homme était son amant depuis déjà deux ans. Quand elle avait quitté Azhar pour une nouvelle existence avec Lorenzo, elle avait aussi quitté cet homme.

— Son nom ?

— Il habite Londres, inspecteur. Il n'est pas italien. Il ne connaît pas l'Italie. Il ignore où je suis... J'aurais dû l'avertir d'une façon ou d'une autre. Mais... j'ai simplement cessé de le voir.

— Cela ne l'aurait pas empêché de vous rechercher, fit remarquer Lynley. Après une liaison de deux années...

— Ce n'était pas sérieux entre nous, se dépêcha-t-elle de préciser. On s'amusait, c'était juste pour la détente, l'excitation. Nous n'avions aucun projet pour l'avenir.

— De votre point de vue à vous, intervint Lo Bianco. *Ma forse...* Il était marié ?

— Oui. Il n'avait aucune envie que j'empiète sur son intimité, et quand je l'ai quitté…

— Ça marche pas ainsi, rectifia Lo Bianco. Pour certains hommes, le mariage compte pour rien.

— Il me faut son nom, Angelina, insista Lynley. L'inspecteur-chef a raison. Votre ancien amant ne joue peut-être aucun rôle dans ce qui s'est passé ici, mais du simple fait qu'il était votre amant, il constitue une piste que nous devons examiner. S'il est toujours à Londres, Barbara va s'en charger.

— Esteban Castro.

— Il est espagnol ?

— Mexicain, de la ville de Mexico. Sa femme est anglaise. Danseuse, elle aussi.

Lo Bianco avança d'un ton hésitant :

— Vous être aussi…

Devinant son intention, Lynley termina pour lui :

— Vous la connaissiez aussi ?

Angelina baissa de nouveau les yeux.

— C'était une amie.

A point nommé, l'arrivée de Lorenzo Mura coupa court à l'interrogatoire. Il lâcha son sac de sport sur le carrelage, embrassa Angelina et sembla prendre la température de la pièce avant de demander :

— *Che cos'è successo?*

Les deux policiers répondirent par un silence, estimant que c'était à Angelina de mettre au courant son amant actuel. Mais elle les étonna :

— Renzo sait, pour Esteban Castro. Nous n'avons aucun secret l'un pour l'autre.

Lynley en était moins sûr. Tout le monde avait des secrets. Il commençait à se dire que celui d'Angelina l'avait menée à ce qu'elle était devenue : la mère d'une enfant disparue.

— Et Taymullah Azhar ? questionna-t-il.
— Eh bien ?
— Savait-il ?
— Je vous en prie, ne le dites pas à Hari.

Avec un grognement, Lorenzo tira une chaise, s'assit, prit un verre et se versa du vin. Il le but d'un trait puis se coupa un morceau de fromage et de pain.

— Mais pourquoi est-ce que tu protèges cet homme ? lança-t-il à Angelina.
— Parce que je lui ai déjà fait assez de mal.
— *Merda*, laissa tomber Lorenzo. Ça n'a pas de sens... que tu prennes autant soin de ce type.
— Nous avons fait un enfant ensemble. Ça change beaucoup de choses.
— *Così dici*.

La voix de Mura s'était adoucie, mais il avait toujours l'air aussi peu convaincu. Et peut-être en effet avait-il raison, se dit Lynley. Si Azhar avait accepté de divorcer de son épouse légitime, cela aurait peut-être tout changé pour Angelina Upman. Quelle que soit la situation, il existait entre elle et lui un lien fort. Autant que Lorenzo Mura se fasse une raison.

Lucca
Toscane

Ce soir-là, Salvatore grimpa au sommet de la tour plus tard qu'à l'ordinaire. La *mamma* avait eu une « altercation » à la *macelleria* en achetant la viande pour le dîner, et cet échange de propos un peu trop vif – avec une touriste qui ne comprenait pas pourquoi, quand la *signora* Lo Bianco entrait dans le magasin, tout le monde devait la laisser passer par égard pour son âge – nécessitait d'être examiné sous toutes les coutures.

— *Sì, sì,* murmura Salvatore pendant que la *mamma* lui contait les petites misères qui avaient ponctué sa journée.

A la première occasion, il s'échappa sur la terrasse pour son *caffè corretto* du soir. Comme d'accoutumée, il admira le spectacle de la ville que doraient les dernières lueurs du couchant tandis que ses habitants se livraient au plaisir de la *passeggiata* et se promenaient bras dessus bras dessous dans la lumière déclinante ou tiraient des chaises sur le trottoir pour faire un brin de causette. Mais par-dessus tout, Salvatore jouissait du silence.

Ce dernier ne dura pas longtemps, hélas. Son portable sonna. Il le sortit de sa poche, vit qui l'appelait et poussa un juron. S'il devait encore se taper le trajet jusqu'à Barga, il refuserait tout net.

— *Pronto.*

— *So?* aboya le *procuratore. Mi dica, Topo.*

Salvatore savait ce que Fanucci souhaitait entendre : tout ce qui s'était passé avec l'inspecteur fraîchement débarqué d'Angleterre. Il lui fit un rapport succinct et l'informa de ce qu'ils avaient appris à propos d'Angelina Upman : elle avait eu un autre amant à Londres, un certain Esteban Castro. Elle aimait les étrangers, ou bien les hommes au sang chaud.

Fanucci proposa son interprétation :

— *Puttana?*

Salvatore était tenté de dire à Fanucci que de nos jours les femmes couchaient avec qui elles voulaient sans que cela jette nécessairement l'opprobre sur elles ou sur leur famille. Mais il ne se sentait pas la force d'affronter la colère du magistrat, et il n'était lui-même pas totalement convaincu qu'il était normal qu'une femme ait plus d'un amant à la fois, mariée ou pas. Qu'Angelina Upman soit dans ce cas lui paraissait extrêmement intrigant, et de toute façon il préférait faire part de cette information à Fanucci que de lui parler de Michelangelo Di Massimo et de ses cheveux décolorés en jaune.

— Alors, il l'a poursuivie ? Cet Esteban Castro ? continua Fanucci. Il la suit à Lucca. Il prépare sa vengeance. Elle l'a plaqué pour un autre et il a bien l'intention de le lui faire payer, non ?

La thèse était tirée par les cheveux, mais, après tout, elle valait mieux que ses idées délirantes sur le jeune Casparia. Salvatore murmura :

— *Forse, forse, Piero.*

En ajoutant qu'ils devaient procéder avec circonspection. Ils devaient laisser l'enquêteur anglais téléphoner à Londres et demander à ce qu'on interroge cet amant de la maman. Autant que l'*ispettor* Lynley se rende utile...

Un silence accueillit cette proposition. Salvatore entendit une voix dans le fond. Une voix de femme. Pas son épouse, mais la malheureuse gouvernante à son service sexuel. « *Vai!* » glapit Fanucci, une façon tendre de dire qu'il n'avait pas besoin d'elle ce soir dans son lit.

Puis, au téléphone *il magistrato* dévoila le véritable motif de son appel : une émission spéciale du *telegiornale* était prévue à Lucca. Et c'était lui, Fanucci, qui avait tout organisé. Une équipe de tournage allait se rendre chez la mère de la petite disparue. Ils termineraient par un appel à témoins de la part des deux parents : Nous aimons notre adorable petite fille, nous vous en supplions, rendez-la-nous, etc.

Si la maman pleurait, ce serait un plus, déclara Fanucci. Les caméras de télévision affectionnaient les femmes en larmes dans un drame tel qu'un kidnapping, non ?

Et pour quand cette opération était-elle prévue ? se renseigna Salvatore.

Dans deux jours, lui répondit Fanucci, en lui précisant que c'était lui, et non Salvatore, qui se chargerait d'être le porte-parole de la police italienne.

— *Certo, certo*, murmura Salvatore, qui ne put s'empêcher de sourire devant l'incorrigible vanité de Piero Fanucci.

Comme si son apparition sur le petit écran allait inspirer du respect et de la terreur à tous les malfrats de la Botte...

23 avril

Chalk Farm
Londres

Mitchell Corsico n'avait pas perdu de temps. On disait de lui qu'il ne laissait « pas pousser l'herbe sous ses pieds », et cette célérité, associée au fait qu'il n'avait pas son pareil pour flairer le scandale où qu'il se cache, faisait de lui un journaliste de tabloïd hors pair. Que Barbara Havers ait réussi à le devancer auprès de Sayyid, le fils de Taymullah Azhar, était à mettre sur le compte des incidents de parcours inévitables... mais toujours susceptibles d'être retournés à son profit. Barbara s'en aperçut le lendemain en voyant la une de *The Source*. De la scène dont il avait été témoin devant le collège de Sayyid, il avait quand même réussi à tirer un article outrancier. LE PÈRE DE LA FILLETTE DISPARUE EST UN PAPA INDIGNE, était-il écrit en grosses lettres. Plusieurs photos de la famille abandonnée illustraient le conte sordide.

Barbara ne vit pas rouge mais noir, c'est-à-dire que, l'espace d'un instant, un rideau noir tomba devant ses yeux et qu'elle se crut sur le point de s'évanouir, là, devant son marchand de journaux, sur le trottoir constellé de chewing-gums de Chalk Farm Road. Comment Corsico avait-il obtenu autant de détails ? Sans doute avait-il pris en filature la voiture du père d'Azhar et employé sur place quelques méthodes éprouvées et énergiques.

Ce n'était pas difficile à imaginer : Corsico frappant aux portes des voisins ; Corsico glissant sa carte dans la fente pour le courrier en expliquant à Nafeeza, à travers cette mince ouverture dans la porte, qu'elle avait le choix entre tout lui raconter ou laisser publier les ragots du quartier. Il pouvait même avoir déniché un copain de Sayyid pour faire passer un message à celui-ci : « Rendez-vous au pub, au parc, au cinéma, chez l'épicier, à l'arrêt de bus… On y sera tranquilles. Tu pourras te soulager de ce que tu as sur le cœur… » Au bout du compte, peu importait comment il avait mis ses pattes poisseuses sur l'information. Le résultat était là, dans cet article qui pointait du doigt nominalement…

Barbara fit le numéro de Corsico.

— Qu'est-ce que vous foutez ? s'écria-t-elle sans un bonjour.

De son côté, il ne demanda pas qui l'appelait.

— Je pensais que c'était ce que vous vouliez, sergent.

— Ne vous servez pas de mon grade au téléphone. Où êtes-vous ?

— Au pieu. Je me relaxe. Quel est le souci ? Vous ne voulez pas qu'on sache que je suis votre meilleur ami ?

Barbara décida de laisser passer cette vacherie.

— Il ne s'agit pas d'Azhar, Mitchell. Seulement de la police italienne… le mal qu'ils se donnent ou ne se donnent pas pour retrouver Hadiyyah. Le fait que Scotland Yard se désintéresse de l'affaire, puis qu'il envoie là-bas un inspecteur, et pas n'importe lequel, un inspecteur-que-vous-voulez-interviewer, si je me souviens bien. Et vous feriez mieux de prendre aussi le chemin de la Botte, afin de veiller à ce que la pression ne retombe pas. Je vous ai fourni tous les renseignements nécessaires, il ne vous restait plus qu'à suivre mes instructions et vous aviez votre article, au lieu de vous lancer à *leurs* trousses… Vous êtes toujours là, Mitch ?

Il fit entendre un bâillement sonore. Si Barbara avait pu, elle se serait téléportée jusqu'à sa chambre pour lui flanquer une raclée.

— Vous vouliez un article, non ? soupira Corsico. Vous l'avez, non ? Plus d'un, en plus, et il y en a d'autres en route. J'ai quelques super clichés de la petite échauffourée d'hier avec… c'était bien grand-papa ?

A la perspective de la publication de ces photos, elle eut soudain la nausée.

— Bas les pattes, d'accord ? s'écria-t-elle. Laissez tomber, Mitchell. Les gens d'Ilford n'ont rien à voir avec cette histoire. On a la disparition d'une petite Anglaise en Italie. On va avoir des tonnes d'infos là-dessus et je vous les transmettrai dès que je les aurai. En attendant…

— Euh, *sergent*… ? l'interrompit Corsico. Vous n'avez pas besoin de me dire de quoi il s'agit. Vous ne me dictez pas mon article. Je suis les pistes qui s'offrent à moi, et pour l'instant j'en ai une qui me mène à Ilford et à un ado malheureux.

Ainsi, ce qu'elle craignait était vrai, songea amèrement Barbara. Il avait parlé à Sayyid.

— Vous vous servez de ce gamin pour…

— Il avait besoin de vider son sac. J'avais besoin de matière pour écrire un papier. Avec Sayyid, c'est du donnant, donnant. Comme pour vous et moi. Entre potes, il faut s'entraider.

— Nous deux, on n'est pas et on ne sera jamais des potes.

— Mais si, et chaque jour nous le sommes davantage.

Barbara sentit un frisson glacé lui courir le long de l'épine dorsale, comme si les doigts osseux de la Mort jouaient à la petite bête qui monte sur ses vertèbres.

— Que voulez-vous dire ?

— Pour l'heure, je suis en reportage. Le cours des choses ne vous plaît pas. Vous voulez avoir une influence dessus, alors je vous conseille de me donner plus de renseignements et quand vous me les aurez...

— On en est loin, le coupa-t-elle.

— Quand vous me les aurez donnés, poursuivit-il comme si de rien n'était, je me ferai un plaisir de les prendre en considération. On marche comme ça.

— On ne...

— Vous ne décidez plus rien, Barb. Au début, c'était vrai, mais plus maintenant. N'oubliez pas que nous sommes des potes, et de plus en plus chaque jour qui passe. Nous formons une fine équipe. Nous allons bientôt pouvoir décrocher la lune. Suffit de jouer les bonnes cartes, précisa-t-il.

Les doigts glacés se posèrent sur ses cervicales et lui entourèrent le cou. La respiration oppressée, elle prononça péniblement :

— Attention à vous, Mitchell. Je le jure devant Dieu, si vous me menacez, vous allez le regretter.

— Vous menacer, vous ? s'esclaffa Corsico, sardonique. Jamais je n'oserais !

Il lui raccrocha au nez. Debout, immobile et figée, sur Chalk Farm Road, avec dans une main un numéro de *The Source* et dans l'autre son téléphone portable, Barbara regarda bêtement le défilé des voitures emportant leurs occupants vers leur lieu de travail pendant que les passants la bousculaient, pressés de s'engouffrer dans la station de métro.

Elle aurait dû suivre le flux de piétons ; elle avait tout juste le temps de gagner le Yard si elle voulait éviter le regard meurtrier de l'inspecteur John Stewart. Mais voilà, il lui fallait une injection immédiate de caféine et de sucres pour soutenir non seulement ses forces, mais aussi ses facultés cognitives. Fi donc de l'inspecteur Stewart et de ses ordres de la journée : « Encore des transcriptions, sergent, nous n'arrivons pas au bout du flot de rapports que nous transmettent les agents sur le terrain... »

Barbara entra d'un pas décidé dans un café ouvert depuis peu sous l'enseigne de la chaîne Cuppa Joe Etc. Elle commanda un *latte* et un croissant au chocolat. Dieu sait qu'elle les méritait, tous les deux, après sa conversation avec Corsico.

Deux bouchées de viennoiserie et trois gorgées de *latte* plus tard, son portable se mit à entonner « Peggy Sue ». Corsico aura changé d'idée ? se dit-elle, pleine d'espoir. Mais quand elle vit le nom de Lynley s'afficher sur le cadran, elle en eut l'estomac tout retourné.

— De bonnes nouvelles ? s'écria-t-elle sans préambule.

— Hélas...

— Oh, mon Dieu, non.

— Non, non, s'empressa de la rassurer Lynley. Ni bonnes ni mauvaises. Juste des choses curieuses qui nécessitent une petite enquête...

Après lui avoir décrit son entretien avec Azhar et sa rencontre avec Angelina Upman, il l'informa de l'existence d'un autre homme marié amant d'Angelina – en plus d'Azhar, celui-là également à Londres – qu'elle avait quitté pour Lorenzo Mura.

— Vous voulez dire qu'elle s'envoyait en l'air avec ce type pendant qu'elle et Azhar... Après la naissance de Hadiyyah... Après qu'Azhar eut quitté son épouse... Je veux dire... Oh, merde, je ne sais plus ce que je raconte.

Lynley acquiesça à tout. L'amant en question était danseur et chorégraphe à Londres. Angelina couchait avec lui à l'époque où elle avait rencontré Lorenzo Mura, et où elle vivait avec Azhar et sa fille. Il s'appelait Esteban Castro, et à en croire Angelina Upman elle avait cessé de le voir du jour au lendemain, sans prévenir, sans explication... Un jour elle était dans son lit, comme dans celui d'Azhar, et le jour d'après elle était partie... avec Mura. La femme du danseur était aussi une amie d'Angelina. Il fallait par conséquent leur parler à tous les deux et vérifier si, pendant les quelques mois de son retour auprès d'Azhar, elle n'avait pas repris aussi ses relations avec Castro.

— Mais, Barbara, l'avertit Lynley, veillez à le faire sur votre temps libre, pas sur vos heures de service.

— Si vous le lui demandez, la chef me donnera son feu vert, non ?

Après tout, Thomas Lynley et Isabelle Ardery ne s'étaient pas quittés fâchés à l'issue de leur liaison. Ils étaient tous les deux de bons flics, des professionnels. L'inspecteur était en mission en Italie sur une affaire. S'il téléphonait au patron et requérait de sa voix la plus veloutée aux inflexions étoniennes...

— Je l'ai déjà appelée, répondit-il. Je lui ai demandé si je pouvais vous « emprunter » pour suivre une piste à Londres. Elle a refusé, Barbara.

— Parce que vous m'avez réclamée, moi, répliqua Barbara avec amertume. Si vous aviez dit Winston, elle se serait mise en quatre. Vous le savez aussi bien que moi.

— Nous n'avons pas été jusque-là. J'aurais pu, mais j'ai supposé que vous préféreriez vous en charger vous-même.

Manifester de la reconnaissance semblait de mise.

— C'est vrai, admit-elle. Merci, monsieur.

— Ne vous confondez pas en remerciements surtout, sergent. Ce serait trop d'un coup, pour moi.

Elle ne put s'empêcher de sourire.

— Je fais des claquettes sur la table, là. Vous devriez voir ça.

— Où êtes-vous ?

Elle le lui expliqua.

— Vous allez être en retard. Barbara, il va falloir que vous arrêtiez un jour de tendre à Isabelle des verges pour vous faire battre.

— C'est ce que Winston m'a dit, plus ou moins.

— Il a raison. Jouer avec le feu ainsi, ce n'est pas sain.

— D'accord. Il y a autre chose ?

Elle se retint de l'interroger sur ses relations avec Daidre Trahair, puisque de toute façon il ne lui dirait rien. Il y avait des limites que ce gars-là ne franchirait jamais.

— Oui, répondit-il. Bathsheba Ward.

Il la mit au courant au sujet des mails.

— La salope, elle m'a menti ! rugit Barbara. Elle savait tout du long où se trouvait Angelina !

— Apparemment. Aussi en aura-t-elle maintenant plus long à dire sur ce qui se passe…

C'était une éventualité, mais Barbara en doutait. Elle ne voyait pas en quoi, ni pour quelle raison, Bathsheba Ward pouvait être impliquée dans l'actuelle disparition de Hadiyyah. A moins qu'Angelina elle-même n'en soit responsable.

— Comment va Angelina ?

— Effondrée, comme vous pouvez l'imaginer. Pas très en forme physiquement non plus.

— Et Azhar ?

— Pareil, sauf qu'il garde son sang-froid.

— Je le reconnais bien là. J'admire sa vaillance. Depuis novembre, il vit un enfer.

Lynley lui raconta les tournées que faisait le Pakistanais avec les photos de sa fille aussi bien à Lucca que dans les environs.

— Il a l'impression d'être utile, au moins, conclut Lynley. Etre obligé d'attendre en se tournant les pouces alors que votre enfant peut être n'importe où... Ce doit être intolérable.

— Oui, intolérable, c'est le terme qu'il faut employer pour ce que traverse Azhar.

— S'agissant de ça...

Lynley laissa sa phrase en suspens.

— Quoi ? souffla Barbara, saisie d'une subite angoisse.

— Je sais que vous êtes proche de lui, mais il faut que je vous pose la question : savons-nous où il se trouvait au moment de la disparition de Hadiyyah ?

— A un symposium à Berlin.

— En sommes-nous certains ?

— Bon sang, monsieur, vous ne pensez pas...

— Barbara. Comme pour Angela, nous ne devons rien exclure pour Azhar, ni pour les autres personnes qui ont des liens avec l'enfant, dont Bathsheba Ward.

Un enfant ne disparaît pas d'un marché plein de monde comme par enchantement... Quelqu'un savait, quelqu'un a vu quelque chose...

— Bon, d'accord.

Barbara se décida à l'informer qu'elle avait engagé Dwayne Doughty afin d'éliminer Azhar de la liste des suspects. Elle le mettrait éventuellement sur Esteban Castro, son épouse et Bathsheba Ward, mais seulement si elle ne parvenait pas à suivre elle-même ces pistes. Elle préférait en effet mener une investigation de front, plutôt que de compter sur un tiers.

— Il arrive qu'on soit forcé de se faire épauler, observa Lynley en guise de conclusion.

Barbara s'abstint de lui répliquer que parmi les inspecteurs du Yard il était certainement le moins enclin à compter sur les autres pour faire son travail à sa place.

Victoria
Londres

Barbara passa sa journée à obéir à l'inspecteur John Stewart au doigt et à l'œil, disciplinée, coopérative, tout miel, limite doucereuse et par conséquent extrêmement suspecte. Elle veillait à ce que la commissaire Ardery soit témoin de sa docilité tandis qu'elle dactylographiait les rapports de ses collègues pour les entrer dans le système informatique de la Met, comme si elle était une simple contractuelle et non un officier de police dont la compétence n'était plus à prouver. Isabelle Ardery marqua une ou deux fois une halte dans les parages. Elle avait un œil sur Stewart et un autre œil sur le sergent et fronçait les sourcils comme si elle n'arrivait pas à se faire à sa coupe de cheveux.

Barbara réussit à chaparder quelques minutes çà et là pour surfer sur la Toile. Il ne lui en fallut pas davantage pour découvrir qu'Esteban Castro se produisait actuellement dans un remake d'*Un violon sur le toit*... – il y avait apparemment des ballets dans ce *Violon sur le toit* – et qu'il enseignait la danse dans son propre studio en collaboration avec son épouse. Un beau ténébreux au teint mat, au crâne presque tondu et à la paupière lascive. Les photos le montraient dans diverses figures de danse et autant de costumes. Il avait le maintien et la musculature d'un danseur classique, et l'attitude décontractée qui allait avec le jazz et la danse contemporaine. Barbara comprenait aisément qu'il puisse plaire à une femme en quête d'érotisme... si c'était bien ça que recherchait Angelina Upman... Car finalement elle se révélait être une drôle d'énigme.

Barbara cliqua sur le nom de l'épouse d'Esteban. Une autre danseuse. Appartenant au Royal Ballet, elle était loin de compter parmi les danseuses étoiles, mais il fallait bien fournir le corps de ballet, non ? On imaginait mal la princesse cygne agonisant toute seule sans que le reste de la basse-cour danse en rond derrière elle, l'air de se demander à quoi rime tout ce ramdam provoqué par un chasseur. Elle s'appelait Dahlia Rourke... – Dahlia ! Comment pouvait-on porter un prénom pareil ? – et paraissait plutôt jolie, dans le style strict et la-peau-sur-les-os des ballerines. C'était bien simple, tout chez elle était effroyablement saillant : les pommettes, les clavicules, les poignets, les hanches. Cela devait offrir des prises commodes pour la soulever dans les airs à des partenaires masculins qui, soit dit en passant, auraient eu besoin de cache-sexes plus efficaces. Un peu maigrelette pour faire la bête à deux dos... C'était peut-être ce qui avait précipité le bouillant Esteban dans les bras d'Angelina. Sauf que cette dernière, songea Barbara, n'amortissait sans doute pas tellement mieux les chocs quand il s'agissait de se secouer dans les règles de l'art. Esteban avait peut-être le goût des femmes squelettiques.

Barbara prit quelques notes et imprima plusieurs photos. Et pendant qu'elle y était, elle creusa du côté de Bathsheba Ward, la sœur jumelle qui s'était révélée sournoise comme un serpent. Pour lui tirer les vers du nez, il fallait qu'elle calcule bien son coup et prévoie d'employer des moyens de persuasion subtils, sinon carrément des menaces contre son commerce de meubles design.

Elle était plongée dans ces profondes réflexions lorsque son portable commença à chanter son éternelle déclaration d'amour à Peggy Sue. C'était Dwayne Doughty, la contactant pour lui livrer son rapport sur l'alibi de Taymullah Azhar au moment de la disparition de Hadiyyah du *mercato* de Lucca.

— Je vous mets sur haut-parleur, déclara Doughty. Em est ici avec moi.

Il poursuivit en lui assurant que tout allait pour le mieux. Azhar était bien à Berlin au moment des faits. Il avait effectivement assisté au symposium, présent lors des conférences et des tables rondes, il avait même fait deux interventions. Il lui aurait fallu un don d'ubiquité pour avoir enlever sa fille, ou alors il avait un jumeau identique dont personne n'avait entendu parler, ajouta Doughty avec une ironie épaisse. Ce qui rappela à Barbara qu'elle avait quelque chose à lui dire.

— En parlant de jumeaux identiques...

Elle lui apprit le double-jeu qu'avait mené Bathsheba.

— Cela explique certains petits détails que nous avons mis au jour, répliqua Doughty. Il semblerait que notre Bathsheba se soit rendue dans la *bell'Italia* en novembre dernier au moment où la douce Angelina s'est tirée. Etonnant, non ?

— Intéressant, dit Barbara.

Si Bathsheba avait été complice, rien n'était plus facile à Angelina que de se servir du passeport de sa sœur pour quitter Londres sans laisser de traces !

— On va devoir secouer cette dame comme un cocotier, reprit Doughty. La question, mon cher sergent, c'est lequel d'entre nous est le mieux qualifié pour cette tâche.

Bow
Londres

En raccrochant, Doughty attendit l'inévitable commentaire d'Em Cass, lequel ne fut pas long à venir. Ils étaient dans son bureau à elle – plus commode pour enregistrer la conversation avec le sergent Havers. Une fois qu'elle en eut vérifié la qualité, elle ôta son casque et le posa sur la table devant ses écrans d'ordinateur. Aujourd'hui, elle portait un costume trois-pièces couleur fauve coupé à la perfection et des chaussures deux tons, brun clair et bleu marine, qui auraient fait tache si elle avait omis la cravate appropriée pour équilibrer l'ensemble. Elle déployait plus de goût que la majorité des hommes, il fallait bien l'admettre. Aucun mec n'était aussi élégant en smoking qu'Em Cass.

— On ne devrait pas se mêler de ce bordel. Tu le sais, je le sais, et chaque jour nous le savons davantage. Dès que je l'ai vue avec le professeur, j'ai su que c'était un flic, et ça n'a pas traîné, je l'ai trouvée dans les fichiers de la Met...

— Chuuuut ! La balle est lancée, attendons de voir où elle va retomber.

Comme en réponse à cette remarque, quelqu'un frappa à la porte, qui s'ouvrit. Bryan Smythe se coula dans le bureau d'Em Cass. Doughty vit Em repousser son fauteuil loin de son mur d'écrans, comme si ce simple geste pouvait garder à distance le sorcier de l'informatique. Sans même lui laisser le temps de saluer le pauvre bougre sexuellement frustré, Em souffla :

— Tu m'avais promis de me prévenir, Dwayne.

— La situation a changé, tu viens de le dire toi-même, lui rappela-t-il en jetant un coup d'œil à sa montre. Bryan, tu es en avance. Et il était entendu que nous nous retrouvions dans mon bureau, pas dans celui-ci.

Bryan piqua un fard peu esthétique.

— J'ai toqué, déclara-t-il en parlant apparemment du bureau de Doughty. J'ai entendu vos voix...

— Tu aurais pu attendre là-bas, fit observer Em.

— Mais je ne t'aurais pas vue, répliqua Bryan en mettant les pieds dans le plat.

Doughty poussa un grognement. Ce petit con, décidément, ne savait pas s'y prendre avec les femmes. Comment est-ce qu'il croyait la persuader de céder à ses avances s'il lui tenait ce langage ? Doughty aurait bien aimé qu'Em Cass laisse le pauvre mec à tirer son coup. Un acte de charité qui ne la tuerait pas, et Bryan comprendrait peut-être enfin qu'il existe un gouffre entre nos rêves et la réalité.

— On était bien tombés d'accord pour ne plus se servir des téléphones perso ? fit Bryan. Donc, je ne...

— Achetons des portables jetables, le coupa Emily. On s'en sert une fois, on s'en débarrasse, on en achète un autre. De cette façon nous éviterons ce genre de rencontre...

Dans sa bouche, le mot « rencontre » revêtait des consonances répugnantes, évoquait des images de peste bubonique.

— Pas si vite ! s'exclama Doughty. On ne roule pas sur l'or, Emily. Pas question de se ruiner en portables.

— On n'a qu'à les facturer à la poufiasse de Scotland Yard.

Em fit pivoter son fauteuil de manière à leur tourner le dos et fit semblant de lacer sa chaussure.

Doughty se tourna vers Bryan. Le jeune homme n'était pas un salarié de la boîte et son expertise était précieuse. Emily Cass n'avait peut-être pas envie de l'avoir dans son lit, ce qui était compréhensible, soit, mais de là à l'insulter au point qu'il risque de partir en claquant la porte... Non !

Il dit à son assistante, en pesant ses mots :

— Ecoutons d'abord ce que Bryan a à nous dire, Emily.

Sans attendre sa réaction, il enchaîna :

— Bryan, où en sommes-nous, alors ?

— J'ai mis la main sur les relevés téléphoniques. Les appels entrants et les appels sortants. C'était plus cher que prévu. J'ai dû arroser trois mecs au passage, et les prix montent en ce moment.

— Bon, ce sera à classer en pertes et profits. Inévitable... Quoi d'autre ?

— Je suis en bonne voie. Mais c'est épineux et je ne peux rien faire sans l'aide de gens dans la place. Ils sont disponibles, mais cela a un coût...

— Je croyais que ça allait être simple...

— Ç'aurait pu. Mais vous auriez dû m'en parler plus tôt. Avant, pas après. Pister des mails ? C'est beaucoup plus facile que de les effacer.

— Tu es censé être un expert, Bryan. Je te paye parce que tu es le meilleur.

Emily eut un gloussement railleur. Doughty la dévisagea en fronçant les sourcils.

— Si je suis le meilleur, c'est que j'ai des gens placés là où il faut. Ça ne veut pas dire que je suis Superman.

— Eh bah, tu ferais bien de le devenir, lui lança Doughty. Et tout de suite.

C'est alors qu'Emily décida que la coupe était pleine :

— Ah, ça, c'est super ! s'écria-t-elle. Je t'avais bien dit que ce n'était pas une bonne idée. Pourquoi tu ne me crois pas ? On prend beaucoup trop de risques.

— Bientôt nous serons aussi purs que des nouveau-nés, rétorqua Doughty. C'est pour ça que nous avons cette petite réunion.

— T'as déjà vu un nouveau-né ? repartit Emily.

— Un point pour toi, Em. Mauvaise comparaison. J'en trouverai une autre, t'inquiète.

— Génial, soupira-t-elle. On n'a plus le temps, Dwayne. Et c'est à cause de tes cogitations débiles qu'on est dans cette merde.

Soho
Londres

Le studio de danse d'Esteban Castro jouxtait un garage entre Leicester Square et ce que l'on voulait bien appeler Chinatown. Barbara Havers s'y rendit sitôt sortie de New Scotland Yard et n'eut aucun mal à le trouver. Ce qui se révéla moins facile, ce fut d'atteindre le sixième et dernier étage de l'immeuble sans ascenseur. En soufflant bruyamment, encouragée toutefois par la musique dont le volume augmentait à mesure, elle monta l'escalier en envisageant sérieusement d'arrêter de fumer. Elle retrouva ses esprits, sinon son souffle, devant la porte vitrée de Castro-Rourke Dance.

L'entrée était couverte de posters, des photos de Dahlia Rourke en tutu, prenant toutes sortes de poses plus exotiques et plus suggestives les unes que les autres, et d'Esteban Castro moulé dans un collant et réalisant un grand jeté, ou fesses serrées et bras levé dans la posture du flamenco… Autrement, ce vestibule ne comprenait qu'un comptoir où étaient étalées quelques brochures publicitaires avec les horaires des cours, lesquels offraient un large éventail, de la danse de salon à la danse classique.

Cette pièce était vide. D'après le niveau sonore, cependant, il était évident que des leçons de danse battaient leur plein quelque part, derrière des portes closes. La musique postmoderne qui s'entendait depuis la cage d'escalier s'arrêtait et reprenait, laissant filtrer des cris, « Non, non, non ! Tu trouves que tu te sens comme un crapaud ébahi et subjugué de bonheur ? », et des instructions, « Royal ! Un royal ! », celles-ci provenant de la salle en face. Les « Non » étaient glapis par une voix d'homme derrière une cloison sur le côté, sans doute Esteban Castro. Aussi Barbara opta-t-elle pour cette porte, qu'elle ouvrit à la volée. Il n'y avait personne à l'accueil, qu'à cela ne tienne !

Une grande pièce, des murs miroirs, des barres de danse, une rangée de chaises pliantes d'un côté et dans un coin un tas de vêtements – des costumes ? Au centre du parquet lisse se tenait le danseur en personne, avec, en face de lui à l'autre bout de la salle, six danseurs et danseuses en justaucorps, jambières et ballerines. Ils avaient l'air déconcertés, impatients ou fatigués. Ou tout cela à la fois. Castro leur ordonna de « reprendre la position et de la *ressentir* cette fois ! », sans déchaîner le moindre enthousiasme.

— Il est amoureux de cette voiture et vous avez un plan dans la tête, d'accord ? Pour l'amour du ciel, *toi* tu es le crapaud et *vous* vous êtes les cinq renards... Essayons d'en avoir fini avant minuit !

Deux danseurs avaient remarqué Barbara. L'un d'eux lança à Castro en indiquant la porte :

— Steve !

Castro se retourna et informa la nouvelle venue :

— Le cours ne commence pas avant sept heures.

— Je ne suis pas...

— Et j'espère que vous vous êtes munie d'une autre paire de chaussures. Vous voulez danser le fox-trot avec ça aux pieds ?

Par « ça » il désignait ses baskets. Il n'avait pas encore vu le reste de son accoutrement, un jogging pour le bas et pour le haut son tee-shirt *600 ans après la peste bubonique*, pas davantage appropriés pour la danse de Salon.

— Je ne suis pas ici pour les cours. Vous êtes bien Mr Castro ? Je voudrais vous parler.

— Vous voyez bien que je suis occupé.

— C'est clair. Moi aussi, voyez-vous.

Elle remua le fouillis dans son sac, en sortit sa carte de police et traversa la pièce en lui donnant tout le loisir de l'étudier.

— C'est à quel sujet ? finit-il par demander.

— Angelina Upman.

Son regard passa de son insigne à son visage.

— Qu'est-ce qu'il y a ? Je ne l'ai pas vue depuis des lustres. Il lui est arrivé quelque chose ?

— Drôle que vous pensiez ça.

— Pourquoi un flic se pointerait, sinon ?

Sans attendre sa réponse, il lança aux autres :

— Dix minutes de battement, ensuite on reprendra le tout.

Il n'avait pas d'accent, ou alors c'était celui de Henley-on-Thames. Elle s'en étonna, en lui précisant qu'elle avait effectué quelques recherches à son sujet – il était né à Mexico. Castro rétorqua qu'il était arrivé à Londres à l'âge de douze ans. Son père était diplomate et sa mère écrivait des livres pour les enfants. Il avait tenu à assimiler la culture anglaise, lui dit-il. Et l'accent était un élément indispensable, il refusait l'idée de porter toute sa vie l'étiquette d'étranger.

Un homme très séduisant. Barbara pouvait aisément imaginer qu'Angelina Upman ait été attirée par lui. Elle ou n'importe quelle femme, d'ailleurs. De type méditerranéen, grand, très brun. Sa barbe de trois jours accentuait son allure sexy sans lui donner l'air négligé, comme à la plupart des Anglais. Il avait une tignasse de cheveux noirs si épais et brillants que Barbara était tentée d'y passer la main. Bref, Esteban Castro était beau mec et le savait.

Quand ils furent seuls dans la pièce, il l'invita à s'asseoir sur une des chaises pliantes. Il se déplaçait avec une grâce inouïe : des mouvements fluides, une posture parfaite. Comme les danseurs qu'il avait mis temporairement à la porte, il portait un justaucorps qui soulignait chaque muscle de ses jambes et de ses fesses. Son buste était mis en valeur par un tee-shirt de musculation blanc et moulant.

Il s'assit, posa ses bras sur ses cuisses, ses mains ballant entre ses jambes. Barbara bénéficiait d'une vue sur ses bijoux de famille dont elle aurait pu se passer. Elle déplaça légèrement sa chaise. Il déclara tout à trac, sans attendre qu'elle expose la raison de sa visite :

— Ma femme n'est pas au courant de ce qu'il y a eu entre Angelina et moi. Je préférerais que cela reste entre nous.

— Je ne parierais pas là-dessus. Les femmes sont moins bêtes qu'on ne le croit.

— Elle ne se comporte pas tout à fait comme une femme, répliqua-t-il. C'est un des problèmes. Vous avez parlé avec elle ?

— Pas encore.

— C'est pas la peine. Je vous dirai tout ce que vous voudrez, mais laissez-la en dehors de ça.

— « Ça » ?

— Quoi que ce soit. Vous comprenez ce que je veux dire.

Il attendit la réplique de Barbara, mais comme elle ne venait pas, il poussa un juron et lui lança :

— Venez !

Il la précéda dans le vestibule, ouvrit la porte d'en face et fit signe à Barbara de pointer sa tête dans la pièce. Dahlia Rourke officiait au milieu d'un groupe d'une douzaine de fillettes à la barre. Elle tentait de corriger leur posture, d'arranger un bras gracieusement au-dessus d'une tête. Une tâche ingrate, estima tout de suite Barbara. Dans un sens, c'était rassurant de penser que la grâce ne vous venait pas naturellement. Quant à Dahlia, elle était d'une maigreur à faire peur. Sentant un regard sur elle, elle se tourna vers la porte.

— Sa fille va peut-être s'inscrire ! lui expliqua Castro en parlant de Barbara. Elle veut juste jeter un coup d'œil.

Dahlia opina. Elle regarda Barbara sans avoir l'air de se poser de questions. Après leur avoir adressé à tous les deux un petit sourire, elle s'en retourna à la formation des futures ballerines de la nation. Castro ramena Barbara dans sa salle et ferma la porte en déclarant :

— Son corps est celui d'une danseuse, et elle ne l'utilise que pour danser. Elle ne s'intéresse à rien d'autre.

— En d'autres termes ?

— Elle a cessé d'être une femme il y a déjà un moment. C'est principalement à cause de cela que j'ai eu cette liaison avec Angelina.

— Et quelles sont les autres raisons ?

— Vous la connaissez ?

— Oui.

— Alors, vous savez. Elle est ravissante, passionnée et tellement vivante. C'est très séduisant chez une femme. Maintenant, il serait temps de me dire ce qui se passe et pourquoi vous êtes ici !

— Est-ce que vous avez voyagé à l'étranger le mois dernier ?

— Bien sûr que non. Je suis en train de chorégraphier *Le Vent dans les saules*. Il est hors de question que je m'absente. S'il vous plaît, dites-moi ce qui se passe.

— Pas d'escapade au soleil quelque part ?

— Où ça ? En Espagne ? Au Portugal ?

— En Italie.

— Bien sûr que non.

— Et votre épouse ?

— Dahlia se produit dans *Giselle* avec le Royal Opera. Et puis elle a ses cours. Quand elle ne bosse pas, elle prend des bains de pied à la maison. Alors, vous voyez, et je ne vous dirai rien de plus tant que vous ne m'aurez pas expliqué la raison de cet interrogatoire.

Pour appuyer ses paroles, il se leva et alla se planter au milieu de la pièce, les bras croisés et les jambes écartées. Une pose virile, se dit Barbara en se demandant si c'était délibéré de sa part, une manière de mettre à profit ses atouts.

— La fille d'Angelina Upman a été kidnappée dans un marché à Lucca, en Italie.

Castro la fixa en écarquillant les yeux.

— Et alors ? Vous croyez que j'y suis pour quelque chose ? Je ne connais pas sa fille. Je ne l'ai jamais vue. Pourquoi voudriez-vous que je la kidnappe ?

— Nous enquêtons auprès de tous ceux qui ont été en contact avec Angelina. Je sais qu'elle vous a plaqué un matin et n'a plus donné signe de vie. Il y a de quoi être vexé. Vous pourriez avoir eu envie de lui en faire voir de toutes les couleurs... Après tout, elle n'a pas été sympa avec vous.

Il émit un petit rire.

— Vous n'y êtes pas du tout, sergent...
— Havers.
— Havers. Elle n'a pas été sympa ou pas sympa. Un beau jour, elle s'est envolée, un point c'est tout.

— Et vous n'avez pas cherché à savoir où elle était allée ?

— A quel titre ? Tout était clair et limpide entre nous : Je ne quittais pas Dahlia pour elle, et elle ne quittait pas Azhar pour moi. Elle avait déjà disparu pendant une année entière, mais quand elle est revenue nous avons repris comme avant. Je me suis dit que l'histoire se répétait.

— Vous pensez donc qu'elle va revenir ?

— Cela s'est déjà produit.
— Alors vous saviez, pour Azhar ? Depuis le début ?

Cette information était accessoire, mais Barbara voulait en avoir le cœur net, même si elle aurait préféré que cela ne lui fasse ni chaud ni froid.

— Je le savais. Nous ne nous cachions rien.
— Et Lorenzo Mura, son autre amant ? Vous saviez, pour lui aussi ?

Castro répondit par un silence. Il vint se rasseoir en face de Barbara et partit d'un bref éclat de rire.

— Eh ben, elle baisait... avec... nous trois ?
— Apparemment.
— Je l'ignorais. Mais je ne suis pas étonné.
— Pourquoi pas ?

Il passa sa main dans son épaisse chevelure et se frictionna le crâne comme pour faire circuler le sang dans sa tête.

— Certaines femmes accordent plus d'importance au sexe que d'autres. Angelina est comme ça. Filer le parfait amour avec un seul homme ? Qu'est-ce que cette perspective a d'érotique ?

— Elle semble se contenter d'un seul amant aujourd'hui : Lorenzo Mura. En Italie.

— « Sembler » est le verbe qui convient, sergent. Elle *semblait* être en couple avec Azhar. Maintenant, elle *semble* être avec cet Italien.

Barbara était bien placée pour savoir qu'Angelina était une comédienne accomplie. Elle-même avait été abusée par sa gentillesse à son égard, l'intérêt qu'elle manifestait pour ses petits problèmes. Pouvait-on exclure qu'elle ait trompé tout son entourage ? Coucher avec trois types... C'était un peu fort, mais après tout pas impossible. Personnellement, elle aurait trop peur de crier le mauvais nom au moment stratégique. Mais il fallait bien admettre que les feux de la passion ne s'allumaient pas fréquemment dans sa vie.

— Combien de temps a duré votre liaison avec Angelina ?

— C'est important ?

— Simple curiosité, mettons.

Après lui avoir lancé un coup d'œil dubitatif, il répondit :

— Je ne sais pas. Quelques années ?... Deux, trois ? Il y a eu des moments avec et des moments sans.

— Quand c'était avec, combien de fois par semaine ?

— Deux. Quelquefois trois.

— Où ça ?

Cette fois, il commença par la toiser des pieds à la tête avant de lui rétorquer :

— Qu'est-ce que ça peut faire ?

— Toujours mon incorrigible curiosité. J'aime savoir comment les autres vivent, que voulez-vous.

Il détourna les yeux, les posant sur son reflet dans le miroir.

— N'importe où. Sur la banquette arrière d'une voiture, d'un taxi, ici au studio, dans les coulisses d'un théâtre du West End, chez moi, chez elle, dans une boîte de nuit où se pratique le *lap dance*...

— Ah, ça, ce devait être intéressant.

— Elle aimait le risque. Un jour, on l'a fait dans le passage souterrain sous la Tamise vers Greenwich. Elle était inventive, ça me plaisait. Elle se laissait guider par sa passion. L'imaginaire érotique et ses secrets... C'est elle tout craché.

— Le genre de femme qu'un mec aimerait garder pour lui, si vous voyez ce que je veux dire. N'importe quand, n'importe où, habillée, nue, debout, assise, à genoux et j'en passe. Vous autres, les hommes, c'est pas ça qui vous fait bander ?

— Certains hommes, oui.

— Et vous en faites partie ?

— Je suis latin, sergent. A quoi vous attendiez-vous ?

— Ce ne doit pas être évident de la remplacer, fit observer Barbara. Son départ a pu vous briser le cœur.

— Aucune femme ne peut remplacer Angelina, mais comme je vous le disais, je m'attends à ce qu'elle revienne.

— Même étant donnée la situation ?

— Parce qu'elle est en Italie ?

— Et qu'elle vit avec Lorenzo Mura.

— Je ne sais pas...

Il consulta sa montre et se leva, prêt à reprendre la répétition.

— Je suppose que je devrais être content que ça ait duré aussi longtemps. Et Mura aurait tout intérêt à se dire la même chose.

24 avril

Hoxton
Londres

Bathsheba Ward était la suivante sur la liste de Barbara. Cette peau de vache lui avait menti à propos de sa sœur – un vilain trait de caractère familial, décidément – : Barbara allait se montrer sans pitié. Elle était tout autant décidée à ne pas procurer à l'inspecteur Stewart ni à la commissaire Ardery des munitions pour lui tirer dessus. C'est dans cet état d'esprit qu'elle se leva à l'aube pour se rendre à Hoxton. Avec le café à emporter et le sandwich au bacon consommés en chemin, elle arriva en pleine forme à Nuttall Street, où Bathsheba et son mari Hugo Ward habitaient un appartement dans un élégant complexe d'immeubles construits en briques traditionnelles.

Personne n'était encore levé, mais cela n'avait rien de surprenant, il n'était que six heures et quart. Elle trouva très facilement l'interphone de l'appartement des Ward et tint son doigt écrasé sur le bouton jusqu'à ce qu'une voix masculine grommelle :

— Qu'est-ce que vous voulez ? Vous avez vu l'heure ?

— New Scotland Yard. Je voudrais vous parler. Maintenant.

Un silence accueillit cette déclaration. Sans doute le type – Hugo Ward, qui d'autre ? – se triturait-il la cervelle. Elle lui accorda cinq secondes puis se remit à appuyer sur la sonnette. Il lui ouvrit la porte sans un mot. Barbara se dépêcha de monter au deuxième.

Elle allait frapper à la porte lorsque celle-ci s'ouvrit. En dépit de l'heure matinale, il était habillé de pied en cap : costume trois-pièces, chemise immaculée – affreuse, deux tons, bleue avec un col blanc –, cravate à rayures et pompes cirées.

— Vous êtes la police ? s'enquit-il d'un air ahuri.

Barbara en conclut que c'étaient ses baskets qui causaient cet émoi. Elle lui présenta sa plaque. Il s'effaça pour lui laisser le passage.

— De quoi s'agit-il ? demanda-t-il, non sans un certain bon sens.

— Je voudrais parler à votre épouse.

— Elle dort.

— Réveillez-la.

— Vous vous rendez compte de l'heure qu'il est ?

Barbara porta son bracelet-montre à son oreille, le secoua puis le regarda en fronçant les sourcils.

— Mince ! Mickey s'est encore planté.

Et, au bénéfice de Hugo Ward, elle ajouta :

— C'est la deuxième fois que vous me faites la même remarque, Mr Ward. Et pour ma part je n'ai pas de temps à perdre. Alors si vous vouliez bien aller chercher madame votre épouse... ? Dites-lui que c'est le sergent Havers qui vient boire une tasse de thé avec elle. Elle sait qui je suis. Dites-lui que c'est au sujet de son voyage en Italie en novembre dernier.

— Elle n'est pas allée en Italie en novembre...

— Alors quelqu'un y est allé avec son passeport.
— Ce n'est pas possible.
— Croyez-moi, Mr Ward. Dans mon métier, on apprend vite que tout est possible.

Cette précision parut le déstabiliser. C'était bon signe. Il serait plus enclin à coopérer. Il jeta un regard inquiet par-dessus son épaule. Ils se tenaient dans une petite pièce carrée qui servait d'entrée, où un miroir sur un mur reflétait la toile abstraite accrochée sur celui d'en face, une espèce de gribouillis qui ne voulait rien dire, mais semblait avoir été tracé délibérément par l'artiste, Dieu sait dans quelle intention.

— Mr Ward… ? Mes minutes sont comptées. Soit vous allez la réveiller, soit c'est moi qui m'en charge.
— Bon, attendez un moment…

Il lui fit signe d'entrer dans la salle de séjour, qu'il appela le « living », à la façon d'un agent immobilier faisant visiter un appart à une cliente. Comme dans l'entrée, les murs s'ornaient de tableaux abstraits de grand format et d'un mobilier moderne dans lequel Barbara reconnut le style propre à Bathsheba. Çà et là sur les tables étaient disposées des photos encadrées, que Barbara courut examiner dès que Hugo Ward eut disparu dans le couloir.

Des portraits de famille respirant un bonheur serein, deux jeunes adultes, leurs conjoints, un petit enfant charmant, le *pater familias* au sourire épanoui, la deuxième femme dévouée pendue à lui. Ces clichés avaient été pris dans des environnements variés et à des époques différentes, mais sur toutes les photos ils en faisaient des tonnes. Nous ne sommes pas beaux et heureux ? avaient-ils l'air de crier sur les toits. A l'instant même où elle se détournait avec un petit « Humph », Hugo Ward rentra dans le « living ».

— Elle vous recevra quand elle sera habillée et qu'elle aura pris son café.

— On parie ? fit Barbara. Où est-elle ?

Elle sortit dans le couloir et se dirigea vers trois portes fermées.

— La chambre est par là ? Entre filles, pas de chichi… elle n'a rien que je n'aie pas.

— Attendez, enfin !

— J'aimerais bien, mais vous savez ce qu'on dit : le temps perdu à bailler ne se retrouve jamais !

Poursuivie par Hugo Ward se répandant en protestations bruyantes, elle ouvrit une première porte : un bureau, somptueux – toujours des toiles abstraites au mur et encore plus de portraits de famille. Elle poussa la deuxième en chantonnant :

— Bonjour, bonjour les hirondelles ! La vie appartient à ceux qui se lèvent tôt…

Bathsheba était assise dans son lit, une tasse de café posée sur la table de chevet et trois quotidiens étalés devant elle sur la couverture.

Barbara se retourna vers le mari resté dans le couloir.

— Tut-tut ! Raconter des salades, ça peut vous conduire droit dans le panier…

Il se pencha en avant sur le seuil pour s'adresser à sa femme :

— Désolé, je n'ai rien pu faire, ma chérie.

— Je vois ça, répliqua Bathsheba d'un ton sec. Franchement, Hugo. C'était si difficile de…

Elle rabattit les feuilles du journal et tendit la main vers sa robe de chambre.

— Comme je vous disais, on est entre filles, déclara Barbara en fermant la porte au nez du mari, lequel continua à pester de l'autre côté du battant.

Bathsheba se leva et enfila sa robe de chambre.

— Je vous ai dit tout ce que je savais. Vous avez un certain culot de venir me déranger chez moi avant l'aube…

— Ouvrez les rideaux, Bathsheba, vous serez agréablement surprise.

— Vous comprenez très bien ce que je veux dire. Vous débarquez ici aux aurores exprès pour me surprendre. Vous avez de bien curieuses mœurs à Scotland Yard, ce ne sont pas les miennes. Croyez-moi, cela ne se passera pas comme ça. Je me plaindrai à…

— Parfait, la coupa Barbara. Une femme avertie en vaut deux… J'ai une trouille bleue, là. Maintenant, passons aux choses sérieuses…

— Je n'ai aucune intention de…

— Parler avec moi ? Vraiment ? Vous m'avez menti. Je n'aime pas qu'on me mente, et quand une petite fille a disparu, encore moins.

— Qu'est-ce que c'est que cette histoire ?

— Vous êtes mouillée jusqu'au cou. Cela fait plus d'une semaine que Hadiyyah a été enlevée, et comme vous avez été la complice de la disparition de votre sœur…

— *Quoi ?*

Bathsheba dévisagea quelques secondes Barbara, comme si elle essayait de lire dans ses pensées. Puis elle plaça ses cheveux derrière ses oreilles et alla s'asseoir sur le tabouret devant sa coiffeuse.

— J'ignore à quoi vous faites allusion.

— Cette fois, votre baratin ne suffira pas.

Barbara s'adossa nonchalamment au battant de la porte et ajouta :

— A vous croire, vous n'aviez pas vu Angelina depuis des lustres. Alors que vous avez écrit des mails à Hadiyyah en vous faisant passer pour son papa depuis une boîte de l'University College bidouillée par Dieu sait qui. Mieux ! Vous avez prêté votre passeport à votre sœur en novembre dernier quand elle a quitté Azhar.

— Je n'ai rien fait de tel.

— Il se trouve qu'Angelina vous a donnée. Elle a tout déballé.

C'était faux, elle bluffait. Mais son mari tout à l'heure ayant été catégorique sur le fait qu'elle n'était pas sortie du territoire en novembre, il y avait de bonnes chances qu'elle ait visé juste.

Bathsheba resta silencieuse. Toute personne un tant soit peu versée en matière de rouages du système judiciaire aurait réclamé sur-le-champ un avocat, mais Barbara avait remarqué que peu de gens le faisaient. Ce qui l'avait d'ailleurs toujours laissée perplexe. A leur place, elle resterait mutique jusqu'à ce qu'un baveux vienne lui masser les tempes et lui tenir la main.

— Alors ? dit-elle à Bathsheba Ward. Quelle explication avez-vous à m'offrir ?

— Je n'ai rien à ajouter. Angelina m'a peut-être... « donnée », pour employer votre expression... Vous autres flics, vous avez toujours un langage si imagé... Mais autant que je sache, je n'ai commis aucun délit et elle non plus.

— Voyager avec le passeport de quelqu'un d'autre...

— J'ai mon passeport. Il se trouve dans le coffre-fort de cet appartement, et si vous avez une commission rogatoire, je serai ravie de vous le montrer.

— Rien de plus simple que de vous le renvoyer par la poste. Elle aurait pris le sien, mais aurait présenté le vôtre.

— Si c'est ce que vous pensez, vous n'avez qu'à interroger les services des douanes. Ou téléphonez au ministère des Affaires étrangères, je ne sais pas, moi, et je m'en contrefiche.

— Et vous ne la détestez pas du tout, c'était un gros pipeau, pas vrai ? Sinon, pourquoi l'auriez-vous aidée ?

Barbara marqua une pause. Elle marchait sur des œufs, mais d'après ce qu'elle avait perçu chez les Upman, cela valait la peine de tenter le coup.

— A moins que vous ne cherchiez seulement à l'éloigner d'Azhar... Un Pakistanais sous les jupes de votre sœur ? On sait ce qu'en pensent vos parents, mais vous ?

— Ne soyez pas ridicule. Si Angelina était assez bête pour s'amouracher d'un musulman...

— Et de quelques autres types à la fois, même. Oh, elle ne vous a pas dit ? Ou vous a-t-elle déclaré qu'elle avait vu la lumière et qu'elle devait plaquer son « sale Paki » ? Je vous répète les paroles de votre père. Et vous, vous l'appelez comment ?

Bathsheba la regardait bizarrement. Elle avait l'air de quelqu'un qui se remet d'une belle surprise. Barbara passa en revue les différents éléments du discours qu'elle venait de lui tenir et compris aussitôt.

— Un certain Esteban Castro était un autre de ses amants, expliqua-t-elle. Et un type du nom de Lorenzo Mura. Elle est avec lui maintenant, en Italie. C'est là qu'elle allait. Ça, elle vous l'avait dit, non ? Vous ne saviez pas ? Comment est-ce possible ? Vous m'avez indiqué vous-même qu'elle serait forcément avec un homme...

Bathsheba ne réagit pas. Barbara songea qu'elles étaient jumelles et que ces deux-là avaient grandi en détestant leur gémellité. De là à haïr sa jumelle, il n'y avait sans doute qu'un pas. Et si c'était le cas, il était probable qu'elle aurait accepté de l'aider uniquement si cette fugue entraînait sa disgrâce. Et Angelina devait en avoir conscience.

— Elle ne vous a pas mise au courant pour Lorenzo Mura, n'est-ce pas ? Ni pour Esteban Castro. Qui ne sont, ni l'un ni l'autre, soit dit en passant, comme votre Hugo... là...

Barbara pencha la tête afin d'indiquer l'autre côté de la porte. Elle vit Bathsheba se raidir.

— Qu'est-ce que cela signifie ?

— Allons, Bathsheba. Angelina a une ribambelle d'amants beaux comme des dieux. Vous n'avez qu'à chercher Castro sur Internet, si vous ne me croyez pas. Cherchez Azhar, et vous verrez... Et maintenant, elle a Lorenzo Mura, qui ressemble à une sculpture de Michel-Ange. Alors que vous, vous avez le pauvre Hugo, avec sa pomme d'Adam de la taille du Yorkshire et une tronche à faire a...

Bathsheba bondit sur ses pieds en hurlant :

— Assez !

— En plus, il vieillit vite, je parie. Votre vie sexuelle ne doit plus être ce qu'elle a été. Et pendant ce temps, votre sœur...

— Vous... Sortez d'ici tout de suite !

— ... se fait sauter régulièrement. Avec le top du top. Un homme après l'autre, quelquefois trois en même temps... Trois, vous vous rendez compte ! Et elle se fiche totalement qu'ils l'épousent ou pas. Vous le saviez ? Elle s'en fout.

Barbara n'en savait rien, en réalité, mais elle misait sur le fait que la seule chose qui permettait à Bathsheba de damer le pion à sa sœur était son état matrimonial. Elle conclut par ces mots :

— Vous étiez dans le noir sur tout ça, n'est-ce pas ? Vous n'auriez pas levé le petit doigt pour elle si vous

aviez pensé qu'elle quittait Azhar pour un autre homme. Et celui-ci n'est pas marié, en plus. Mais je suppose que cela ne va pas tarder à changer…
— Sortez d'ici ! Fichez-moi le camp !
— Elle se sert des gens, Bathsheba. Dommage que vous ne l'ayez pas su, à l'époque.

Fattoria di Santa Zita
Toscane

L'équipe de tournage était installée chez Lorenzo Mura depuis une heure déjà quand Lynley arriva en compagnie de l'inspecteur-chef Lo Bianco et du procureur Fanucci. Au départ, ce dernier s'était montré hostile à la présence de l'homme de Scotland Yard. Lorsque Lo Bianco lui avait fait remarquer qu'elle rassurerait la famille et éviterait les crises d'hystérie, il avait accepté, mais à la condition expresse que l'Anglais ne se manifeste à aucun moment.

« *Certo, certo*, avait marmonné Lo Bianco. Personne n'a envie d'entendre l'opinion de la police britannique sur l'enlèvement de cette enfant, *magistrato*. »

A la Fattoria di Santa Zita, ils furent accueillis par la *telecronista*, une jeune femme au physique élancé qui paraissait être venue au journalisme télévisuel via les défilés de mode de Milan, tant elle était belle et vêtue d'exquise façon. Le reste de l'équipe s'agitait autour d'elle, déplaçant des projecteurs, des câbles, des caméras et des sacoches. Une camionnette était en train d'être déchargée pendant que se montait un plateau de prise de vues devant l'antique grange où Lorenzo Mura fabriquait son vin. Pour soutenir les forces de l'équipe, on avait prévu une table avec du pain, du fromage, des biscuits et des fruits. La terrasse dallée de pierre devant la grange était surplombée par une glycine en fleur. Manifestement, le choix du plateau avait provoqué de vives discussions, la *telecronista* raffolant de la subtile atmosphère printanière et l'éclairagiste détestant l'idée d'avoir à jongler avec les problèmes de contraste : comment diminuer les ombres tout en rendant fidèlement la délicatesse des coloris des fleurs ?

Fanucci donna son approbation. Personne ne lui avait rien demandé, et tout le monde se fichait de son opinion. Il adressa quelques paroles dures à une pauvre jeune femme chargée d'une grande mallette à maquillage. Elle s'empressa d'aller chercher une troisième chaise qu'elle disposa derrière la table. Il y prit place, apparemment déterminé à ne plus en bouger, et indiqua d'un geste autoritaire à la maquilleuse qu'elle devait venir s'occuper de lui avec sa poudre et ses pinceaux. Elle obtempéra. Ce qu'elle allait pouvoir faire pour les verrues faciales ne regardait qu'elle.

Les cameramen filmaient des plans de coupe : les vignobles dégringolant sur les pentes des collines, des ânes broutant dans un champ sous des oliviers tutélaires, quelques vaches en contrebas au bord d'un ruisseau, les nombreux corps de ferme. La *telecronista* se maquilla elle-même devant un miroir à main, puis se vaporisa de la laque sur les cheveux et déclara :

— *Sono pronta per cominciare.*

Mais de toute évidence, même si elle était prête à commencer, rien ne se produirait avant que le procureur Fanucci daigne donner son approbation.

Angelina surgit de la grange, accompagnée par Lorenzo Mura, qui lui parlait doucement. Taymullah Azhar apparut à son tour, gardant ses distances avec les deux premiers. Lorenzo aida Angelina à s'asseoir à côté de Fanucci puis se pencha pour continuer à lui parler. Elle avait l'air beaucoup plus mal en point que la veille. Manque de sommeil ? d'appétit ? se demanda Lynley. Azhar n'avait pas tellement meilleure mine que la mère de son enfant.

Fanucci ne leur adressa pas la parole, ni à l'une ni à l'autre. Ni à Mura d'ailleurs. Il ne s'intéressait qu'à la mise en place du tournage de la séquence destinée à passer au journal télévisé le soir même. Tout ce qui concernait la communication avec les parents étant pris en charge, dans son esprit, par Lo Bianco ou Lynley, il estimait qu'il n'était aucunement nécessaire de leur adresser des marques de sympathie.

Une fois qu'il eut examiné son visage dans le miroir que lui tendait la maquilleuse, il indiqua que l'on pouvait commencer à tourner. La *telecronista* fut la première à intervenir. Elle débita un résumé succinct de la situation à cette allure vertigineuse que les Italiens semblent réserver aux émissions télévisées, filmée sur fond d'oliveraie, un choix judicieux, la teinte des arbres mettant en valeur la couleur rouille de son tailleur.

Lynley n'essaya même pas de suivre le reportage, préférant observer les interactions entre Lorenzo, Angelina et Azhar.

Les deux hommes se sentaient chacun légitimes pour adopter à l'égard d'Angelina une attitude de propriétaire. Lorenzo se tenait debout derrière sa chaise, les mains posées sur ses épaules. Azhar, ignorant totalement l'autre homme, glissa un mouchoir entre les doigts d'Angelina, en prévision du moment où il leur faudrait prendre la parole.

Une fois la présentation terminée, la caméra se détourna pour cadrer la terrasse inondée de lumière par une batterie de projecteurs. Après avoir consulté la *telecronista*, l'opérateur braqua sa caméra sur Fanucci.

Fanucci assura la partie moralisatrice. Il débita son sermon avec la même célérité que la *telecronista*, mais Lynley en saisit assez par-ci par-là pour comprendre qu'il lançait des menaces et des imprécations. Le criminel serait traqué jusqu'à ce qu'on lui mette la main au collet et tout individu tenu pour responsable devrait répondre de ses actes devant la justice... Ils détenaient un témoin clé qu'ils étaient en train d'interroger et qui révélerait... Toute information, aussi insignifiante puisse-t-elle paraître, présentait un intérêt pour la police... La police resterait sur le qui-vive vingt-quatre heures sur vingt-quatre... Si quoi que ce soit arrivait à cet enfant...

Lo Bianco, debout aux côtés de Lynley, soupira. Il tira un paquet de chewing-gums de la poche de son veston, en offrit un à Lynley, lequel refusa poliment. En fourrant une tablette de gomme dans sa bouche, l'Italien s'éloigna. La prestation de Fanucci était apparemment plus qu'il n'en pouvait supporter.

Lorsque le procureur eut terminé, il désigna Angelina Upman et Taymullah Azhar d'un mouvement impérieux du menton, se leva de derrière la table et alla se placer derrière l'opérateur, où il demeura, tel un prophète de malheur.

Lorenzo Mura se recula vivement : il était inutile de brouiller les pistes pour les téléspectateurs. Tout ce qu'ils devaient savoir, c'était qu'ils avaient sur leur petit écran les parents de la fillette disparue. Pourquoi compliquer les choses en exposant la vie privée d'Angelina Upman en Italie ? Pourtant, songea Lynley, la vue de Lorenzo était susceptible de réveiller un autre type de souvenir dans la mémoire d'un certain téléspectateur. Lynley rejoignit l'inspecteur-chef afin de lui faire part de cette réflexion. Lo Bianco n'émit aucune objection.

Taymullah Azhar et Angelina Upman lancèrent leur appel ; en anglais, Azhar ne parlant pas du tout l'italien – il serait traduit ultérieurement et doublé en voix off. Ce qu'ils dirent n'était pas compliqué. C'était ce que tout parent dans leur situation aurait dit : « Je vous en supplie, rendez-nous notre fille. Ne lui faites pas de mal. Nous l'aimons de tout notre cœur. Nous sommes prêts à tout pour la retrouver saine et sauve. »

Lynley remarqua la moue méprisante de Fanucci lorsque furent prononcés les mots « Nous sommes prêts à tout » qu'en dépit de sa méconnaissance de l'anglais il avait manifestement compris. Il jugeait sûrement malvenu de jeter en pâture au grand public une offre de ce genre. Certains n'hésiteraient pas à leurrer les parents s'ils avaient l'impression qu'ils pouvaient obtenir de l'argent en échange de tuyaux bidon. Fanucci se rapprocha de Lo Bianco et lui dit quelque chose à voix basse. Lo Bianco resta imperturbable.

Puis, enfin, ce fut fini. Azhar se tourna vers Angelina, la main sur son poignet, et lui adressa quelques paroles douces. Angelina s'épongea les yeux avec le mouchoir et Azhar repoussa la mèche de cheveux qui lui balayait la joue. Sur un signe de la *telecronista*, le cameraman filma ce geste plein de tendresse. Celui-ci n'échappa pas non plus à Lorenzo Mura, qui s'en alla aussitôt d'un air furieux.

Il disparut dans la grange, Lynley supposant qu'il n'en ressortirait pas avant le départ de l'équipe de tournage. Mais il avait tort. Lorenzo revint peu près, un plateau chargé de verres de vin entre les mains. Et dans une scène typiquement italienne, il fit déguster à tous le chianti de ses vignes et distribua à la ronde des tranches de gâteau.

Fusèrent çà et là des « *Grazie* » et des « *Salute* ». Le vin fut vite bu, le gâteau vite mangé. Tout le monde semblait méditatif, leurs pensées encore avec l'enfant disparue. Où était-elle à cette heure ? Etait-elle en bonne santé ?

Seuls Azhar et Angelina s'abstinrent de boire. Angelina parce qu'on ne lui en avait pas servi – elle repoussa le plat à gâteau d'un mouvement de dégoût – et Azhar parce qu'il était musulman. La vue du gâteau parut lui soulever le cœur à lui aussi.

Il jeta un coup d'œil autour de lui, vit que le vin avait fait l'unanimité et, se tournant vers Angelina, lui tendit le sien en lui disant :

— Tu en veux, Angelina… ?

Elle jeta un coup d'œil – craintif ? se demanda Lynley – à Lorenzo qui, le plateau toujours entre les mains, se dirigeait vers eux trois, Fanucci, Lo Bianco et lui-même.

— Oui, oui, ça va me remonter. Merci, Hari.

Elle prit le verre et but avec les autres.

Lorenzo se retourna vers la table où étaient assis sa bien-aimée et son ex. Voyant qu'Angelina buvait du vin, il s'écria :

— *Angelina, smettila!*

Puis, en anglais, il continua à crier :

— Non ! Tu sais bien que tu ne dois pas !

Leurs regards se croisèrent de part et d'autre de la cour. Angelina était comme pétrifiée. Pourquoi ne pouvait-elle pas boire ? s'interrogea Lynley.

Pendant quelques instants, le silence fut total. Puis Angelina lança à Lorenzo :

— Un seul verre, ça ne compte pas. Il n'y a pas de problème.

Visiblement, elle souhaitait qu'il n'en dise pas plus. Mais lui n'était pas de cet avis :

— Non ! C'est déconseillé, surtout en ce moment. Tu le sais parfaitement.

A présent, plus personne ne bougeait. Le silence fut soudain déchiré par un cocorico strident et, comme en réponse, une flopée de pigeons décollèrent du toit de la grange dans des claquements d'ailes.

Lynley dévisagea tour à tour Lorenzo, Angelina et Azhar. « Surtout en ce moment » pouvait signifier plusieurs choses, d'autant qu'elle vivait des heures douloureuses à cause de la disparition de sa fille : « C'est mauvais de boire, tu ne dois pas perdre les pédales. Alors qu'en ce moment tu ne dors, ni ne manges, l'alcool va te monter à la tête. Tu ne veux pas que tous ces gens te voient ivre. Il faut que tu restes totalement sobre. » Mais l'expression qui se peignit sur le visage d'Angelina fit pencher Lynley vers ce qui lui avait traversé l'esprit en entendant le cri du cœur de Lorenzo : « Tu es enceinte, tu ne dois pas boire. »

Angelina déclara à Azhar d'une voix douce :

— Tu n'étais pas censé savoir, Hari. Je ne voulais pas que tu le saches…

Puis, d'un ton désespéré, elle hoqueta :

— Oh, mon Dieu, je suis tellement désolée pour tout !…

Azhar ne regarda pas Angelina. Ni Lorenzo. Il fixait un point droit devant lui, impassible. Cela en apprit davantage à Lynley qu'un long discours. Aussi malheureux que cette femme l'ait rendu, le Pakistanais était plus amoureux d'elle que jamais.

Lucca
Toscane

— Castro est un pétard mouillé, déclara Barbara Havers à Lynley.

Il répliqua :

— Elle est enceinte, Barbara.

— Pu-rée ! Comment réagit Azhar ?

— La nouvelle lui a fait un choc, c'est certain, mais il est assez indéchiffrable, je dois avouer, répondit prudemment Lynley, jugeant inutile de faire de la peine à Barbara, au cas où ses sentiments pour le Pakistanais seraient plus profonds qu'elle ne le prétendait.

— Et Mura ?

— Lui, il était au courant.

— Mais est-ce qu'il est content ? Inquiet ? Soupçonneux ?

— A propos de quoi ?

Elle lui raconta ce qu'elle avait appris sur le compte d'Angelina Upman auprès de son ancien chéri, Esteban Castro. Celui-ci avait évoqué la possibilité qu'elle ait un autre amant en Italie, autre que Lorenzo Mura, s'entendait. D'après Castro, c'était son mode opérationnel en amour. Y avait-il dans les parages un homme susceptible de titiller la libido d'Angelina ?

Lynley lui promit d'ouvrir l'œil. Il lui demanda s'il y avait autre chose qu'il aurait besoin de savoir.

Le silence de Barbara lui confirma qu'il ne s'était pas trompé. Il prononça son nom d'un ton lui indiquant qu'il valait mieux pour elle qu'elle crache le morceau avant qu'il ne découvre lui-même le pot aux roses. Elle lui avoua alors que *The Source* avait sorti un deuxième article, celui-ci accusant Azhar d'avoir abandonné sa famille légitime. Elle ajouta :

— Pas de souci, j'ai la situation en main.

Ainsi, se dit Lynley, en dépit de ses protestations, elle avait bel et bien fricoté avec le tabloïd.

— Barbara…

— Je sais, je sais. Croyez-moi, Winnie m'a déjà tout expliqué en long, en large et en travers.

— Si vous persistez à…

— Bon, maintenant que j'ai lancé ce truc, c'est à moi de l'arrêter, monsieur.

Lynley avait des doutes. Personne ne pouvait se frotter à ce genre de torchon et espérer s'en sortir en sentant la rose. Elle aurait dû le savoir. Il jura entre ses dents.

Après qu'ils eurent mis fin à la conversation, il réfléchit aux paroles de Barbara concernant Angelina Upman. Après tout, il se pouvait qu'elle ait un autre amant, un homme qui la désirait assez pour la punir de son refus de quitter Mura pour lui.

Il avait répondu à l'appel de Barbara alors qu'il effectuait une petite promenade méditative sur les remparts de Lucca. Marchant dans le sens des aiguilles d'une montre, il était parvenu à mi-chemin du périmètre, à l'endroit où un café proposait des rafraîchissements à la foule des gens qui prenaient l'air en surplomb de la ville médiévale. Il décida de marquer une halte pour déguster un *caffè*, se dirigea vers les tables disposées sous les arbres et eut la surprise d'y trouver Taymullah Azhar déjà installé devant un thé. Il lisait le journal.

Sans doute une des gazettes en langue anglaise que Lynley avait aperçues chez le marchand de journaux de la Piazza dei Cocomeri, qui flanquait une des rares rues rectilignes de Lucca. C'était une de ces feuilles locales destinées aux vacanciers. Tout en demandant à Azhar s'il pouvait s'asseoir avec lui, Lynley y jeta un coup d'œil. *The Grapevine*[1] ressemblait davantage à un magazine qu'à un quotidien. Il vit aussi qu'Azhar ou la police avait réussi à y caser un article sur la disparition de Hadiyyah. La photo de l'enfant figurait sur la première page, avec en grosses lettres : *DISPARUE*. On ne pouvait que se féliciter de cette publication. Rien ne devait être négligé pendant les recherches.

Il se demanda si Azhar savait qu'à Londres *The Source* dénonçait son attitude vis-à-vis de sa famille légitime. Mieux valait se taire. Inévitablement, quelqu'un allait l'en informer. Lynley ne voyait pas pourquoi ce serait lui.

Azhar ferma le journal et se poussa un peu pour laisser de la place à Lynley, qui était allé prendre une chaise à une autre table. L'inspecteur commanda un café, s'assit et dit :

— L'appel à la télévision va payer. Il va pleuvoir des coups de fil au standard de la police de Lucca, presque tous nuls et non avenus. Mais l'un d'eux, voire deux ou trois, va donner quelque chose. Entre-temps, Barbara continue à suivre plusieurs pistes en Angleterre. Ne perdez pas espoir.

Azhar acquiesça. Avec chaque jour qui passait, les chances de la retrouver diminuaient. Ils en avaient l'un et l'autre conscience. N'empêche, l'espoir pouvait renaître d'un instant à l'autre. Tout ce qu'il fallait, c'était qu'une seule personne associe l'appel entendu à la télévision avec un détail qu'elle avait vu ou entendu sans prendre la mesure de son importance. C'était ainsi

---

1. *The Grapevine* signifie « de bouche à oreille ».

que se menait une investigation de ce type. Ils tablaient sur les souvenirs d'inconnus.

Lynley expliqua tout cela au père de Hadiyyah, qui opina de nouveau. Puis il précisa :

— Aucun d'entre nous ne savait qu'elle était enceinte. Maintenant que nous savons...

Comme il hésitait, Azhar, impassible, fit :

— Oui ?

— Nous devons en tenir compte. Avec le reste.

— Qu'est-ce que vous voulez dire... ?

Lynley détourna les yeux. De la terrasse du café sous les arbres, on voyait un groupe de jeunes garçons qui tapaient dans un ballon de foot sur la pelouse en se bousculant et en riant aux éclats, glissant sur l'herbe, poussant de grands cris. Aucun adulte n'était présent pour les surveiller. Ils pensaient qu'ils n'avaient rien à craindre. Les enfants en général ne voyaient pas le danger.

— Si jamais ce n'était pas l'enfant de Lorenzo...

— Celui de qui d'autre ? Elle m'a quitté pour lui. Il lui offre ce que je n'ai pas pu lui donner.

— En apparence, c'est exact. Mais comme elle était avec Mura alors qu'elle vivait avec vous, il est possible qu'elle ait quelqu'un d'autre...

— Non, jamais.

Lynley songea à ce qu'il savait sur Angelina, et à l'idée que pouvait s'en faire Azhar. Les gens ne changeaient pas comme ça, c'était un fait qu'il avait souvent constaté. Si Angelina avait éprouvé le besoin d'avoir un amant secret une fois, il n'y avait pas de raison pour que cela ne recommence pas. Mais il se garda bien de contredire Azhar.

— J'aurais pu le prévoir...

— Le prévoir... ?

— La grossesse. Qu'elle m'ait quitté. J'aurais dû prévoir qu'elle irait trouver ailleurs ce que je me refusais à lui offrir.

— Et qui est ?

— D'abord, que je divorce de Nafeeza. Ou au moins que Hadiyyah puisse connaître son demi-frère et ses demi-sœurs. Comme je m'y suis opposé, elle a voulu un autre enfant. Là encore, je lui ai répondu non, non et non ! J'aurais dû anticiper la suite. C'est moi qui l'ai poussée à ces extrémités. Que pouvait-elle faire d'autre ? Nous étions heureux, elle et moi. Nous avions Hadiyyah. Au début, elle disait que le mariage ne représentait rien pour elle. Mais ensuite, elle a changé. Ou c'est moi. Je n'en sais rien.

— Elle n'a peut-être pas changé du tout, lui fit remarquer Lynley. L'avez-vous vraiment vue telle qu'elle est ? Il nous arrive parfois d'être aveugles. On croit ce qu'on veut nous faire croire, parce que envisager autre chose... est trop douloureux.

— Et vous voulez dire... ?

Maintenant, il n'avait plus le choix, il devait le lui apprendre, se désola intérieurement Lynley.

— Azhar, elle avait un autre amant quand vous viviez ensemble, un certain Esteban Castro. Elle m'a demandé de ne pas vous le dire, mais nous ne devons exclure aucune piste, notamment celle des autres amants.

— Où ? Quand ?

Azhar s'était raidi.

— Comme je l'ai dit, quand elle était avec vous.

Lynley sentit qu'il vacillait.

— Parce que je ne voulais pas...

— Non, je ne crois pas. A mon avis, elle aime vivre de cette manière. Etre amoureuse de plusieurs hommes.

D'ailleurs, fréquentait-elle quelqu'un quand vous l'avez rencontrée ?

— Oui, mais elle l'a quitté. Pour moi. Elle l'a quitté.

Malgré son ton catégorique, pour la première fois il semblait pris d'un doute.

— Donc, s'il y a un autre homme, autre que Lorenzo, et si Lorenzo s'en est aperçu... Mais enfin, quel rapport avec Hadiyyah ? Je ne vois pas, inspecteur.

— Moi non plus. Mais dans mon métier j'ai eu trop souvent l'occasion d'observer que la passion pousse les gens à des actes extraordinaires. L'amour, la cupidité, la jalousie, la haine, le désir de vengeance. Oui, des actes vraiment hors de l'ordinaire.

Azhar contempla les ruelles tortueuses de la ville en contrebas. Il demeura mutique, silencieux, comme s'il priait. Puis il proféra :

— Tout ce que je veux, c'est ma fille. Le reste... ne m'importe plus.

Lynley crut à la première affirmation, moins à la seconde.

25 avril

*Lucca
Toscane*

L'appel à témoins donna à l'affaire un retentissement énorme. Les disparitions d'enfants soulevaient toujours beaucoup d'émotion dans les provinces de la péninsule, d'autant plus quand l'enfant en question était une ravissante petite fille. Mais que la recherche d'une charmante petite Anglaise amène New Scotland Yard dans les locaux de la police italienne, voilà qui avait de quoi attirer des essaims de journalistes. Peu après l'émission télévisée, ils vinrent s'installer le plus près possible de la *questura*, d'où émanerait en toute logique l'essentiel des informations. Leur présence congestionna le trafic automobile du côté de la gare et ils encombraient les trottoirs des deux côtés de la rue. Bref, ils représentaient une nuisance.

Pour l'heure, la police menait des interrogatoires. Guidé par le procureur, le quotidien *Prima Voce* avait dressé la liste des suspects. Les autres journaux suivaient le mouvement. C'est ainsi que le malheureux Carlo Casparia se retrouva où Piero Fanucci voulait qu'il soit : sous le microscope des représentants de la presse. *Prima Voce* allait jusqu'à poser une question qui en disait long : *Un témoin va-t-il enfin se décider à dénoncer le toxicomane ?*

La réponse ne tarda pas à venir. Un Albanais qui tenait au marché un stand de foulards retrouva soudain la mémoire grâce aux photos montrées à la télévision et au sermon enflammé de Fanucci. Il téléphona à la police pour signaler une information qu'il espérait cruciale. L'enfant était passée devant lui en sortant du *mercato*, et il était convaincu d'avoir vu Carlo Casparia se lever de sa posture agenouillée, *Ho fame*, pour suivre la fillette.

Pour Salvatore Lo Bianco, le marchand de foulards n'avait rien vu du tout, mais à la réflexion il se dit que ce témoignage pourrait lui être utile. Il le mentionna par conséquent dans son rapport à Fanucci. Comme il l'avait espéré, *il pubblico ministero* déclara aussitôt son intention d'interroger lui-même Carlo Casparia. Des policiers en uniforme allèrent cueillir le jeune homme pour le conduire à la *questura*, où Fanucci l'attendait de pied ferme avec l'intention de lui faire subir le supplice de saint Laurent, en d'autres termes de le passer sur le gril. Les représentants de sept journaux et de trois chaînes de télévision patientaient sur le trottoir. Ils étaient au courant pour Casparia. Salvatore était persuadé que l'auteur de cette fuite n'était autre que Fanucci, toujours désireux de soigner sa réputation d'efficacité en matière de résolution des affaires criminelles.

Salvatore s'en voulait un peu de soumettre le pauvre drogué à ce nouveau désagrément, mais voilà, en tenant Fanucci occupé, il gagnait un temps précieux. Et occupé, le procureur le fut plutôt deux fois qu'une, à rugir, à faire les cent pas, à souffler son haleine parfumée à l'ail dans la figure de Casparia : il avait suivi l'enfant, il était plus que temps de se mettre à table et de leur dire ce qu'il avait fait d'elle !

Carlo, évidemment, nia tout en bloc. Il levait sur Fanucci des yeux si brillants qu'on aurait pu croire qu'il avait une ampoule allumée dans la tête. Cette étincelle d'intelligence était trompeuse, en vérité il était totalement défoncé. Sans doute ne savait-il même pas de quelle enfant parlait Fanucci. Il demanda à *il magistrato* à quoi pourrait bien lui servir une petite fille ? Fanucci lui répondit que ce à quoi elle aurait pu lui servir était hors sujet, ce qui les intéressait, c'était ce qu'il avait fait d'elle.

— Tu l'as vendue à quelqu'un. Où ? A qui ? Comment s'est négocié l'échange ?

— Je ne sais pas de quoi vous parlez…

Fanucci, qui passait à cet instant derrière la chaise du jeune homme, lui flanqua un bon coup sur l'arrière de la tête.

— Tu as cessé de mendier au marché. Pourquoi ?

— Je ne peux pas faire un pas sans que la police me tombe dessus, expliqua Casparia en posant le front sur ses bras croisés sur la table. Laissez-moi dormir. J'essayais de dormir quand vous…

Fanucci le redressa en le tirant par ses cheveux crasseux et hurla :

— *Bugiardo! Bugiardo!* Menteur ! Tu ne vas plus au marché parce que tu n'as pas besoin d'argent. Tu as eu tout ce qu'il te fallait quand tu leur as refilé la petite fille. Où est-elle ? Il est dans ton intérêt de tout me raconter, sinon la police va passer au peigne fin les écuries que tu squattes. Tu ne t'en doutais pas, hein ? Sache, espèce de *stronzo*, que lorsque nous trouverons des preuves de sa présence, un cheveu, une empreinte digitale, un bout de vêtement, un ruban, n'importe quoi, ta situation sera mille fois plus grave que tout ce que tu peux imaginer dans ta caboche…

— Je l'ai pas enlevée.

— Alors pourquoi tu l'as suivie ?

— Je l'ai pas suivie. Je sais pas. Peut-être que je m'en allais du marché…

— Plus tôt que d'habitude ? Et pourquoi donc ?

— Je sais pas. Je me rappelle pas être parti. Peut-être j'avais envie de pisser.

— Peut-être que tu avais envie de prendre la petite par le bras pour l'emmener…

— Même pas en rêve, monsieur l'agent.

Fanucci donna un coup de poing sur la table sous le nez du jeune homme.

— Tu ne sortiras pas d'ici tant que tu ne m'auras pas dit la vérité !

Salvatore profita de ce moment pour s'esquiver. Fanucci allait être occupé pendant des heures. Parfait. Il se sentit presque reconnaissant envers le pauvre Carlo.

En réalité, ils n'avaient pas reçu qu'un seul coup de téléphone après l'appel à témoins. C'était un véritable flot qui avait inondé les services de police. Ils semblaient tous avoir vu la petite Hadiyyah. Pendant que Fanucci fulminait à huis clos au bénéfice de Carlo Casparia, ils allaient pouvoir effectuer un tri parmi toutes ces informations. Peut-être tomberaient-ils sur quelque chose.

Lucca
Toscane

Quelque chose se produisit en effet une heure après le début de l'interrogatoire du toxicomane par Fanucci.

Un enquêteur entra dans la salle de repos où Salvatore attendait que la vieille cafetière Moka infuse son *caffè*. Le renseignement qu'il tenait à lui communiquer était le suivant : une voiture de sport rouge avait été aperçue dans les collines au-dessus de Pomezzana. La personne qui l'avait signalée s'en était souvenue pour plusieurs raisons...

— Raconte-moi ça, dit Salvatore en écoutant l'eau gargouiller dans le réservoir de la cafetière.

Il tendit la main vers l'étagère au-dessus de l'évier afin de se saisir d'une tasse à peu près propre, qu'il rinça avant d'y verser le café. *Perfetto*, se dit-il. Amer et d'un noir de suie. Comme il l'aimait.

Premièrement, lui déclara l'enquêteur, la capote était descendue. Celui qui leur avait téléphoné, un certain Mario Germano, allait rendre visite à sa *mamma* dans le village de Fornovolasco. En voyant le véhicule parqué sous des châtaigniers au bord de la route, il avait pensé que c'était imprudent de laisser une voiture aussi belle à la merci de n'importe quel malfaiteur. C'est pourquoi il avait ralenti pour mieux regarder. Ce qui les amenait à la deuxième raison qui avait rendu l'incident mémorable dans l'esprit du *signor* Germano.

— *Sì?*

Salvatore, appuyé au comptoir, sirotait son café qui, sous l'effet de son impatience, commençait à avoir un arrière-goût de bile.

Un homme conduisait une enfant dans les bois. Le *signor* Germano avait supposé que l'enfant avait eu une envie pressante et que son père l'emmenait discrètement se soulager.

— Pourquoi a-t-il pensé à un père et à son enfant ? Est-il certain qu'il s'agissait d'une petite fille ? lança Salvatore.

Le *signor* Germano ne pouvait pas jurer que l'enfant était de sexe féminin, mais il en était presque sûr. Et il avait supposé avoir sous les yeux un père et son enfant, pour la simple raison que cela ne pouvait pas être autre chose, n'est-ce pas ? Une innocente promenade dans les collines interrompue par un besoin bien naturel…

— Ce *signor* Germano, est-il sûr du lieu ?
— *Certo*. Il va toujours rendre visite à sa *mamma* le même jour de la semaine à la même heure.
— Toujours par le même chemin ?
— *Sì, sì, sì*. C'est une route dans les Apennins, la seule qui mène au village de la *mamma*.

Hélas, il ne se souvenait pas de l'endroit exact où il avait vu la voiture rouge.

Salvatore hocha la tête. L'information était intéressante, sans aucun doute. Ce pouvait n'être rien du tout, mais il avait l'impression qu'ils tenaient peut-être enfin une piste. Il envoya deux enquêteurs chercher le *signor* Germano afin qu'ils retracent son itinéraire dans les Apennins. S'il parvenait finalement à reconnaître les bois où il avait aperçu la voiture rouge, tout serait pour le mieux. Sinon, ils seraient obligés de vérifier tous les endroits où un véhicule pouvait stationner. Salvatore préférait ne même pas penser qu'elle avait pu être assassinée, mais chaque jour qui passait sans demande de rançon ni signe de vie rendait cette éventualité un peu plus probable.

Il spécifia aux enquêteurs de ne dévoiler à personne ce nouveau développement. Les seuls à être tenus informés seraient les parents, leur dit-il. Et on évoquerait seulement l'histoire de la décapotable rouge, inutile de les angoisser davantage en leur racontant qu'une petite fille avait été vue en compagnie d'un homme qui l'avait emmenée dans la forêt. En attendant que le mystère soit levé, il voulait qu'un de ses hommes vérifie les locations de voitures à Pise et à Lucca. Si quelqu'un avait loué un véhicule correspondant au signalement, il voulait savoir à quelle date et pour combien de temps. Et pas un mot de tout ça, conclut-il. Bien sûr, la dernière chose qu'il souhaitait, c'était que Fanucci s'empare de l'incident et fasse une déclaration à la presse.

Pise
Toscane

Salvatore décida que l'heure était venue d'avoir une petite conversation avec Michelangelo Di Massimo. Il se dit en outre que la présence du représentant de Scotland Yard, en plus de la sienne, était susceptible d'ébranler le bonhomme. Il avait été signalé comme recherchant Angelina Upman et sa fille, et était jusqu'ici la seule véritable piste solide qu'ils avaient. Certes, il se déplaçait habituellement à moto – une puissante Ducati, d'après le dossier –, mais rien n'était plus facile que de se faire prêter un véhicule par un ami, ou d'en louer un pour la journée.

Il téléphona à l'inspecteur Lynley et lui dit qu'il passait le prendre en voiture à la Porta di Borgo, un des vestiges des anciennes fortifications de la ville. Le Londonien avait parcouru à pied la courte distance qui séparait la place de l'Amphithéâtre de la porte en question. Il patientait sous l'arche en feuilletant *Prima Voce*. Se coulant à côté de Salvatore, il déclara, dans son italien un peu lent :

— Les tabloïds ont l'air d'opter pour votre toxicomane.

Salvatore gloussa.

— Il faut bien choisir quelqu'un. C'est typique de leur part.

— Et s'ils ne tiennent pas un suspect, ils attaquent la police, c'est cela ?

Salvatore lui lança un sourire.

— Ils font ce qu'ils font.

— Puis-je vous poser une question : y aurait-il des fuites dans vos services ?

— *Come un rubinetto*, répondit Salvatore. Mais ça l'occupe. Tant qu'il se concentre sur Carlo, il nous laisse tranquilles.

— Qu'est-ce qui vous pousse à parler avec lui maintenant ? s'enquit Lynley, faisant référence à Michelangelo Di Massimo.

Salvatore bifurqua vers la Piazza Santa Maria de Borgo. Comme toujours, sur cette place qui servait de parc de stationnement aux autocars, des foules de touristes erraient en essayant de s'orienter alors qu'un soleil de plomb tombait sur leurs épaules. Le nord de la place débouchait sur la *viale* qui leur permettrait de faire rapidement le tour des remparts par l'extérieur avant de rejoindre l'*autostrada*.

Il raconta à Lynley l'incident de la décapotable rouge.

— Et cet homme, questionna l'inspecteur, il était blond ?

— Nous ne le savons pas encore.

— Pourtant, vu l'allure de ce Di Massimo, il me semble qu'un observateur l'aurait noté tout de suite.

— Qui sait ce qui est noté et ce qui est oublié, hein, *ispettore* ? Vous avez peut-être raison et si c'est le cas, nous allons jusqu'à Pise pour rien. Reste ceci : il les recherchait à Lucca et il joue au football dans une équipe de Pise, ce qui nous donne un lien possible avec

Mura. S'il y a une possibilité dans ce sens, il faut que nous le sachions. Et puis j'ai un drôle de pressentiment, à propos de ce Di Massimo.

Il ne dévoila pas à l'Anglais ce qu'il savait d'autre sur l'individu, dont la ridicule décoloration capillaire n'était pas la seule particularité.

Michelangelo Di Massimo avait son bureau au bord de l'Arno, non loin de la Piazza dei Miracoli et de l'université. Un quartier qui rappelait Venise à certains, mais pas à Salvatore, qui estimait que les deux seuls points communs entre ce coin de Pise et la Sérénissime étaient la proximité de l'eau et la présence d'un vieux *palazzi*, lequel n'avait en plus aucun charme. Nul poète ne chanterait jamais la beauté de cette partie de la Toscane.

Salvatore appuya sur le bouton de la sonnette marquée du nom de celui qu'ils venaient voir – le bureau de Di Massimo était aussi son appartement – sans obtenir de réponse. Ils s'adressèrent au buraliste à quelques pas de là, lequel buraliste les informa que le Pisan était comme chaque semaine à cette heure dans le quartier de l'université… chez son coiffeur : Desiderio Dorato. Une enseigne dont l'intitulé avait de toute évidence été droit au cœur de Di Massimo.

Enveloppé de pied en cap dans un surplis de plastique noir, la tête couverte d'une matière gluante qui, avec un peu de patience, assurerait la mutation tant désirée de ses *capelli castagni* en *capelli dorati*, Di Massimo était absorbé dans la lecture d'un roman, dont la couverture jaune indiquait que selon toute vraisemblance il s'agissait d'un polar.

En guise de salutation, Salvatore le lui prit des mains.

— Michelangelo, lui dit-il d'un ton amical, vous vous faites faire des mèches ?

Il sentit sur lui, plus qu'il ne le vit, le regard étonné de Thomas Lynley. Le moment était venu d'éclairer l'inspecteur de Londres sur l'identité de Di Massimo.

Il commença par présenter Lynley en mettant exagérément en valeur son grade au sein de Scotland Yard, puis expliqua la raison de son séjour toscan. Michelangelo avait sûrement entendu parler de la disparition d'une enfant à Lucca ? Il ne pouvait imaginer un détective privé du renom de Di Massimo indifférent à une affaire pareille, d'autant plus que celui qui avait au moment des faits la responsabilité de l'enfant était, comme Massimo, un joueur de football.

Di Massimo, sans se laisser démonter, reprit vivement son livre des mains de Salvatore.

— Vous voyez bien que je suis occupé, inspecteur.

— Ah, oui, vos cheveux, Miko. Ils ont été très remarqués dans les hôtels et les *pensioni* de Lucca...

S'il avait mauvaise conscience de ne pas avoir avisé l'enquêteur anglais de la profession de Michelangelo Di Massimo, il ne voulait pas que cette information parvienne aux oreilles des parents, et par conséquent à celles de Lorenzo Mura. Le risque était trop grand. A présent, il savait qu'il pouvait faire confiance à Lynley : l'Anglais saurait tenir sa langue.

— Je ne sais pas de quoi vous parlez, grommela le Pisan.

— Vous êtes venu à Lucca, Miko, vous êtes entré dans tous les hôtels, vous y avez présenté des photos d'une Anglaise et de sa fille. Ce détail vous rafraîchit la mémoire... ou faudra-t-il que je vous emmène faire une petite virée à la *questura* ?

A cet instant, Lynley jugea opportun d'intervenir :

— Il semblerait que quelqu'un vous a engagé pour

les retrouver. Et à présent la fillette a disparu, ce qui n'est pas bon du tout, pour vous, je veux dire.

— Je ne sais rien, voilà... Si quelqu'un croit que je les recherchais, eh bien... il se trompe, ce pouvait être n'importe qui.

— Correspondant à votre signalement ? ironisa Salvatore. Miko, combien de messieurs peuvent se vanter d'avoir les cheveux aussi blonds que vous ?

— Demandez au *parrucchiere*, rétorqua le Pisan. Demandez à n'importe qui ici. Ils vous diront tous que Di Massimo n'est pas le seul à se faire faire une couleur.

— *Vero*. Mais parmi eux, y en a-t-il beaucoup qui portent une tenue de motard en cuir noir ? s'enquit judicieusement Salvatore en soulevant un pan du surplus en plastique pour découvrir une jambe de pantalon conforme à la description qu'il venait de donner. Y en a-t-il avec autant de poil noir au menton que vous ? A elles seules, ces deux spécificités vous trahissent, Miko. Et si on ajoute la possession de photos de la mère, plus votre métier, plus, n'oublions pas, votre appartenance à la *squadra di calcio* de Pise, à qui il arrive d'affronter l'équipe de Lucca...

— Le foot ? s'écria Di Massimo. Qu'est-ce que le foot a à voir là-dedans ?

— Lorenzo Mura. Angelina Upman. La petite fille disparue. Tout est lié, et mon petit doigt me dit que vous le savez.

— Vous allez à la pêche, là, inspecteur...

— On verra bien à la séance d'identification lorsque les témoins des hôtels auront l'occasion de vous reconnaître. Vous regretterez peut-être, je veux dire, sûrement, de ne pas nous avoir parlé aujourd'hui. *Il pubblico ministero*, au fait, se fera un plaisir de vous interroger une fois que les hôteliers auront confirmé que le motard leur ayant rendu visite en veste et pantalon de cuir noir, avec des cheveux aussi blonds que ses sourcils étaient noirs, c'est…

— *Basta!* l'interrompit Di Massimo sèchement. Quelqu'un m'a engagé pour les retrouver, la mère et la fille. C'est tout. J'ai d'abord cherché à Pise, les hôtels, les *pensioni*, même les couvents qui louent des chambres. Puis j'ai élargi le champ de mes recherches…

Lynley intervint de nouveau :

— Pourquoi à Lucca ?

Le regard de Di Massimo, sous ses paupières mi-closes, s'abîma dans des réflexions aisément déchiffrables : répondre à cette question l'entraînerait vers quels autres aveux ?

— Pourquoi à Lucca ? répéta Salvatore. Et qui vous a engagé ?

— J'ai eu vent d'une transaction bancaire. A Lucca. Alors je m'y suis rendu. Vous savez comment ça marche, *ispettore*. Une chose mène à une autre, l'enquêteur suit une piste. C'est tout.

— Une transaction bancaire ? s'étonna Salvatore. Quel genre de transaction, Miko ?

— Un virement. C'est tout ce que je savais. L'argent est parti de Lucca et a été encaissé à Londres.

— Qui vous a engagé ? insista Lynley. Quand votre commanditaire a-t-il pris contact avec vous ?

— En janvier.

— Qui ?

— Un certain Dwayne Doughty. C'est lui qui m'a engagé pour retrouver la fillette. Je n'en sais pas plus, *ispettore*. J'ai fait le boulot qu'il me demandait. J'avais des photos d'elle. J'ai enquêté dans les hôtels et les *pensioni*. Si c'est un crime, écrouez-moi tout de suite. Si ce n'en est pas un, laissez-moi lire mon roman en paix.

Lucca
Toscane

Lynley téléphona à Barbara Havers de la voiture, sur la route qui relie Pise à Lucca. Occupée à dactylographier tant bien que mal un rapport d'enquête rédigé par un officier à l'écriture illisible, elle était de très mauvaise humeur et en manque de nicotine. Pour une fois, Lynley n'aurait rien objecté à ce qu'elle en grille une. Il savait qu'elle en aurait besoin, une fois qu'il lui aurait communiqué la nouvelle à propos de Dwayne Doughty.

Lorsque Lynley se tut, le silence se prolongea du côté de Barbara. Le privé londonien avait embauché un privé de Pise pour retrouver Angelina Upman et sa fille à Lucca, et ce à partir du mois de janvier, soit quatre mois auparavant.

— Bon sang ! Il m'a menti ! finit par éructer Barbara.

Lynley ajouta qu'il y avait une affaire de compte en banque, un virement international de Lucca à la capitale du Royaume-Uni.

— Doughty en sait beaucoup plus long qu'il n'y paraissait, Barbara.

— En plus il bosse pour moi ! fulmina-t-elle. Il bosse pour moi !

— Il faudra lui parler.

— A qui le dites-vous ? Quand je mettrai la main sur ce salopard…

— Retenez-vous le temps de terminer votre travail au Yard, Barbara. Et si je peux vous donner un conseil…

— Quoi ? Si vous croyez que je vais envoyer quelqu'un à ma place pour régler ça, vous avez tout faux !

— Loin de moi cette pensée. Je souhaite seulement que Winston vous accompagne chez ce type.

— Je n'ai pas besoin d'un garde du corps, inspecteur…

— Ça, je le sais, croyez-moi. Mais avec Winston, cela fera plus officiel, non ? Et puis sa prestance en impose, qu'en pensez-vous ? Ces privés, ils sont peu coopératifs en général. Doughty vous cache des choses, il faut le persuader que c'est une mauvaise idée.

Elle acquiesça et ils raccrochèrent. Lynley informa Lo Bianco de la situation et lui précisa que Doughty avait été chargé de rechercher Hadiyyah depuis la disparition de sa mère, avec elle, au mois de novembre de l'année précédente. Lo Bianco siffla entre ses dents.

— Il aurait été plus facile à un Anglais d'enlever cette enfant.

— Dans un sens, oui, mais s'il n'habite pas à Lucca ou dans les environs… Où l'aurait-il emmenée ?

Du nouveau les attendait à la *questura*. Une touriste louant un appartement Piazza Sant'Allessandro à Lucca était présente au marché le jour de la disparition de Hadiyyah. Une Américaine, qui voyageait avec sa fille, toutes les deux désireuses d'apprendre l'italien. En guise d'exercice, elles s'efforçaient de déchiffrer ce qu'il y avait d'imprimé dans les tabloïds aussi bien que dans les quotidiens, et elles bavardaient avec les *cittadini*. Après avoir vu l'appel à témoins au journal télévisé, elles avaient examiné leur masse de photos de la Toscane dans l'espoir d'y trouver quelque chose d'utile. Ayant repéré les instantanés saisis au *mercato* le matin fatal, elles avaient communiqué à la police les cartes mémoire de leurs appareils. A ce dépôt, elles avaient joint un billet, précisant qu'elles étaient à la disposition des enquêteurs et qu'on pouvait les trouver au Palazzo Pfanner, où elles avaient l'intention de passer toute la journée afin de ne rien rater de ses splendeurs.

Lo Bianco envoya chercher un expert capable de télécharger sur un écran le contenu de n'importe quelle carte mémoire, disque dur ou ordinateur. Ce matin-là, l'Américaine et sa fille avaient pris pas moins de deux cents photos au *mercato*. Lynley et l'inspecteur-chef les passèrent en revue, l'esprit ouvert à toutes les éventualités et l'œil bien sûr aux aguets.

Lorenzo Mura y figurait, faisant ses emplettes de fromage à la *bancarella* d'un crémier. Ils le revirent devant l'étalage d'un boucher sur le comptoir duquel trônait une tête de porc peu appétissante sortie tout droit de *Sa Majesté des mouches*. Sur ce cliché, Mura avait la tête tournée vers la gauche… vers la Porta San Jacopo et le chanteur de rue, précisa Lo Bianco. En scrutant chaque photo prise dans l'entourage de ce musicien, ils finirent par en trouver deux où l'on apercevait Hadiyyah, au premier rang, apparemment fascinée par le caniche qui faisait sa petite danse.

Le sujet de la photo était le caniche, non la petite fille, de sorte que les traits de celle-ci n'étaient pas nets. Mais il suffisait d'agrandir l'image pour voir qu'il s'agissait forcément de Hadiyyah. A sa droite se tenait une vieille dame en noir, une veuve, tandis qu'à sa gauche trois adolescentes étaient en train d'allumer subrepticement deux cigarettes avec le mégot d'une troisième.

Di Massimo n'était nulle part en vue. En revanche, un bel homme aux cheveux noirs était campé juste derrière Hadiyyah. Son regard, comme tous ceux des gens autour d'eux, était fixé sur le caniche et son maître, mais, curieusement, il avait une main à l'intérieur de sa veste, comme s'il s'apprêtait à en sortir quelque chose.

Deux photos plus loin, Lynley et Lo Bianco virent, toujours en agrandissant le format, ce que c'était : une espèce de carte de vœux représentant un visage jaune de smiley. Aucun cliché ne dévoilait ce qu'il avait fait de la carte. En revanche, il y en avait un où l'on voyait Hadiyyah se pencher sur le panier de l'accordéoniste pour y déposer quelque chose de la main droite alors que sa main gauche tenait ce qui aurait pu être la carte au smiley.

Puis… rien de plus. Il y avait d'autres instantanés du musicien et de son chien dansant, avec la foule tout autour. Mais Hadiyyah n'y figurait pas. Pas plus que le beau brun.

— C'est peut-être rien, déclara Lo Bianco en se levant pour aller regarder par la fenêtre qui donnait sur la Viale Cavour et la nuée de journalistes qui l'occupait.

— Vous croyez vraiment à ce que vous dites ? lui lança Lynley.

Lo Bianco se retourna vers son confrère anglais.
— Non.

Bow
Londres

Winston ne fut pas tout de suite sur la même longueur d'onde que Barbara. Celle-ci comprit pourquoi lorsqu'ils arrivèrent à Bow et qu'elle se gara devant la supérette Bangla Halal, qui faisait de la réclame pour du poisson du Bangladesh. Sur le trottoir, deux hommes en longues tuniques blanches et turbans en haillons contemplèrent la vieille Mini de Barbara d'un air ouvertement soupçonneux. Winston, au lieu de s'empresser de déplier sa grande carcasse hors du siège-baquet, comme l'aurait voulu la logique, étant donné l'inconfort qui lui avait été imposé, déclara à sa collègue :

— Il faut que je te dise quelque chose, Barb. Il est en train de vérifier ton histoire.

Elle était tellement préoccupée par ce qu'ils allaient pouvoir dire à Doughty pour qu'il comprenne qu'il avait intérêt désormais à la jouer réglo avec elle qu'elle crut que Winston faisait allusion au détective privé. Mais elle comprit très vite qu'il lui rapportait une information qu'il tenait de Dorothea Harriman et que cette info n'avait rien à voir avec Dwayne Doughty et sa douteuse déontologie.

— Il aurait demandé à Dee de voir où ta maman a été hospitalisée après sa mauvaise chute. Elle dit qu'il l'a priée de passer ses coups de fil en douce. Si le nom de ta maman est inconnu des urgences et des compagnies d'ambulances aux dates indiquées, il va s'en servir contre toi.

Barbara poussa un juron.

— Pourquoi ne pas s'être adressée à moi directement ? J'aurais au moins pu téléphoner à Mrs Flo, on aurait pu inventer quelque chose…

— Je suppose que Dee n'a pas envie de perdre son boulot, Barb. S'il la voit en train de parler avec toi, ou même s'il entend seulement dire que vous avez parlé toutes les deux, on sait l'un comme l'autre quelle conclusion il va en tirer. Dee essaye de retarder le moment le plus possible, elle ne se presse pas de passer ces coups de fil, mais il faudra bien tôt ou tard qu'elle lui apporte une réponse. Et quand cela arrivera, on sait tous qu'il va exiger une confirmation par une autre voie.

Barbara se cogna la tête contre la vitre de sa portière, puis s'exclama :

— J'ai une idée !

Elle sortit son portable et téléphona à Florence Magentry, à Greenford. La bonne dame allait être obligée de mentir pour elle, et en beauté. Il n'y avait pas d'autre solution.

— Oh, ma chère petite, répliqua la directrice de la maison de retraite lorsque Barbara eut exposé les faits sous le regard désapprobateur de Winston. Bien sûr, je le ferai, si vous estimez que c'est indispensable. Une mauvaise chute, une ambulance, les urgences… ? Bien sûr, bien sûr. Mais, Barbara, puis-je vous dire ce que j'ai sur le cœur ?

Barbara se prépara à protester. Elle devait comprendre qu'elle n'avait pas le choix, il fallait qu'elle se protège ; si elle se laissait faire, elle ne serait peut-être bientôt plus apte à payer les factures de la résidence et à garder sa mère dans son excellent établissement, pour la bonne raison qu'elle aurait perdu son emploi…

— Oui, allez-y.

— Parfois, ma chère petite, il vaut mieux ne pas tenter le sort, n'est-ce pas ? En parlant de mauvaise chute, de fracture, d'ambulance…

Barbara n'aurait jamais cru que celle qui prenait soin de sa mère était une femme superstitieuse.

— Ce n'est pas parce que vous dites qu'elle a eu un accident qu'il arrivera. Et si vous ne dites rien, je vais être dans un pétrin monstrueux… Ecoutez, une secrétaire de Scotland Yard va vous appeler, Mrs Flo. Ensuite, ce sera au tour d'un inspecteur du nom de Stewart. Il faut juste leur confirmer à tous les deux que maman est tombée, qu'une ambulance l'a emmenée aux urgences et qu'ensuite vous ne savez pas ce qui s'est passé puisque j'ai pris la relève…

Toutes choses qui auraient l'avantage de lui faire gagner du temps.

Au-dessus de la boutique Bedlovers, Doughty l'attendait. Au téléphone, elle l'avait engagé à ne pas bouger – s'il voulait éviter les démêlés avec la justice – tant qu'ils n'auraient pas eu une petite conversation entre quat'z'-yeux. Elle n'avait pas mentionné Winston. Aussi se félicita-t-elle de le voir pâlir à la vue du grand sergent noir qui entra à sa suite dans la pièce, son gabarit bloquant l'accès au bureau et interdisant à son occupant toute velléité de fuite. Pendant que Winston regardait fixement Doughty, Barbara passa à l'offensive, commençant par le virement de Lucca à Londres et par le rôle d'un Pisan du nom de Michelangelo Di Massimo.

— Vous avez engagé ce type en janvier. Vous allez d'abord m'expliquer comment vous avez découvert l'existence de ce virement.

— Je ne révèle jamais...

— Laissez votre baratin de côté. Vous m'avez mystifiée jusqu'ici, mais si vous tenez à conserver votre permis d'agence et si vous ne voulez pas finir au trou, il va falloir vous mettre à table. Maintenant.

Doughty était assis à son bureau. Il jeta un coup d'œil en direction de Winston, toujours debout dans l'encadrement de la porte. Puis son regard se posa sur le meuble métallique où il rangeait ses dossiers et sur la plante artificielle posée dessus. Sûrement l'endroit où il avait planqué une caméra, songea Barbara. Tout ce qui se passait dans ce bureau était transmis au bureau d'à côté.

— Bon, d'accord, dit-il enfin, on a découvert un autre compte en banque.

— Qui l'a découvert ? Par quelle usurpation d'identité ? Parce que c'est cette méthode que vous employez, hein, et je suppose que l'experte en la matière est votre

« associée », Mrs Cass. Votre *blagger*. Elle aura téléphoné aux services en ligne des cartes de crédit et des banques en se faisant passer pour Angelina, ou pour sa sœur. Elle m'a l'air de transpirer le talent, cette jeune personne, ce doit être facile pour elle d'embobiner quelqu'un...

— Je ne dirai rien sur Emily Cass, affirma-t-il. Nous avons plusieurs moyens de trouver ce que nous cherchons.

— Et vous ne reculez pas non plus devant le piratage informatique. Votre fameux « technicien », il entre dans les ordinateurs des gens aussi facilement qu'un cambrioleur force une serrure. Et c'est sans compter avec l'entraide entre pirates... Savez-vous quel genre d'ennuis cela pourrait vous attirer, Mr Doughty ?

— Je fais de mon mieux pour coopérer, lui assura ce dernier d'un ton plaintif. J'ai appris l'existence d'un compte bancaire ici à Londres au nom de Bathsheba Ward, mais dans une agence éloignée de son domicile comme de son lieu de travail. Cela m'a mis la puce à l'oreille et j'ai... j'ai creusé un peu. C'est ainsi que je me suis aperçu qu'un virement avait été fait sur ce compte d'une banque à Lucca. Il me fallait quelqu'un en Italie pour voir d'où venait cet argent, de qui il...

— Michelangelo Di Massimo était votre homme en Italie ?

— Oui.

Doughty se leva, se dirigea vers le classeur métallique, tripota la plante artificielle et ouvrit un tiroir. Après avoir fouillé dans des dossiers, il en sortit un qu'il tendit à Barbara. C'était une photocopie d'un rapport. Quelques feuilles seulement, que Barbara parcourut rapidement afin de vérifier si elles comprenaient bien les informations qu'il venait de lui fournir, ainsi que le nom, l'adresse et le mail du privé de Pise que Thomas Lynley et l'inspecteur-chef italien avaient interrogé plus tôt dans la journée.

Barbara ferma le dossier et le rendit à Doughty tout en pressentant qu'elle n'allait pas du tout aimer la réponse à sa prochaine question, qu'elle posa tout de même :

— Qu'avez-vous fait de cette information ?

— Je l'ai transmise au professeur Azhar. Sergent, c'est à lui que j'ai tout donné dès le départ.

— Mais il m'avait dit...

Barbara avait soudain du mal à articuler. Que venait-il de lui dire ? Aurait-elle compris de travers ? Elle se sentait toute retournée, prise au piège, déroutée...

— Pourquoi ne pas m'avoir avertie ? réussit-elle à demander.

— Parce que je travaillais pour lui, pas pour vous, répliqua Doughty assez logiquement. Et quand vous m'avez engagé, tout ce que vous m'avez demandé, c'était de vérifier l'alibi du professeur à Berlin.

Le détective rangea le dossier dans le meuble et se retourna vers Barbara et Winston, mais, au lieu de se rasseoir à son bureau, il ouvrit les mains avec ce geste qui partout dans le monde signifie : « Je n'ai rien à cacher, les gars. »

— Sergents, reprit-il en incluant cette fois Winston, maintenant vous savez tout, si vous ne me croyez toujours pas et que vous souhaitez examiner mes relevés téléphoniques et les fichiers sur mon ordinateur et sur mes disques durs externes, allez-y, vous êtes plus que les bienvenus. Tout ce qui m'intéresse à présent, c'est de rentrer chez moi dîner avec ma femme... Alors, on a fini ?

Barbara confirma qu'en effet elle n'avait rien à ajouter, et se retint de lui faire observer qu'avec l'aide d'un expert en informatique rien ne lui aurait été plus facile que de trafiquer les données de ses ordinateurs et d'effacer les indices compromettants. Mais qu'y pouvait-elle ?

Une fois dans la rue, Barbara remarqua que le Roman Café proposait des kebabs à des prix alléchants.

— Permets-moi au moins de t'inviter à dîner, lança-t-elle à Winston.

Il acquiesça d'un signe de tête, l'air plongé dans de profondes pensées. Elle n'osa pas l'interroger sur la nature de ces dernières, craignant de savoir autour de quoi elles tournaient. Ce dont elle ne tarda pas à recevoir la confirmation, puisque, après avoir consulté distraitement le menu, il souffla :

— Je peux te demander quelque chose, Barb ?
— Quoi ?
— Tu le connais si bien que ça ?
— Doughty ? C'est possible qu'il nous mente encore...
— Je ne te parle pas de Doughty. Tu t'en doutes...

Hélas, à son grand désarroi, elle devait bien avouer que oui. Connaissait-elle si bien que cela Taymullah Azhar ? Elle se posait elle aussi la question.

Bow
Londres

Doughty n'eut pas longtemps à attendre. Une minute seulement après le départ des flics, Em Cass déboula dans son bureau. Le fait qu'elle ait ôté son gilet et sa cravate était signe chez elle d'un état d'anxiété avancé.

— Dès le départ, merde, Dwayne, dès le départ...

— Ce sera fini bientôt, l'interrompit-il. Il n'y a pas de souci à se faire. Tout le monde aura ce qu'il voudra et on se fera gentiment oublier, comme deux cow-boys chevauchant dans le soleil couchant...

— Alors, ça y est, t'as pété une durite ? s'écria-t-elle en marchant de long en large.

Elle tapa dans ses mains d'énervement.

— Emily. Rentre chez toi. Change-toi et va t'amuser. Drague-toi un mec dans un bar. Tu te sentiras mieux.

— Comment oses-tu... Tu n'es qu'un con ! Voilà ! Maintenant on a deux flics, des flics de Scotland Yard, pas moins, qui fouillent dans notre linge sale, et toi tu me conseilles de m'envoyer en l'air avec un inconnu !?

— Ça aura l'avantage de te distraire de spéculations qui ne mènent nulle part, crois-moi. Là-dessus on est clean, et ce depuis que Bryan a bidouillé nos ordis et nos relevés téléphoniques.

— On est fichus, dit-elle. Si tu comptes sur la loyauté de Bryan une fois dans le collimateur des flics... Et le Black... T'as vu comme il est baraqué ? T'as vu la cicatrice sur son visage ? Je reconnais une balafre laissée par un coup de couteau quand j'en vois une, comme toi, d'ailleurs. Bryan va se liquéfier devant un gaillard pareil, et toi et moi, on se retrouvera en taule !...

— Ils n'ont aucun détail précis sur Bryan. Alors, à moins que tu n'aies l'intention de les en informer, ils ne sauront rien d'autre. Je ne vais sûrement pas m'en charger. Tout dépend donc de toi.

— Qu'est-ce que tu racontes ? Tu me fais pas confiance ?

Doughty la dévisagea gravement. Il savait d'expérience que personne n'était digne de confiance, et pourtant il accordait la sienne à Emily. N'empêche, à ce stade, il devait la rassurer. Car vu son affolement, si jamais elle se retrouvait en garde à vue même pour une petite heure en compagnie d'officiers de police déterminés, il était probable qu'elle craquerait. Il répondit donc avec prudence :

— Je mettrais ma vie entre tes mains, Em. Et j'espère que tu ferais pareil pour moi. A présent, écoute attentivement ce que j'ai à te dire.

— Je suis tout ouïe.
— Ce sera fini bientôt.
— Tu peux traduire ?
— Les choses bougent, en Italie. L'affaire est sur le point d'être résolue, et on ne va pas tarder à sabler le champagne.

— Dois-je te rappeler que nous ne sommes pas en Italie ? Et si tu te fies à ce Di Massimo, un type que t'as jamais rencontré, merde, et qui va soi-disant tout régler à l'insu de tous et de toutes...

Elle leva les bras en l'air avant de poursuivre :

— Il n'y a pas que ce qui se passe en Italie, Dwayne. Depuis que Scotland Yard s'en est mêlé, cette histoire a pris une ampleur internationale. J'irai même plus loin : elle l'a prise dès l'instant où cette bonne femme a mis les pieds dans ton bureau avec le Pakistanais en prétendant n'être qu'un pauvre tas mal attifé venu tenir la main à un ami pakistanais extraordinairement intelligent, s'exprimant bien, élégant et beau. J'aurais dû le deviner dès que je les ai vus, ces deux-là, le simple fait qu'ils étaient ensemble...

— Tu avais deviné, si mes souvenirs sont bons, lui rappela Doughty avec douceur. Tu m'as tout de suite dit que c'était un flic, et la suite t'a donné raison. Tout va bien, je t'assure. La fillette sera retrouvée. Aucun crime n'aura été commis, ni par toi ni par moi. Ce dont, je te fais remarquer, tu peux m'être reconnaissante...

— Di Massimo leur a communiqué ton nom, protesta-t-elle. Qu'est-ce qui l'empêche de leur livrer tout le reste ?

Il haussa les épaules. Sa crainte n'était pas totalement infondée, mais il préférait se raccrocher à l'idée que, si l'argent était la source de tous les vices, cette commodité était aussi ce qui faisait tourner le monde.

— « Déni plausible[1] », Em. C'est notre mot d'ordre.

— Déni plausible... répéta-t-elle. Ça fait deux mots, ça, Dwayne.

— On s'en fout, retiens-les.

---

1. Pratiquer la rétention d'informations dans le but de protéger sa hiérarchie au cas où une affaire tournerait mal.

26 avril

Lucca
Toscane

Prima Voce, constata Salvatore, publiait en première page ce qui pouvait être considéré comme un compte rendu complet de l'enquête. A la une s'étalait une photo de Carlo Casparia – chevelure luisante de crasse dépassant de la veste qu'il avait remontée sur sa tête – entre deux policiers en uniforme à la mine renfrognée. Le cliché avait été pris lors de son transfert de la *questura* à la prison où, était-il précisé, il resterait en détention préventive jusqu'à la fin de l'enquête. Sur une deuxième photo, on voyait un Piero Fanucci triomphant à la conférence de presse au cours de laquelle il avait annoncé qu'ils tenaient enfin des aveux et un suspect numéro un, un *indagato*. C'était maintenant une question d'heures, déclarait-il, avant que l'enfant soit rendue à ses parents.

Aucun journaliste ne mettait en doute ces assertions. Personne ne se demandait si l'infortuné Carlo avait réclamé ou s'était vu assigner un avocat pour le conseiller et défendre ses droits, si limités soient ces derniers. Et surtout, aucune question n'avait été posée à propos de la teneur des « aveux » et des méthodes employées par Fanucci pour les extorquer au sans-abri. Pas plus les quotidiens que les journaux télévisés n'avaient pris l'initiative de questionner cette version des faits. Ils s'étaient contentés de considérer l'affaire comme résolue. Qui voudrait en effet courir le risque d'être accusé de *diffamazione a mezzo stampa* ? En effet, sur ce chapitre, le procureur était décisionnaire : à lui de dire s'il y avait eu, oui ou non, diffamation.

Lo Bianco s'attela à expliquer cet état de choses à l'inspecteur Lynley dès que l'Anglais entra dans son bureau pour faire le point avant de parler aux parents de la fillette. Il avait sous le bras un numéro de *Prima Voce* et il souhaitait savoir pourquoi il n'avait pas été informé tout de suite des aveux de Casparia, dont personnellement il doutait de la culpabilité. Salvatore n'était pas étonné : l'inspecteur Lynley n'avait rien d'un imbécile.

— Peut-on se fier à cet article, inspecteur ? Les parents l'ont peut-être lu et il me faudra répondre à leurs questions. Tout d'abord, ce type a-t-il confessé où il a emmené Hadiyyah et où elle se trouve à cette heure ? Et si je puis me permettre, pouvez-vous me préciser...

Son hésitation était lourde de sous-entendus.

— ... dans quelles circonstances ont été obtenus ces aveux ?

Salvatore s'exhorta à la plus grande prudence. A la *questura*, les murs avaient des oreilles. Et si par malheur ses explications sur les relations d'*il pubblico ministero* avec la presse étaient mal interprétées par les espions de Fanucci, il serait en très mauvaise posture. Aussi jugea-t-il plus sage d'emmener Lynley se promener du côté de la gare. En face, il y avait un café, où Salvatore entraîna Lynley. Au bar, il commanda deux *cappuccini* et deux *dolce*. Une fois qu'ils furent posés devant eux, et non sans avoir vérifié qu'il n'y avait pas d'officier de police dans les parages, il s'accouda au zinc et se tourna vers son confrère britannique.

Vingt-quatre heures de garde à vue sans un moment de répit, sans la présence d'un avocat, sans rien à manger et avec uniquement un peu d'eau de temps en temps, avaient suffi à convaincre Carlo Casparia qu'il avait tout intérêt à dire la vérité, déclara en substance Lo Bianco à Lynley. Et s'il s'avérait qu'il souffrait de trous de mémoire au sujet de l'enlèvement de l'enfant, quelle importance ? Après un jour et une nuit en compagnie d'*il pubblico ministero* et de quelques durs à cuire triés sur le volet, l'épuisement et la faim avaient stimulé son imagination, lui permettant de remplir les blancs. C'était ainsi qu'un scénario avait pris forme. Qu'il soit totalement invérifiable ne gênait pas le procureur. La presse réclamait des aveux, eh bien, elle les avait.

— C'est bien ce que je craignais, opina Lynley. Je m'en voudrais de vous vexer, mais vous avez de drôles de méthodes chez vous. Dans mon pays...

— *Sì, sì. Lo so*. Votre ministère public ne se mêle pas de l'enquête. Mais vous êtes en Italie. Ici, nous sommes obligés de laisser certaines choses se dérouler afin que d'autres – à l'insu d'*il magistrato* – puissent aussi se produire.

Salvatore se tut, curieux de voir si Lynley saisissait à quoi il faisait allusion. A cet instant entra dans le café un groupe de touristes extrêmement bruyants. Deux d'entre eux s'avancèrent jusqu'au bar pour passer commande en anglais. Un comportement typique de la part des Américains, songea Salvatore avec résignation. Ils croient toujours que le monde entier parle leur langue.

— Que nous ont appris, concrètement, les aveux de Carlo Casparia ? s'enquit Lynley. Il faut que je sache, pour le dire aux parents.

Salvatore lui rapporta la version de Fanucci, celle-là même qui avait été transmise au journal. Ce n'était pas compliqué : Carlo se trouve au marché dans sa posture habituelle avec sa pancarte *Ho fame* autour du cou. La petite fille, voyant cela, lui donne sa banane. Il est frappé par son innocence et en même temps se dit qu'il pourrait en profiter. Il la suit alors qu'elle quitte le marché dans la direction de la Viale Agostino Marti.

— Pour quelle raison serait-elle sortie des limites de la ville ?

Salvatore agita la main en l'air comme s'il chassait une mouche.

— Un vulgaire détail, aux yeux de Piero Fanucci.

Il continua à exposer la thèse du procureur : Carlo se saisit de la fillette quelque part en chemin. Il la cache dans les écuries qu'il squatte depuis son arrivée à Lucca, après que ses parents l'ont flanqué dehors. Il la retient captive jusqu'au moment où quelqu'un vient prendre livraison de la petite fille et lui donne de l'argent. Cet argent qui lui sert à financer son vice. Vous avez remarqué, n'est-ce pas, qu'il a cessé de mendier au marché après la disparition de Hadiyyah ? *Certo*, il a tout ce qu'il lui faut désormais. Quand il aura épuisé son magot, il retournera au marché.

Ainsi, dans l'esprit d'*il pubblico ministero*, la culpabilité de Carlo Casparia était acquise. Son mobile était clair : l'argent. Il était de notoriété publique que son *Ho fame* exprimait son insatiable envie, entre autres « substances », de cocaïne, cannabis, héroïne, méthamphétamine... Et tout comme personne parmi le public du chanteur de rue n'avait remarqué la disparition de l'enfant, personne non plus n'avait vu Casparia la prendre par la main.

Le policier anglais, qui l'avait écouté très attentivement, sans un mot, le visage sombre, se mit à touiller son *cappuccino*, que le récit de Lo Bianco lui avait fait oublier, et le but d'un trait. Il brisa en deux son biscuit, mais ne le mangea pas.

— Excusez-moi si je ne comprends pas comment vous procédez une fois arrivés à une conclusion de cette nature. Le procureur ne va-t-il pas chercher des preuves ?

— *Sì, sì sì. Il magistrato* a donné des instructions dans ce sens.

— Qui sont ? demanda Lynley poliment.

Les écuries qui tenaient lieu de domicile à Carlo Casparia étaient en ce moment même soumises à une fouille en règle par des techniciens de la police scientifique. S'il y en avait, ils trouveraient les traces de la petite fille que Carlo y avait retenue prisonnière.

— Où sont-elles, ces écuries ? s'enquit Lynley.

Au Parco Fluviale, répondit Salvatore. En fait, il s'apprêtait à se rendre là-bas quand Lynley avait débarqué à la *questura*. Son confrère souhaitait-il l'y accompagner ?

Ils mirent quelques minutes seulement en voiture pour faire le tour des remparts et atteindre le *quartiere* de Borgo Giannotti. Pendant qu'ils longeaient la rue principale où se succédaient les commerces, Lynley posa finalement la question qu'attendait Salvatore.

Qu'était-il advenu de la voiture rouge ? Quelle était la thèse d'*il pubblico ministero* ? Pensait-il que Casparia avait livré Hadiyyah au propriétaire de la décapotable, lequel l'aurait emmenée à la montagne ? Et dans le cas où l'homme et l'enfant avaient été aperçus le jour même de la disparition, cela signifiait-il que Carlo Casparia avait su d'avance à qui il allait livrer sa petite captive ? Ce qui dénotait un certain degré de préméditation, non ? Le *signor* Fanucci en estimait-il Casparia capable ? Et qu'en était-il de son opinion à lui, Salvatore ?

— Pour la décapotable rouge, *il magistrato* n'est pas au courant, l'informa Salvatore en jetant un coup d'œil approbateur à son passager. Pendant que vous et moi nous allons au *parco* nous assurer que ses ordres sont exécutés, un de mes hommes est en route pour les Apennins avec le témoin qui a vu la voiture. Ils vont essayer de localiser l'endroit. Ensuite on lancera une recherche sur le terrain. Si cela ne donne rien, on explorera les environs de tous les bords de route assez larges pour qu'on puisse y garer un véhicule entre le village de la mère du témoin et le point de départ du trajet à travers bois.

— Sans en avertir le magistrat ?

— Il arrive que Piero ne sache pas toujours ce qui est bon pour lui. Mon devoir est de l'aider du mieux que je peux, qu'il en ait conscience ou non.

Lucca
Toscane

Les écuries du Parco Fluviale se dressaient dans la partie sud du parc à moins de deux kilomètres le long de la route en bordure des eaux printanières du fleuve Serchio. Devant cet ensemble de bâtiments décatis, ne servant plus depuis longtemps à loger des chevaux, un grand panneau indiquant les prix de location des équidés avait inspiré l'imagination des graffeurs quand il n'avait pas été pris pour cible par des apprentis tireurs d'élite.

Une camionnette de la police scientifique était garée dans l'étroite allée de gravier entre deux bâtiments. Lo Bianco s'arrêta à côté de la bande de plastique interdisant l'accès du site à la poignée de journalistes qu'un sixième sens avait rameutés au *parco*. Lo Bianco marmonna entre ses dents et fit la sourde oreille à leurs « *Che cosa succede?* ». D'un pas ample, sans traîner, il précéda Lynley à l'intérieur du périmètre de sécurité.

Des gens s'activaient un peu plus loin autour d'un bâtiment adossé à une haie d'arbres et de broussailleux églantiers en fleur. A l'avant de la construction, les hautes portes des stalles étaient grandes ouvertes afin de laisser pénétrer la lumière dans ces espaces sordides servant de « baisodrome » depuis des années à une certaine frange de la population, et accueillant de telles quantités de détritus que pour retrouver des traces de la petite Hadiyyah il faudrait sans doute des semaines. Des matelas infects étaient jetés çà et là, au milieu des seringues, des capotes usagées, des emballages de fast-food. Dans les coins s'élevaient des monticules agglomérés faits de boîtes en plastique, de vieilles frusques et de couvertures moisies. Des restes de nourriture dans des sacs en plastique dégageaient des odeurs nauséabondes et attiraient des nuées de mouches.

Au milieu de cette décharge, deux techniciens en tenue s'affairaient avec leurs panoplies.

— *Come va?* leur lança Lo Bianco.

L'un d'eux abaissa son masque en répondant :

— *Merda!*

Le second se contenta de secouer la tête. Ils paraissaient sans illusions quant aux résultats à espérer, songea Lynley.

Lo Bianco s'adressa ensuite à Lynley :

— Venez avec moi, *ispettore*. Il y a quelque chose ici que j'aimerais que vous voyiez…

Il contourna les écuries et l'entraîna à travers les hautes herbes et les églantiers jusqu'au sommet du talus planté de châtaigniers.

Sur ce talus, aussi bien vers la gauche que vers la droite, un sentier avait été tracé par le passage des promeneurs, de leurs chiens, des cyclistes, des joggeurs et aussi peut-être de familles au complet sorties prendre le frais par les chaudes soirées d'été. Ce chemin balisé était parallèle à la route du *parco* ainsi qu'aux rives du fleuve. Lo Bianco s'y engagea. Au bout d'une centaine de mètres, Lynley descendit derrière lui le talus et, après avoir franchi un bosquet d'érables, d'aulnes et de bouleaux, ils émergèrent au bord d'un champ servant manifestement de terrain de foot.

Lynley sut tout de suite où ils étaient. De l'autre côté du terrain, un espace gravillonné pouvait faire usage de petit parc de stationnement. A droite, sous les arbres, on apercevait deux tables à pique-nique. Face à eux, la surface rectangulaire était délimitée par des sentiers en béton craquelé où poussaient de jeunes arbres. Un peu en retrait à gauche, Lynley identifia un café. Il eut une vision de parents attendant sur la terrasse avec des rafraîchissements que leurs champions en herbe aient terminé leur entraînement avec Lorenzo Mura.

Il se tourna alors vers Lo Bianco. L'inspecteur-chef n'était décidément pas un pion sur l'échiquier de Piero Fanucci, quoi qu'en pense celui-ci.

— Je me demande, dit-il en lui indiquant d'un signe le terrain, si le *signor* Casparia pourrait « imaginer » un épisode supplémentaire, qu'en dites-vous, inspecteur ?

— A quoi pensez-vous ?

— Nous nous basons uniquement sur la parole de Lorenzo Mura pour affirmer que Hadiyyah a été enlevée au marché. Cela vous a certainement traversé l'esprit à un moment ou à un autre.

Lo Bianco ébaucha un petit sourire.

— *Certo*. Et c'est pourquoi j'ai quelques soupçons sur le *signor* Mura.

— Cela vous dérangerait que je parle un peu avec lui ? En dehors du rapport que je vais lui faire sur les « aveux » de Carlo Casparia ?

— Pas du tout. *Nel frattempo*, pendant ce temps, je vais interroger les autres joueurs de son équipe. L'un d'eux conduit peut-être une décapotable rouge. Allez savoir.

Pise
Toscane

De son point de vue, il était absurde de se donner rendez-vous sur la Piazza dei Miracoli puisqu'il existait des dizaines d'autres endroits en ville où ils seraient passés inaperçus. Pourtant, c'était là qu'il avait été convoqué et c'était là, dans ce lieu qui drainait un afflux délirant de touristes, qu'il se rendait. Il joua des coudes dans une cohue d'au moins cinq cents personnes occupées à prendre des photos de conjoints soutenant virtuellement la tour penchée. Entre le Duomo et le Baptistère, il traversa la pelouse jusqu'aux murailles monumentales du *cimitero*. Là, il se rendit dans la salle indiquée, dont les murs accueillaient des fresques déménagées à l'occasion de leur restauration de leur emplacement originel dans le cimetière. L'endroit serait désert, lui avait-on assuré. Les *gitanti* que déversaient en masse les autocars devant le portail du célèbre site n'avaient que quarante minutes pour visiter et prendre leurs photos avant de rembarquer à destination d'une autre attraction touristique : qui dans ces conditions aurait l'idée de visiter le Campo Santo ? On pouvait donc s'attendre à ce que cette salle ornée de fragments de fresques et d'une statue de femme au repos soit déserte, et qu'on y soit à l'abri des regards.

Vu la touche de son employeur, ils avaient en effet tout intérêt à se tenir à l'abri des regards, songea-t-il non sans une pointe de sarcasme. Jamais la vanité n'avait poussé un homme à un changement d'apparence plus stupide que celui de Michelangelo Di Massimo.

Il était là, déjà. Et comme promis, seul dans la salle. Assis sur un banc au centre, un guide touristique ouvert sur les genoux, il contemplait l'une des fresques, ou du moins feignait de la contempler à travers des lunettes en demi-lune perchées au bout de son nez, qui auraient pu lui prêter une allure d'intellectuel si le reste de sa personne avait été autre : les cheveux blonds, la veste de motard en cuir, le pantalon en cuir, les solides bottes noires. Il aurait fallu être fou pour le confondre avec un professeur d'université, ou même avec un étudiant attardé. Mais personne non plus n'aurait pu le prendre pour ce qu'il était en réalité.

Ne voyant aucune raison de se cacher, il approcha en faisant claquer ses semelles sur les dalles de marbre. Il s'assit à côté de Di Massimo et regarda la fresque qui paraissait tant intéresser le détective. Di Massimo avait les yeux fixés sur son homonyme. L'épée à la main, l'archange saint Michel chassait un homme du paradis, ou peut-être l'y accueillait-il ? Qu'est-ce que ça pouvait faire ? De toute façon, il ne comprenait pas pourquoi on faisait toutes ces histoires pour de vieilles peintures murales, surtout aussi décolorées que celles-ci, avec des pans entiers à peine visibles.

Il avait envie d'une cigarette. Soit une clope, soit une femme… Ce qui lui rappela ses ébats dans la nature avec sa demi-folle de cousine. Il valait mieux chasser le genre féminin de ses pensées.

Qu'est-ce qui lui prenait donc, chaque fois qu'il retrouvait Domenica ? Autrefois, elle avait été jolie, mais ce temps-là était révolu depuis longtemps. Pourtant, dès qu'il la voyait, il lui venait un furieux besoin de la posséder, de lui prouver… quelque chose. Ce n'était quand même pas possible qu'il la désire encore ?

Michelangelo Di Massimo ferma son guide d'un coup sec et se pencha pour le ranger dans son sac à dos, dont il tira un journal plié en deux.

— La police britannique est sur le coup maintenant. *Prima Voce* a publié un article. Il y a eu un appel à témoins télévisé. Tu l'as vu ?

Bien sûr que non. Le soir, à l'heure du journal télévisé, il assurait le service au Ristorante Maestoso. Et pendant la journée, il flirtait avec les vendeuses des boutiques afin d'obtenir les plus belles fringues au meilleur prix. Il n'avait le temps ni de regarder la télé ni de lire le journal. Ce qu'il savait sur l'enquête, il le tenait de Di Massimo.

Le détective lui tendit *Prima Voce*. Il parcourut l'article rapidement. Scotland Yard avait envoyé à Lucca un inspecteur chargé de faire le lien avec les parents de la petite disparue. Encore des détails sur les parents. Des remarques désobligeantes sur le système judiciaire britannique de la part de cet idiot de Fanucci. Une déclaration de l'inspecteur-chef Lo Bianco garantissant la coopération entre les deux forces de police. Une photo montrait l'enquêteur étranger en conversation avec Lo Bianco devant la *questura* de Lucca. Lo Bianco avait les bras croisés et la tête baissée, comme s'il écoutait très attentivement ce que lui disait l'Anglais.

Il rendit le journal à Di Massimo d'un geste impatient. Il détestait qu'on lui fasse perdre son temps. Si cet animal l'avait fait venir jusqu'à la Piazza dei Miracoli uniquement pour lui foutre sous les yeux une connerie qu'il aurait aussi bien pu voir chez son *giornalaio*...

— *Allora?* s'exclama-t-il en désignant le tabloïd avant de se lever et de marcher jusqu'à l'autre bout de la salle. Tu t'attendais à quoi, Michelangelo ? Elle a disparu. C'est une petite fille. Volatilisée ! Elle est anglaise...

Bien sûr que les flics anglais allaient fourrer leur nez là-dedans !

— Tu n'y es pas du tout, repartit Di Massimo. Assieds-toi. Je ne veux pas avoir à crier.

Il attendit que l'autre ait obtempéré.

— Ce type et Lo Bianco... Ils sont venus sur le terrain de foot, l'autre jour.

— Ils t'ont parlé ?

Di Massimo fit non de la tête.

— Ils ont cru que je ne les avais pas vus. Mais les poulets, ajouta-t-il en se tapotant le nez, je sais les flairer. Ils nous ont regardés jouer. Moins de cinq minutes. Puis ils sont repartis.

— Alors tu ne sais pas si c'était pour toi, fit-il observer, soulagé.

— *Aspetti*.

Di Massimo lui raconta que les mêmes étaient venus le déranger chez le *parrucchiere*.

— *Merda!* Comment est-ce qu'ils ont fait pour te trouver ? D'abord au foot puis chez ton coiffeur ?

— Qu'est-ce que ça peut foutre, comment ils m'ont trouvé ?

— S'ils t'ont déjà trouvé... repéré... il... n'y a qu'un pas jusqu'à moi, bégaya-t-il, au bord de la panique. Tu m'avais juré qu'assez de temps s'était écoulé, que personne ne pourrait te soupçonner d'avoir trempé dans l'enlèvement de la môme.

Si la police était tombée sur Michelangelo Di Massimo au bout d'une semaine seulement après l'événement, combien de jours restait-il avant de se retrouver lui-même dans le collimateur ?

— Il va valoir prendre les mesures qui s'imposent, énonça-t-il. Maintenant. Aujourd'hui. Dès que possible.

— C'est pourquoi je t'ai convié à ce rendez-vous, rétorqua Michelangelo en le dévisageant avec fermeté. Le moment est venu. On s'est bien compris ?

Il acquiesça d'un signe de tête.

— Je sais ce qu'il me reste à faire.

— Alors fais-le. Et vite.

Fattoria di Santa Zita
Toscane

Lynley n'avait pas été tout à fait franc avec Lo Bianco. Certes il souhaitait parler à Lorenzo Mura, mais il voulait aussi absolument poser quelques questions à Angelina. Toujours est-il qu'avec la permission de l'inspecteur-chef il se rendit à la *fattoria* au volant de sa voiture de location. Sur la propriété, le travail avait repris, la vie continuait...

Un vieux corps de ferme était en cours de restauration. Des ouvriers déchargeaient des tuiles, d'autres transportaient des planches à l'intérieur, d'où s'échappaient des bruits de marteau. Lynley jeta un coup d'œil dans le bâtiment qui servait de cave à vin. Un jeune homme était en train de faire déguster le chianti de Lorenzo à cinq personnes qui, d'après les vélos et les sacs à dos déposés devant l'entrée, s'offraient un tour cycliste de la Toscane, verdoyante en cette saison. Lorenzo se trouvait devant la barrière d'un pré, non loin de l'énorme haie qui isolait la splendide villa des communs. Il discutait avec un barbu d'une quarantaine d'années. Alors qu'il se dirigeait vers eux, Lynley vit le barbu sortir une enveloppe blanche de la poche arrière de son jean et la tendre à Lorenzo Mura.

Ils échangèrent encore quelques mots, puis le barbu salua d'un signe de tête et marcha jusqu'à un pick-up garé devant le portail en fer forgé qui donnait accès à l'allée de la villa. Il grimpa dans le camion. L'instant d'après, il avait fait demi-tour et quittait les lieux. Lynley l'observa attentivement quand le pick-up passa devant lui. L'homme avait chaussé des lunettes noires et s'était coiffé d'un de ces chapeaux de paille à large bord qui protègent le visage du soleil. Impossible de voir à quoi il ressemblait derrière sa barbe, laquelle était brune et fournie.

Lynley aborda Lorenzo. Dans le pré, il y avait cinq ânes, ou plutôt un âne, deux ânesses et deux ânons. Ils broutaient sous un gigantesque mûrier, la queue battant pour chasser les mouches, tout aux délices d'arracher et de mastiquer l'herbe tendre. De belles bêtes, se dit Lynley. Bien soignées.

Sans même le saluer, Lorenzo l'informa que l'élevage des ânes était une autre activité de la Fattoria di Santa Zita. L'homme qui venait de partir lui avait acheté un ânon. Même à l'heure actuelle, ces animaux, dit-il, étaient encore utiles à ceux qui cultivaient la terre.

Tout en calculant que la vente d'un ânon, ou de vingt ânons pendant qu'on y était, devait représenter une recette infime au regard des dépenses de la propriété, Lynley demanda, par simple curiosité, comment se passait la réhabilitation du corps de ferme.

Lorenzo lui expliqua qu'ils l'aménageaient dans le but d'y ouvrir des chambres d'hôtes pour les touristes ou les estivants amateurs de vie campagnarde qui trouvaient leur bonheur dans les *agriturismi* proposés un peu partout dans la péninsule. A terme, ils comptaient construire une piscine avec une terrasse pour les bains de soleil, plus un court de tennis.

— Un projet ambitieux, approuva Lynley en ajoutant, à part lui, « et coûteux ».

Lorenzo acquiesça avec un sourire :

— On ne manque pas d'idées pour la *fattoria*.

Puis il enchaîna dans son anglais approximatif :

— Vous lui parlez, *ispettore*. Je vous prie, je l'emmène voir le médecin à Lucca... vite !

Lynley fronça les sourcils. En italien, il s'enquit :

— Angelina est malade ?

— *Venga!*

Lorenzo précisa qu'il verrait bien par lui-même avant de donner, dans sa propre langue, des détails :

— Elle a été très mal toute la journée d'hier. Elle vomit tout ce qu'elle mange. Rien ne lui convient, ni la soupe, ni le pain, ni le thé, ni le lait. Elle me dit de ne pas m'inquiéter, que c'est à cause de la grossesse. Elle me rappelle qu'elle a eu des nausées dès le début. Elle dit que ça va passer. Elle dit que je m'affole parce que c'est mon premier enfant... Elle dit qu'elle va se remettre bientôt. Mais comment ne pas m'affoler quand je la vois si malade et qu'elle refuse de voir un médecin ?

Tandis qu'ils remontaient l'allée courbe qui menait à la villa, Lynley se remémora la grossesse de sa défunte femme. Elle aussi avait eu des nausées pendant les premiers mois. Et comme Lorenzo, il avait été très inquiet. Il lui fit part de ces souvenirs, mais il ne parut pas pour autant convaincu.

Angelina se reposait sous la loggia. Allongée sur une chaise longue, les jambes sous une couverture, elle avait à portée de main, sur une petite table métallique au plateau en mosaïque, un pichet rempli de ce qui ressemblait à du jus d'orange sanguine pressée. Un verre était posé à côté : rien n'y avait été versé. Dans une assiette une couronne de biscuits, charcuterie, fruits et fromage, le tout également intouché, sauf une grosse fraise dont on n'avait mangé qu'un bout.

Lynley comprenait l'inquiétude de l'Italien. Angelina paraissait faible. Alors qu'ils s'approchaient d'elle, elle leur adressa un pâle sourire.

— Inspecteur Lynley, murmura-t-elle en essayant de se redresser. Vous me surprenez à faire la sieste...

Et en le dévisageant intensément, elle interrogea :

— Inspecteur, il se passe quelque chose ?

— Il faut qu'elle voie un médecin, déclara Lorenzo à l'adresse de Lynley. Elle refuse de m'écouter.

— Me permettez-vous... ? fit Lynley en indiquant un fauteuil en osier.

— Bien sûr, répondit-elle.

Et se tournant vers Lorenzo, elle le gronda gentiment :

— Mon chéri, tu te fais du souci pour rien. Je ne suis pas une mauviette. Et en ce moment, ce n'est pas moi qui importe. Alors, ne m'embête pas avec tes médecins et laisse-nous parler... parce que...

Elle prit une profonde respiration comme pour empêcher sa voix de trembler.

— ... vous avez du nouveau, je suppose, inspecteur. Dites-moi...

Lynley jeta un coup d'œil à Lorenzo, qui avait l'air furieux. Il alla se mettre debout derrière la chaise longue, les bras croisés, sa tache de vin noirâtre plus visible qu'à l'accoutumée.

Après avoir informé Angelina des « aveux » de Carlo Casparia au procureur, des doutes à ce sujet de l'inspecteur Lo Bianco et du travail de la police scientifique dans le squat du drogué, Lynley lui apprit que quelqu'un aurait vu quelque chose en montagne. Il ne se montra pas plus spécifique : il n'évoqua ni la décapotable rouge ni l'homme aperçu s'enfonçant dans les bois en tenant par la main une petite fille. Le signalement de la voiture était confidentiel, mais surtout il ne voulait pas terrifier la pauvre femme.

— La police vérifie cette histoire. En attendant, les tabloïds...

Il lui montra la première page de *Prima Voce*. Ni Angelina ni Lorenzo n'étaient allés en ville ce jour-là, ils n'avaient pas acheté le journal. Pendant qu'elle lisait, Lynley lui répéta de ne pas en tirer de conclusions, rien n'était sûr.

Après un long temps de silence, pendant lequel on n'entendit plus que les lointains coups de marteau dans la vieille ferme, elle lança :

— Qu'en pense Hari ?

Derrière elle, Lorenzo laissa échapper un soupir d'exaspération.

— Renzo, s'il te plaît...
— *Sì, sì.*

Lynley répondit à Angelina :

— Il n'est pas encore au courant. A moins qu'il n'achète le journal. Il avait déjà quitté la *pensione* quand je suis descendu prendre mon petit déjeuner.

— Il est *parti* ? s'exclama Lorenzo, comme s'il n'en revenait pas.

— Il est sans doute en train de distribuer des photos de Hadiyyah, fit remarquer Lynley. C'est dur pour lui, pour vous tous, je sais… de rester là à attendre.

— *Inutile*, laissa tomber Lorenzo.

— Peut-être, admit Lynley, mais dans une enquête il arrive qu'une action qui semble a priori inutile mène à sa résolution.

— Il ne rentrera pas à Londres avant qu'on l'ait retrouvée, déclara Angelina en regardant la pelouse, où il n'y avait rien à voir. Je regrette ce que j'ai fait. Je voulais seulement me libérer de lui… Je suis tellement désolée.

Se libérer des autres, des complexités de la vie, du passé, qui se cramponnent souvent à vous comme une grappe de petits mendiants… cette pulsion poussait les gens à commettre des actes qui pavaient leurs chemins de remords, des chemins jonchés des cadavres des rêves des autres. C'était de tout cela que Lynley aurait voulu discuter avec Angelina, mais seul à seule, hors de la présence de son amant.

Il se tourna vers Lorenzo.

— J'aimerais parler quelques minutes seul avec Angelina, si cela ne vous dérange pas, *signor* Mura.

— Nous n'avons aucun secret l'un pour l'autre, protesta Mura.

— Je comprends, acquiesça Lynley. Mais si vous vous souvenez de notre petite conversation de tout à l'heure… de vous à moi… ?

Qu'il croie donc qu'il souhaitait entretenir Angelina Upman de sa santé et de l'urgence de consulter la faculté, songea Lynley. Tout était bon pour se passer quelques minutes de la présence de l'Italien.

A regret, Lorenzo Mura fit mine de se retirer. Il commença par embrasser Angelina sur le haut de la tête en chuchotant « *Cara* ». Puis il descendit de la loggia et ils le virent s'éloigner en direction du chantier derrière la haute haie.

— Qu'y a-t-il, inspecteur Lynley ? C'est à propos de Hari ? Voyez-vous... Renzo n'a aucune raison d'être jaloux. Je ne lui donne pas l'occasion de l'être. Mais le fait que Hari et moi ayons un enfant ensemble... Il reste ce lien, alors que Renzo voudrait qu'il n'y en ait plus du tout.

— Cela me paraît normal, argua Lynley. Il n'est pas sûr de lui, pas sûr de vos sentiments pour lui.

— Pourtant je lui montre de toutes les manières possibles qu'il est le seul. Il est l'homme de ma vie. Mais nos différences de culture... mon passé...

— Je dois vous poser une question, annonça Lynley en rapprochant son fauteuil de la chaise longue. J'espère que vous comprendrez. Toutes les hypothèses concernant la disparition de Hadiyyah doivent être examinées.

Elle prit une expression inquiète.

— Qu'est-ce que c'est ?
— Vos autres amants...
— Quels autres amants ?
— Ici, en Italie.
— Il n'y a pas...
— Pardonnez-moi, mais je ne peux occulter votre passé, si vous voyez ce que je veux dire. Vous étiez la maîtresse d'Esteban Castro alors que vous étiez aussi celle de Lorenzo, et que vous viviez avec Azhar...

L'histoire a tendance à se répéter, paraît-il, c'est pourquoi j'ai supposé que vous seriez réticente à admettre une autre liaison devant Lorenzo.

Ses joues rosirent pour la première fois.

— Quel rapport avec Hadiyyah, inspecteur ?

— Ça a surtout un rapport avec ce qu'un homme serait capable de faire pour vous punir s'il découvrait qu'il n'était pas votre seul amant.

Elle soutint quelques instants son regard, sans doute pour qu'il y lise sa sincérité.

— Il n'y a pas d'autre amant, inspecteur Lynley. Je peux vous le jurer. Il n'y a que Renzo.

Au-delà des mots, il perçut son langage corporel, et celui-ci confirmait que c'était la pure vérité. D'un autre côté, une femme qui avait eu trois amants en même temps devait être une comédienne accomplie.

— Qu'est-ce qui a pu se passer pour que vous ayez changé ? s'enquit-il, en pensant pour lui-même que personne n'avait jamais le pouvoir de changer qui que ce soit.

— Je ne sais pas. La volonté de ne pas répéter le passé ? J'ai grandi ?

Elle baissa les yeux sur la couverture et en caressa l'ourlet élimé avant de reprendre :

— Autrefois, je cherchais toujours plus loin, tout ce qui était hors de ma portée. Aujourd'hui, je m'aperçois que ce que je cherchais est à ma portée.

— Qu'est-ce que vous cherchiez ?

Ses sourcils bien dessinés se froncèrent.

— Je pensais que seul un homme avait ce pouvoir, celui de me révéler à moi-même. Alors j'attendais, j'attendais tout d'un seul homme, un homme providentiel, mais comme cela ne se produisait jamais, je passais à un autre, puis à un autre. Deux avant Hari. Puis Hari, Esteban et, oui, même Renzo.

Elle leva les yeux vers Lynley et ajouta :

— J'ai blessé beaucoup de gens, surtout Hari. Je n'en suis pas fière. Pas fière de ce que j'étais.

— Et maintenant ?

— Je fais ma vie avec Renzo. Nous fondons une famille. Il veut m'épouser, je le veux aussi. Je n'étais pas certaine au début, mais à présent, si.

Ces incertitudes de la part d'Angelina, comment Lorenzo les avait-il supportées ? se demanda Lynley. Aurait-il agi de quelque manière pour que les choses... « s'arrangent » ?

— A quel moment avez-vous su que c'était lui ? dit-il.

— Je ne comprends pas le sens de votre question.

— Y a-t-il eu un instant précis où vous avez jugé qu'il valait mieux rester fidèle au *signor* Mura ? Savez-vous quand vous avez cessé d'attendre d'un homme qu'il règle vos problèmes existentiels ?

Elle secoua lentement la tête, mais quand elle reprit la parole, Lynley constata qu'elle avait su relier les pointillés entre ses questions :

— Renzo aime Hadiyyah et il m'aime. Vous n'avez pas le droit de le soupçonner d'avoir commis... quelque chose d'aussi horrible pour me prouver... pour me... Car c'est à cela que vous pensez, n'est-ce pas, inspecteur ? Comment pouvez-vous supposer une monstruosité pareille ?

D'une part parce que c'est mon métier, songea Lynley. D'autre part parce que la disparition de Hadiyyah permettrait à Lorenzo Mura d'avoir Angelina pour lui tout seul.

Villa Rivelli
Toscane

Sœur Domenica Giustina ouvrit à Carina le *giardino di fiori* en contrebas du bassin aux poissons rouges. Il faisait ce jour-là une chaleur excessive pour la saison. Les fontaines du jardin encaissé faisaient la joie de l'enfant. Elle-même, si elle n'avait pas eu à recevoir la correction infligée par le Seigneur pour avoir commis le péché de fornication, aurait volontiers accompagné la petite fille. Celle-ci avait roulé les jambes de son pantalon en coton vert pour mieux patauger dans la plus grande vasque et riait aux éclats sous le jet d'eau dont les fines gouttelettes étaient traversées par une multitude d'arcs-en-ciel. La petite l'appela :

— *Venga! Fa troppo caldo oggi.*

Mais sœur Domenica Giustina savait qu'il n'était pas question de soulager sa souffrance, même pour cinq minutes, dans l'onde merveilleusement fraîche.

Quarante jours de châtiment et pas un de moins pour expier ce que son cousin Roberto et elle avaient fait. Pendant tout ce temps, elle ne changerait pas de vêtements – en dépit de la puanteur, la sienne, celle de Roberto, de leur accouplement – et ne les retirerait que pour ajouter des épines aux enveloppes d'étoffe dont son corps était emmailloté. La nuit, elle examinait ses plaies, elles commençaient à suppurer. L'apparition de pus était bon signe : sa repentance lui valait Sa miséricorde. Dieu lui ferait savoir quand elle en aurait fait assez en arrêtant les suintements, mais jusque-là, elle devait marcher sur le chemin qu'elle s'était choisi.

— Sœur Domenica ! s'écria la fillette en se laissant

choir dans l'eau jusqu'à la taille. *Deve venire! Possiamo pescare. Vuole pescare? Le piace pescare? Venga!*

Personne ne pouvait pêcher dans les fontaines où il n'y avait pas de poissons, et puis l'enfant criait trop fort. Sœur Domenica aurait voulu qu'elle se taise, mais elle n'avait pas le cœur à gâcher son plaisir.

— *Carina, fai troppo rumore*, dit-elle en portant un doigt à ses lèvres. Tu fais trop de bruit.

Elle tourna ses regards vers la grande villa à l'est, en surplomb du jardin clos, pour indiquer à la petite fille que sa voix ne devait pas parvenir aux recluses. Le danger les guettait partout.

Au départ, elle avait reçu l'ordre de garder l'enfant entre les épais murs de pierre de la grange, et elle avait désobéi. Quand elle avait emmené Roberto dans la cave, il avait souri et parlé gentiment à Carina, mais sœur Domenica Giustina le connaissait mieux qu'il ne se connaissait lui-même. Elle avait bien vu aux plis autour de ses yeux qu'il n'était pas content.

Avant de partir, il s'était montré très ferme.

« A quel jeu stupide joues-tu ? avait-il susurré. Garde-la à l'intérieur tant que je ne t'ai pas dit le contraire. Tu peux te fourrer ça dans le crâne, Domenica ? »

Il avait tapoté sa tête du poing afin de lui montrer à quel point celle-ci était dure et avait ajouté :

« Après ce que tu m'as fait, par la grâce de Dieu, je penserais... *Cristo*, je devrais te laisser ici à pourrir... »

Elle avait tenté de lui expliquer. Le soleil et l'air frais étaient bons pour les enfants. Carina avait besoin de sortir de la grange, de ces pièces humides qui sentaient le renfermé. Si on l'obligeait à y rester, elle se révolterait. Comme n'importe quelle enfant. De toute façon, ces jardins étaient déserts et puis, si jamais quelqu'un survenait, le moment n'était-il pas venu d'annoncer que Carina était leur fille ?

« *Sciocca, sciocca!* Idiote ! » avait-il répété en lui prenant le menton et en le serrant de plus en plus fort.

A l'instant où elle se disait qu'il allait lui briser les os de la mâchoire, il l'avait brutalement repoussée.

« Elle reste à l'intérieur, compris ? avait-il aboyé. Ni au potager, ni à la cave, ni dans le bassin à poissons rouges, ni sur la pelouse. Elle reste à l'in-té-rieur ! »

Domenica avait murmuré qu'elle comprenait. Mais il faisait tellement chaud et les fontaines étaient tellement fraîches et l'enfant était tellement jeune… Quel mal y avait-il à la laisser s'amuser un peu pendant une heure ?

Malgré tout, elle n'était pas tranquille. Le mieux, conclut-elle, était de gravir les marches de pierre qui remontaient vers le bassin à poissons rouges et d'aller faire le guet sur l'étroite terrasse au sommet de la colline. Et c'est ce qu'elle fit, après avoir vérifié que Carina était bien seule.

Elle se plaça à l'endroit d'où elle pouvait surveiller à travers les arbres et les buissons la route en lacets qui s'élevait depuis le fond de la vallée. Et en effet elle ne tarda pas à l'apercevoir. Comme la dernière fois, sa voiture rouge enfilait virage sur virage à tombeau ouvert. Même à cette distance, elle entendait le bruit de son moteur. Il allait trop vite, comme d'habitude. Ses pneus crissèrent alors qu'il prenait un virage en épingle à cheveux. Mais pourquoi ne ralentissait-il pas ? Cet amour de la vitesse…

Là, en plein soleil, l'air entre elle et la décapotable frissonnait sous l'effet de la chaleur. Elle se sentait indolente. Tout en sachant qu'elle devait sortir Carina du jardin encaissé, l'emmener dans les chambres de la grange et lui faire enfiler des vêtements secs avant l'arrivée de Roberto, elle n'avait pas la force de bouger.

Sans cela, elle n'aurait rien vu. Elle ne l'aurait pas vu rater un virage particulièrement traître. Le véhicule poussa un cri terrible, mélange du rugissement du moteur et des grincements frénétiques de la boîte de vitesses tandis que le conducteur tentait désespérément de rester sur la route. Le véhicule resta un instant comme en suspens au-dessus du paysage, puis elle tomba le long de la falaise, hors de vue, se précipitant vers les arbres, les rochers, la rivière à sec, une autre villa nichée là-bas en contrebas. Elle ignorait où exactement. Tout ce qu'elle savait, c'était qu'il n'était plus en train de foncer vers le sommet des montagnes, tout ce qu'elle savait, c'était qu'elle ne le voyait plus.

Elle resta un moment immobile et figée, se demandant ce qui allait se passer maintenant. Peut-être une explosion accompagnant la vision brève d'une boule de feu jaillissant du fond de la vallée pour déchirer le firmament. Il ne se passa rien. La main de Dieu avait frappé son cousin afin qu'il puisse se présenter devant son Créateur pour répondre, enfin, de ses péchés.

Elle reprit le chemin du jardin encaissé. Debout sur le mur d'enceinte, elle observa l'enfant qui jouait en contrebas. A travers le rideau de gouttelettes du jet d'eau, le soleil étincelait dans sa ravissante chevelure. En la voyant aussi joyeuse et confiante, on peinait à croire qu'elle aussi portait la marque du péché. Pourtant c'était un fait, et il allait falloir y remédier.

27 avril

Victoria
Londres

En entrant dans le bureau de la commissaire Isabelle Ardery, Barbara sut que le stratagème improvisé cinq jours auparavant pour se libérer de son travail à la Met afin d'intervenir dans la crise provoquée par le jeune Sayyid avait fait long feu. A la dernière minute, Mrs Flo s'était sans doute dégonflée et n'avait pas réussi à garder le cap concernant la prétendue mauvaise chute d'une de ses résidentes à Greenford.

Stewart était là, lui aussi. Il occupait une des deux chaises devant le bureau d'Ardery. Avec une torsion du buste, il se tourna vers Barbara juste le temps de la toiser des pieds à la tête. La commissaire, quant à elle, se tenait debout, mince, élancée, aussi élégante qu'à l'accoutumée. Derrière elle, les fenêtres encadraient un ciel gris chargé de pluie. C'était donc vrai. En avril, ne te découvre pas d'un fil...

Isabelle Ardery salua Barbara d'un hochement de tête.

— Asseyez-vous.

Barbara songea vaguement à aboyer en guise de réponse. Elle obtempéra cependant.

— Dites-lui, John, fit Ardery en posant ses mains manucurées sur le bord de la fenêtre pour mieux s'y adosser, le temps d'écouter Stewart déblatérer ce qui aux oreilles de Barbara sonnerait comme son glas professionnel.

— Les fleurs que j'ai envoyées à votre mère n'ont pas pu être livrées...

Ce salaud avait l'air tellement content de lui !

— L'hôpital n'avait aucune trace d'une patiente portant le nom de votre mère. Je me demande, sergent... Elle a peut-être un pseudo ?

— Voyez-vous ça ! soupira Barbara d'un ton las tandis que ses synapses tournaient à mille tours-minute.

Pour appuyer ses accusations, Stewart avait apporté un calepin, qu'il ouvrit négligemment dans la paume d'une main.

— Mrs Florence Magentry... Voici ce qu'elle déclare : la compagnie d'ambulances avait pour nom « Saint John », mais elle aurait aussi bien pu s'appeler Saint Julian, Saint James, Saint Judith ou n'importe quoi qui commence par « J », du moment que c'était précédé de « Saint ». En tout cas, c'est ce qu'elle prétend, alors que je n'ai pas trouvé l'ombre d'un saint ou d'une sainte dans l'annuaire à la rubrique « ambulancier ». Deuzio : concernant l'accident qui l'a menée aux urgences de l'hôpital le plus proche avec une fracture du col du fémur... cette fracture s'est révélée ne pas du tout en être une, de sorte que votre maman ne serait restée qu'une heure ou deux, ou un jour ou deux ou trois, qui sait, et quelle importance... puisque le fond de l'histoire, c'est qu'elle n'est même jamais tombée !

Il referma le calepin d'un coup sec avant de conclure :

— Pouvez-vous m'expliquer ce que vous fabriquez alors que personne ne vous a autorisée à quitter votre poste où de toute façon vous...

— Ça ira, John, intervint Ardery.

La meilleure défense étant l'attaque, Barbara se lança :

— Qu'est-ce qui vous prend, enfin ? Vous menez une enquête sur un cambriolage avec meurtre et vous perdez un temps précieux à traquer ma pauvre maman... ? Vous y allez un peu fort, là, je trouve. Si vous voulez tout savoir, elle a été emmenée par une ambulance appartenant à une compagnie *privée* dans une clinique *privée*, pour la bonne raison qu'elle a une bonne assurance *privée*, et si vous aviez bien voulu me poser la question au lieu de rôder autour comme une...

— Ça ira aussi, l'interrompit Ardery.

Le cœur de Barbara battait à tout rompre. Quoi qu'elle invente, il allait chercher à vérifier. La seule solution, c'était d'essayer de le ridiculiser. Qu'il ait l'air plus moche à mettre la pression sur une subordonnée qu'elle à se défiler de son travail pour empêcher cette sangsue de Mitch Corsico de parler au fils d'Azhar.

Elle lança à Ardery :

— Il ne m'a pas lâchée depuis que vous m'avez affectée à son équipe. S'il pouvait me coller entre deux lamelles comme une amibe pour m'observer au microscope... En plus, il se sert de moi comme d'une vulgaire dactylo !

— Vous avez un certain culot de me montrer du doigt, grogna Stewart. Vous n'êtes qu'une détraquée, et vous le savez...

— Ça vous pendait au nez depuis que votre femme vous a plaqué et que vous avez décidé de vous venger sur tous les humains du genre féminin. Et qui lui jetterait la pierre, la pauvre ? N'importe qui préférerait être à la rue avec un chien plutôt que de vivre avec vous...

— Je tiens à ce qu'il y ait un rapport là-dessus ! s'écria Stewart en se tournant vers Ardery. Je veux qu'il figure dans son dossier et qu'on ouvre une procédure de...

— Vous êtes tous les deux de sérieux détraqués, c'est un fait, le coupa Ardery sèchement.

Elle s'avança vers son bureau, tira sans ménagement son fauteuil et s'écroula dedans.

— J'en ai par-dessus la tête de vos disputes. Vous arrêtez, là, tout de suite, ou je vous fais passer tous les deux en conseil de discipline. Bon, maintenant, au travail. Et si j'entends encore un mot sur vous, ajouta-t-elle en fixant Barbara, si vous attirez encore un seul ennui à ce service, ce ne sera pas seulement le conseil de discipline, ce sera la porte. Compris ?

Stewart plissa ses lèvres minces en un vilain sourire, lequel s'évanouit lorsque Ardery poursuivit :

— Et vous êtes un enquêteur chargé d'enquêter sur un cambriolage avec meurtre, alors conduisez-vous comme tel. Dois-je vous rappeler, John, que vous devez mettre à profit les talents des membres de votre équipe et non assouvir votre envie de... je ne sais quoi. J'ai été assez claire ?

Sans attendre de réponse, elle souleva le combiné de son téléphone et composa un numéro en soufflant :

— Pour l'amour du ciel, sortez d'ici et retournez au travail.

Ils obéirent au premier impératif, mais pas au second. Dès qu'ils furent dans le couloir, l'inspecteur Stewart se saisit du bras de Barbara. Rien qu'à son contact, elle sentit se former en elle un cri de dégoût et son genou la démanger de lui flanquer un bon coup là où il en garderait le souvenir pendant longtemps. Mais elle se retint et se borna à susurrer :

— Otez vos sales pattes ou je vous accuse de harcèl...

— Ecoutez-moi, espèce de vache folle, chuchota-t-il à son tour. Vous avez foutrement bien manœuvré, on est d'accord. Mais je sais sur vous deux ou trois choses qui pourraient vous nuire... extrêmement, alors attention, sergent Havers...

— Oh, mon Dieu, je suis verte de peur.

Et sur ce, elle s'éloigna, l'esprit en proie à ce qui ressemblait à un dialogue de chœur antique. Devait-elle faire gaffe et marcher droit avant qu'il ne soit trop tard ? Mais alors, il lui faudrait renoncer au plan qui se formait déjà dans sa tête sous la forme de multiples actions à entreprendre au plus vite.

A travers cette nuée de pensées lui parvint la voix de Dorothea Harriman. C'était bien son nom qu'elle prononçait. Barbara se retourna pour voir la secrétaire du département, le téléphone serré contre sa poitrine.

— On vous demande d'urgence en bas.

Barbara jura entre ses dents. Quoi encore ? pensa-t-elle. « En bas » signifiait l'accueil : elle avait de la visite. Il ne manquait plus que ça !

— Qui est-ce ?

— Ils disent qu'il est costumé.

— « Costumé » ?!

— Il porte un costume de cow-boy, opina Dorothea en faisant la grimace et en levant au ciel ses yeux bleu lavande.

Mitchell Corsico n'en était pas à sa première visite à New Scotland Yard.

— Sergent, ce doit être ce gars de la...

Barbara l'arrêta tout net :

— J'y vais !

Et indiquant le téléphone d'un mouvement du menton, elle lança :

— Dites que j'arrive.

Dorothea acquiesça. Mais comme Barbara n'avait aucune intention de se montrer « en bas » ou ailleurs en compagnie de ce crampon, elle courut se réfugier dans la cage d'escalier et téléphona à Corsico sur son portable. Elle n'aurait pas pu faire plus concis.

— Dégagez. Vous et moi, c'est terminé.

— Je vous ai téléphoné huit ou neuf fois. Et toujours pas de réponse ? Tss-tss-tss, Barb. J'ai pensé qu'une visite en personne à Victoria Street changerait peut-être la donne...

— Ce qui va changer, c'est que vous allez foutre le camp.

— Vous et moi, il faut que nous taillions une petite bavette.

— N'y comptez pas.

— Alors je vais prendre racine ici et demander à tous les flics sympas que je vois passer s'ils peuvent aller vous chercher, et bien sûr, comme je suis poli, je me présenterai avant... A moins que vous n'acceptiez de descendre... A vous de choisir.

Barbara ferma les yeux et serra les paupières dans l'espoir de ranimer ses synapses. Elle devait se débarrasser du journaliste. Quelle idée stupide elle avait eue d'imaginer se servir de lui ! Si jamais on apprenait qu'elle avait été sa source pour son scoop sur Hadiyyah et sa famille... Bon, comme elle ne pouvait pas le tuer, la seconde option, c'était de l'éloigner du bâtiment de la Met.

— Allez au bureau de poste... commença-t-elle.

— Bordel ! Vous avez de la merde dans les oreilles, sergent ? Vous savez le mal que je serais capable de vous causer si vous...

— Vous pouvez pas la fermer trois secondes ? La poste est juste en face, OK ? Je vous y retrouve. Si on nous voit ensemble, j'arrête tout... Et vous savez très bien pourquoi puisque c'est vous qui utilisez ça pour me menacer en premier lieu.

— Je ne menace personne.

— Et moi je suis votre arrière-grand-mère. Maintenant, vous traversez gentiment la rue... ou vous préférez entamer une discussion sur les conséquences du chantage : émotionnelles, professionnelles, financières et ainsi de suite ?

— Bon, d'accord. Va pour le bureau de poste. Mais j'espère que vous allez vous pointer rapidos, Barb, parce que sinon... Vous risquez de pas trop apprécier la suite des événements.

— Je vous accorde cinq minutes.

— J'ai pas besoin de plus.

Barbara raccrocha. Après son entretien avec Ardery et Stewart, ce n'était pas comme si elle avait une foule d'options. Elle consulta sa montre. Cinq minutes. Dorothea la couvrirait sûrement.

Elle courut demander ce service à la secrétaire.

— Vous êtes aux toilettes, opina Dorothea. « Elle est indisposée, vous ne voulez pas que je vous fasse un dessin, inspecteur Stewart ? »

— Merci, Dee.

Barbara se rua vers les ascenseurs.

Corsico était à l'intérieur, pile à l'entrée du bureau de poste. Sans attendre ses explications, Barbara marcha droit sur lui, le prit par le bras et le traîna jusqu'à un distributeur de timbres.

— Bon, je veux bien pour cette fois, mais c'est la dernière. Qu'est-ce que vous voulez ? C'est votre chant du cygne, alors vous n'avez pas intérêt à vous planter.

— Je ne suis pas ici pour discuter.

Il baissa les yeux sur la main de Barbara. Elle le lâcha. Il brossa le daim de sa veste à franges comme pour en effacer l'empreinte de ses doigts.

— Super. Alors disons-nous au revoir, tapons-nous dans le dos, séparons-nous bons amis !

— Ah, pas tout à fait encore.

— Et pourquoi pas ?

— Parce que je veux deux interviews.

— Je me fiche de ce que vous voulez tirer de votre histoire de papa qui mène une double vie…

— Oh, je crois qu'au contraire ça va vous intéresser. Au contraire. Peut-être pas maintenant, à cet instant. Mais bientôt.

— Où voulez-vous en venir ?

De son sac à dos, il tira l'appareil photo numérique qu'elle avait vu autour de son cou devant l'école de Sayyid. Pas un petit machin pour touristes, mais du matériel de pro, avec écran large. Il alluma l'appareil, appuya sur un bouton et trouva ce qu'il cherchait. Il tourna l'écran vers Barbara.

Une photo de l'empoignade devant le collège. Sayyid et son grand-père engagés dans un corps-à-corps féroce. Barbara et Nafeeza qui s'efforçaient de détacher les deux adversaires. Mitchell appuya sur un bouton, et une deuxième photo remplaça la première. On y voyait Barbara les poussant dans la voiture. Il passa à une troisième. Elle parlait à Nafeeza par la vitre entrouverte. Dans le fond, on reconnaissait le bâtiment du collège. Le jour et l'heure figuraient dessus, ceux-là même où elle s'était soi-disant précipitée au chevet de sa maman victime d'une très mauvaise chute.

— J'ai eu une bonne idée de titre, dit Mitchell. « Un officier de la Met intime du papa indigne »… Super, non ? A partir de là, on peut imaginer une ribambelle de possibilités, vous ne trouvez pas ?

Barbara ne s'inquiétait pas tellement de ce que la presse à scandale pouvait faire de ses relations avec Azhar. Son problème, c'était que cet imbécile s'apprêtait à publier la preuve qu'elle avait menti à ses supérieurs hiérarchiques. Mais bien sûr, Mitchell Corsico l'ignorait, et elle était déterminée à ce que ça ne change pas.

— Et alors ? lança-t-elle. Tout ce que je vois, c'est un officier de la Met en train de mettre un peu d'ordre… Qu'est-ce que vous voyez, vous ?

— Je vois Sayyid me confiant que cet officier est la maîtresse de son papa. Je vois un tas d'interviews tous azimuts, en particulier dans le quartier de Chalk Farm et, plus précisément encore, dans une belle demeure d'Eton Villas convertie en appartements…

— Vous tenez tant que ça à vous ridiculiser ? Vous n'avez aucune preuve, et je jure devant Dieu que, si vous publiez un papier dans ce sens, vous recevrez un coup de fil de mon avocat.

— Pour quoi ? Pour avoir cité un adolescent qui déteste son papa ? Voyons, Barb, vous connaissez la chanson. Les faits, ça va, mais ce qui fait la saveur d'un papier, c'est le sous-entendu. « Intime » est le mot phare du gros titre. Ça peut vouloir dire n'importe quoi. Au lecteur de décider lui-même ce qu'il y a sous tout ce va-et-vient entre vos deux logis. Petite cachottière ! Je ne me doutais pas que vous connaissiez ces gens, et encore moins que vous habitiez à deux pas de la chambre à coucher du papa indigne…

Barbara, paniquée, se dit que la seule solution, pour l'heure, était de chercher à gagner du temps. Lui céder était en effet hors de question, ce serait se livrer à lui pieds et poings liés.

— Qui voulez-vous interviewer ? demanda-t-elle d'un air faussement dépité.

— En voilà une gentille fi-fille…

— Attention à…

— Je veux recueillir les confidences de Nafeeza. Puis je veux un entretien avec Taymullah Azhar.

Barbara savait que Nafeeza se couperait la langue plutôt que de parler à un reporter quel qu'il soit. Et Mitchell Corsico était aussi fou qu'un singe sous LSD tentant de dépiauter des bananes en plastique s'il croyait qu'Azhar allait se laisser approcher par *The Source*. Mais cet imbécile se croyait tellement malin, autant en profiter.

— Il faut d'abord que je leur parle, à tous les deux. Cela prendra un certain temps…

— Vingt-quatre heures.

— Plus longtemps, Mitchell. Azhar se trouve en Italie, et si vous pensez que Nafeeza est du genre à se confier à cœur ouvert au premier venu…

— C'est ma dernière offre. Vingt-quatre heures. Après ça, je lance mon papier sur l'officier de la Met et le papa indigne. La balle est dans votre camp, Barb.

Chalk Farm
Londres

Barbara se savait coincée. Convaincre Nafeeza d'accepter une interview était bien sûr hors de question. D'autant que c'était elle, Barbara, qui les avait tous entraînés sur le chemin de l'humiliation publique, et elle se refusait à aggraver leur situation en la livrant aux fauves.

Et Azhar ? Fallait-il le persuader de se défendre auprès de Corsico de l'accusation d'abandon de domicile conjugal au détriment de sa femme et de ses enfants ? Ne lui resterait plus ensuite qu'à restreindre Corsico à une seule interview. Azhar accepterait sans doute si elle lui expliquait que son emploi à la Met était en jeu. Mais après ça, pourrait-elle de nouveau se regarder dans une glace ?

Elle n'avait pas reparlé à Azhar depuis qu'elle avait appris par Dwayne Doughty qu'il détenait depuis le mois de janvier la totalité des informations recueillies par le détective et son assistant à propos de l'endroit où se trouvait Angelina Upman. Si c'était vrai, les paroles et les actes du professeur pakistanais depuis le mois de janvier étaient sujets à caution. Et si depuis lors il n'avait fait qu'enfiler des mensonges...

Pour l'heure, à défaut de solution, elle savait où puiser une consolation... Dans la nourriture. Elle n'était pas plus tôt rentrée chez elle qu'elle entreprit d'ingurgiter ce qu'elle avait acheté en route, à savoir une double portion de *fish and chips*, une *treacle tart*[1] et un quatre-quarts à la confiture, le tout arrosé d'une bouteille de bière blonde et ensuite d'une tasse de café instantané. Pour couronner le tout, elle grignota jusque dans ses pliures les plus intimes un paquet de chips au vinaigre. Elle termina vertueusement par une pomme... pour ses artères.

Maintenant, à moins de finir comme dans *La Grande Bouffe*, elle ne pouvait plus repousser son coup de fil en Italie. Elle alluma une cigarette, fit le numéro d'Azhar. Jamais elle n'avait autant redouté de sa vie un simple appel. Elle devait tout lui raconter. Les menaces du journaliste, les affirmations du privé...

---

1. Tarte à la mélasse.

Ce qu'elle n'avait pas prévu, c'était le lieu où se trouvait Azhar quand il décrocha. Il était à l'hôpital de Lucca. Angelina, sur l'insistance de Lorenzo Mura et les conseils de l'inspecteur Lynley, y avait été transportée d'urgence. Cela faisait deux jours qu'elle manifestait les symptômes les plus inquiétants, qu'elle attribuait pour sa part à son début de grossesse. Mais son état s'était aggravé, nécessitant une hospitalisation.

Barbara eut honte de voir tout de suite l'avantage qu'elle pourrait en tirer pour calmer la fougue de Mitchell Corsico. La mère de la petite kidnappée hospitalisée... peut-être sur le point de perdre l'enfant qu'elle porte... à cause du chagrin que lui cause la disparition de sa fille... et de l'exaspération que lui cause la police italienne, qui, au lieu de s'acharner jour et nuit à trouver une piste, reste à lambiner et à boire de grandes quantités de chianti... Ça ferait un papier du tonnerre, non ? De quoi émouvoir les lecteurs de *The Source*, dans la mesure où les journalistes et les lecteurs de ce tabloïd avaient un cœur, bien sûr. En tout cas, c'était mieux que l'autre versant de l'alternative : la réputation d'Azhar salie pour toujours.

— Il y a un problème avec la grossesse ? s'enquit-elle.

— D'après Mr Mura, son état est très préoccupant, répondit Azhar. Les médecins ne savent pas ce qu'elle a. Déshydratation, vomissements, nausées...

— La grippe ? Un virus ? Ou bien des super nausées de début de grossesse...

— Elle est très faible. J'ai été averti par l'inspecteur Lynley. Je suis venu tout de suite... mais je me demande bien pourquoi.

Barbara savait, elle. Azhar aimait cette femme d'un amour indestructible. En dépit de tout ce qu'elle lui avait fait, et même si elle lui avait pris sa fille chérie. Barbara ne comprenait pas ce genre de lien entre les gens.

— Vous l'avez vue ? Est-elle... Elle est consciente ? Elle souffre ?

— Non, pas encore. Lorenzo...

Il marqua une pause, puis reprit :

— On est en train de lui faire des analyses. Elle est entre les mains de plusieurs spécialistes. Ce pourrait être lié au stress engendré par la disparition de Hadiyyah, en plus de la grossesse... Je n'en sais pas plus, Barbara. J'espère en apprendre davantage en restant ici.

Ainsi, Lorenzo Mura faisait barrage entre lui et Angelina, se dit Barbara. Elle avait elle-même été témoin de l'attitude méfiante de l'Italien à l'égard d'Azhar quand Angelina et lui avaient débarqué à Chalk Farm en pensant trouver Hadiyyah chez son père. Lorenzo Mura n'avait manifestement pas confiance en Angelina. Mais aussi, vu le passé de cette dernière, quoi d'étonnant ?

Ce pouvoir que certaines femmes avaient sur les hommes... Jusqu'où certains étaient-ils prêts à aller pour garder une femme comme Angelina ?

Ces réflexions la ramenèrent à la raison première de son coup de fil.

En son for intérieur, elle souhaitait que Doughty lui ait menti. Elle avait tellement d'affection pour Azhar. Soudain incapable de l'interroger franchement, dans le style : « Doughty prétend que vous aviez une montagne d'informations dès le mois de janvier... Qu'en avez-vous fait ? », elle articula tout haut :

— Cette histoire italienne, Azhar...

— Oui ?

— Vous étiez-vous douté qu'elle serait en Italie ?

— Comment aurais-je pu ? répondit-il sans une once d'hésitation, d'un ton mélancolique. Elle aurait pu être n'importe où sur cette planète. Si j'avais su où la trouver, j'aurais remué ciel et terre pour ramener Hadiyyah à la maison.

Là, il venait d'énoncer une pure vérité : Hadiyyah était toute la vie de son père. Il était inconcevable qu'ayant découvert l'endroit où elle était il ait attendu quatre mois sans lever le petit doigt.

Pourtant, Doughty avait semé les graines du doute dans son esprit. Elle pouvait toujours faire une chose : vérifier son alibi berlinois. A ce stade, elle ne pouvait plus se fier à la parole du privé.

Bow
Londres

Dwayne Doughty se rendait à pied à Victoria Park. Il avait besoin de réfléchir, et une petite promenade – peut-être traverserait-il le parc pour en sortir à Crown Gate East – lui était toujours bénéfique. En restant au bureau, il n'aurait pu éviter un nouveau tête-à-tête avec Emily. Ses prédictions de fin du monde imminentes finissaient par lui taper sur les nerfs. Pour sa part, il était convaincu depuis le départ que, moyennant quelques précautions, à la fin tout s'arrangerait et qu'il ne leur resterait plus qu'à rafler la mise. Emily ne partageait pas son point de vue.

Voilà pourquoi il ne voulait pas qu'elle perçoive son inquiétude. Heureusement, comme elle avait été occupée par la filature d'un banquier de quarante-cinq ans et de sa jeune maîtresse de vingt-deux ans, il l'avait tout juste croisée. Mais il arriverait un moment, dans un jour ou deux, où elle en aurait fini avec les tribulations de son banquier et lui livrerait les fruits de sa moisson : photos, tickets de carte bancaire, relevés téléphoniques, etc., bref, tout ce qu'il fallait pour faire capoter un mariage. Et quand cela se produisait, Dwayne devrait être en mesure de fournir des explications à Emily. Il ne pouvait pas se permettre de les perdre, elle et son savoir-faire. Pour cela, le sac de nœuds italien devait être débrouillé.

La réflexion devait entraîner l'action. Dans cette perspective, il avait acheté un portable jetable – s'il appelait d'une des lignes du bureau, Em allait lui tomber dessus telle la foudre sur un arbre.

Pourtant, les choses auraient dû se tasser depuis le temps. Ce n'était quand même pas de l'astrophysique, que diable ! Il y avait des semaines que cela aurait dû être réglé par un « OK, tout va bien, *arrivederci* ». Mais rien ne s'était passé comme prévu.

— Qu'est-ce qui se passe ? s'écria-t-il lorsque son interlocuteur confirma son identité.

— Je ne sais pas.

— Comment ça, vous ne savez pas ? On vous paye pour savoir. On vous paye pour que ça marche !

— J'ai tout organisé comme vous l'aviez demandé. Mais quelque chose a mal tourné et je ne sais pas quoi.

— Comment ça ?

Il y eut un grand silence. Doughty crut qu'il avait perdu la communication. Il s'apprêtait à raccrocher et à rappeler quand son interlocuteur répondit :

— Je ne pouvais pas courir ce risque. Pas de cette façon-là... En plein *mercato* ? On se serait souvenu de moi.

— L'idée du marché était la vôtre, pas la mienne, espèce de connard. Pour moi, cela aurait pu se passer n'importe où, devant l'école, dans un parking, pendant une promenade, dans la propriété…

— Bon, n'en parlons plus, au point où on en est. Ce que vous n'avez pas l'air de comprendre, c'est que… *Merda!* Vous allez me dire que c'est ma faute. Vous m'avez demandé de la trouver, je l'ai trouvée. Je vous ai donné le nom. Je vous ai trouvé l'endroit exact, l'adresse. Ce n'est pas moi qui ai voulu l'enlever, c'est vous. Si vous m'aviez prévenu de vos intentions, je ne me serais… comment dites-vous déjà ? Je ne me serais jamais embarqué dans cette galère.

— Vous n'avez pas fait le dégoûté devant le fric, si ma mémoire est bonne, espèce de salopard !

— Pensez ce que vous voulez, mon ami. La police n'a pas progressé dans son enquête, c'est le signe que mon plan était bon. *Giusto*, comme nous disons.

Aux mots « mon plan », Doughty sentit un courant d'air glacé se couler sous son marcel. Il n'aurait dû y avoir qu'un seul plan. Le sien. Enlever la gamine, la cacher et attendre son signal pour la changer d'endroit. Qu'un autre plan ait été élaboré à son insu, voilà qui lui coupait la chique.

— Vous… en avez après le pognon de Mura, c'est ça ? parvint-il cependant à articuler. C'est ça que vous guignez depuis le départ, hein ?

— *Pazzo*. Autant raisonner une femme jalouse.

— Qu'est-ce que c'est, ce charabia ? riposta Doughty, furieux de s'entendre traiter de « fou » par un connard pareil.

— Les flics m'ont trouvé, *sciocco*.

Doughty tressaillit de nouveau, moins indigné de

l'insulte, cette fois, qu'ébranlé par la nouvelle. Son interlocuteur poursuivit :

— Il a bien fallu mettre au point un nouveau plan. Je n'ai aucune envie d'aller moisir en taule à attendre la visite d'*il pubblico ministero*. Et si je ne suis pas au trou, c'est pour la raison même qui vous met en rogne contre moi. J'avais mon plan. Vous vouliez qu'on l'enlève. Bien, je me suis arrangé pour qu'on l'enlève. *Capisce?*

— Vous avez employé quelqu'un d'autre... ? Vous êtes dingue ou quoi ? Qui l'a enlevée ? Qu'est-ce qu'il a fait d'elle ? Je dis « il », mais c'est peut-être votre grand-maman qui a eu besoin d'argent de poche... Ou un immigrant albanais ? Un Africain ? Un Rom, pour ce que j'en sais ? Connaissez-vous au moins la personne que vous avez embauchée, ou vous avez ramassé n'importe qui dans la rue ?

— Vous cherchez à m'offenser, cela ne nous mène à rien.

— Je veux cette gosse !

— Moi aussi, mais pour des raisons différentes sans doute. J'ai lancé la dernière étape. Il y a eu un problème, je ne sais pas quoi. Il allait la chercher... je parle du messager que j'ai envoyé... mais après je ne sais pas.

— Quoi ? Qu'est-ce que vous ne savez pas ? hurla Doughty.

— C'était... *Come si dice?* Une caution. Non. Une précaution. Il m'a paru plus prudent d'ignorer l'endroit où il l'emmenait. Comme ça, si jamais les flics me coinçaient – et c'est fait, comme je vous ai dit –, ils ne pourraient pas me faire parler, puisque je ne sais rien.

— Alors, elle serait morte, vous n'en sauriez rien. Votre « messager » a très bien pu se débarrasser d'elle... Elle ne s'est peut-être pas laissé faire... Elle a peut-être appelé au secours... Il l'aura jetée dans le coffre et, pour ce qu'on en sait, elle aura peut-être suffoqué. Et le gars s'est retrouvé avec un cadavre sur les bras...

— Non, une chose pareille n'aurait pas pu se produire.

— Comment pouvez-vous le savoir ?

— J'ai soigneusement choisi le... bon, oui, appelons-le comme ça... mon messager. Il sait que je ne lui donnerai le reste de l'argent que si la petite n'a rien.

— Alors, où est-elle ?

— C'est ce que je m'efforce de découvrir. J'ai téléphoné, mais jusqu'ici pas de réponse.

— En d'autres termes, vous avez merdé... N'est-ce pas ?

— *Si. D'accordo.* Mais je fais de mon mieux pour me renseigner. Il faut me croire. Seulement, la police me surveille.

— Je me fiche que la garde suisse vous surveille. Je veux que vous retrouviez cette gosse. Aujourd'hui !

— Je ne pense pas que ce sera possible. Il faut d'abord que je mette la main sur le messager...

— Alors, trouvez-le, bordel ! rugit Doughty. Si je dois venir moi-même régler cette histoire, vous allez le regretter !

Sur ces paroles, il cassa le portable en deux. Il était arrivé sur le pont de Gunmaker Lane, qui enjambe le Hertford Union Canal. Avec un juron, il lança les morceaux de l'appareil dans les eaux vaseuses. En les regardant couler, il songea que sa vie allait hélas peut-être prendre le même tour.

28 avril

Lucca
Toscane

Salvatore Lo Bianco, comme toujours, proposa son aide à la *mamma*. Et comme toujours, celle-ci refusa. Personne d'autre ne polirait le marbre de la tombe de son père tant qu'il resterait un souffle de vie à son épouse dévouée. Non, non, non, *figlio mio*, cela prendra seulement le temps que ma pauvre vieille carcasse tourne autour de la pierre avec de l'eau savonneuse et des chiffons. En un tour de main, la pierre reflétera mon vieux visage, et les beaux nuages du ciel avec. Mais tu peux regarder, si tu veux, *figlio mio*, ainsi tu sauras quoi faire lorsque je serai couchée à côté de ton père, une fois mes jours sur terre écoulés.

Salvatore répliqua qu'il préférait aller marcher un peu. Il suivrait le chemin de terre qui faisait le tour de cette partie du Cimitero Comunale. Il avait besoin de réfléchir. Elle n'avait qu'à l'appeler, si nécessaire. Il ne serait pas loin.

La *mamma* le serra affectueusement dans ses bras. Qu'il fasse à sa guise. Les fils, de toute façon, c'était ingouvernable, n'est-ce pas ? Puis elle se pencha vers la tombe en disant :

— *Ciao, Giuseppe, marito carissimo...*

Et de raconter au mort combien il lui manquait, et que chaque jour qui passait les rapprochait de leurs retrouvailles. Après quoi, elle s'attela à l'opération propreté.

Salvatore, qui l'observait, étouffa un gloussement. Il y avait des moments où sa mère ressemblait à une caricature de *mamma* italienne. Comme maintenant. En effet, Teresa Lo Bianco avait passé sa vie conjugale, en tout cas celle dont Salvatore avait été témoin, à fulminer contre son père. Comme beaucoup de femmes de son pays, elle avait été très belle dans sa jeunesse. Mais, un mariage trop précoce, l'enfantement et les corvées du ménage lui avaient dérobé ses charmes. Elle ne le lui avait jamais pardonné. Sauf ici, au Cimitero Comunale. Dès l'instant où Salvatore garait la voiture devant le portail, ses traits froncés par un mécontentement endémique se détendaient, transfigurés par la douleur et la piété, au point que tout étranger, la voyant, penserait qu'elle venait de perdre son cher et tendre.

Il sourit et, fourrant une tablette de chewing-gum dans sa bouche, se mit à marcher. Il avait longé la moitié du périmètre du quadrilatère de tombes décorées de statues de saints, de la Vierge et du Christ, quand son portable sonna. Il vérifia le numéro inscrit sur l'écran avant de répondre.

L'Anglais. Il trouvait Lynley sympathique. Il n'était pas du tout l'empêcheur de tourner en rond qu'il avait redouté.

A son *pronto*, l'autre répliqua dans son italien toujours impeccable quoiqu'un peu lent. Il le prévenait que la mère de la petite disparue était à l'hôpital.

— Je n'étais pas certain que vous étiez au courant, lui expliqua Lynley en précisant que lorsqu'il l'avait vue, deux jours plus tôt à la *fattoria*, il l'avait déjà trouvée très faible. Le *signor* Mura a absolument tenu à la faire hospitaliser, au moins pour un bilan. Je ne l'ai pas contredit.

Lynley lui rapporta ses conversations avec à la fois Lorenzo Mura et Angelina Upman. Il avait surpris le premier en train de recevoir une enveloppe joufflue d'un barbu dont il lui avait ensuite dit qu'il s'agissait d'une transaction pour un de ses ânes. N'empêche, Lynley s'était posé des questions. Quelle était la situation financière de la famille Mura ? Et celle de Lorenzo ?

Salvatore comprenait où il voulait en venir. Les projets ambitieux de Lorenzo Mura pour la vieille propriété familiale nécessitaient de grosses sommes d'argent. La famille élargie était très bien lotie, et cela depuis des siècles, mais lui-même n'avait pas grand-chose. Ses proches se précipiteraient-ils pour l'aider dans le cas où une demande de rançon surviendrait pour l'enfant de sa maîtresse ? Peut-être. Mais comme il n'avait pas été question jusqu'ici de rançon, cela écartait les soupçons de Lorenzo.

— D'autres raisons pourraient le pousser à écarter Hadiyyah de la vie d'Angelina, suggéra Lynley.

— Ce qui ferait de lui un monstre.

— J'en ai croisé pas mal dans mon existence, et je suppose que vous aussi.

— Je n'ai pas totalement rayé Lorenzo Mura de ma liste, admit Salvatore. Peut-être le moment est-il venu que nous allions tous les deux, vous et moi, bavarder avec le sieur Carlo Casparia... Piero l'a poussé à « imaginer » comment il avait commis son crime. Peut-être son imagination nous livrera-t-elle quelque chose d'intéressant sur les événements au *mercato* le matin de l'enlèvement.

Il donna rendez-vous à l'Anglais près de la porte intérieure de la ville où ils s'étaient déjà retrouvés une fois. Pour le moment, il était au Cimitero Comunale, où il rendait son hommage mensuel à son père défunt.

— Dans une heure, *ispettore* ?
— *Aspetterò*, répondit Lynley.

Il l'attendit comme convenu, à la Porta di Borgo, plongé dans la lecture de *Prima Voce*. Carlo Casparia faisait de nouveau la une. Ses parents avaient été interviewés en long, en large et en travers sur leur « mauvais fils », qui était aussi leur unique enfant. De quoi occuper les journalistes pendant au moins deux jours. Dans l'immédiat, la police pouvait continuer son travail en paix.

Salvatore fit une brève halte à la *questura* pour se munir de l'ordinateur portable dans lequel il avait stocké les nombreuses photos faites par la touriste américaine et sa fille au marché, à l'heure de la disparition de l'enfant. Après quoi, ils prirent le chemin de la prison où depuis ses aveux le malheureux drogué moisissait en attendant son procès. Pour bénéficier d'une liberté conditionnelle avant le jugement, il aurait fallu qu'il ait un domicile fixe, et les anciennes écuries du Parco Fluviale ne pouvaient répondre à cette appellation, expliqua Salvatore à Lynley pendant le trajet. A leur arrivée à la maison d'arrêt, on leur apprit que Carlo était à l'infirmerie. Apparemment, son organisme supportait mal le manque de substances illicites. Il avait droit à une cure dans les pires conditions, et personne n'aurait pitié de lui.

Ils trouvèrent le jeune homme allongé dans un des lits étroits d'une salle où les alités étaient soit munis d'attaches aux chevilles, soit trop faibles pour se lever.

Carlo Casparia appartenait au deuxième groupe, recroquevillé en chien de fusil sous un drap blanc et une mince couverture bleue. Il tremblait des pieds à la tête, les yeux ouverts sur le vide. Ses lèvres étaient gercées, il n'était pas rasé, ses cheveux roux ne formaient plus qu'une ombre rose sur son crâne tondu. Il se dégageait de lui une odeur abominable.

— *Non so, ispettore*, murmura Lynley.

Salvatore acquiesça. Lui non plus ne pensait pas que l'on puisse tirer quoi que ce soit de cette loque humaine, mais c'était une piste, et il fallait la suivre.

— *Ciao, Carlo*, dit-il en tirant une chaise en métal à son chevet et en installant son ordinateur portable sur la table-plateau. *Ti voglio far vedere alcune foto, amico. Gli dai uno sguardo?*

L'intéressé ne bougea pas. S'il avait entendu le mot « photo », cela ne se voyait pas. Il fixait un point par-dessus l'épaule de Salvatore. Celui-ci se retourna et aperçut une horloge murale. Le pauvre idiot, il regardait les secondes défiler, en espérant sans doute qu'il verrait le bout du tunnel un jour.

Salvatore et Lynley échangèrent un regard dubitatif.

— *Voglio aiutarti*, reprit Salvatore. *Non credo che tu abbia rapito la bambina, amico...*

Il lui montra la première photo sur l'écran de son ordinateur.

— *Prova*, chuchota-t-il. *Prova, prova a guardarle.* Essaye de les regarder...

Il plaça l'écran face au jeune homme et fit défiler la totalité du flux d'images. En vain. Puis il dit au toxicomane qu'ils allaient essayer à nouveau. Voulait-il un peu d'eau ? Manger quelque chose ? Une autre couverture pour mieux traverser cette terrible épreuve ?

— *Niente*, prononça finalement Carlo, pour signifier que rien ne pouvait l'aider.

— *Per favore*, murmura Salvatore. *Non sono un procuratore. Ti voglio aiutare, Carlo.* Je ne suis pas un procureur, je veux t'aider...

Une petite lueur s'alluma dans les yeux hagards. Encouragé, Salvatore ajouta que rien de ce qui serait dit ici ne donnerait lieu à un procès-verbal. Son collègue de Londres et lui-même ne prendraient même pas de notes. Personne ne l'obligerait à signer quoi que ce soit. Ils ne pensaient pas qu'il soit le ravisseur de la petite fille. Il n'avait rien à craindre d'eux.

Carlo serra un instant les paupières. Il souffrait. Salvatore se rappela qu'on lui avait appris que les symptômes de sevrage comprenaient une sensibilité accrue à la douleur. Aussi cette fois souleva-t-il l'ordinateur et prit-il soin de placer l'écran pile sous les yeux du jeune homme. Mais Carlo se contenta de le regarder en faisant non de la tête devant chaque image.

Cependant, à un moment, son expression changea imperceptiblement. Ses sourcils se rapprochèrent et il se lécha la lèvre supérieure d'une langue blanche comme la craie. Comme un seul homme, Salvatore et Lynley se penchèrent pour voir ce qu'il y avait sur l'écran. C'était la photo de la tête de cochon sur le stand du boucher. La photo où Lorenzo Mura faisait un achat.

— *Conosci quest'uomo?* s'enquit Salvatore.

Carlo fit de nouveau non de la tête. Il ne le connaissait pas, mais il l'avait vu.

— *Dove?* dit Salvatore en jetant un coup d'œil à Lynley, qui observait attentivement Carlo.

— *Nel parco*, chuchota Carlo. *Con un altro uomo.*

Salvatore voulut savoir s'il reconnaîtrait cet autre homme auquel Lorenzo Mura avait parlé dans le parc. Il lui montra un élargissement du cliché où on voyait un individu brun dans la foule derrière Hadiyyah. Mais Carlo fit de nouveau non. Ce n'était pas cet homme-là. Quelques questions plus tard, il était établi qu'il ne s'agissait pas non plus de Michelangelo Di Massimo à la toison d'or. C'était quelqu'un d'autre, mais Carlo ignorait son identité. Il savait seulement que Lorenzo et cet inconnu s'étaient rencontrés après les heures d'entraînement de foot des enfants. Un peu plus tôt, il y avait eu plein de petits garçons qui jouaient sur le terrain, mais l'inconnu était arrivé quand il n'y avait plus que Lorenzo Mura.

Victoria
Londres

Mitchell Corsico se contenta cette fois de lui parler au téléphone. Barbara se dit qu'elle devait s'estimer heureuse de cette petite faveur. Pour le reste, le journaliste sifflait le même air que lors de leur dernière rencontre. Sauf que maintenant le *Sun*, le *Mirror* et le *Daily Mail* commençaient à investir dans l'affaire de l'enlèvement et à dépêcher des correspondants en Toscane. Esprit de compétition oblige, Corsico était de plus en plus teigneux.

Il était revenu hélas au thème de l'intimité entre un officier de la Met et le papa indigne. Et il réitérait ses menaces. Il tenait coûte que coûte à ses interviews exclusives avec Azhar et Nafeeza. Si Barbara ne les lui décrochait pas, elle ne pourrait pas s'étonner de se voir à la une de *The Source*, participant à l'empoignade entre le fils et le père d'Azhar.

Ce n'était même pas la peine de lui conseiller plutôt

l'angle « La maman de la petite kidnappée hospitalisée ». Le *Daily Mail* était déjà là-dessus. Pour sa part, le *Mirror* se livrait à des spéculations sur la raison de cette hospitalisation. Ils semblaient pencher pour la thèse de la tentative de suicide – « La mère effondrée termine à l'hôpital » –, que personne ne contredisait en Italie puisque aucune nouvelle ne filtrait de l'enquête.

Barbara essaya de le raisonner.

— Tout se passe en Italie, qu'est-ce que vous foutez à Londres alors que vous devriez être là-bas, Mitchell ?

— Vous et moi, nous savons mesurer une interview à sa juste valeur. Ne me racontez pas que faire le pied de grue devant un hôpital italien pourrait être payant.

— Très bien. Alors interviewez quelqu'un sur place. Mais, Nafeeza et Sayyid, où est-ce que vous voulez que ça vous mène ?

— Donnez-moi Lynley, alors. Filez-moi son numéro de téléphone portable.

— Si vous voulez l'inspecteur, magnez-vous le cul et allez lui parler de vive voix. Si vous patientez un peu dans les parages du poste de police de Lucca, vous finirez par tomber sur lui. Vous n'avez qu'à appeler les hôtels. La ville n'est pas bien grande. Combien peut-il y en avoir ?

— Je refuse de poursuivre le même angle que les autres journaux. C'est nous qui avons eu le scoop et nous avons l'intention de continuer à tenir le flambeau. Partir rejoindre tous les Tom, Dick et Giuseppe qui glandent en Toscane, très peu pour moi. Tout dépend de vous. Vous avez trois options, et vous avez trente secondes pour vous décider, OK ? Un : vous me laissez interviewer l'épouse. Deux : vous me laissez interviewer Azhar. Trois : je sors mon fameux scoop sur l'« officier de la Met intime avec papa, etc. ». Et pendant que j'y suis, je vous offre un quatrième choix : vous me transmettez le numéro de Lynley. Maintenant. Bon, vous n'avez qu'à choisir...

— Et moi qui vous croyais intelligent... rétorqua Barbara. Comment vous faire entrer dans la cervelle que votre scoop vous attend en Italie ? Lynley est en Italie. Azhar est en Italie. Angelina est à l'hôpital en Italie. Hadiyyah est en Italie, ainsi que son kidnappeur et la police. Mais si vous préférez rester planté ici à faire joujou avec des suppositions absurdes quant à mes relations avec le papa de Hadiyyah, ne vous gênez pas. Vous pouvez toujours « étaler » notre prétendue « intimité » dans les pages de votre canard. Ensuite, il se trouvera sûrement des tas d'autres journalistes d'autres tabloïds qui voudront m'interviewer afin que je m'explique, et ce que je leur dirai, c'est que j'ai fait de mon mieux pour empêcher un reporter indiscret de *The Source* de cuisiner un adolescent troublé dans le seul but d'en tirer un papier constitué à soixante pour cent d'extrapolation et à quarante pour cent d'invention pure. Je leur suggérerai de vérifier la source – pardon pour le jeu de mots – de cette information, le reporter étant obnubilé par quelque chose qui n'a rien à voir avec l'enlèvement d'une petite Anglaise à l'étranger, et dans ces conditions, cher lecteur, à quoi ça vous sert d'acheter ce torchon merdique ?

— Ouais. Bravo, Barb. Mais vous êtes à côté de la plaque. Comme si l'opinion publique en avait quelque chose à foutre. Ce qui l'intéresse, c'est les ragots. Vous voyez, vous ramez dans la mauvaise direction. Je gagne ma vie en jetant des ordures aux mouettes, et elles gobent toujours tout.

Barbara savait qu'il disait vrai. Les tabloïds s'adressent aux pires instincts de l'homme. Ils font leur beurre du goût malsain des uns pour les vices et de la cupidité des autres, d'ordre sexuel ou financier, peu importe. Et c'est justement grâce à cela qu'elle gardait un atout dans sa manche.

— Bien, lança-t-elle à Corsico, alors que diriez-vous d'un angle qu'aucun autre tabloïd ne peut avoir ?

— Ils n'ont pas « Un officier de la Met intime avec… », que je sache.

— En effet. Mais mettons ça de côté pour le moment. Ils n'ont pas non plus « La maman de la petite kidnappée enceinte d'un autre homme », que je sache.

Silence. Barbara n'attendit pas le résultat des cogitations du journaliste.

— Ça vous plaît ça, Mitchell ? Un tuyau en or, véridique en plus. Vous voyez, ça se passe en Italie et c'est exclusif. Vous pouvez vous en servir, ou ne rien en faire, d'accord ? Pour ma part, j'ai d'autres chats à fouetter.

Sur ce, elle lui raccrocha au nez. C'était risqué. Corsico pouvait très bien conclure qu'elle bluffait et publier son article sur elle et Azhar. Ce qui l'inquiétait le plus, c'était la photo à la une qui prouverait à ses irascibles supérieurs hiérarchiques qu'elle se trouvait à Ilford à une heure où elle était censée être au bureau. A refuser à Corsico ce qu'elle demandait, elle jouait gros, mais pour l'instant il n'était pas question de céder à son chantage.

Elle parlerait à Lynley. Elle savait qu'un suspect avait été écroué, mais d'après ce qu'elle avait compris cette décision avait été prise par le procureur désireux de fabriquer un coupable au plus vite. Savoir que l'inspecteur n'était pas convaincu du bien-fondé de l'arrestation l'encourageait, elle, à poursuivre de son côté ses investigations à Londres.

Sans le vouloir, Isabelle Ardery lui avait facilité les choses. La commissaire ayant ordonné à l'inspecteur Stewart de confier à Barbara des tâches à la hauteur de son grade de sergent, il était désormais contraint et forcé de la renvoyer sur le terrain avec des missions relatives aux deux enquêtes qu'il avait sous sa responsabilité. En revanche, il avait l'air de n'avoir aucune intention de cesser de la surveiller comme un rapace guettant sa proie.

Elle avait quelques coups de fil à passer avant de sortir. Du coin de l'œil, elle vit Stewart se placer de manière à écouter la conversation. Un sacré coup de chance que Corsico l'ait appelée alors qu'elle était en train d'acheter une friandise au distributeur dans la cage d'escalier ! Si jamais Stewart s'était trouvé à côté d'elle, il aurait fondu sur elle, toutes griffes dehors.

Elle passa trois appels pour prendre trois rendez-vous avec des témoins que Stewart souhaitait qu'elle soumette à un contre-interrogatoire. Après avoir pris soin de bien montrer qu'elle notait les heures et les adresses, puis d'ouvrir une page Internet pour étudier les temps de trajet les plus courts d'un point à un autre afin de gérer son temps au mieux, elle prit son sac et le chemin de la sortie. Coup de chance, Winston Nkata était toujours à son poste. Elle y marqua une halte, ouvrit ostensiblement son calepin et fit mine d'écrire les réponses de Winston à ses questions.

Ces questions n'étaient pas compliquées. Elle lui avait demandé de vérifier l'alibi d'Azhar à Berlin – elle ne pouvait braver davantage les foudres de l'inspecteur Stewart en s'en chargeant elle-même. Alors ? s'enquit Barbara en se penchant vers Winston. Azhar avait-il dit la vérité ? Doughty avait-il dit la vérité ?

— Jusqu'ici c'est bon, lui assura Winston à voix basse.

Il sortit avec un grand geste une enveloppe en papier kraft, l'ouvrit et contempla son contenu en fronçant les sourcils. Barbara y jeta un coup d'œil, curieuse de voir ce qui lui servait d'accessoire pour la comédie qu'ils étaient en train de jouer à Stewart. Les papiers d'assurance de sa voiture...

— Ça se tient. Il a passé tout son temps à l'hôtel à Berlin. Il a fait deux conférences, comme vous l'a affirmé Doughty. Il était aussi à la table ronde...

Barbara éprouva un intense soulagement : voilà un souci de moins. Mais comme elle voulait en avoir le cœur net, elle insista :

— Et ce ne serait pas possible qu'une tierce personne l'ait remplacé et ait tenu son rôle ?

— Barb, ce gars-là est un microbiologiste, non ? Comment est-ce qu'on pourrait maîtriser sur le pouce un jargon pareil ? Et puis, il aurait fallu qu'il soit pakistanais, hein ? Tu vois un Pakistanais qui se serait fait passer pour lui donnant une conférence et répondant à des questions hyper-pointues ? Enfin, il aurait fallu que cette personne ne se demande pas pourquoi Azhar lui avait demandé de prendre sa place... pendant qu'il était parti faire quoi ? Enlever sa propre fille en Italie ?

Barbara se mordilla la lèvre. Winston avait raison, bien sûr. C'était idiot de douter de la parole d'Azhar, mais les demi-vérités de Doughty avaient sur elle un effet aussi irritant que du poil à gratter.

— Et quelqu'un qui appartiendrait à son labo ? s'obstina-t-elle. Un doctorant, par exemple ? Un type prêt à tout pour bénéficier d'un bon piston ? Comment ça marche, l'avancement, à l'université ? Je n'en sais rien. Et toi ?

Winston tapota la cicatrice qui lui barrait la joue.

— Tu trouves que j'ai une tête à m'y connaître en universitaires ?

— Bon, bon, alors...

— A mon avis, si tu veux en savoir plus, cause avec Doughty. Mets-lui la pression.

Winston était dans le vrai. Barbara ferma son calepin d'un coup sec et l'enfouit dans son sac.

— OK, compris. Merci, Winnie ! lança-t-elle d'un ton dégagé au bénéfice de Stewart avant de poursuivre son chemin.

Quand on cherchait à mettre quelqu'un sur la sellette, la méthode la plus efficace consistait à l'emmener au commissariat de son quartier. Avant de monter dans sa voiture, Barbara téléphona à celui de Bow Road. Elle se présenta et leur déclara que dans le cadre d'une enquête de Scotland Yard en Italie ils avaient besoin d'interroger Dwayne Doughty. Un policier pouvait-il aller le chercher et le retenir jusqu'à son arrivée ? Pas de problème, lui fut-il répondu. A votre service, sergent Havers. On va vous le garder au chaud, vous allez le trouver cuit à point… dans son jus.

Parfait, se dit Barbara. Elle passa en revue les lieux où elle devait se rendre pour les entretiens demandés par l'inspecteur Stewart. Le premier était situé au sud de la Tamise, les deux autres dans le nord de Londres. Bow Road se trouvait à l'est. Le choix s'imposait de lui-même.

Lucca
Toscane

Le temps que Salvatore et l'inspecteur Lynley rentrent à la *questura* après l'interrogatoire de Carlo Casparia à l'infirmerie de la prison, les policiers avaient terminé de tracer tous les véhicules conduits par les membres de l'équipe de foot – *la squadra di calcio* – de Lorenzo

Mura. Ils avaient bien trouvé une voiture rouge, seulement elle n'était pas décapotable. Peu importait, leur avait dit Salvatore. Maintenant, ils devaient répertorier toutes celles qui appartenaient aux familles des enfants que Mura entraînait au Parco Fluviale. « Obtenez leurs noms du *signor* Mura, vérifiez les véhicules puis questionnez les parents afin de voir lequel aurait rencontré Lorenzo Mura seul à seul. Obtenez aussi des photos des pères des enfants et débrouillez-vous pour m'en dégotter une de l'équipe au complet. »

L'inspecteur Lynley gardait le silence. Salvatore voyait bien à l'expression qui se peignait sur le visage de l'Anglais qu'il n'avait pas saisi tout à fait le sens de ce dialogue aussi rapide que des rafales de mitraillette. Il lui expliqua donc comment ils allaient procéder. De son côté, Lynley lui fit part du contenu de son prochain rapport aux parents de la fillette. De toute évidence, il était hors de question de leur parler de la piste Lorenzo Mura. Pour le moment, le mieux était de se cantonner aux espoirs soulevés par l'afflux d'informations à la suite de l'appel à témoins et de leur assurer que Carlo Casparia se montrait coopératif.

Lynley était sur le départ quand un policier en uniforme se précipita sur Salvatore. D'une voix essoufflée, il annonça qu'il avait des nouvelles. A propos de la décapotable rouge aperçue par l'automobiliste qui montait voir sa *mamma* dans les Apennins…

— *Sì, sì*, fit Salvatore.

On l'avait retrouvée. L'exploration de tous les bords de route assez larges pour garer un véhicule n'avait rien donné, si l'*ispettore* se souvenait bien. Mais un officier plein d'initiative avait pendant son temps de repos continué à grimper dans la montagne. Six kilomètres plus haut, à la sortie d'un virage en épingle à cheveux, il était tombé sur une barrière endommagée. La décapotable avait été découverte au fond du ravin. Vide. Mais à une vingtaine de mètres gisait un cadavre : le corps du conducteur, apparemment éjecté de son véhicule au moment du choc.

— *Andiamo*, dit aussitôt Salvatore en se tournant vers Lynley. Et prions le ciel qu'il n'y ait pas aussi le cadavre d'une petite fille…

Ils mirent près d'une heure à atteindre le fameux virage en suivant les méandres du Serchio, d'abord dans la plaine, puis dans les collines et enfin dans les Apennins, où le cours d'eau était un véritable torrent à cette époque de l'année alors qu'en altitude la fonte des neiges se poursuivait depuis quelques semaines déjà. De la voiture de police qui gravissait la pente à vive allure, Lynley aperçut de l'eau bondissant des flancs de la montagne en cascades étincelantes qui se fracassaient dans des bassins miroitants. Le printemps ici était encore plus éclatant que dans la plaine. Sous les vertes frondaisons le sous-bois n'était qu'un somptueux tapis de fleurs sauvages dans les coloris les plus frais, des jaunes, des violets pâles, des rouges pimpants. Et les arbres eux-mêmes, pins, chênes et ilex, encerclaient des villages aux toits ocre perchés sur les crêtes, comme hors du temps, à peine desservis par un chemin de terre carrossable, ces arbres semblant monter la garde et empêcher la montagne de les avaler.

La route principale se ramifiait à mesure qu'ils grimpaient. Ils finirent par rouler sur une voie à peine plus large que la voiture. Les virages en épingle à cheveux se succédaient à un rythme époustouflant. Les oreilles se bouchaient, les orteils se recroquevillaient dans les chaussures et il n'y avait plus qu'à souhaiter que la miséricorde divine vous évite de croiser un véhicule dans l'autre sens. Finalement, ils arrivèrent devant un barrage policier. En descendant de voiture, Salvatore salua d'un signe de tête l'officier de police en uniforme qui s'avançait à sa rencontre puis demanda :

— *Dov'è la macchina?*

Une question pour la forme, l'endroit où se trouvait la décapotable étant selon toute logique un peu plus haut, dans le ravin, au-delà du point où la barrière était endommagée.

Alors qu'ils se rapprochaient, ils aperçurent des ambulanciers transportant une civière sur laquelle était sanglée une housse mortuaire, le zip remonté complètement afin de dérober le cadavre aux regards.

— *Fermatevi*, leur ordonna Salvatore.

Trouvant sans doute qu'il leur avait demandé d'arrêter un peu abruptement, avant de se présenter et de présenter Lynley, il ajouta :

— *Per favore*.

Obtempérant, ils posèrent la civière par terre. Salvatore s'accroupit devant, respira un grand coup avant d'ouvrir la housse mortuaire – il n'y avait que dans les séries télé, pensa-t-il, que l'enquêteur descendait sans hésitation le zip pour découvrir un cadavre exposé depuis Dieu savait combien de jours aux rayons brûlants du soleil d'Italie.

Qu'il se fût agi d'un bel homme de son vivant, et peut-être même de l'inconnu qui se trouvait debout derrière Hadiyyah sur la photo prise par la touriste américaine au *mercato*, impossible à dire. Les experts en science médico-légale de plein air, à savoir les insectes, n'avaient pas tardé à trouver le corps et à appliquer sur lui une méthode qui n'avait plus à faire ses preuves. Des asticots grouillaient dans les orbites, les narines et la bouche ; des scarabées s'étaient chargés de la peau ; des mille-pattes et des moucherons couraient se cacher sous le col ouvert de sa chemise en lin. Comme il avait atterri face contre terre, le sang avait afflué à son visage, qui avait pris une vilaine couleur pourpre. Par ailleurs, le développement de gaz sous-cutané avait provoqué des pustules qui n'allaient pas tarder à suppurer et libérer un liquide à l'odeur insupportable, le même qui s'écoulerait de tous ses autres orifices. La mort dans ces conditions offrait un spectacle abominable. Personne ne pouvait s'y habituer.

Salvatore jeta un coup d'œil à Lynley et entendit l'autre officier de police souffler entre ses dents, choqué par le spectacle de cette charogne étalée devant eux. Salvatore lança aux ambulanciers :

— *Carta d'identità?*

D'un geste simultané du menton, ils indiquèrent que ceux qui étaient encore en bas avec la voiture avaient récupéré les papiers du macchabée. Salvatore se redressa, soulagé à la pensée qu'il ne serait pas forcé de lui faire les poches. Il fit signe aux deux hommes qu'ils pouvaient emmener leur fardeau chez le médecin légiste. Puis, en compagnie de Lynley, il se rapprocha encore de la barrière endommagée.

Tout au fond du ravin, la carrosserie rouge de la décapotable tranchait sur le vert ambiant. Deux policiers en uniforme étaient en train de l'examiner pendant que leurs collègues fumaient des cigarettes quatre-vingts mètres plus haut, au pied d'un gros rocher où l'on avait tracé la forme d'un corps sur le sol. Le conducteur avait manifestement été éjecté pendant la chute. Mais même s'il avait pensé à mettre sa ceinture, il ne s'en serait pas tiré, jamais il n'aurait survécu aux tonneaux du véhicule quand celui-ci avait roulé jusqu'en bas. C'était en outre un miracle que la voiture n'ait pas explosé. Ce qui signifiait qu'ils avaient une chance de recueillir des indices. Salvatore espérait que ce serait des preuves de vie et non de la présence, au moment du plongeon fatal, d'une autre personne, pour l'heure gisant quelque part dans les bois tout près.

Avec précaution, Lynley et lui descendirent jusqu'au pied du gros rocher. Salvatore donna aux policiers des instructions laconiques.

— *Cercate se ce n'è un altro!*

Ils n'eurent pas l'air trop contents de se faire houspiller, mais quand il eut ajouté « *Una bambina. Cercate subito* », ils changèrent d'expression et se mirent aussitôt au boulot. S'il y avait la dépouille d'une petite fille dans les parages, elle ne pouvait pas être loin.

Une fois en bas, auprès de la décapotable, Salvatore redemanda les papiers d'identité du conducteur. Un des deux policiers lui tendit un sac en plastique. A l'intérieur, un *portafoglio* noir. Ils l'avaient extrait de la boîte à gants, le reste de la voiture n'étant plus qu'un tas de ferraille tordue, avec une roue en moins, trois autres roues à plat et une portière arrachée. Pendant que Salvatore ouvrait la poche en plastique zippée et en sortait le portefeuille, Lynley s'avança pour inspecter de plus près le véhicule.

La carte d'identité apprit à Salvatore que l'homme s'appelait Roberto Squali. En constatant qu'ils avaient affaire à un citoyen de Lucca, il sentit son cœur battre plus fort. Cela devrait les rapprocher, pensa-t-il, de la petite disparue. Pourvu qu'elle n'ait pas échoué ici… Il regarda autour de lui en se raccrochant à l'idée que dix jours séparaient la date de l'accident de celle de l'enlèvement. Quelle probabilité y avait-il pour qu'elle se soit trouvée dans la voiture avec cet homme si longtemps après ?

Du portefeuille de Squali, Salvatore sortit ensuite un permis de conduire, deux cartes de crédit et cinq cartes commerciales. Trois de ces dernières venaient de boutiques à Lucca, la quatrième d'un restaurant de la même ville, et la cinquième se révéla le lien qu'il avait appelé de tous ses vœux : la carte du détective privé Michelangelo Di Massimo avec son nom, son numéro de portable et l'adresse de son douteux centre d'opération à Pise.

— *Guardi qui*, dit Salvatore à Lynley en lui tendant la carte. Regardez...

Lorsque l'Anglais eut chaussé ses lunettes, il ajouta, dans un sourire :

— *Sì. Addesso abbiamo la prova che sono connessi, eh?* Maintenant, nous avons la preuve qu'ils sont en relation, hein ?

— *Penso propio di sì*, opina Lynley. *E la bambina? Che pensa?*

Salvatore promena les yeux autour de lui puis les leva vers les montagnes qui les entouraient de tous côtés. La petite fille était partie avec cet homme, dit-il à Lynley, qui continua à approuver de la tête. Mais elle n'était sans doute pas avec lui quand il avait plongé au fond de ce ravin, poursuivit-il en retournant auprès de la décapotable pour une dernière inspection. Il ne fut pas long à trouver ce qu'il cherchait.

Un cheveu coincé dans le mécanisme de fixation de la ceinture de sécurité. Un cheveu long, et noir. Ils allaient savoir très vite s'il appartenait à Hadiyyah. Les analyses d'empreintes digitales les renseigneraient de même sur la présence de la fillette dans la décapotable. La seule chose que ne livrerait pas la voiture, c'était ce qui était advenu d'elle et où elle se trouvait en cet instant précis.

Salvatore, au même titre que Lynley, avait conscience de la gravité de la situation. Mettons que Roberto Squali soit la personne qui avait enlevé Hadiyyah, mettons qu'il soit l'homme que l'on avait aperçu quelque part au bord de cette même route en train de conduire une fillette dans les bois, où était-elle à présent ? Qu'est-ce qui lui était arrivé ? Car en vérité, la région était vaste. Si Squali avait confié l'enfant à quelqu'un d'autre ou l'avait assassinée… S'il avait déposé son petit cadavre quelque part… Dans l'un comme dans l'autre cas, il y avait peu de chances qu'on parvienne à localiser la fillette.

Salvatore envisagea d'employer des chiens détecteurs de cadavres, ou plutôt il souhaita de tout son cœur ne pas avoir à recourir à ces extrémités.

Villa Rivelli
Toscane

Sœur Domenica Giustina, à force de jeûner, avait la tête qui tournait. A force de s'agenouiller sur les dalles de pierre, elle avait mal aux jambes. A force de ne pas dormir, elle n'arrivait plus à penser. Et pourtant elle attendait toujours de Dieu un signe qui lui permettrait d'agir suivant Sa volonté.

Elle avait échoué avec Carina. L'enfant n'avait pas compris ce qui était en train de se jouer pour elles deux. Sinon, elle ne serait pas devenue aussi craintive et nerveuse. Hier encore joyeuse, contente de gambader dans les jardins de la Villa Rivelli, ouverte à tout ce qu'on lui suggérait, l'enfant se tenait désormais aussi loin que possible de sœur Domenica Giustina. Sur le qui-vive, elle avait l'air d'attendre. Parfois, elle se cachait. Ça n'allait plus du tout.

Peut-être avait-elle mal interprété ce qu'elle avait vu en observant la voiture de son cousin lancée comme un bolide sur l'étroite route de montagne ? Sans aucun doute, c'était la main de Dieu qui l'avait propulsée dans les airs par-dessus le garde-fou avant de la faire disparaître. Ce dont elle n'était pas certaine, en revanche, c'était de l'interprétation que l'on devait donner au fait que Dieu l'avait placée à ce moment précis à un endroit d'où elle avait pu assister aux derniers instants de la vie de Roberto. La vision de la décapotable décollant au-dessus du vide était-elle une illustration de ce qui vous arrivait quand on ne confessait pas ses péchés, ou avait-elle un autre sens ?

Toujours est-il qu'elle s'était imposé le jeûne et un marathon de prières. Pour mieux se fustiger, elle avait resserré le cilice qui l'emmaillotait et tourmentait sa chair. Après vingt-quatre heures de ce régime, elle s'était relevée assez chancelante, mais toujours ignorante de ce qui était attendu d'elle. La réponse de Dieu ne lui était pas parvenue à travers ses souffrances et ses supplications. Avec un peu de chance, se dit-elle, elle lui serait soufflée par la brise légère qui faisait bruire les branches de la forêt voisine de la villa. Dieu lui parlerait à travers ce souffle.

Elle sortit. Le vent lui rafraîchit les joues. Marquant une halte en haut de l'escalier extérieur qui reliait à la terrasse son logis au-dessus de la grange, elle scruta les fenêtres de la villa. Les réponses à ses questions étaient-elles là-bas, derrière ces volets clos ? Elle était de plus en plus impatiente de savoir. Depuis le saut terrifiant de Roberto, elle se sentait aux abois.

Elle descendit les marches de pierre en songeant qu'au bout du compte elle avait peut-être tout compris de travers. A supposer qu'elle se soit trompée et que son cousin soit toujours en vie, elle pouvait toujours continuer à essayer de déchiffrer un message de Dieu dans sa mort, cela ne servirait à rien. A partir de maintenant, il fallait qu'elle soit attentive au moindre signe divin, d'où qu'il vienne.

Il y en aurait forcément un. Il y en avait toujours, et si son intuition était bonne, c'était imminent. L'endroit où elle devait se rendre pour le recevoir était celui où elle avait aperçu le dernier. Elle prit donc le chemin de l'étroite terrasse qui surplombait les pentes boisées de la montagne et la route en lacets qui s'élevait de la vallée. Ses prières avaient enfin été entendues !

Même à cette distance, elle distinguait les voitures de la police. Mieux encore, elle voyait une *ambulanza*. Et même les *infermieri*, qui remontaient une civière le long de la paroi escarpée du ravin. Une fois sur la route, ils s'immobilisèrent. Un homme les attendait, qui se pencha sur la civière comme pour parler à un blessé. Après quoi, ce dernier fut embarqué dans l'ambulance, qui démarra aussitôt.

Sœur Domenica Giustina eut l'impression que son cœur allait cesser de battre. Elle n'arrivait pas à croire à ce dont elle venait d'être témoin, mais en même temps c'était clair : alors qu'elle priait et jeûnait dans sa cellule en s'efforçant de comprendre ce que Dieu voulait d'elle, son cousin Roberto gisait estropié dans sa voiture accidentée. Ainsi lui autant qu'elle avaient été mis à l'épreuve. La foi en Dieu devait sortir renforcée par la souffrance. N'était-ce pas ce que Jésus-Christ avait proclamé ?

Quels que soient les jours de ténèbres qui les attendaient, ils ne devaient pas se laisser aller.

Job avait subi la même épreuve. Abraham aussi. Le grand patriarche du peuple d'Israël avait relevé pour sa part le défi le plus douloureux jamais lancé à un homme. Dieu avait exigé de lui qu'il sacrifie son fils, Isaac.

Emmène-le sur la montagne, édifie un autel de pierre et sers-toi d'un couteau pour l'immoler. Que son sang jaillisse. Que son corps se consume sur le bûcher. Ce sera la preuve de ton amour pour Moi. Ce ne sera pas facile, mais c'est ce que Je veux. Va et obéis...

Oui, oui, elle comprenait enfin. Une épreuve ne pouvait être rédemptrice que si ce qui était demandé était difficile.

Bow
Londres

Elle parviendrait à tout faire, se promit Barbara. Mais pour commencer, elle devait parler avec Doughty. Après quoi, elle effectuerait sa tournée, d'abord au sud de la Tamise puis au nord de Londres. Ces choses prenaient toujours du temps. Nul ne pouvait prédire combien durerait un contre-interrogatoire. Cela ne serait pas compliqué de falsifier son emploi du temps d'une manière qui résisterait à une inspection même minutieuse.

Au commissariat de Bow Road, elle présenta son insigne et fut aussitôt conduite dans une salle où Dwayne Doughty avait été mis au frais. Cela faisait plus d'une heure qu'il poireautait, l'informa-t-on. Jusqu'ici, sa seule réaction frisait l'insulte à agent : « Qu'est-ce que je fous ici, bordel, bande de nases ? »

A la vue de Barbara, Doughty s'exclama :

— Vous ? Encore ?

Il était assis derrière une table étroite avec sous le nez un gobelet en plastique rempli de thé au lait, tiède à en juger par la peau qui en opacifiait la surface. D'un geste rageur, il écarta le gobelet. Le breuvage gicla. Il vociféra :

— Bon sang ! Je vous ai tout dit. Qu'est-ce que vous me voulez encore ?

Barbara l'observa quelques instants avant de lui répondre. Il n'était pas aussi décontracté que lors de leurs précédentes rencontres. Très bien, se dit-elle. Son plan avait marché. En outre, il sentait mauvais – sans doute s'était-il mis à suer à grosses gouttes dès que les policiers en uniforme avaient posé les pieds dans son bureau. Sa cravate était à moitié défaite et il avait déboutonné son col de chemise sur son cou luisant de transpiration.

— Qu'est-ce que vous me voulez, merde ?

Elle s'assit, posa son sac sur le sol et prit tout son temps pour en extraire son calepin et son crayon. Elle ouvrit son carnet puis dévisagea le détective.

— L'alibi d'Azhar tient la route, lui annonça-t-elle.

Un ballon trop gonflé n'aurait pas mieux explosé :

— C'est ce que je vous avais dit, putain ! Je m'en suis chargé moi-même. Vous m'avez payé pour ça, je l'ai fait, je vous ai remis un rapport, et si ça ne prouve pas que je suis du bon côté de la loi, alors…

— La seule chose qui le prouverait, c'est toute la vérité, Dwayne. La vérité de A à Z, si vous voyez ce que je veux dire.

— Vous l'avez eue. Je n'ai rien d'autre à vous donner. L'interrogatoire est terminé. Je connais mes droits, et vous n'avez pas celui de me maintenir ici à me faire ressasser des trucs dont on a déjà discuté. Les flics m'ont amené ici pour que je réponde à quelques questions. Je les ai suivis sans résister. Et maintenant je m'en vais.

Il fit mine de se lever.

— Ils ont fait une arrestation en Italie.

Il se rassit aussi sec.

— Un type du nom de Carlo Casparia. Il ne nous faudra pas plus de vingt-quatre heures pour remonter jusqu'à vous. Je vous suggère par conséquent de vider votre sac avant qu'on vous embarque dans un avion à destination de la Toscane et qu'on vous livre aux flics de Lucca.

— Vous ne pouvez pas faire ça, riposta-t-il, sans grande conviction.

— Dwayne, vous seriez étonné, que dis-je, stupéfié, éberlué, renversé par ce dont nous sommes capables quand nous nous mettons à nous triturer le ciboulot. Bon, si vous voulez mon avis, vous avez intérêt à prendre une décision. Soit vous me racontez tout, soit vous pouvez continuer à jouer les tuyaux d'arrosage percés en ne me livrant que des petites bribes par-ci par-là.

— Mais je vous ai dit la vérité, protesta-t-il, toujours sans beaucoup de vigueur.

Barbara songea qu'il avait l'air moins furieux que concentré, ce qui était une excellente nouvelle. Cela signifiait que toutes ses cellules grises étaient en branle et qu'il était réceptif à ses arguments.

— J'ai donné tout ce que j'avais au professeur Azhar. Je vous le jure. Ce qu'il en a fait ensuite, je n'en sais rien, je n'en ai aucune idée même. Il voulait récupérer sa gosse, vous le savez aussi bien que moi. Il aura peut-être trouvé quelqu'un sur place pour l'enlever. De mon côté, je vous le répète, je me suis borné à embaucher un type en Italie pour vérifier ce que j'avais appris par le biais d'un virement international depuis une banque de Lucca. Je lui ai transmis cette information, au professeur. Je lui ai aussi donné le nom de cet Italien. Michelangelo Di Massimo. Maintenant, si le professeur Azhar a engagé

Di Massimo pour aller plus loin… je n'ai rien à voir avec ça.

Barbara opina, sans plus. Il s'en était bien sorti, mais elle avait attentivement étudié ses yeux pendant son petit speech. Ils étaient aussi fuyants que le reste de sa personne. C'était bien simple, ils bougeaient tout le temps, aussi agités que ses mains qui s'ouvraient et se fermaient sans cesse.

— Très jolie partition, fit-elle. Mais je pense que Carlo Casparia leur chante une tout autre chanson. Il n'a sûrement pas envie de se faire coffrer à la place d'un autre, c'est humain. Car je suppose qu'il est le complice de ce Michelangelo, mais qu'à eux deux ils ne sont pas aussi habiles que vous pour nettoyer les disques durs, les boîtes mail, les relevés téléphoniques et Dieu sait quoi d'autre encore. J'ai dans l'idée que dès demain on va remonter de Casparia à Michelangelo puis à vous, dates et heures incluses. Et là, vous serez sérieusement dans les ennuis, c'est moi qui vous le dis. Vous voyez, le problème, Dwayne, lorsqu'on concocte des plans foireux comme d'enlever la petite Hadiyyah, c'est qu'il n'y a aucun code d'honneur entre kidnappeurs. Plus il y a de personnes impliquées, plus il y a de chances que l'une d'entre elles finisse par craquer, parce que quand il s'agit de sauver sa peau…

Doughty gardait un silence têtu. Il semblait sonder le degré de véracité du discours qui venait de lui être fait. Barbara elle-même ignorait si le dénommé Casparia était mêlé à quoi que ce soit, mais si l'annonce de son arrestation assaisonnée d'une bonne dose d'extrapolation lui permettait de se rapprocher d'un dénouement heureux pour Hadiyyah, elle était prête à marteler son nom autant qu'il faudrait.

Finalement, Doughty acquiesça.

— D'accord.

— C'est-à-dire ?

Il détourna le regard et se raidit.

— C'était l'idée du professeur Azhar.

— Quelle idée ? répliqua Barbara, méfiante.

— De la trouver, de mettre au point un plan, d'attendre le moment propice pour l'enlever. Son symposium à Berlin a fourni un excellent alibi, le moment était venu. La gosse devait être enlevée et retenue quelque part en attendant qu'Azhar vienne la chercher...

— Faux, archifaux.

— Puisque je vous dis que c'est la vérité !

— Ah, vraiment ? A part quelques détails, comme la ramener d'Italie en Angleterre sans carte d'identité ni passeport... ! Qu'allait-il se passer une fois de retour à Londres, hein ? Eh bien, il se serait passé ce qui s'est passé dans la réalité. Alors, ne croyez pas que vous allez me couillonner. La maman de Hadiyyah a rappliqué en exigeant qu'on lui rende sa fille, parce que le premier à être soupçonné était bien sûr son papa.

— C'est vrai. Tout était prévu. Elle revenait à Londres, il lui apportait la preuve qu'il n'avait pas leur fille, puis il raccompagnait la mère en Italie et là... pendant qu'il était là-bas... il la récupérait. Et il est là-bas en ce moment, non ? Vous voyez...

— Même problème, mon vieux. Double problème, même. Il ne l'a pas récupérée et, même si elle est avec lui et qu'il joue une comédie d'enfer aux flics italiens, à mon coéquipier et au reste du monde, qu'est-ce qui se passe ? Il va la ramener à Londres à l'insu de sa maman ?

— Je n'en sais rien. Je ne lui ai pas posé de questions. Ça ne change rien pour moi. Tout ce qu'il voulait, c'était un renseignement et je le lui ai donné. Fin de l'histoire.

— Pas tout à fait, mon vieux. Si vous croyez que vous allez réussir à me convaincre, vous vous fourrez le doigt dans l'œil. Alors, reprenons. J'ai tout mon temps…

— Je vous ai déjà dit…

— Des heures et des heures…

Il posa sur elle un regard effaré, puis, soudain, elle y distingua une petite lueur. Il claqua des doigts.

— Khushi.

Barbara en eut le souffle coupé.

— Khushi, sergent Havers. Je connaîtrais ce mot, selon vous, si je mentais ? Voici ce que le professeur Azhar m'a dit : « Elle écoutera quelqu'un qui l'appelle Khushi parce qu'elle saura que le message vient de moi. »

La bouche sèche, Barbara avait l'impression que sa langue s'était collée contre ses dents de devant. *Khushi* signifiait « bonheur », mais c'était le mot lui-même qui avait produit sur elle un choc. Car Khushi était le surnom affectueux qu'Azhar donnait à sa fille. Barbara l'avait entendu prononcer des centaines de fois au cours des deux années où elle les avait côtoyés.

La chaise sur laquelle elle était assise parut s'enfoncer dans le sol. Le visage de Doughty devint flou. Elle cligna des yeux, s'efforça de repousser le malaise qui l'avait saisie.

Le salopard lui avait vraiment avoué la vérité.

Bow
Londres

Dwayne Doughty savait qu'il lui restait peu de temps. Il était dans la mélasse jusqu'au cou, à deux doigts d'assister au naufrage intégral de ses projets. Une fois dehors – les heures passées en garde à vue reléguées au rang de mauvais souvenir pas plus dérangeant qu'un arrière-goût d'ail –, il mit le cap sur son bureau. Il y avait des choses à faire, et il allait lui falloir redoubler d'astuce s'il voulait s'en sortir. Car il était bien forcé de reconnaître que ce pot à tabac mal fagoté d'officier de la Met avait raison : l'examen des relevés téléphoniques et des fichiers informatiques de Michelangelo Di Massimo allait mettre au jour des pistes qui partiraient dans plus d'une direction. Comme Dwayne n'était pas en mesure d'exporter le talentueux Bryan Smythe pour trafiquer les réseaux de télécommunications italiens et les disques durs du détective pisan, il était dans l'obligation de préparer une série de manœuvres offensives.

Il entra dans le petit immeuble de la Roman Road et gravit l'escalier en tapant des pieds et en criant :

— Emily !

Ses talents de *blagger* allaient lui être nécessaires, au même titre que l'expertise en *hacking* de Bryan Smythe, et ses nombreux contacts bien placés.

La porte d'Emily était ouverte. Posées par terre sur le palier, il y avait deux boîtes en carton, scellées et prêtes à... à quoi exactement ? Dwayne le découvrit en entrant dans la pièce.

Elle avait ôté son veston à fines rayures, son gilet et sa cravate. Le tout était posé sur le dossier de son fauteuil, lequel était poussé contre la fenêtre, afin de lui donner plus de marge pour sortir de son bureau ses fiches, ses clés USB, sa papeterie et tout ce qui constituait les signes extérieurs de son emploi.

Alors qu'elle était en train de renverser le contenu entier d'un tiroir dans un carton, elle lui lança un regard en disant :

— Non.

— Non quoi ? Qu'est-ce que tu fabriques ?

— Pas de question, s'il te plaît, tu le vois très bien.

Se saisissant du rouleau de ruban adhésif, elle scella le carton. Puis elle le prit dans ses bras, se releva et le transporta sur le palier, où elle le déposa sur les deux autres avant de revenir se planter devant son grand tableau blanc, qu'elle se mit en devoir de dépouiller de la carte de Londres, des horaires de bus, de trains, du plan du métro, d'un poster de Montacute House (comment ce joyau de l'architecture élisabéthaine avait-il échoué là ?) et des trois cartes postales représentant respectivement les falaises de Moher en Irlande, de Beachy Head dans le sud de l'Angleterre et de Needles sur l'île de Wight.

— Mais je rêve ! s'exclama-t-il.

— Je ne suis pas assez payée pour me laisser entraîner dans un guêpier pareil. Toi, si. Moi, non.

— Alors, tu t'en vas ? Comme ça ?

— Je te félicite de tes qualités d'observation. Pas étonnant que tu aies si bien réussi dans ton métier.

Elle pliait ses cartes à la va-comme-je-te-pousse, sans même essayer de le faire dans les plis, ce qui était peu commode, et tenait même quelque part de l'impossible. Mais on pouvait voir qu'elle s'en fichait totalement, ce qui montrait à quel point elle était pressée de partir, et également son degré d'exaspération par rapport à ce qui s'était passé : les flics surgissant sans crier gare sur leur paillasson, menottes au poing, prêts à embarquer deux malfrats nommés Doughty et Cass.

— Je croyais que tu avais plus de tripes, pour une fille qui drague des inconnus dans les pubs...

— Ça n'a rien à voir, rétorqua-t-elle rageusement. Si je ne me trompe, de nos jours, dans notre pays, n'importe qui peut draguer n'importe qui dans les pubs sans qu'on le mette à l'ombre pour autant.

— Personne ne parle de nous mettre à l'ombre. Ni moi. Ni toi. Ni Bryan. Point final.

— On ne m'aura pas, Dwayne. Je n'ai aucune envie d'avoir à appeler un avocat pour qu'il vienne me tenir la main pendant que les flics examinent ma vie au microscope. C'est fini, voilà tout ! Je t'avais prévenu, mais tu as refusé d'écouter. Il n'y a que le pognon qui t'intéresse. On bosse pour celui qui paye le plus, c'est ça ? Du mauvais côté de la loi ? Pas de problème, madame. On est de vrais guignols, on n'a pas peur de se faire taper dessus quand les choses tournent mal. Comme maintenant. Donc, je me tire.

— Voyons, Em…

Dwayne s'efforçait de cacher son désarroi. Sans Em Cass aux commandes de son système informatique, son entreprise allait couler plus vite que le *Titanic*, sans parler de son extraordinaire faculté à soutirer aux gens des renseignements par téléphone qu'ils n'auraient jamais confiés à leurs meilleurs amis.

— J'ai appelé des renforts, ajouta-t-il. Je leur ai dit la vérité.

— Des renforts qui n'existent pas, répliqua-t-elle, imperturbable. Je t'avais pourtant averti, mais tu as refusé de m'écouter. Oh, non. Monsieur est bien trop malin.

— Tu exagères. Je leur ai donné le professeur. Tu m'entends ? Je leur ai donné le professeur. Point barre. C'est ce que tu voulais, non ? Eh bien, c'est fait. A partir de maintenant, toi et moi, on est lavés de tout soupçon.

— Et ils vont te croire ? Tu prononces un nom et hop, on oublie tout ? dit-elle en levant son visage vers le plafond comme si elle s'adressait à quelque divinité. Comment j'ai pu me laisser avoir par un tel crétin ?

Pourquoi je n'ai pas tiré mon épingle du jeu avant que ça tourne mal ?

— Pour la bonne raison que je ne me serais pas engagé si je ne m'étais pas ménagé une sortie de secours. Bien sûr que non. J'en ai une. Alors, tu veux toujours t'en aller, ou tu défais tes cartons et tu m'aides ?

Lucca
Toscane

Lynley retrouva Taymullah Azhar à l'intérieur du *Duomo*, la cathédrale San Martino, qui se dressait, gigantesque, sur une grande place dotée aussi d'un *palazzo*, sans compter le classique baptistère. La façade de la cathédrale de style roman évoquait une pièce montée avec ses quatre niveaux de colonnades inspirés de la tour de Pise. Elle s'ornait en outre d'une statue de saint Martin à cheval partageant son manteau avec un pauvre, un saint vêtu d'un somptueux drapé et l'épée à la main. Lynley n'aurait jamais eu l'idée de chercher Azhar à cet endroit. Il était musulman et ne semblait pas le genre d'homme à prier dans une église catholique. Pourtant, quand il lui téléphona, Azhar lui chuchota qu'il était devant « la Sainte Face » dans le Duomo. Lynley n'était pas certain du sens qu'il fallait donner à cette phrase, mais il se contenta de demander au Pakistanais de l'attendre sur place.

— Vous avez du nouveau ? fit la voix d'Azhar, pleine d'espoir.

— Ne bougez pas, j'arrive, lui recommanda Lynley en guise de réponse.

Une visite guidée se déroulait dans la cathédrale. Une jeune femme arborant un badge autour du cou conduisait un troupeau d'une douzaine de personnes devant *La Cène*, une œuvre du Tintoret. Bien éclairée, de sorte qu'on ne perdait rien des anges en haut, et des apôtres en bas, ni de Notre-Seigneur au centre tendant un morceau de pain à saint Pierre pendant que ses compagnons s'efforçaient de prendre tout ça au sérieux. Un peu plus loin, une grille interdisait l'accès à la sacristie aux visiteurs sans billet tandis qu'à gauche un kiosque octogonal en marbre semblait captiver une brochette de dames sûrement venues jusque-là en pèlerinage.

Azhar se tenait respectueusement derrière ces dames, les yeux levés vers un immense crucifix en bois avec un Christ dont les traits exprimaient l'étonnement plutôt que la douleur, comme s'il n'arrivait pas à comprendre ce qui lui arrivait.

— On l'appelle la Sainte Face, dit Azhar doucement à Lynley, lorsque celui-ci l'eut rejoint auprès d'un des piliers rectangulaires qui soutenaient la nef. On dit qu'elle...

Il s'éclaircit la gorge avant de bredouiller :

— C'est... la *signora* Vallera qui m'en a parlé.

Lynley perçut tout de suite son angoisse. Cet homme vivait un véritable martyre. Si seulement il avait eu le pouvoir d'y mettre un terme... Hélas, il n'avait pas le droit de lui révéler les nouveaux développements, sachant combien les suites étaient aléatoires.

— Elle dit que la Sainte Face accomplit parfois des miracles. Naturellement, je n'y crois pas. Comment un bout de bois, même sculpté avec tout l'amour du monde, pourrait-il intervenir dans nos vies ? Et pourtant, me voici, prêt à implorer son aide. Je ne le ferai pas, rassurez-vous, inspecteur, parce que demander quelque chose à un morceau de bois signifierait qu'il n'y a plus d'espoir.

— Et ce n'est pas du tout le cas, lui confirma Lynley.

Azhar se tourna vers lui. Il avait des cernes si noirs qu'ils faisaient ressortir le blanc de ses yeux. Chaque jour, Lynley lui trouvait plus mauvaise mine que la veille.

— Qu'est-ce qui n'est pas le cas ? Un bout de bois ne peut pas accomplir de miracle, ou bien il n'y a plus d'espoir ?

— Aucun des deux.

— Vous avez du nouveau à m'apprendre, sinon vous ne seriez pas là.

— Je préférerais vous parler à tous les deux ensemble, Angelina et vous.

En voyant la lueur de terreur qui traversait le regard d'Azhar, Lynley se rendit compte qu'il venait d'avoir une phrase malheureuse. Il s'empressa de préciser :

— Ce n'est ni bon ni mauvais. Juste un nouvel élément. Si vous voulez bien me suivre…

Ils prirent le chemin de l'hôpital, qui se trouvait hors les murs de Lucca mais facilement accessible à pied, en partie par la promenade des remparts, à l'ombre des arbres, ce qui rendait la marche plaisante. A l'un des *baluardi* – bastions – en forme de losange, ils descendirent l'escalier et gagnèrent la Via dell'Ospedale.

Ils arrivèrent juste à temps pour croiser Lorenzo Mura et Angelina qui quittaient l'hôpital. Angelina était dans un fauteuil roulant poussé par un aide-soignant. Lorenzo, à ses côtés, l'air sombre. En voyant Lynley et Azhar, il dit quelque chose à l'aide-soignant, qui s'arrêta.

Voilà au moins une bonne nouvelle, songea Lynley. Angelina était remise, même si elle était encore très pâle. En les voyant approcher tous les deux de front, elle eut un mouvement de recul et se contracta dans son fauteuil, certainement terrorisée à la pensée que le pire s'était produit. Aussi Lynley se dépêcha-t-il de spécifier :

— C'est seulement un nouvel élément de l'enquête.

Comme elle cherchait ses mots, Lorenzo lança :

— C'est elle qui veut ! Moi, non.

L'espace d'un instant vertigineux, Lynley crut qu'il parlait du meurtre de la fillette par son ravisseur.

— Elle dit qu'elle est mieux. Moi, je la crois pas.

Lynley se détendit. Apparemment, elle était sortie contre l'avis des médecins. A l'entendre, elle avait une bonne raison. Il était absurde de risquer une infection en traînant dans un service hospitalier où pullulaient les bactéries sous prétexte qu'elle avait des nausées de début de grossesse. Pour confirmer sa théorie, elle se tourna vers son ancien amant.

— Hari, tu peux lui expliquer pourquoi ce n'est pas bon pour moi de rester ici ?

Azhar ne semblait pas disposé à jouer les intermédiaires entre cette femme enceinte et le père de son futur enfant, mais après tout il était microbiologiste. Qui mieux que lui connaissait les dangers de la contamination par les bactéries, les virus et les autres germes ?

— Les risques existent partout, Angelina, répondit-il. Mais ce que tu dis est juste…

— *Capisci?* le coupa-t-elle en s'adressant à Lorenzo.

— … d'un autre côté, il ne faut pas négliger les risques de maladies associées à la grossesse.

— Eh bien, je n'ai rien négligé, toutes les analyses ont été faites. Je mange…

— *Solo minestra*, murmura Lorenzo.

— La soupe, c'est nourrissant, rétorqua Angelina. Et je n'ai plus d'autres symptômes.

— Elle ne m'écoute pas, se plaignit Lorenzo.

— C'est toi qui ne m'écoutes pas. Je vais très bien maintenant. J'ai eu une grippe ou une gastro ou je ne sais quoi. Je rentre chez moi. Tu fais des histoires pour rien.

Lorenzo se renfrogna encore davantage, mais n'insista plus.

— *Le donne incinte*, lui souffla Lynley. Les femmes enceintes…

Sous-entendu : Ne prenez pas trop au sérieux ses lubies ; tout s'arrangera quand Angelina accouchera. Quant à leur bonheur futur, tout dépendrait de ce qu'il était advenu de Hadiyyah.

— Y a-t-il un endroit où nous puissions parler ? leur demanda-t-il. A l'intérieur, peut-être ?

Il y avait une grande salle à l'entrée de l'hôpital. Le groupe se disposa face à la baie vitrée et à la lumière, de manière que Lynley puisse observer leurs expressions en leur faisant part des développements de l'enquête. Une voiture avait été retrouvée dans les Apennins, leur dit-il. L'accident datait de plusieurs jours. Le légiste travaillait en ce moment même à en déterminer la date et l'heure exactes grâce à l'autopsie pratiquée sur le corps de l'homme retrouvé mort à côté de l'épave. Il s'empressa d'ajouter qu'aucune trace de l'enfant n'avait été décelée sur place, mais comme le véhicule correspondait au signalement de celui qui avait été aperçu garé au bord de la route alors qu'un homme et un enfant se tenaient à proximité… Ils allaient recueillir les empreintes ainsi que des échantillons d'ADN.

Angelina hocha mollement la tête.

— *Capisco*, *capisco*, répéta-t-elle. Je comprends. Vous avez sûrement besoin de…

Comme elle laissait sa phrase en suspens, incapable de continuer, Lynley confirma :

— Oui, à mon grand regret. Sa brosse à dents, ou sa brosse à cheveux… La police va prélever ses empreintes dans sa chambre afin de les comparer…

— Bien sûr.

Elle se tourna vers Azhar puis regarda par la baie vitrée le rideau de cyprès devant le parking et la fontaine qui gargouillait au milieu d'une terrasse en gravier délimitée par des bancs.

— Qu'est-ce que vous en pensez, vous ? dit-elle à Lynley. La police…

— Ils sont en train d'enquêter sur l'homme.

— Savent-ils qui… ? Peuvent-ils… ?

— Il avait des papiers d'identité sur lui…

Lynley redoubla d'attention en prononçant le nom de l'homme :

— Roberto Squali. Cela dit-il quelque chose à l'un d'entre vous ?

Silence. Les visages affichèrent seulement un air intrigué. Lorenzo et Angelina échangèrent un regard interrogateur, comme pour se demander mutuellement s'ils avaient déjà entendu ce nom. Quant à Azhar, il le répéta tout bas, de toute évidence pour le mémoriser, et non pour montrer qu'il le connaissait.

Ne restait plus désormais qu'à espérer que la police italienne fasse d'autres découvertes. Ou bien qu'à Londres, Barbara trouve du nouveau.

Pour l'heure, ils devaient tous attendre.

29 avril

Lucca
Toscane

— *Forse quarant'otto ore*. Peut-être quarante-huit heures, indiqua le Dr Cinzia Ruocco à Salvatore Lo Bianco par téléphone.

Elle avait employé son ton habituel quand elle s'adressait à un représentant du sexe « fort » : tout à la fois brutal et rageur. Cinzia Ruocco n'aimait pas les hommes, et pour cause. Elle ressemblait à Sophia Loren jeune, ce qui lui valait d'avoir subi des regards libidineux durant la plus grande partie de ses trente-huit printemps. Chaque fois que Salvatore la voyait, des idées lubriques lui venaient à lui aussi. Il se plaisait à penser qu'il excellait à dissimuler ses pensées, mais elle avait un sixième sens quand il s'agissait de détecter l'effet que ses courbes produisaient sur les hommes. C'était une des raisons qui lui faisaient préférer le téléphone. *Ancora*, qui aurait pu le lui reprocher ?

Où fonçait-il, ce Roberto Squali, quarante-huit heures plus tôt, lorsqu'une sortie de route l'avait précipité vers la mort ? Etait-il soûl ? demanda-t-il à Cinzia Ruocco. Non, répondit-elle, ni soûl ni drogué, à moins que les analyses toxicologiques, toujours assez longues, n'apportent la preuve du contraire. Mais, ajouta-t-elle, il pouvait avoir été la proie de l'ivresse qui s'empare de tout homme au volant d'une voiture de sport. Elle ne serait pas étonnée que celui-là possède aussi une moto. Un gros engin, pour compenser la taille de ce qu'il avait entre les jambes.

— *Sì, sì*, approuva Salvatore.

Cinzia ne vivait pas seule, elle avait un compagnon. Salvatore avait du mal à imaginer comment on pouvait supporter un pareil mépris pour les hommes en général. Après avoir raccroché, il étudia l'immense carte d'état-major qui ornait son mur. Les Apennins… Autant dire tout un monde. Il faudrait un siècle pour déterminer la destination du défunt, et on ne savait même pas si cette précision apporterait de l'eau au moulin de l'enquête.

Salvatore avait réussi à mettre la main sur une photo de Squali où celui-ci avait meilleure allure que le jour où ils avaient rencontré son cadavre, ce qui n'était pas difficile. Un bel homme. Salvatore s'empressa d'ouvrir le fichier des photos de la touriste au marché. C'était bien le gars qui se tenait derrière Hadiyyah, la carte au smiley à la main. Cela confirmé, Salvatore réfléchit à comment procéder pour la suite.

Ses questions tournaient en fait autour de Piero Fanucci. *Il pubblico ministero* n'allait pas être content lorsque Salvatore lui annoncerait qu'il s'était peut-être trompé de suspect numéro un. Depuis deux jours, Fanucci avait lourdement chargé la barque de Carlo Casparia, laissant de plus en plus de détails concernant ses « aveux » arriver jusqu'aux oreilles de la presse. Il était allé jusqu'à accorder une interview à *Prima Voce*. Ses commentaires sur l'affaire s'étant retrouvés à la une du journal, tout à la fois sous son format papier et sur son site Internet, ils ne tarderaient pas à toucher les médias britanniques, dont quelques représentants s'étaient déjà pointés à Lucca. Ils n'avaient pas été longs à trouver quel café au coin de la rue de la *questura* constituait la meilleure officine à ragots. A l'instar de leurs confrères italiens, quand ils voulaient quelque chose, ils savaient se montrer tenaces, y compris auprès des policiers.

Du coup, Salvatore n'avait pas tellement le choix. S'il ne lui disait rien à propos de Roberto Squali, le procureur risquait d'obtenir cette information par le biais des reporters ou, pire encore, en lisant *Prima Voce*. Si jamais cela se produisait, Salvatore allait le regretter. Il alla donc rendre une petite visite à Fanucci.

Il communiqua au magistrat tous les détails qu'il avait jusqu'ici retenus : la décapotable rouge, l'homme s'enfonçant dans les bois avec une enfant, les photos de la touriste, l'homme à la carte au smiley, la même carte dans la main de la fillette, la découverte de la décapotable accidentée et du cadavre du conducteur, dont la mort remontait à quarante-huit heures.

Fanucci écouta le récit de Salvatore. Imposant derrière son énorme bureau en noyer, il faisait tourner un crayon entre ses doigts et maintenait son regard fixé sur les lèvres de l'inspecteur-chef. Quand celui-ci eut terminé, le procureur repoussa son fauteuil en arrière d'un coup sec, se leva vivement et se dirigea vers sa bibliothèque. Salvatore se prépara à un orage, peut-être même à être bombardé de traités de jurisprudence.

Il ne s'attendait évidemment pas à ce qui suivit :
— *Così*... murmura Fanucci. *Così, Topo*...
Salvatore retint son souffle.

— *Ora capisco com'è successo*, prononça Fanucci d'un ton pensif, toujours en lui tournant le dos. Maintenant, je comprends comment ça s'est passé.

Il ne paraissait pas contrarié le moins du monde par tout ce que Salvatore venait de lui expliquer.

— *Daverro? Allora, Piero…?*

Sous-entendu : Fanucci comprenait effectivement comment s'était passé l'enlèvement. Salvatore était tout ouïe.

Fanucci se retourna et lui adressa un sourire aussi faux que condescendant, signe qui, au demeurant, n'annonçait rien de bon.

— *Questo…* Vous avez trouvé le lien. Il faut fêter ça.

— Le lien… répéta Salvatore.

— Entre notre Carlo et ce qu'il a fait de la fillette. Maintenant, on a toutes les pièces du puzzle, Topo. *Bravo. Ha fatto bene.*

Fanucci retourna s'asseoir à son bureau tout en enchaînant :

— Je devine ce que vous allez me rétorquer. « Jusqu'ici, nous n'avons établi aucun lien entre ce Squali et Carlo Casparia, *magistrato*. » Mais ça, c'est uniquement parce que vous ne l'avez pas encore trouvé. Quand ce sera fait, vous verrez que j'ai raison, pour Carlo. Il ne voulait pas l'enfant pour lui-même. Je vous l'ai dit, non ? Comme vous pouvez le constater par vous-même, il l'a vendue pour acheter sa drogue.

— Si je vous entends bien, *magistrato*… répliqua prudemment Salvatore. Vous pensez que Carlo a vendu la petite fille à Roberto Squali ?

— *Certo*. Et ce Squali va vous permettre de mettre le doigt sur le maillon de la chaîne qui le relie à Carlo.

— Mais, Piero, ce que vous suggérez… Rien que la

comparaison avec les photos de la touriste démontre que Carlo n'est sans doute même pas complice.

Fanucci plissa les yeux, mais son sourire resta vissé sur son visage.

— Et pour étayer cet argument, vous avez…

— Sur une des photos, le dénommé Squali tient une carte avec un smiley, et sur la suivante la carte apparaît dans la main de l'enfant. Ne peut-on pas en déduire que c'est lui et non Carlo qui l'a suivie ce matin-là au *mercato* ?

— Bah ! Ce Squali… Il est au marché souvent ? Cette fois seulement ? Alors que Carlo et la fillette y étaient chaque semaine ! Voilà pourquoi je vous répète que Carlo connaissait cet homme, Carlo savait ce qu'il voulait, Carlo a vu la petite fille, Carlo a préparé son coup, en observant lui-même la routine de la famille ! Nous allons interroger de nouveau Carlo, vous allez voir, mon ami. Il va nous dire, lui, quelles étaient les intentions de ce Squali. Il ne m'a jamais parlé de ce Roberto Squali. Mais quand je vais lui poser la question, il va retrouver la mémoire… *Aspetta, aspetta.*

Salvatore visualisait parfaitement le futur interrogatoire de Casparia. Le procureur le recollerait dans la salle avec la lumière en plein dans la figure et au bout de dix-huit à vingt-cinq heures, sans rien à manger ni à boire, Carlo finirait bien par « imaginer » comment Roberto Squali et lui étaient devenus potes à la vie à la mort et comment ils avaient projeté l'enlèvement d'une petite fille de neuf ans pour des raisons qui lui restaient, bien entendu, à inventer.

— Piero, pour l'amour du ciel ! Vous savez très bien dans le fond de votre cœur que Carlo n'a rien à voir là-dedans. Et maintenant, je vous dis qu'avec ces détails sur Roberto Squali…

— Salvatore, répliqua *il pubblico ministero* de sa voix la plus suave. Je ne vois pas comment vous pouvez savoir ce qui se passe dans le fond de mon cœur. Carlo Casparia a avoué. Il a signé sa confession sans que quiconque l'y force. Les innocents ne font pas ça, croyez-moi. Et Carlo n'a rien d'un innocent.

Victoria
Londres

Barbara Havers rongea son frein pendant toute la réunion dans la salle des opérations sans pour autant afficher autre chose qu'une expression attentive au speech aussi insipide qu'interminable de l'inspecteur John Stewart. Tout comme elle ne perdit pas contenance quand il la pria de lui faire un rapport verbal des trois contre-interrogatoires de témoins dont elle avait été chargée la veille. Peu lui importait qu'elle ait été toujours au Yard à dix heures du soir passées, occupée à transcrire et ordonner son rapport afin de lui en faciliter la lecture. Stewart s'acharnait manifestement à la déstabiliser.

Désolé de te décevoir, mon petit pote, pensa Barbara en rendant son rapport. Dieu sait pourtant qu'elle ne tirait aucune satisfaction d'avoir prouvé que l'inspecteur avait eu tort en ce qui la concernait. Elle était encore sens dessus dessous à propos de ce que Dwayne Doughty lui avait révélé au poste de Bow Road.

A cause de « Khushi », elle avait passé une très mauvaise nuit. A cause de « Khushi », toujours, elle avait failli téléphoner à Taymullah Azhar en Italie pour obtenir des explications. Ce qui l'en avait empêchée ? Un vieux précepte de la police : on ne dévoile pas son jeu avant la fin, et surtout, on n'informe pas quelqu'un qu'on le soupçonne s'il ne se doute de rien.

A l'idée qu'Azhar puisse être un suspect, elle avait la gorge serrée, même maintenant, au beau milieu de cette réunion. Après tout, Azhar était un ami, une personne que Barbara pensait bien connaître. Qu'il puisse avoir organisé le kidnapping de sa propre fille, voilà qui paraissait inconcevable. Elle avait beau tourner et retourner l'histoire dans sa tête, les arguments qu'elle avait utilisés devant le détective restaient valables. Azhar vivait et travaillait à Londres. S'il s'était débrouillé pour faire kidnapper sa fille, comment s'y serait-il pris pour mettre la main sur son passeport ? Et s'il avait acheté un faux passeport au nom de Hadiyyah, il serait quand même rentré avec elle en Angleterre. Angelina Upman et Lorenzo Mura l'auraient retrouvée chez lui quand ils avaient débarqué à l'improviste.

Et pourtant... il y avait ce « Khushi ». Barbara se creusa les méninges : comment Doughty aurait-il appris le petit nom affectueux qu'Azhar donnait à sa fille ? Azhar l'aurait lâché par inadvertance au cours de la conversation à un moment où il était particulièrement ému ? Toutefois, depuis qu'elle les fréquentait tous les deux, elle ne l'avait entendu l'employer que lorsqu'il s'adressait directement à Hadiyyah. Jamais à la troisième personne. Alors pourquoi l'appeler « Khushi » en présence de Doughty ? Non, ce n'était pas possible, conclut-elle. Ce qui suscita aussitôt une autre question : qu'allait-elle faire maintenant ?

Un coup de téléphone semblait s'imposer. Mais devait-elle appeler Lynley pour lui exposer la situation et lui demander conseil, ou bien Azhar pour obtenir habilement de lui qu'il confirme ou contredise les allégations de Doughty ? Barbara penchait pour la première solution tout en sachant que c'était le deuxième appel qu'elle allait passer. Azhar eût été à Londres, elle l'aurait interrogé de vive voix et aurait observé son expression. Mais il ne se trouvait pas à Londres, Hadiyyah n'avait toujours pas été retrouvée et elle n'avait pas vraiment le choix.

Elle guetta le moment opportun au cours de la matinée. Dès que l'inspecteur Stewart s'absenta, elle téléphona à Azhar sur son portable. La communication était très mauvaise.

— Je suis à la mont... gne... dans les Ap... ins...
— Les Alpes ?

Un instant, elle crut qu'il était en Suisse.

— Non, les Apennins. Au nord de Lucca.

La communication s'améliora quand il parvint à la place d'un village. Il lui expliqua qu'il explorait toutes les bourgades sur la route où ils avaient découvert la décapotable rouge accidentée et le cadavre de son conducteur.

— Et dans cette voiture, Barbara...

La voix du pauvre homme se brisa.

— Quoi ? Azhar ? Quoi ?

— Ils pensent qu'elle était avec lui. Ils ont prélevé des empreintes et de l'ADN chez Angelina...

Barbara se rendit compte qu'il était au bord des larmes.

— Azhar...

— Je ne pouvais pas rester à Lucca sans rien faire, à attendre les nouvelles. Ils vont comparer les preuves dans la voiture et... ensuite ils sauront, mais moi, je... Qu'elle ait pu être avec lui et après...

Un silence, suivi d'un bruit de sanglot. Barbara savait combien ce serait humiliant pour lui de pleurer devant tout le monde.

— Par... pardonnez-moi, finit-il par bredouiller. C'est inconvenant.

— Bon sang, Azhar, chuchota-t-elle. C'est de votre fille qu'il s'agit. De notre petite Hadiyyah. Alors pas de manières entre nous, d'accord ?

Il se mit à sangloter pour de bon.

— Merci... parvint-il à peine à prononcer.

Elle attendit, désolée de ne pas se trouver sur place, où qu'il fût dans les Apennins. Elle l'aurait pris dans ses bras pour lui apporter un peu de réconfort. Sauf que cela n'aurait pas changé grand-chose. Chaque jour qui passait voyait s'amenuiser l'espoir de retrouver Hadiyyah vivante.

Azhar, s'étant ressaisi, lui expliqua qu'ils avaient découvert que le responsable de l'enlèvement était un certain Roberto Squali, lequel n'était autre que le mort de la décapotable.

— Un nom, c'est un point de départ, insista Barbara.

Ce qui aurait dû tout naturellement l'amener à évoquer le petit nom « Khushi » et la raison de son appel. Mais elle n'en avait pas le courage. Il était déjà assez bouleversé comme ça. Elle se rendit compte qu'elle ne pouvait pas se mettre à insinuer qu'il était peut-être le cerveau derrière l'enlèvement de Hadiyyah. Qu'il ait pu se rendre à Berlin pendant qu'en Italie quelqu'un, payé par lui, kidnappait sa fille... Cela n'avait pas de sens. Sauf s'il projetait de la garder en lieu sûr jusqu'à ce qu'Angelina Upman se résigne à sa mort. Mais quelle mère renoncerait à l'espoir ? Et du côté de Hadiyyah, si l'on admettait que son père pouvait réussir à la ramener en Angleterre sans passeport dans les mois à venir, que se passerait-il ? Accepterait-elle de ne plus jamais avoir de contacts avec sa mère ?

Rien de tout cela ne semblait logique à Barbara. Azhar était innocent. Il souffrait atrocement. Elle n'avait décidément pas à le tourmenter avec ses questions, ses soupçons, ses accusations. *Khushi*. Comme si ce petit mot ourdou pouvait être la clé d'un mystère plus profond de jour en jour.

Lucca
Toscane

En fin de matinée, Salvatore reçut la confirmation attendue : les empreintes de l'enfant avaient bien été retrouvées dans la décapotable. En compagnie de l'inspecteur Lynley, les techniciens de la police scientifique s'étaient rendus à la Fattoria di Santa Zita afin d'y prélever des échantillons. Ils n'avaient pas encore les résultats pour l'ADN, mais pour les empreintes digitales, ça n'avait pris que quelques heures. Hadiyyah en avait laissé sur le siège du passager, sur la boucle de la ceinture de sécurité et sur le tableau de bord. Les analyses ADN étaient à peine nécessaires, mais elles faisaient partie de la procédure.

Personnellement, Salvatore pouvait s'en passer. Maintenant, ce qu'il lui fallait, c'était interroger quelqu'un qui ait connu Roberto Squali. Il commença par se rendre à l'adresse indiquée sur les papiers d'identité. Via del Fosso, une rue qui traversait la ville du nord au sud. En son milieu, elle croisait un canal dont les bords foisonnaient de fougères. Squali habitait le long du canal, derrière une lourde porte qui cachait un des plus beaux jardins de la ville.

En Italie, les hommes de l'âge de Squali vivaient rarement seuls. Ils habitaient chez leurs parents, et leur mère était aux petits soins en attendant qu'ils se marient. Ce n'était pas le cas de Roberto Squali. Il apparut qu'il était en fait originaire de Rome et que ses parents résidaient toujours là-bas. Le jeune homme avait un appartement au domicile de sa tante, la sœur de son père, et de son mari. En leur parlant, Salvatore apprit qu'il en était ainsi depuis son adolescence.

L'oncle et la tante, dont le patronyme était Medici, reçurent Salvatore au jardin, sous les branches d'un figuier. Ils s'assirent en face de lui, tout au bord de leur siège, comme s'ils se tenaient prêts à se sauver en courant. Des policiers étaient déjà venus les informer de la mort de leur neveu dans un accident de la route ; ses parents à Rome avaient été avertis ; ils étaient effondrés ; des funérailles étaient en cours d'organisation.

Pas une seule larme ne fut versée sur le sort de Roberto. Salvatore jugea cette absence de chagrin curieuse. Etant donné les années qu'il avait passées ici, auprès de son oncle et de sa tante, ceux-ci auraient dû le considérer comme leur fils. Manifestement, il n'en était rien. En insistant un peu, il finit par comprendre pourquoi.

Roberto n'avait pas fait la fierté de sa famille. Tout au contraire. A quinze ans déjà, il n'avait rien trouvé de mieux pour gagner son argent de poche que de monter un réseau de prostitution qui exploitait des immigrées africaines. Ses parents l'avaient obligé à quitter Rome, alors qu'il était à deux doigts d'être arrêté, non seulement à cause de ça, mais aussi pour avoir goûté aux plaisirs de la chair « offerts » – d'après Roberto – par la fille de douze ans d'amis de la famille. Les parents de la fillette violée avaient accepté une somme importante à titre de dédommagement en échange de leur silence. Quant à l'autre affaire, le procureur avait été persuadé de ne pas poursuivre Roberto s'il s'engageait à ne plus remettre les pieds dans la Ville éternelle pendant les décennies à venir. C'est ainsi qu'en envoyant le garçon à Lucca ils avaient évité un procès et le déshonneur. Cela faisait dix ans qu'il y résidait.

— Il n'est pas vraiment méchant, dit la *signora* Medici à Salvatore, plus par habitude que par conviction. C'est juste que... pour Roberto...

Elle interrogea son mari du regard.

— *Vuole une vita facile*, enchaîna le mari.

Une vie facile, selon Roberto, cela consistait à en faire le moins possible, puisque dans son milieu il y avait toujours à grappiller à droite et à gauche et qu'il suffisait de savoir profiter des bonnes occasions quand elles se présentaient. Certes, il condescendait à travailler un peu, de temps à autre. Il avait été serveur dans plusieurs bons restaurants de Lucca et de Pise, et même de Florence. Comme il était charmant, il parvenait toujours à se faire embaucher. Les problèmes venaient ensuite et on ne le gardait jamais longtemps.

— Nous prions pour lui, murmura la *signora* Medici. Depuis ses quinze ans, nous prions pour qu'en grandissant il devienne comme son père ou son frère.

Le frère de Roberto... un élément intéressant. Mais Salvatore ne s'y attarda pas longtemps. Cristofero Squali, lui expliqua-t-on, était le fils chéri de la famille, *architetto* à Rome, marié depuis trois ans et produisant à peu près tous les onze mois un nouveau petit-enfant, à la grande joie de ses parents. Cristo était tout ce que Roberto n'était pas. Un ange du ciel, affirma sa tante. Alors que Roberto... La *signora* Medici fit le signe de croix.

— Nous prions pour lui, répéta-t-elle. Sa mère et moi, une neuvaine par semaine. Hélas, Dieu n'a jamais entendu nos prières.

Salvatore les informa du lieu de l'accident. Même s'ils n'avaient pas l'air d'être au courant de la vie de leur neveu en Toscane, peut-être, en apprenant qu'à l'heure de sa mort il grimpait dans les Apennins au volant de sa décapotable, leur reviendrait-il un souvenir : une conversation avec lui, le nom d'un ami, d'un associé, d'une relation qui vivait là-haut dans la montagne... Il s'abstint de leur dire que Roberto était impliqué dans l'enlèvement de la petite Anglaise dont on avait parlé dans les médias. Une manière d'éviter qu'ils ne se retranchent derrière un silence destiné à protéger la famille du déshonneur, comme ils l'avaient fait quand il était adolescent, à Rome.

Comme il ne s'attendait pas à ce qu'ils sachent ce que Roberto fabriquait dans les Apennins, Salvatore fut très étonné de voir la *signora* Medici et son mari échanger un regard consterné. Soudain, l'air semblait chargé d'électricité. La *signora* répéta :

— *Le Alpi Apuare?*

Les traits de son mari se durcirent sous le double effet de la haine et d'une colère froide.

Salvatore confirma en ajoutant que s'ils avaient sous la main une *carta stradale della Toscana* il leur montrerait l'endroit plus précisément.

La *signora* Medici tourna vers son mari des yeux où on lisait une question : voulaient-ils vraiment en savoir plus à ce stade ? Quelque chose les inquiétait, conclut Salvatore. Peut-être préféraient-ils rester dans le noir, quant aux activités de leur neveu.

Le *signor* Medici décida pour eux deux. Il se leva et pria Salvatore de le suivre dans la maison. La porte, protégée par un rideau anti-mouches, donnait directement dans la cuisine, une grande pièce avec des tomettes au sol.

— *Aspetti qui*, dit le *signor* Medici à l'inspecteur Lo Bianco. Attendez ici.

Là-dessus, il disparut dans une partie ténébreuse de la maison pendant que sa femme se dirigeait vers la cuisinière. Elle descendit d'une étagère une boîte de café, l'ouvrit, y plongea une cuillère. Plus pour avoir quelque chose à faire avec ses mains que poussée par le désir de faire montre d'hospitalité car, sitôt la cafetière posée sur le *fornello*, elle parut l'oublier totalement.

Le mari revint, une carte écornée dans les mains. Il la déplia sur le billot de boucher qui occupait la place centrale dans la cuisine. Une carte de la Toscane. En essayant de repérer le virage exact que la décapotable avait manqué, Salvatore suivit du bout du doigt les lacets de la route que Lynley et lui avaient empruntée. Il n'en était qu'au premier virage, quand la *signora* Medici émit un gémissement. Son mari jura entre ses dents.

— *Che cosa sanno?* leur demanda Salvatore. *Mi devono dire tutto*. Que faisait-il ? Il faut tout me dire.

Pour les en convaincre, il les informa de l'implication présumée de leur neveu dans un crime grave.

— *Ma lei, lei,* murmura la *signora* à son mari en lui prenant le bras comme pour se rassurer.

— *Chi?* dit Salvatore.

Qui était cette « elle », évoquée avec tant d'émotion par la *signora* Medici ?

Après un dernier échange de regards désespérés, le *signor* Medici expliqua :

— Notre fille, Domenica, elle réside dans un couvent où les religieuses vivent retirées du monde... dans les Apennins.

— Une religieuse ? s'enquit Salvatore.

Non, pas à proprement parler. Soudain, l'homme eut une moue de dégoût. *Una pazza, un'imbecille, una...* Une folle, une idiote, une...

— Non ! s'écria sa femme.

Sa fille n'était ni folle ni idiote, seulement une jeune fille simple que l'on avait empêchée de mener une vie consacrée, d'être l'épouse du Christ. Elle aurait voulu prier, méditer, elle aurait aimé mener une existence contemplative, et s'il ne comprenait pas que sa profonde piété à elle, son épouse, la mère de leur enfant, avait favorisé chez leur fille l'épanouissement d'une nature tournée vers la spiritualité, une âme totalement innocente...

— Elles ont refusé de la prendre, la coupa le *signor* Medici avec un geste de dénigrement. Pas assez intelligente... Tu le sais aussi bien que moi, Maria.

Salvatore les arrêta et essaya d'y voir un peu plus clair. Domenica n'était pas une religieuse, mais elle habitait un couvent avec des sœurs recluses ? C'était bien ça ? Peut-être leur servait-elle de domestique ? Une cuisinière ? Une blanchisseuse ? Une cousette qui brodait les surplis des prêtres ?

A ces suggestions, le *signor* Medici partit d'un rire de mépris. Sa *figlia stupida* était bien incapable d'acquérir ce genre de qualifications. En fait, on ne pouvait pas lui demander grand-chose. Elle vivait sur la propriété du couvent, logeant dans une grange, se rendant utile à traire les chèvres et à cultiver quelques légumes. Elle se prenait pour une religieuse. Elle se faisait même appeler « sœur Domenica Giustina »... Avec des nappes qu'elle avait prises dans l'armoire de sa mère à Lucca, elle s'était cousu un habit qui ressemblait à celui que portaient les religieuses.

Pendant cette diatribe, la mère, qui avait fondu en larmes, s'était détournée de son mari en croisant les mains sur ses genoux comme si elle cherchait à s'écraser les os des doigts. Quand il eut terminé, s'adressant à Salvatore, elle précisa :

— *Figlia unica.*

Cela expliquait à la fois son chagrin et la colère de son époux. Domenica était leur unique enfant. En elle, ils avaient mis tous leurs espoirs, lesquels avaient été laminés peu à peu, à mesure qu'avec les années ils s'étaient rendu compte qu'elle n'était pas « normale ».

Salvatore, en dépit de la détresse qu'il lisait sur leurs visages, se sentit obligé de poser encore une question. Etait-il possible que Roberto Squali ait été en chemin pour rendre visite à Domenica ? Domenica et lui étaient-ils restés en contact depuis le départ de cette dernière pour le couvent ?

Ils ne savaient pas. Adolescents, ils avaient été proches, mais seulement quelque temps. Roberto, comme il fallait s'y attendre, n'avait pas tardé à se rendre compte que Domenica était... limitée. C'était toute l'histoire de leur fille. Au départ, les autres étaient séduits par son enthousiasme pour la vie spirituelle. Ils s'apercevaient vite qu'elle était tout simplement inapte à évoluer dans le monde tel qu'il était.

Salvatore écouta attentivement. Rien de ce qu'il entendait n'excluait la possibilité que Roberto Squali ait été en route vers le couvent de sa cousine. Quel que soit son niveau d'intelligence, cette sœur Domenica Giustina avait peut-être des informations sur ce qu'il était advenu de la petite Anglaise enlevée par son cousin.

Villa Rivelli
Toscane

Domenica partit à la recherche de Carina. Depuis trois jours, l'enfant s'ingéniait à l'éviter. Pendant que Domenica priait et jeûnait, elle pouvait l'entendre se déplacer dans les pièces au-dessus de la grange.

Pour l'heure, Carina devait être quelque part dans les jardins de la Villa Rivelli. Elle se fiait à Dieu pour l'aider à la retrouver.

Comme guidée par l'ange Gabriel, sœur Domenica descendit vers le *giardino* encaissé et ses fontaines rafraîchissantes. L'enfant n'était nulle part en vue, mais peu importait. Tout au bout du jardin s'ouvrait la Grotta de Venti. Un espace aux parois de pierres et de coquillages où se dressaient quatre statues de marbre dont les pieds trempaient en permanence dans l'onde pure d'une source. L'air dans la grotte était toujours frais, délicieux quand il faisait aussi chaud dehors. Et en effet, c'est là que sœur Domenica découvrit la petite fille. On aurait dit qu'elle l'attendait.

Dans le coin où l'ombre était la plus épaisse, assise sur une dalle de pierre sèche, les genoux sous le menton, elle enlaçait des deux bras ses jambes repliées. En voyant sœur Domenica, elle eut un mouvement de recul.

— *Vieni, Carina*, dit Domenica tout doucement en lui tendant la main. *Vieni con me.*

La fillette leva vers elle un visage exténué. Elle se mit à parler et de sa bouche sortirent des mots incompréhensibles qui n'étaient pas de l'italien. Sœur Domenica saisit le sens de quelques phrases cependant. « Je veux ma maman », « Je veux mon papa. Je devais voir mon papa, je veux plus rester ici j'ai trop peur je veux mon papa, monpapatoutdesuitepapapapa ! »...

— *Tuo padre, Carina?*

— Jeveuxrentreràlamaisonavecmonpapa.

— *Padre, sì? Vorresti vedere tuo padre?*

— *Voglio andare a casa*, répondit la petite fille d'une voix plus forte. *Voglio andare da mio padre, chiaro?*

— *Ah, sì?* opina sœur Domenica Giustina. *Capisco, ma prima devi venire qui.*

Elle lui tendit de nouveau la main. Si l'enfant voulait retourner chez son père, elle ne devait pas s'éterniser dans la Grotta de Venti, mais venir avec elle.

L'enfant prit la main, comme à regret. Sœur Domenica lui sourit.

— *Non avere paura*, lui dit-elle.

Elle ne devait pas avoir peur.

Lentement, Carina se leva et ensemble elles quittèrent la grotte fraîche, ensemble elles gravirent l'escalier hors du jardin encaissé, ensemble elles s'avancèrent vers l'immense demeure aux volets clos.

— *Ti dobbiamo preparare*, chuchota sœur Domenica Giustina à la petite fille.

Ne devait-elle pas se préparer pour les retrouvailles avec son père ? Elle devait se purifier. C'est ce qu'elle expliqua à l'enfant en pressant le pas, dépassant la grande loggia déserte, l'escalier monumental qui y menait, le coin de la villa, dirigeant leurs pas vers la porte dérobée de la cave.

En voyant les marches qui descendaient au sous-sol, soudain, Carina se raidit, ralentit, réticente à aller plus loin. Elle se mit à scander des paroles que sœur Domenica n'avait aucune chance de comprendre.

— Monpapanestpaslàilnyariendanscettecavevous-mavezpromisdememmenerretrouvermonpapajeniraipas-danslenoiretçasenttropmauvaisjaipeur !

Sœur Domenica protesta :

— *No, no, no. Non devi...*

L'enfant se braquait. Elle tira sur sa main de toutes ses forces, mais sœur Domenica la retint avec une vigueur stupéfiante.

— *Vieni*, dit-elle. *Devi venire*.

Une marche, deux marches, trois marches. Encore un

effort et la petite fille serait dans les ténèbres humides de la cave.

C'est alors que l'enfant se mit à crier. La seule façon de la faire taire consistait à la traîner le plus loin possible, jusqu'à la cave du fond, là où les murs épais de la vaste demeure les isoleraient du monde.

Lucca
Toscane

Salvatore se doutait que Roberto Squali n'avait pas conçu tout seul le kidnapping de la petite Anglaise. Même s'il avait eu une adolescence à problèmes, cela faisait des années que nul n'avait signalé de sa part la moindre infraction à la loi. Il était par conséquent logique de conclure que, s'il s'était bel et bien rendu coupable d'enlèvement, ce n'était pas lui qui l'avait commandité. La présence de la carte de visite de Michelangelo Di Massimo dans le *portafoglio* qui lui avait appartenu incitait à penser que le détective avait quelque chose à voir avec l'affaire.

Il apparut que Squali avait été tellement sûr du succès de son plan qu'il n'avait pas pris la peine de maquiller la transaction. Ses relevés téléphoniques révélèrent de nombreux appels à Michelangelo Di Massimo, ses extraits de compte bancaire le dépôt d'une grosse somme – en espèces – le jour même de la disparition de la fillette. Aucune autre rentrée d'argent de cette importance n'y figurait à aucun moment. Salvatore n'avait rien d'un joueur, pourtant il était prêt à parier qu'une somme d'un même montant était sortie du compte en banque de Michelango Di Massimo à la même date. Il fit le nécessaire pour qu'on lui envoie par Internet les relevés du détective. Puis il envoya chercher ce dernier à Pise, ses hommes ayant l'ordre de l'inviter fermement à se rendre avec eux à la *questura* de Lucca, qu'il soit dans ses locaux ou chez le coiffeur. Salvatore souhait l'intimider.

Il téléphona à l'inspecteur Lynley afin de l'informer de l'arrivée imminente de Di Massimo. Il appela aussi Piero Fanucci pour le tenir au courant des derniers développements et de la nouvelle orientation prise par l'enquête. Avec Lynley, la conversation fut brève : si l'*ispettore* n'y voyait pas d'inconvénient, il aimerait assister à l'interrogatoire. Avec Fanucci, elle fut carrément délirante : ils tenaient déjà le kidnappeur, du moins le cerveau de l'opération, en la personne de Carlo Casparia ; Salvatore était chargé de trouver un lien entre lui et ce Roberto Squali. S'il n'y parvenait pas, le procureur confierait l'affaire à un autre enquêteur… Quand est-ce que « Topo » allait se mettre sérieusement au travail, au lieu de suivre toutes les fausses pistes, à croire qu'il avait une girouette à la place de la tête… ?

Comme il ne parvenait pas à lui faire entendre raison, Salvatore accepta, même s'il était tout à fait persuadé que cela ne mènerait nulle part, de rechercher un lien entre les trois hommes.

Lorsque Lynley arriva à la *questura*, Salvatore lui raconta ce qu'il avait appris lors de sa visite aux Medici. Sur la carte, il lui montra l'endroit où était situé le couvent. Cela pouvait les mener à quelque chose ou à rien. Mais le fait que Squali ait roulé en direction de l'endroit où vivait sa cousine pouvait indiquer qu'elle aussi était impliquée. Une fois qu'ils auraient mieux cerné le rôle de Di Massimo dans l'enlèvement, ils fileraient au couvent.

L'arrivée de Di Massimo provoqua un branle-bas de combat chez les journalistes qui campaient autour de la *questura*. Ils flairaient du nouveau. Dès qu'il les vit, le détective se couvrit la tête, un geste raisonnable étant donné la couleur de ses cheveux, mais qui lui valut d'être la cible de tous les appareils photo et caméras de ces messieurs, le prenant assurément pour une « personne d'intérêt ».

Une fois à l'intérieur, Di Massimo attira tout autant l'attention sur lui. Il portait sa tenue de motard en cuir et des lunettes noires qui cachaient ses yeux. Avec des cris rageurs, il réclama un *avvocato*. « *Per favore* » ne faisait pas partie de son vocabulaire.

Salvatore et Lynley attendirent qu'il soit assis dans la salle d'interrogatoire. Quatre policiers en uniforme se tenaient adossés au mur. L'heure était grave. Un magnétophone et une caméra vidéo étaient installés, prêts à archiver ce qui allait suivre. Ils commencèrent par lui proposer poliment une boisson ou quelque chose à manger. Ils lui demandèrent aussi le nom de son avocat, afin qu'on puisse l'envoyer chercher.

— *Indiziato?* répéta Di Massimo. *Non ho fatto niente.* Je n'ai rien fait.

Salvatore trouva intéressant que le Pisan ait d'emblée déclaré son innocence, sans même s'enquérir du crime dont on le soupçonnait. Il fit un signe de tête à un des policiers, qui s'avança et lui tendit un dossier de photos, que Salvatore ouvrit devant Di Massimo.

— Voici ce que nous savons, Miko, expliqua-t-il au privé. Ce pauvre type…

Il étala sur la table les photos du cadavre en décomposition de Roberto Squali sur la scène de l'accident.

— … est le même que celui-ci, dit-il en retournant deux agrandissements des photos de la touriste montrant Roberto Squali debout derrière la petite Hadiyyah avec la carte au smiley dans la main, et Hadiyyah tenant cette même carte.

Pendant que Di Massimo y jetait un coup d'œil, Salvatore se pencha en avant et lui enleva ses lunettes de soleil. Di Massimo fit la grimace et exigea qu'il les lui rende.

— *Un attimo*. Un instant. Tout viendra en son temps, les bonnes comme les mauvaises choses.

— Je ne connais pas cet homme, affirma Di Massimo en croisant sur sa poitrine ses bras gainés de cuir par la veste de motard.

— Vous avez à peine regardé les photos, mon ami.

— Pas besoin, je sais pas qui c'est.

Salvatore hocha lentement la tête.

— Alors vous serez étonné du nombre d'appels téléphoniques qu'il a reçus de votre part au cours des semaines qui ont précédé l'enlèvement de cette fillette (là, il indiqua Hadiyyah sur le cliché) et de la grosse somme d'argent qui a transité en liquide sur son compte le jour du kidnapping. Rien de plus simple pour nous, vous savez, que de retrouver l'équivalent de cette somme sur votre compte en banque. A vrai dire, nous sommes en train de vérifier, à l'heure qu'il est.

Michelangelo ne pipa mot, mais des gouttes de sueur perlaient sur son front.

— Au fait, j'attends toujours que vous me donniez le nom de votre avocat, ajouta courtoisement Salvatore. Il saura vous conseiller sur la meilleure stratégie pour vous sortir de la situation critique dans laquelle vous vous trouvez.

Di Massimo continua à se taire. Salvatore le laissa un peu mijoter. Le privé ne pouvait pas évaluer ce que savaient exactement les services de police. D'un autre côté, que les flics l'aient traîné jusqu'à Lucca pour le soumettre à un interrogatoire en bonne et due forme, voilà qui avait forcément de quoi l'inquiéter. Comme il venait de nier qu'il connaissait un type à qui il avait téléphoné plus souvent qu'à son tour, la meilleure solution n'était-elle pas de jouer la carte de la vérité ? Même s'il maintenait qu'il avait passé des coups de fil à Squali sans jamais rencontrer son interlocuteur, ils n'en retiendraient pas moins l'existence d'un lien entre eux. Salvatore se demandait combien de temps Di Massimo allait mettre pour trouver un prétexte qui n'ait rien à voir avec la disparition de Hadiyyah. Il était prêt à parier qu'un type capable de teindre sa chevelure noire de la couleur du maïs n'avait pas l'esprit très rapide.

Cela ne manqua pas. Di Massimo poussa un gros soupir et débita son histoire. L'inspecteur savait déjà qu'il avait été embauché par quelqu'un à Londres pour rechercher l'enfant. Il l'avait trouvée, avait signalé sa présence à la Fattoria di Santa Zita dans les collines autour de Lucca, pensant ne plus en entendre parler. Mais voilà que, quelques semaines plus tard, on avait de nouveau fait appel à son expertise.

— Dans quel domaine ? questionna Salvatore.

L'organisation du kidnapping de l'enfant, répondit-il tout à trac. C'était à lui qu'il revenait de choisir le lieu. Pour que son plan réussisse, il fallait obtenir la confiance totale de la petite fille. Il avait engagé quelqu'un pour surveiller les allées et venues de la famille afin de déterminer l'heure et l'endroit opportuns. Le mieux était de miser sur la force de l'habitude. Déceler la faille dans leur emploi du temps routinier, là où ils ne s'attendraient pas à un problème et par conséquent ne se méfieraient pas. La personne qu'il embaucha était Roberto Squali, qu'il avait rencontré à l'époque où ce dernier était *cameriere* – serveur – dans un restaurant de Pise.

L'expédition hebdomadaire de la petite famille au marché de Lucca, dont lui avait fait part Squali, s'était révélée la solution idéale. La maman s'absentait pour son cours de yoga pendant que sa fille et son amant allaient se promener parmi les étalages. La petite fille, à chaque fois, partait en avant pour regarder le chanteur de rue et son caniche savant. Il avait trouvé le moment parfait pour l'enlever. Mais, bien entendu, il ne pouvait se permettre d'agir lui-même, craignant d'être un peu trop voyant. Il avait donc de nouveau engagé Roberto Squali.

— La petite fille paraît l'avoir accompagné de son plein gré, fit remarquer Salvatore. Elle semble même avoir suivi ses indications, car elle est sortie seule de la ville. Il la suivait. Nous avons un témoin.

— Je lui avais donné un mot à prononcer pour gagner sa confiance.

— Un mot ?

— « Khushi ».

— D'où sortait ce mot ?

— C'est ce qu'on m'avait indiqué de lui dire. Je ne sais pas ce qu'il signifie.

Di Massimo ajouta que Roberto devait expliquer à Hadiyyah qu'il était venu pour la mener à son père. Le détective avait confié à son homme de main une carte de vœux qui, lui avait-on assuré, était de la main du papa. Roberto devait lui montrer la carte puis prononcer le mot magique, *Khushi*, une sorte de Sésame-ouvre-toi garantissant sa complète docilité. Ensuite, il devait l'emmener dans un endroit sûr, où elle ne se sentirait pas en danger. Elle devait y rester jusqu'à ce que Michelangelo lui téléphone pour lui ordonner de la libérer et lui préciser à quel endroit. Roberto Squali devait aller la chercher, la déposer à un point de rendez-vous et partir sans se retourner.

Salvatore sentit une nausée monter en lui.

— Que devait-il se passer ensuite ? s'enquit-il en s'efforçant de garder un ton neutre.

Di Massimo l'ignorait. Il recevait ses instructions par petits bouts à mesure des besoins.

— C'était le plan de qui ?

— Je vous l'ai déjà dit, un type de Londres.

Lynley intervint pour la première fois :

— Cet homme à Londres, il avait prévu dès le départ d'enlever Hadiyyah ?

Non, non, non, fit le détective. Au départ, on lui avait juste demandé de retrouver l'enfant. C'est seulement une fois ce boulot fait qu'on lui avait demandé d'organiser son kidnapping. Il ne voulait pas. *Una bambina* ne devrait jamais être séparée de sa *mamma*, hé ? Mais quand on lui avait décrit comment cette maman avait abandonné son enfant pendant une année entière pour vivre avec son amant... Ce n'était pas bien, pas bien du tout, elle n'était pas du tout une bonne mère. Alors il avait accepté de l'enlever. Contre de l'argent, bien sûr. Puisqu'on en parlait, il n'avait pas encore tout reçu... La parole d'un étranger... Pfuitt ! Pour ce que ça valait !

— L'étranger étant... ? demanda Lynley.

— Dwayne Doughty, comme je vous l'ai dit. C'était son plan. Pourquoi voulait-il qu'on l'enlève au lieu de la ramener tout simplement à son papa... ? Je n'en sais rien et je n'ai pas posé la question.

Villa Rivelli
Toscane

Sœur Domenica Giustina était en train de cueillir des fraises quand elle fut convoquée. Elle se servait de ciseaux et fredonnait un *Ave* qu'elle aimait particulièrement avec la sensation d'être sur un nuage.

Sa longue période de pénitence était terminée. Elle

avait fait sa toilette et s'était habillée de vêtements propres. Elle avait enduit ses multiples plaies d'un onguent de sa propre fabrication. Elles cesseraient bientôt de suppurer. C'était la volonté de Dieu.

Quand elle entendit son nom, elle se redressa aussitôt. Une novice descendait du couvent dans sa direction, son voile d'une pureté virginale se soulevant dans la brise fraîche. Sœur Domenica Giustina la connaissait, même si elle ignorait comment elle s'appelait. Un bec-de-lièvre mal opéré lui avait laissé le visage difforme, et une expression d'une tristesse incurable. Elle ne devait pas avoir plus de vingt-trois ans. Qu'elle soit novice à cet âge prouvait seulement qu'elle n'était pas là depuis longtemps.

— On te réclame à l'intérieur, Domenica. Il faut que tu viennes tout de suite.

Le cœur de sœur Domenica Giustina bondit de joie. Elle n'avait pas été admise dans le saint des saints consacré du cloître depuis le jour, des années plus tôt, où on lui avait dit qu'elle ne serait pas autorisée à y vivre. On lui permettait à la rigueur de franchir la porte de la cuisine *al piano terra* – au rez-de-chaussée – et d'avancer de cinq pas jusqu'à l'énorme table en sapin où elle laissait pour les sœurs des produits du jardin, du fromage de chèvre ou des œufs. Et encore fallait-il que personne ne soit présent à la cuisine. Si elle connaissait de vue cette novice, c'était uniquement parce qu'elle avait épié son arrivée en compagnie de ses parents un certain matin d'été.

— *Mi segua!* lança la novice à sœur Domenica en pivotant sur ses talons, s'attendant à ce qu'elle la suive.

Sœur Domenica Giustina obtempéra. Elle aurait préféré se laver les mains avant, peut-être aussi changer d'habit. Mais être invitée au couvent – car c'était bien pour ça qu'on l'appelait, non ? – était une offre inespérée qu'elle ne pouvait pas refuser. Elle essuya la terre de ses mains, secoua sa jupe et empoigna les grains de son rosaire.

Elles montèrent l'escalier de la grande entrée devant la maison, une autre gratification qui était sûrement un signe, se dit sœur Domenica Giustina. En pénétrant dans l'immense salle qui avait été le *soggiorno* – le salon – de la villa, elle leva les yeux sur la fresque représentant Apollon sur son char traversant un ciel bleu azur. Dans le bas des murs, les *affreschi* barbouillées à la chaux avaient été effacées. Quant au mobilier, les profonds *divani* qui accueillaient jadis les invités avaient cédé la place à des bancs d'église en bois disposés en éventail de part et d'autre d'un autel massif recouvert d'une bande de drap amidonnée. Au-dessus, un tabernacle d'orfèvre et un chandelier en verre grenat contenant un cierge allumé du même rouge, indiquant la présence du Saint-Sacrement. Elles s'avancèrent vers l'autel et esquissèrent une génuflexion.

Sœur Domenica Giustina respira à pleins poumons la lourde odeur qui flottait dans l'air. De l'encens. Elle n'en avait pas senti depuis bien longtemps. La novice la pria d'attendre sur place. Contente d'être laissée seule, elle s'agenouilla sur les dalles et fit le signe de croix.

Elle ne parvenait pas à prier tant elle était dévorée par la curiosité. Elle se réprimanda, mais ses yeux se promenaient d'eux-mêmes autour d'elle.

Il faisait sombre dans la chapelle. Les volets étaient clos, les fenêtres lourdement grillagées. Derrière l'autel, la grande porte qui débouchait sur la loggia à l'arrière de la villa avait été condamnée, au moyen de planches que les religieuses avaient masquées avec des tapisseries représentant des scènes de la vie de saint Dominique, le patron de l'ordre auquel elles appartenaient et à qui elles rendaient hommage par leurs pieux ouvrages. A gauche et à droite de l'autel s'ouvraient des couloirs s'enfonçant dans les profondeurs du couvent. En dépit de son envie de partir en exploration, sœur Domenica Giustina resta à genoux. N'avait-elle pas fait vœu, entre autres, d'obéissance ? Aujourd'hui, elle était mise à l'épreuve. Elle ne céderait pas à la tentation...

— *Vieni, Domenica.*

La voix qui l'appelait ainsi chuchotait si bas qu'un instant elle crut que la Sainte Vierge venait de lui parler. Mais ce fut une main de chair et d'os qui se posa sur son épaule. Elle leva les yeux pour découvrir un visage fripé comme une vieille pomme entre les plis d'un voile noir.

Sœur Domenica Giustina se leva. La vieille religieuse opina et, les mains enfouies dans les manches de son habit, lui tourna le dos et se dirigea vers un des deux couloirs. Elle poussa une porte en bois ajourée et, Domenica sur ses talons, s'engagea dans le vaste corridor bordé d'un côté par de lourdes portes closes et de l'autre par des fenêtres aux volets fermés. La *vecchia* s'arrêta devant une porte et toqua tout doucement. Une voix s'éleva derrière le battant. La vieille religieuse fit signe à sœur Domenica Giustina qu'elle était conviée à entrer. Puis elle referma la porte derrière elle.

La pièce était très sobrement meublée. Un prie-dieu était placé devant une statue de la Vierge qui abaissait un regard d'amour vers toute personne s'agenouillant pour prier à ses pieds. A l'autre bout, saint Dominique tendait les bras vers Domenica pour lui accorder sa bénédiction. Entre deux fenêtres, derrière une table presque nue, était assise la mère supérieure, qu'elle n'avait vue que deux fois dans sa vie et qui posa sur elle, sœur Domenica Giustina, un regard d'une gravité qui la persuada que l'heure était venue, finalement.

Jamais elle n'avait ressenti une joie aussi extraordinaire. Son visage devait rayonner. Elle avait été la pire des pécheresses, mais enfin elle était pardonnée. Elle s'était préparée spirituellement, et avait aussi préparé une autre âme que la sienne.

Elle avait derrière elle des années de pénitence et de contrition. Elle avait montré au Seigneur Tout-Puissant qu'elle avait conscience de l'horreur de son péché. Oui, elle avait prié pour qu'un enfant vivant dans ses entrailles – le bébé de son cousin Roberto – lui soit arraché afin que ses parents ignorent qu'elle était grosse... Et sa prière avait été exaucée le soir même où ses parents s'étaient absentés de la maison... Ensuite il avait fallu que Roberto se débarrasse de ce qu'il avait délogé de son corps alors qu'elle se tordait dans d'atroces douleurs au fond des ténèbres de la salle de bains...

Il était né en vie et bien formé. Pour le reste, elle s'en était remise au Seigneur. Cinq mois à grandir dans son ventre n'avaient pas suffi à le rendre assez fort pour respirer tout seul, et personne n'avait été là pour le secourir. C'était ce que Roberto lui avait dit, et elle l'avait cru. Roberto qui avait emmené le bébé, qui l'avait fait disparaître. Fille ou garçon ? Elle n'avait jamais su... jusqu'à ce que tout change, jusqu'à ce que Roberto répare...

Sœur Domenica Giustina ne s'était pas rendu compte qu'elle parlait tout haut jusqu'au moment où, brusquement, la mère supérieure se leva de derrière son bureau et, s'y appuyant des deux mains, se pencha en avant en murmurant :

— *Madre di Dio, Domenica. Madre di Dio.*

Oui ! Oui ! L'enfant qu'elle avait engendré n'était pas mort. Dieu fait des miracles qui dépassent l'entendement de nous autres, pauvres pécheurs. Son cousin était revenu avec leur enfant, une petite fille, qu'il lui avait demandé de garder bien à l'abri. Et c'est ce que sœur Domenica Giustina avait fait, elle avait veillé à ce qu'elle ne manque de rien. Puis Dieu l'avait repris, le père de l'enfant, dans un terrible accident sur une route de montagne. Et elle, sœur Domenica Giustina, avait cherché à comprendre le signe envoyé par Dieu. Les messages de Dieu sont clairs, mais il faut parfois longtemps pour les déchiffrer...

— Il faut offrir à Dieu la preuve de notre amour pour Lui, conclut sœur Domenica Giustina. Elle réclamait son père. Dieu m'a dicté ma conduite. C'est seulement en faisant Sa volonté, même si cela nous coûte, qu'on obtient Son pardon.

Elle fit le signe de croix et laissa son bonheur éclater dans un large sourire. Enfin, elle était bénie par le Seigneur et Il lui avait ouvert la porte du couvent.

La mère supérieure semblait avoir du mal à respirer. Elle toucha le crucifix sur l'anneau d'or qu'elle portait au doigt comme si le martyre du Christ avait le pouvoir de soutenir ses forces.

— Pour l'amour de Dieu, Domenica, dit-elle. Qu'as-tu fait à cette enfant ?

30 avril

Victoria
Londres

— Comme un tuyau est toujours le bienvenu, je suppose, vous allez être contente.

Barbara Havers n'avait pas besoin qu'il se présente. A ce stade, son timbre de ténor résonnait en permanence sous son crâne. S'il l'avait appelée sur son portable au moins, elle aurait évité de répondre. Mais il avait téléphoné au Yard, en prétendant avoir une information sur « l'affaire dont s'occupe le sergent Havers ». Le bluff avait marché. Le standard lui avait transmis l'appel, Barbara avait décroché et prononcé machinalement « Sergent Havers ».

Prise ainsi au dépourvu, elle glapit :

— Quoi ? Quoi ?

— « Ne prenez pas ce ton avec moi », comme disait ma pauvre mère. Elle est sortie de l'hôpital.

— Qui ? Votre mère ? Alors vous devriez être en train de sabler le champagne, non ? Je trinquerais volontiers avec vous si je n'étais pas débordée de travail...

— Très drôle, Barb. Il ne se passe rien ici, et vous le

saviez. Maintenant, à cause de vous, j'ai vraiment l'air d'un con auprès de mon rédacteur en chef. Merci !

Il était en Italie, enfin ! Barbara avait été sauvée par sa bonne étoile.

— Si elle est sortie de l'hôpital, c'est qu'elle y était. Ce n'est pas moi qui l'ai fait sortir. Moi je vous ai donné ce tuyau en toute bonne foi...

— Du coup, je vais publier mon papier sur l'officier de la Met intime avec le papa indigne, photos à l'appui. Regardez bien la une demain. Il est déjà rédigé, je n'ai plus qu'à le mettre en pièce jointe d'un mail pour mon rédac chef, avec un petit mot sympa du genre « voici ce que mon petit séjour dans la Botte a donné », et à appuyer sur « Envoyer ». C'est ce que vous voulez ?

— Ce que je veux...

Barbara laissa sa phase en suspens pour la bonne raison que Dorothea Harriman venait de se camper de l'autre côté de son bureau. Elle reprit, au bénéfice de Corsico :

— Ne quittez pas...

Et à Dorothea, elle lança :

— Qu'est-ce qu'il y a ?

— On vous réclame, sergent Havers, dit la secrétaire en penchant la tête du côté de l'antre d'Isabelle Ardery.

Barbara poussa un soupir. A Corsico, elle souffla :

— On reprendra cette conversation plus tard.

— Vous êtes tombée sur la tête ou quoi ? répliqua-t-il. Vous croyez que je bluffe ? Pour vous en sortir, il va falloir me donner Lynley ou Azhar. Vous êtes la seule à pouvoir m'obtenir l'exclusivité et je vous jure, Barb, que si je ne cartonne pas avec...

— Je vais parler à l'inspecteur Lynley, mentit-elle. Ça vous va ? Hélas, la commissaire Ardery m'appelle et à mon grand regret je suis obligée d'interrompre cette conversation passionnante...

— Je garde au chaud mon papier pendant un quart d'heure, Barb. Si je n'entends pas parler de vous d'ici là, n'oubliez surtout pas de regarder la une du journal demain.

— Je viens de me faire pipi dessus tellement j'ai peur.

Elle raccrocha d'un coup sec et jeta à Dorothea :

— Qu'est-ce qu'elle me veut ?

— Elle est avec l'inspecteur Stewart, l'informa-t-elle tristement.

Cela n'annonçait rien de bon. Barbara se dit qu'une petite clope dans l'escalier serait la bienvenue. D'un autre côté, faire attendre Isabelle Ardery n'était guère avisé. Aussi suivit-elle docilement Dorothea jusqu'au bureau de la commissaire où, en effet, cette dernière l'attendait en compagnie de l'inspecteur Stewart, lequel avait apporté une pile de dossiers ce qui n'était de toute façon pas un bon présage.

Barbara les dévisagea tour à tour. Ardery la salua seulement d'un hochement de tête. Les synapses du sergent se mirent à grésiller. Elle ne voyait pas comment Stewart aurait pu s'apercevoir qu'elle s'était offert une petite visite à Dwayne Doughty avant de conduire les contre-interrogatoires de témoins commandités par lui. Et même s'il avait réussi ce tour de force, elle lui avait rendu ses rapports, non ? Qu'est-ce qu'il voulait de plus ?

En l'occurrence, Stewart n'avait rien contre elle. Il avait, lui aussi, été convoqué et n'avait pas plus l'air de savoir ce que ça cachait.

Ardery alla droit au fait :

— John, annonça-t-elle. Je transfère Barbara pour quelques jours. Il y a une piste dans l'enquête que...

— *Quoi ?* la coupa Stewart comme si elle venait de traiter sa mère de poufiasse.

La commissaire ne réagit pas tout de suite. Le ton était insultant, mais elle laissa passer. Puis elle déclara :

— Je ne vous savais pas dur d'oreille. Je répète donc : j'assigne Barbara à une autre enquête.

— Quelle autre enquête ? articula Stewart, rongeant manifestement son frein.

Ardery se raidit imperceptiblement.

— Je ne pense pas que cela vous regarde.

— J'ai besoin d'elle dans mon équipe... où vous l'avez placée vous-même, d'ailleurs.

— Pardon ?

Ardery était jusque-là restée assise en face de Stewart et de la pile de dossiers en équilibre sur ses genoux. A présent la voilà qui se levait, le dominant de tout son mètre quatre-vingt-deux, ses doigts aux ongles vernis posés en éventail sur des liasses de rapports.

— Je ne pense pas que vous soyez en position de faire ce genre de remarque, lâcha-t-elle. Ressaisissez-vous. Si vous voulez prendre une minute...

— Où la mettez-vous ? Toutes les équipes sont complètes. Si c'est un effet de manche pour montrer qui est le patron...

— Vous êtes devenu fou ?

— Bah, vous m'avez toujours considéré comme tel, de toute façon. Vous savez ce que j'ai là ? Là, dans ces dossiers ?

Il en souleva un et le secoua. Barbara sentit ses bras se transformer en coton.

— Cela ne m'intéresse absolument pas... répondit Ardery, à moins que vous ne teniez là de quoi procéder à une arrestation dans les affaires qui sont sous votre responsabilité.

— J'oubliais, repartit Stewart. Rien d'autre ne vous intéresse que...

Il se tut puis après une brève pause reprit :

— Entendu. Elle est assignée ailleurs. Elle est tout à vous. On sait pour qui elle va travailler. D'ailleurs il est bien le seul à la vouloir dans son équipe... et tout le monde sait pourquoi vous êtes trop contente de la lui refiler.

Barbara retint sa respiration en attendant la réaction de la commissaire.

— Qu'est-ce que vous insinuez, John ?
— Vous le savez très bien.
— Ce que je sais, c'est que vous avez tout intérêt à réviser votre attitude. En l'occurrence, Barbara va travailler directement sous mes ordres pour une affaire qui concerne un autre officier de police. C'est tout ce que vous avez besoin de savoir. Ai-je parlé de façon intelligible ? Ou souhaitez-vous continuer cette conversation et en assumer les conséquences ?

Stewart et Ardery se fixèrent sans cacher leur mutuelle animosité, elle la mine froide, lui le visage empourpré de colère. L'un d'eux devait baisser sa garde. Barbara connaissait la volonté de fer de la commissaire. Mais Stewart accepterait-il de plier ? Rien n'était moins sûr. Cela faisait tellement d'années qu'il fondait sa conduite sur sa misogynie qu'il ne parviendrait peut-être pas à sortir de ce bureau avant qu'elle ne se soit offert sa tête sur un plateau.

Finalement, il prit le parti de se lever.

— Je vous ai entendue, dit-il en battant brusquement en retraite.

En le voyant franchir la porte, Barbara ne put s'empêcher de se demander ce que contenaient les dossiers qu'il avait sous le bras. Sans doute rien de sympathique.

Après le départ de l'inspecteur, la commissaire Ardery invita d'un geste Barbara à prendre place sur une des deux chaises en face d'elle. Elle n'eut pas longtemps à attendre la suite.

— Cette affaire en Italie s'étend à Londres. J'ai reçu tôt ce matin un appel de l'inspecteur Lynley. Il lui faut quelqu'un ici.

Ainsi, il s'agissait bien de Lynley. Les perfides allusions de Stewart n'étaient donc pas infondées. Barbara remercia silencieusement l'inspecteur du fond du cœur. Il était sensible non seulement à son désarroi face au drame que vivaient Azhar et sa fille, mais aussi à l'horreur que représentaient pour elle ces terribles journées sous la férule de Stewart.

— Mais je tiens à ce que les choses soient bien claires, Barbara. L'inspecteur a réclamé Winston. Ce qui est tout à fait logique, étant donné que l'examen de ses états de service montre qu'il se fait un devoir d'obéir aux ordres, ce que l'on ne saurait dire de vous. Pourtant, je souhaite vous mettre moi-même à l'épreuve. Mais avant d'aborder les particularités de votre mission, si vous avez quoi que ce soit à me rapporter au sujet de votre collaboration avec l'inspecteur Stewart...

C'est le moment de tout déballer, songea Barbara. Toutefois elle n'osait pas avouer qu'elle avait à plusieurs reprises ces derniers jours commis des actes de désobéissance envers son supérieur hiérarchique. Une faute qui lui vaudrait sans doute de se voir retirer sa mission. Aussi répondit-elle :

— Ce n'est un secret pour personne que l'inspecteur Stewart et moi ne sommes pas les meilleurs amis de la terre. Je fais de mon mieux. Lui aussi... peut-être. Mais on ne s'entend pas tous les deux, c'est comme ça.

La commissaire Ardery se renfrogna.

— Bon, soupira-t-elle en prenant un dossier sur son bureau pour le tendre à Barbara. La police italienne a remonté la piste du kidnapping de la fille de votre ami jusqu'à Londres.

— Jusqu'à Dwayne Doughty, n'est-ce pas ?

Ardery confirma d'un hochement de tête.

— Ils ont arrêté un type en Toscane qui opérait sous les ordres de ce Doughty. Apparemment, il avait trouvé sans trop de mal le lieu où sa mère avait emmené l'enfant, mais au lieu de transmettre l'information à son père, le dénommé Doughty l'a fait kidnapper. Et le Toscan ne sait même pas où elle a été emmenée. Il recevait ses instructions au compte-gouttes, apparemment.

— Quelle ordure, marmonna Barbara. C'est moi qui ai emmené Azhar voir ce salaud, chef, quand la mère a disparu avec la petite. Au début il était optimiste, puis il a fini par nous assurer qu'il n'avait rien trouvé.

Barbara s'abstint d'évoquer le rôle d'Azhar, l'alibi de Berlin, « Khushi » et tout ce qu'avait déballé Doughty quand elle l'avait interrogé au poste de Bow Road – la commissaire n'avait pas besoin d'être au courant de cette petite entorse au règlement.

— Oui, eh bien, il est impliqué dans cette affaire, et l'inspecteur Lynley veut savoir de quelle manière. Comme aucune rançon n'a jamais été demandée, je suppose que le sieur Doughty n'est qu'un exécutant. Il y a quelqu'un d'autre derrière cet enlèvement. Appelez l'inspecteur si vous avez d'autres questions.

— Je n'y manquerai pas.

En donnant congé à Barbara, la commissaire crut judicieux d'ajouter :

— J'aimerais qu'à l'issue de cette affaire on me rapporte que vous avez agi de façon professionnelle,

Barbara. Sinon, nous devrons avoir un autre genre de conversation. C'est clair ?

Aussi limpide que de l'eau de source, songea Barbara.

— Oui, chef. Je ne vous décevrai pas.

Ardery n'eut pas l'air convaincue.

Bow
Londres

Barbara décida de ne pas commencer par le détective privé. Elle en avait tiré le maximum dans la salle d'interrogatoire, et il était évident que sans élément supplémentaire prouvant son implication, et en dépit des affirmations de son correspondant en Toscane, il nierait jusqu'au bout être le commanditaire du kidnapping. Non, il lui parut plus avisé de s'adresser à son assistante, Emily Cass.

Elle prit quelques renseignements préalables sur le compte de la jeune femme, fut étonnée d'apprendre qu'elle détenait un master en sciences économiques de l'université de Chicago. Mais en dépit de sa brillante intelligence, Emily Cass avait vécu de petits boulots, ce qui semblait indiquer qu'elle n'était pas faite pour le monde de l'entreprise et de la finance. Elle avait ainsi, entre autres, été consultante en sécurité en Afghanistan, garde du corps d'enfants dans la famille royale saoudienne, coach d'une actrice de Hollywood, sous-chef dans la cuisine d'un yacht appartenant à un magnat du pétrole britannique. Bref, elle avait vécu par monts et par vaux. Comment avait-elle échoué dans les locaux d'un détective privé londonien ?

Elle n'avait jamais eu d'ennuis avec la justice et elle venait d'un milieu bourgeois : son père était ophtalmo et sa mère pédiatre. Elle avait trois frères médecins et un quatrième champion automobile. Voilà une femme, se dit Barbara, qui n'avait certainement pas envie de se retrouver du mauvais côté de la loi. Elle ne serait sans doute pas aussi coriace que son employeur, confrontée à une personne détenant une plaque de Scotland Yard.

Mais il était hors de question d'aller la dénicher dans l'antre de Dwayne Doughty. Barbara n'envisageait pas non plus de lui téléphoner. Il ne fallait surtout pas lui donner le temps d'informer son employeur. Aussi Barbara s'embusqua-t-elle stratégiquement derrière la baie vitrée du Roman Café, à deux pas de la boutique Bedlovers au-dessus de laquelle se trouvait le bureau de Dwayne Doughty.

En attendant qu'apparaisse Emily Cass, Barbara eut le temps d'engloutir quatre kebabs et une pomme de terre en robe des champs au fromage et au chili. Les restaurateurs lui jetaient des regards intrigués. Peut-être se demandaient-ils de quel trouble alimentaire souffrait ce gros tas mal fringué qui avait élu domicile derrière leur devanture. Ils n'en acceptèrent pas moins son argent et lui servirent tout ce qu'elle commandait avec des sourires engageants. Ils voulurent savoir si elle était célibataire. Peut-être imaginaient-ils qu'elle ferait un bon parti pour un fils quelque peu retardé qu'ils cachaient quelque part ? Toujours est-il que Barbara fut soulagée à plus d'un titre en voyant Emily Cass surgir devant Bedlovers. Et étant donné qu'Emily était en tenue de jogging, elle se félicita de la voir venir dans sa direction, car dans le cas contraire elle n'aurait jamais été capable de la rattraper.

Barbara se propulsa dehors pour se planter devant Emily sans lui laisser le temps de dire ouf.

— Vous et moi, il est temps qu'on ait une petite conversation...

Pour appuyer ses paroles, elle l'agrippa par le bras, prévenant toute tentative de fuite. Barbara l'entraîna vers le pub Albert – pourquoi y avait-il dans chaque quartier de Londres un pub de ce nom-là ? – et l'obligea à s'asseoir à une table près d'une machine à sous à laquelle était accrochée une pancarte *EN PANNE*.

— J'ai des nouvelles pour vous, lui dit-elle. Michelangelo Di Massimo vous a dénoncés, tous autant que vous êtes, à la police italienne. Cela ne vous pose sans doute pas de problème, puisque, étant donné les lois sur l'extradition, vous serez grand-mère avant de comparaître devant un tribunal là-bas. Mais ! Et c'est ce « mais » qui importe... Sachez qu'un inspecteur de Scotland Yard a été dépêché en Toscane. Un seul mot de lui, en plus de tout ce qui m'a incitée à venir bavarder avec vous, et vous n'aurez plus qu'à appeler votre avocat. Si vous voyez où je veux en venir...

Emily Cass prit un air convenablement effrayé. Barbara se demanda si elle devait lui commander une bière, puis se dit qu'elle pouvait sans doute économiser quelques sous en la faisant lanterner encore un moment.

— Je suppose que vous étiez un second couteau dans cette histoire. Vous avez mené votre enquête au téléphone en vous faisant passer pour Dieu sait qui, c'est votre spécialité, n'est-ce pas... Le *blagging* ? On ne va pas vous reprocher d'utiliser vos talents, hein ? Seulement, vous avez suivi les instructions de quelqu'un et nous savons toutes les deux qui est ce quelqu'un.

Emily, toujours muette, glissa un regard vers la rue.

— Arrêtez-moi si je me trompe, poursuivit Barbara. Doughty vous emploie à jouer les vieilles gâteuses ou les duchesses pour soutirer aux gens des renseignements... Ah, c'est un malin, votre patron. Il m'a mise au défi de trouver quoi que ce soit qui puisse l'incriminer dans ses fichiers, ce qui m'incite à penser qu'il a fait appel à un expert en informatique pour verrouiller son système. Pour ces hackers, c'est un jeu d'enfant. Je veux un nom, Emily. Je soupçonne qu'il s'agit d'un certain Bryan, pour avoir entendu Doughty le citer. Je veux un numéro de téléphone, son adresse mail, ses coordonnées, tout ce que vous avez. Si vous me donnez tout ça, on est quittes toutes les deux. On se sépare bonnes amies... Il y a des moments, voyez-vous, où il faut savoir se retirer sur la pointe des pieds, quand la situation devient trop délicate... Ce n'est pas votre opinion ?

Eh bien, voilà, c'était fait. Barbara avait étalé ses cartes sur la table. Les secondes s'égrenèrent lentement. Un coup de vent emporta un sac en plastique à l'autre bout de la rue. Un imam surgit d'un immeuble par une porte étroite avec sur ses talons une ribambelle de garçonnets. Barbara les observa en songeant que de nos jours rien n'était plus anodin et que sous les dehors innocents d'une sortie paroissiale certains suspecteraient de noirs desseins. Où allait le monde ?

— Bryan Smythe, énonça Emily à voix basse.

Barbara se retourna vivement vers la jeune femme.

— Et son rôle ?

— Comme vous le disiez, c'est un cador de la bidouille. Rien ne lui résiste, ni les relevés téléphoniques, ni les relevés bancaires, cartes de crédit, mails, historiques des moteurs de recherche et j'en passe.

Barbara pêcha son calepin dans son sac.

— Et où puis-je trouver cette cyber-créature ?

Emily tapota sur l'écran de son portable, lut à haute voix l'adresse et les numéros de téléphone du type et précisa :

— Il ignore à quoi cela nous sert. Il se contente de suivre les instructions de Dwayne...

— Pas de souci ! Je sais que Dwayne est la tête pensante, Emily.

Après avoir laissé choir son calepin dans son fourre-tout, Barbara se leva.

— Si j'ai un conseil à vous donner : cherchez un autre job. Entre vous et moi, l'agence de Dwayne Doughty sent sérieusement le sapin.

Barbara laissa Emily dans le pub. Subodorant que Doughty était encore dans son bureau, elle s'y rendit directement. Désormais munie du nom et des coordonnées de Bryan Smythe, elle se sentait mieux armée.

Après avoir toqué deux fois à la porte, elle entra sans attendre. Le privé était en rendez-vous avec un monsieur aux allures de banquier. Penchés sur la table, ils examinaient des photos. Le banquier avait dans la main un mouchoir qu'il pressait entre ses doigts.

Doughty leva vers elle un regard courroucé.

— Qu'est-ce que c'est ? Enfin ! Vous voyez bien que nous sommes occupés...

— Profitez-en. Vous risquez d'avoir beaucoup de temps libre, d'ici peu.

Barbara sortit son insigne et le montra au pauvre gars à qui venait sans doute d'être révélée la preuve de la trahison d'un être cher.

— Mr Doughty et moi-même avons besoin d'être seuls quelques instants, lui déclara Barbara.

Après un coup d'œil aux clichés – deux jeunes gens batifolant dans un étang au milieu d'un cadre champêtre – elle ajouta :

— Comment dit-on, déjà ? Le cœur a ses raisons que la raison ignore ? Désolée pour vous.

Doughty rassembla les tirages photo en grognant :

— Vous êtes vraiment gonflée.

— Vous n'avez encore rien vu.

Le banquier fit mine de sortir son chéquier de sa veste, mais Barbara le prit par le bras et le poussa vers la sortie.

— Mr Doughty est un gentleman, pour cette fois vous ne lui devez rien.

Il se mit à descendre l'escalier, la tête basse. Elle espéra pour lui qu'un rayon de soleil viendrait égayer la fin de sa journée, le pauvre bougre. Puis elle fit face au détective.

Il avait le visage rouge, très rouge, et ce n'était pas parce qu'il était gêné.

— Comment osez-vous…

— Bryan Smythe, Mr Doughty. Sauf que Michelangelo Di Massimo ne bénéficie pas de son expertise en Italie. Ses ordinateurs ne sont pas récurés comme les vôtres. Ses relevés téléphoniques non plus. Et Dieu sait ce que va nous apprendre son relevé bancaire…

— Je vous ai dit que je l'avais employé pour quelques vérifications en Toscane, rétorqua sèchement Doughty. Pourquoi venez-vous encore m'emmerder ?

— Pour la bonne raison, Dwayne, que vous ne m'aviez pas spécifié que vous lui aviez demandé d'enlever Hadiyyah.

— Mais pas du tout, sergent ! Je vous ai déjà dit que non, et je vous le répète. Si vous n'êtes toujours pas convaincue, vous feriez bien d'écouter mon avis.

— Qui est… ?

— Le professeur. Taymullah Azhar. C'est lui qui est à l'origine de toute cette histoire, et puisque vous refusiez de l'admettre, j'ai été obligé de faire le boulot à votre place. Vous croyez que ça m'amuse ?

— Son alibi...

— Le symposium à Berlin... Berlin est hors sujet. Berlin était une fausse piste dès le départ. Il y était, bien sûr. Il a donné des conférences et tout le monde l'a vu partout tout le temps. Si cela avait été nécessaire, il se serait cassé la jambe dans le hall d'entrée de l'hôtel, mais en l'occurrence, cela ne l'a pas été. Ses collègues croient dur comme fer tout ce qu'il raconte. Comme moi, et vous, d'ailleurs.

Tout en parlant, il ouvrit le tiroir du haut de son meuble de classement et en sortit une grande enveloppe en papier kraft qu'il jeta négligemment sur son bureau avant de s'y installer.

— Asseyez-vous, je vous en supplie, qu'on discute un peu calmement, pour une fois.

Barbara avait autant confiance en lui que s'il avait été un cobra se glissant vers son gros orteil. Elle plissa les paupières comme si cela pouvait l'aider à déchiffrer ses intentions. Mais il avait la même allure que d'habitude, l'air de Monsieur Tout-le-Monde, le tarin tordu et les grandes narines mis à part.

Elle obtempéra cependant et s'assit. Ce qui ne signifiait pas pour autant qu'elle allait lui permettre de prendre le dessus.

— Bryan Smythe va me confirmer que vous avez procédé à un nettoyage en règle de vos relevés divers et variés, et du disque dur de vos ordinateurs. Sans oublier la manie de votre assistante d'usurper les identités au téléphone...

— Au lieu de me casser les bonbons, vous feriez mieux de regarder ce qu'il y a là-dedans, répliqua-t-il en tirant deux feuilles de papier de l'enveloppe. Des e-billets ou billets électroniques comme il s'en imprime des millions chaque jour aux quatre coins du monde. Le vol en question était au départ de Heathrow, deux allers simples, destination Lahore.

Le nom du premier passager était Taymullah Azhar. Celui de l'enfant qui l'accompagnait, Hadiyyah Upman. Barbara crut que son cœur allait cesser de battre.

Ses neurones s'étaient comme pétrifiés. Le sol se dérobait sous elle. Elle hallucinait ou quoi ? Qu'est-ce que c'était que ça ? Toutes ses convictions à propos d'Azhar menaçaient d'être pulvérisées d'un seul coup.

La voix de Doughty résonna sous son crâne tel un marteau-piqueur :

— Et voilà. Maintenant, vous savez. Je vous le livre sur un plateau. Si j'avais le sens des affaires, je vous le facturerais.

Barbara eut la force de se secouer. Elle jouait ses dernières cartouches.

— Ce que je vois, c'est une feuille de papier, Mr Doughty. Il existe des logiciels pour remplacer des mots par d'autres et n'importe qui peut imprimer ces trucs-là. Comme on peut acheter des billets au nom de quelqu'un d'autre…

— Ohhh ! Vous êtes exaspérante. Mais regardez donc les dates. Celle du vol, et surtout celle où ont été achetés ces billets.

Barbara fixa les dates d'abord sans comprendre ce qu'elles lui apprenaient sur le compte de son ami. Le vol était prévu pour le 5 juillet. Sans doute espérait-il qu'il aurait alors récupéré sa fille saine et sauve ? Ou alors l'achat avait été effectué très en avance, avant même qu'Angelina enlève Hadiyyah à son père pour l'emmener en Italie… Barbara dut relire plusieurs fois : 22 mars. Le 22 mars, la petite était déjà depuis des mois en Italie, mais son père ne savait soi-disant pas où elle se trouvait. Le 22 mars, c'était peu de temps avant le kidnapping. Il n'y avait qu'une seule conclusion possible. Barbara n'avait pas le courage de se la formuler à elle-même, ni de s'avouer à quel point elle s'était laissé berner.

Dans un ultime sursaut, obéissant à ce qui devait être un réflexe, elle protesta :

— N'importe qui a pu...

— Peut-être, peut-être pas, riposta Doughty. Mais pour quelle raison une autre personne que votre ami, cet homme si doux, si modeste, ce professeur au cœur brisé, aurait acheté deux allers simples pour le Pakistan ?

— Quelqu'un désireux de l'accuser... vous par exemple.

— Ah vraiment ? Demandez donc à vos potes de la Branche spéciale, celle qui est chargée du contre-espionnage. Le SO12. Pour ceux qui se livrent à la chasse aux terroristes, toute personne se rendant dans un pays où les femmes sont voilées ou couvertes de la tête aux pieds doit être surveillée de près.

— Il a pu...

— Savoir à l'avance que sa gosse allait être kidnappée en Italie ?

— Ce n'est pas ce que j'allais dire.

— Mais c'est ce que vous pensez, sergent Havers. Alors, maintenant que cette histoire est réglée, vous allez arrêter de me harceler ? J'espère que vous allez vous remuer et avertir les autorités de la péninsule qu'il faudrait passer le père de cette pauvre gamine – si elle est de lui – à la question pour lui faire avouer où il l'a cachée.

Bow
Londres

Une fois de retour dans sa Mini tachetée de rouille, Barbara alluma une cigarette et avala la fumée avec une telle énergie qu'elle aurait pu jurer que les substances cancérigènes lui chatouillaient les chevilles. Elle enfonça la cassette de Buddy Holly dans l'antique lecteur du tableau de bord. La mélodie sautillante d'« Everyday » aurait dû lui remonter le moral. Hélas, les paroles « Chaque jour ça se rapproche/Plus rapide que des montagnes russes… » n'avaient rien de réjouissant.

Doughty avait raison. Un appel à la Branche spéciale s'imposait. Il fallait qu'elle en ait le cœur net. Cette histoire de billets pour Lahore… Certes, Azhar était un universitaire éminemment respectable. Pourtant sa parole n'était pas suffisante. Un homme nommé Taymullah Azhar prévoyant de se rendre dans un pays musulman, surtout avec un aller simple, serait forcément l'objet d'une attention particulière de la part de l'organe de lutte antiterroriste. Tout ce qu'elle avait à faire, c'était de sortir son téléphone et d'appeler la Met. Pour le pire… ou le meilleur. Pourvu, oui, pourvu que ce soit le meilleur.

Une fois sa cigarette réduite à la taille de l'ongle de son petit doigt, elle la jeta dehors – avec toutes ses excuses aux services d'entretien de la voirie, mais son cendrier débordait déjà de mégots de Player's de tailles variées – et tenta de faire le point. D'après Lynley, Di Massimo montrait résolument du doigt Dwayne Doughty. Même topo pour Emily Cass. Si jamais le privé était reconnu coupable, c'en était fini pour lui. Et il en était conscient. C'était pourquoi il avait engagé un expert pour effacer toutes les traces de ses communications avec l'Italie.

Bryan Smythe allait pouvoir confirmer ces hypothèses. Il faudrait évidemment persuader cet individu qu'il n'aurait pas d'ennuis avec la police s'il voulait bien gentiment vider son sac. Sans doute n'avait-elle même pas besoin de se rendre à son domicile. Ces fous d'informatique, s'ils ne se trouvaient pas dans des lieux fermés, derrière des portes closes, la lueur de leurs écrans se reflétant dans leurs yeux, ils n'étaient plus que des chiffes molles. Celui-là, menacé de poursuites judiciaires, se mettrait à table. Elle n'était pas sûre pour autant d'avoir envie de l'écouter.

Evidemment, il devait avoir été averti de sa visite imminente, d'abord par Emily, puis par Dwayne Doughty : « Attention, un flic va débarquer chez toi. Tiens ta langue et tu toucheras une prime. »

A la réflexion, Bryan Smythe pouvait même avoir pris la fuite. A cette heure, il était peut-être en route pour l'Ecosse, Dubaï ou même les Seychelles.

Prise soudain de vertige devant la multitude de possibilités, Barbara alluma une deuxième cigarette.

D'abord et avant tout, elle devait téléphoner à Lynley pour l'informer des derniers développements. Mais aurait-elle le courage de lui parler de tout ? Il devait y avoir une explication quelque part qu'elle avait négligé de prendre en compte.

Bon, elle lui donnerait le nom de Bryan Smythe. C'était un gros progrès. Elle savait déjà ce qu'il lui demanderait : d'embarquer le type pour l'interroger en bonne et due forme. Ce qui aurait l'avantage de lui faire gagner du temps. Du temps pour quoi faire ? Tout à coup, la lumière se fit : elle avait son plan, il s'agissait maintenant de passer à son exécution.

Lucca
Toscane

Dès lors que Michelangelo Di Massimo avait donné le nom du privé de Londres, Salvatore n'avait plus le choix. Son entretien avec Piero Fanucci n'aurait rien de joyeux. Une fois cette corvée derrière lui, il irait dans les Apennins rendre visite au couvent où logeait la dénommée Domenica Medici. C'était leur seule piste, leur seul espoir pour l'instant de retrouver la petite Anglaise. Et avec ou sans l'autorisation de Piero Fanucci, il était déterminé à la suivre jusqu'au bout.

Il préféra parler au procureur par téléphone. Quand il lui fit remarquer que jusqu'ici ils n'avaient rien trouvé qui établisse un lien entre Carlo Casparia et les ravisseurs de l'enfant, Piero lui rétorqua qu'il n'avait pas assez bien cherché et lui ordonna de reprendre l'enquête sous cet angle. Et c'est là que Salvatore eut un mot malheureux :

— *Piero, capisco*. Je sais que vous êtes persuadé de la culpabilité de Carlo…

Tout à coup, Fanucci montra qu'il méritait son surnom, *il drago*, en l'abreuvant d'un flot brûlant d'insultes. Grosso modo, il remettait en cause non seulement ses capacités de policier, mais aussi sa virilité, dont le manque aurait à l'entendre causé le naufrage de son mariage. Une diatribe qui culmina par une déclaration prévisible : il était remplacé à la tête de l'enquête. Une personne plus apte à suivre les instructions allait prendre le relais. Salvatore aurait l'amabilité de lui fournir toutes les informations utiles.

— Non, pas ça, Piero, répliqua Salvatore, que la remarque concernant son mariage avait réussi à faire sortir de ses gonds. Vous avez présumé cet homme coupable sur un coup de tête. Vous avez imaginé que Carlo avait vu un moyen facile de gagner de l'argent en enlevant cette fillette en plein marché pour la vendre à... à qui, Piero ? Si je puis me permettre de vous poser la question. Croyez-vous vraiment que quiconque aurait l'idée d'acheter une petite fille à ce pauvre drogué ? Une loque humaine capable de vendre l'information au premier venu pour se payer sa prochaine dose... Piero, écoutez-moi, je vous en prie. Je sais que vous vous êtes compromis dans cette affaire. Je sais que vous vous êtes servi de *Prima Voce* pour...

Salvatore n'eut pas plus tôt mentionné le tabloïd que le dragon se remit à souffler son haleine brûlante :

— *Basta! E finito, Salvatore! Capisci? E finito tutto!*

Il lui raccrocha au nez. Au moins cela donnait à Salvatore une bonne excuse pour ne pas l'avoir informé de la piste du couvent. Et pas la peine de le rappeler, il avait sans doute cassé son téléphone... Il n'aurait pas non plus à lui soumettre les détails de ce qu'il avait découvert sur Lorenzo Mura et ses activités de joueur de foot dans l'équipe de Lucca et d'entraîneur d'un club pour enfants.

Ses hommes n'avaient pas chômé. Il avait maintenant sous la main les photos de tous les autres joueurs de la *squadra di calcio*. Ce qui avait été plus dur à récolter, c'étaient celles des parents des jeunes garçons du club privé. Lorenzo, averti, avait demandé ce que les familles de ses petits élèves avaient à voir avec l'enlèvement de Hadiyyah. Salvatore lui avait répondu par la vérité : tous ceux qui étaient de près ou de loin associés aux personnes concernées par la disparition de la fille d'Angelina intéressaient les services de police. Mettons qu'un père de famille, mécontent de lui pour une raison ou pour une autre, estime qu'il méritait une bonne leçon. « On ne sait jamais, *signor* Mura, on ne doit rien négliger. »

A l'heure qu'il était, deux policiers étaient en route pour la prison. Avec un peu de chance, malgré son cerveau rongé par des années de toxicomanie, Carlo Casparia reconnaîtrait quelqu'un. Après tout, il s'était rappelé qu'un homme avait rencontré Lorenzo Mura sur le terrain de foot du Parco Fluviale. S'ils parvenaient à identifier ce deuxième homme, ils auraient une autre piste.

Salvatore craignait toutefois d'être à court de temps. Piero Fanucci allait vite en besogne, il ne tarderait pas à transférer l'enquête à un autre inspecteur-chef... Sauf que lorsque celui-ci se présenterait à son bureau Salvatore serait loin, dans les Apennins.

S'il décida d'emmener dans cette expédition l'inspecteur britannique, ce fut avant tout parce que, si jamais ils retrouvaient la petite fille enlevée par Roberto Squali, il faudrait quelqu'un pour communiquer avec elle dans sa propre langue. Et dans le cas où le pire serait arrivé, la présence de Lynley à ses côtés leur permettrait de préparer sans être bousculés la manière dont ils présenteraient les choses aux parents.

Il passa prendre Lynley à leur point de rendez-vous habituel, la Porta di Borgo. A la question de l'Anglais, « *Che cosa succede?* », il répondit en décrivant où ils en étaient avec les photos des footballeurs et des parents, sans cacher qu'il s'était abstenu d'en informer le procureur. Ce qu'il ne lui dit pas, c'était qu'il était officiellement démis de ses fonctions à la tête de l'enquête.

Se tournant vers Salvatore, Lynley le dévisagea intensément et suggéra de mettre en marche la sirène, afin « de raccourcir notre temps de trajet et de conclure l'affaire aussi vite que possible, pour vous, *ispettore* ».

Salvatore et Lynley quittèrent la ville sirène hurlante et gyrophare scintillant.

Le couvent vers lequel ils se dirigeaient avec une miraculeuse célérité portait le nom de Villa Rivelli et abritait des dominicaines cloîtrées. Ce coin de montagne était pratiquement désert, hormis un hameau situé un peu plus bas sur la route. Anciennement les logis de ceux qui servaient de domestiques aux habitants de la grande demeure, à présent les maisons secondaires d'estivants nantis, étrangers comme italiens, désireux d'échapper à l'air étouffant des grandes villes en été. Comme la saison n'était pas encore commencée, elles étaient inoccupées. Personne n'avait pu voir passer Roberto Squali avec la petite fille. Et les gens du pays, s'il avait pris la précaution de se déplacer au milieu de l'après-midi, ne mettaient pas le nez dehors à l'heure de la sieste.

L'entrée de la Villa Rivelli était tellement discrète, cachée au milieu des chênes et des pins, qu'un peu plus ils la manquaient. Seule une croix plantée sur une simple planche accrocha l'œil de Salvatore. Sur cette austère pancarte on déchiffrait tant bien que mal, gravé dans le bois : *V Rivelli*.

Le chemin en terre battue était étroit et bordé d'arbres travaillés par le vent et la pluie. Un monumental portail en fer forgé entrebâillé permettait tout juste le passage d'une voiture. Salvatore suivit l'allée le long d'une haie haute. Ils passèrent quelques dépendances à moitié en ruine, une énorme pile de bois et la carcasse rouillée d'un bulldozer.

Le silence était total. A un moment donné, ils franchirent une ouverture dans la haie et quel ne fut pas leur étonnement de déboucher sur une vaste pelouse au bout de laquelle se dressait une grande et splendide demeure de style baroque. Hormis son aspect vétuste, le lieu ne semblait pas approprié à la vie d'un cloître. La façade était creusée de niches occupées par des statues qui rappelaient plus les anciennes divinités romaines que les vénérables saints de l'Eglise catholique. Mais ce qui stupéfia vraiment Salvatore, ce fut la présence de trois voitures de carabiniers. Il jeta un regard inquiet à Lynley : peut-être arrivaient-ils trop tard ?

Personne, pas même la police, ne débarquait comme ça dans un cloître. Les femmes à l'intérieur ne recevaient aucune visite. De sorte que l'on pouvait subodorer que si les *carabinieri* étaient là, c'était qu'ils avaient été appelés. Salvatore et Lynley s'approchèrent de deux d'entre eux, impassibles derrière leurs lunettes noires.

C'était bien ce que Salvatore avait pensé. Ils avaient répondu à un appel téléphonique du couvent. Le capitaine Mirenda était entré et s'entretenait sans doute avec la personne ayant passé le coup de fil. C'était très bien ainsi, puisque leur chef était une femme. Quant à eux… ils inspectaient les jardins. C'était un magnifique endroit et il faisait beau, alors ? Quel dommage que les dames qui habitaient ici n'en profitent pas. *Giardini, fontane, stagni, un bosco*… Les carabiniers hochaient tristement la tête.

— *Dov'è l'ingresso ?* s'enquit Salvatore, à juste titre puisqu'il semblait invraisemblable d'aller toquer aux deux imposantes portes closes sur la façade.

En effet, il y avait une autre entrée, leur chef et deux hommes étaient passés par le côté du bâtiment. Salvatore et Lynley prirent le même chemin. Ils tombèrent sur un carabinier en sentinelle devant une simple porte en bois en bas de quelques marches. Ils lui montrèrent leurs insignes.

En règle générale, la *polizia statto* et les *carabinieri* trouvaient difficile de collaborer sur une même affaire. L'enquête revenait souvent au corps de police présent le premier sur la scène de crime. Mais les circonstances aujourd'hui étaient-elles spéciales ? Toujours est-il que la sentinelle, après avoir examiné leurs plaques, s'écarta pour les laisser entrer.

Ils pénétrèrent dans une énorme cuisine vide. Ils gravirent un escalier de pierre, le bruit de leurs pas se réverbérant sur les murs dénudés. Au bout d'un couloir tout aussi désert, ils trouvèrent une chapelle où brûlait un unique cierge. Il y avait donc quelqu'un quelque part dans cette bâtisse. Quatre couloirs partaient de la grande salle. Lequel devaient-ils prendre ? Soudain, un murmure fit vibrer l'air de ce lieu de silence et de contemplation. Une voix disait :

— *Certo, certo. Non si preoccupi. Ha fatto bene.*

Deux femmes émergèrent de derrière un écran de bois ajouré. L'une d'elles portait l'habit des dominicaines, la seconde l'uniforme d'un capitaine des carabiniers. La religieuse se pétrifia en apercevant les inspecteurs, l'un comme l'autre en civil, au centre de la chapelle. Elle jeta un coup d'œil derrière elle, comme pour se préparer à prendre la fuite.

Le capitaine Mirenda les apostropha :

— *Chi sono?* Vous êtes ici dans un cloître. Comment êtes-vous entrés ?

Salvatore se présenta et expliqua qui était Lynley et quel était le but de leur démarche. Le capitaine Mirenda était-elle au courant de l'affaire de l'enlèvement de la petite Anglaise ? Elle l'était, bien entendu. Elle ne vivait pas hors du monde, au contraire de la religieuse qui venait de se retirer dans l'ombre. Apparemment, les carabiniers avaient été appelés pour une raison tout autre, en tout cas elle n'avait pas vu de lien avec le kidnapping du *mercato*.

La religieuse chuchota quelque chose. Dans l'ombre, son visage était invisible.

Salvatore lui déclara qu'ils souhaitaient avoir un entretien avec la mère supérieure. Il était conscient de l'incongruité de leur intrusion, mais l'urgence de la situation le justifiait : le couvent hébergeait une jeune femme, une certaine Domenica Medici, qui avait un lien avec l'homme ayant enlevé une enfant à Lucca.

— *Che cosa vorrebbe fare?* s'enquit le capitaine Mirenda en se tournant vers la femme voilée.

Salvatore avait envie de lui faire remarquer qu'on se fichait bien de ce que la religieuse voulait faire à ce stade. Il menait une enquête de police, et les règles d'un monastère n'allaient certainement pas l'entraver. Où était Domenica Medici ? C'était ce qu'il souhaitait savoir. Ses parents avaient affirmé qu'elle logeait ici. Son cousin Roberto Squali était mort dans un accident de la route, tout près d'ici. On avait la preuve qu'il avait transporté la petite fille à un moment ou à un autre dans sa voiture.

Le capitaine Mirenda les pria d'attendre. Cela ne plut qu'à moitié à Salvatore, mais il se résigna. Si les carabiniers avaient dépêché une femme au couvent, il y avait à cela d'excellentes raisons. A elle revenait la tâche de leur en ouvrir les portes. Soit.

Elle prit la religieuse par le bras et toutes deux disparurent derrière la porte ajourée. Quelques minutes s'écoulèrent. Le capitaine revint, en compagnie d'une autre nonne, dont l'attitude n'avait rien de craintif, contrairement à la première. La mère supérieure, annonça le capitaine Mirenda. C'était elle qui avait appelé les carabiniers à la Villa Rivelli.

— Vous voulez voir Domenica Medici ? demanda la mère supérieure, une grande femme robuste, sans âge dans son habit blanc et noir.

Elle portait des lunettes qui rappelèrent à Salvatore les religieuses de son enfance. Et derrière les verres de ces bésicles, dont le côté vintage avait un cachet de modernité paradoxal, deux yeux se fixèrent sur lui avec une insistance qui lui fit froid dans le dos : c'était le même regard qui avait été posé sur lui en ces temps lointains où il usait ses fonds de culotte sur les bancs de l'école primaire. Un regard qui exigeait la vérité, toute la vérité, car il prétendait percer toute tentative de la dissimuler.

Il raconta ce qu'il avait appris auprès des parents de Domenica Medici et exposa le lien éventuel de celle-ci avec l'affaire de l'enlèvement. La vie d'une enfant était en jeu, conclut-il.

Ce fut le capitaine Mirenda qui prit la parole :

— Domenica Medici vit ici en effet. Mais il n'y a pas d'enfant entre les murs de ce couvent.

— Vous avez mené des recherches ? s'enquit Salvatore.

— Ce n'est pas nécessaire, répliqua le capitaine.

Se fiait-elle aveuglément à la parole de la mère supérieure ? A cet instant, Lynley lui murmura à l'oreille :

— *Strano, ispettore.*

Etrange, oui, c'était étrange. La mère supérieure intervint alors pour dire qu'il y avait bien une enfant. Depuis l'intérieur du couvent, elle l'avait vue et entendue. Elle avait pensé qu'il s'agissait d'une petite cousine venue passer des vacances auprès de Domenica. Elle avait été déposée par le cousin de Domenica. Elle jouait dans les jardins de la villa et aidait Domenica. Personne parmi les religieuses n'avait imaginé un seul instant que cette fillette pouvait ne pas être de la famille de la jeune femme.

Mirenda crut approprié de leur expliquer :

— Elles n'ont aucun contact avec le monde extérieur. Elles ignoraient qu'une enfant avait été enlevée à Lucca.

Salvatore, irrité, décida que ce n'était même pas la peine de s'enquérir de la nature de l'appel qui avait amené les carabiniers dans ce lieu de contemplation. De toute façon, Lynley lui épargna de poser la question.

La mère supérieure répondit que c'était à cause des cris. Et de l'histoire que Domenica leur avait racontée quand elles l'avaient convoquée.

— *Lei crede che la bambina sia sua*, intervint abruptement le capitaine Mirenda.

Sa propre fille ? songea Salvatore.

— *Perché?*

— *E pazza*, répliqua le capitaine. Elle est folle.

Salvatore avait cru comprendre en parlant à ses parents que leur fille était simple d'esprit, mais peut-être finalement était-elle plus folle qu'inintelligente.

La mère supérieure complétait son récit par les détails livrés peu de temps auparavant par Domenica. Le cousin qui avait déposé la fillette à la villa avait autrefois engrossé Domenica. Elle avait dix-sept ans à l'époque. Aujourd'hui elle en avait vingt-six. L'âge de l'enfant correspondait à celui qu'aurait eu le sien. Mais, bien sûr, ce n'était pas sa fille.

— *Perché?* interrogea Salvatore.

Une fois de plus, le capitaine répondit à la place de la religieuse :

— Elle avait prié Dieu qu'il arrache l'enfant de ses entrailles afin que ses parents ne sachent rien.

— *E successo così?* s'enquit Lynley.

— *Sì*, confirma le capitaine Mirenda.

En tout cas, c'était ce qu'avait affirmé Domenica quand la mère supérieure l'avait fait monter en entendant les cris terribles de la petite fille. Le capitaine allait de ce pas interroger Domenica. Elle ne voyait pas d'objection à être accompagnée par les deux inspecteurs.

Avant leur départ, la religieuse souffla, d'une voix à peine audible :

— Je ne savais pas... Elle a dit qu'il était de son devoir de préparer la petite à recevoir le pardon de Dieu.

Villa Rivelli
Toscane

Lynley avait parfaitement suivi la conversation, et dans un sens aurait préféré ne rien avoir compris. D'avoir réussi à remonter la piste jusqu'à Hadiyyah – qui d'autre en effet cela pouvait-il être que la petite fille ? – pour arriver trop tard... Il en avait le cœur chaviré. Qu'allait-il dire à ses parents ? Et à Barbara ?

Il suivit, la mort dans l'âme, le capitaine des carabiniers et l'inspecteur-chef Lo Bianco. A quelques centaines de mètres de la villa, derrière une haie de camélias en fleur, dans une grange en pierre, ils trouvèrent une jeune femme vêtue comme la mère supérieure. Assise sur un tabouret bas, elle était en train de traire une chèvre, sa joue contre le flanc de la bête, les yeux fermés.

Lynley observa son habit, scapulaire blanc, voile noir. Elle était si absorbée par sa tâche qu'elle ne s'aperçut pas de leur présence. Elle n'ouvrit les yeux qu'en entendant le capitaine Mirenda prononcer son nom, puis elle sursauta, peut-être à la vue de l'uniforme de carabinier.

— *Ciao, Domenica*, dit le capitaine Mirenda.

Domenica se leva avec un sourire et donna une petite claque sur le flanc de la chèvre, qui s'en fut en trottinant rejoindre trois congénères devant la porte d'un enclos. Après s'être essuyé les mains sur son faux habit de moniale, et dans un geste qui paraissait emprunté à une actrice de cinéma ou de télévision, elle les enfouit dans ses amples manches et se composa un air humble. Auquel se mêlait une certaine nervosité.

En dépit du regard sévère du capitaine des carabiniers qui lui enjoignait de se taire – après tout, ils avaient été les premiers sur les lieux, c'était leur « affaire » –, Lo Bianco s'adressa à la jeune femme :

— Nous sommes venus chercher l'enfant que vous a confiée votre cousin Roberto, Domenica. Qu'en avez-vous fait ?

Le visage de Domenica afficha alors une telle placidité que Lynley crut qu'ils s'étaient trompés.

— La volonté de Dieu, murmura-t-elle.

Le cœur serré, Lynley promena son regard dans la grange en se demandant où cette folle avait pu cacher le corps d'une petite fille de neuf ans. Ou était-il dehors, dans le bois ou dans un des jardins, dans un coin sombre de la villa ? A moins qu'elle ne parle, ils seraient obligés d'appeler une équipe et de lancer des recherches.

— Et quelle est Sa volonté ? s'enquit le capitaine Mirenda.

— Dieu m'a pardonné. Mon péché était d'avoir prié pour quelque chose, mais ensuite Il a exaucé ma prière. Depuis, je suis le chemin de la contrition afin de recevoir Son absolution. Mon âme déborde de l'amour de Dieu. Le Seigneur est mon sauveur.

Elle baissa le front, l'image même de la piété.

— Votre cousin Roberto vous a sûrement recommandé de bien vous occuper de l'enfant, reprit Lo Bianco. De ne pas lui faire de mal. Il devait venir la rechercher... Savez-vous que votre cousin est mort ?

Le front de Domenica se plissa. Lynley s'attendait à ce que cette nouvelle l'encourage à leur révéler l'endroit où elle avait caché Hadiyyah. Aussi fut-il très étonné en l'entendant déclarer que Dieu avait voulu qu'elle assiste à la mort de Roberto : la main du Tout-Puissant avait soulevé sa voiture de la route, l'avait projetée dans les airs puis précipitée au fond du ravin. Mais ensuite, l'*ambulanza* était venue et elle avait compris qu'il fallait avoir de la patience pour découvrir ce que Dieu désirait de nous.

— *Pazza*, souffla le capitaine Mirenda.

Elle avait beau avoir parlé tout bas, Domenica avait entendu. Mais elle ne réagit pas. Rien ne pouvait plus l'atteindre, désormais. Elle s'était remise entre les mains de Dieu. La joie du Seigneur comblait sa vie.

— Vous avez été témoin de l'accident de votre cousin ? dit Lo Bianco.

— C'était aussi la volonté de Dieu, confirma Domenica.

— Et après vous vous êtes demandé ce que vous deviez faire de l'enfant qu'il vous avait confiée ? insista Lo Bianco.

Il suffisait d'obéir à Sa volonté.

Vu la façon dont le capitaine Mirenda fixait la jeune femme, on devinait que personnellement elle aurait aimé que Dieu désire qu'elle secoue fortement cette fausse moniale. Lo Bianco donnait aussi l'impression de bouillir intérieurement.

— Et quelle était cette volonté ? intervint Lynley.

— Abraham a offert son fils bien-aimé sur l'autel du sacrifice.

— Mais Isaac n'est pas mort, fit remarquer Lo Bianco.

— Dieu a envoyé un ange pour arrêter son couteau, répliqua Domenica. Dieu se manifestera toujours à ceux qui ont l'âme pure. Cela aussi, je l'ai demandé dans mes prières : comment se préparer à se trouver en état de grâce à l'heure de la mort.

A ces mots, Lo Bianco n'y tint plus : il agrippa la jeune femme par le bras et s'écria d'une voix incroyablement forte qui résonna entre les murs de pierre de la grange :

— La volonté de Dieu est que vous nous emmeniez tout de suite auprès de l'enfant ! Le Seigneur ne nous aurait pas ouvert le chemin jusqu'ici s'Il n'avait pas désiré que nous la trouvions... Vous entendez ? Nous devons trouver cette petite fille. Nous sommes les envoyés de Dieu.

Lynley fut de nouveau étonné par la réaction de Domenica, qui au lieu de protester ou de trembler de peur se contenta d'opiner – « *Certo* » – et de leur faire signe de la suivre.

Une fois dehors, elle les précéda dans un escalier extérieur sur le côté de la grange. Ils pénétrèrent dans une cuisine baignée d'obscurité où la présence d'un assortiment de légumes frais dans un évier en pierre et l'odeur du pain chaud semblèrent se conjuguer pour narguer leur appréhension.

En s'approchant d'une porte au bout de la pièce, elle sortit de sa poche une clé. Lynley sentit tout son corps se crisper. Davantage encore quand elle psalmodia :

— O Seigneur ! Nettoie-la de ses péchés comme on nettoie le vêtement blanc de la saleté...

Le capitaine Mirenda fit le signe de croix et Lo Bianco jura entre ses dents.

Au lieu de franchir le seuil, elle se retourna et les invita à entrer. Comme ils hésitaient, elle leur sourit en disant :

— *Andate.*

Les invitait-elle à contempler l'œuvre de la disciple d'Abraham ?

— *Dio mio*, murmura Lo Bianco en passant devant elle.

Lynley lui emboîta le pas. Le capitaine Mirenda resta en arrière afin d'empêcher Domenica Medici de prendre la fuite. Mais la jeune femme était d'un calme olympien. Alors que les deux hommes entraient dans la minuscule chambre meublée d'un lit étroit, d'une commode et d'un prie-dieu, elle déclara :

— *Vuole suo padre.*

La petite fille recroquevillée dans un coin confirma ces mots, en anglais :

— Je veux voir mon papa... S'il vous plaît, vous pouvez m'emmener voir mon papa ?

Puis elle éclata en sanglots.

Villa Rivelli
Toscane

Salvatore permit à l'inspecteur Lynley de s'occuper de la petite Hadiyyah, qui était vêtue de blanc des pieds à la tête, comme une communiante.

L'Anglais traversa la chambre en deux enjambées.

— Hadiyyah, je m'appelle Thomas Lynley. Barbara m'a envoyé te chercher.

A sa façon de tendre les bras vers lui, on aurait cru une enfant beaucoup plus jeune. Elle avait eu d'emblée une confiance totale en lui, d'un part parce qu'il était anglais et d'autre part parce qu'il disait venir de la part de Barbara. Salvatore ignorait qui était cette Barbara. Mais si son invocation pouvait tranquilliser la petite, autant que Lynley s'en serve.

— Où elle est ? Où est papa ? cria-t-elle.

Lynley la prit dans ses bras. Elle enroula ses jambes autour de sa taille, ses bras autour de son cou.

— Barbara est à Londres, elle t'attend. Ton père est à Lucca. Tu veux que je t'emmène auprès de lui ?

— C'est ce que *lui* a dit…

Elle se remit à sangloter, curieusement paniquée par cette question que Lynley avait supposée au contraire rassurante.

Lynley la porta dehors. Au bas des marches de pierre, dans une flaque de soleil, il y avait une table rustique et quatre chaises. Il déposa la fillette sur une chaise et en rapprocha une deuxième. Tout doucement, il caressa ses cheveux châtains.

— Qu'est-ce que cet homme t'a dit, Hadiyyah ? Qui est-il ?

— Il m'a dit qu'il m'emmènerait auprès de papa. Je

veux mon papa. Je veux maman. Elle m'a obligée à entrer dans l'eau. Je voulais pas, j'ai essayé de l'arrêter, mais elle était trop forte. Après, elle m'a enfermée et...

À travers un flot de larmes, elle hoqueta :

— Au début j'avais pas peur parce qu'il m'avait dit que papa... Mais elle m'a forcée à descendre à la cave...

Toutes ces bribes, que Lynley traduisit à mesure pour Salvatore, vinrent se rajouter pour former une histoire où une chose était claire : Domenica Medici n'avait pas trop su de quelle manière elle devait exécuter la volonté de Dieu. Une visite à la cave les instruisit un peu plus. Au fond de ces salles labyrinthiques, une antique piscine en marbre recelait une eau glauque où elle avait immergé l'enfant effrayée, la lavant de ses prétendus péchés afin de la rendre aimable aux yeux du Seigneur. Une fois ainsi baptisée, elle l'avait enfermée dans le seul but de préserver sa pureté en attendant un autre signe de Dieu.

En voyant l'endroit où la folle avait traîné contre son gré la petite fille, Salvatore comprit la cause des cris qui avaient amené les carabiniers au couvent. Ce décor, ce dédale de vastes cavernes au plafond voûté de la Villa Rivelli, ne pouvait que provoquer l'effroi chez une aussi jeune enfant. Partout s'élevaient des rangées de tonneaux poussiéreux, chacun de la taille d'un char, d'anciennes presses à huile aux allures d'instruments de torture... Il y avait vraiment de quoi hurler de terreur. D'ailleurs, il ne serait pas étonné qu'elle fasse des cauchemars pendant un certain temps.

Il ne fallait à présent plus retarder le moment de la réunir à ses parents. Salvatore se tourna vers Lynley.

— *Dobbiamo portarla a Lucca all'ospedale.*

Hadiyyah devait être examinée par un médecin et un spécialiste des traumatismes infantiles, s'ils en trouvaient un parlant assez bien l'anglais.

— *Sì, sì*, acquiesça Lynley, suggérant qu'ils téléphonent aux parents pour leur donner rendez-vous là-bas.

Salvatore s'engagea à les appeler dès qu'il aurait parlé au capitaine Mirenda. Pour l'heure, les *carabinieri* se chargeraient de Domenica Medici. Ils ne tireraient sans doute pas beaucoup plus de la jeune femme. Elle paraissait avoir été moins la complice que l'instrument de son cousin Roberto Squali. Toutefois, le désordre de son esprit recelait peut-être une indication sur le commanditaire de ce crime. C'est pourquoi Domenica devrait aussi être examinée par un médecin, un spécialiste ès maladies mentales, celui-là.

— *Andiamo!* lança Salvatore à Lynley.

Leur travail à la Villa était terminé.

Victoria
Londres

Obtenir des renseignements d'un officier de la Branche spéciale n'était pas aussi compliqué qu'autrefois, au temps où les mecs du SO12 étaient muets comme des carpes, des carpes nerveuses. Ils ne faisaient confiance à personne. Et qui aurait pu le leur reprocher ? Au temps de l'IRA, lorsque des bombes explosaient dans des bus, des voitures, des poubelles, tout le monde ou presque avait des allures d'Irlandais à leurs yeux, même si on se trouvait appartenir à un autre service de la Met. En général, si on voulait leur soutirer un renseignement, il fallait l'intervention d'un juge.

Ils se montraient toujours assez méfiants, mais se rangeaient à la nécessité de collaborer, dans cette époque où dans certaines mosquées du Royaume-Uni des imams fanatiques poussaient des jeunes dans la voie du djihad, une époque où il pouvait arriver qu'un médecin charge sa voiture d'explosifs avant de la placer à un endroit où la bombe ferait un maximum de morts. Personne ne pouvait se permettre de taire des renseignements si ceux-ci pouvaient se révéler utiles à d'autres. Ainsi, au sein de la Met, il n'était plus impossible de trouver de l'aide auprès d'un collègue de la Branche spéciale. Il suffisait de lui fournir quelques détails, et un nom.

Barbara parvint jusqu'au bureau de l'inspecteur-chef Harry Streener en se servant des mots magiques : « Un Pakistanais vivant à Londres... Une affaire en cours en Italie... » Il s'exprimait avec l'accent d'un fermier du Yorkshire excellant à diriger à coups de sifflet son chien de berger dans les collines et arborait paradoxalement le teint crayeux d'un malheureux bureaucrate n'ayant pas mis le nez dehors depuis dix ans. Ses doigts étaient jaunis par la nicotine, ses dents guère plus reluisantes. Du coup, Barbara se promit de se rappeler qu'arrêter de fumer n'était pas une aussi mauvaise idée que cela. En attendant, à contrecœur, elle lui livra le nom d'Azhar.

— Taymullah Azhar ? répéta Streener.

Un iPod fiché dans sa station d'accueil diffusait un son qui évoquait un vent de tornade soufflant à travers une bambouseraie. Streener surprit son coup d'œil vers les haut-parleurs.

— Un bruit blanc, l'informa-t-il. Cela m'aide à réfléchir.

— Pigé, opina Barbara en songeant que pour sa part ce bruit lui donnerait plutôt envie de courir se réfugier dans la station de métro la plus proche, mais, après tout, chacun ses goûts de daube...

Streener tapota sur le clavier de son ordinateur. Alors qu'il scrutait son écran, Barbara dut se retenir de se pencher par-dessus son épaule afin de cueillir elle-même l'information. Mais elle resta sagement assise. Elle avait donné à Streener les renseignements nécessaires : Azhar avait un poste à l'University College, à Londres, il avait eu une liaison avec Angelina Upman, dont le fruit était une petite fille, Hadiyyah, et ainsi de suite jusqu'au kidnapping. Pendant qu'elle parlait, Streener était resté tellement impassible qu'elle s'était demandé s'il entendait ce qu'elle lui disait. A l'issue de son petit topo, elle avait déclaré :

« La commissaire Ardery m'a confié l'enquête à Londres. L'inspecteur Lynley est sur place en Italie. J'ai pensé qu'il serait utile de vous consulter à propos de ce type... »

— Pourquoi avez-vous des doutes sur lui... ? C'est quoi, son nom, déjà ?

Barbara le lui épela.

— Il fallait juste que je vérifie... Le Pakistan... Je n'ai pas besoin de prendre des gants avec vous.

Streener ricana. Entre flics, on ne s'encombrait pas de ce qui était politiquement correct. Il tapota encore un peu sur son clavier. Scruta un peu son écran. Ses lèvres se plissèrent comme pour émettre un sifflement, qui ne vint cependant pas.

— Ouaip. Il est là. Des billets d'avion pour Lahore, ça a actionné les sonnettes d'alarme habituelles. D'autant plus fortes que ce sont des allers simples...

Barbara sentit comme un poing se former dans son ventre.

— Pouvez-vous me préciser... Avant ce vol pour le Pakistan, vous étiez-vous déjà intéressés à lui ?

Streener la dévisagea avec une intensité qui la désarçonna. Elle s'efforçait de garder un ton professionnel, mais peut-être l'avait-il percée à jour ? Il semblait soupeser les implications de sa question. Finalement, ses yeux s'abaissèrent de nouveau vers son écran et il prononça lentement :

— Oui, je crois bien.
— Pouvez-vous me dire pour quelle raison ?
— Le travail.
— Je sais que c'est votre travail, mais...
— Pas le mien. Le sien. Un professeur en microbiologie ? A la tête d'un laboratoire ? Vous êtes capable de remplir les blancs, non ?

En effet. Le directeur d'un laboratoire de microbiologie... Dieu seul savait quelles armes de destruction massive il pouvait y concocter... Pour reprendre son chapelet de mots magiques : dans la phrase « Un Pakistanais vivant à Londres », « Pakistanais » signifiait « musulman », et « musulman » signifiait « louche ». Reliez les points et vous comprendrez la façon de penser du SO12. C'était parfaitement injuste, mais on n'y pouvait rien.

De toute façon, Taymullah Azhar n'était pour eux qu'un nom, et ces gars-là voyaient des terroristes dans tous les recoins. Leur mission consistait à les empêcher d'en surgir armés de bombes scotchées sous leurs vêtements ou, dans le cas d'Azhar, d'un thermos rempli d'on ne savait quelle substance propre à empoisonner les réservoirs d'eau potable de Londres...

— Vous avez suivi l'affaire de kidnapping, au fait ? lança-t-elle.

Streener, sans quitter des yeux son écran, opina.

— En Italie. Il a atterri à Pise.

— Savez-vous s'il a contacté un Italien là-bas ? Un certain Michelangelo Di Massimo…

Streener fit non de la tête sans lever le regard.

— Je ne crois pas… Bon, je vais essayer autre chose, dit-il en se remettant à pianoter rapidement avec deux doigts.

Il n'y avait rien sur un Italien de ce nom, ni sur personne d'autre. Tout ce qu'il savait, c'était qu'il avait atterri à Pise et qu'il séjournait dans une pension à Lucca.

Barbara éprouva un délicieux soulagement. Quelle que soit cette histoire de billets pour le Pakistan, Azhar était clean de ce côté-là.

Elle ferma son calepin, remercia Streener, sortit de son bureau et se précipita dans l'escalier, où elle alluma une cigarette dont elle tira cinq bouffées en avalant à fond la fumée. Une porte s'ouvrit quelques étages en dessous, des voix montèrent vers elle et quelqu'un se mit à gravir les marches. Vite, elle écrasa sa clope, fourra le mégot dans son sac et battit en retraite dans le couloir. Elle n'était pas encore arrivée devant les ascenseurs que son téléphone portable sonna.

— Page cinq, Barb, lui annonça Mitchell Corsico.

— Page cinq de quoi ?

— C'est là que vous allez trouver le papier sur votre liaison avec le papa de la petite kidnappée. J'ai tenté la une. Mon rédac chef Rod Aronson était plutôt emballé par l'idée d'un truc croustillant sur les coucheries d'un officier de Scotland Yard, mais comme je n'ai rien de neuf sur l'enlèvement à lui mettre sous la dent... Ce sera la page cinq. Vous l'avez échappé belle, cette fois.

— Mitchell, pourquoi faites-vous ça, nom de Dieu ?

— Nous avions passé un accord. Un quart d'heure. C'était... il y a combien d'heures exactement ?

— Si vous voulez savoir, je travaille, Mitchell. Et je suis sur le point d'aboutir, imaginez-vous. Alors, vous feriez mieux de rester en bons termes avec moi, à moins que vous ne soyez plus intéressé par l'exclusivité...

— Vous auriez dû me le dire, Barb.

— Je n'ai pas à vous faire mon rapport, au cas où vous ne l'auriez pas remarqué. Je vous rappelle que j'ai déjà un chef.

— Vous auriez pu me tendre la perche. C'est la règle du jeu. Enfin, Barb ! Si vous ne vouliez pas jouer, il ne fallait pas venir dans mon bac à sable.

— Un peu de patience...

L'ascenseur ouvrit ses portes. Il était bondé, plein à craquer. Pas l'endroit idéal pour poursuivre cette conversation. Elle ajouta :

— On va trouver un moyen de s'entendre. Dites-moi que vous n'avez pas collé de dates, et c'est reparti, tous les deux.

— Pas de dates aux photos ?

— Oui.

— Ah ça, qu'est-ce que ça peut vous faire ?

— Je pense que vous êtes capable de trouver tout seul. Vous me répondez, oui ou non ?

Une pause. Elle était tassée dans l'ascenseur, terrifiée à l'idée qu'il puisse lui raccrocher au nez. Mais au bout de quelques instants il reprit la parole :

— Non, aucune date, Barb. Je cède là-dessus. Prenez-le comme la preuve de ma bonne volonté.

— Ça le fait, dit-elle en raccrochant.

Lucca
Toscane

Hadiyyah voulut que Lynley s'assoie avec elle sur la banquette arrière de la voiture de police. Lo Bianco téléphona à l'hôpital de Lucca pour avertir de leur arrivée, puis à Angelina Upman et à Taymullah Azhar afin de leur annoncer qu'ils avaient retrouvé leur fille. Tout allait bien, mais elle devait passer un examen médical. S'ils avaient l'amabilité de les rejoindre dans le service… ?

— *Niente, niente*, murmura-t-il, repoussant manifestement un assaut de gratitude de la part d'Angelina. *E il mio lavoro, signora.*

A l'arrière, Hadiyyah se serrait contre Lynley. Compte tenu du temps qu'elle avait passé prisonnière à la Villa Rivelli, elle s'en sortait incroyablement bien, du moins en apparence. Sœur Domenica Giustina, comme l'appelait Hadiyyah, avait pris soin d'elle. L'enfant s'était déplacée en toute liberté dans les jardins du couvent jusqu'à il y avait seulement quelques jours, quand sœur Domenica Giustina s'était mis dans l'idée de l'emmener dans cette cave qui sentait mauvais pour la plonger dans cette piscine de marbre pleine de moisissures gluantes. C'était ce qui lui avait fait peur.

— Tu es une petite fille très courageuse, la complimenta Lynley. La plupart des enfants de ton âge, filles ou garçons, auraient eu peur dès le départ. Pourquoi n'as-tu pas eu peur, Hadiyyah ? Tu peux me le dire ? Tu te rappelles comment cette histoire a commencé ?

Elle leva les yeux vers lui. Lynley fut soudain frappé par sa beauté et son innocence. Elle avait pris le meilleur chez ses parents, sans aucun doute. Ses délicats sourcils se nouèrent tandis qu'elle l'écoutait poser ses questions. Ses yeux s'emplirent de larmes – craignait-elle d'avoir fait une bêtise ? Tous les enfants connaissent la règle : « En aucun cas tu ne suivras un inconnu ! » Et elle était tout autant que lui consciente qu'elle n'y avait pas obéi.

— Au fait, personne ne reproche rien à personne. C'est arrivé, voilà tout. Tu sais que je suis policier, bien sûr, et j'espère que tu sais que je suis un ami de Barbara ?

Elle fit oui de la tête.

— Parfait. Je dois maintenant comprendre ce qui s'est passé. Peux-tu m'aider, Hadiyyah ?

Elle baissa les yeux sur ses genoux.

— Il a dit que papa m'attendait. J'étais au marché avec Lorenzo, je regardais un accordéoniste, et il a dit : « Hadiyyah, c'est de la part de ton père. Il t'attend derrière les remparts. »

— « C'est de la part de ton père » ? répéta Lynley. Il t'a parlé en anglais ou en italien ?

— En anglais.

— Et qu'est-ce qu'il t'a donné ?

— Une carte.

— Une carte de vœux peut-être ? Qu'est-ce qu'il y avait d'écrit dessus ? s'enquit Lynley en pensant aux photos des touristes américaines où l'on voyait Roberto Squali une carte à la main, puis la même carte entre les doigts de Hadiyyah.

— Qu'il fallait que j'aille où le monsieur me dirait. De ne surtout pas avoir peur. Qu'il allait m'amener jusqu'à lui, papa.

— Et la carte était signée ?

— Oui. Papa.

— Tu as reconnu l'écriture de ton père, Hadiyyah ? Tu penses être capable de la reconnaître ?

En se mordillant les lèvres, elle leva deux grands yeux vers lui et l'instant d'après, des larmes roulèrent sur ses joues. Lynley n'avait pas besoin d'autre réponse. Elle avait neuf ans. Combien d'enfants aussi jeunes avaient l'occasion d'identifier l'écriture de leurs parents et de mémoriser leur graphie ? Il passa son bras autour de ses épaules et la serra contre lui.

— Tu n'as rien fait de mal, lui répéta-t-il en embrassant ses cheveux. J'imagine que ton père t'a manqué horriblement. Tu vas sûrement être très contente de le voir.

Elle hocha la tête, toujours en larmes.

— Tu sais, il est ici, en Italie. Il t'attend. Il te cherche depuis que tu as disparu.

— Khushi, dit-elle contre l'épaule de Lynley.

Lynley tressaillit. Quel était le sens de ce mot ? lui demanda-t-il. Elle le lui expliqua :

— « Bonheur ».

C'était le petit nom que lui donnait son père.

— Le monsieur a dit « Khushi ». Il m'a appelée « Khushi ».

— Le monsieur avec la carte ?

— Papa m'avait promis de venir pour les vacances de Noël, mais il a pas tenu sa promesse, poursuivit-elle, la poitrine soulevée par un sanglot. Il arrêtait pas de dire « Bientôt, Khushi, bientôt » dans ses mails. Je pensais qu'il voulait me faire une surprise, qu'il m'attendait, et je suis montée dans la voiture du monsieur. On a roulé longtemps, longtemps, longtemps, et quand il m'a emmenée chez sœur Domenica Giustina, papa était pas là…

Elle sanglota de plus belle. Lynley fit de son mieux pour la consoler. Il ne savait pas trop comment s'y prendre.

— C'est mal, ce que j'ai fait. J'ai causé du souci à tout le monde. Je suis vilaine...

— Mais pas du tout ! s'exclama Lynley. Au contraire, tu as été très courageuse.

— Il a dit que papa allait venir me chercher. Il m'a dit d'attendre.

— Je vois maintenant comment cela s'est passé, assura Lynley en lui caressant les cheveux. Tu as été formidable, Hadiyyah, du début à la fin, et tu n'as rien à te reprocher. Tu te rappelleras ça ? Tu n'as rien à te reprocher.

Comment aurait-elle pu réagir autrement ? Elle ne savait pas où Squali l'avait emmenée. Il n'y avait nulle part d'autre où aller. Les sœurs cloîtrées à l'intérieur de la villa la prenaient pour une parente de leur domestique. Sinon, pourquoi trotterait-elle insouciante sous leurs fenêtres ? Elle ne se conduisait en tout cas pas comme la victime d'un enlèvement.

Lynley sortit de sa poche un mouchoir en tissu. En le glissant entre les doigts de Hadiyyah, il croisa le regard dans le rétroviseur de Lo Bianco. Ils avaient eu tous les deux la même pensée : il fallait mettre la main sur cette fameuse carte. Sinon jamais ils ne parviendraient à établir un lien entre Roberto Squali et la personne qui savait que le petit nom de Hadiyyah était Khushi.

Angelina Upman les attendait devant l'hôpital. Elle se rua vers la voiture de police, ouvrit la portière arrière à la volée et prit sa fille dans ses bras avec un cri déchirant – « Hadiyyah ! ». Elle avait une mine affreuse. Ce début de grossesse difficile et l'angoisse d'avoir perdu son enfant avaient sapé ses forces.

— Oh, mon Dieu ! Merci, merci ! s'exclama-t-elle en palpant Hadiyyah comme pour vérifier qu'elle était en un seul morceau.

— Maman, chuchota Hadiyyah. Je veux rentrer à la maison.

Puis elle vit son père.

Azhar sortait de l'hôpital, Lorenzo Mura dans son sillage.

— Papa ! hurla la petite fille. Papa ! Papa !

Le Pakistanais se mit à courir. Il prit la fille et la mère dans ses bras, les serra toutes les deux contre son cœur et se pencha pour déposer un baiser sur la tête de Hadiyyah, puis sur celle d'Angelina.

— Tout est bien qui finit bien, déclara-t-il.

Et se tournant vers Lynley et Lo Bianco qui descendaient de voiture, il leur lança :

— Merci ! Merci !

Lo Bianco grommela qu'il se bornait à faire son travail. Quant à Lynley, il ne dit mot, trop occupé à observer Lorenzo Mura en essayant de percer la cause de son air sombre et de la rage qui flamboyait au fond de ses yeux noirs.

Lucca
Toscane

En l'occurrence, Lynley ne se posa pas la question longtemps. Pendant qu'Angelina accompagnait sa fille aux urgences pour qu'elle soit examinée, Lynley et Lo Bianco s'installèrent avec Lorenzo et Azhar dans un coin tranquille de la salle d'attente. Les deux policiers décrivirent non seulement ce qui s'était passé au *mercato*, mais aussi les événements qui avaient suivi l'enlèvement de Hadiyyah.

— C'est lui derrière ! s'exclama Lorenzo dès qu'ils eurent terminé.

Au cas où ils n'auraient pas compris, il désigna le Pakistanais d'un signe de tête.

— Vous voyez pas que lui manigance tout ?
— Que voulez-vous dire ? se rebiffa Azhar.
— C'est vous qui faites ça. A Angelina. A Hadiyyah. A moi. Vous la trouvez, vous la faites souffrir...

— *Signore, signore*, intervint Lo Bianco. *Non c'è la prova di tutto ciò. Non deve...*

— *Non sa niente!*

S'ensuivit un dialogue en une langue que Lynley qualifia à part lui d'italien-mitraillette et dont il ne comprit goutte. Mais il était d'accord avec Lo Bianco : rien n'indiquait qu'Azhar fût mêlé au kidnapping, quoique... Il fallait bien avouer que l'entente entre le détective de Pise et celui de Londres ne sentait pas bon. Cela dit, Lorenzo Mura n'était pas au courant. Il était à bout de nerfs. Après tout ce qui s'était passé, rien de plus naturel.

Azhar, silencieux, impassible, ne demanda pas de traduction. Etait-ce utile d'ailleurs ? songea Lynley. Les regards meurtriers que Lorenzo lançait au Pakistanais parlaient d'eux-mêmes.

C'est alors que, tenant Hadiyyah par la main, Angelina reparut. Saisissant au premier coup d'œil la situation, elle se pencha vers sa fille et tout en la câlinant la fit asseoir sur une chaise avant de s'avancer vers les autres.

— Comment va-t-elle ? s'enquit tout de suite Azhar.

— Et c'est maintenant qu'il s'inquiète ! s'écria Lorenzo d'un ton sarcastique. *Vaffanculo! Mostro! Vaffanculo!*

Angelina blêmit, ce qui constituait en soi un tour de force quand on était déjà aussi pâle.

— Comment va Hadiyyah ? répéta Azhar. Angelina...

Elle tourna vers lui un visage paisible.

— Elle va bien. Il n'y a pas eu... Elle n'a rien, Hari.

— Puis-je... ? dit-il en désignant de la tête la petite fille, qui les contemplait avec de grands yeux, l'air un peu perdu.

— Bien sûr. Elle est aussi ta fille. Va donc l'embrasser.

Azhar la remercia d'une légère flexion du buste. Alors qu'il s'approchait d'elle, la fillette sauta de sa chaise. Il la souleva dans ses bras.

Lorenzo souffla à Angelina :

— *Serpente. L'uomo è un serpente, cara.* Cet homme est un serpent...

Angelina eut comme un sursaut.

— Renzo, voyons ! Qu'est-ce que tu dis ?

— *L'ha fatto. L'ha fatto. L'ha fatto.*

— Qu'est-ce qu'il a fait ?

— *Tutto, tutto!*

— Il n'a rien fait, rien du tout. Il est venu ici participer à l'enquête, aider la police, nous aider. Il a souffert autant que moi. Lorenzo, tu ne peux pas, quoi que tu ressentes et quoi que tu veuilles, l'accuser d'autre chose que d'aimer Hadiyyah. *Chiaro, Lorenzo?* Tu comprends ?

La colère fit monter le sang au visage de l'Italien, qui annonça en serrant le poing :

— *Non è finito.* Ce n'est pas fini.

Victoria
Londres

Barbara était en train de préparer son prochain entretien avec Dwayne Doughty quand elle reçut un appel de Lynley. Elle se trouvait à son poste, occupée à classer ses notes, s'efforçant d'ignorer les regards menaçants que John Stewart lui jetait depuis l'autre bout de la salle – en dépit de l'avertissement de leur chef, il n'avait pas cessé de l'épier, signe d'un acharnement obsessionnel.

— On l'a retrouvée, Barbara, annonça d'emblée l'inspecteur Lynley. Elle va bien. Tout va bien. Vous pouvez être tranquille.

Elle ne s'était pas attendue à éprouver une aussi grande émotion.

— Vous… avez Hadiyyah ? parvint-elle à articuler faiblement.

Il lui expliqua la façon dont les événements s'étaient enchaînés en précisant que c'étaient les cris de la petite fille se rebiffant devant la folie de sa geôlière qui avaient alerté les forces de police.

— Bon sang ! Merci, merci, monsieur…

— C'est aussi grâce à la perspicacité de l'inspecteur-chef Lo Bianco.

— Comment va…

Barbara laissa sa phrase en suspens, mais Lynley la devina à demi-mot :

— Azhar va bien. Angelina est fatiguée. Mais ils ont fait la paix tous les deux, alors tout est bien qui finit bien.

— La paix ? s'étonna Barbara.

Lynley lui décrivit la scène à l'hôpital de Lucca et les accusations portées par Lorenzo Mura à l'encontre d'Azhar. Mais Angelina avait demandé à Azhar pardon de lui avoir menti pour récupérer sa fille. De son côté, Azhar s'était excusé de ne pas lui avoir accordé ce qu'elle voulait, le mariage ou un deuxième enfant. Il avait reconnu que c'était trop tard, bien sûr, mais qu'il espérait être pardonné.

— Mura a entendu tout ça ? s'enquit Barbara.

— Non, il était déjà parti, furieux. Mais j'ai comme l'impression que nous n'en avons pas fini avec lui. Il paraît persuadé qu'Azhar est derrière cette affaire. Je dois vous prévenir que vous allez recevoir des nouvelles de Lo Bianco ou de la personne qui le remplace…

— On lui a retiré l'enquête ?

— C'est ce qu'il me dit. Et Hadiyyah m'a expliqué que…

Il se tut pour échanger quelques mots en italien avec quelqu'un. Barbara saisit « *pagherò in contante* ». Puis une voix de femme : « *Grazie, dottore.* » Il reprit :

— Selon Hadiyyah, elle a suivi un inconnu qui lui affirmait qu'il l'emmenait voir son père. Il lui a donné une carte de vœux avec un message apparemment de la main d'Azhar lui disant que le type l'amènerait auprès de lui.

— Vous avez vu la carte ?

— Pas encore. Mais les carabiniers qui ont arrêté Domenica Medici vont fouiller les lieux. S'il y a une carte à la villa, ils la trouveront.

— Elle pourrait être ailleurs, suggéra Barbara. N'importe qui aurait pu écrire ce message, monsieur.

— C'est ce que je me suis dit aussi. Elle n'est apparemment pas capable de reconnaître son écriture. Mais ensuite, elle m'a confié quelque chose de curieux, Barbara. Le type du marché l'a appelée « Khushi ». Avez-vous déjà entendu Azhar l'appeler ainsi ?

Barbara sentit son cœur chavirer. Ses pensées s'envolèrent tel un essaim de mouches se cognant aux parois de son crâne.

— « Khushi », monsieur ?

Que pouvait-elle faire, sinon gagner du temps ?

— Elle dit que s'il n'avait pas prononcé ce mot elle ne serait pas allée avec lui. Elle aurait bien vu qu'il mentait. Car qui d'autre aurait pu renseigner cet homme ?

Doughty, bien sûr, songea Barbara. Ce roi des salopards. Mais pour quelle raison avait-il fait ça ? Ce n'était pas encore clair. Et tant que ça ne l'était pas, elle n'allait pas en parler à Lynley.

— Je ne me rappelle pas avoir entendu Azhar l'appeler par ce petit nom, mais c'est possible, je n'en sais rien. Angelina le connaissait aussi, sans doute.

— Si je comprends bien, vous pointez le doigt du côté d'Angelina et par ricochet de Lorenzo Mura ?

— Ce serait assez logique, non ? D'après ce que j'entends, ce Lorenzo m'a l'air d'être un jaloux de première. Il déteste Azhar. Je parie qu'il regrette de ne pas pouvoir définitivement casser tout lien entre Azhar et Angelina. De plus… s'il était aussi jaloux de l'amour qu'Angelina et Hadiyyah ont l'une pour l'autre ? Et s'il voulait Angelina pour lui tout seul ? Il a peut-être cherché à coller une affaire d'enlèvement sur le dos d'Azhar et à…

Elle n'eut pas la force de terminer.

— Vous voulez dire éliminer Hadiyyah ?

— On en a vu d'autres dans notre métier, n'est-ce pas, monsieur ?

Un silence. Elle avait raison, bien entendu.

— Et pour Doughty ? s'enquit Lynley au bout d'un moment. Du nouveau ?

Pas question d'aborder ce sujet. Le détective accusait Azhar. Elle devait d'abord parler à ce dernier, et de vive voix : il fallait qu'elle le questionne en le regardant droit dans les yeux. Son regard le trahirait. Mais comme Lynley lui avait explicitement ordonné d'enquêter, elle devait lui donner au moins du grain à moudre.

— Je suis sur la piste d'un certain Bryan Smythe. Un petit génie de l'informatique à la solde de Doughty. Un hacker.

— Oui ?

— Je dois le rencontrer demain. J'espère qu'il me confirmera qu'il a été chargé d'effacer toute trace de communication entre Michelangelo Di Massimo et Doughty. Ce qui confirmera l'implication de celui-ci.

Silence. Barbara attendit dans une angoisse qui allait crescendo. Et s'il lui demandait d'enquêter sur les liens entre Doughty et Azhar ?

— D'autre part... reprit enfin Lynley.

Barbara lui coupa la parole :

— Quelqu'un l'aura engagé, c'est certain. De deux choses l'une. Soit quelqu'un souhaitait qu'il enlève Hadiyyah...

— Qui cela pourrait-il bien être ?

— Une personne qui déteste Azhar. Les parents d'Angelina sont en tête de ma liste. Ils savaient qu'elle avait disparu, puisque c'est moi-même qui suis allée leur annoncer. Azhar leur a aussi rendu visite. Ils le détestent, monsieur. Rien ne leur ferait plus plaisir que de lui nuire. Pour ce faire, ils seraient sûrement disposés à payer de jolies sommes.

— Et l'autre possibilité ?

— Quelqu'un en Italie qui irait jusqu'à engager un détective privé à Londres rien que pour rendre Azhar suspect. Qu'en pensez-vous ?

— Nous savons que Lorenzo Mura connaît sans doute Di Massimo. Ils jouent tous les deux dans l'équipe de foot de leurs villes respectives.

Lynley marqua une pause, puis, dans un soupir :

— Je le signalerai à Lo Bianco. Il passera l'information à son remplaçant.

— Vous voulez toujours que je...

— Ne lâchez pas encore le sieur Doughty, Barbara. On n'en a pas fini avec lui. Ici, tout est entre les mains des Italiens maintenant. Ma mission est terminée maintenant.

Barbara retint un soupir de soulagement : il avait avalé son histoire !

— Quand rentrez-vous, monsieur ?

— Il y a un vol demain matin. A bientôt, Barbara.

Ils raccrochèrent. Barbara prit soudain conscience du regard acide de Stewart. Il était trop loin pour avoir entendu la conversation, mais il avait la tête d'un type qui n'avait pas l'intention de s'abstenir de réveiller le chat qui dort... plutôt celle de l'envoyer valser d'un bon coup de pied.

Elle soutint son regard le temps qu'il fallut pour qu'il se replonge dans sa paperasse. Ce qui permit à Barbara de réfléchir aux dits et surtout aux non-dits qui avaient balisé son dialogue téléphonique avec l'inspecteur Lynley.

Si elle n'avait pas encore tout à fait franchi les limites de la déontologie, elle n'en était pas loin. En amitié, la loyauté passait avant tout. Mais comment déterminer qui étaient ses amis ? Surtout quand on n'était pas soi-même au clair concernant la nature des sentiments que l'on éprouvait pour eux.

1er mai

Lucca
Toscane

Dans la cuisine de la Torre Lo Bianco, Salvatore observait affectueusement ses deux enfants en compagnie de leur *nonna*. Ils étaient depuis la veille au soir en visite chez leur père, et la vieille dame était visiblement ravie de recevoir ses *nipoti*.

Elle leur avait servi un petit déjeuner riche en *dolce* qui aurait fait hurler Birgit. Certes, elle avait fait une concession à la diététique en commençant par un bol de céréales – des céréales complètes en plus, Dieu merci, s'était dit Salvatore –, mais ensuite les choses s'étaient gâtées : pâtisseries et *biscotti*. Les enfants avaient beaucoup trop mangé. Avec tout ce sucre, ils devenaient de véritables piles électriques. Et à présent, leur *nonna* les bombardait de questions.

Se rendaient-ils à la messe tous les dimanches ? Etaient-ils allés à l'église le jeudi saint ? Etaient-ils restés trois heures à genoux le vendredi saint ? Quand avaient-ils communié pour la dernière fois ?

A chaque question, Bianca répondait en gardant les yeux baissés tandis que Marco affichait un air si grave et cérémonieux que Salvatore se demanda qui il pouvait bien imiter.

En les emmenant à l'école, il n'oublia pas de leur faire remarquer que le mensonge – surtout à leur *nonna* – se trouvait dans le top dix des péchés, et qu'il leur faudrait s'en souvenir la prochaine fois qu'ils se confesseraient.

Avant de les déposer à la Scuola Dante Alighieri, il annonça à Bianca que sa copine d'école Hadiyyah Upman avait été retrouvée, en s'empressant de préciser qu'elle était en parfaite santé puis de lui faire jurer que jamais, au grand jamais, pour rien au monde elle n'accepterait de suivre un inconnu ou quiconque qui n'était ni un parent ni un grand-parent.

— *Anche tu, Marco*, ajouta-t-il en s'adressant à son fils.

Ils devaient crier très fort et ne pas arrêter de crier tant qu'ils étaient en danger.

— *Chiaro?*

L'amour filial de la petite Hadiyyah pour son père avait bien failli causer sa perte. Il lui manquait terriblement. Les mails que lui envoyait sa tante en usurpant l'identité d'Azhar n'avaient pas suffi à la consoler de son absence. Tout ce qu'un individu mal intentionné avait eu à faire pour gagner sa confiance, ç'avait été de lui dire qu'il allait la conduire auprès de son papa. Une chance qu'elle ait échoué entre les mains de cette folle de Domenica Medici... Un sort bien plus abominable aurait pu l'attendre.

Après l'avoir confiée à ses parents, Lynley et lui étaient repartis, chacun de son côté. La mission de l'inspecteur londonien s'arrêtait là. Il ne souhaitait pas se mêler de l'enquête menée par la police italienne. « Je vous ferai parvenir les renseignements que ma coéquipière obtiendra en Angleterre. » Lui-même avait l'intention de prendre le premier vol pour la capitale britannique. « *Buona fortuna, amico mio*, avait répliqué Salvatore. *Tutto è finito bene.* »

Oui, tout se terminait bien pour l'inspecteur Thomas Lynley. Hélas, on ne pouvait pas en dire autant pour lui-même, avait-il songé après avoir quitté le policier anglais. Ce n'était pas du tout terminé. Restait à avertir *il pubblico ministero* qu'on avait retrouvé la petite kidnappée. Il faudrait aussi l'informer pour la carte de vœux, le petit nom dont s'était servi Squali et, surtout, lui révéler qu'elle n'avait pas prononcé le nom de Carlo Casparia.

Ce qu'il n'avait pas prévu, c'était la violence de la réaction de Fanucci. Comment ? Le policier se rebellait ? N'avait-il pas compris qu'on lui avait retiré l'affaire ? L'enquête avait été confiée à un autre ! Qu'était-il allé faire dans les Apennins, alors même qu'il était censé attendre dans son bureau l'arrivée de Nicodemo Triglia, son remplaçant ?

A quoi Salvatore avait rétorqué :

« Piero, la vie d'une petite fille était en jeu, vous ne vouliez quand même pas que je laisse dormir dans un dossier une information qui a finalement permis de la retrouver ?! Il fallait agir, et rapidement. »

Fanucci voulut bien concéder que « Topo » avait réussi à rendre la fillette indemne à ses parents, mais ses compliments s'étaient arrêtés là.

« Maintenant, Nicodemo va prendre la relève, vous êtes déchargé de vos responsabilités. Vous seriez gentil de lui fournir tout ce que vous avez…

— Puis-je vous demander de réfléchir, Piero ? Nous avons eu des mots la dernière fois, je sais. Je vous présente toutes mes excuses. J'aimerais seulement…

— Ne me demandez rien, Topo.

— ... m'occuper personnellement des derniers détails. Cette histoire de carte de vœux est très étrange, et puis il y a ce petit nom. L'amant de la mère de l'enfant insiste pour qu'on examine le cas du père avant qu'il ne sorte du pays. Je ne crois pas qu'il ait raison, mais il y a quelque chose de louche là-dessous...

— *Basta, Topo*. Je ne peux pas tolérer l'indiscipline, figurez-vous. Alors, contentez-vous d'attendre l'arrivée de Nicodemo. »

Salvatore connaissait Nicodemo, un fonctionnaire qui de toute sa carrière n'avait jamais manqué un seul jour son *pisolino* de l'après-midi. Et chaque fois qu'il passait devant un café, il ne résistait pas à aller au bar boire une *birra* et à s'accorder une petite pause d'une demi-heure...

Salvatore ruminait ainsi devant la vieille cafetière dans la kitchenette de la *questura*. Il avait versé l'épais liquide noir dans une petite tasse et y avait déposé un sucre qu'il avait regardé fondre doucement. Puis, sa tasse à la main, il s'était posté à la fenêtre donnant sur le parking. Il contemplait sans les voir les voitures de police en stationnement, quand, soudain, une voix féminine s'était élevée dans son dos.

« Nous avons une identification. »

Il était si absorbé par ses pensées qu'en se retournant il avait été incapable de se souvenir du nom de l'officier de police qui se tenait devant lui. Seulement d'un graffiti salace sur le mur des toilettes concernant la forme de ses seins. Sur le moment la blague l'avait fait rire, mais à présent il avait honte. Cette femme travaillait très bien. Ce n'était pas facile pour elle de s'imposer dans cette profession encore aujourd'hui dominée par les hommes.

« Quelle identification ? »

Il avait remarqué alors qu'elle avait une photo entre les doigts. Pourquoi une photo ? Quelle photo ?

« Casparia, monsieur. Il a vu cet homme.

— Où ça ? »

Elle avait eu un drôle de sourire.

« *Non ricorda?* »

Craignant de paraître insolente, elle avait bafouillé quelques mots. Dans les vingt ans, avait jugé Salvatore. A quarante-deux ans, commençait-il déjà, lui, à perdre la mémoire ?

« Giorgio et moi… »

Brusquement, une ampoule s'était allumée dans son cerveau. Bien sûr ! C'était lui qui les avait envoyés à la prison présenter les photos des footballeurs de l'équipe de Lucca et des pères des élèves de Lorenzo Mura… Et Carlo avait reconnu l'un d'eux ? Voilà qui était inattendu.

Il avait tendu la main vers la photo en disant :

« Qui est-ce ? »

Ottavia, c'était ainsi qu'elle se prénommait. Ottavia Schwartz. Son père était allemand. Elle était née à Trieste. Puis ses yeux étaient tombés sur la photo. Un homme du même âge que Lorenzo Mura. Il n'était pas surprenant que Casparia, en dépit de son cerveau embrumé par l'abus de drogue, n'ait pas oublié ce visage : il avait de grandes oreilles décollées en forme de conques marines. Leur chair comme étirée semblait translucide au point qu'elles donnaient l'impression d'être rétro-éclairées. Un signe particulier mémorable, s'il en était. En tout cas, c'était un coup de chance extraordinaire. Il avait répété sa question tandis qu'Ottavia mouillait son doigt pour ouvrir son calepin.

« Daniele Bruno. Le milieu de terrain de l'équipe de Lucca.

— Qu'est-ce qu'on a sur lui ?

— Rien, pour l'instant… »

Voyant son chef lever vivement la tête, elle avait précisé en toute hâte :

« Giorgio fait des recherches. »

Elle avait eu l'air encore plus perplexe lorsque Salvatore avait fermé la porte de la kitchenette et s'était mis à lui parler à voix basse d'un ton fébrile :

« Ecoutez, Ottavia, Giorgio et vous… Vous ne parlerez de ça qu'à une seule personne : moi ! *Capisce?*

— *Sì, ma…*

— Vous n'avez pas besoin d'en savoir plus. »

Il savait où cela les mènerait, si jamais Nicodemo Triglia venait à s'emparer de cette information. C'était écrit dans les étoiles. Il l'avait lu sur le visage ingrat de Piero Fanucci. Le « Plan A ». Celui qui permettrait au procureur de sauver la face. Comme rien jusqu'ici n'indiquait que le suspect numéro un de Piero était impliqué dans le kidnapping, il se servirait de ce nouvel élément pour gagner du temps en attendant que les tabloïds aient trouvé une autre affaire plus croustillante, maintenant que l'enfant avait retrouvé ses parents. Après quoi, Carlo serait libéré discrètement et tout le monde – Piero en tête – reprendrait le cours de sa vie comme si de rien n'était.

Ottavia Schwartz, toujours décontenancée, avait demandé si elle devait lui rendre un rapport écrit. Il avait répondu que ce n'était pas la peine. Qu'ils lui communiquent simplement les faits.

Lucca
Toscane

Lynley ne revit Taymullah Azhar qu'au petit déjeuner. La veille, après la visite de Hadiyyah à l'hôpital, Azhar l'avait accompagnée à la Fattoria di Santa Zita. La présence d'un officier de liaison s'avérait désormais superflue. Pourtant, quelque chose le tracassait. Quelques questions restaient sans réponse et il lui parut raisonnable de les poser à Azhar alors qu'ils se trouvaient tous les deux chez la *signora* Vallera, debout devant le buffet, occupés à remplir leurs bols de céréales.

— Tout va bien, j'espère ? dit-il en guise d'entrée en matière.

— Je ne vous remercierai jamais assez, inspecteur Lynley. Et comme c'est à Barbara que je dois votre intervention, je lui suis à elle aussi infiniment reconnaissant. Hadiyyah va très bien, mais Angelina n'est pas beaucoup mieux, malheureusement.

— Il faut espérer qu'elle se remette rapidement.

Azhar invita Lynley à sa table. Il leur versa du café à tous les deux d'un pichet en porcelaine blanche.

— Hadiyyah nous a parlé de la carte de vœux, reprit Lynley en s'asseyant. La carte que lui a tendue Squali au marché. D'après votre fille, il y avait un message de vous, lui disant que vous l'attendiez et que cet homme la mènerait jusqu'à vous.

— Oui, elle m'en a parlé aussi, acquiesça Azhar. Mais je n'ai rien à voir avec cette carte, inspecteur Lynley. Si jamais elle existe…

— Je pense que oui.

Lynley lui apprit que sur des photos prises par des touristes ils avaient nettement distingué une carte avec un smiley dans les mains du ravisseur puis dans celles de Hadiyyah.

— Vous n'avez pas trouvé cette carte dans les affaires de ma fille ?

Lynley n'en savait rien. Si elle s'était trouvée à la Villa Rivelli, elle était à présent entre les mains des carabiniers qui avaient passé le couvent au peigne fin.

— Qui d'autre était au courant de la disparition de Hadiyyah ? continua Lynley. Celle de Londres en novembre dernier, s'entend. Qui d'autre que Barbara et moi ?

Azhar cita quelques noms de collègues à l'University College, d'amis microbiologistes, les parents d'Angelina, la sœur de cette dernière, et sa propre famille, qui n'avait été mise au courant que bien plus tard, une fois Angelina et Lorenzo de retour à Londres pour l'accuser d'avoir enlevé Hadiyyah.

— Dwayne Doughty le savait, n'est-ce pas ? avança alors Lynley en dévisageant Azhar pour observer sa réaction. Un certain Michelangelo Di Massimo, un détective privé de Pise, a avoué avoir été payé par Doughty pour retrouver Hadiyyah.

— Mr Doughty... ? Mais je l'ai engagé dès la disparition de Hadiyyah avec sa mère. Il m'a affirmé qu'elles s'étaient volatilisées sans laisser de traces. Et voilà maintenant que vous me dites... quoi ? Qu'il avait découvert qu'Angelina était en Toscane ? Il le savait déjà l'hiver dernier ? Alors qu'il me jurait le contraire ?

— Quand il vous a dit qu'il ne trouvait rien, qu'avez-vous fait ?

— Que pouvais-je faire ? Le nom de son père n'est pas inscrit sur l'extrait de naissance de Hadiyyah. On n'a jamais effectué de test ADN. En l'état actuel des choses, Angelina peut désigner n'importe qui comme étant le père de ma fille. C'est un fait, je n'ai aucun droit légal sur elle, seulement celui qu'Angelina m'accorde. Et en partant avec Hadiyyah, elle m'en a totalement privé.

— Et donc, votre unique option aurait été d'enlever Hadiyyah, répliqua Lynley en commençant à éplucher une banane.

Azhar le dévisagea calmement, ni indigné ni blessé.

— Et je l'aurais ramenée à Londres ? Pourquoi ? Qu'est-ce que cela m'aurait rapporté ?...

Il laissa un instant sa phrase en suspens avant de répondre lui-même :

— J'aurais fait d'Angelina mon ennemie à vie. Croyez-moi, je n'aurais pas été aussi stupide, quel que soit mon désir d'avoir de nouveau ma fille auprès de moi.

— Et pourtant quelqu'un l'a enlevée, Azhar. Quelqu'un lui a promis de la ramener auprès de vous. Quelqu'un a écrit sur une carte son petit nom, Khushi. Son ravisseur a semé des indices qui menaient à Michelangelo Di Massimo. Et ce dernier nous a donné le nom de Dwayne Doughty à Londres...

— Mr Doughty a été catégorique avec moi : pas de piste. Qu'il ait menti... Qu'il ait omis tout du long de m'informer...

Les mains d'Azhar, qui leur resservait du café, étaient agitées d'un léger tremblement. C'était la première fois depuis le début de cette conversation qu'il trahissait une émotion.

— J'en veux terriblement à cet homme. D'un autre côté, à cause de ce qu'il a fait ou voulu faire, Angelina et moi, nous nous sommes réconciliés, enfin. La crainte atroce de perdre Hadiyyah... Au bout du compte, d'un mal est sorti un bien.

Lynley n'était pas convaincu qu'un kidnapping pût avoir quoi que ce soit de positif, mais il pencha la tête de côté afin d'encourager Azhar à poursuivre.

— Nous sommes tombés d'accord sur la nécessité pour un enfant d'être élevé par ses deux parents.

— Comment vous organiserez-vous, alors que vous êtes à Londres et elle à Lucca ? Sans vouloir vous froisser, je vous rappelle qu'elle est installée ici maintenant.

— Oui. Angelina et Lorenzo ne vont pas tarder à se marier, après la naissance du bébé. Mais Angelina a accepté l'idée que Hadiyyah passe toutes ses vacances avec moi à Londres.

— Cela vous suffira-t-il ?

— Non, bien sûr, admit Azhar. Mais au moins c'est un arrangement et je dois m'en contenter. Elle me rejoindra le 1er juillet.

South Hackney
Londres

Barbara se rendit sur le lieu de travail de Bryan Smythe, qui se trouvait être aussi son lieu de résidence. Non loin de Victoria Park, elle aperçut une rangée de maisons collées les unes contre les autres, d'apparence si vétustes qu'on les aurait dites en voie de démolition. Les façades en brique comme il y en a tant à Londres semblaient sur le point soit de s'écrouler, soit d'être dévorées par la crasse et les fientes d'oiseaux... Toutefois, Barbara s'apprêtait à découvrir que cet aspect délabré était en réalité un habile camouflage. Le dénommé Bryan Smythe était propriétaire de six maisons qui se touchaient. Elle toqua à une porte.

Il attendait sa visite, bien entendu. Emily Cass l'avait prévenu.

— Vous êtes Scotland Yard, je suppose, lui lança-t-il sans préambule en lui ouvrant.

Il la toisa des pieds à la tête, ne cilla même pas en lisant sur son tee-shirt : *La bave du crapaud n'atteint pas la blanche colombe.* Barbara prit bonne note : elle avait affaire à un champion de la dissimulation. Il ajouta :

— Sergent Barbara Havers, si je ne me trompe ?

— En chair et en os, répondit-elle en s'invitant à l'intérieur.

L'espace s'ouvrait à gauche et à droite, à la manière d'une galerie ; en l'occurrence, vu les peintures grand format aux murs, une galerie d'art. Des sculptures en métal représentant Dieu seul savait quoi se contorsionnaient sur des tables à côté de quelques canapés en cuir. Des tapis anciens réchauffaient un parquet en bois ciré. Quant au maître des lieux, il n'avait rien de remarquable, hormis son état pelliculaire, spectaculaire en revanche, étant donné l'abondance des squames saupoudrant ses épaules : on aurait presque pu y faire du ski de fond, songea Barbara. Un homme dont la pâleur et la maigreur l'associaient aux morts-vivants. Sans doute était-il trop occupé à pirater la vie des autres pour se nourrir.

— C'est joli, chez vous, lui dit-elle. Ça marche, les affaires.

— Il y a des hauts et des bas. Je suis expert en sécurité informatique pour plusieurs compagnies, et de temps en temps je travaille pour des particuliers. Je veille à ce que leurs ressources logicielles résistent efficacement à la menace...

— On arrête là, le coupa Barbara. Je ne suis pas venue vous faire perdre votre temps ni le mien. Puisque vous connaissez mon nom, vous savez pourquoi je suis là. Alors je vais aller droit au but : c'est Doughty qui m'intéresse. Bryan... Je peux vous appeler Bryan ? J'espère que vous allez dire oui...

Sans attendre d'y être priée, elle entra dans la longue galerie et se planta devant une toile rouge dont le bas était traversé horizontalement par une bande bleue. On aurait dit le prototype d'un nouveau panneau de signalisation du code de la route. Barbara conclut que pour son propre standing mieux valait éviter d'étaler son ignorance en matière d'art contemporain. S'abstenant donc de tout commentaire, elle se tourna vers Smythe.

— Vous savez, j'ai de quoi changer votre habitat actuel en petit-nid-douillet-avec-barreaux, mais pour l'instant je garde cet atout dans ma manche.

— Essayez ce que vous voulez, repartit-il d'un ton neutre en refermant la porte d'entrée et en mettant le verrou.

Une précaution qui avait sans doute plus à voir avec la valeur de ce qu'il y avait sur les murs qu'avec la peur d'une agression sur sa personne. Il enchaîna :

— Mettons que vous fassiez comme vous dites... En vingt-quatre heures, je serai de nouveau en activité.

— Je vous crois volontiers. Mais vos clients ne seront peut-être pas ravis d'apprendre par la presse, ou par le JT, que leur « expert en sécurité informatique » s'est fait embarquer ses ordis par Scotland Yard... Et ça, ça vous pend au nez. D'accord, vous pourrez vous rééquiper avant même que les services de la police scientifique les aient déballés dans un sous-sol de Victoria Street envahi par les toiles d'araignée... Mais en fait je pensais surtout à toute cette mauvaise publicité qui risque d'ébranler la confiance de ces braves gens pour un bon bout de temps...

Sous le regard soudain ombrageux de Smythe, elle souleva une sculpture qui trônait sur une table entièrement en verre. Un oiseau ? Un avion ? Un poisson préhistorique ?

— Est-on supposé savoir ce que ce truc représente ?

— Vous êtes supposée savoir que c'est fragile, en tout cas.

Elle fit semblant de le lâcher. Il s'avança vivement d'un pas, les bras en avant. Elle lui fit un clin d'œil.

— Nous autres poulets, nous sommes bouchés à l'émeri, pour tout ce qui ressemble à de l'art. Autant mettre un éléphant... Vous connaissez la suite, alors imaginez tous ces techniciens chargés d'embarquer votre matos...

Elle replaça délicatement la sculpture sur la table en ajoutant :

— Ce sont des brutes épaisses, c'est certain.

— Comment obtiendrez-vous un mandat ?

— Emily Cass vous a balancé. Mais vous êtes au courant, n'est-ce pas ? Je n'ai pas eu besoin de la pousser très loin dans ses retranchements pour qu'elle craque. Vous êtes dans le piratage en tout genre. Vous pouvez falsifier n'importe quoi, des billets d'avion, des relevés de téléphone, des relevés de carte de crédit... Vous croyez peut-être que le juge ne sera pas intéressé par ce que vous fabriquez lorsque vous vous asseyez devant votre écran et que vous prenez contact avec d'autres hackers embusqués aux quatre coins de la Toile ? Même si vous ne vous êtes jamais rencontrés, même si vous vivez éloignés les uns des autres... Au fait, où est votre ordinateur ? Y a-t-il un interrupteur magique qui déclenche l'ouverture d'une porte secrète qui mène au sous-sol ?

— Vous avez vu trop de films...

— Je le confesse. Alors, où est-ce ?

Il eut l'air de réfléchir. Barbara se dit qu'il ne pouvait pas deviner son intention de parler à Azhar avant de rendre son rapport à l'inspecteur Lynley. Ni qu'elle comptait interroger Azhar de vive voix afin d'observer ses réactions. Ni qu'elle était convaincue qu'il ne toucherait pas à un cheveu de sa fille, même pour l'arracher à sa mère. Pourtant, ces billets d'avion pour le Pakistan... Barbara était tellement inquiète qu'elle avait toutes les peines du monde à tenir en place.

— Venez avec moi, finit-il par dire. Au moins je peux vous éclairer sur un point...

Il traversa la galerie et fit coulisser une porte en silence. S'ouvrit alors devant eux un espace aussi vaste que celui auquel ils tournaient à présent le dos. Une série de grandes fenêtres à double vitrage donnaient sur un jardin paysager. Un jardin mêlant toutes les teintes de l'arc-en-ciel avec dans le fond une rangée de cerisiers japonais en fleur. Au centre d'une pelouse aussi lisse qu'un tapis de velours se dressait un petit pavillon blanc, agrémenté d'un bassin rectangulaire où flottaient des nénuphars et, un peu plus loin, d'une fontaine.

C'était là, dans cette pièce, qu'il travaillait. Où était l'antre du génie de l'informatique ? Le sous-sol encombré que l'on voyait toujours au cinéma, le geek cerné d'une muraille d'écrans assurant seuls l'éclairage du lieu ? Chez Bryan Smythe, il n'y avait qu'un seul ordinateur, un portable, et il était posé sur un bureau en inox aux lignes pures, face au jardin. A côté du portable, trois clés USB étaient plantées dans un support spécial. Il y avait aussi une boîte de crayons à papier taillés, et une autre de feutres. Plus un bloc-notes ouvert sur une page blanche, un stylo à encre d'une marque prestigieuse et une imprimante.

Barbara distingua à un bout de la salle une cuisine high-tech et à l'autre un home cinéma avec une pléiade d'enceintes audio piquées au plafond afin de diffuser un son surround. Bref, le tout avait dû coûter bonbon.

Barbara siffla doucement, mais se contenta de laisser tomber :

— Beau jardin.

Les neurones tournant à plein régime, elle s'approcha d'une fenêtre.

— On compte remporter un prix au Chelsea Flower Show ?

— Autant avoir quelque chose de beau sous les yeux, répliqua-t-il en insistant sur l'adjectif « beau » comme pour insinuer que Barbara ne se classait pas dans cette catégorie. Pendant que je travaille, en tout cas. D'où l'orientation du bureau.

— Je comprends, et je présume que vous avez envie de continuer à profiter de toute cette beauté…

— Où voulez-vous en venir ?

— J'ai pourtant été assez claire, il me semble. C'est à vous de décider. Doughty est le poisson qui nous intéresse. Nous cherchons à le coincer pour un kidnapping qu'il a organisé à Lucca, en Italie.

A mesure qu'elle lui narrait l'affaire et lui exposait le rôle de Doughty, il afficha une attitude de plus en plus méprisante, qu'elle interpréta comme un acquiescement.

— Si vous confirmez, notre relation – la nôtre, à vous et à moi –, bien qu'elle m'ait comblée de bonheur, croyez-moi… notre relation s'arrêtera là. Si vous refusez, enchaîna-t-elle en levant la main comme pour réprimander un enfant, les flics, le juge et Scotland Yard vont être enchantés de faire votre connaissance.

— Si j'ai bien compris, à condition que je confirme votre théorie fumeuse, vous me laissez tranquille ?

— Je savais bien que vous étiez un p'tit gars malin. Vous m'ôtez les mots de la bouche. Alors, faites votre choix. Après ça, vous allez perdre Doughty comme client, c'est certain. Un modeste prix à payer, pour avoir le droit de continuer votre gentil business.

Il se dirigea vers la fenêtre et se plongea dans la contemplation de son jardin. Au bout d'un moment, il se retourna.

— Vous êtes quel genre de putain de flic ?

La haine qui émanait de lui quand il prononça ces mots manqua de la désarçonner.

— Comment ?

— Vous croyez que je ne vois pas où vous voulez en venir ?

— Où ça ?

— Aujourd'hui, vous voulez une simple confirmation. Demain, vous reviendrez me réclamer du pognon. Pas un virement sur un compte sur l'île de Man ou à Guernesey, mais un tas de biftons dans une enveloppe, rien qu'en petites coupures. Et la semaine suivante, vous reviendrez pour exiger plus, avec toujours à la bouche : « Vous voulez sûrement pas que Scotland Yard vienne fourrer son nez dans votre ordi, pas vrai, mon gars ? » Vous êtes encore plus pourrie que moi, espèce de poufiasse. Et vous croyez que je vais avaler…

— On se calme ! l'interrompit Barbara, dont le sang lui battait aux tempes. Je vous ai dit que je voulais Doughty, un point c'est tout…

— Et je devrais vous croire sur parole ?

Bryan éclata de rire, ou plutôt émit un son haut perché qui ressemblait à un hennissement. Une scène de western surgit bizarrement dans l'esprit de Barbara :

une paire de hors-la-loi s'affrontant devant un saloon. Ils dégainent au même instant leur pistolet tout en espérant ne pas rouler dans la poussière avec une balle dans le cœur.

— On dirait qu'on se tient tous les deux par les parties sensibles, reprit-elle. Mais entre nous, je crois que j'ai une meilleure prise. Pour la dernière fois, je vous répète que Doughty est celui que je veux coincer. Soit vous marchez avec moi, soit vous me raccompagnez à la porte et vous attendez la suite des événements.

Il fit la grimace, comme s'il venait de mordre dans quelque chose d'horriblement amer. Elle compatissait d'autant plus facilement qu'elle avait la même sensation.

— D'accord, j'ai nettoyé les fichiers de Doughty. J'ai supprimé tout ce qui concernait un mec du nom de Michelangelo Di Massimo. Et un autre type… Taymullah Azhar. Les mails, les relevés de compte bancaire, de téléphone, les virements, les sites visités, tout ce qui figurait dans l'historique du moteur de recherche concernant Lucca, Pise et l'Italie en général. J'ai effacé les données de navigation autant qu'il est possible de le faire, ce qui n'est pas à la portée de tout le monde, même dans ma partie. Ça vous ira ?

— Encore une chose…
— Quoi ?
— Depuis quand ?
— Depuis quand quoi ?
— A quelle date ?
— Qu'est-ce que ça peut faire ? J'ai remonté dans le temps et j'ai tout arrangé…
— Bon, bravo. Vous êtes le meilleur. Ce que je vous demande, c'est la date à laquelle vous avez effacé tout ça…

— Qu'est-ce que ça a à voir avec…
— Croyez-moi, ça a à voir.

Aussi incroyable que cela puisse paraître, Bryan eut alors un geste qui aurait pu figurer dans un roman de Dickens. Il ouvrit un tiroir de son bureau et en sortit… un agenda. Il le feuilleta à l'envers. Il ne trouva rien. Retournant à son bureau, il en sortit un deuxième agenda. Barbara sentit son estomac se nouer.

— Voilà : en décembre dernier. Le 5. C'est là que ça commence.

Mon Dieu, songea Barbara. Avant le kidnapping de Hadiyyah. Avant tout le reste…

Tout haut, elle interrogea :
— Que quoi commence ?

Il répondit par un sourire en coin : Barbara avait peut-être remporté la bataille, elle n'avait pas gagné la guerre.

— Je pense que vous pouvez trouver la réponse toute seule… Au cas où vous auriez l'intention de faire tout de suite un arrêt à Bow, je vous conseille de changer votre fusil d'épaule.

— Ah oui ?

— Prévoyez un plan B, une sortie de secours, quel que soit le nom que vous voudrez lui donner… Dwayne n'est pas un imbécile, il en a sûrement un, lui, de plan B…

— Et vous savez ça parce que…
— Parce qu'il en a toujours un.

Bow
Londres

Dwayne Doughty ne parut pas étonné de la voir. Pas plus que Barbara ne le fut de voir qu'il ne l'était pas.

L'opération Doughty-Cass-Smythe était une affaire qui tournait déjà depuis un bon bout de temps. On se dénonçait à la manière de vulgaires cambrioleurs quand il s'agissait de sauver sa peau, mais on prenait soin d'en avertir celui qu'on avait balancé. Elle se prépara à ruser pour mettre à mal le plan B du privé.

— Vous êtes arrivée de South Hackney en un temps record, ma parole. Bravo, lui dit-il en guise d'entrée en matière afin de bien lui montrer qui était loyal envers qui. Un quart d'heure. Vous avez eu tous les feux verts, ou vous avez déclenché votre sirène ?

— Les carottes sont cuites, et là je cause pas cuisine, rétorqua Barbara.

— Votre goût de la métaphore est proprement stupéfiant… Une des raisons pour lesquelles j'emploie Bryan Smythe de temps à autre, c'est qu'il est capable d'effacer justement toute trace de ce qu'il fait pour moi.

— Parce que vous croyez vraiment qu'à la Met on n'a pas des gars qui valent bien votre redoutable Bryan ? Vous croyez que nous n'avons pas les moyens de prendre contact avec les flics italiens, et que de leur côté ils n'ont pas de talentueux informaticiens qui se feront un plaisir d'éplucher les relevés de Michelangelo Di Massimo ? On dirait que vous êtes persuadé que Bryan a tout effacé d'un coup de baguette magique. Mais je vais vous dire, moi, ce que des années à côtoyer des esprits criminels m'ont appris : personne ne pense jamais à tout et il y a toujours une pierre quelque part qui n'a pas été retournée.

— Et une métaphore, une… soupira Doughty en se renfonçant dans son fauteuil de bureau, dont le dossier s'abaissa légèrement sous son poids.

Si seulement ce fichu dossier pouvait basculer complètement en arrière et Doughty dégringoler les quatre fers en l'air ! songea méchamment Barbara. C'eût été trop beau. Il se contenta de faire rouler son fauteuil jusqu'à son meuble-classeur et ouvrit le tiroir du bas. Il en sortit une clé USB et reprit sa position initiale face à Barbara.

— Sonnez le branle-bas de combat dans vos services et en Italie, et vous verrez que celui qui sème le vent récolte souvent la tempête. Vous voyez que je ne suis pas mauvais non plus à ce petit jeu...

A la vue de la clé USB, Barbara se dit qu'ils abordaient ce fameux plan B dont lui avait parlé Bryan Smythe. Maintenant, elle n'avait plus qu'à attendre la révélation.

Il l'invita d'un geste à s'asseoir, puis, avec une fausse courtoisie ostensible, lui offrit du café, du thé, un chocolat...

— Venez-en au fait, riposta-t-elle en restant debout.

— Comme vous voudrez, concéda-t-il en enfonçant l'embout de la clé USB dans son ordinateur.

Son petit numéro était vraiment au point. En un clin d'œil, il trouva ce qu'il cherchait. Il pianota sur trois ou quatre touches, puis orienta le moniteur vers elle.

— Profitez du spectacle...

C'était une vidéo dont les vedettes étaient Dwayne Doughty et Taymullah Azhar. Le décor était le bureau du privé. Le dialogue était au départ un monologue. Doughty expliquait à Azhar que Hadiyyah se trouvait en Italie, une information qu'il tenait d'un autre privé, Michelangelo Di Massimo. Il nomma la Fattoria di Santa Zita, située dans les collines d'une petite ville du nom de Lucca. Ce domaine appartenait à un certain Lorenzo Mura, qui avait été assez bête pour virer de l'argent de Lucca à Londres en semant non pas des petits cailloux mais de véritables rochers. Le compte en banque londonien était au nom de la sœur d'Angelina,

Bathsheba, dont Angelina avait emprunté le passeport pour quitter l'Angleterre, le 15 novembre.

Barbara, incommodée par les battements de son propre cœur, répliqua cependant d'une voix calme :

— Et alors, Dwayne ? Nous savons déjà tout ça. Vous voulez juste me prouver que vous avez parlé à Azhar alors que je n'étais pas avec lui ce jour-là ?

Doughty mit sur « pause ». L'écran afficha un arrêt sur image.

— Vous en avez de bonnes, vous. J'ai l'impression que vous avez besoin de lunettes... Regardez la date.

Le 17 décembre. Barbara resta muette, malgré le courant d'anxiété qui lui remonta la colonne vertébrale avant de descendre dans ses bras jusqu'au bout de ses doigts. Elle fit de son mieux pour rester imperturbable.

Doughty feuilletait à l'envers un de ces agendas qui vous permettent d'organiser votre journée au quart d'heure près.

— Comme vous avez sûrement une vie sociale bien remplie et que vous devez facilement perdre le fil de vos rendez-vous, permettez-moi de vous rafraîchir la mémoire... Notre dernière rencontre, à vous, à moi et au professeur, a eu lieu le 30 novembre. Faites le calcul. La scène de la vidéo a été tournée dix-sept jours plus tard. Pour vous mettre les points sur les i, je vous rappellerai un détail à propos de notre dernière réunion à trois. J'ai donné au professeur ma carte. Je l'ai prié de ne pas hésiter à faire appel à moi si je pouvais me rendre utile d'une autre façon. Eh bien, il a compris le message.

— Quel message ?

— J'avais comme un pressentiment, sergent. Quand les circonstances sont désespérées, n'est-ce pas, nécessité fait loi. S'il était intéressé, bien sûr. Et il s'est avéré qu'il l'était.

Dwayne pianota de nouveau sur son clavier et déplaça sa souris.

— Voici comment il a présenté la chose... deux jours plus tard.

Le cadre n'avait pas changé, mais les répliques fournissaient des preuves accablantes contre Azhar. Barbara regarda en silence son ami envisager l'enlèvement de sa fille. Etait-ce possible ? Le dénommé Michelangelo Di Massimo pouvait-il s'en charger ? Pouvait-il surveiller les déplacements de Lorenzo Mura, Angelina et Hadiyyah ? Et dans ce cas, y avait-il moyen de soustraire celle-ci à la surveillance de sa mère en lui assurant qu'elle allait retrouver son père ?

La conversation était interminable. Doughty écoutait d'un air attentif et compatissant, les doigts joints sous le menton, l'image même de la rouerie. En son for intérieur, il devait se livrer à des calculs : combien était-il raisonnable de soutirer à ce malheureux qui lui demandait d'organiser un kidnapping à l'échelle internationale ?

D'une voix onctueuse de curé, il répondit :

« Tout ce qui est en mon pouvoir, professeur, c'est de vous mettre en contact avec Mr Di Massimo. Ce que vous déciderez entre vous... Eh bien, cela ne sera pas mon affaire. Mon rôle est terminé... »

Au plan suivant, la vidéo s'arrêta net.

Barbara s'exclama :

— N'importe quoi !

— Hélas, c'est la pure vérité. Vous voyez à présent où je veux en venir : Mettez-moi sur le carreau, et je l'entraîne dans ma chute, Barbara... Je sens que nous sommes de plus en plus proches, tous les deux.

Pour sa part, elle sentait plutôt qu'il y avait de la violence dans l'air. Elle brûlait d'envie de bondir sur son bureau et de l'étrangler.

— Votre histoire ne tient pas debout, répliqua-t-elle. Une fois Hadiyyah retrouvée par ce Di Massimo, Azhar n'avait plus qu'à se présenter chez Angelina et à faire valoir ses droits de père. Avec Hadiyyah folle de joie, avec Azhar debout sur le pas de sa porte, qu'aurait-elle pu faire ? Fuir de nouveau… D'une *fattoria* à une autre toute sa vie ?

— C'est un bon argument, opina Doughty aimablement. Mais n'avez-vous pas observé, et dans votre métier le contraire m'étonnerait, que lorsque la passion s'en mêle les hommes ont tendance à oublier leur bon sens ?

— Le kidnapping de Hadiyyah n'aurait rien rapporté à Azhar.

— En effet, un simple kidnapping ne l'aurait mené à rien. Mais supposons, Barbara, que celui-ci n'ait rien eu de « simple ». Mettons qu'il ait tenu compte du fait que l'enlèvement aurait contraint la mère de la petite à le poursuivre jusque chez lui à Londres. D'ailleurs, c'est ce qu'elle a fait. Elle a débarqué avec son petit ami pour réclamer son enfant…

Doughty esquissa un geste théâtral pour appuyer ses paroles.

— … mais voilà qu'elle découvre que le professeur n'est même pas au courant de la disparition de sa fille. « Ce n'est pas vrai, elle a été *enlevée* ? s'écrie votre ami. Fouille mon domicile, mon lieu de travail, fouille où tu veux, tu ne trouveras rien, parce que ce n'est pas moi, etc. » Pendant ce temps, Di Massimo s'est arrangé pour cacher l'enfant en lieu sûr en attendant de la relâcher au moment propice, dans un lieu public où elle aura toutes les chances d'être reconnue comme la petite Anglaise disparue. Avant cela, son papa se précipite en Italie, participe aux recherches et manifeste par son angoisse son désir de la retrouver, ayant pris soin au préalable de se munir d'un solide alibi puisque, le jour du kidnapping, il était à Berlin, à un symposium prévu depuis longtemps. Les retrouvailles avec l'enfant sont des instants miraculeux. L'émotion est à son comble. La maman reconnaît que sa fille ne peut se passer de la tendresse d'un père...

— C'est ridicule, trancha Barbara. Pourquoi se donner tant de mal ? Si vous aviez retrouvé Hadiyyah, pourquoi Azhar aurait-il voulu la kidnapper ? Pourquoi la terrifier et l'exposer à des risques abominables ?

— Il y a une chose que vous oubliez.

— Oui ?

— Regardez donc plus loin que le bout de votre nez.

— Que voulez-vous dire ?

— Le Pakistan.

— Vous n'allez pas prétendre qu'Azhar avait l'intention de...

— Je ne prétends rien du tout. Je vous propose seulement de suivre mon raisonnement. Vous n'êtes pas totalement idiote, malgré votre entichement évident pour ce mélancolique professeur. Il l'a fait enlever et, le moment venu, il allait l'emmener au Pakistan et disparaître dans la nature.

— Mais il est professeur de...

— Et les professeurs ne commettent pas de crime ? Vous voulez que j'avale un truc pareil ? Mais, sergent, vous et moi savons que le crime n'est pas l'apanage des masses incultes. Vous et moi savons que, si un homme réussit à emmener sa fille au Pakistan, la mère aura beau remuer ciel et terre, elle aura à peu près autant de chances de revoir sa fille que de remporter le pactole à la loterie... Il lui aura claqué la porte au nez, et elle pourra toujours y tambouriner jusqu'à en avoir les poings en sang. Essayer de récupérer un enfant chez son père au Pakistan ? Un père pakistanais ? Un père musulman ? Quels droits pensez-vous qu'une Anglaise possède là-bas, si tant est qu'elle arrive à les localiser ?

Barbara reconnaissait que c'était une éventualité, mais une éventualité inacceptable ! Il devait y avoir une autre explication. Evidemment, en restant dans ce bureau à discuter avec Doughty, elle tournait en rond. Seule une conversation avec Azhar était susceptible de faire toute la lumière sur les circonstances de l'enlèvement de Hadiyyah. Doughty était aussi digne de confiance qu'un bonimenteur sur un marché. C'était bien la seule vérité à laquelle elle devait se raccrocher.

Comme s'il avait lu dans ses pensées, le détective déclara :

— Votre professeur n'est pas clean, sergent Havers.

Il fit de nouveau rouler son fauteuil jusqu'au meuble et rangea la clé USB dans le dernier tiroir, qu'il prit soin de verrouiller. Puis il se tourna vers Barbara et lui tendit ses poignets.

— Bon, eh bien, voilà… Vous n'avez qu'à m'emmener au poste maintenant. J'ai une belle histoire à raconter aux flics qui voudront bien m'écouter. Ou bien vous pouvez aller planter votre tente dans le jardin du professeur.

Victoria
Londres

Lynley débarqua à Londres en début d'après-midi, après un vol éprouvant, où il s'était retrouvé coincé sur un siège étroit qui n'était pas fait pour un homme d'un mètre quatre-vingt-huit, entre une bonne sœur qui égrenait son chapelet en boucle et un homme d'affaires obèse qui lisait ses journaux en écartant les bras. Avant de quitter Lucca, il avait eu une dernière conversation avec Angelina Upman. Elle avait confirmé jusque dans les moindres détails la version d'Azhar concernant leur accord de la veille. En effet, ils s'étaient pardonné mutuellement et il semblait à présent naturel à Angelina que Hadiyyah continue de vivre au moins une partie du temps avec son père à Londres. Son père qu'elle adorait. Seul Lorenzo Mura s'opposait à ce projet. Il n'aimait pas Azhar, il ne lui faisait pas confiance. Selon lui, Angelina était stupide de le laisser disposer ainsi de sa fille.

« Mais mon chéri, elle est aussi la fille de Hari ! » avait-elle répliqué.

Mura, furieux, était sorti de la pièce en trombe. Elle s'était alors tournée vers Lynley.

« Cela ne va pas être facile. Mais je tiens à ce que tout le monde soit content. »

Tout en parlant avec elle, Lynley n'avait pu s'empêcher de songer aux ravages que le chagrin et l'angoisse avaient opérés sur la beauté d'Angelina. Emaciée, elle avait le cheveu plat et les yeux cernés. Elle devait absolument se remettre vite pour préserver la vie de son bébé. Mais était-il utile de le lui dire ? Elle le savait sûrement. Aussi s'était-il contenté de lui recommander de prendre soin d'elle.

A Londres, il se rendit directement à Scotland Yard. Il remit son rapport à Isabelle Ardery. Un résultat satisfaisant, avec le retour de Hadiyyah Upman auprès de sa mère. L'affaire était désormais entre les mains de la police italienne. A Lucca, le procureur allait prendre sa décision à partir des preuves que lui présenteraient l'inspecteur-chef Salvatore Lo Bianco et celui qui devait le remplacer.

— L'enquête lui a été retirée hier, expliqua Lynley à la commissaire. Le procureur et lui n'arrivaient pas à s'entendre, à ce qu'il paraît.

Isabelle prit son téléphone en lui disant :

— Voyons ce que Barbara a à nous apprendre.

A peine une minute plus tard, le sergent Havers pénétrait dans le bureau.

Devant l'allure du sergent, Lynley retint une grimace. Ses cheveux n'ayant pas encore repoussé, elle avait toujours l'air d'un poulet déplumé. Pour le reste, elle avait repris ses vieilles habitudes vestimentaires, ce qui ne devait pas manquer de faire grincer des dents Isabelle Ardery. Elle portait toutefois, au lieu d'un de ses sempiternels tee-shirts avec des phrases qu'elle seule trouvait « rigolotes », un tricot léger qui aurait pu être seyant s'il n'avait comporté des bandes horizontales en zigzags couleur fluo. Son pantalon, déformé aux fesses et aux genoux, ressemblait à un caleçon long de grand-mère.

Il jeta un coup d'œil à Isabelle. Elle fixa tout à tour Havers et lui, et avec une maîtrise de soi remarquable invita Barbara à s'asseoir.

Barbara coula à Lynley un regard interrogateur teinté d'inquiétude – elle n'avait sûrement pas été conviée dans ce bureau pour rien. Il déclara :

— Je viens d'exposer au commissaire les derniers développements en Italie...

— Alors, sergent, intervint Isabelle. Où en êtes-vous, ici, à Londres... ?

Havers parut soulagée.

— De mon côté, chef, voici la situation : Nous avons deux individus peu reluisants, et c'est la parole de l'un contre la parole de l'autre...

Barbara croisa une jambe en équerre sur le genou de son autre jambe, exposant une basket rouge et une socquette blanche imprimée d'un motif de petits gâteaux. Cette fois, Lynley entendit nettement Isabelle soupirer. Havers continua à leur expliquer que Doughty ne niait pas avoir, à la demande d'Azhar, engagé un détective pisan pour localiser Hadiyyah et sa mère. Mais son rôle, prétendait-il, s'arrêtait là. Tout virement d'argent entre Londres et l'Italie concernait ce service rendu. Un service qui ne lui aurait rien rapporté, Di Massimo lui ayant affirmé que la piste qu'il avait suivie n'avait mené à rien.

— Maintenant de ces deux lascars, Doughty et Di Massimo, qui ment ? conclut Barbara. Comme Di Massimo a les flics de son pays sur le dos, je suggère d'attendre et de voir ce qu'il en sort.

Evidemment, Isabelle Ardery n'avait pas gagné ses galons de commissaire en regardant les mouches voler, elle savait repérer les failles dans un rapport d'enquête.

— A quel moment exactement Taymullah Azhar a-t-il appris le nom de ce privé italien, sergent ? demanda-t-elle.

— Jamais, mentit Barbara. En tout cas pas avant que l'inspecteur Lynley ait débroussaillé l'affaire avec les flics en Toscane. Et c'est ce qui compte ici, non ?

Sans laisser à Isabelle le temps de rétorquer, elle ajouta :

— Au fait, le SO12, notre département de contre-espionnage, a mené sa petite enquête sur Azhar...

— Le SO12 ? s'écrièrent en chœur Lynley et Isabelle.

— Il est blanc comme neige, s'empressa de préciser Barbara.

— Et qu'est-ce qu'ils ont à voir là-dedans, sergent ? fit la commissaire.

Barbara expliqua qu'elle avait tenu à ne rien négliger.

— Vous venez vous-même de mettre le sujet sur le tapis, chef. Il fallait que j'explore la piste « Azhar ». Son métier est la microbiologie. Il est musulman. Pakistanais. Du point de vue des gars du SO12, et vous savez comment ils sont... Je me suis dit que s'il y avait quelque chose à savoir sur lui, ils l'auraient déjà dans leurs fichiers.

Mais il n'y avait rien sur lui, et Barbara, à l'instar de Lynley, conclut que le mieux était d'attendre les résultats de l'enquête italienne.

— Rédigez-moi tout ça dans un rapport, ordonna Isabelle. Vous aussi, Thomas.

Elle leur signala que la réunion était terminée en leur désignant la porte. Mais avant que Lynley ne franchisse cette dernière sur les talons du sergent, Isabelle l'appela de nouveau par son prénom. Il pivota sur lui-même. Elle leva un doigt et il comprit qu'elle le priait de rester et de fermer la porte.

Il se rassit à la place qu'il venait de quitter et l'observa attentivement. Il connaissait peu de gens aussi habiles à dissimuler leurs sentiments qu'Isabelle Ardery et savait que ce n'était même pas la peine d'essayer de deviner ce qu'elle avait en tête.

Quand elle ouvrit le tiroir du bas de son bureau, il eut un pincement au cœur. Isabelle était une alcoolique, et elle savait qu'il le savait. Elle s'estimait apte à gérer sa consommation. Lui n'en était pas si sûr. Mais il était entendu entre eux qu'il ne dirait rien tant qu'elle ne buvait pas au Yard ni pendant les enquêtes sur le terrain. Toutefois, en voyant sa main trembler légèrement, il prononça son nom. Elle releva vivement la tête.

— Je ne suis pas stupide, Tommy. Je sais ce que je fais.

Au lieu d'une bouteille, elle avait sorti du tiroir un tabloïd, qu'elle déplia avant de le feuilleter.

Il s'agissait de *The Source*, le torchon le plus abject de la capitale. Qu'est-ce que cela signifiait ? Et pourquoi toutes ces simagrées ? Attendre que Barbara soit partie ? Lui demander de fermer la porte ? Que lui réservait-elle ? Il ne tarda pas à comprendre. Quand elle eut trouvé ce qu'elle cherchait, elle leva le journal et l'orienta vers lui.

Lynley fouilla dans sa veste en quête de ses lunettes. En vérité, il n'en avait pas besoin, du moins pas pour lire le gros titre qui s'étalait en pages 4 et 5 : *Un officier de la Met intime du papa indigne*. On y voyait aussi une photo de Taymullah Azhar et un cliché plus grand d'une rue de Londres. En chaussant ses lunettes, Lynley vit un adolescent en uniforme de collégien en train de hurler, un homme d'une soixantaine bien tassée furibond, une femme voilée effrayée et… Barbara Havers. Celle-ci tentait d'agripper le vieux monsieur pour l'obliger à lâcher le garçon ; la femme voilée tentait de son côté d'arracher le garçon au premier, qui s'employait à le pousser dans une voiture.

Lynley parcourut l'article, un papier typique de *The Source*, signé Mitchell Corsico – ce sombre crétin, songea Lynley. Dans un style haletant, il dévoilait l'histoire d'un sergent de la Met et d'un père de famille qui avait abandonné les siens et dont la fille illégitime avait été kidnappée en Italie. Cet officier de police était selon lui « l'autre femme » dans la vie de cet homme, en plus de son épouse délaissée et de la maîtresse qui lui avait donné une enfant. Le sergent et le mari infidèle habitaient à deux pas l'un de l'autre dans un quartier du nord de Londres. Suivait un micro-trottoir où les voisins s'étonnaient de constater que ce professeur d'université courtois avait autant de femmes…

En d'autres termes, le tabloïd poursuivait la mission qu'il s'était assignée depuis plusieurs générations et qui consistait à salir les réputations. Pendant une semaine, une personnalité ou un quidam était porté au pinacle pour avoir, mettons, sauvé quelqu'un ou gagné à la loterie ou vendu un tableau très cher… Et la suivante, on le traînait dans la boue grâce à des témoignages de proches qui jetaient sur lui ou elle « un nouvel éclairage »…

Lynley leva les yeux de l'article sans trop savoir quel commentaire émettre. Après tout, il n'était pas évident qu'Isabelle Ardery soit au courant des relations que Barbara entretenait avec Taymullah Azhar. Lui-même savait si peu de chose…

— Que dois-je en penser, Tommy ?

Il ôta ses lunettes et les glissa dans la poche de sa veste.

— Je vois un officier de police qui tente de tirer un gamin d'un mauvais pas…

— C'est ce que je vois aussi, Barbara Havers tombe sur une scène de rue et, en bon Samaritain qu'elle est, intervient et fait respecter l'ordre. Je veux bien, mais le problème c'est que le gamin se trouve être le fils de Taymullah Azhar. Et celui qui tente de l'embarquer est le père du même Azhar. Dois-je considérer que c'est une coïncidence, Tommy ?

— Comme toute image, celle-ci peut être interprétée de mille façons, ainsi que l'article. Cela sauterait aux yeux de n'importe qui.

— Et une de ces interprétations est que Barbara Havers est concernée dans son intimité, bref que son cœur est engagé, ce qui n'est pas indiqué pour une enquêtrice.

— Vous ne croyez quand même pas que Barbara...

A une époque pas si lointaine, Isabelle et Lynley se tutoyaient dans l'intimité. Mais depuis la fin de leur liaison ils avaient repris le vouvoiement qu'ils n'avaient jamais abandonné dans leurs relations professionnelles.

— J'ignore votre opinion sur Barbara, le coupa Isabelle d'un ton sec. Mais j'ai des yeux pour voir et des oreilles pour entendre...

— Entendre ? Entendre quoi ? Qui vous a raconté quoi à propos de Barbara ?

Il la dévisageait intensément. Elle soutint son regard. Finalement, il détourna le sien et l'abaissa sur le journal.

Lynley la connaissait assez bien – après tout, ils avaient passé pas mal de temps entre les draps ensemble – pour savoir qu'Isabelle n'était pas une lectrice des journaux à scandale. Comment celui-ci était-il tombé entre ses mains ?

— Où avez-vous trouvé ça ? demanda-t-il.

— Qu'est-ce que ça peut faire ? C'est ce qu'il y a dedans qui compte.

Lynley jeta un coup d'œil par-dessus son épaule à la porte close en visualisant les bureaux derrière le battant. Et la lumière se fit dans son esprit.

— John Stewart... murmura-t-il. Maintenant il attend de savoir ce que vous avez décidé pour Barbara. Alors que vous devriez faire quelque chose à propos de lui, Stewart...

— Je m'occuperai de lui le moment venu, Tommy. Pour l'instant, j'ai un problème avec Barbara...

— Il n'y a aucun problème avec Barbara. Elle connaît Azhar, c'est un fait, mais cela ne veut pas dire qu'il y aurait autre chose entre eux qu'une franche amitié. Enfin, Isabelle…

Elle eut l'air de réfléchir. De derrière la porte leur parvenaient les bruits familiers d'une journée de travail à Scotland Yard. Quelqu'un réclama « une copie de l'article sur les cadavres des tourbières dont parlait Philip » et un chariot passa en cliquetant. Au bout du compte, Isabelle baissa les yeux en disant :

— Tommy, nous avons tous des moments d'aveuglement.

— Pas Barbara, pas dans cette enquête, affirma Lynley d'un ton qu'il espérait ferme.

Le visage d'Isabelle prit une expression d'une tristesse infinie en répliquant :

— Je ne parle pas de Barbara, inspecteur.

Victoria
Londres

Il n'était pas aussi sûr de Barbara Havers qu'il l'avait laissé croire. A vrai dire, il n'était plus sûr de rien. Aussi, après avoir lu les rapports rédigés par Barbara pendant qu'elle était sous les ordres de John Stewart, il s'offrit une petite visite à Harry Streener, du SO12. Devant l'intérêt que non plus un seul mais deux enquêteurs de la Met manifestaient à l'égard de Taymullah Azhar, Streener tiqua sérieusement. Lynley le rassura en lui disant qu'il avait été chargé par la commissaire Ardery de clore le dossier et qu'il faisait seulement quelques vérifications.

C'est ainsi que Lynley apprit l'existence des billets d'avion pour le Pakistan. Mais surtout, il découvrit que Barbara avait fait de la rétention d'information. Il préférait ne pas envisager ce que cela signifiait au regard du kidnapping et du rôle de Taymullah Azhar. Tout ce qu'il savait, c'est qu'il devait de toute urgence lui parler. Rien que parce que, s'il avait pu mettre au jour cette omission aussi rapidement, John Stewart ne tarderait pas à flairer le pot aux roses et à courir cafter chez leur chef. La commissaire Ardery et lui-même ne pourraient alors plus rien pour Barbara. Il ne pouvait quand même pas laisser cela se produire.

Il trouva ladite Barbara à son poste, incarnation de l'officier de police consciencieux et patient, totalement absorbé dans la tâche qu'on lui a confiée.

— Je peux vous parler une minute, Barbara ?

A son expression paniquée, il constata qu'il avait réussi à lui faire comprendre à demi-mot la gravité de la situation.

Elle le rejoignit devant les ascenseurs. Au quatrième, il la conduisit au restaurant Peeler's où, après le coup de feu du déjeuner, il n'y avait plus que quelques tables occupées. Il en choisit une dans le coin le plus isolé et commanda deux cafés. Il avait au moins la satisfaction de voir que le sergent était dans ses petits souliers. C'était ce qu'il voulait.

— John Stewart a donné à Isabelle un numéro de *The Source* où figure un papier de Mitch Corsico...

— J'étais allée à l'école, s'empressa de répondre Barbara. Le collège de Sayyid. Corsico m'avait prévenue qu'il voulait l'interviewer alors que je savais le gamin remonté contre son père et prêt à raconter n'importe quoi. Et je ne cherchais pas à protéger seulement Azhar. Un torchon pareil, ça éclabousse tout le monde. Et j'ai pensé... j'ai cru... Je me suis sentie obligée de...

— Ce n'est pas de cela que je veux vous parler, Barbara. Stewart a ses raisons, que nous découvrirons bien assez tôt. Ce que je veux vous dire, c'est que vous allez trop loin, vous êtes trop concernée personnellement ; cela est évident quand on lit cet article. Cela rend votre travail suspect.

Havers se tut pendant qu'on leur servait leurs cafés. Une fois leurs tasses devant eux, elle versa un peu de lait dans la sienne, un peu de sucre en poudre, touilla, posa la cuillère au bord de la soucoupe.

— Je hais ce type, souffla-t-elle.

— A juste titre, opina Lynley. Je ne dépenserais pas une goutte de ma salive pour le défendre. Mais vous lui avez donné votre bras à tordre, Barbara. Alors si vous avez cédé par ailleurs à un manque d'objectivité, je pense qu'il serait avisé de m'en toucher un mot avant qu'il ne s'en aperçoive et aille cafarder chez Isabelle…

Il se tut et attendit, conscient qu'elle jouait son va-tout. L'avenir de leur collaboration était jeté dans la balance. Allait-elle lui permettre de l'aider à se sortir du pétrin où elle s'était fourrée ? John Stewart menait à son sujet une investigation privée mal intentionnée, elle devait bien s'en rendre compte. Si elle voulait que lui, Lynley, mette au point une contre-offensive efficace, elle devait abattre toutes ses cartes sur la table.

Allons, Barbara. Prenez la perche que je vous tends.

— J'ai menti pour ma mère, avoua Barbara.

Elle lui décrivit le tout par le menu, mais au bout d'un moment il dut bien se rendre à l'évidence : elle n'avait aucune intention de lui parler des billets d'avion pour le Pakistan.

Il eut l'impression que quelque chose craquait dans sa poitrine. Jusqu'à cet instant il n'avait pas mesuré l'importance que sa collaboration avec Barbara avait dans son existence. La plupart du temps, elle était pour lui une femme exaspérante dont les habitudes avaient le don de lui porter sur les nerfs. Elle était aussi un bon flic, d'une vivacité d'esprit qui la rendait d'excellente compagnie. Bon, et puis elle lui avait sauvé la vie une nuit, alors qu'il était sur le point, par désespoir, de se laisser assassiner par un tueur en série.

Lynley lui était bien sûr redevable, mais surtout il tenait à cette fichue bonne femme. Elle était davantage qu'une coéquipière. Elle était une amie. Elle faisait partie de sa vie au même titre que les quelques personnes composant le cercle de ses intimes. Il ne savait pas comment il supporterait que ce lien se brise alors qu'il avait eu tant de mal à retrouver son équilibre après la mort de Helen.

Elle continuait à babiller, livrant apparemment tout ce qu'elle avait sur le cœur. Il espérait toujours qu'elle aurait un sursaut de franchise. Comme rien ne venait, il finit par laisser tomber :

— Le Pakistan, Barbara. Vous avez oublié ?

Elle but une gorgée de café, puis trois autres à toute vitesse en scannant du regard la salle à manger, comme si elle voulait appeler le serveur pour qu'il lui remplisse sa tasse.

— Le Pakistan, monsieur ? dit-elle enfin, d'un ton neutre.

— Les billets d'avion. Aux noms de Taymullah Azhar et Hadiyyah Upman. Achetés en mars pour juillet. Le SO12 n'a pas oublié d'en parler, lui.

Elle soutint son regard.

— Vous êtes passé derrière moi, vous ne me faites pas confiance... Ça, c'est pas croyable.

— Ces billets ont éveillé les soupçons du SO12, les miens aussi et, surtout, ceux d'Isabelle.

— « Isabelle ». Pas « la chef » ou « la commissaire ». Je suppose que je dois me douter de ce que cela signifie, non ? rétorqua-t-elle, fielleuse.

— Non. C'est moi qui ai eu l'idée d'aller les voir.

Après l'avoir dévisagé quelques secondes, elle détourna les yeux.

— Je vous présente mes excuses, monsieur.

— Elles sont acceptées. Mais imaginez de quoi cela va avoir l'air quand on saura que vous avez fait de la rétention d'information. S'il m'a suffi de passer dans le bureau de Harry Streener pour l'apprendre, l'inspecteur Stewart ne va pas tarder à le découvrir...

— Je me charge de Stewart.

— Vous vous trompez. Le problème, voyez-vous, c'est que vous croyez que la vérité, lorsqu'elle éclatera au grand jour, vous disculpera une bonne fois pour toutes.

— La « vérité », c'est qu'il me déteste. Tout le monde le sait, y compris... « Isabelle », monsieur. C'est elle qui m'a flanquée dans l'équipe de ce salopard. Au moindre faux pas, elle me renvoyait grossir les rangs des flics en uniforme...

Lynley n'avait pas amassé des années d'expérience dans la section homicides de la Met pour rien. Havers cherchait manifestement à esquiver la question des billets d'avion.

— Revenons au Pakistan, Barbara. Le reste n'est qu'une perte de temps.

Elle passa la main sur son crâne garni de mèches irrégulières sur lesquelles elle tira vigoureusement. Pensait-elle hâter ainsi la repousse de ses cheveux ?

— Je ne comprends pas ce que ça veut dire, d'accord ?

— Qu'est-ce que vous ne comprenez pas ? Qu'il ait acheté ces billets, ou qu'il les ait achetés *au mois de mars*, date à laquelle en principe il ignorait où se trouvait sa fille... Ou encore que vous ayez caché à tout le monde ce détail ?

— Vous êtes vexé. Avec raison.

— Ah non, pas de baratin.

— Je ne sais pas pourquoi il a acheté ces billets.

— Il m'a dit que Hadiyyah viendrait séjourner chez lui en juillet, Barbara. Pour les grandes vacances, avec le plein accord d'Angelina.

— Ça ne m'éclaire pas. Je veux lui parler. Jusqu'à son retour à Londres, je ne me l'expliquerai pas.

— Vous êtes disposée à gober tout ce qu'il vous racontera, de toute façon ? Barbara, c'est de la folie. Ce qu'il faut faire, c'est suivre la piste de l'argent, vérifier si Azhar a payé un tiers...

— Il aura payé Doughty pour avoir cherché Hadiyyah. Ça prouve quoi ? Sa fille avait disparu avec sa maman, inspecteur. Les flics ici ne levaient pas le petit doigt. Il n'avait aucun droit sur...

— Les dates des virements nous renseigneront sur beaucoup de choses. Vous le savez aussi bien que moi.

— On ne peut pas se fier aux dates. Mettons qu'Azhar n'ait pas eu les moyens de rémunérer Doughty en une seule fois et qu'il y ait eu plusieurs versements sur une période de plusieurs mois. Tout ça pour que le privé engage un mec en Italie pour...

— Pour l'amour du ciel, Barbara...

— Doughty a vu un bon moyen de se faire du fric. Enlever la gamine, la garder assez longtemps pour que tout le monde s'angoisse et puis faire une demande de rançon...

Lynley s'appuya lourdement au dossier de sa chaise, stupéfait de voir le sergent Havers enfouir ainsi sa tête dans le sable.

— Vous niez l'évidence, là, Barbara. Il n'y a pas eu de demande de rançon, et Azhar détient ces putains de billets !

— Il les aura achetés comme porte-bonheur. Pour se rassurer, pour se dire qu'on allait la retrouver…

— Barbara, enfin ! Réfléchissez ! En mars, elle n'avait même pas encore été enlevée à Lucca !

— Il doit bien y avoir une explication. Je vais la trouver.

— Je ne peux pas vous laisser décider…

Elle se pencha vivement en avant et lui prit le bras.

— J'ai besoin d'avoir une conversation entre quat'z-yeux avec Azhar. Laissez-moi au moins le temps…

— Vous dépassez les limites, Barbara. Et vous allez payer l'addition. Comment voulez-vous que je…

— Juste une conversation, une seule, monsieur. Vous verrez, il aura une explication. Il va revenir bientôt. Demain, après-demain… Il a des étudiants qui l'attendent dans son labo à la fac. Il a des cours à donner. Il ne va pas traîner en Italie jusqu'en juillet. C'est pas possible. Ensuite, quand il m'aura éclairée sur ses raisons, j'irai moi-même dans le bureau de la chef tout lui raconter. Je vous le jure ! Mais il faut me donner encore un peu de temps…

Lynley contempla le visage suppliant de sa coéquipière. Il était de son devoir de rédiger un rapport et de déclencher l'inévitable série de mesures qui aboutirait à une sanction disciplinaire. Mais qu'en était-il du devoir d'amitié ? De ce qu'il devait à sa coéquipière après toutes ces années de fructueux partenariat ?

— Très bien, Barbara, soupira-t-il.
— Merci, inspecteur.
— J'espère que je ne le regretterai pas. Une fois que vous aurez parlé à Azhar, vous m'appelez, je compte sur vous ?
— Absolument.

Avec un hochement de tête, il se leva et la laissa seule devant sa tasse de café au lait.

Pour sa part, Barbara Havers lui semblait sur une très mauvaise pente. Tous les indices indiquaient que Taymullah Azhar était mouillé jusqu'au cou dans cette affaire d'enlèvement. Il la soupçonnait de lui cacher d'autres éléments. A présent, il n'avait plus aucun doute : elle était amoureuse d'Azhar. Elle ne se l'avouerait sûrement pas à elle-même, mais ses relations avec le professeur allaient au-delà de son amitié pour sa fille. Pouvait-il vraiment compter sur elle pour le dénoncer si Azhar se révélait être le commanditaire de l'enlèvement ? Et lui, Lynley, aurait-il trahi Helen s'il avait découvert qu'elle avait commis un délit ? Mais la question pour l'heure se posait plutôt en ces termes : était-il, lui-même, disposé à trahir Havers ?

Son téléphone sonna dans sa poche. L'espace d'un instant, il crut que Barbara était revenue à la raison et avait décidé de tout avouer à Isabelle. Mais son écran le détrompa en affichant le nom de Daidre Trahair.

— Quelle bonne surprise ! lui dit-il en décrochant.
— Où êtes-vous ?
— Devant l'ascenseur.
— Un ascenseur en Italie ?
— A Londres.
— Formidable. Vous êtes de retour.
— Je débarque. J'étais encore à Pise ce matin. Je suis allé directement au Yard.

— Quelle vie vous avez, vous autres les flics ! Les choses se sont bien terminées ?
— Oui.

Les portes de l'ascenseur coulissèrent devant lui, mais il fit signe aux gens à l'intérieur qu'il attendrait le suivant – il ne voulait pas perdre le réseau. Il décrivit brièvement l'heureuse issue de l'enquête à Daidre, en taisant bien entendu l'histoire des billets pour le Pakistan et le refus de Barbara de faire face à la réalité.

— Vous devez être tellement soulagé. Avoir retrouvé cette petite fille en bonne santé, sans que rien lui soit arrivé... De quoi réconcilier des parents...
— Réconcilier est un grand mot, mais ils sont d'accord pour une garde partagée. Ce n'est peut-être pas idéal, la petite va devoir passer d'un pays à l'autre, mais c'est mieux que la situation antérieure.
— Il y a tellement d'enfants dans ce cas.
— Oui, et il y en aura de plus en plus, vu la façon dont la société évolue.
— Vous n'avez pas l'air aussi soulagé qu'on pourrait s'y attendre.

Lynley eut un petit sourire. Elle avait bien perçu son état d'âme. Contre toute attente, cela ne lui déplaisait pas.

— Seulement fatigué, répondit-il.
— Trop fatigué pour boire un verre ?
— Où êtes-vous ? Vous n'appelez pas de Bristol ?
— Non.
— Oserai-je espérer...

Elle rit.

— On croirait entendre Mr Darcy dans *Orgueil et préjugés*.

— Je croyais que les femmes aimaient ça. Ainsi que les pantalons particulièrement serrés que portaient les hommes de l'époque.

Son rire carillonna de nouveau à l'oreille de Lynley.

— Je suis à Londres. Pour le boulot, bien sûr.

— Kickarse Electra ?

— Hélas, non. Je suis ici dans mes atours de vétérinaire.

— Puis-je vous demander quel gros mammifère londonien a besoin de vos soins ? Vous rendez-vous au chevet d'un chameau du zoo ?

— Si vous avez le temps de prendre un verre ce soir, je vous expliquerai.

— Choisissez un lieu et j'y serai à l'heure que vous voulez.

Belsize Park
Londres

Le bar à vin où ils s'étaient donné rendez-vous se trouvait sur Adelaide Road, au nord de Regent's Park et de Primrose Hill, entre un marchand de journaux et un magasin de matériel de cuisine. Si la façade ne payait pas de mine, la décoration intérieure surprenait par son atmosphère romantique : une pièce tendue de velours, un éclairage à la bougie, des petites tables conçues pour accueillir des couples…

En cette fin d'après-midi il n'y avait pas encore beaucoup de monde, aussi l'aperçut-il sitôt entré, assise dans un coin, sous le portrait du sosie en tenue contemporaine de l'épouse du peintre William Morris – quel était son prénom déjà ? –, un modèle qui avait incarné la beauté selon l'idéal préraphaélite. Le spot discret qui faisait baigner la peinture dans un halo lumineux permettait apparemment à Daidre de lire des papiers qu'elle avait étalés devant elle sur la table. Elle était aussi en train de parler dans son portable.

Lynley marqua une pause avant de la rejoindre, étonné de ressentir autant de plaisir à la revoir. Profitant de ce moment où il pouvait la voir sans être vu, il remarqua qu'elle avait de nouvelles lunettes – sans monture, presque invisibles – et qu'elle était habillée d'un tailleur. Les couleurs du foulard qu'elle avait autour du cou rehaussaient le blond cendré de sa chevelure et sans doute aussi le bleu de ses yeux. Une curieuse pensée lui traversa alors l'esprit : ils auraient pu se faire passer pour frère et sœur.

En se rapprochant d'elle, il releva d'autres détails : elle portait un pendentif en or en forme de *wheelhouse*, ces maisons rondes préhistoriques dont le tracé évoque une roue, sans doute en souvenir des mines de Cornouailles où elle était née. Elle avait aussi des boucles d'oreilles en or. Mais pas d'autre bijou. Ses cheveux, un peu plus longs que lors de leur dernière rencontre, étaient attachés sur sa nuque, laissant son visage dégagé. Une belle femme, oui, mais pas une beauté. Dans un monde où on privilégiait les modèles jeunes et diaphanes sur les couvertures des magazines, aucun homme ne se serait retourné sur elle dans la rue.

Elle s'était déjà commandé un verre de vin, mais ne l'avait pas touché, trop occupée à annoter ses papiers. Alors qu'il arrivait à sa hauteur, il l'entendit dire à la personne à qui elle parlait au téléphone :

— Je vous l'envoie, alors ?... Moui... Bien, j'attends votre feu vert. Et merci, Mark. C'est très sympa de ta part.

Elle sourit à Lynley et leva un doigt en l'air pour le prier d'attendre une seconde.

— Entendu, je compte sur toi, conclut-elle.

Puis elle raccrocha et se leva en disant :

— Vous êtes là. Je suis ravie de vous voir, Thomas. Merci d'être venu.

Ils s'embrassèrent sur les deux joues. Enfin, pas tout à fait, puisque leurs joues ne se frôlèrent même pas. Il se demanda vaguement pourquoi elle l'obligeait à se conformer à ce rituel stupide.

Il s'efforça de ne pas remarquer qu'elle se dépêchait de fourrer ses papiers dans un grand sac posé à côté de sa chaise, qu'elle rougissait et qu'elle portait un rouge à lèvres appétissant. C'était la première fois depuis la mort de Helen qu'il était sensible à ce genre de chose chez une femme. Isabelle n'avait pas éveillé chez lui cet intérêt.

Il aurait aussi voulu s'enquérir de l'identité complète du dénommé Mark. Toutefois, il se contenta de montrer d'un signe de tête le sac posé au sol.

— Du travail ?

— En quelque sorte... Vous avez bonne mine, Thomas. Le climat italien vous convient.

— Il convient sûrement à la plupart des gens. Surtout celui de Toscane.

— Je n'y suis jamais allée... mais j'aimerais beaucoup. Pardon, je ne voulais pas avoir l'air de quémander une invitation.

— Loin de moi cette pensée. Ce n'est pas votre genre.

— Et pourquoi pas ?

— Pour la simple raison que vous n'avez pas besoin de recourir à des subterfuges.

— Prendrez-vous du vin, Thomas ? J'ai commandé le gros rouge de la maison. Je ne sais pas reconnaître un vin d'un autre. Celui-ci pourrait aussi bien être fabriqué dans leur cave, pour ce que j'en sais, dit-elle en faisant tourner son verre entre ses doigts en le tenant par le pied. Ah, voilà que je fais des remarques désobligeantes sur moi-même, toujours un signe de nervosité chez moi.

— Vous êtes nerveuse ?

— J'étais d'un calme olympien juste avant votre arrivée, c'est sûrement à cause de vous.

— Un autre verre de vin ?

— Ou deux. Franchement, Thomas, je ne sais pas ce que j'ai.

Une serveuse se présenta, sans doute une étudiante fraîchement débarquée d'Europe de l'Est. Il commanda le même vin que Daidre.

— Nerveuse ou pas, reprit-il après le départ de la jeune fille, je suis content de me trouver ici avec vous. Un verre de vin rouge va me remettre d'aplomb, j'espère.

— Des soucis au Yard ?

— Barbara Havers. Je viens d'avoir avec elle une conversation qui m'a perturbé. Pourtant depuis que je la connais, j'en ai eu, des occasions d'être perturbé par elle, vous ne pouvez pas savoir. Mais là, c'est trop pour moi. Vu le pétrin dans lequel elle s'est mise, me laisser griser semble la meilleure manière de gérer la situation – que ce soit grâce à ce vin ou à votre charmante présence.

Après avoir trinqué, elle s'enquit :

— Quel genre de pétrin ? Cela ne me regarde pas, bien sûr, mais je peux vous offrir une oreille attentive.

— Elle s'est empêtrée dans l'enquête que nous menons à propos de cette affaire de kidnapping.

L'entorse qu'elle a faite à la déontologie dépasse les bornes. Ce serait trop compliqué à vous expliquer. Pour le moment, parlons d'autre chose. Voyons, dites-moi, que fabriquez-vous à Londres ?

— J'ai un entretien d'embauche. Au London Zoo. Regent's Park.

Il se redressa, soudain de meilleure humeur. Cela signifiait-il qu'elle souhaitait quitter Bristol et venir vivre à Londres ? Mais tout ce qu'il parvint à répliquer fut, bêtement :

— Un poste de vétérinaire ?

— C'est mon métier. Alors, je pense que oui.

— Désolé, je suis stupide parfois.

Elle rit.

— On ne sait jamais, ils auraient pu vouloir que j'apprenne aux gorilles à jouer aux échecs ou que je dresse les perroquets...

Après avoir bu une gorgée de vin, elle posa sur lui un regard affectueux.

— J'ai été contactée par un chasseur de têtes, pour le zoo. Je n'avais rien demandé. Je ne suis pas encore sûre que cela m'intéresse.

— Parce que... ?

— J'aime ma vie à Bristol. Et puis j'y suis plus proche de mon cottage en Cornouailles.

— Ah, oui, votre cottage, opina Lynley en se rappelant le lieu où ils s'étaient rencontrés.

Il avait brisé une vitre pour accéder au téléphone. Elle comptait sur une escapade relaxante mais était tombée sur un inconnu dont les semelles répandaient de la boue sur son parquet.

— Et puis je ne voudrais pas laisser tomber les Boadicea's Broads et les tournois.

Lynley leva un sourcil sceptique. Elle rit de nouveau.

— Je suis sérieuse, Thomas. En plus, les filles s'appuient pas mal sur moi…

— Une bonne jammeuse, ça se trouve pas sous les sabots d'un cheval…

— Vous me taquinez. Je sais que je pourrais m'inscrire chez les Electric Magic. Le problème, c'est qu'il m'arriverait de jouer contre mon ancienne équipe. Je ne crois pas que j'aimerais ça.

— C'est en effet un problème. Mais il y a aussi le pouvoir d'attraction du poste que l'on vous propose. Et pensez aux avantages qu'il vous procurerait…

Au grand plaisir de Lynley, elle piqua un fard.

— Ou est-ce encore trop tôt pour en dresser la liste, reprit-il. Ils reçoivent sans doute d'autres candidats ? C'est un poste important ?

— Oui et non…

— Comment cela ?

— Ils ont vu tous les autres. Ils ont épluché tous les papiers, vérifié toutes les références…

— Cela fait un bout de temps que c'est en cours, si je comprends bien.

— Depuis début mars. En tout cas, c'est à ce moment-là qu'ils m'ont téléphoné.

Il fronça les sourcils, les yeux rivés sur le liquide rubis dans son verre. Etait-il froissé qu'elle ne lui ait pas parlé d'un éventuel déménagement à Londres avant aujourd'hui ?

— Depuis début mars ! souffla-t-il. Comment dois-je le prendre ?

Et sans lui laisser le temps de répondre, il enchaîna :

— Ne faites pas attention. J'ai un ego gros comme une maison. Où en êtes-vous dans la procédure ? Au troisième entretien ? Ne me laissez pas sur des charbons ardents, Daidre.

— En fait, tout dépend de moi. J'ai le poste si je le veux, Thomas.
— Mais c'est merveilleux !
— Compliqué, plutôt.
— Bien sûr, je sais, je sais, vous venez de me l'expliquer...
— Oui, bon, dit-elle en portant son verre à ses lèvres. Il y a une autre complication.
— Laquelle ?
— Vous. Mais vous le savez déjà. C'est vous. Ici, à Londres.

Il sentit son cœur battre plus fort et tenta de trouver une réplique qui allégerait l'atmosphère :

— Bien entendu, je serais très déçu de ne pas pouvoir visiter le zoo de Bristol comme vous me l'aviez promis.
— Vous savez ce que je veux dire.
— Oui, bien sûr.

Elle se détourna pour fixer un couple qui venait de s'asseoir à une table non loin. Ils s'étaient pris la main, les yeux dans les yeux. Ils devaient avoir vingt ans et quelques. Sans doute en étaient-ils aux premiers stades de l'amour. Sans le regarder, elle déclara :

— Je ne veux pas vous voir, Thomas.

Ces mots lui firent l'effet d'un coup de poing. Il se sentit blêmir. Elle se tourna de nouveau vers lui et son expression s'altéra.

— Non, non, je me suis mal exprimée. Je voulais dire qu'il est trop dangereux pour moi de vous fréquenter...

Ses yeux s'esquivèrent de nouveau, se posant cette fois sur la flamme de la bougie, qui vacilla dans le courant d'air généré par l'ouverture de la porte. Les nouveaux venus saluèrent le jeune couple. L'un d'eux lança :

— Méfie-toi de ce salaud, Jennie !

Un rire fusa. Daidre reprit :

— J'ai peur de souffrir. Et je me suis fait une promesse il y a quelque temps : plus jamais. Je m'en veux de vous parler ainsi, à vous, après tout ce que vous avez enduré. Alors que ce que vous avez vécu, ce à quoi vous avez survécu, est mille fois pire que ce qui m'est arrivé.

Son honnêteté, c'était cela qu'il admirait le plus chez elle, se dit Lynley. Une qualité qui l'amènerait peut-être à tomber amoureux... Soudain, lui aussi s'aperçut du danger. Il aurait voulu partager avec elle cet effroi, mais il s'entendit répliquer :

— Chère Daidre...

— Oh là là, on dirait le début de la fin.

Il ne put s'empêcher de rire.

— Pas du tout... Et si nous rassemblions notre courage et nous nous avancions jusqu'au bord du précipice ?

— Quel précipice ?

— Si nous reconnaissions que nous tenons l'un à l'autre... Cela nous effraye tous les deux, avouons-le, car tenir à quelqu'un, c'est s'exposer à souffrir, nous le savons tous les deux...

— Ne nous leurrons pas, Thomas, repartit-elle d'un ton ferme, presque agressif. Je ne serai jamais qu'une intruse dans votre monde. Vous ne pouvez pas le nier.

— Cela, c'est le fond du précipice, Daidre. Ce que je veux dire, c'est que nous ne savons même pas si nous voulons sauter ou pas...

— Sauter... Comme vous y allez ! Non, non, je ne veux pas.

Elle avait peur, autant que lui, c'était certain, peut-être plus même, mais sa peur à elle n'était pas de même nature que la sienne. Le chagrin revêt de multiples oripeaux. Il aurait aimé le lui dire, mais il jugea le moment inopportun.

— Je me précipiterai donc tout seul, Daidre. Je tiens à vous, voilà. J'aimerais que vous veniez vous installer à Londres pour toutes les possibilités que cela ferait naître entre nous de vous avoir tout près et non à des heures de route d'ici... Mais, évidemment, je ne vous presse en rien. Vous êtes libre de vos choix.

Elle secoua la tête avec dans le regard une étincelle indéchiffrable.

— Vous êtes un homme bon.

— Pas du tout. Je pense simplement que notre relation est encore à inventer. Nous ignorons ce qu'elle deviendra. Maintenant, voulez-vous dîner avec moi ce soir ? Pas ici, mais dans un bon restaurant du quartier ?

— Il y a un restaurant à mon hôtel, l'informa-t-elle.

Puis, d'un air horrifié, elle se reprit :

— Thomas, vous n'allez pas en déduire que je... Ce n'est pas du tout ce que je sous-entendais...

— Bien sûr que non. C'est pourquoi il m'est si facile de vous dire que je tiens à vous.

5 mai

Chalk Farm
Londres

Barbara Havers lisait dans son lit quand Taymullah Azhar frappa à sa porte. Ses coups étaient si discrets et son roman si palpitant qu'elle ne l'entendit pas. Il faut dire qu'elle était à quelques pages du dénouement de l'intrigue : Tempest Fitzpatrick et Preston Merck allaient-ils se dépêtrer de cette situation dramatique où le passé mystérieux de Preston menaçait l'amour de cette dernière pour Tempest – même si Barbara se serait plus naturellement inquiétée de la raison pour laquelle le pauvre homme était affublé d'un surnom aussi bizarre et peu viril ?

Heureusement, son visiteur eut l'excellente idée d'appeler :

— Barbara ? Vous êtes réveillée ? Il y a quelqu'un ?
— Azhar ? s'écria-t-elle en se levant d'un bond.

Elle chercha des yeux un vêtement pour couvrir son tee-shirt Keith Richards légendé des mots : *Quel est son secret de longévité ?* et au moment d'enfiler sa robe de chambre, remarquant qu'elle ne l'avait pas mise à la machine depuis qu'elle avait renversé sur le devant une boîte de goulash, elle ouvrit son armoire et arracha son imperméable de son cintre : il ferait l'affaire.

Après avoir rabattu le couvre-lit sur le méli-mélo de draps et de couvertures, et sur les amours contrariées de Tempest et Preston, elle courut ouvrir la porte.

Cela faisait quatre jours qu'elle attendait de parler avec Azhar. Tous les soirs, à son retour du Yard, elle vérifiait s'il était rentré d'Italie. Tous les matins, elle informait Lynley de la prolongation de son absence. Et à chaque fois elle devait lui répéter qu'elle tenait absolument à l'interroger de vive voix, à quoi Lynley ripostait invariablement qu'il ne voulait pas apprendre un beau jour qu'Azhar était en fait rentré depuis le 1er mai... Face à son « Jamais je ne vous mentirais, monsieur », il haussait un sourcil aussi aristocratique que sceptique.

Azhar était une silhouette hésitante dans l'ombre. Elle alluma la lampe du perron, l'ampoule jetant un éclair aveuglant avant d'éclater.

— Et merde ! fit-elle. Mais entrez donc... Comment allez-vous ? Comment va Hadiyyah ? Vous venez d'arriver ?

Elle s'écarta pour lui laisser le passage. Il avait bonne mine, jugea-t-elle quand le visage d'Azhar fut éclairé par la lumière du bungalow. Il lui déclara qu'il était immensément soulagé. Elle n'osa pas lui demander si c'était de savoir sa fille saine et sauve, d'avoir réussi à quitter l'Italie sans éveiller les soupçons ou de détenir des billets d'avion pour le Pakistan. Mieux valait pour l'instant ne pas trop poser de questions. Pas encore.

Il lui tendit un sac en plastique en disant :

— C'est pour vous, un souvenir d'Italie. Je ne sais

comment vous remercier pour tout ce que vous avez fait, Barbara. Je vous suis tellement reconnaissant.

Elle lui prit le sac des mains et ferma la porte. Il lui avait rapporté de l'huile d'olive et du vinaigre balsamique – elle ne voyait pas ce qu'elle cuisinerait avec l'huile… une tambouille méditerranéenne ? Mais le vinaigre ferait une excellente sauce pour les chips.

— Merci, Azhar. Asseyez-vous, proposa-t-elle en allant mettre la bouilloire sur le feu.

Il regardait son lit, sa lampe de chevet, la tasse d'Ovomaltine.

— Vous étiez couchée. Je craignais de vous déranger à cette heure, mais je voulais… mais je n'aurais sans doute pas dû…

— Mais si, mais si. Je ne dormais pas du tout. Je lisais.

Elle espérait qu'il ne l'interrogerait pas sur ce qu'elle était en train de lire, parce qu'elle serait obligée de lui mentir et de répondre Proust. Ou bien *L'Archipel du Goulag*, ce serait plus crédible. Ou pas.

Après avoir sorti les sachets de thé, un bol de sucre en poudre – dont elle escamota la cuillère, pour l'heure entourée d'une gangue de matière blanchâtre à force d'y avoir été plantée mouillée – et une bouteille de lait, elle descendit deux tasses de l'étagère et, comme si elle tenait un bed and breakfast et qu'Azhar était un client, disposa des biscuits – des Pim's – sur une assiette, des serviettes en papier, des cuillères…

— Oups, dit-elle en s'apercevant que l'une de celles-ci était sale et en se précipitant pour la remplacer.

Bref, elle multiplia les allées et venues entre le plan de travail et la table, retardant le moment de s'asseoir en face de cet homme qu'elle avait l'impression de ne plus si bien connaître que cela.

Il la regarda s'affairer sans un mot. Puis, une fois qu'elle eut versé l'eau dans les tasses et se fut assise, il déclara :

— L'inspecteur Lynley vous a sûrement tout raconté.

— Presque tout. J'ai failli vous téléphoner, mais je me suis dit que vous étiez déjà suffisamment occupé... Avec Hadiyyah, Angelina, Lorenzo... et les flics aussi, je suppose.

Elle essaya d'observer son expression, mais il tint les yeux baissés sur sa tasse où il fit tourner plusieurs fois son sachet de thé avant de l'en extraire à moitié, l'air de se demander où il devait le poser. Elle se leva pour lui apporter un cendrier et en profita pour se munir de son paquet de clopes. Elle lui en offrit une, qu'il refusa. Tout bien réfléchi, elle n'avait pas tellement envie de fumer non plus.

— Il y a encore pas mal de détails à mettre au point. Mais le cauchemar est terminé.

— Oui ? fit-elle, attendant la suite.

Il ajouta du sucre à son thé et touilla. Etait-ce un effet secondaire de son impatience croissante ? Mais elle était soudain affamée. Elle se saisit d'un Pim's et le fourra tout entier dans sa bouche.

— Hélas, Hadiyyah ne m'a pas été rendue, mais elle viendra faire de longs séjours ici et je peux aller à Lucca aussi souvent que je veux. Il me suffit de prévenir Angelina de mon arrivée. Dire qu'il a fallu ce drame pour qu'elle comprenne que la perte d'un enfant est une douleur intolérable. Je pense qu'elle ne s'en était pas rendu compte, Barbara.

— Mais si, voyons. Tout le monde sait ces choses-là.

— Elle voulait tellement avoir Hadiyyah auprès d'elle. Elle n'a pas trouvé d'autre solution. Ce n'est pas comme si elle était vraiment méchante...

— Elle est capable de l'être, pourtant, lui fit remarquer Barbara.

— Nous le sommes peut-être tous.

C'était une bonne entrée en matière.

— Où en êtes-vous maintenant, Azhar ? Je veux dire Angelina et vous ?

— Nous avons fait la paix, au moins. La confiance sera plus longue à venir. Elle a été bien ébranlée par tous ces événements.

— La confiance... N'est-ce pas toujours l'essentiel dans toute relation ?

En guise de réponse, il se plongea dans la contemplation de sa tasse de thé. Quand il releva les yeux, Barbara tenta d'y percevoir une étincelle, quelque chose lui permettant de se rassurer, de se dire qu'il ne s'était pas servi d'elle, qu'il n'avait pas mis en péril tout ce en quoi elle croyait. Elle n'y lut rien du tout. En fait, elle n'avait jamais vu son regard aussi plat. Peut-être un effet de la lumière ? Celle qui tombait du plafonnier était tellement dure.

— Vous n'auriez jamais dû faire confiance à Dwayne Doughty, par exemple. C'est en partie de ma faute. C'est moi qui vous ai emmené chez lui. Pourtant, j'avais mené ma petite enquête sur son agence. Il paraissait réglo. Je suppose qu'il l'est, d'ailleurs, tant qu'il n'est pas tenté de franchir les limites par une offre alléchante... Vous ne vous attendiez sans doute pas à ça.

Il demeura muet, mais la main qu'il tendit vers le paquet de Player's tremblait légèrement. Il alluma une cigarette et tout en secouant l'allumette jeta un coup d'œil à Barbara. Bien joué, songea-t-elle en reprenant :

— Tout ce qui se passe dans le bureau de Doughty est enregistré et filmé. Dans son métier, c'est plutôt une bonne idée quand on y pense. Et j'aurais dû y penser. Vous aussi, non ?...

Elle alluma à son tour une cigarette et constata que ses mains à elle tremblaient tout autant que celles d'Azhar.

— Tous les rendez-vous avec lui ont été enregistrés et archivés. Autant ceux que nous avons eus tous les deux que ceux que vous avez eus seul avec lui. Je ne sais pas combien de fois vous êtes allé le voir. Il ne m'a montré que deux vidéos... Deux de trop, Azhar.

Le Pakistanais rétorqua alors d'une voix à peine audible :

— Je ne savais pas comment...

Voyant qu'il laissait sa phrase en suspens, elle insista :

— Comment quoi ? Comment me le dire ? Comment récupérer Hadiyyah ? Ou comment j'allais me sentir en vous voyant avec ce cher Dwayne chercher un moyen de l'enlever ? Vous feriez mieux de tout déballer, Azhar, parce que vous êtes dans de sales draps.

— Je ne savais pas quoi faire d'autre, Barbara.

— A propos de quoi ? Hadiyyah ? Angelina ? La vie en général ?

— Quand je vous ai téléphoné, en décembre, vous étiez en train de faire des courses de Noël sur Oxford Street. Vous vous rappelez ? Je vous ai informée que Mr Doughty n'avait retrouvé aucune trace... Eh bien, je vous ai menti. Ce jour-là, il m'a appris qu'elle était en Italie, où elle s'était rendue avec le passeport de sa sœur Bathsheba. Il les avait pistées jusqu'à Pise, mais ensuite plus rien.

— Pourquoi ne pas me l'avoir dit ?

— Il m'a assuré qu'il... enfin, que nous pouvions engager un détective privé à Pise. C'était onéreux, mais si je souhaitais vraiment les retrouver... Bien sûr que oui... C'est ainsi que cela s'est passé. Le privé italien les a localisés chez Lorenzo Mura. Il a obtenu tous les renseignements. J'ai été épaté, je l'avoue. Ensuite je me suis demandé ce qu'il pourrait trouver d'autre. J'ai encore payé pour savoir comment se passaient leurs journées. Le privé nous a tenus au courant au jour le jour. Au bout d'un moment, je connaissais par cœur leur vie, leur routine. C'est ainsi que j'ai repéré qu'elles allaient chaque semaine au marché de Lucca, qu'Angelina partait faire son yoga en laissant notre fille avec Mura. Ce privé était excellent.

— A quelle date ? s'enquit Barbara, dont la gorge était si sèche qu'elle avait du mal à avaler. Quand avez-vous su tout ça ?

— Tous ces détails ? En février. Fin février.

— Et vous ne m'avez soufflé mot de rien, lui reprocha-t-elle en se rappelant sa propre inquiétude pour Hadiyyah, et pour lui, son ami. Quel genre d'amitié...

— Non ! s'écria-t-il en écrasant sa cigarette si brusquement qu'il renversa le cendrier avec le sachet de thé détrempé. Vous ne pouvez pas penser cela. Je vous tiens dans la plus haute estime, Barbara. Mais j'étais persuadé que j'étais en train de perdre ma fille. Il faut que vous compreniez. Je n'ai aucun droit sur elle. Angelina n'aurait jamais autorisé un test ADN. Si je faisais un procès, où se tiendrait-il ? Ici ? En Italie ? Angelina se serait battue comme une tigresse et pendant tout ce temps Hadiyyah aurait grandi loin de moi.

— Alors, qu'avez-vous fait, Azhar ?

— Puisque vous avez vu l'enregistrement...

— Vous avez organisé son enlèvement. Il était prévu pendant votre symposium à Berlin, pour vous procurer un alibi en béton. Vous saviez qu'Angelina allait se pointer ici. Puis, quoi ? Vous iriez en Italie jouer votre rôle de père éploré cherchant désespérément sa fille jusqu'à ce que celle-ci réapparaisse comme par magie dans un village de Toscane, bougrement traumatisée, pauvre gamine...

— Il n'y avait pas d'autre moyen, répéta-t-il d'une voix atone. Vous m'entendez, Barbara, c'était un moindre mal. Et cet homme à Pise... Il avait des instructions. Il devait promettre à Hadiyyah qu'il la ramenait auprès de son père. Il devait l'appeler « Khushi » pour la convaincre qu'il disait la vérité. La conduire dans un lieu sûr en veillant à ce qu'elle ne soit pas effrayée, en attendant que je signale le moment où la déposer près d'un poste de police dans un village de mon choix – entre-temps je serais arrivé en Italie et j'aurais eu la possibilité de repérer un village et un commissariat. La police devrait la rendre tout de suite à sa mère, mais je serais là, moi aussi. Et après cette épreuve, après m'avoir vu endurer tout ce qu'elle-même avait enduré, Angelina ne pourrait plus me priver de ma fille...

Barbara secoua vigoureusement la tête.

— Je n'achète pas cette fable. Vous auriez pu obtenir la même chose en vous pointant chez Lorenzo Mura et en disant : « Coucou ! Je suis là ! Je viens chercher l'enfant que vous m'avez dérobée. » On vous aurait indiqué son école, vous auriez pu vous y rendre. Vous auriez pu surgir au marché en personne. Il y a des dizaines de choses que vous auriez pu faire au lieu de...

— Vous ne voyez donc pas... Angelina devait éprouver le même désarroi que moi, sinon elle n'aurait rien voulu savoir. C'était le seul moyen. Réfléchissez, Barbara, vous connaissez Angelina...

— Alors comment expliquez-vous que cette affaire ait duré si longtemps ?

— J'ignorais que le détective italien engagerait un autre homme pour se charger de l'enlèvement. Je ne sais toujours pas pourquoi. Toujours est-il que cet homme s'est tué dans un accident de la route en montant dans les Apennins chercher Hadiyyah. Plus personne ne savait où elle se trouvait. Je m'en suis voulu, vous ne pouvez pas imaginer. Alors, dire la vérité ? A quoi cela aurait-il servi ? Qu'est-ce qu'Angelina aurait fait si elle avait su que j'avais organisé le kidnapping ? Aurait-elle compris à quel point je désirais le retour de notre fille ? Vous croyez qu'elle aurait eu de la compassion pour le pauvre père ?

Et qui compatirait à ce que ressentait la pauvre Barbara ? songea-t-elle, l'âme comme engourdie.

— Azhar, vos communications avec Doughty ont laissé des traces. Qui a payé Di Massimo ? Vous ? Et l'autre type ? Qui l'a payé, lui ? Vous ne pensez quand même pas que dans ce sac de nœuds vous n'apparaissez pas ? Une fois que les Italiens auront dénoué tout ça, ce qu'ils vont faire, comptez là-dessus, comment ferez-vous valoir votre droit de garde du fond d'une taule toscane ? Et qu'est-ce que va dire Angelina quand elle apprendra que vous êtes le cerveau du kidnapping ? Sans compter qu'aucun tribunal au monde n'acceptera de vous confier votre fille, ni pour une garde partagée ni pour de simples visites.

— Mr Doughty m'a parlé d'un hacker capable d'effacer toutes les preuves...

— Oui, mais ce qu'il a oublié de vous préciser, c'est que Bryan Smythe a effacé tout ce qui concernait les liens entre Doughty et Di Massimo, mais les vôtres... Et le reste... ? Vous rêvez, Azhar ! Si vous croyez qu'une fois Hadiyyah dans les bras de sa maman les flics italiens vont se contenter d'applaudir et laisser tomber l'enquête ! Cela ne vous ressemble pas, Azhar. A moins que vous n'ayez...

Elle se tut. Bien sûr ! Tout était clair à présent.

— Mon Dieu ! Le Pakistan ! souffla-t-elle. Depuis le départ...

Il l'observa sans rien dire. Entre l'homme qu'elle croyait son ami et celui qu'Azhar se révélait être s'ouvrait un gouffre dans lequel elle se serait volontiers jetée, tant elle se trouvait stupide, idiote, incroyablement crédule.

— Doughty avait raison... Il a trouvé vos billets. Vous ne le saviez pas, je parie. Le SO12 les a trouvés aussi, au cas où cela vous intéresserait. Des allers simples pour le Pakistan achetés par un musulman. C'est le genre d'achat qui fait l'effet d'un pétard lancé dans le métro à six heures du soir. Autant dire que ça ne passe pas inaperçu. Que pensez-vous de ça ?

Hormis un léger mouvement des mâchoires, Azhar demeura impassible.

— Vous aviez l'intention de l'emmener au Pakistan. Vous avez pris ces billets en mars, au moment où vous avez mis au point le kidnapping, n'est-ce pas ? Vous saviez d'avance tout ce qu'Angelina allait faire et vous ne vous êtes pas trompé. Elle est venue à Londres, vous l'avez accompagnée en Italie. Tout se serait déroulé comme vous l'aviez prévu s'il n'y avait pas eu cette malencontreuse sortie de route. Mais aujourd'hui, Hadiyyah a été retrouvée grâce à la police italienne et tout va bien. Sauf que vous n'aviez aucune intention d'accepter une garde partagée avec Angelina. Vous aviez décidé d'emmener votre fille au Pakistan et de disparaître avec elle. C'était votre seul espoir d'avoir Hadiyyah avec vous. Ça, vous l'avez décidé le jour où vous avez appris qu'Angelina vivait avec un autre. Vous avez de la famille au Pakistan. Ne niez pas ! Quant à la question du travail… vu vos compétences et votre spécialité… Ce n'aurait pas été un problème.

Il était totalement silencieux. Le visage parfaitement lisse, il ne bougeait pas, même pas ses pieds sous la table. Elle crut distinguer une veine battant sur sa tempe, mais peut-être était-elle victime d'une illusion, tenaillée par l'envie de voir quelque chose là où il n'y avait rien ?

— Dites-moi, Azhar. Vous allez m'expliquer ce que signifient ces billets d'avion ? Sachez que l'inspecteur Lynley est au courant. Comme d'ailleurs de votre arrangement avec Angelina : Hadiyyah doit venir vous rejoindre à Londres pour les vacances… début juillet.

Il sortit enfin de son immobilisme pour se tourner vers la minuscule cheminée du bungalow.

— Oui.
— Oui, quoi ?
— C'était mon intention.
— Et ça l'est toujours, pas vrai ? Vous avez les billets, et quand elle arrivera à Londres, ce sera avec son passeport puisqu'elle viendra d'Italie. Au bout de quelques jours ici afin de tranquilliser les esprits inquiets, pouf ! vous vous envolerez. Et Angelina pourra toujours se brosser pour récupérer sa fille. Jamais…

Il posa sur elle un regard étonné.

— Non, non, vous m'avez mal compris. J'ai dit que cela avait été mon intention. Cela ne l'est plus. Ce n'est plus nécessaire. Nous allons nous partager la garde de Hadiyyah, Angelina et moi… Cela va marcher.

Barbara le fixa, saisie par un sentiment abominable : la méfiance.

— Barbara, que pouvais-je faire d'autre ? Vous comprenez, je le sais. Elle est tout ce que j'ai. Ma famille ne représente plus rien pour moi. Vous l'avez constaté de vos propres yeux. Je ne pouvais pas la perdre alors que j'avais déjà tant perdu.

— Je ne vous laisserai pas disparaître au Pakistan avec Hadiyyah. Il n'en est pas question.

— Mais ce n'est plus à l'ordre du jour. Je vous le jure.

— Et je devrais vous croire ? Après tout ce qui s'est passé ? Je suis folle à ce point, d'après vous ?

— Je vous en supplie. Je vous donne ma parole. A l'époque où j'ai acheté ces billets d'avion… Mettez-vous à ma place. Angelina m'avait trahi. Elle m'avait enlevé ma fille. Je n'avais aucune idée de l'endroit où elles étaient, ni si je serais jamais capable de les retrouver. J'étais désespéré à l'idée de ne plus jamais revoir Hadiyyah. En novembre, je me suis juré que, si je la récupérais, jamais plus je ne permettrais qu'elle me soit enlevée. C'est pourquoi la fuite au Pakistan m'a paru la solution. Mais à présent, tout va bien. Ce n'est pas parfait, bien sûr. Mais quand elle aura l'âge de décider, Hadiyyah reviendra peut-être vivre ici à Londres avec moi.

— Sauf si les flics italiens émettent un mandat d'arrêt à votre encontre, lui rappela Barbara.

Il croisa les doigts sur le paquet de Player's.

— Il ne faut pas qu'ils l'apprennent.

— Di Massimo ne va sûrement pas accepter d'écoper pour tout le monde. Il a déjà donné Doughty. Et il y a de gros risques que Doughty vous dénonce.

— Alors il faut l'en empêcher.

L'espace d'un instant, Barbara crut qu'il envisageait un meurtre. Et dans la foulée, aussi aberrante que fût cette éventualité, elle se dit qu'il avait trafiqué la voiture de Roberto Squali afin de provoquer sa mort. A ce stade, elle avait l'impression que tout était possible.

— Barbara, de tout mon cœur, je vous supplie de m'aider. J'ai commis une mauvaise action. Mais au bout du compte, cette mauvaise action a été bénéfique, pas seulement pour moi, mais aussi pour Hadiyyah... Ce hacker, Bryan Smythe... S'il a réussi à effacer la correspondance entre Mr Doughty et le privé italien, ne pourrait-il pas faire la même chose pour moi ?

— Cela ne changerait rien.

— Pourquoi ?

— Parce que Doughty a ces vidéos. Chacun de vos rendez-vous. Il a tout filmé, tout ! Je suppose que lorsque vous étiez dans son bureau il a répondu par la négative. Puis il vous aura téléphoné un peu plus tard, d'une cabine ou d'un téléphone portable qu'il a ensuite jeté, pour vous dire qu'à la réflexion il y avait peut-être un moyen de vous rendre service. En tout cas, vous pouvez être certain qu'il n'y a rien sur ces vidéos qui compromette Doughty... et tout pour vous offrir l'asile dans une taule italienne pour dix ans et plus.

Il prit un air songeur, puis déclara d'un ton calme :

— Il faut que nous récupérions ces vidéos.

Barbara tressaillit en l'entendant employer la première personne du pluriel.

6 mai

South Hackney
Londres

Barbara téléphona au Yard avant l'heure d'arrivée présumée de la commissaire Ardery. Elle laissa un message longuement médité, informant Dorothea Harriman qu'elle se dirigeait vers Bow afin d'avoir un dernier entretien avec Dwayne Doughty. Elle avait besoin de vérifier certains petits trucs auprès du privé, histoire d'en avoir le cœur net, avant de rédiger le rapport destiné à la chef.

— Vous voulez que je vous la passe, elle vient d'arriver, répliqua la secrétaire en précisant : Elle est aux toilettes, mais je peux aller la chercher si vous voulez lui parler, sergent.

Bavarder avec la commissaire ne figurait même pas au dos de sa liste de priorités. Elle répondit donc, d'un ton dégagé :

— Ce ne sera pas nécessaire, Dee.

Tout en prenant soin d'ajouter qu'elle serait reconnaissante à Dorothea si elle voulait bien avertir l'inspecteur Lynley de ses intentions quand celui-ci se pointerait Victoria Street. Barbara, sachant qu'elle n'était pas en odeur de sainteté auprès de lui, ne voulait pas l'offusquer davantage en ne lui donnant aucun signe de vie.

L'inspecteur Lynley était déjà là, lui aussi, l'informa Dorothea. Elle lui transmettrait le message dès que Barbara aurait raccroché. La dernière fois qu'elle l'avait aperçu, il était en pleine discussion avec l'inspecteur Stewart. Elle en profiterait pour le tirer de ce mauvais pas.

— Un message de votre part à l'inspecteur Stewart ? ironisa-t-elle.

— Très drôle, Dee, repartit Barbara avant de raccrocher.

Puis elle passa prendre Azhar et ils partirent sur-le-champ, mais pas pour Bow. Leur destination était South Hackney et l'antre somptueux de Bryan Smythe le hacker.

Ils avaient veillé jusqu'à deux heures du matin pour mettre au point un plan. En réalité, ils en avaient deux, mais l'un ne pouvait fonctionner sans l'autre.

Pendant toute la séance de préparation, elle s'était efforcée de ne penser qu'à Azhar et à Hadiyyah et de repousser ses craintes quant à la situation dans laquelle elle se mettait. Azhar avait agi par désespoir ; il avait le droit d'élever sa fille. Hadiyyah avait le droit d'avoir auprès d'elle un père aimant, se répétait-elle à la façon d'un mantra. Elle ne devait pas laisser son esprit dériver vers d'autres considérations.

Car il n'y avait aucun doute, elle se trouvait sur une pente savonneuse. C'était à plus qu'une petite entorse à la déontologie dont elle se rendait coupable. Mais elle réfléchirait à tout cela plus tard. Pour l'instant elle devait sauver son ami Azhar.

Lorsque le hacker ouvrit la porte après qu'elle eut tambouriné dessus pendant un bon moment, il ne parut pas follement ravi de la trouver sur son paillasson en compagnie d'un inconnu à la peau sombre. De toute façon, dans son métier, on ne devait pas apprécier les visites à l'improviste. Et puis il préférait sans doute ne pas attirer l'attention sur son logis. C'était là-dessus en tout cas qu'elle avait parié pour s'introduire chez lui en dépit du fait qu'il était tout sauf disposé à dérouler le tapis rouge pour eux.

— Vous aviez raison, Bryan. Bravo. Doughty a tout filmé.

— Qu'est-ce que vous fichez ici ? Je vous avais dit qu'il avait un plan B. Vous voyez, j'avais raison. Alors pourquoi vous revenez m'emmerder ?

Il jeta un coup d'œil à droite et à gauche dans la rue pourtant déserte, à croire que des espions se planquaient derrière les vitres crasseuses et les rideaux miteux des maisons d'en face pour le prendre en photo en compagnie d'un poulet. Une voiture tourna le coin de la rue et roula dans leur direction, au pas, comme si le conducteur cherchait la bonne adresse. En marmonnant un juron, Bryan se recula d'un bond à l'intérieur.

Barbara se frottait les mains : plus un gusse était nerveux, plus il serait facile à manipuler.

— Laissez tomber cette histoire, ce n'est pas pour ça que nous sommes ici.

Elle présenta Azhar. Le hacker fixa quelques instants le Pakistanais, s'efforçant de toute évidence de faire coïncider l'image qu'il s'était forgée dans son esprit d'un kidnappeur d'enfant avec l'homme courtois debout devant lui.

— Ce serait cool de nous offrir une petite tasse de thé et des biscuits, par exemple, conclut Barbara.

— Mais vous vous prenez pour qui, enfin ? s'écria Bryan, consterné, en verrouillant sa porte d'entrée. Vous n'avez aucun droit d'être ici. J'ai déjà été trop sympa avec vous.

Barbara hocha la tête pensivement.

— Je sais. Mais vous oubliez un détail.

— Lequel ?

— Je suis la seule de vous tous à être clean. Vous pouvez visionner la totalité des vidéos de Dwayne, et il en a treize à la douzaine, vous n'en trouverez pas une qui m'implique dans l'affaire qui nous intéresse parce que je n'y ai jamais été mêlée. Tandis que vous autres… Vous êtes dans la mélasse jusqu'au cou, mes petits lapins.

— Y compris votre ami ici présent, fit remarquer Bryan en indiquant Azhar.

— Personne ne dit le contraire, mon pote. Maintenant, et cette tasse de thé ? Pour moi, sucre et lait. Azhar, seulement du sucre. Vous nous le préparez ou vous préférez que ce soit moi ?

Il les conduisit à l'autre bout de la galerie, là où sur un gigantesque écran « plasma » cinq donzelles mal fringuées gigotaient du popotin, se comparant à la photo d'un mannequin de défilé. Heureusement, le son avait été coupé, sans doute à leur arrivée. Devant le canapé en cuir souple avec vue imprenable sur la télé, sur une table basse design, le petit déjeuner était servi pour une personne : œufs brouillés, bacon, saucisse, tomate… Bref, la totale. L'estomac de Barbara se mit à gargouiller. Elle n'avait en tout et pour tout dans le ventre qu'une Pop-Tart et une tasse de café.

Bryan se dirigea vers le fond de la salle où se trouvait la cuisine, remplit une bouilloire électrique en inox de style high-tech, raccord avec les poignées des placards et les luminaires. D'un frigo grandiose – en acier inoxydable lui aussi – il tira une bouteille et versa du lait dans un pichet. Barbara lui lança qu'ils l'attendraient dans le jardin.

— Quelle journée magnifique… Un bol d'air frais, c'est salutaire. On ne trouve pas des jardins aussi beaux dans notre quartier, hein, Azhar ?

A mi-chemin entre le bassin aux nénuphars et la fontaine avaient été installés des bancs en granite derrière lesquels poussaient des touffes de fleurs multicolores savamment désordonnées. Barbara s'assit et invita Azhar à l'imiter. Dehors, Bryan n'avait sans doute pas installé de système d'enregistrement. Il ne devait jamais y recevoir ceux qui jouissaient des fruits de son labeur. Et de toute façon, ses clients ne venaient sûrement pas le voir à domicile. Mais prudence est mère de sûreté, n'est-ce pas ?

Bryan sortit à son tour, les bras chargés d'un plateau avec du thé… et les biscuits réclamés par Barbara. Il s'assit en face d'eux en posant son plateau sur un autre banc à côté de lui. Subodorant que son sens de l'hospitalité n'irait pas jusqu'à lui faire assurer le service, Barbara se leva pour distribuer les tasses, et en profita pour prendre plusieurs cookies. Merveilleusement moelleux, et au vrai beurre frais… Ce hacker, décidément, savait vivre.

Sauf qu'il ne connaissait pas les bonnes manières :

— Maintenant, vous avez votre thé. Qu'est-ce que vous voulez ? J'ai du travail.

— Ah, je pensais que vous regardiez la télé, répliqua Barbara.

— Je me fiche de ce que vous pensez. Qu'est-ce que vous voulez ?

— Vous embaucher.

— Je suis trop cher pour vous.

— Mettons qu'Azhar et moi fassions bourse commune... et que nous pensions avoir droit à une petite réduction, étant donné les circonstances.

— Quelles circonstances ?

— Comme si vous ne le saviez pas, répondit-elle la bouche pleine.

Ces cookies étaient trop bons pour venir du supermarché du coin. Il les avait sûrement achetés chez un pâtissier, conclut-elle en croquant dans une baie de cassis.

— Je vous rafraîchis la mémoire, reprit-elle comme il se taisait. Qu'est-ce qui se passera si je signale votre trombine à nos spécialistes de la cybercriminalité ? Comme si on n'en avait pas déjà assez jacté, d'ailleurs, mon vieux. Vous en avez pas ras-le-bol de rabâcher toujours les mêmes conneries ? Vous allez faire pour Azhar ce que vous avez fait pour Doughty : effacer tout ce qui pourrait l'incriminer. Ce ne sera pas commode, mais comme vous êtes un génie... Il va falloir falsifier des billets d'avion jusque dans le système informatique de la Met. Juste un détail dérisoire qui changera tout et lavera Azhar de tout soupçon de terrorisme. Vous trouvez qu'il ressemble à un terroriste, vous ?

— Qui sait à quoi ressemble un terroriste de nos jours quand la police demande aux citoyens d'inspecter les poubelles des voisins ?... Et puis, ce que vous demandez est impossible. Faire une intrusion dans le système de la Met... Savez-vous combien de temps il me faudrait ? En plus, il doit y avoir eu des sauvegardes sur des disques durs ou des clés USB. Pas seulement à la Met, d'ailleurs. Je pense à la compagnie aérienne. Il existe même des systèmes d'archivage qui conservent les données de façon définitive. Et pour finir, leurs logiciels sont d'une complexité inouïe parce qu'ils ont été tripatouillés par des centaines de personnes depuis leur création.

— Bon, je comprends votre affolement devant l'ampleur de la tâche. Mais nous n'avons pas besoin de tout ça, uniquement d'une minuscule altération sur les billets dans le système de la Met. La date d'achat et le changement de l'aller simple en aller-retour. Un point c'est tout. Il y en a un au nom d'Azhar et un deuxième au nom de Hadiyyah Upman...

— Puisque je vous dis que le système de la Met est une forteresse... De quel département il s'agit, d'ailleurs ?

— Le SO12.

— Alors ça, impossible. Vous rigolez.

— Pour vous, rien n'est impossible, nous le savons tous les deux. Mais pour vous échauffer un peu, nous vous demanderons de vous occuper de quelques relevés de compte bancaire. Fastoche pour un mec aussi doué que vous. Juste un petit changement, vous n'effacerez rien. Il faut faire baisser la somme qu'Azhar a versée à Doughty, que ça ait l'air raisonnable pour la rémunération d'un renseignement du genre « Je n'ai rien trouvé, j'ai laissé tomber, la piste s'arrête là ». *Comprendo ?* Ces deux trucs, la date d'achat sur les billets et la somme sur le relevé de banque. Ensuite on vous fiche la paix, plus ou moins.

— « Plus ou moins »... Traduction, s'il vous plaît ?

— A condition que vous nous confiiez vos sauvegardes pour une heure ou deux, aujourd'hui. On vous les rendra, n'ayez pas peur.

— Je ne sais pas de quoi vous parlez.

Barbara se tourna vers Azhar.

— Il nous prend pour des cons, mais ne nous vexons pas. Ces geeks sont tous les mêmes. Tous de mèche...

Puis se tournant de nouveau vers Smythe, elle enchaîna :

— Bryan, vous êtes un malin. Vous avez sauvegardé les données que vous avez effacées des fichiers de Doughty. Je suppose que vos sauvegardes sont en sécurité dans un coffre-fort à combinaison quelque part. Bon, je vais en avoir besoin pour une heure ou deux. Je vous promets de vous les rapporter. Et ne niez pas, ce n'est pas la peine.

Les yeux fuyants, il commença par se taire puis susurra :

— Il y en a combien encore comme vous ?

Azhar fit mine de se lever. Barbara l'arrêta en posant sa main sur son bras.

— Bryan, nous sommes ici pour…

— Non, je tiens à savoir. Combien d'autres flics pourris dans votre genre vont me tomber sur le poil si j'accepte de collaborer avec vous ? Et s'il vous plaît, vous ne me ferez pas croire que vous êtes le seul flic pourri. Vous n'agissez jamais seuls.

Barbara sentit le regard d'Azhar peser sur elle. Ce petit con avait mis dans le mille : elle était piquée au vif. Ce n'était pas la première fois qu'elle était accusée d'être corrompue, mais jusqu'ici cela n'avait jamais été vrai. Certes elle se salissait les mains, mais c'était pour la bonne cause. N'empêche, elle n'avait aucune envie d'aborder ce sujet avec cet individu.

— Après ce coup-ci, vous ne nous reverrez plus, déclara-t-elle.

— Et je dois vous croire ?

— Vous êtes bien obligé.

Elle attendit qu'il ait digéré cette information. Des oiseaux gazouillaient dans les cerisiers en fleur. Dans le bassin, la bouche gourmande d'un poisson rouge vint rider la surface de l'eau. Barbara reprit :

— J'ai une meilleure prise que vous, mon gars, je vous l'ai déjà dit, il me semble. Maintenant, faites ce qu'on vous demande et vous pourrez retourner à votre petit déjeuner et aux culs de ces dames.

— Une meilleure prise sur quoi ?

— Sur vous-savez-quoi. On se tient tous par là, avouons-le. Mais moi j'ai une meilleure prise. Vous êtes d'accord ? Maintenant, filez-nous ces sauvegardes.

— Et vous, vous allez filer direct chez Doughty.

— Tu l'as dit, bouffi.

Bow
Londres

— Vous en faites trop, Barbara…

Ce furent les premiers mots d'Azhar – qui n'avait pas ouvert la bouche chez Bryan Smythe –, une fois dans la voiture de Barbara et en route pour le bureau de Doughty. Il se prit le front entre les mains comme s'il essayait de contenir la douleur à l'intérieur de son crâne.

— Et maintenant, ça…

— Tenez bon, lui dit-elle en allumant une cigarette et en lui tendant le paquet. C'est parti ! Alors ce n'est pas le moment de craquer.

Il prit une cigarette, l'alluma, en tira une bouffée et avec une grimace la jeta par la fenêtre.

— Quand je vois ce que vous faites pour moi. A cause de mes erreurs. Et moi… Je suis resté là à jouer les potiches dans le jardin de ce type. Je me méprise.

— Ne nous égarons pas. Angelina a enlevé Hadiyyah. C'est elle qui a commencé.

— Vous croyez que cela compte ? Si notre expédition de ce matin vient à se savoir…

— Personne n'en saura rien. Les protagonistes de cette histoire ont tous trop à perdre. C'est une garantie.

— Je n'aurais jamais dû… Je ne peux pas… Il faut que je rassemble mon courage et que je dise la vérité.

— Et après ? Vous irez en prison et passerez votre temps à gueuler en italien « Me touche pas ou je te mords ! » ?

— Il faudrait d'abord qu'ils s'occupent de mon extradition…

— Et pendant ce temps, Angelina fera quoi ? Elle enverra Hadiyyah passer du bon temps avec son père qui a organisé son kidnapping et… ah oui !… a acheté deux allers simples pour le Pakistan pour lui et sa fille… ?

Il s'enferma de nouveau dans le silence. Elle lui jeta un coup d'œil. L'angoisse crispait son visage. Il reprit la parole d'une voix lointaine :

— La faute est mienne, entièrement. Même si Angelina s'est mal conduite, le premier péché, c'est moi qui l'ai commis. Je la voulais tellement.

Barbara crut qu'il parlait de la fillette à qui Angelina et lui avaient donné la vie. Aussi fut-elle étonnée en l'entendant enchaîner :

— Est-ce que c'est si mal que ça de vouloir coucher avec une ravissante jeune femme ? Une seule fois. Ou deux. Trois fois, peut-être. Après tout, Nafeeza était enceinte de nouveau et ne voulait plus que je la touche jusqu'à l'accouchement. Et moi, je suis un homme avec ses désirs, et elle est là, si charmante, si fragile… si anglaise.

— C'est humain, opina sans conviction Barbara.

— Quand je l'ai vue à cette table à la fac, j'ai pensé : Quelle jolie Anglaise. Dans la foulée, je me suis rappelé que pour les Orientaux comme moi, c'est vrai de toutes les Anglaises : elles ne sont pas comme les filles de chez nous, il suffit de voir leur façon de s'habiller. La chasteté, elles ne connaissent pas. Je l'ai abordée, je me suis assis à sa table, tout à fait conscient de ce que j'avais en tête. En revanche, je ne m'attendais pas à ce que mon désir persiste et augmente, ni à gâcher la vie des miens. A présent, c'est votre vie qui va être gâchée à cause de moi. Comment voulez-vous que je vive avec ça ?

— En vous disant que c'est ma décision. Encore une demi-heure et l'épreuve sera terminée. D'accord ? Bryan a été mis au pas, maintenant au tour de Doughty. Mais nous n'y parviendrons que si vous êtes persuadé d'être dans votre bon droit. Si vous entrez dans son bureau avec l'attitude du mec qui attend de comparaître au tribunal de Lucca, c'est plié pour nous. Pour moi autant que pour vous. Et je tiens à mon job.

Elle se gara le long du trottoir et laissa tourner le moteur de la Mini. Les cris et les éclats de voix dans la cour de récréation d'une école primaire toute proche leur parvenaient par les fenêtres ouvertes. Ils passèrent un moment à écouter ce bruit, puis Barbara coupa le moteur en disant :

— On est sur la même longueur d'onde, Azhar ?

Il ne répondit pas tout de suite. La présence sonore des écoliers lui rappelait sans doute son propre enfant, peut-être tous ses enfants. Il leva la tête et ferma les paupières.

— Oui. Entendu, déclara-t-il d'un ton catégorique.

Doughty n'était pas dans son bureau. Ils le trouvèrent dans celui d'à côté, celui d'Emily Cass. Celle-ci venait d'arriver, apparemment, puisqu'elle était en tenue de jogging, baskets et bandeau de transpiration. A première vue, Barbara eut l'impression que Doughty reniflait l'arôme des aisselles de son assistante car il était assis devant ses écrans d'ordinateurs et elle se tenait penchée de côté, le bras levé et tendu au-dessus de lui, afin d'atteindre une souris.

— Non, disait-elle. Selon l'ordi de l'hôtel…

Elle se redressa vivement en entendant la porte s'ouvrir. Doughty se tourna vers Barbara.

— Qu'est-ce que c'est, encore ? Vous n'avez pas appris à frapper ?

— Je ne pense pas que la politesse soit de mise entre nous, Dwayne.

— Allez attendre dans mon bureau. Et remerciez le ciel que je ne vous chasse pas tous les deux comme des malpropres.

Azhar intervint, d'une voix égale mais ferme :

— Nous n'attendrons pas. Il faut que l'on parle tous les quatre, ici ou où vous voudrez.

Doughty se leva.

— Vous avez oublié vos belles manières ? Je ne reçois d'ordre que de mes clients.

— Tu parles, Charles ! répliqua Barbara en tirant de sa poche les clés USB de Bryan, qu'elle agita au bout de ses doigts. Vous recevrez bien les ordres d'une personne qui se demande à quel département de la Met elle va apporter cette petite gâterie… Au fait, c'est un prêt de… Bryan.

Il se fit un grand silence. Pendant une minute, on n'entendit plus que le rideau de fer de la boutique en bas qui se relevait avec un bruit aussi fracassant qu'un pont-levis. Dans la rue, quelqu'un toussa, se racla la gorge et cracha. Emily fronça le nez. Manifestement, cette jeune femme désapprouvait les réalités crues de la vie. Parfait, se dit Barbara. Elle allait être servie.

— Alors, fit-elle tout haut. On discute ou on reste là à se zieuter en chiens de faïence ?

— Vous ne m'aurez pas au bluff, grommela Doughty.

— Appelez Bryan, si vous ne me croyez pas. Il a eu la même réaction que vous. Prêt à tout pour débarrasser son plancher de la flicaille.

— C'est vrai, ce qu'elle dit, intervint Emily Cass. Bon Dieu, Dwayne. Je ne sais pas pourquoi je marche dans tes plans. Pourquoi est-ce que je t'ai cru ? Tu parles que tu as la situation bien en main ! J'aurais dû me barrer d'ici avec mes cartons, bordel de merde !

Barbara trouvait plaisant que cet esprit délicat refuse, en plus, l'idée d'être emmenée au poste. Que fabriquait-elle à tremper dans les affaires louches dont se chargeait le détective privé ? Elle qui savait si bien usurper les identités des uns et des autres pour soutirer aux gens des informations… Les temps étaient durs, sans doute, elle avait peut-être eu le choix entre cette carrière peu reluisante et barmaid.

— Allons dans votre bureau, Dwayne, reprit Barbara. Mais cette fois, pas de vidéo. Si cela ne vous dérange pas. Vous venez aussi, Emily. Il y a plus de place à côté, plus de sièges au cas où certains auraient des vapeurs…

Emily passa la première, suivie de Doughty, qui mitrailla Barbara du regard et ignora totalement Azhar.

Une fois dans son bureau, Doughty débrancha sa caméra cachée, la rangea dans un tiroir et s'assit derrière sa table, comme s'il était le maître de la situation, ce qui ne manqua pas d'amuser Barbara. Alors que celle-ci s'asseyait, Emily se planta dos à la fenêtre. Azhar s'installa auprès de Barbara.

— Au cas où vous penseriez que Bryan ne vous a pas roulés dans la farine, ces clés USB ne vous mèneront nulle part.

— Ah oui ? On va voir ça. J'ai là-dedans tout ce qu'il me faut pour vous descendre en flammes, et pas seulement vous, Dwayne. Tout le monde. Mettons que c'est ma… « sauvegarde ». Il arrive que les gens aient besoin qu'on les encourage à coopérer. Je me demande quelle dose d'encouragement il va vous falloir.

— Pour faire quoi, exactement ?

— Pour nous remettre votre « sauvegarde » à vous.

— Vous rêvez !

— Et pour nous assurer que vous avez vu la lumière et qu'elle s'appelle Di Massimo, ajouta Barbara.

— Vous délirez ou quoi ? rétorqua le privé.

Emily Cass proposa :

— Ce serait peut-être une bonne idée d'écouter ce qu'elle a à dire…

— Ah oui ? Et tu trouves que c'est une bonne idée de lui avoir balancé Smythe ? Car je sais que c'est toi, elle ne pouvait pas le savoir autrement. Je ne suis quand même pas né de la dernière pluie !

— Bon, on n'est pas là pour laver notre linge sale, reprit Barbara. J'ai déjà perdu assez de temps avec vous, bande de zouaves. Maintenant, comme je…

— Allez vous faire foutre ! lui lança Dwayne. Que le professeur aille au diable.

Barbara se tourna vers Emily.

— Il est toujours aussi con ?

— C'est un homme, répondit Emily en haussant les épaules. Allez-y. Faites comme s'il n'était pas là.

— Je tiens à ce qu'il participe.

— Il participera, qu'il le veuille ou non.

Barbara interrogea Azhar :

— Comment Di Massimo a-t-il atterri dans ce merdier ?

— C'est Mr Doughty qui l'a trouvé, l'informa Azhar en récitant la réplique prévue d'avance pendant leur longue séance de préparation. Il a dit qu'on avait besoin d'un détective privé en Italie, qui parle l'anglais.

— Combien de fois avez-vous parlé à ce Mr Di Massimo ?

— Jamais.

— Combien de fois l'avez-vous contacté par mail ?

— Jamais.

— Comment a-t-il été payé ?

— Par Mr Doughty. Il lui a viré une somme que je lui avais fournie.

— En prélevant sa part, je parie ?

Doughty tressaillit.

— Vous m'accusez de… ?

— Du calme, Dwayne, l'interrompit Barbara. Vous avez sous-traité. Vous avez pris votre part. Ainsi va le monde.

Elle leva les clés USB et, s'adressant à Azhar, questionna :

— Que croyez-vous qu'elles vont révéler ?

— Les relevés des virements. De mon compte à celui de Mr Doughty à celui de Mr Di Massimo. Une correspondance électronique. Des relevés téléphoniques. Des relevés de carte bleue.

— En d'autres termes, pendant qu'en ce moment Michelangelo Di Massimo est en train de manger le morceau en Italie sur l'affaire du kidnapping de Hadiyyah, j'ai dans mes mains la preuve qu'il dit la vérité…

— En effet, Barbara, approuva Azhar.

Elle se tourna vers Doughty.

— C'est pourquoi je suis d'avis, dans l'intérêt de tous, dont le vôtre, Dwayne, de mettre en commun nos talents respectifs pour nous sortir de ce pétrin.

Il ouvrit la bouche pour protester, mais elle l'arrêta net :

— N'oubliez pas de tourner la langue sept fois dans votre bouche avant de répondre. La police tient non seulement Di Massimo, mais aussi un macchabée du nom de Squali. Dieu sait combien de cailloux il aura semés, celui-là. Alors, on colmate tous ensemble les brèches de cette galère, ou bien on coule en beauté…

Après un instant de réflexion, Doughty recula son fauteuil et ouvrit le tiroir où il gardait ses propres clés USB.

— Vous et vos putains de métaphores…

Victoria
Londres

Lynley hésitait à cerner son véritable sujet de préoccupation. Arrivé tôt au Yard à la demande d'Isabelle, il s'était fait alpaguer dans le couloir par John Stewart, qui avait déversé son fiel sur les tendances à l'insubordination de Barbara Havers. Ayant enfin réussi à s'en dépêtrer, Lynley attendait à présent Isabelle dans son bureau en songeant que dans le fond il n'avait pas vraiment saisi ce qu'insinuait Stewart à propos de Barbara.

Son inattention portait un nom : Daidre Trahair. Ils avaient partagé un délicieux dîner en tête à tête à son hôtel, et la conversation avait roulé merveilleusement jusqu'au moment où il s'était décidé à l'interroger :

« Qui est ce Mark à qui vous parliez au téléphone quand je suis arrivé tout à l'heure dans le bar à vin ? »

Une fois remise de son étonnement, elle lui avait expliqué que Mark était son avocat à Bristol. Il s'occupait de son contrat avec le zoo de Londres, car, disait-elle, elle était nulle pour toutes ces finasseries juridiques.

« Pourquoi voulez-vous savoir ? » avait-elle demandé.

Tout le problème était là. Depuis l'époque où il faisait la cour à Helen, il n'avait pas été aussi obnubilé par une femme. Le plus étrange, c'était que Daidre n'était pas du tout comme Helen. Qu'est-ce que cela pouvait bien signifier ? Etait-il en train de tomber amoureux ou cherchait-il seulement à éveiller chez Daidre des sentiments tendres pour lui ?

Il lui avait répondu :

« C'est une bonne question à laquelle je m'efforce justement de répondre... sans grand succès.

— Ah.

— Oui. Comme vous, je suis hésitant.

— Je crois qu'il vaut mieux que je n'en sache pas plus.

— Comme je vous comprends ! »

Après le dîner, elle l'avait raccompagné à la porte de l'hôtel – un grand établissement appartenant à une chaîne américaine, où les allées et venues de la nombreuse clientèle passaient inaperçues du personnel. Personne ne se rendrait compte, par exemple, si un visiteur montait dans une chambre, à moins qu'il ne s'avère nécessaire par la suite de consulter les enregistrements de vidéosurveillance. A cet instant, il en avait été intensément conscient et une soudaine urgence l'avait poussé vers la rue, soulagé de s'en aller intact. Qu'est-ce que cela signifiait ? Ce désir impérieux de se dégager. Qu'est-ce qui ne tournait pas rond chez lui ?

Elle était sortie avec lui dans la nuit. L'air avait une douceur inhabituelle.

« Merci pour cette belle soirée, avait-elle dit.

— Me tiendrez-vous au courant de votre décision pour ce poste ?

— Bien sûr. »

Ils se dévisagèrent quelques secondes et, tout naturellement, s'embrassèrent. Il enroula autour de ses doigts une mèche blonde qui s'était échappée de sa barrette. Elle prit ses doigts dans les siens et les serra légèrement en déclarant :

« Vous êtes un homme merveilleux, Thomas. Je serais stupide de ne pas le reconnaître. »

Il avait posé sa main sur sa joue, qui était devenue brûlante sous la pression de sa paume, avait de nouveau pris ses lèvres et avait respiré son odeur, si différente du parfum aux notes d'agrumes de Helen – sans doute une bonne chose.

« Téléphonez-moi, lui avait-il dit.

— Ça va devenir une habitude.

— Je m'en réjouis, Daidre. »

Sur ses paroles, il l'avait quittée.

Dans son esprit, il n'était pas question qu'il monte dans sa chambre. Et c'était cela même qui l'intriguait…

— Vous m'écoutez, Tommy ? lui lança Isabelle. Si oui, j'aimerais bien vous voir hocher la tête ou manifester quelque chose au moins.

— Désolé. Je me suis couché tard et je n'ai pas bu assez de café ce matin.

— Voulez-vous que je demande à Dee de vous en apporter ?

Il fit signe que non.

— John m'a coincé dans le couloir à mon arrivée... Quelle idée d'avoir collé Barbara dans son équipe, Isabelle...

— Cela n'a pas duré longtemps. Elle n'en est pas morte, que je sache.

— Il la hait...

— J'espère que vous n'allez pas me dire comment diriger ce département. Cela m'étonnerait que vous ayez osé avec le commissaire Webberly.

— Détrompez-vous.

— Alors, cet homme est un saint.

A cet instant, Barbara Havers débarqua, ou plutôt entra en trombe dans le bureau. Elle avait l'air affairé et sérieux d'un sergent de Scotland Yard au travail, hormis sa tenue, qui semblait à la mode d'une époque dont l'humanité avait perdu jusqu'au souvenir. Elle avait cette fois omis les socquettes avec un motif de petits gâteaux, avantageusement remplacés par les Pierrafeu. Au moins ces personnages étaient-ils raccord avec son tee-shirt affichant un squelette de tyrannosaure.

— Excusez le retard. Les embouteillages. Il a aussi fallu que je m'arrête pour prendre de l'essence... Mais j'ai pas mal avancé. Tout indique que Di Massimo cherche à faire accuser Doughty de ce qu'il a commis lui-même. Il sait que nous allons trouver une tonne de correspondances entre lui et le détective. Comme il n'y a pas eu de demande de rançon, il est persuadé qu'on va gober tout ce qu'il voudra nous faire croire. Mais son lien avec Squali, c'est ce qui causera sa perte. Il nous dit des demi-vérités en pensant que, s'il nous embrouille suffisamment, personne n'ira lui chercher noise...

— Vous nous jouez quoi, là, Barbara ? la coupa Isabelle Ardery.

Lynley se contenta de remarquer que le sergent avait le visage très rouge. Etait-ce parce qu'elle avait couru, ou était-elle troublée par son propre récit ?

— Doughty a engagé Di Massimo pour remonter la piste d'Angelina et de Hadiyyah à partir de l'aéroport de Pise. Il n'a pas communiqué cette information à Azhar pour la simple raison qu'il ignorait où cette piste le mènerait. Di Massimo avait reçu l'ordre de tout entreprendre pour retrouver la mère et la fille, car le père était prêt à payer ce qu'il fallait. Di Massimo n'a pas tardé à les localiser... chez Lorenzo Mura, membre d'une vieille famille fortunée... Il y avait plus d'argent à se faire en la kidnappant puis en réclamant une rançon. Il a donc engagé Squali pour l'enlever. Entre-temps, il avait menti à Doughty en prétendant ne pas pouvoir les retrouver. D'ailleurs, on tient la preuve que toute correspondance entre Di Massimo et Doughty s'est arrêtée au moment où il a rendu son rapport...

— A quelle date ?
— Le 5 décembre.
— Quelles sont ces preuves, Barbara ? s'enquit doucement Lynley.

Le rouge remonta aux joues de Barbara. Sans doute ne s'était-elle pas attendue à le trouver assis dans le bureau de la chef. Elle devait effectuer quelques ajustements dans son argumentation. Lynley espérait qu'ils iraient dans le bon sens.

— Ma source est Doughty, monsieur. Il est en train d'imprimer ses archives et il ira les poster à l'enquêteur en Italie une fois qu'on lui aura transmis son nom. Il va falloir traduire tout ça, bien sûr, mais ils auront quelqu'un là-bas sans doute...

Elle fit un bruit de gorge, comme si elle avait du mal à avaler, puis se tourna de nouveau vers Isabelle Ardery.

— Ce qui reste énigmatique, c'est la question de la rançon.

— Il n'y a pas eu de demande de rançon… commença Isabelle.

— C'est bien ce qui m'embête, opina Barbara. Di Massimo s'y est sans doute pris à l'italienne. Je vous rappelle que dans ce pays le kidnapping a une longue histoire. Parfois la demande de rançon est rapide, d'autres fois ils attendent des mois que la famille soit tellement malade d'inquiétude qu'elle est prête à tout accepter. Souvenez-vous du pauvre fils Getty…

— Je doute fort que les Mura soient, et de loin, aussi riches que les Getty, fit observer Lynley.

— C'est vrai. Mais ce que je veux dire, c'est que Di Massimo avait la situation en main et on ignore ce qu'il voulait vraiment. Etait-ce de l'argent ? Des terres ? Des actions ? Du piston parce qu'il voulait entrer en politique ? Qui sait ? Et que sait-on des Mura, monsieur ? Que sait Di Massimo que pour notre part nous ignorons ?

— Vous ne faites que vous livrer à des extrapolations, répliqua Lynley d'un ton sec.

Du coin de l'œil, il vit qu'Isabelle lui jetait un regard surpris.

— Je pense la même chose, dit-elle à Barbara.

— D'accord, mais ne devons-nous pas transmettre toutes nos informations à ce type en Italie… C'est quoi son nom, monsieur ?

— Salvatore Lo Bianco. Mais il a été remplacé. Je n'ai aucune idée du nom de son successeur.

— Bon, rien qui ne puisse se régler par un coup de téléphone. A mon avis, notre rôle dans cette affaire est terminé.

Lynley espérait encore que Barbara évoquerait devant Isabelle Ardery toutes ces fameuses informations qu'elle comptait prétendument coucher noir sur blanc pour la police italienne. En haut de la liste figuraient les billets d'avion pour le Pakistan, des allers simples, qui plus est. Son oubli volontaire à leur sujet provoquait chez lui une sourde angoisse, la sensation que sa poitrine était écrasée par une palette de briques.

— Autant qu'on peut en juger, aucun délit n'a été commis sur le territoire du Royaume-Uni, chef, affirma Barbara.

— Bien, fit Isabelle. Vous préciserez ça dans votre rapport, sergent. Je veux le trouver sur mon bureau pas plus tard que demain.

Barbara resta un moment silencieuse, attendant la suite. Comme rien ne venait, elle s'étonna :

— C'est tout ?

— Pour l'instant. Merci.

De toute évidence, Isabelle Ardery lui donnait congé... et conservait Lynley auprès d'elle. Non sans avoir jeté un regard lourd de sous-entendus en direction de l'inspecteur, Barbara sortit du bureau de la commissaire.

Une fois la porte refermée, Isabelle se leva et se mit à sa fenêtre. Le soleil faisait scintiller les toits, les cimes des arbres et au loin les pelouses de Saint James Park. Lynley attendit. Si elle ne l'avait pas renvoyé avec Havers, c'était qu'elle avait quelque chose à lui dire.

Finalement, elle sortit un dossier cartonné beige d'un classeur et revint s'asseoir à son bureau. Elle lui tendit le dossier sans un mot. A son expression, à ses traits durs et à son regard attristé, Lynley devina que ce qu'il y avait dedans n'allait pas lui faire plaisir.

Chaussant ses lunettes, il ouvrit le dossier. Des documents relatifs au contrôle de l'action du personnel, en l'occurrence le sergent Barbara Havers, dont les actes, apparemment, présentaient plus d'un dérapage. Ce rapport énumérait les incartades et autres peccadilles commises par Barbara depuis les premiers jours de son enrôlement dans l'équipe de l'inspecteur John Stewart. Même après qu'Isabelle l'eut assignée à une autre mission sous sa propre supervision, Stewart avait continué à la surveiller. Dès qu'elle quittait Victoria Street, elle était filée par deux constables. Il était allé jusqu'à vérifier si ce qu'elle racontait sur sa mère en maison de retraite était véridique. Il avait identifié toutes les personnes qu'elle avait rencontrées : Mitchell Corsico, la famille de Taymullah Azhar, Dwayne Doughty, Emily Cass, Bryan Smythe. Lynley se fit la remarque que le grand absent était le SO12 et que les billets pour le Pakistan n'étaient pas mentionnés. Peut-être parce que Barbara avait mené cette partie de son enquête en sous-main entre les murs de la Met. Ou bien John Stewart gardait-il cette carte dans sa manche, au cas où Isabelle déciderait de ne pas la sanctionner.

Lynley rendit le dossier à la commissaire comme s'il était poisseux et lui collait aux doigts.

— Vous et moi savons qu'un jour ou l'autre il faudra que vous interveniez. Il se sert de ses hommes pour mener une enquête personnelle sur un de ses officiers… C'est tout bonnement scandaleux, et vous le savez aussi bien que moi, Isabelle. Il n'y a rien là-dedans qui indique que Barbara n'a pas exécuté les ordres qu'il lui avait donnés. Qu'est-ce que ça peut lui faire qu'elle se soit chargée d'un travail supplémentaire ?

Elle le dévisagea de cet air qu'il connaissait bien. Après une longue pause, elle se borna à prononcer :

— Tommy.

Il détourna les yeux en songeant qu'il aurait préféré ne pas entendre ce qu'elle avait à lui dire.

— Vous savez bien que là n'est pas la question. Et on se fiche des détails concernant le lieu et l'heure... La petite séance que nous venons d'avoir tous les trois illustre bien mon propos. Dans notre métier, le mensonge par omission est interdit, un point c'est tout.

— Qu'allez-vous faire ?

— Mon devoir.

Il se retint de justesse de la supplier de fermer les yeux, ce qui prouvait à quel point, entraîné par les foucades de Barbara, il s'était engagé sur une voie dangereuse.

— M'accordez-vous encore quelques jours ? Le temps de débrouiller la situation ?

— Vous croyez qu'il reste quelque chose à débrouiller à ce stade ? Pensez-vous qu'il en sortira des arguments pour le disculper ?

— Sans doute pas, mais je voudrais quand même essayer.

Elle ramassa le dossier, en tapota la tranche contre le bois de la table puis le lui tendit en disant :

— Très bien. Ceci est votre exemplaire. Faites comme bon vous semble.

South Hackney
Londres

Me voilà pris au piège, se dit Thomas Lynley en songeant à ce que les autres attendaient de lui. Entre la colère et le chagrin, il se demanda sous quel jour sa coéquipière de longue date pouvait bien le voir... Elle s'attendait bien sûr à ce qu'il tienne sa langue et lui manifeste sa solidarité, quels que soient les écarts qu'elle se permettait. En un mot, elle comptait sur son amitié. Cette pression qu'elle exerçait sur lui l'exaspérait d'autant plus que c'était lui qui l'avait formée, dès les premières enquêtes, à sortir des sentiers battus et à faire fi des conventions. Derrière l'image déshonorante pour la profession que projetait aujourd'hui Barbara, il y avait celle de l'inspecteur Lynley.

Comme il avait besoin de réfléchir et d'examiner la situation sous tous les angles, chose impossible debout devant la porte du bureau d'Isabelle Ardery, il descendit dans le parking du sous-sol, en évitant soigneusement le regard des gens qu'il croisait, et monta dans sa Healey Elliott. Il commença par lire tout ce que contenait le dossier en s'efforçant de deviner les véritables intentions de l'inspecteur Stewart au-delà de ce que ces documents démontraient, à savoir que Barbara n'en faisait jamais qu'à sa tête et que rien ne l'arrêtait quand elle s'était fixé un but.

D'emblée, dans l'affaire du kidnapping de Hadiyyah en Italie, Barbara avait déraillé en tuyautant Mitchell Corsico afin de forcer la main à Isabelle pour la simple raison qu'elle voulait à tout prix être envoyée dans la péninsule en qualité d'enquêtrice. Qu'est-ce que cela révélait sur Barbara ? Qu'elle aimait Hadiyyah ? Qu'elle aimait Azhar ? Ou, éventualité atroce, qu'elle avait participé à l'enlèvement de l'enfant pour une raison qui, pour le moment en tout cas, lui paraissait obscure ? Et comment expliquer qu'en la présence de leur chef elle ait passé sous silence ces billets pour le Pakistan ? Si elle protégeait ainsi Azhar, c'était qu'il avait *besoin* d'être protégé. Mais ne pouvait-on pas aussi l'accuser lui-même, l'inspecteur Thomas Lynley, de n'avoir pas parlé à Isabelle de ces billets et de couvrir le sergent Havers ?

Remettant la question à plus tard, il se replongea dans le dossier. Un autre détail d'importance omis par Barbara lors de leur séance chez la commissaire était sa visite à un certain Bryan Smythe habitant South Hackney. Le document fournissait une adresse, la durée de la visite, et précisait qu'elle était ensuite allée tout droit chez Dwayne Doughty à Bow. Lynley décida que le premier endroit où il devait se rendre était logiquement chez le dénommé Bryan Smythe. Mais il devait bien s'avouer à lui-même que la perspective d'entamer une action qui risquait d'aboutir au renvoi de Barbara de la Met lui sapait non seulement le moral, mais jusqu'à ses forces physiques. Il lui fallut faire un effort surhumain pour insérer la clé de contact de la Healey Elliott. Comment en étaient-ils arrivés là ? se demanda-t-il. Barbara, qu'est-ce que vous avez fait ?

La réponse à cette question étant un crève-cœur, il démarra et prit le chemin de South Hackney, s'évadant de ses noires pensées en écoutant une émission sur Radio 4 où des célébrités se livraient à de malicieuses joutes oratoires ; un pâle substitut du vide total qu'il appelait de ses vœux, mais c'était mieux que rien.

Il trouva la rue de Bryan Smythe sans difficulté. Elle était insalubre au possible. Pas vraiment le genre de coin où on a envie de laisser sans surveillance une superbe voiture de collection comme la Healey Elliott, mais il n'avait pas le choix. Il se gara devant la porte et se fia à sa bonne étoile.

D'après ce qu'il avait pu imaginer à la lecture du dossier de Stewart, la visite de Barbara à ce Bryan Smythe devait être liée au reste. Sinon, pourquoi aurait-elle ensuite filé tout droit chez le privé ? Derrière cette façade misérable, il s'attendait à trouver, si le bonhomme acceptait de lui ouvrir, un dur à cuir qu'il aurait toutes les peines du monde à obliger à parler.

Smythe l'étonna par son physique quelconque, hormis une quantité impressionnante de pellicules. Lynley n'avait rien vu de tel depuis Eton et le prof affublé du sobriquet à rallonges « Treadaway-sous-la-Neige ».

Il lui montra sa plaque et se présenta. Smythe regarda plusieurs fois tour à tour l'insigne de Lynley et son visage, sans desserrer les dents. Puis il porta les yeux par-dessus l'épaule de l'inspecteur, dans la rue. Lynley insista en disant qu'il avait à lui parler. Smythe rétorqua alors qu'il était occupé, mais sa voix trahissait... de la colère ?

— Ce ne sera pas long, Mr Smythe. Puis-je entrer... ?

Il aurait été naturel qu'il réponde : « Non, vous ne pouvez pas » et qu'il lui claque la porte au nez afin de téléphoner à son avocat. Ou qu'il rétorque : « C'est à quel sujet ? » Après tout, aucun événement fâcheux ne semblait s'être produit dans son quartier et voilà qu'il trouvait un enquêteur de Scotland Yard sur le pas de la porte pour l'interroger... Mais aucune de ces phrases ne vint à la bouche de Smythe, qui, ainsi que tous les coupables, ne pensait jamais aux répliques que produirait une personne innocente.

Smythe fit un signe de tête impatient invitant Lynley à entrer. Lynley passa en revue les peintures abstraites à la Rothko qui ornaient les murs et les divers objets d'art exposés çà et là en se disant que ce n'était pas le genre de décor auquel on s'attendait dans ce quartier. Certes, une partie de South Hackney était en passe de devenir festive, jeune et branchée, mais là, c'était un peu excessif. Il avait abattu les murs entre les maisons de toute la rangée sans toucher aux façades, un tour de force d'architecte qui avait dû coûter une fortune...

D'où pouvait bien provenir tout cet argent ?

— Votre nom, Mr Smythe, a été cité dans une investigation sur l'enlèvement d'un enfant en Italie...

— Première fois que j'en entends parler, riposta l'autre d'un ton catégorique.

Lynley constata que sa pomme d'Adam remuait : signe de nervosité ?

— Vous ne lisez pas les journaux ?

— De temps en temps. Pas récemment, j'ai été trop occupé.

— A quoi ?

— C'est confidentiel.

— Connaissez-vous un dénommé Dwayne Doughty ?

Smythe répondit par un silence et regarda autour de lui comme s'il cherchait à attirer l'attention de Lynley sur autre chose, une sculpture, par exemple. Il devait se mordre les doigts de lui avoir permis d'entrer rien que pour montrer qu'il n'avait rien à se reprocher...

— Mr Doughty est mêlé à cet enlèvement. Vous avez des liens avec ce monsieur. Etant donné que vos activités professionnelles sont manifestement rémunératrices, dit Lynley avec un geste circulaire, j'en déduis qu'elles violent aussi un certain nombre de lois.

Contre toute attente, au lieu de protester, Smythe grommela :

— Oh non, c'est pas possible, Dieu du ciel...

Lynley haussa un sourcil interrogateur. Cet appel au Très-Haut était incongru.

— Je ne sais pas qui vous êtes, déclara Smythe, mais sachez que je ne verse aucun pot-de-vin aux flics, quoi que vous pensiez.

— C'est bon à savoir. Mais je ne suis pas ici pour me faire graisser la patte et votre réponse ne m'éclaire pas sur vos rapports avec Mr Doughty, même si cela me conforte dans l'idée que vous êtes engagé dans quelque chose d'illégal.

Smythe jugea apparemment que ces paroles devaient être soumises à une longue réflexion.

— Elle vous a donné mon nom ? finit-il par lancer.
— Qui ?
— On sait tous les deux de qui il s'agit. Vous êtes de Scotland Yard. Comme elle. Je ne suis pas idiot.

Non, pas complètement, songea Lynley en se disant qu'il devait sûrement parler de Havers.

— Ce que je sais, Mr Smythe, c'est qu'un sergent est passé vous voir avant de se rendre chez Dwayne Doughty, qui a été impliqué dans une enquête concernant un kidnapping. Il a été dénoncé par un homme inculpé en Italie. J'ai pour mission d'enquêter sur le tandem Smythe-Doughty et de déterminer s'il y a un lien avec notre affaire. Alors de deux choses l'une : vous me laissez arriver à mes propres conclusions ou vous éclairez ma lanterne. Franchement, pour l'instant, je suis dans le noir...

Comme Smythe prenait un air content de lui, Lynley s'empressa d'ajouter :

— Je vous conseille de choisir la deuxième solution si vous ne voulez pas que je dise à mon patron qu'il va nous falloir mener une enquête plus fouillée...
— Je vous répète que je travaille de temps à autre pour Doughty.
— Si je pouvais me faire une idée...
— Je traite des données.
— Quel genre ?

— Confidentielles, je vous dis. Il est détective privé. Il mène des enquêtes sur des gens. D'une certaine façon, je les suis à la trace dans le cyberespace. Je dessine des cartes…

— Ah, l'Internet.

— Je ne dévoilerai rien de plus. Secret professionnel.

— Ou confessionnel… Vous êtes un peu comme un prêtre, fit observer Lynley.

— L'analogie n'est pas mauvaise.

— Et Barbara Havers ? Vous êtes aussi son confesseur ?

Smythe parut perplexe devant le tour que prenait la conversation.

— Quoi ? Je suppose que c'est la fliquesse qui est venue me voir avant d'aller trouver Doughty. Vous connaissez déjà la réponse. Quant à ce que je lui ai dit et à ce qui l'a amenée ici… Il faut bien que je respecte la clause de confidentialité, inspecteur…

— Thomas Lynley.

— Inspecteur Lynley. C'est une condition sine qua non. Sinon, je n'ai plus qu'à mettre la clé sous la porte. Je n'ai plus de gagne-pain. Vous pouvez comprendre ça, non ? Un peu comme vous, quand on y réfléchit.

— Ce que vous lui avez dit m'intéresse peu, Mr Smythe. Pas pour le moment, en tout cas. Je voudrais savoir en revanche pourquoi elle tenait tant à vous voir.

— A cause de Doughty.

— C'est lui qui l'a envoyée chez vous ?

— Pas vraiment.

— Elle est donc venue d'elle-même pour se renseigner sur votre petite affaire avec Doughty. On tourne en rond, je dirais. Voyez-vous, vos informations confidentielles semblent rapporter gros. D'après ce que je vois, vous pourriez avoir des démêlés avec la justice...

— Vous tournez en rond, en effet.

— C'est ce que je vous dis. Mais votre monde, Mr Smythe, est sur le point de basculer dramatiquement. Contrairement à Barbara Havers, je ne suis pas ici de mon propre chef. On m'a envoyé. Vous êtes assez malin pour remplir les blancs. Vous êtes dans le collimateur de la Met. Ça ne va pas vous plaire. Pour me servir d'une comparaison qui me semble appropriée : dès que le vent va se lever, votre château de cartes ne mettra pas longtemps à s'écrouler.

— Vous enquêtez sur elle, c'est ça ?... articula l'autre lentement. Pas sur moi, ni sur Doughty, mais sur elle !

Lynley répondit par un silence.

— Alors si je vous...

— Je ne suis pas ici pour passer un marché, le coupa Lynley.

— Dans ces conditions, je ne vois pas...

— Faites comme bon vous semble.

— Qu'est-ce que vous voulez, enfin ?

— La vérité pure et simple.

— Pas simple.

Lynley sourit.

— Très rarement pure et jamais simple, pour citer Oscar Wilde... Bon, je vais vous expliquer comment vous y prendre. Pour reprendre vos propres paroles, vous tracez des pistes et vous dessinez des « cartes » pour le compte de Dwayne Doughty et sans doute pour d'autres personnes. Comme cela vous rapporte des sommes colossales, je suppose que vous pouvez tout aussi bien effacer ces pistes et ces cartes, un service que vous facturez beaucoup plus cher. La présence chez vous de Barbara Havers, qui a omis un bon nombre de détails dans les rapports qu'elle m'a rendus, m'incite à penser qu'elle vous emploie à falsifier des données qui la concernent. Je souhaiterais que vous me le confirmiez. Un petit oui de la tête suffira.

— Ou ?
— Ou ?
— Il y a toujours un « ou », grogna Smythe. Bon Dieu, allez-y une bonne fois pour toutes.
— J'ai évoqué le vent, je crois que c'est suffisant.
— Qu'est-ce que vous voulez à la fin, merde ?
— Je ne vous…
— Non ! Non ! Vous autres, vous voulez toujours plus. D'abord, elle. J'ai coopéré. Puis elle et lui. J'ai coopéré. Maintenant vous… Ça va se terminer quand, cette mascarade ?
— « Lui » ?
— Le Pakistanais, d'accord ? D'abord elle s'est pointée seule, puis elle est venue avec lui. Et vous maintenant… C'est qui, le prochain ? Le Premier ministre ?
— Elle est venue vous voir avec Azhar…

Cette précision ne figurait pas dans le rapport. Comment John Stewart avait-il loupé cet événement ?

— Ben oui, elle était là avec lui.
— Quand ça ?
— Ce matin.
— Qu'est-ce qu'elle voulait ?
— Mes fichiers de sauvegarde. Tous, tout mon travail.
— C'est tout ?

Smythe détourna les yeux et se dirigea vers le grand tableau rouge avec en bas une bande bleue horizontale qui bavait imperceptiblement pour former une lisière violette vaporeuse. Il le contempla amoureusement, comme s'il imaginait soudain ce qu'il risquait d'advenir une fois les agents de la Met lâchés chez lui.

— Encore une fois, dit-il en s'adressant plus à la toile qu'à Lynley, elle m'a proposé de louer mes services. Pour un seul coup.

— C'est-à-dire ?

— C'est compliqué. Je n'ai encore rien fait... même pas commencé.

— Par conséquent, m'en parler ne devrait susciter chez vous aucun dilemme moral.

Smythe continua à scruter la peinture. Lynley se demanda ce qu'il pouvait bien y voir, ce que quiconque pouvait d'ailleurs y voir. Finalement, Smythe débita dans un soupir :

— Falsifier des relevés bancaires et téléphoniques. Changer une date.

— Sur quoi ?

— Des billets d'avion. Deux billets d'avion.

— Pas les faire disparaître ?

— Non, juste changer la date et transformer des allers simples en allers-retours.

Voilà qui expliquait pourquoi Barbara avait passé sous silence ces billets pour le Pakistan qu'avaient repérés les gars du SO12. Ces changements laveraient Azhar de tout soupçon, surtout s'ils concernaient la date d'achat.

— La date d'achat ou la date du vol ?

Lynley connaissait d'avance la réponse.

— D'achat.

— Devez-vous falsifier les données dans le système de la compagnie aérienne ?

— Non. Dans celui du SO12.

South Hackney
Londres

Lynley avait cessé de fumer bien avant son mariage avec Helen, pourtant, alors même qu'il soupesait la clé de la Healey Elliott au creux de sa paume, il aurait été capable d'allonger quelques billets pour une simple cigarette. Surtout pour avoir quelque chose à faire avec ses mains. Il monta dans sa voiture, baissa la vitre et contempla la rue londonienne sans la voir.

Il comprenait à présent non seulement pourquoi Barbara s'était présentée en retard ce matin, mais aussi pourquoi la visite à Smythe en compagnie de Taymullah Azhar ne figurait pas dans le rapport de John Stewart : elle avait eu lieu le matin même, après la remise dudit rapport. Mais, bien sûr, elle ne perdait rien pour attendre. Stewart choisirait le moment opportun pour en informer Isabelle. Quand ? C'était à voir. Et que pouvait-il faire, lui, Lynley ? En tout cas, pas l'arrêter. Rien n'arrêterait Stewart. Il allait lui falloir préparer le terrain afin qu'Isabelle ne réagisse pas trop mal.

Il pouvait inventer quelque chose qui expliquerait la visite ou bien tout raconter à Isabelle et laisser les événements suivre leur cours. Il avait réclamé du temps pour débrouiller l'affaire, mais à ce stade à quoi servirait son intervention ? Bien qu'il se targuât d'avoir réussi à empêcher Smythe de tripatouiller dans le système informatique du SO12, si tant est que le hacker puisse parvenir à s'y introduire sans se faire repérer, ce qui n'était pas certain. Mais au moins Barbara n'aurait pas cette casserole à traîner. Quant au reste… A vrai dire, il ignorait à quel point elle s'était compromise. Il n'y avait qu'une seule façon de le découvrir, et cela lui répugnait.

Comme il n'avait jamais été du genre à se défiler, il était sidéré par sa propre lâcheté. Sans doute reculait-il devant une confrontation avec celle qui était depuis si longtemps sa coéquipière. Alors que tout indiquait qu'elle avait mal tourné, il était persuadé qu'au fond, en dépit de tout, elle avait un cœur d'or. Mais lui, jusqu'où pouvait-il aller et comment pouvait-il l'aider ?

Lucca
Toscane

Dépossédé de l'enquête sur le kidnapping, Salvatore se sentait aussi perdu qu'un bateau loin de son port d'attache. Chaque matin, il longeait les murs pour ne pas attirer l'attention de Nicodemo et de ses hommes dans la salle de réunion, pauvre enquêteur déchu s'efforçant d'attraper au vol un mot par-ci, une phrase par-là, des bribes lui permettant de se tenir au courant. Tant mieux si l'enfant était de retour chez ses parents saine et sauve. Mais certains éléments nécessitaient encore d'être élucidés. Hélas, Nicodemo Triglia n'était pas à la hauteur de la tâche.

Le cinquième jour de ce manège, il se trouva qu'il croisa le regard d'Ottavia Schwartz. Il continua son chemin, mais eut l'agréable surprise, quelques minutes plus tard, de recevoir sa visite.

— *Merda!* On n'arrive à rien, gémit la jeune femme.

Tenu par un sentiment de solidarité professionnelle avec Nicodemo, il marmonna :

— Il faut se donner plus de temps, Ottavia…

Elle émit un bruit, l'air de dire : « Comme vous voudrez », puis elle lui jeta en pâture un nom :

— *Daniele Bruno, ispettore.*

— Le rendez-vous de Lorenzo au Parco Fluviale...
— *Sì*. Une famille très fortunée.
— Les Bruno ? Mais pas une vieille famille, c'est cela ?

Il voulait dire par là que ce n'était pas une de ces grandes familles à la gloire séculaire.

— C'est l'arrière-grand-père qui a bâti leur fortune, au XXe siècle. Ils sont cinq arrière-petits-fils et travaillent tous dans l'entreprise familiale. Daniele est responsable des ventes.
— Des ventes de quoi ?
— Ils fabriquent du matériel médical. Ils en vendent beaucoup, apparemment.
— Ah bon ?
— Ils ont une immense propriété dans les environs de Camaiore. Un enclos comprenant plusieurs maisons derrière de hauts murs. Tous les cinq sont mariés et pères de famille. Daniele a trois enfants. Sa femme est *assistente di volo* sur un vol Pise-Londres.

A l'évocation de Londres, Salvatore eut comme un sursaut d'espoir. Un nouvel élément peut-être ? Il demanda à Ottavia si elle pouvait se renseigner sur cette hôtesse de l'air, dans la plus grande discrétion, bien sûr.
— *Puoi farlo, Ottavia?*
— *Certo*, répondit-elle, vexée qu'il doute d'elle.

Peu après son départ, Salvatore reçut un appel de l'inspecteur Lynley. Ce dernier s'excusa de ne pas encore connaître le nom de celui qui avait repris l'enquête et le pria de bien vouloir transmettre certaines nouvelles informations à qui de droit... Salvatore comprit à demi-mot que le policier anglais tenait à le tenir au courant de l'affaire. Il joua le jeu en assurant à Lynley qu'il s'empresserait de faire part à Nicodemo de ce que Lynley souhaitait qu'il lui dise.

— *Non è tanto*, répliqua Lynley.

Le détective privé londonien nommé par Di Massimo maintenait que, pour retrouver la fillette, il avait engagé un Italien qui avait déclaré ne pas avoir pu remonter la piste plus loin que l'aéroport de Pise.

— Il prétend que la suite a relevé uniquement de l'initiative de Di Massimo. Doughty, c'est son nom, n'a soi-disant aucune idée de ce qui s'est passé ensuite, et on n'a rien qui prouve le contraire.

— Comment est-ce possible ?

— On a ici à Londres un pirate informatique, Salvatore. Il est probable qu'il ait effacé toutes les traces de correspondances et de conversations entre eux. Les données supprimées sont pour l'heure Dieu sait où dans le cyberespace et il faudrait un temps fou pour les récupérer. A mon avis, tout dépend de vous, Salvatore, et vos conclusions devront être étayées par des preuves solides.

— *Chiaro. Grazie, ispettore*. Mais ce n'est plus entre mes mains.

— Mais c'est encore dans vos pensées et dans votre cœur.

— *Vero*.

— Bon, je vous tiendrai informé. Et de votre côté, transmettez ces éléments à Nicodemo… quand vous le jugerez utile.

Salvatore sourit. Il aimait bien l'inspecteur Lynley. Il lui communiqua ce qu'il avait appris sur Daniele Bruno : son épouse était hôtesse de l'air sur les vols Gatwick-Pise.

— Cela vaut la peine de se renseigner, approuva Lynley. Donnez-moi son nom, je vais voir ce que je peux faire ici.

Cinq minutes après qu'ils eurent raccroché, Salvatore reçut une nouvelle information.

Lucca
Toscane

Le document envoyé par le capitaine des carabiniers Mirenda arriva par coursier. Il s'agissait d'une copie de l'original accompagnée d'un mémo du capitaine expliquant qu'ils l'avaient trouvé pendant la perquisition effectuée dans les pièces de la grange à la Villa Rivelli. Salvatore souleva la feuille, à laquelle étaient agrafées deux photocopies.

La première était un cliché du devant et du dos d'une carte de vœux. On n'y voyait qu'un smiley, rien d'écrit. Salvatore souleva la feuille.

Le message avait été glissé à l'intérieur de la carte. Ecrit à la main, en anglais. Salvatore ne parvint à traduire que quelques fragments, parmi lesquels *n'aie pas peur* et *t'amènera à moi*. Y figuraient aussi les mots *Hadiyyah* et *papa*. Le cœur de Salvatore se mit à battre plus vite.

Il rappela aussitôt Lynley. Sa conscience lui reprochait de n'avoir pas d'abord couru apporter cette pièce à conviction à Nicodemo Triglia, non seulement parce qu'il se rendait coupable de rétention d'information, mais aussi parce que, contrairement à lui, Nicodemo parlait anglais.

Il lut sans le comprendre le message à Lynley :
— « N'aie pas peur de l'homme qui te donne cette carte, Hadiyyah. Il t'amènera à moi. » Et c'est signé « Papa »…

Lynley poussa une exclamation et traduisit en italien.

— L'écriture, comment est-elle, Salvatore ? Cursive ?

Salvatore confirma. A présent, il leur fallait un exemplaire de l'écriture du professeur. L'inspecteur Lynley pouvait-il s'en charger et l'envoyer par fax ?

— *Certo*, dit Lynley. Mais je pense que vous devez avoir ça sous la main. Taymullah Azhar a sûrement rempli un formulaire à la *pensione*. C'est obligatoire en Italie, non ? La *signora* Vallera vous rendra bien ce service. Evidemment, il n'y aura pas grand-chose d'écrit dessus, ce ne sera peut-être pas suffisant…

Salvatore allait s'en occuper tout de suite. Il promit d'envoyer aussi vite que possible à Lynley une copie du document qu'il détenait.

— Et l'original ?

— Le capitaine Mirenda l'a gardé.

— Dites-lui de ne pas le perdre ! recommanda Lynley.

Salvatore se rendit à pied à la Pensione Giardino. Il avait fait un pari de superstitieux. S'il prenait sa voiture, il ne trouverait aucun échantillon de l'écriture du père de Hadiyyah Upman à la *pensione*. S'il marchait – au pas de course –, le sort exaucerait son vœu et lui fournirait de quoi identifier l'auteur de la carte comme étant Taymullah Azhar.

La place de l'Amphithéâtre était inondée de soleil et la proie d'une intense activité. En son centre, un énorme groupe de touristes encerclait le guide. Des gens entraient et sortaient des magasins. Les tables aux terrasses de cafés étaient presque toutes occupées. La saison touristique était définitivement commencée. Bientôt la ville de Lucca serait sillonnée en tous sens par les guides suivis de leurs poussins déterminés à visiter le plus possible d'églises et de *piazze*.

La propriétaire très enceinte de la Pensione Giardino était occupée à laver ses carreaux, une enfant en bas âge sagement assise à côté d'elle dans une poussette. Elle frottait énergiquement et sa peau mate luisait de sueur.

Salvatore se présenta et lui demanda comment elle s'appelait. *Signora* Cristina Grazia Vallera, l'informat-elle, et, *Sì, ispettore*, elle se rappelait les deux Anglais qui avaient séjourné sous son toit. Le policier et le père de la petite qui avait été kidnappée. Mais, Dieu merci, tout s'était bien terminé, non ? Ils avaient retrouvé l'enfant. Les journaux avaient annoncé l'heureux dénouement de ce qui aurait pu être une tragédie...

— *Sì, sì*, murmura Salvatore.

Il lui expliqua qu'il était venu vérifier quelques derniers détails et aimerait inspecter le formulaire que la *signora* avait dû faire remplir au papa de la petite. Si elle avait d'autres choses écrites par lui, elles seraient les bienvenues.

La *signora* Vallera s'essuya les mains sur une serviette bleue passée dans la ceinture de son tablier et indiqua la porte de la *pensione*. Elle fit entrer la poussette dans la demi-obscurité fraîche du vestibule. Elle invita Salvatore à s'asseoir dans la salle à manger pendant qu'elle chercherait ce qu'il demandait. Il refusa poliment le *caffè* qu'elle lui proposait gentiment, répondant qu'il préférait bavarder avec le *bambino*.

— *Il suo nome*? s'enquit-il en agitant ses clés de voiture devant l'enfant.

— *Graziella*.

— *La bambina*, se corrigea-t-il.

Graziella parut moyennement apprécier ce trousseau de clés qui cliquetait sous son nez. Dans quelques années, à l'âge du permis de conduire, songea Salvatore, cela changerait. En fait, elle les observait avec curiosité, tout comme elle fixait les lèvres de Salvatore tandis qu'il produisait des imitations de chants d'oiseaux. Sans doute trouvait-elle étrange d'entendre ces sons sortir d'une bouche humaine.

La *signora* Vallera ne tarda pas à revenir, chargée du registre où les clients inscrivaient leurs nom et adresse, ainsi que, s'ils le souhaitaient, leur adresse mail. Elle déposait aussi dans chaque chambre une carte où ils pouvaient donner leur avis afin de lui permettre d'améliorer son service.

Salvatore la remercia et emporta le tout à une table devant une des fenêtres de la *pensione*. Il sortit de sa poche et déplia la photocopie de la carte avec le smiley. Il commença par étudier l'écriture sur le registre puis celle sur la carte où Taymullah Azhar remerciait la *signora* Vallera de sa bonté à son égard pendant son séjour, ajoutant que la seule chose qu'il aurait voulu changer était la raison qui l'avait amené en Toscane.

Il plaça cette carte auprès de la photocopie et prit une profonde inspiration avant de les comparer longuement. Il en conclut qu'il n'était pas nécessaire d'avoir des compétences en matière de graphologie pour constater que les deux écritures étaient identiques, sans l'ombre d'un doute.

8 mai

Chalk Farm
Londres

Barbara Havers rentra chez elle en catastrophe. Elle avait appelé Taymullah Azhar sur son portable à sept reprises, et à chaque fois elle tombait sur sa voix préenregistrée priant qu'on lui laisse un message. Ses « Azhar, rappelez-moi d'urgence » n'avaient rien donné. Soit il n'avait pas l'intention de répondre, soit il était déjà reparti en Italie.

La nouvelle en provenance de Lucca était d'abord tombée sur le portable de Lynley. Barbara avait assisté à la scène. En voyant sa tête, elle avait tout de suite compris que c'était grave. Il lui avait jeté un regard avant de quitter la pièce.

Elle l'avait suivi alors qu'il dirigeait ses pas vers l'endroit le plus désigné : le bureau d'Isabelle Ardery.

Cela ne sentait pas bon. Mais rien jusqu'ici n'avait bien tourné.

En deux jours, Bryan Smythe n'avait pas réussi à s'introduire dans le système du SO12. Il affirmait qu'il avait tout essayé, mais que ce département de la Met était une place forte inviolable. S'introduire dans le sys-

tème informatique de la police nationale n'exigeait pourtant pas un QI supérieur à celui d'Einstein. Mais les fichiers protégés de la brigade antiterroriste...
« Oubliez, sergent. C'est impossible. La sécurité nationale... Ces gars-là sont en cheville avec le MI5[1], et il n'est pas question pour eux de tolérer la plus petite faille. »

Barbara ne le croyait pas. Elle décelait dans ses intonations qu'il se tramait quelque chose.

Il avait ensuite déclaré que, puisqu'il avait montré la meilleure volonté du monde pour remplir sa part de leur accord, il voulait à présent qu'elle lui rende ses clés USB : il savait qu'elle les avait tout le temps sur elle.

La brusquerie de sa demande avait mis la puce à l'oreille de Barbara.

« Ça ne marche pas comme ça, lui avait-elle rétorqué.

— Vous êtes dans la merde, et comme je le suis autant que vous, je vous propose une alliance. »

Il avait refusé d'en dire davantage. Mais proférer ces insinuations menaçantes alors que, jusqu'à nouvel ordre, c'était elle la détentrice d'informations susceptibles de valoir la prison au hacker... Cela voulait dire qu'il avait du lourd sur elle aussi, et pas seulement de bêtes enregistrements de ses innocentes visites au détective privé.

« Qu'est-ce qui se passe, Bryan ?

— Rendez-moi mes clés USB et je vous le dirai.

— Vous cherchez à me faire chanter, ma parole ?

— Mettez-vous au pieu avec des voleurs, mais ne venez pas ensuite vous plaindre qu'ils ont piqué votre pyjama... En un mot, ou plutôt en quatre : la donne a changé.

---
1. Le service de renseignements britannique.

— Je répète ma question : qu'est-ce qui se passe ? avait-elle insisté.

— Et moi ma réponse : Rendez-moi mes clés USB.

— Ne me racontez pas que vous n'avez pas d'autres supports pour stocker vos données, Bryan. Un expert comme vous ? Vous ne feriez pas une erreur pareille.

— Là n'est pas le problème.

— Alors, c'est quoi, le problème ?

— C'est vous qui avez trop merdé, et vous ne pouvez pas rejeter la faute sur moi. Point barre. »

Démolie par cette conversation, elle s'était efforcée en vain de se convaincre qu'il bluffait. A sa place, elle n'aurait pas hésité. D'un autre côté, il devait savoir que rien n'était plus facile que de copier les fichiers de ses clés USB. Alors que gagnait-il à faire autant d'histoires pour les récupérer ?

Smythe devait se douter qu'elle n'avait aucune intention de les lui rendre.

« Je les conserve jusqu'à ce que vous ayez trouvé le moyen de pirater le SO12. Vous pouvez y arriver si vous vous y mettez pour de bon, et je ne vous crois pas quand vous dites que vous n'avez aucun contact avec d'autres. Si vous êtes infichu de le faire, il y a bien quelqu'un qui en sera capable. Alors prenez votre téléphone, ou ce que vous employez pour communiquer avec vos potes de l'ombre, et trouvez un génie plus performant que vous.

— Vous avez parfaitement entendu. Si je fais ça, je suis cuit. Et, réfléchissez bien : vous aussi ! Je bidouille ces billets d'avion et on coule tous les deux. Si vous vous obstinez à ne pas me rendre mes clés USB, vous coulerez aussi. Ce qu'il y a dedans établira votre culpabilité parce que cela confirmera ce que je leur ai déjà dit. Vous avez pigé maintenant ? Bon, d'accord, le *hacking* est un gagne-pain qui nécessite par définition d'œuvrer dans l'illégalité. Mais dans votre métier, c'est une autre histoire... Ce dans quoi vous pataugez... C'est pas des trucs de flics. Si vous avez un gramme de jugeote, vous allez me rendre mes clés USB et veiller à ce qu'aucune copie ne circule. »

En son for intérieur, Barbara avait passé fébrilement en revue les événements de ces dernières semaines. Pour tout ce qui concernait Doughty et sa joyeuse bande, elle avait soigneusement soupesé tout ce qu'elle rapportait à Lynley pendant que ce dernier était en Italie en qualité d'officier de liaison. Mais pour Smythe ? Lynley ne savait rien. Elle en était sûre et certaine. Le jour de sa visite chez lui, elle avait rapporté à l'inspecteur Stewart tous les contre-interrogatoires prévus au programme chargé qu'il lui avait imposé. Et même si se servir de sa mère n'avait pas été la meilleure idée du monde... Non, elle devait aller de l'avant et sortir Azhar de ce merdier.

Elle n'allait pas permettre qu'on arrête Azhar pour kidnapping.

En voyant la voiture d'Azhar parquée dans l'impasse près de chez lui, elle rendit grâce à Dieu. Sa dévotion s'éleva encore d'un cran quand, une fois garée derrière lui – afin de lui bloquer le passage, mais ça, elle ne se l'avoua pas – et le portail franchi, elle aperçut les fenêtres de l'appartement du rez-de-chaussée grandes ouvertes comme pour profiter du beau temps.

Elle hâta le pas. Elle l'appela. Il surgit des profondeurs obscures de la chambre. Un coup d'œil à son visage suffit : il savait. Lynley lui avait pourtant promis qu'il n'essaierait pas de joindre Azhar, en précisant que les Italiens se chargeraient peut-être de l'avertir. Ou

Lorenzo Mura. Toujours est-il qu'il était apparemment déjà au courant.

« L'inspecteur Lo Bianco ne m'a prévenu que par courtoisie, lui avait expliqué Lynley.

— A-t-il dit quelque chose à propos de Hadiyyah ? avait demandé Barbara.

— Seulement que pour l'instant elle est avec Mura.

— Nom de Dieu, mais comment ça a pu arriver ? On n'est plus au XIXe siècle. Une femme ne meurt pas des suites d'un début de grossesse...

— Tout le monde est d'accord là-dessus.

— Ah bon ?

— On va pratiquer une autopsie. »

A présent, face à Taymullah Azhar, Barbara s'écria :

— Bon sang ! Mais qu'est-ce qui lui est arrivé ?

Il s'avança vers elle et elle, sans y penser, le prit dans ses bras. Il était comme tétanisé.

— Elle refusait d'écouter... chuchota-t-il. Lorenzo voulait qu'elle reste à l'hôpital, mais elle a refusé. Elle croyait savoir ce qui était bon pour elle.

— Comment va Hadiyyah ? Vous avez parlé avec elle ? s'enquit Barbara en le lâchant et en plongeant son regard dans le sien. Qui vous a appelé ? Lorenzo ?

Il secoua la tête.

— Son père.

— Oh, mon Dieu.

Barbara frémit en imaginant la conversation entre Azhar et le père d'Angelina. Sans doute lui avait-il sorti quelque chose dans le style : « Elle est morte, espèce de salopard. C'est à cause de vous qu'elle est partie en Italie. J'espère que vous avalerez de travers le champagne que vous allez sûrement boire pour fêter ça et que vous crèverez. »

— Mais qu'est-ce qui lui est arrivé ? répéta Barbara en guidant Azhar vers le canapé du salon.

Elle s'assit à côté de lui. Il semblait se remettre un peu. Elle posa sa main sur son bras, puis sur son épaule.

— Insuffisance rénale aiguë.

— Comment est-ce possible ? Pourquoi les médecins n'ont-ils rien décelé ? Il devait bien y avoir des symptômes, non ?

— Je n'en sais rien. Sa grossesse était difficile, c'est certain. Elle avait aussi eu du mal, avec Hadiyyah. Elle pensait également à une intoxication alimentaire. Puis elle s'est sentie mieux... Le retour de Hadiyyah, sans doute. Tant qu'elle n'avait pas été retrouvée, elle ne supportait pas la séparation, et ensuite... elle n'a pas voulu la quitter. Et puis finalement c'était trop tard. Elle était beaucoup plus atteinte qu'on ne le croyait, qu'on ne pouvait même l'avoir envisagé...

Il la fixa, les yeux noirs et enfoncés dans les orbites.

— Je n'en sais pas plus, Barbara.

— Vous avez parlé avec Hadiyyah ? répéta-t-elle.

— Je l'ai appelée. Mais il a refusé de me la passer.

— Qui ça ? Lorenzo ? Mais c'est complètement dingue ! De quel droit ?

Un spasme vint subitement étrangler son œsophage et elle s'entendit demander d'une voix nouée par l'émotion :

— Azhar, qu'est-ce qu'il va advenir de Hadiyyah ? Qu'est-ce qui va se passer ?

— Les parents d'Angelina se rendent en Italie. Bathsheba aussi. Ils sont en route, à l'heure qu'il est.

— Et vous ?

— Je faisais ma valise quand je vous ai entendue m'appeler.

Lucca
Toscane

Nicodemo Triglia ne se souciait pas plus du décès brutal d'Angelina Upman que de n'importe quel malheur affectant un autre que lui. Ses instructions concernaient le kidnapping de la fille de cette dame, et Nicodemo était un homme qui collait à ses instructions comme une mouche à un pot de miel. A moins qu'on ne lui indique explicitement qu'un lien existait entre les deux événements, il ne supposerait à aucun moment qu'il puisse y en avoir un. Salvatore ne se faisait aucune illusion. Les œillères de Nicodemo étaient légendaires, et le rendaient aussi utile à *il pubblico ministero* qu'exaspérant pour tous ceux qui étaient obligés de travailler avec lui. Mais là, en la circonstance, son étroitesse d'esprit allait bénéficier à Salvatore.

Par mesure de précaution, il avait donné rendez-vous à Cinzia Ruocco en territoire neutre. La Piazza San Michele était pleine de cafés, face à l'église blanche du même nom. La place accueillait en outre une foire, si bien que ça grouillait non seulement de touristes, mais aussi d'habitants de Lucca farfouillant dans les stands de vêtements en quête de bonnes affaires.

Il avait été informé de la mort brutale d'Angelina Upman la veille au soir par Lorenzo Mura. Il était venu frapper à la porte de la Torre Lo Bianco – tout le monde savait où il habitait – et, quand sa mère avait levé l'index pour indiquer le chemin à suivre, Mura était monté quatre à quatre jusqu'au sommet de la tour où Salvatore dégustait son *caffè corretto* rituel. Entendant une cavalcade dans l'escalier annonçant la fin de sa tranquillité, il s'était détourné de la vue sur la ville.

Mura, l'air d'un fou, avait commencé par lancer à Salvatore des propos incohérents :

« Elle est morte ! Faites quelque chose ! Il l'a tuée ! »

Il se frappait les tempes des deux mains, il sanglotait. Salvatore avait cru qu'il parlait de l'enfant.

« Quoi ? Que... Comment... » avait-il bredouillé.

Lorenzo avait franchi en deux enjambées l'espace qui les séparait. Une poigne de fer avait broyé les tendons du bras de Salvatore.

« C'est lui ! C'est lui ! Il ne reculerait devant rien pour récupérer sa fille. Vous ne voyez pas ? Je sais que c'est lui. »

Il s'agissait d'Angelina, Salvatore avait enfin compris. Angelina était morte, Lorenzo Mura était fou, oui, fou de chagrin.

Mais comment une chose pareille était-elle possible ?

« *Si sieda, signore*, avait-il dit, tout en en le conduisant à un des bancs adossés à l'énorme pot en terre cuite de forme carrée qui occupait le centre de la terrasse. *Mi dica...* »

Il avait attendu que Lorenzo se soit suffisamment ressaisi pour pouvoir lui raconter ce qui s'était passé : elle s'était sentie de plus en plus faible au point qu'elle était devenue totalement léthargique et n'arrivait même plus à s'alimenter. Elle refusait de quitter la loggia en répétant qu'elle irait mieux bientôt, qu'elle avait seulement besoin d'un peu de temps pour se remettre de l'épreuve qu'avait été le kidnapping de Hadiyyah. Quand il n'était pas parvenu à la réveiller de sa sieste, il avait appelé une ambulance. Elle était morte le lendemain matin à l'hôpital.

« C'est lui ! Faites quelque chose, pour l'amour de Dieu !

— Mais, *signor* Mura, vos accusations ne sont pas fondées. Le professeur se trouve à Londres. Il est parti depuis longtemps… Que disent les médecins ?

— Qu'est-ce que ça peut faire ? Il l'a empoisonnée, je ne sais pas, il aura versé du poison dans notre eau. Un poison qui agit lentement, pour qu'elle meure après son retour à Londres…

— Mais, *signor* Mura…

— Non ! hurlait Lorenzo. *Mi senta! Mi senta!* Il a fait semblant de se réconcilier avec Angelina… C'était facile pour lui, puisqu'il l'avait déjà assassinée en lui donnant ce poison dont les effets étaient à retardement… Et une fois lui parti, elle est morte. Il faut l'arrêter ! »

Salvatore avait promis de voir ce qu'il en était. Ce rendez-vous préalable avec Cinzia Ruocco était indispensable. Une mort brutale telle que celle-ci… Il y aurait forcément une autopsie. Angelina Upman avait été suivie par un médecin, certes, mais ce médecin était un obstétricien et refuserait sans aucun doute de signer un certificat déclarant que sa patiente était décédée des suites de sa grossesse.

En voyant Cinzia se faufiler dans la foule, Salvatore se leva. Il n'en revenait toujours pas qu'une femme aussi belle ait choisi de passer sa vie à découper des cadavres, qu'un cœur de légiste batte dans une poitrine aussi somptueuse. Une femme qui par ailleurs avait été capable de se faire mal délibérément puis d'exposer le résultat de ses actes sur sa propre beauté ! Comme aujourd'hui. Sa robe sans manches ne cachait rien des cicatrices laissées par le vitriol qu'elle s'était versé sur le bras. Ce geste lui avait épargné un mariage arrangé par son père avec un Napolitain. Elle n'en parlait jamais, mais Salvatore s'était renseigné sur son passé et sur les liens de sa famille avec la Camorra. Une chose était certaine : Cinzia Ruocco ne se laissait dicter son destin par personne.

Salvatore leva la main afin d'attirer son attention. Elle lui fit un petit signe de tête et accéléra le pas, ignorant les regards qui glissaient de son visage ravissant à son corps parfait pour se fixer sur les hideuses cicatrices. Elle avait épargné sa main. Désespérée, oui, mais pas idiote.

— *Grazie per avermi incontrato…* commença par lui dire Salvatore.

Elle était très occupée, il le savait ; d'avoir accepté de le rencontrer aussi vite était une preuve d'amitié dont il lui serait éternellement redevable…

Une fois assise, elle prit la cigarette qu'il lui présentait. Il la lui alluma, en alluma une pour lui-même et d'un léger mouvement du menton convoqua à leur table un serveur qui poireautait devant la porte de l'établissement, dans la pénombre duquel on distinguait des étals de pâtisseries. Cinzia consulta sa montre et commanda un cappuccino. Salvatore un deuxième *caffè macchiato*. Il fit non de la tête à la proposition d'*un dolce*. Cinzia l'imita.

Se renfonçant sur son siège, elle contempla la *piazza*. En face d'eux, devant la façade blanche de l'église, un guitariste, un violoniste et un accordéoniste s'installaient pour la journée. Un peu plus loin, un *venditore dei fiori* remplissait ses seaux de fleurs.

— Lorenzo Mura est venu me voir hier soir, dit Salvatore. *Che cos'è successo?* Qu'est-il arrivé ?

Cinzia tira une bouffée de sa cigarette. Elle fumait avec élégance, comme une femme d'autrefois. Il fallait qu'elle arrête, et lui aussi, lui avait-elle confié un jour.

Ils allaient finir par en crever, s'ils ne faisaient pas gaffe…

— Ah, la *signora* Upman, non ? Ses reins l'ont lâchée, Salvatore. C'est de ça qu'elle souffrait depuis le départ, mais pas parce qu'elle était enceinte…

Elle tapota sa cigarette pour encourager la cendre à tomber.

— Les médecins ne savent pas tout. Nous nous fions à leur diagnostic alors que nous devrions plutôt écouter ce que nous dit notre corps. Les premiers symptômes ? Vomissements, diarrhée, déshydratation. Le médecin s'est dit qu'elle avait mangé quelque chose d'avarié, en plus des nausées de la grossesse. De toute façon, c'était quelqu'un de fragile – elle était facilement malade, non ? Elle devait être particulièrement sensible aux intoxications alimentaires. « Donc, buvez beaucoup d'eau, madame, et prenez ces antibiotiques en attendant les résultats des analyses… »

Elle tira une nouvelle bouffée de sa cigarette et la tapota au bord du cendrier avant de conclure :

— Je dirais qu'il l'a tuée.

— Le *signor* Mura ?

Elle lui lança un coup d'œil.

— Je vous parle du médecin, Salvatore.

Il se tut tandis que l'on disposait leurs cafés devant eux. Le garçon en profita pour admirer au passage le décolleté de Cinzia et il fit un clin d'œil à Salvatore. Ce dernier fronça les sourcils. Le garçon s'éloigna en vitesse.

— Comment ça ? s'étonna Salvatore.

— Le traitement qu'il lui a prescrit. Réfléchissez. Une femme enceinte est hospitalisée. Elle ne garde plus rien dans son estomac. Elle est asthénique, déshydratée. Il y a du sang dans ses selles, ce qui indique que c'est plus grave que des nausées de grossesse. Mais personne dans son entourage n'est malade – c'est un détail qui compte, mon ami – ni n'a présenté ces symptômes. A la suite du diagnostic, on prescrit un traitement qui, normalement, ne doit pas la tuer. Il est possible qu'il ne la guérisse pas, mais pas qu'il la tue. Son état général s'améliore, elle rentre chez elle. Et voilà que le mal la reprend, encore plus violemment. Et ensuite elle meurt.

— Du poison ?

— *Forse*, répondit-elle.

Elle marqua une pause puis, d'un air soudain songeur, reprit :

— A mon avis, ce n'est pas le type de poison auquel on pense quand on prononce ce mot. Nous voyons le poison comme une substance que l'on introduit dans la nourriture, l'eau, l'air que nous respirons, quelque chose que nous absorbons tous les jours de notre vie. Nous n'imaginons pas qu'il puisse avoir été fabriqué par notre propre organisme à cause d'une erreur de diagnostic de la part de nos médecins, ces hommes faillibles en qui nous plaçons notre confiance.

— Ce qu'ont fait les médecins aurait activé un poison dans son corps ?

— Oui.

— Peut-on le prouver ? Peut-on démontrer au *signor* Mura que ce n'est la faute de personne... que personne ne l'a empoisonnée ?

Elle écrasa sa cigarette.

— Ah, Salvatore. Vous m'avez compris de travers. Que personne n'est responsable de sa mort ? Que c'est une regrettable erreur médicale ? Mon ami, ce n'est en aucun cas ce que je dis.

11 mai

Lucca
Toscane

Elle n'était pas catholique. Pourtant les Mura, une famille décidément influente, lui organisèrent un enterrement religieux en grande pompe au Cimitero Comunale. Salvatore s'y rendit par respect pour les Mura et pour montrer à Lorenzo qu'il prenait à cœur les recherches sur la cause du décès pour le moins prématuré de la femme qu'il aimait et de l'enfant que celle-ci portait. Il était là surtout en observateur. A l'écart, se tenant assez loin de la tombe, Ottavia Schwartz était elle aussi aux aguets – elle avait pour mission de photographier en douce toutes les personnes présentes.

Il y avait trois catégories de gens : les Mura et leurs proches, les Upman et... Taymullah Azhar. Le contingent des Mura était nombreux, ce qui n'avait rien d'extraordinaire étant donné l'étendue de la famille et son implantation séculaire dans la région. Les Upman étaient au nombre de quatre : les parents, la jumelle, dont la ressemblance avec la défunte était renversante, et son mari. Taymullah Azhar était seul avec sa fille. La pauvre petite faisait peine à voir, l'air perdu au milieu de tous ces gens, une totale incompréhension peinte sur le visage. Devant la tombe, elle s'accrocha à la taille de son père. Sa maman avait eu mal au ventre, elle était restée allongée sur une chaise longue dans la loggia. Elle s'était endormie et ne s'était pas réveillée.

Salvatore songea à sa Bianca, qui avait à peu près le même âge que Hadiyyah. En la regardant, il pria le ciel que sa fille ne connaisse pas ce malheur, que rien n'arrive à Birgit. Comment une enfant de neuf ans se remettait-elle d'un deuil pareil ? En plus après avoir été enlevée puis emmenée dans un couvent et séquestrée par une femme à demi folle...

De fil en aiguille, il en vint à penser au rôle du professeur pakistanais. Salvatore scruta la physionomie digne de Taymullah Azhar. En fin de compte, tous les événements convergeaient vers cette scène où Hadiyyah se cramponnait à son père. Elle lui avait été rendue, elle serait désormais sous sa garde exclusive, puisqu'il était le seul parent qui lui restait. Il n'aurait pas à la partager, il ne serait plus question qu'il ne la voie qu'au moment des vacances pour quelques trop courtes semaines. Devait-on conclure à un concours de circonstances... ou bien à un moyen radical de sortir de la dispute concernant l'enfant ?

Lorenzo Mura penchait clairement pour la deuxième hypothèse. Sa sœur et son mari durent le retenir de sauter à la gorge d'Azhar.

— *Stronzo!* cria-t-il. Tu voulais sa mort, eh bien, tu es content ! Seigneur ! Qui va arrêter ce criminel ?

Un esclandre malvenu dans un cimetière, mais conforme au caractère de Mura. Cet homme passionné venait de perdre brutalement l'amour de sa vie et l'enfant qu'elle attendait. L'avenir dont ils avaient rêvé ensemble était parti en fumée. Un Anglais aurait sans doute lutté pour paraître courageux face à l'adversité, mais un Italien ? Pourquoi ne pas laisser libre cours à son chagrin ? C'était une réaction naturelle. Chercher à tout prix à garder le contrôle de soi avait quelque chose d'inhumain. Salvatore aurait toutefois préféré épargner à la fille d'Angelina Upman ce triste spectacle et ces cris.

La famille de Mura semblait du même avis. Sa sœur le tira en arrière et sa mère le serra contre sa poitrine généreuse. Il fut bientôt encerclé de proches, et le groupe s'éloigna en direction du portail du Cimitero Comunale et des voitures.

Les Upman s'avancèrent vers Taymullah Azhar. Salvatore ne comprenait pas assez bien l'anglais pour saisir tout ce qu'ils disaient, mais il suffisait de voir leurs têtes. Ils haïssaient le Pakistanais, et n'avaient aucune affection particulière pour l'enfant qu'il avait eue avec la défunte. Tout juste s'ils la considéraient comme un objet de curiosité. Mais lui, ils le détestaient. En tout cas, les parents d'Angelina. Sa sœur tendit la main à la petite, mais Azhar la tira en arrière, hors de sa portée.

— Cela devait se terminer mal, déclara le père d'Angelina. Elle est morte comme elle a vécu. Et ce sera pareil pour vous. Bientôt, j'espère.

La mère d'Angelina baissa les yeux sur Hadiyyah, ouvrit la bouche pour parler, mais avant qu'elle ait pu émettre un son, son mari l'avait prise par le bras et entraînée à la suite des Mura. La sœur jumelle d'Angelina lança à Azhar :

— C'est désolant que ça se soit terminé ainsi. Vous auriez dû lui donner la seule chose qu'elle voulait. Mais vous le savez sans doute, maintenant.

Sur ces paroles, elle emboîta le pas à ses parents.

Salvatore ne tarda pas à se retrouver seul au bord de la tombe, en compagnie de Taymullah Azhar et de sa fille. Il aurait préféré que la petite ne soit pas dans les parages. Elle en avait assez entendu pour aujourd'hui, elle n'avait pas besoin d'être au courant des soupçons de sources diverses qui pesaient sur son papa.

« Il y a certaines choses que vous devez savoir, Salvatore, lui avait confié Cinzia Ruocco lors de leur conversation sur la Piazza San Michele. Dans les intestins de cette femme, on a fait une découverte étrange. Il est entendu que l'information n'est pas encore officielle. Nous appelons cela un biofilm…

— Qu'est-ce que c'est ? C'est dangereux ?

— Un biofilm bactérien est un agrégat de bactéries, répondit-elle en appuyant ces mots d'un geste enveloppant. On ne s'attendait vraiment pas à trouver ça là. En plus, les bactéries étaient à une étape d'évolution avancée. Jamais on n'aurait dû trouver ça dans ses intestins. Et je dois vous dire, mon ami, il n'y en avait nulle part ailleurs. Ce n'est pas normal. »

Salvatore n'y comprenait plus rien. Ce biofilm n'aurait pas dû se trouver dans ses intestins et il aurait dû se trouver ailleurs ? Encore un de ces mystères médicaux…

« Elle n'est pas morte d'insuffisance rénale aiguë, alors ?

— *Sì, sì*, mais elle n'est pas survenue toute seule, elle a une cause.

— Ce… comment dites-vous ?

— Biofilm. En fait, c'est ce qui a mis en route le processus. Mais c'est une toxine qui l'a tuée.

— Elle a donc été empoisonnée.

— Empoisonnée, *sì*, mais pas d'une manière facile à diagnostiquer pour un médecin. Vous voyez, elle était déjà souffrante. Le meurtrier a eu beaucoup de chance, ou bien il avait pensé à tout. Etant donné son état de santé, qui aurait pu se douter qu'il ne s'agissait pas d'une mort naturelle ? Pourtant, rien de ce qui est survenu n'a été naturel. Il s'est produit une réaction en chaîne, comme celle des dominos. »

Si bien que Salvatore n'avait plus le choix. Il se tourna vers Taymullah Azhar.

Chalk Farm
Londres

Barbara rongeait son frein. Dès son retour du Yard, elle s'était précipitée chez Azhar. Il lui avait dit qu'il rentrerait à Londres immédiatement après les funérailles d'Angelina et ramènerait avec lui Hadiyyah. La fillette serait contente de retrouver le cadre de vie qu'elle avait toujours connu, à l'exception de ces derniers mois.

Personne.

Au début, cela ne l'avait pas inquiétée. Les funérailles ayant eu lieu le matin, sans doute avaient-elles été suivies d'une réception au cours de l'après-midi – les gens devaient avoir la possibilité de présenter plus longuement leurs condoléances et d'encourager les endeuillés à aller de l'avant. Après quoi, il avait fallu préparer les bagages de Hadiyyah, si ce n'était déjà fait, et se rendre à Pise. L'attente à l'aéroport, le vol… Ils n'arriveraient pas avant le début de la soirée, probablement.

Les heures passaient, et Azhar n'était toujours pas là, ni Hadiyyah bien sûr. Barbara sortait régulièrement de son bungalow pour arpenter le trottoir devant la maison.

Finalement, à vingt et une heures trente, elle appela Azhar.

— Ça va ? Où êtes-vous ?

— Encore à Lucca, répondit-il d'une voix fatiguée. Hadiyyah dort.

— Ah, je croyais que… C'était trop pour elle ? Tout ça, plus les funérailles… Prendre l'avion en plus. Je n'y avais pas pensé. Bon, je ne vais pas vous retenir. Vous devez être claqué. Quand vous reviendrez…

— Il m'a pris mon passeport, Barbara.

— Quoi ? Qui ? s'exclama-t-elle. Azhar, que se passe-t-il ?

— L'inspecteur Lo Bianco. Ça s'est passé après l'enterrement.

— Il était là ?

Barbara ne savait que trop bien ce que signifiait la présence d'un flic aux funérailles d'une personne qui ne comptait pas parmi ses proches.

— Oui. A l'église puis au cimetière. Barbara, Hadiyyah était avec moi, mais elle n'a rien entendu parce qu'il m'a emmené à l'écart. Elle va se demander demain matin pourquoi nous ne partons pas. Que vais-je lui dire ?

— Qu'est-ce qu'il va faire de votre passeport ?… Je suis trop bête. Je pose des questions stupides. Voyons, laissez-moi réfléchir…

Ses pensées prenaient toutes la même direction : Dwayne Doughty. Le privé avait dû passer un marché avec *quelqu'un* afin de sauver sa peau et dénoncer Azhar comme étant le commanditaire de l'enlèvement de sa fille. Ou bien Di Massimo ? C'était peu probable. A en croire Azhar, il ne lui avait jamais parlé. Ou Smythe, qui aurait fait parvenir à la police italienne une copie de ses copies de sauvegarde… Ou alors… Dieu seul savait, et la seule chose certaine, c'était que sans son passeport Azhar était coincé à Lucca à la merci des flics italiens.

— Azhar, s'ils vous interrogent, exigez la présence d'un avocat tout de suite. Vous entendez ? Ne dites pas un mot sans avoir un avocat assis à côté de vous.

— Ils n'ont pas l'air de vouloir m'interroger. Barbara, je crains que Mr Doughty... ou un de ses associés... n'ait dit à l'inspecteur quelque chose, pour qu'il pense que je...

Il laissa sa phrase en suspens, puis soupira :

— J'aurais dû laisser tomber.

— Laisser tomber quoi ? Votre fille ? Vous ne pouviez pas, enfin ! Angelina l'avait enlevée. Elle avait disparu. Vous avez fait ce qu'il fallait pour la retrouver...

— Ça a mal tourné, Barbara. Et je crains que ça n'aille encore plus mal.

Elle ne pouvait pas le rassurer en lui affirmant que ses craintes étaient sans fondement. Pourtant, à moins que la police italienne n'ait envoyé un enquêteur à Londres pour rencontrer Doughty ou que Smythe ne l'ait on ne savait comment contactée, la seule personne susceptible de l'avoir renseignée était Di Massimo. Et comme d'après Azhar il n'avait eu avec lui aucune communication... Il était probable que les flics là-bas détenaient un élément supplémentaire d'une nature différente. Elle allait trouver ce que c'était. Tant qu'elle n'en savait pas plus, elle ne pouvait échafauder aucun plan.

— Ecoutez-moi, dit-elle à Azhar. A la première heure demain, vous téléphonez à l'ambassade et vous demandez un avocat.

— Mais s'il me convoque au commissariat... et Hadiyyah ? Barbara... que devient Hadiyyah ? Je ne suis pas innocent. C'est moi qui ai voulu son...

— Ne bougez pas et attendez que je vous rappelle.
— Qu'allez-vous faire ? De Londres, Barbara, que pouvez-vous faire ?
— Je vais me renseigner. Pour le moment, on est dans le noir.
— Si vous aviez vu la façon dont ils nous regardaient... murmura-t-il. Pas seulement moi, mais aussi Hadiyyah.
— Qui ? Les flics ?
— Les Upman. Que je sois à leurs yeux un moins que rien, je veux bien. Mais Hadiyyah... Ils se conduisaient comme si elle était atteinte d'une maladie contagieuse, ou d'une difformité... C'est une petite fille. Elle est innocente. Et ces gens...
— Ne faites pas attention à eux, Azhar. N'y pensez plus. Promettez-le-moi. Je vous tiens au courant.

Ils raccrochèrent. Barbara passa le reste de la soirée assise à la table de sa kitchenette à fumer une cigarette après l'autre tout en essayant de mettre au point un plan d'action n'impliquant qu'une seule personne : elle-même.

12 mai

Belgravia
Londres

Le fait qu'Isabelle Ardery ne lui avait pas dit un mot concernant Barbara Havers laissait Lynley espérer qu'elle lui accordait de fait ce qu'il avait demandé, à savoir du temps... à moins qu'elle ne fût en train de monter un dossier contre le sergent afin d'être sûre d'obtenir ce qu'elle cherchait depuis le début : Isabelle souhaitait que le département fonctionne comme une machine bien huilée, et il fallait bien avouer que le sergent Havers avait l'art d'en gripper les engrenages.

La commissaire avait, bien entendu, quand même exigé un rapport. Il venait de lui faire part de sa conversation avec Bryan Smythe, en passant toutefois sous silence les billets d'avion pour Lahore et ce que Barbara avait négocié avec le hacker. Il avait aussi omis la visite qu'elle avait rendue à Smythe en compagnie d'Azhar. Une erreur de sa part.

Isabelle fit glisser un dossier vers lui. Il chaussa ses lunettes pour en examiner le contenu.

John Stewart mentionnait la malencontreuse visite de Havers et d'Azhar au hacker, visite qu'il n'avait pas eu la possibilité d'ajouter à son rapport écrit avant le précédent entretien de la commissaire avec Lynley et le sergent.

— Pourquoi ne pas avoir signalé Barbara au CIB[1] ?

— J'attends de voir jusqu'où ça va aller, lui répondit-elle.

Sous-entendu, les actions de l'inspecteur Lynley seraient aussi passées au crible.

— Isabelle, je dois vous avouer que je tente de lui trouver des excuses…

— Je veux bien entendre parler de raisons, mais pas d'excuses, trancha Isabelle. J'espère que vous percevez la différence entre les deux.

Lynley se replongea dans l'annexe au rapport de Stewart en disant :

— Et pour John ? Des raisons… ou des excuses ? Que comptez-vous faire de lui ?

— Ne vous occupez pas de John. Il est sous contrôle.

Lynley n'en croyait pas ses oreilles. Cela signifiait-il qu'elle avait confié à Stewart la tâche de surveiller Barbara et de noter ses moindres mouvements ? Dans ce cas, Isabelle était en train d'accorder à Barbara une plus grande liberté d'action afin de la mettre à l'épreuve. A lui, Lynley, de veiller à ne pas se laisser entraîner trop loin…

Il lui suffisait de rapporter à Isabelle ce que lui avait dit Bryan Smythe, et c'en serait fini de Barbara. Car si Stewart connaissait l'emploi du temps du sergent Havers, il ignorait les raisons de cette visite.

De bonne heure le lendemain matin, il descendit dans la salle à manger, où l'attendait son petit déjeuner, avec

---

1. Pour « Complaints Investigation Bureau », l'équivalent de l'IGPN, notre police des polices.

les journaux disposés parallèlement à sa fourchette. D'appétissants effluves de toasts s'échappaient de la cuisine où officiait Charlie Denton. Lynley se mit à la fenêtre. C'était une belle journée de printemps. Les rosiers étaient en fleur. Il sortit pour les admirer. Depuis la mort de Helen, il n'avait plus mis les pieds dans ce jardin qu'elle aimait tant. Ni lui ni personne d'autre.

Au milieu des buissons, il avisa un seau débordant de débris de tiges. Accrochés au bord du seau, des sécateurs, tout rouillés après avoir passé plus d'un an dehors. Helen n'avait pas terminé de tailler les rosiers quand elle avait été assassinée. Ceux qui avaient bénéficié de ses soins avaient toujours une forme convenable, mais les autres faisaient peine à voir.

Lynley se souvint de l'avoir un jour regardée jardiner depuis la fenêtre de son bureau. Puis il était descendu la rejoindre. Les paroles de Helen lui revinrent, avec cet humour empreint d'autodérision qui la caractérisait.

« Tommy. Je crois que le jardinage est la seule activité utile que je puisse jamais pratiquer avec brio. J'aime avoir les mains dans la terre. Cela nous ramène à nos racines. »

Après un instant de réflexion, elle avait éclaté de rire.

« Quel jeu de mots idiot, je ne l'ai même pas fait exprès. »

Il lui avait proposé de l'aider, mais elle avait refusé.

« Pour une fois que j'excelle en quelque chose, ne me prive pas de ce plaisir. »

A ce souvenir, un sourire lui vint aux lèvres. La première fois que la pensée de Helen ne lui faisait pas comme un coup de poignard dans le cœur.

En entendant un bruit de porte, il se retourna. Denton invitait Barbara Havers à entrer. Lynley jeta un coup d'œil à sa montre. Sept heures et demie. Que fabriquait-elle d'aussi bon matin à Belgravia ?

Alors qu'elle traversait la pelouse à sa rencontre, Lynley lui trouva une mine encore plus affreuse que la dernière fois. Elle était sapée comme l'as de pique et, pour tout arranger, avait l'air de ne pas avoir fermé l'œil de la nuit.

— Ils ont arrêté Azhar, lui annonça-t-elle sans préambule.

— Qui ça ?

— Les flics de Lucca. Ils lui ont confisqué son passeport. Il ne sait pas pourquoi.

— On l'a interrogé ?

— Pas encore. Il ne peut plus quitter l'Italie. Il ne comprend pas ce qui se passe. Moi non plus. Je ne peux même pas l'aider. Je ne parle pas l'italien. Je ne sais pas comment ils bossent. Je ne sais pas ce qui est arrivé.

Elle le dépassa pour longer le parterre de fleurs, s'arrêta net et pivota sur ses talons pour lui faire face.

— Est-ce que vous pouvez leur téléphoner, monsieur ?

— S'ils l'empêchent de partir, c'est qu'ils ont des questions à lui poser à propos de...

— Oui, oui, je sais. Je lui ai conseillé d'appeler l'ambassade et de prendre un avocat, au cas où... Il l'a fait. Mais je dois pouvoir faire quelque chose de plus. Vous, vous les connaissez, ceux de là-bas, et vous causez italien...

D'énervement, elle se frappa la paume de la main droite avec son poing gauche.

— S'il vous plaît, je vous en supplie, monsieur. Je viens tout droit de Chalk Farm, je n'ai pas eu la patience d'attendre que vous soyez au Yard. S'il vous plaît.

— Venez avec moi, lui dit-il en la précédant.

Ils trouvèrent Denton en train de dresser un deuxième couvert dans la salle à manger. Lynley le remercia, versa deux tasses de café et invita Barbara à se servir d'œufs brouillés et de bacon sur le buffet.

— J'ai déjà mangé.

— Quoi, peut-on savoir ?

— Une Pop-Tart au chocolat et une clope, répondit-elle avant de pencher la tête du côté du buffet. Je crois que toute nourriture plus substantielle me mettrait en état de choc.

— Ta, ta, ta. Je n'ai pas envie de petit-déjeuner seul.

— Monsieur, je vous en prie… J'ai besoin que…

— J'en ai tout à fait conscience, répliqua-t-il d'un ton ferme.

Sans enthousiasme, elle commença par se servir une cuillerée d'œufs brouillés et deux tranches de bacon, puis sembla retrouver son appétit en posant sur son assiette quatre champignons et un toast. Il se servit après elle puis la rejoignit à table.

Désignant d'un mouvement du menton les quotidiens, elle s'enquit :

— Comment vous pouvez lire trois journaux par jour, ça me dépasse !

— Je lis les nouvelles dans le *Times*, les éditoriaux du *Guardian* et de l'*Independant*…

— Il faut un équilibre en toutes choses ?

— N'est-ce pas ? Les journalistes de nos jours font un usage abusif des adverbes qui me rend fou. Je n'aime pas qu'on me dise ce que je dois penser, même indirectement.

Leurs regards se croisèrent. Elle détourna le sien et se concentra sur la tâche délicate consistant à empiler un monticule d'œufs brouillés sur un coin de son toast.

Mastiquer ne parut pas lui poser de problème, mais elle eut toutefois du mal à avaler.

— Avant que je passe ce coup de fil à l'inspecteur Lo Bianco, Barbara... ?

Il attendit qu'elle lève les yeux sur lui avant de terminer :

— Y a-t-il quelque chose que vous voudriez me dire ? Quelque chose d'important que vous me m'auriez pas encore dit ?

Elle fit non de la tête.

— Vous en êtes bien certaine ?

— Autant que *che chache*, répliqua-t-elle, la bouche pleine.

A Dieu vat, alors, songea Lynley.

Belgravia
Londres

Pour la première fois de sa vie peut-être, Barbara maudit son inaptitude à parler une autre langue que l'anglais. Certes, il y avait eu des moments où s'était manifesté chez elle le désir d'apprendre une langue étrangère – en général quand elle n'arrivait pas à comprendre ce que le traiteur indien de son quartier hurlait au sujet du *rogan josh* d'agneau avant de le flanquer dans son carton à emporter –, mais ces moments avaient été rares. Elle possédait un passeport dont elle ne s'était jamais servie pour se rendre dans un pays non anglophone. En vérité, elle ne s'en était jamais servie pour aller nulle part. Il représentait cependant pour elle une sorte de gage : Qui sait si un beau jour un prince charmant ne surgirait pas du néant pour l'emmener se dorer sous le soleil de la Méditerranée ?

Pour l'heure, alors que Lynley parlait dans son portable à l'inspecteur-chef Lo Bianco, elle s'efforçait d'identifier des mots tout en scrutant son visage. Elle ne saisissait que des noms propres : Azhar, Lorenzo Mura, Santa Zita – qui pouvait-elle bien être, celle-là ? –, Fanucci. Elle crut aussi entendre celui de Michelangelo Di Massimo ainsi que quelques mots, « information », « hôpital », « usine[1] »... Quant à l'expression de Lynley, elle se faisait de plus en plus consternée. Finalement, il prononça :

— *Chiaro, Salvatore. Grazie mille. Ciao.*

La conversation était terminée. La peur avait pris Barbara à la gorge, ce qui ne l'empêcha pas de demander :

— Qu'est-ce qu'il y a ? Quoi ?

— Apparemment ce serait un cas d'*Escherichia coli*...

Elle en resta un instant interdite. L'ingestion d'aliments contaminés ? Des troubles intestinaux ?

— Qui est-ce qui meurt d'une intoxication alimentaire à notre époque ?

— De toute évidence, il s'agit d'une souche particulièrement virulente. Les médecins n'ont pas fait le diagnostic parce qu'elle souffrait de sévères nausées de début de grossesse. Bien entendu, ils ont quand même fait des analyses, mais elles n'ont rien indiqué.

— Quel genre d'analyses ?

— Tout ce qui pouvait produire ces symptômes, le cancer, une colite, je ne sais pas... Ils ont pensé qu'elle avait attrapé une gastro-entérite, ce sont des choses qui arrivent à tout le monde. Ils lui ont donné des antibiotiques par mesure de précaution... et c'est ça qui l'a tuée.

---

1. *Fattoria* (« ferme ») sonne comme l'anglais *factory* (« usine »).

— Des antibiotiques l'ont tuée ? Mais vous venez de parler d'*E. coli*...

— Les deux sont responsables de sa mort. Combinée aux antibiotiques, cette souche, d'après ce que j'ai compris, produit une toxine. La toxine de shiga. Ce poison s'attaque aux reins. Le temps que les médecins s'aperçoivent qu'elle avait une insuffisance rénale, c'était trop tard.

— Bon sang !

En repassant ce nouveau lot d'informations dans son esprit, Barbara sentit peu à peu ses muscles se détendre pour la première fois depuis la veille. Dieu merci, Dieu merci, Dieu merci ! Une intoxication alimentaire mortelle, c'était un grand malheur, mais cela ne voulait pas dire...

— C'est fini, alors, conclut-elle.

Lynley la dévisagea d'un air grave.

— Hélas, non.

— Quoi ? Pourquoi non ?

— Personne d'autre n'est malade.

— C'est bien, non ? Ils ont évité...

— Personne, Barbara. Nulle part. Ni à la Fattoria di Santa Zita, la propriété de Lorenzo Mura, ni dans les villages des alentours, ni à Lucca. Personne, je vous répète. Ni en Toscane ni ailleurs en Italie. D'ailleurs, c'est une des raisons pour lesquelles les médecins n'ont pas compris à quoi ils avaient affaire.

— Je ne vois pas...

— L'*E. coli* cause des épidémies.

— Bon, c'était un cas isolé. Cela n'empêche pas, comme je le disais, que...

Comprenant soudain, elle enchaîna, la bouche sèche :

— Ils ont sûrement cherché à trouver l'origine de cette bactérie, non ? C'est obligatoire, si l'on veut éviter justement une épidémie. Ils auront enquêté sur tous les aliments consommés par Angelina et... Il y a bien des animaux dans cette... *fattoria* ?

— Des ânes et des vaches.

— Ils pourraient bien avoir été infectés par la bactérie *E. coli* ? Il arrive que des animaux contaminent des gens, non ?

— Le tube digestif des ruminants est en effet un réservoir de bactéries. Mais je ne crois pas qu'ils trouveront cette souche particulière d'*E. coli* à la Fattoria di Santa Zita, Barbara. Salvatore en tout cas pense que non.

— Et pourquoi pas ?

— Parce que personne d'autre sur la propriété n'a été malade. Pas plus Hadiyyah que Lorenzo, pas même Azhar, les jours qui ont suivi le retour de la petite.

— Y aurait-il un temps d'incubation ?

— Je n'ai pas tous les détails, bien entendu, mais je suppose qu'il y aurait au moins une autre personne atteinte.

— Mettons qu'elle soit allée se promener. Elle s'approche d'une vache... Ou bien, un autre scénario : elle va en ville, au marché, elle rend visite à une amie... Elle ramasse quelque chose par terre...

Barbara pouvait entendre les notes de désespoir dans sa propre voix ; elles n'échapperaient pas à Lynley.

— Ce qui nous ramène à la nature spéciale de la souche de cette bactérie...

— Oui ?

— D'après Salvatore, déclara-t-il en désignant son portable du menton, ils n'en ont jamais vu chez eux d'aussi virulente, assez virulente pour décimer un pays entier avant qu'on n'ait le temps de localiser la source. Dans ces conditions, la contamination est hyper-rapide, c'est une question de jours. Les autorités sanitaires sont en état d'alerte, bien sûr. Toute personne consultant un médecin avec des symptômes similaires sera aussitôt signalée. Mais jusqu'ici, comme je vous l'ai dit, il n'y a rien. Ni avant Angelina ni après.

— Je ne vois toujours pas le lien qu'il y a avec Azhar...

Il la fixa du même regard grave, et cette fois elle y décela quelque chose d'inacceptable.

— Ah, je vois. Ils gardent Azhar à Lucca parce qu'ils ont peur qu'il ne contamine d'autres gens. Si jamais il est porteur de la bactérie et qu'il la rapporte à Londres... Ce serait comme la grippe aviaire...

Lynley demeura imperturbable.

— Ce n'est pas un virus, mais une bactérie... un microbe très dangereux. Vous ne comprenez pas ?

Elle eut l'impression que son visage devenait de plomb tandis qu'une voix dans sa tête répétait : Oh, mon Dieu, mon Dieu, mon Dieu.

— Non... pas vraiment.

— Si l'on ne trouve pas la source de la contamination, il faudra en conclure qu'une main criminelle s'est procuré une souche virulente de la bactérie et l'a fait ingérer à Angelina. En la mêlant à ses aliments, probablement.

— Mais pour quelle raison quelqu'un aurait...

— Quelqu'un qui voulait la rendre très malade, ou la tuer. Nous savons tous les deux où se portent automatiquement les regards. C'est pourquoi on a pris son passeport à Azhar.

— Vous ne pensez quand même pas qu'il ait pu... Comment s'y serait-il pris, de toute façon ?

— Je crois que nous connaissons tous les deux la réponse à cette question.

Elle se leva à moitié.

— Il faut l'avertir. Il est un suspect. Il faut le lui dire.

— Il le sait sans doute déjà.

— Alors je dois… Nous devons…

Elle se mordit le poing. Elle repensa à tout ce qui s'était passé depuis le soir où Azhar avait découvert que sa fille avait disparu avec Angelina. Et maintenant, Angelina était morte. Elle refusait l'horreur qui se dressait sur son chemin.

— Je suis désolé.

— Il faut que je…

— Ecoutez, Barbara. Je voudrais que vous vous désengagiez de cette affaire immédiatement. Sinon, je ne serai pas en mesure de vous aider. Franchement, dans l'état actuel des choses, je ne peux rien pour vous, malgré la meilleure volonté du monde.

— Je ne comprends pas…

Lynley se pencha en avant.

— Vous ne croyez quand même pas qu'Isabelle n'a aucune idée de ce que vous fabriquez, de vos allées et venues, de qui vous voyez, etc. Elle sait tout, Barbara. Et si vous ne vous reprenez pas – ici et maintenant, dans cette pièce –, vous allez droit dans le mur. J'ai été assez clair ?

— Azhar ne l'a pas tuée. Il n'avait aucun mobile puisqu'ils s'étaient réconciliés et allaient partager la garde de Hadiyyah et…

Elle n'eut pas la force de continuer, non seulement à cause de tout ce qu'elle savait sur les agissements de Taymullah Azhar en rapport avec l'enlèvement de sa fille, de la façon dont il s'était arrangé pour être en Toscane le jour où on la retrouverait, mais surtout à cause de l'expression de compassion extrême qui se peignait sur le visage de Lynley. Elle s'entendit chuchoter :

— C'est vrai. Il n'aurait pas pu faire ça.
— Dans ce cas, Salvatore nous le confirmera.
— Et en attendant... Que proposez-vous que je fasse ?
— Remettez-vous au travail.
— C'est ce que vous feriez à ma place ?
— Oui. A votre place, oui, c'est ce que je ferais.

Il mentait, bien sûr, et elle le savait : jamais Thomas Lynley n'abandonnerait un ami dans la panade.

Lucca
Toscane

Salvatore Lo Bianco fut convoqué non par *il pubblico ministero* lui-même, mais par sa secrétaire. Elle l'appela et lui ordonna, sans y mettre de quelconques formes, de se rendre à l'Orto Botanico, où l'attendrait le procureur.

— Il voudrait avoir un entretien avec vous en privé, *ispettore*.
— Tout de suite ? demanda Salvatore.
— *Sì, adesso*.

Tout de suite... Apparemment, le *signor* Fanucci était arrivé au bureau dans un grand courroux, et après avoir passé et reçu plusieurs appels téléphoniques, il s'en était trouvé encore plus furibond. Sa secrétaire conseilla vivement à l'*ispettor* Lo Bianco de prendre sur-le-champ le chemin du Jardin botanique.

Salvatore pesta, mais n'en obtempéra pas moins. Si Fanucci avait eu toutes ces communications téléphoniques, il était sans doute sur une piste. Et si à l'issue de cette série de coups de fil il avait réclamé la présence de Salvatore, il fallait s'attendre à ce qu'il ait flairé quelque chose du côté des activités de Salvatore lui-même.

Le Jardin botanique était situé intra-muros, à la lisière nord-est de la ville. Au mois de mai, il était au comble de sa luxuriance, toutes les plantes étaient en fleurs. En revanche, il n'y avait pas grand monde. A cette heure, les *Lucchese* étaient au travail. Quant aux touristes, ils étaient déjà bien assez occupés par les églises et les *palazzi*.

Salvatore trouva Fanucci en admiration devant une glycine tentaculaire au-dessus d'une auge de pierre remplie de nénuphars. En entendant les pas de Salvatore sur le gravier, il détourna son visage des entrelacs de grappes violettes pour faire face à l'inspecteur.

Piero, qui fumait un barreau de chaise, considéra Salvatore avec un mélange de tristesse et de colère. Cette dernière, sincère, jugea Salvatore, alors que la tristesse était feinte.

— Racontez-nous donc un peu, Topo, lança le magistrat en secouant sa cendre sur le sol et en l'écrasant sous sa semelle pour la faire pénétrer dans le gravier. Vous avez eu un rendez-vous avec la belle Cinzia Ruocco, hein ? Sur la Piazza San Michele, où vous avez taillé une bonne bavette. Pourquoi est-ce que je vous soupçonne d'avoir discuté de choses dont vous ne devez plus vous mêler ? Qu'est-ce que c'est encore que cette histoire, Salvatore ?

— Quelle importance, ce que m'a dit Cinzia ? Si j'ai envie de prendre un *caffè* avec une amie…

— *Stai attento*, rétorqua le procureur en le menaçant de son index. Faites attention…

Salvatore n'apprécia pas du tout le ton employé par le magistrat. Il en avait par-dessus la tête de Fanucci. Il sentit la moutarde lui monter au nez. En s'efforçant de cacher sa mauvaise humeur, il déclara :

— Je considère le décès de la dame anglaise, Angelina Upman, comme suspect. C'est mon travail d'enquêter, dans un cas tel que celui-ci. Je pense qu'il y a un lien...

— Entre quoi et quoi ?

— Je crois que vous le savez.

— Entre le kidnapping de son enfant et sa mort ? Bah. *Che sciocchezza !* Quelle absurdité !

— Dans ce cas, je serai le seul à me ridiculiser. Qu'est-ce ça change, que j'en parle à Cinzia ? Je pensais que vous seriez content... qu'elle soit morte.

Le visage de Fanucci s'empourpra et il serra son cigare entre ses dents. Salvatore n'était pas le seul à se retenir. L'un d'eux allait finir par se lâcher...

— Qu'est-ce que ça veut dire, ça ? fulmina le magistrat.

— Elle fait les manchettes des journaux. La maman de la petite Anglaise kidnappée retrouvée morte. L'enlèvement et Carlo Casparia ne sont enfin plus sous les projecteurs. Maintenant, vous pouvez vous permettre de rendre sa liberté au pauvre Carlo ce que – nous le savons tous les deux, n'est-ce pas ? – vous auriez été obligé de faire assez vite de toute façon.

— Ah bon ?

— Ne me prenez pas pour un imbécile. Nous nous connaissons depuis trop longtemps pour ça, vous et moi. Vous savez que vous vous êtes trompé au sujet de Carlo. Mais comme vous refusez d'admettre votre erreur, jusqu'ici vous n'avez pas voulu le relâcher, de crainte de subir des commentaires désobligeants de la part de la presse.

— Comment osez-vous m'insulter, Salvatore ?

— Si la vérité est une insulte... Et avec tout le respect que je vous dois, j'ajouterai que l'incapacité de reconnaître ses erreurs est un défaut majeur chez un homme qui a vos responsabilités…

— Au même titre que la jalousie ! riposta Fanucci. Non seulement elle pousse celui qui en est la proie à se conduire de manière déshonorante, mais elle l'empêche de faire son travail convenablement ! Y avez-vous jamais réfléchi, vous qui êtes tellement intelligent et *respectueux* ?

— Piero, Piero… Voyez comme vous essayez encore de biaiser ! Il ne s'agit pas de moi, ici, mais de vous. Vous avez fait perdre du temps et de l'énergie à pas mal de gens rien que pour faire coller les faits à votre théorie. Et quand j'ai refusé d'aller plus loin dans cette voie, vous m'avez remplacé par Nicodemo.

— C'est votre point de vue ?

— Il y en aurait un autre ?

— *Certo*. Votre jalousie vous rend aveugle. Vous n'avez pas cessé de l'être depuis que cette petite Anglaise a disparu sur le *mercato*. C'est votre faiblesse, Topo. Vous êtes la première victime de votre propre jalousie.

— De quoi serais-je jaloux, selon vous ?

— Votre divorce a fait de vous un homme brisé, qui s'est vu contraint de retourner vivre avec sa *mamma*, aucune autre femme ne voulant de vous. Combien vous devez être atteint dans votre virilité à voir un homme comme moi, aussi laid, oui, disons-le, répugnant même, capable de séduire et d'amener des femmes dans son lit… Elles me désirent, moi, l'immonde crapaud. Et pour couronner le tout, voilà que le crapaud vous retire votre enquête en vous taxant d'incompétence… ? Je me mets à votre place. Vous avez l'air de quoi ? Qu'est-ce que pensent de vous vos hommes, à qui on a demandé de suivre les ordres de Nicodemo plutôt que les vôtres, hein ? Mon petit Topo, vous êtes-vous interrogé sur la raison qui vous pousse à ne pas lâcher cette affaire en dépit de mes ordres ? Sur ce que vous tentez de prouver avec vos magouilles ?

Salvatore comprenait à présent pourquoi *il pubblico ministero* avait tenu à le rencontrer hors de son bureau. Il ne l'avait pas seulement convoqué pour une séance d'humiliation. Ce qu'il voulait, c'était sauver la face.

— Ah, d'accord... Donc, vous avez peur, Piero. Vous avez beau le nier, vous voyez bien qu'il y a un lien entre les deux événements. L'enfant est enlevée, la mère meurt. Si les deux faits sont liés, cela exclut Carlo Casparia, qui est en prison, Roberto Squali, qui est mort, et Michelangelo Di Massimo... Comment en effet aurait-il pu glisser une bactérie dans les aliments d'Angelina Upman ?

— Mais il n'existe pas de lien, je vous le répète.

— Comme vous voudrez, répliqua Salvatore. Vous refusez de vous remettre en question. Mais avouez que le malheureux Carlo n'y est pour rien, Piero. J'y pense, vous pourriez même transmettre l'information de la cause de la mort par *E. coli* à *Prima Voce*, avec votre discrétion coutumière, pour ne pas l'appeler « une fuite »... Les journalistes se feront un plaisir de provoquer la panique de l'opinion publique face à un risque de pandémie. Et vous profiterez de ce que tous les regards soient tournés ailleurs pour faire discrètement sortir Carlo de prison. Le temps que la presse s'en aperçoive, dit-il en claquant des doigts, de l'eau aura coulé sous les ponts. Pas de quoi en faire tout un foin... Une mort surpasse en scandale un kidnapping, même si le cadavre n'est pas celui de la personne enlevée. Vous devriez me remercier de vous avoir ôté cette épine du pied, Piero, et pas me chercher des crosses pour avoir discuté avec Cinzia Ruocco des causes du décès de cette pauvre femme...

— Je vous ordonne une fois de plus, Topo, de ne plus vous occuper de cette enquête et de transmettre à Nicodemo Triglia tout ce que vous avez, aussi bien sur l'enlèvement de l'enfant que sur le décès de la mère !

— Ainsi, finalement, vous pensez aussi que les deux sont liés. Que comptez-vous faire ? Etouffer une affaire de meurtre afin de poursuivre... Qui ? Qui est votre accusé, à présent ?... Di Massimo, je parie. Vous tenez en lui le coupable du kidnapping, tandis que la mort de la maman est à classer parmi les coïncidences malheureuses, une de ces cruelles tragédies... Vous n'avez pas le choix, n'est-ce pas, si vous voulez éviter de récolter dans la presse l'image que vous méritez, celle d'un homme borné et dépourvu de toute objectivité... en un mot, un imbécile.

Il n'en fallait pas plus pour pousser à bout Fanucci et réveiller en lui *il drago*. Le coup partit si vite que Salvatore n'eut que le temps de s'étonner de la force surprenante d'*il magistrato*. L'uppercut lui rejeta la tête en arrière. Il se mordit profondément la langue. Le deuxième coup, dans le ventre, le plia en deux. Il attendit le troisième. Celui-ci l'étala par terre. Il crut que Fanucci allait se ruer sur lui et qu'ils iraient tous les deux rouler sur le gravier comme deux collégiens. Au lieu de quoi, *il pubblico ministero*, répugnant probablement à salir son costume, lui expédia un coup de pied dans les reins.

— Vous. Ne. Me. Parlez. Pas. Comme. Ça, scanda Piero.

Salvatore parvint à articuler :
— *Basta, Piero!*

— Rira bien qui rira le dernier, Topo, lâcha Fanucci, appuyant ses mots d'un ultime coup de pied.

Ce qui était une manière, décida Salvatore, de l'autoriser à enquêter à sa guise sur la mort d'Angelina Upman.

Bene, pensa-t-il. Ce passage à tabac en valait la peine.

Lucca
Toscane

Il ne parvenait pas à insérer sa clé dans la serrure. Une chance que sa *mamma* ait l'oreille fine. Elle demanda qui était là à travers le battant. Quand elle reconnut sa voix, elle ouvrit à la volée. Il tomba dans ses bras.

Elle hurla, pleura puis maudit le monstre qui avait réduit en bouillie son seul fils. Dans des flots de larmes, elle l'aida à s'asseoir sur la première chaise venue. Il devait rester là, sans bouger, lui répéta-t-elle, pendant qu'elle téléphonait à une *ambulanza*. Ensuite, elle appellerait la police.

— La police, c'est moi, lui rappela-t-il d'une voix faible. *Non ho bisogno di un'ambulanza, mamma.*

— Quoi ? fit-elle.

Il n'avait pas besoin d'une ambulance ? Alors qu'il ne tenait pas debout, qu'il pouvait à peine parler. Il avait peut-être la mâchoire cassée. En tout cas, il avait les yeux au beurre noir, sa bouche était en sang, ses lèvres fendues, son nez... Dieu sait s'il n'était pas cassé, lui aussi ? Et ses organes internes... Elle se remit à sangloter.

— Qui t'a arrangé comme ça ? Où c'est arrivé ?

Il avait honte d'avouer à sa mère qu'*il pubblico ministero* – un homme de vingt ans son aîné – avait réussi à le mettre dans cet état.

— *Non è importante, mamma. Ma puoi aiutarmi?*

Elle se recula d'un pas et posa sa main sur son cœur. Comment pouvait-il imaginer qu'elle refuserait de l'aider, lui, son fils ? Elle était prête à lui sacrifier sa vie. Il était sa chair et son sang. Ses enfants et ses petits-enfants étaient sa raison de vivre.

Une femme ayant eu trois enfants et dix petits-enfants avait soigné un nombre incalculable de bobos, il se confia donc sans arrière-pensée à ses soins.

Sans cesser de pleurer, elle officia avec des gestes pleins de tendresse avant de l'obliger à s'allonger sur le *divano* avec ordre de se reposer. Elle allait téléphoner à ses sœurs. Quelle explication devait-elle leur donner ? Elles voudraient venir lui rendre visite… En attendant leur arrivée, elle allait lui préparer son minestrone préféré et lui allait piquer un petit somme…

— *No, grazie, mamma.*

Il se reposerait en effet un quart d'heure. Après quoi, il retournerait au travail.

— *Dio mio!*

De longues palabres s'ensuivirent où elle jura, entre autres, qu'elle fermerait la porte à clé, qu'elle se couperait les cheveux et se verserait des cendres sur la tête s'il osait seulement sortir de la Torre Lo Bianco.

Toute cette comédie amena un petit sourire sur les lèvres meurtries de Salvatore. Il transigea pour une demi-heure de repos.

Elle leva les bras au ciel. Qu'il accepte au moins de boire un remontant ! Un verre de vin ! Un doigt de *limoncello* ?

Sachant qu'elle ne le laisserait pas en paix tant qu'il n'aurait pas cédé au moins sur un point, il murmura qu'il voulait bien un petit verre de *limoncello*.

Une demi-heure plus tard à la minute près, il se leva péniblement. La tête lui tournait et il fut pris de nausée. Souffrait-il d'un traumatisme crânien ? Il se dirigea vers le miroir du vestibule.

Au moins ses cicatrices d'acné étaient-elles à présent éclipsées par les meurtrissures qui décoraient son visage, le colorant en bleu et en rouge. Les yeux bouffis, les lèvres gonflées comme si on leur avait injecté du Botox, le nez de travers dénotant peut-être une fracture... On commençait même à voir apparaître la marque du poing de Piero. Le reste de sa personne était aussi couvert de bleus. Des côtes cassées ? Ses poignets étaient douloureux.

Salvatore ne se serait pas douté que Piero Fanucci était aussi violent. A la réflexion, évidemment, ce n'était pas si étonnant. Affligé d'un doigt de trop à la main et surtout d'une laideur si ingrate que lui-même ne pouvait pas ne pas la voir, issu d'une famille pauvre et ignorante, exposé aux railleries... Quel homme ne choisirait pas de se faire agresseur plutôt que de subir en victime ? Salvatore ne pouvait se défendre d'éprouver pour lui une certaine admiration.

Cela dit, s'il ne voulait pas lui aussi faire peur aux femmes et aux petits enfants, il devait monter s'arranger un peu, d'autant que ses vêtements étaient d'une saleté abominable et même déchirés par endroits. Comment ferait-il pour grimper les trois volées d'escalier qui menaient à sa chambre ?

Il y parvint, mais cela lui prit un quart d'heure, une véritable escalade, cramponné à la rampe, pendant que la *mamma* en contrebas babillait et appelait à témoin la Sainte Vierge en priant qu'il recouvre ses esprits avant de se tuer. Il entra d'un pas vacillant dans sa chambre d'enfant et se déshabilla en s'efforçant de ne pas crier de douleur.

Dans la salle de bains, il avala quatre *aspirine* en se penchant pour boire au robinet. Après s'être aspergé le visage d'eau froide, il se sentit mieux. Plus tard, en le voyant redescendre, sa mère agita les bras en l'air en déclarant qu'elle se lavait les mains de toute autre folie furieuse qu'il s'apprêterait à commettre, puis elle détala dans la cuisine d'où s'échappèrent de grands bruits de casseroles qu'on entrechoque. Elle était quand même déterminée à préparer son minestrone. Si elle était impuissante à l'arrêter, elle allait veiller à ce qu'il soit bien nourri quand il rentrerait à la maison.

Avant de quitter la *torre*, Salvatore passa quelques coups de fil pour s'informer des derniers développements du côté des recherches sur la bactérie *E. coli* qui avait tué Angelina Upman. Les autorités sanitaires manifestaient une extrême prudence. Pour l'instant, ils considéraient qu'il s'agissait d'un fait isolé qui ne nécessitait pas de mesures de prévention particulières. Ils avaient mené l'enquête à la Fattoria di Santa Zita afin de déterminer la source de la contamination. Les résultats ayant tous été négatifs, ils poursuivaient leurs investigations ailleurs.

Ils ne négligeraient aucun des lieux où Angelina s'était rendue au cours des semaines précédant son décès. Pour l'instant, ils n'avaient pas avancé d'un pouce dans la résolution de l'énigme. Ils avaient même envisagé une contamination par contact avec le matériel de la salle d'autopsie. Des tests étaient en cours. Tout ce qu'ils pouvaient dire, c'était que rien dans la mort de l'Anglaise n'avait de sens.

Salvatore en tira la conclusion que les autorités sanitaires ne regardaient pas dans la bonne direction. Ils considéraient toujours que l'ingestion de la bactérie avait été accidentelle.

Quand on pensait meurtre, il fallait tout de suite s'interroger sur le mobile. Et dans le cas présent, sur les moyens. S'agissant du mobile, tout pointait dans la direction de Taymullah Azhar.

Qui en effet bénéficiait de la disparition d'Angelina Upman ? Le père de l'enfant... Qui souhaitait sans doute sa mort ? Le père de l'enfant, car ce décès assurait le retour de cette dernière chez son père. Sa mort pouvait aussi être l'ultime vengeance d'un homme à qui elle avait enlevé sa fille, sans parler de l'humiliation subie à cause de son infidélité. Personne d'autre n'avait de raison de la tuer... à moins qu'il n'y ait dans sa vie quelqu'un dont la police ignorait encore l'existence. Un autre homme ? Un amant éconduit ? Une amie jalouse ? Tout était possible, mais Salvatore était d'avis que la solution n'était pas à chercher aussi loin.

Il n'était pas compliqué d'en apprendre un peu plus sur Taymullah Azhar. Il suffisait d'avoir un accès Internet. Le Pakistanais n'avait apparemment rien à cacher. La liste de ses titres était impressionnante. Il était une sommité de la microbiologie, il dirigeait un laboratoire à l'University College de Londres et publiait dans les revues les plus prestigieuses. Même si ces articles étaient incompréhensibles pour le commun des mortels, Salvatore savait vaguement en quoi consistait la microbiologie. Le moment était venu d'avoir une petite conversation avec le professeur. L'ennui, c'était que son anglais n'était pas à la hauteur, il avait donc besoin d'un interprète.

Avant de se rendre à la *pensione* où résidait Taymullah Azhar, il passa un coup de fil à la *questura*. Ottavia Schwartz était à son poste. Elle si débrouillarde, pouvait-elle envoyer un traducteur le rejoindre sur la place de l'Amphithéâtre ? Pas quelqu'un de la police, peut-être un des nombreux guides qui exerçaient en ville...

— *Sì, sì, ispettore*, lui répondit-elle. *Ma perchè non un traduttore dalla questura?*

Une question qui relevait du simple bon sens, d'autant qu'ils avaient en permanence sous la main une employée polyglotte qui assurait l'interprétariat pour tous les postes de police de Lucca. Mais Salvatore voulait à tout prix éviter que son initiative parvienne aux oreilles de Piero – une rouste par jour, cela lui semblait amplement suffisant.

Il répondit à Ottavia qu'il souhaitait maintenir la même discrétion que précédemment.

Un des tunnels d'accès à la place de l'Amphithéâtre étant assez large pour laisser passer une petite voiture, il alla se garer devant le parterre de plantes grasses, sous les fenêtres de la Pensione Giardino. Là, il téléphona à l'inspecteur Lynley afin de lui demander son aide. Celui-ci lui assura qu'il agirait sans éveiller la méfiance de l'University College.

Salvatore traversa la place pour prendre un *espresso* debout au zinc. Ignorant les regards en coulisse du barman dévoré de curiosité, il prit son temps pour boire son *caffè*. Après quoi il retourna à sa voiture où l'attendait, comme convenu, la traductrice.

Il eut soudain horriblement mal aux côtes, sans doute avait-il respiré trop fort. Le choix d'Ottavia avait-il été délibéré ou était-ce un concours de circonstances ? La jeune enquêtrice s'étant probablement bornée à faire appel à une agence... Toujours est-il que face à lui, adossée à la voiture de police, derrière d'énormes lunettes de soleil, son ex-femme scrutait la place, sans doute impatiente de voir arriver le policier avec lequel elle avait rendez-vous.

Ainsi, Birgit s'était mise à l'interprétariat en freelance, en marge de son enseignement à l'université de Pise... Salvatore l'ignorait. Cela ne lui ressemblait pas, même si Birgit, qui était suédoise, parlait couramment six langues. Elle ne devait pas manquer de clients pour arrondir ses fins de mois. Vu son maigre salaire de fonctionnaire, il ne pouvait pas lui verser une pension alimentaire bien conséquente.

Elle fumait une cigarette. Elle était aussi blonde et séduisante que jamais. Salvatore se prépara au clash. Quand elle l'aperçut, elle pinça les lèvres.

— *Non voglio che i tuoi figli ti vedano così!* lui lança-t-elle sèchement. Hors de question que tes enfants te voient comme ça.

C'était typique de Birgit. Elle ne s'était même pas préoccupée de savoir ce qui lui était arrivé. Mais il était d'accord avec elle, lui non plus n'avait pas envie que les enfants le voient dans cet état.

Il lui déclara qu'il était étonné qu'elle ait accepté un travail d'interprète. Elle haussa les épaules, un geste typiquement italien acquis à force de vivre en Toscane.

— C'est pour le fric. Y en a jamais assez.

Etait-ce un appel du pied ? Elle ne lui glissa pas un de ses regards sardoniques. Il en conclut qu'elle se contentait d'énoncer un fait.

— Tu expliqueras à Bianca et Marco que leur papa n'a pas le temps de les voir pendant un jour ou deux...

— J'ai un cœur, Salvatore, au cas où tu en douterais.

Il la détrompa. Il estimait seulement qu'ils n'étaient pas faits l'un pour l'autre et que leur mariage avait été une erreur.

Elle laissa tomber son mégot par terre et l'écrasa avec le fin talon d'un de ses stilettos grâce auxquels elle le dépassait presque d'une tête.

— Tu as sous-estimé la puissance du désir.

— Non, non, même à la fin, je...

— Je ne parle pas de toi, Salvatore, repartit-elle avant de désigner la *pensione*. Notre anglophone loge ici ?

Il opina et la suivit à l'intérieur.

Taymullah Azhar ? La *signora* Vallera, tout en inspectant avec curiosité Birgit, si grande, si blonde, en tailleur, avec son foulard autour du cou et ses boucles d'oreilles en argent, leur dit que le professeur et sa fille avaient projeté d'aller acheter des fleurs et de se rendre à vélo au Cimitero Comunale, mais qu'ils n'étaient pas encore sortis. Ils étaient toujours dans la salle à manger, en train d'étudier le plan de la ville. Devait-elle les prévenir ?

Salvatore fit non de la tête et prit le chemin de la salle à manger en se guidant sur le son cristallin de la charmante voix de Hadiyyah Upman. Sans doute, à neuf ans, ne pouvait-on pas prendre la mesure de ce que la perte d'une mère représentait pour l'avenir.

En les voyant entrer, Taymullah Azhar posa une main protectrice sur l'épaule de sa fille. Il regarda d'abord Birgit puis Salvatore, dont l'aspect lui fit froncer les sourcils.

— *Un incidente*, lui dit l'Italien.

— Un accident... traduisit Birgit, avec l'air de vouloir ajouter : « Une mauvaise rencontre. »

Elle informa Azhar que l'inspecteur Lo Bianco avait quelques questions à lui poser en précisant, inutilement puisque Azhar était déjà au courant, que l'inspecteur possédait une maîtrise limitée de l'anglais.

— Khushi, dit Azhar à Hadiyyah. Il faut que je parle une minute avec ces personnes. Si tu veux bien m'attendre... La *signora* Vallera te permettra peut-être de jouer avec la petite Graziella à la cuisine... ?

La fillette leva son joli visage vers Salvatore et répliqua :

— Les bébés ne savent pas jouer, papa.

— Vas-y quand même, commanda son père d'un ton ferme.

Elle sortit en courant et en criant quelque chose en italien que Salvatore ne saisit pas. Birgit et lui s'assirent à la table sur laquelle était étalé un plan de la ville. Azhar replia ce dernier impeccablement tandis que la *signora* Vallera vint leur demander s'ils voulaient du café. Ils acceptèrent. En attendant qu'elle le leur apporte, Salvatore s'enquit poliment de la santé de Hadiyyah et de celle d'Azhar.

En écoutant d'une oreille ses réponses, il observait attentivement le Pakistanais en songeant à tout ce qu'il avait appris à son sujet depuis les révélations de Cinzia Ruocco, et à l'opinion de cette dernière sur sa découverte. Ce qu'il savait pour l'instant, c'était qu'Azhar était un microbiologiste, mais il ignorait si un des microbes qu'il étudiait était *E. coli*. Tout comme il n'avait aucune idée du mode de transport employé pour une bactérie aussi virulente, ni de comment on s'arrangeait pour la faire ingérer à une personne sans qu'elle s'en aperçoive.

Par l'intermédiaire de Birgit, il s'enquit :

— *Dottore*, pouvez-vous me décrire les relations que vous entreteniez avec la maman de Hadiyyah ? Elle vous a quitté pour le *signor* Mura. Elle est retournée auprès de vous par la suite en faisant semblant de vous aimer pour mieux redisparaître, cette fois avec

Hadiyyah. Vous ne saviez pas où elles étaient, n'est-ce pas ?

Contrairement à la plupart des gens, qui fixent l'interprète quand il ou elle traduit, Azhar regarda seulement Salvatore d'un bout à l'autre de l'interrogatoire. Une étrange forme de discipline, songea ce dernier.

— Nos relations étaient mauvaises, répondit Azhar. Comment pouvait-il en être autrement ? Elle m'avait enlevé Hadiyyah.

— Elle avait d'autres amants de temps en temps... pendant que vous viviez ensemble ?

— C'est ce qu'on m'a dit récemment.

— Vous ne le saviez pas ?

— A Londres ? Non, je ne le savais pas. Pas jusqu'à ce qu'elle me quitte pour Lorenzo Mura. Et encore, je ne le connaissais pas, je savais seulement qu'il y avait un homme quelque part. Quand elle est revenue, j'ai pensé... eh bien, qu'elle m'aimait, oui. Et quand elle est partie avec Hadiyyah, j'en ai conclu qu'elle était retournée auprès de celui pour qui elle m'avait quitté la première fois, qui qu'il soit.

— Voulez-vous dire qu'elle aurait pu vous quitter pour un autre que le *signor* Mura ?

— Oui. Nous n'en avons pas parlé, et quand nous nous sommes revus, après le kidnapping, ce n'était pas la peine d'en discuter.

— Même une fois que vous étiez en Italie ?

Les sourcils d'Azhar formèrent une unique barre noire au-dessus de ses yeux. A cet instant, la *signora* Vallera leur apporta leur *caffè* et une assiette de *biscotti*. Salvatore en prit un et le laissa fondre dans sa bouche. La *signora* Vallera leur servit leur *caffè* dans un simple pichet de cuisine en céramique.

Après son départ, Azhar répondit en italien à la question de Salvatore :

— *Non capisco, ispettore.*

— Je voudrais que vous me disiez si vous en vouliez à cette femme pour tout le mal qu'elle vous avait fait.

— Nous nous faisons tous du mal les uns aux autres. Mais je crois que nous nous étions pardonné l'un à l'autre. Hadiyyah était plus importante pour nous que toutes les rancœurs.

— Donc vous en aviez, des rancœurs…

Azhar confirma d'un signe de tête.

— … et au cours de votre séjour ici, aucune dispute ? Aucune accusation ? Aucune récrimination ?

Birgit hésita sur la traduction du mot « récrimination », mais après avoir consulté un dictionnaire de poche elle termina la phrase. Azhar affirma qu'il n'y en avait eu aucune à partir du moment où Angelina avait compris qu'Azhar n'avait rien à voir avec l'enlèvement de leur fille, même s'il avait eu toutes les peines du monde à la convaincre et n'y était parvenu qu'en lui fournissant la preuve de son séjour à Berlin à la même époque.

— Ah, oui, Berlin… Un symposium ?

— Un symposium de microbiologie, en effet.

— Avec de nombreuses participants ?

— Oui, environ trois cents.

— Dites-moi, en quoi consiste le travail d'un microbiologiste ? Veuillez pardonner mon ignorance. Nous autres policiers, énonça Salvatore avec un sourire de regret, menons des vies étriquées.

Il vida un sachet de sucre dans son *caffè* et reprit un des petits biscuits en forme de flocon, qu'il fit fondre sur sa langue.

Azhar, quoique peu convaincu par les protestations de l'inspecteur, décrivit en quoi consistait son métier, ses cours aux étudiants, ses recherches en laboratoire, les papiers qu'il écrivait pour rendre compte de ses résultats. Il parla aussi de ses collègues, et des symposiums.

— Ces microbes peuvent être extrêmement dangereux, je crois, dit Salvatore.

Azhar expliqua qu'ils l'étaient plus ou moins, et parfois pas du tout. Ceux qu'on nommait « microbes bénins ».

— Mais ceux-là ne vous intéressent pas, je suppose.
— En effet.
— Des autres, vous devez vous protéger, non ?
— Lorsque l'on travaille avec des microbes pathogènes, il y a de nombreuses règles de sécurité à respecter, confirma Azhar. En outre, les laboratoires sont adaptés aux risques. Plus les niveaux de danger biologique sont élevés, plus les installations elles-mêmes sont sécurisées.

— *Sì, sì, capisco*. Mais si vous me permettez cette question : quel est l'intérêt d'étudier ces microbes s'ils sont tellement dangereux ?

— Nous cherchons à comprendre comment s'effectue leur mutation. Cela sert, entre autres, à les repérer plus rapidement et à mettre au point des traitements pour guérir ceux qui sont contaminés par ces bactéries.

— Combien de microbes y a-t-il ?
— Ils sont si nombreux que l'on ne les compte pas, des milliards sans doute, et sans cesse en mutation.

Salvatore se versa un *caffè* et leva le pichet pour en proposer à Birgit et à Azhar. Birgit avança sa tasse, Azhar refusa poliment. Il tambourina sur la table en regardant par-dessus l'épaule de Salvatore la porte de la salle à manger. La voix haut perchée de Hadiyyah qui bavardait gaiement leur parvenait de la cuisine. Elle s'exprimait en italien. Un enfant, ça apprend si vite, songea Salvatore.

— Et dans votre laboratoire, *dottore* ? Quelle bactérie ou quel microbe étudiez-vous ? A quel niveau de danger biologique ?

— Nous étudions la génétique évolutive des maladies infectieuses.

— *Molto complesso*, murmura Salvatore.

— En effet, très complexe, acquiesça Azhar en se passant de la traduction.

— Avez-vous des microbes de prédilection dans votre laboratoire, *dottore* ?

— Les streptocoques.

— Et que faites-vous avec ces... streptocoques ?

Cette question sembla laisser Azhar songeur. De nouveau ses sourcils se rejoignirent.

— Pardonnez-moi. Ce n'est pas facile de simplifier... pour se faire comprendre d'un profane...

— *Certo. Ma provi, dottore*. Bien sûr, mais essayez, docteur...

Azhar garda le silence quelques secondes puis se lança :

— Nous suivons des procédures qui nous permettent d'obtenir des réponses aux questions que nous nous posons à propos du microbe.

— Quel genre de questions ?

— Leur pathogenèse, leur émergence, leur évolution, leur virulence, la transmission...

Il marqua une pause pour laisser à Birgit le temps de trouver les mots en italien.

— Mais la raison de tout cela ? insista Salvatore.

— L'étude des mutations et de leurs effets sur la virulence, conclut Azhar.

— En d'autres termes, comment sa mutation rend le microbe plus mortel.

— Exact.

— Un microbe en mutant peut tuer quelqu'un ?

— Encore exact.

Salvatore hocha pensivement la tête. Il dévisagea Azhar plus longtemps qu'il n'était nécessaire, ce qui n'échappa pas au Pakistanais, en état d'alerte depuis que la police lui avait confisqué son passeport. Ainsi, on avait établi un lien entre son travail et la mort de la mère de sa fille. Avec la plus grande prudence, il s'enquit :

— Vous avez une raison précise pour m'interroger, inspecteur ? Puis-je la connaître ?

Salvatore fit la sourde oreille.

— Qu'arrive-t-il à vos microbes quand ils voyagent, *dottore* ? Je veux dire, quand on les transporte d'un endroit à un autre ?

— Cela dépend du mode de transport. Mais je ne comprends pas en quoi cela vous intéresse, inspecteur.

— Il est donc possible de les transporter ?

— Oui, mais…

— Une femme en parfaite santé a fait une défaillance rénale, le coupa Salvatore. Il y a forcément une raison à cela.

Azhar se figea, comme s'il craignait que le plus petit geste ne le trahisse.

— Voilà pourquoi nous vous avons prié de rester en Italie pour le moment, reprit Salvatore. Souhaitez-vous avoir un avocat qui parle anglais ? Vous devriez aussi veiller à laisser la petite Hadiyyah entre de bonnes mains si jamais…

— Je m'occupe de Hadiyyah, l'interrompit Azhar d'un ton glacial.

— Ce que je vous conseille, *dottore*, c'est de vous préparer à toutes les éventualités.

Azhar se leva et déclara d'une voix calme :

— Je dois aller trouver ma fille à présent, inspecteur. Je lui ai promis que nous irions fleurir la tombe de sa mère. Je compte tenir ma promesse.

— Comme tout bon père se doit de le faire, répondit Salvatore.

Chelsea
Londres

Un temps idéal pour rouler en décapotable, se dit Lynley en filant le long de la Tamise par une magnifique matinée du mois de mai. D'autres itinéraires permettaient de rejoindre Chelsea depuis New Scotland Yard, mais aucun n'offrait un aussi beau spectacle que Millbank puis Grosvenor Road : arbres couverts d'un feuillage frais et scintillant que n'avaient pas encore atteint la poussière, la saleté et la pollution de la ville ; joggeurs courant sur les trottoirs larges qui suivaient les méandres du fleuve ; péniches et bateaux circulant paresseusement vers Tower Bridge ou Hampton Court ; jardins luxuriants touchés par l'explosion printanière... Il y avait bien longtemps que Thomas Lynley ne s'était senti aussi vivant et en paix avec le monde.

Ce qui n'avait pas été le cas, un peu plus tôt, pendant qu'il rapportait à la commissaire Ardery ce que Salvatore Lo Bianco lui avait révélé au téléphone.

« Nom d'un chien, Tommy, mais c'est de pire en pire ! » s'était-elle exclamée en se levant.

Elle s'était mise à faire les cent pas. Lors de son deuxième passage devant la porte de son bureau, elle l'avait refermée. Pourtant Isabelle Ardery perdait rarement son sang-froid, elle n'était pas du style à se mettre dans tous ses états pour rien. Lynley avait attendu patiemment la suite.

« J'ai besoin d'air, et vous aussi, avait-elle fini par déclarer.

— Isabelle…

— De l'air, j'ai dit ! Je vous prie de me prendre au mot tant que vous ne me trouvez pas par terre ivre morte. »

Comme elle le connaissait bien ! avait songé Lynley en esquissant une grimace.

« Compris. Désolé. »

Elle avait accepté ses excuses d'un signe de tête puis rouvert la porte qu'elle venait de fermer et lancé à Dorothea Harriman, qui s'attardait dans le couloir, tout à la fois prête à assister le patron et à l'affût de ragots :

« J'ai mon portable ! »

Et sans plus attendre elle s'était dirigée vers les ascenseurs.

Ils étaient sortis tous les deux, Isabelle s'arrêtant devant l'entrée, au pied du panneau tournant au nom de la Metropolitan Police, New Scotland Yard.

« A des moments comme celui-ci, la cigarette me manque.

— Si vous me racontez ce qui est arrivé, je vous dirai si c'est pareil pour moi.

— Là-bas », avait-elle répliqué en indiquant le jardin public au croisement de Broadway et de Victoria Street.

Une simple pelouse à l'ombre de platanes avec, dans le fond, un monument à la mémoire des suffragettes.

Isabelle n'avait pas continué jusqu'au parchemin géant en bronze. Elle s'était adossée à un tronc d'arbre.

« Comment procéderez-vous sans alerter le professeur Azhar ? lui avait-elle demandé. De toute évidence, vous ne pouvez pas y aller vous-même. Et envoyer Barbara reviendrait à vous tirer dans un organe vital ! Vous le savez aussi bien que moi, Tommy. Du moins je l'espère. »

L'insistance passionnée de ces dernières paroles avait incité Lynley à penser qu'elle avait omis de lui transmettre certaines informations lors de leur dernière entrevue, ou bien qu'elle avait de nouveau reçu un de ces satanés rapports de l'inspecteur Stewart. Il s'était avéré que la deuxième supposition était la bonne.

« Elle est allée voir le privé...

— Doughty.

— Doughty. Et le dénommé Bryan Smythe.

— Mais, tout ça, nous le savons déjà, Isabelle...

— En compagnie de Taymullah Azhar, Tommy. Pourquoi ne l'a-t-elle pas signalé dans son rapport ? »

Il avait pesté intérieurement. C'était le bouquet ! Ou le pompon ! Ou quoi que ce soit d'autre !

« Quand ? s'était-il enquis alors qu'il connaissait la réponse. Quand sont-ils allés le voir ? Et comment avez-vous appris...

— Le jour où elle était en retard, vous savez, quand elle a prétendu avoir dû faire une halte à la station-service ou avoir été prise dans les embouteillages... Je ne me rappelle même plus.

— John Stewart a encore frappé, à ce que je vois. Isabelle, vous allez supporter encore longtemps ses machinations ? Ou lui avez-vous ordonné vous-même de prendre Barbara en filature...

— N'essayez pas de changer le sujet. Ça commence à ressembler à de la dissimulation de preuves, en tout cas c'est beaucoup plus grave que de raconter que sa pauvre mère est tombée d'un tabouret…

— Je suis le premier à dire qu'elle a eu tort de mentir…

— Alléluia ! Et maintenant, à votre avis, quelles preuves cherche-t-elle à escamoter ?

— Le crime en question n'a pas été commis sur le territoire britannique…

— Je ne suis pas idiote, Tommy. Concédez-moi au moins ça. Elle dépasse les bornes, là. Nous le savons aussi bien l'un que l'autre. J'ai commencé ma carrière en enquêtant sur les incendies criminels. Quand ça sent le roussi, c'est qu'il y a le feu quelque part. »

Il avait attendu qu'elle lui parle des billets d'avion pour le Pakistan. Rien ne venant, il avait conclu qu'Isabelle ignorait encore ce volet de l'histoire. Sinon, pourquoi ne lui en aurait-elle pas parlé ?

« Et vous, avait-elle repris, vous étiez au courant, pour ces visites en compagnie d'Azhar ? »

Il avait espéré éviter cette question. Mais, comme elle le disait elle-même, elle n'était pas une idiote. Il la regarda droit dans les yeux.

« Oui. »

Elle les leva au ciel, tout en croisant ses bras sous ses seins.

« Vous la protégez en faisant, vous aussi, de la rétention d'information…

— Non.

— Alors, que dois-je penser de…

— Que je ne sais pas encore tout, Isabelle. Et tant que je n'ai pas compris ce qu'il se passe, je n'ai aucune raison de vous embêter avec ça.

— Vous cherchez à la protéger, c'est ça ? Quel qu'en soit le prix. Bordel, mais qu'est-ce qui ne va pas chez vous, Tommy ? Vous risquez votre carrière... »

Comme il ne répondait pas, elle avait enchaîné :

« Mais que vous importe votre carrière, au fond ? J'oubliais ! Vous autres aristocrates avec vos titres et vos châteaux... Vous pouvez toujours vous retirer dans votre palais de Cornouailles... Rien ne vous oblige à travailler. Vous faites ça en dilettante. C'est une plume à votre chapeau...

— Isabelle, *Isabelle* », avait-il répété en esquissant un pas en avant.

Elle avait levé la main.

« Non.

— Quoi, alors ?

— Regardez un peu plus loin que le bout de votre nez. Au lieu d'être obnubilé par le sergent Havers, rendez-vous compte dans quelle position elle nous met. Ce n'est pas seulement sa carrière à elle qui est en jeu, mais les nôtres. »

Il avait bien dû s'avouer que jusqu'à cet instant précis il n'avait pas envisagé une minute que, si jamais les faits venaient à s'ébruiter, la mauvaise conduite de Barbara pût rejaillir sur leur patron. Il lui fallait considérer la situation d'un œil neuf : Isabelle Ardery était en effet responsable de tous ceux qui se trouvaient sous ses ordres, et par conséquent de tous leurs agissements.

Si l'on découvrait que l'un des leurs avait basculé de l'autre côté de la barrière, il fallait s'attendre à un « grand ménage » dans leurs rangs. On se débarrasserait des « ripoux », ce qui rassurerait l'opinion publique, et Isabelle Ardery se verrait dans l'obligation de donner sa démission.

« Cette situation, Isabelle… Cela ne prendra pas des proportions pareilles.

— Comment le savez-vous ?

— Regardez-moi. »

Elle obtempéra, comme à regret. Dans ses yeux, il avait lu la peur.

« Je ne permettrai pas que quiconque torpille votre carrière », avait-il promis.

A présent, tandis que la Healey Elliott tournait le coin de Cheyne Walk, Lynley s'efforçait de repousser le souvenir de sa promesse à Isabelle Ardery. La question dépassait en sévérité, et en urgence, le problème de la complicité présumée de Barbara avec Taymullah Azhar, Dwayne Doughty et Bryan Smythe. N'empêche, il avait le cœur gros en se garant en haut de Lawrence Street.

Après avoir rebroussé chemin à pied jusqu'à Lordship Place, il franchit le portail et commença à traverser le jardin, qui lui était aussi familier que le sien.

Il les trouva en train de terminer un déjeuner en plein air, sous le magnifique cerisier en fleur qui ornait le milieu de la pelouse : son ami de toujours, l'épouse de celui-ci et le père de celle-ci… Tournés vers l'énorme chat gris qui se coulait le long d'une bordure de monnaies-du-pape, de pâquerettes et de campanules, ils se disputaient justement à son sujet : était-il temps pour Alaska – tel était le nom du chat – de se retirer de sa carrière de chasseur de souris ?

Au grincement du portail, ils se retournèrent.

— Ah, salut, Tommy ! s'écria Simon Saint James.

— Tu tombes à point. Tu t'y connais en chats ? lui lança Deborah.

— Je sais qu'ils ont neuf vies, sinon, je crains de ne pas être un expert.

— Dommage.

Joseph Cotter, le père de Deborah, se leva en disant :

— Monsieur le comte veut-il un café ?

Lynley fit signe à Cotter de se rasseoir. Il monta sur la terrasse qui menait à la porte de la cuisine et en redescendit avec une chaise. La table accueillait les reliefs d'un bon repas : des haricots verts aux amandes, un sauté d'agneau, une salade, une miche de pain croustillante largement entamée et une bouteille de vin rouge dans le même état. Manifestement, Cotter s'était mis aux fourneaux. Deborah était bourrée de talents, mais ceux-ci s'arrêtaient au seuil de la cuisine. Quant à Saint James... S'il parvenait à beurrer son toast, on pouvait ouvrir le champagne.

— Alaska a quel âge ? s'enquit Lynley en s'installant parmi eux.

— Je n'en sais rien, tu vois. Je crois que lorsqu'on l'a eu... J'avais dix ans, non, Simon ?

— Il ne peut pas avoir dix-sept ans, décréta Lynley. Combien de vies a-t-il déjà épuisées ?

— Huit, répondit Saint James.

Puis il se tourna vers sa femme et ajouta :

— Peut-être quinze.

— Moi ou le chat ?

— Le chat, mon amour.

— Eh bien, je pense que la chasse aux souris est toujours d'actualité pour Alaska, conclut Lynley en bénissant de loin le chat qui bondissait sur une feuille.

— Tu vois, dit Deborah à son mari. Tommy a raison.

— Il sait tout sur les félins, ironisa Simon.

— Je suis surtout doté d'un solide sens de la diplomatie, repartit Lynley. Où est la chienne ?

— Elle est punie, si l'on peut punir un teckel, l'informa Deborah. Elle est enfermée dans la cuisine, privée de sauté d'agneau.

— Pauvre Peach.

— Tu n'as pas vu de quoi elle est capable, objecta Saint James.

— Elle vous regarde avec cette expression d'une tristesse irrésistible, précisa Deborah.

Lynley gloussa. Il profita encore quelques instants de cet agréable moment en compagnie de ses amis, dans ce joli jardin, par ce beau temps... Puis, navré d'avoir à rompre l'enchantement, il déclara :

— En fait, j'ai une question à poser... d'ordre professionnel...

Comme Joseph Cotter faisait mine de se lever, Lynley lui assura qu'il n'y avait pas de secret dans la mission qui l'amenait à Chelsea. Cotter répliqua que de toute façon il avait la vaisselle à faire. Après avoir pris le grand plateau debout contre l'arbre, il le chargea avec l'aide de Deborah, et bientôt le père et la fille laissèrent les deux hommes seuls.

— Alors, quelle est cette question ?

— A vrai dire, elle est d'ordre scientifique.

Lynley lui résuma le plus brièvement possible la situation. Simon écouta avec la plus grande attention. Quand Lynley eut terminé, il demeura quelques instants pensif puis se demanda tout haut :

— Est-ce qu'il pourrait s'agir d'une erreur de manipulation du laboratoire ? Un cas isolé de contamination par un biofilm aussi virulent... Ce pourrait tout autant être un meurtre qu'une erreur de diagnostic au cours de l'autopsie. Si elle a bien ingéré la bactérie pathogène, peut-on déterminer à quelle date cela s'est produit ? Ton inspecteur Lo Bianco va avoir du mal à prouver quoi que ce soit. Et en particulier de quelle manière elle aurait ingéré cette bactérie...

— Je suppose que c'est la raison pour laquelle il veut commencer par le labo. Peux-tu t'en charger pour moi ?

— Tu veux que je fasse un saut à l'University College ? Bien sûr.

— D'après Azhar, ses recherches portent sur les streptocoques. Lo Bianco voudrait savoir si son labo a d'autres centres d'intérêt. Quant au transport...

Du coin de l'œil, Lynley vit Alaska bondir dans la bordure fleurie. Il s'ensuivit de violents remous dans les pâquerettes tandis qu'une bataille apparemment faisait rage.

— Aurait-il pu transporter sans problème ce biofilm par avion de Londres en Toscane, Simon ?

— Il suffit de le mettre dans un tube rempli d'un milieu adéquat, un bouillon de culture et un solidifiant. Sur un solide, on peut séparer les bactéries de l'agrégat. Dans une boîte de Pétri, elles ne feront pas que survivre, elles proliféreront.

— Quelle quantité faut-il pour tuer quelqu'un ?

— Cela dépend de leur degré de toxicité, répondit Saint James.

— Celle-ci, d'après Lo Bianco, est une souche d'*E. coli* très dangereuse.

— Bon, alors, je serai prudent, déclara Simon en pliant sa serviette et en s'aidant de ses bras pour se lever péniblement.

Se lever, pour Simon, qui était handicapé, était toujours une opération malcommode, mais Lynley se garda bien de lui proposer son aide.

*Victoria
Londres*

En voyant qui l'appelait, Barbara se réfugia en toute hâte dans la cage d'escalier. Des voix résonnaient tout en bas, puis elles se turent tandis que les gens franchissaient sans doute la porte palière vers leur service. Elle dit à Azhar :

— Comment allez-vous ? Où êtes-vous ? Qu'est-ce qui se passe là-bas ?

En dépit de ses efforts pour cacher sa panique, elle sentit qu'il l'avait perçue lorsqu'il lui répondit :

— J'ai pris un avocat. Il s'appelle Aldo Greco. Je voulais vous communiquer son numéro de téléphone, Barbara.

Elle avait un crayon, mais pas de papier. Elle chercha désespérément un bout de quelque chose par terre autour d'elle, mais, ne voyant rien, elle écrivit sur le mur jaune pisseux, en se disant qu'elle reporterait ensuite le numéro dans ses contacts sur son portable.

— C'est bien. C'est ce qu'il faut faire, approuva-t-elle.

— Il parle parfaitement anglais. Il paraît que j'ai de la chance de me trouver dans cette région de l'Italie. Si cela m'était arrivé dans une petite ville au sud de Naples, aucun avocat n'aurait accepté de quitter la grande ville pour me défendre. Je répète ce qu'on m'a dit, évidemment.

Il lui faisait la conversation, constata Barbara, le cœur serré à la pensée qu'il se sente obligé de s'entretenir de tout et de rien avec elle, son amie…

— Comment ont-ils réagi, à l'ambassade ? Vous avez parlé à quelqu'un du consulat ?

C'était le consulat qui lui avait fourni la liste des avocats en Toscane, lui répondit-il. Ils ne pouvaient rien faire de plus, sinon prévenir sa famille, ce qui était bien la dernière chose qu'il souhaitait !

— Ils m'ont dit que lorsqu'un citoyen britannique a des ennuis à l'étranger, c'est à lui de se débrouiller pour en sortir.

— Sympa, répliqua Barbara. Je me suis toujours demandé où passaient nos impôts…

— Ils ont sûrement des problèmes plus graves à régler. Après tout, ils ne me connaissent pas et n'ont aucune raison de me croire lorsque je leur affirme que la police veut seulement m'interroger… Alors, je peux comprendre.

Barbara s'aperçut qu'en l'écoutant elle le voyait presque comme s'il se tenait devant elle, dans son habituelle chemise blanche parfaitement repassée et son pantalon de coloris sombre, le tout bien coupé près du corps, ce qui seyait à sa minceur. Il avait toujours eu l'air si svelte et diaphane, si différent des autres hommes. Son apparence respirait en outre une profonde gentillesse, une bonté dont elle pouvait témoigner pour l'avoir vue à l'œuvre. C'est pourquoi, guidée par l'esprit de justice, elle se décida finalement à lui livrer l'information qui allait lui permettre de se préparer à l'épreuve qui s'annonçait.

— Son insuffisance rénale a été causée par une toxine, Azhar. La toxine de shiga.

Un silence, puis :

— Quoi ?

Comme s'il avait mal entendu, ou qu'il n'y croyait pas.

— L'inspecteur Lynley a téléphoné au flic italien pour moi. C'est de cette manière qu'il l'a su.

— L'inspecteur Lo Bianco ?
— Oui. D'après lui, c'est cette... shiga qui a provoqué sa maladie.
— Comment est-ce possible ? La souche d'*E. coli* qui sécrète la shiga-toxine...
— Elle a dû ingérer quelque part. Oui, il a parlé de souche virulente. Comme les médecins n'ont pas fait le diagnostic, ils lui ont donné des antibiotiques...
— Oh, mon Dieu, murmura-t-il.
Barbara se tut. Au bout de quelques secondes, il reprit d'un ton neutre, comme s'il pensait tout haut :
— Voilà donc pourquoi il m'a posé cette question...
Puis il ajouta d'une voix pressante :
— Il y a forcément une erreur, Barbara. Il ne peut pas y avoir eu seulement une personne contaminée. C'est impossible. Cette bactérie, *E. coli*, elle contamine toujours des aliments. Quelqu'un d'autre serait tombé malade. Vous voyez où je veux en venir ? Cela n'a pas pu se produire. C'est sûrement une erreur du laboratoire.
— Au sujet des laboratoires, Azhar... Vous devinez ce que je vais vous dire, n'est-ce pas ? Les flics italiens et les laboratoires ?
Cette fois, le silence se prolongea à l'autre bout. Il prenait peu à peu la mesure de la gravité de sa situation. Ou du moins, c'était ce qu'elle voulait bien se dire. Non, il n'était pas en train de calculer l'effet de son silence, de prévoir sa prochaine réplique, de combiner des projets. Il était en train de récapituler en son for intérieur la façon dont les événements s'étaient enchaînés depuis la disparition d'Angelina et de Hadiyyah.
Soudain, il proféra calmement :
— Les streptocoques, Barbara.
— Comment ?

— C'est ce que nous étudions dans mon laboratoire de l'University College. Certains labos ont plusieurs sujets de recherche, nous n'en avons qu'un. Bien entendu, nous étudions plusieurs espèces de ce micro-organisme. Mais seulement du genre *Streptococcus*. Celui qui m'intéresse particulièrement est celui qui est responsable des méningites chez le nourrisson.

— Azhar, il n'est pas nécessaire de vous justifier...

— La mère le transmet à l'enfant pendant son passage dans le canal génital, continua Azhar comme s'il n'avait rien entendu.

— Je vous crois, Azhar.

— Nous essayons de trouver des moyens de prévenir l'infection.

— Je comprends.

— Il y a d'autres espèces sur lesquelles travaillent les étudiants qui préparent des mémoires ou leur thèse. Mais moi, je me cantonne à celui que je vous ai décrit. Comme Angelina était enceinte, ils vont m'interroger là-dessus, je suppose. Quelle coïncidence extraordinaire que je manipule justement des germes que l'on trouve chez la femme enceinte ? Et ils seront d'autant plus sceptiques qu'après tout j'ai organisé l'enlèvement de ma propre fille...

— Azhar, *Azhar*...

— Je n'ai pas touché à un cheveu d'Angelina. Vous ne pouvez pas me soupçonner.

Non, en effet, elle n'y pensait même pas. Seulement il y avait tout le reste.

— Le kidnapping... ces billets pour le Pakistan, répliqua-t-elle. Si jamais les flics italiens l'apprennent, que vont-ils... ?

— Nous sommes les seuls à savoir ces choses-là, Barbara, l'interrompit-il.

— Et que faites-vous de Doughty et de Smythe ?

— Ils travaillent pour nous et non l'inverse. Ils ont reçu des instructions... Vous devez me croire... Je ne lui ai rien fait. D'accord, je n'aurais jamais dû, pour le kidnapping, mais savez-vous ce que l'on ressent lorsqu'on vous enlève votre enfant... ?

— Le Pakistan, Azhar. Des allers simples. Lynley est au courant. Il enquête de son côté.

— Pourquoi aurais-je prévu un vol pour juillet si j'avais l'intention d'assassiner Angelina en mai ? Une fois qu'elle était morte, je n'en aurais pas eu besoin.

Pour détourner les soupçons, ne put s'empêcher de se dire Barbara, réalisant soudain la possibilité d'un subterfuge. Devant son mutisme, Azhar s'estima contraint de s'expliquer davantage, comme une préparation à son interrogatoire à venir par Lo Bianco :

— Si vous me croyez coupable, dites-moi donc comment je me serais procuré cette bactérie. Bien entendu, quelque part en Angleterre, il y a sûrement un chercheur qui l'étudie, peut-être même à Londres. J'ignore qui. Mais, oui, ce ne serait pas compliqué pour moi de le découvrir. Pour moi ou un autre.

— Je comprends, Azhar, mais vous devez considérer la probabilité...

Soudain, elle se rappela son devoir de loyauté envers Lynley, Hadiyyah, elle-même, et enchaîna :

— Azhar, vous m'avez déjà menti une fois...

— Mais là, je ne vous mens pas ! Et quand bien même je l'ai fait autrefois... Comment pouvais-je vous informer de mon projet ? M'auriez-vous laissé le mettre à exécution ? Non, bien sûr que non. Un officier de police ? Il fallait que j'agisse seul.

Un assassinat se prépare en général dans le plus grand secret, songea Barbara.

Le silence s'étira entre eux tel un reproche muet. Finalement, Azhar demanda :

— Vous ne voulez vraiment plus rien faire pour moi ?

— Je n'ai pas dit ça...

— Mais c'est ce que vous pensez, n'est-ce pas ? « Je dois prendre mes distances avec cet homme, sinon je peux dire adieu à ma carrière. »

Tout à fait juste, et à la formulation près ce que lui avait dit Lynley. Si elle voulait s'en sortir, elle devait se donner une longueur d'avance sur la police italienne.

Le West End
Londres

Mitchell Corsico allait lui servir de bouée de sauvetage. Après avoir inscrit le numéro de l'avocat d'Azhar dans son portable, elle effaça les chiffres sur le mur de la cage d'escalier et téléphona au journaliste.

— Il faut qu'on se voie. Angelina Upman est morte. Pourquoi vous n'avez rien publié là-dessus ?

— Qui dit qu'on n'a rien publié ? rétorqua-t-il, flairant sans doute un piège.

— Eh bien, je n'ai rien vu.

— Et c'est ma faute ?

— La nouvelle n'a pas fait la une ? Vous avez loupé le coche, mon vieux. Bon, on ferait mieux de discuter, et *pronto* !

Le salopard, il allait mordre à l'hameçon ou quoi ?

— Dites-moi pourquoi elle ferait la une et j'accepterai peut-être de vous rencontrer, Barb.

Elle ravala son exaspération.

— Est-ce que *The Source* a seulement exploité ce fait divers ? Une petite Anglaise kidnappée et retrouvée dans un couvent, enfermée par une folle qui se prend pour une religieuse. Maintenant, sa mère meurt brutalement. Ce n'est pas une histoire suffisamment juteuse pour votre lectorat ?

— Hé, elle a fait la page 12. Si au moins elle avait eu la bonne idée de se suicider, elle aurait fait la une, mais quoi ? Une mort naturelle… On l'a enterrée dans les pages intérieures… Excusez le jeu de mots, il est involontaire, conclut-il en pouffant.

— Et si je vous apprenais en échange d'une parution en première page qu'elle est morte d'une façon que pour l'instant la police italienne préfère ne pas divulguer ?

— Quoi, c'est le Premier ministre qui l'a tuée ? Non, je sais ! C'est le pape, hein ?…

Encore un gloussement. Barbara avait envie de l'étrangler.

— Elle est morte à l'hosto. Elle est tombée dans le coma et n'en est jamais sortie. Ses reins étaient foutus. Alors vous, comme ça, vous suggérez que quelqu'un est entré sur la pointe des pieds dans sa chambre et a fichu du poison dans sa perf ?

— Je suggère simplement que vous et moi ayons une petite conversation entre quat'z-yeux…

Elle le laissa soupeser la chose à sa guise, et en profita pour réfléchir fébrilement à la présentation propre à faire saliver le journal à scandale qu'était *The Source*. Au fil des ans, il devenait de plus en plus nationaliste et chauvin. Elle pourrait hisser l'Union Jack et compter les points entre les « Brits » et les « Macaronis »… Mais pas tout de suite. D'abord, accrocher ce blaireau…

— Bon, dit-il finalement. Mais vous avez intérêt à ce que ça soit du premier choix, Barb.

— Premier choix garanti.

Et pour être gentille, elle l'invita à sélectionner le lieu de rendez-vous de son choix. Ce fut Leicester Square, devant le kiosque de revente de billets à moitié prix pour les représentations du soir même. L'officiel, pas un des autres. Elle le reconnaîtrait au panneau annonçant les différents spectacles, drames, comédies et comédies musicales. Il la retrouverait là.

— J'aurai une rose à la boutonnière, lui susurra-t-elle.

— Oh, je crois que je vous reconnaîtrai à votre air désespéré.

Ils convinrent d'une heure. Elle arriva en avance. Leicester Square était d'un bout de l'année à l'autre un rêve pour terroristes, mais, l'été approchant, c'était encore pire. Une foule de touristes prenait d'assaut les terrasses, encerclait les musiciens de rue, se pressait autour des kiosques. A la mi-juillet, cette foule se muerait en horde et il deviendrait impossible de traverser la place.

Elle se planta devant le panneau et fit semblant de consulter les offres. Des comédies musicales, toujours plus de comédies musicales. Ou bien des stars de Hollywood s'essayant à brûler les planches – Shakespeare devait se transformer en toupie dans sa tombe, songea-t-elle.

A dix-neuf heures et des poussières, alors qu'elle écoutait distraitement les gens autour d'elle – Que fallait-il ne pas manquer ? *Les Miz*[1] allaient-ils encore se jouer pendant cent ans ? –, une odeur de lotion après-rasage lui picota les narines – ses aïeules devaient éprouver un choc analogue quand elles respiraient des sels. Bref, Mitchell Corsico se tenait à ses côtés.

---

1. C'est ainsi que l'on appelle en anglais la comédie musicale *Les Misérables*.

— Qu'est-ce que c'est que ce parfum ? Galop de Cheval ? Enfin, Mitchell, dit-elle en s'éventant avec sa main, la tenue ne vous suffit plus ?

Pendant combien de temps un homme – fallait-il préciser un adulte ? – pouvait-il s'amuser à se déguiser en « Lone Ranger » sur la piste de son compagnon indien Tonto ?

— C'est vous qui avez organisé cette réunion. Il y a intérêt à ce que ce soit juteux, sinon je ne serai pas un cow-boy heureux…

— Et que diriez-vous d'une tentative de la part des Italiens d'étouffer quelque chose d'énorme ?

Il promena son regard sur les visages crispés de ceux qui se bousculaient pour lire le panneau et se mit à marcher en direction de Gerrard Street, dans le quartier chinois. Une fois sur un coin de trottoir plus tranquille, il s'arrêta et se tourna vers Barbara.

— Vous jouez à quoi ? J'espère que ce n'est pas une blague.

— Les Italiens connaissent la cause de la mort d'Angelina Upman, mais ils ne vont pas la divulguer. Ils ne veulent pas que les journaux s'en emparent afin d'éviter l'hystérie collective et, naturellement, le retentissement sur l'économie, la nervosité des marchés boursiers… Je continue ?

Corsico leva les yeux vers la grappe de ballons d'un vendeur à la sauvette qui passait devant eux.

— C'est quoi, la cause ?

— Une souche d'*E. coli*. Super-virulente. Mortelle. La pire qui soit.

Les yeux du journaliste se plissèrent.

— Comment vous le savez, vous ?

— Je le sais parce que c'est comme ça, Mitchell. J'étais présente quand ils ont appelé.

— Qui a appelé qui ? Où ça ?
— L'inspecteur Lynley. Il a reçu un appel de l'enquêteur de Lucca.

De sournoise, l'expression de Corsico se fit pensive – il soupesait ce qu'elle venait de lui révéler. Il n'était pas idiot. Une nouvelle était ce qu'elle était. Il fallait quelque chose de plus pour la rendre piquante. Le fait que Lynley y soit mêlé semblait être ce plus.

— Et pourquoi vous me le dites, à moi ? C'est bizarre, non ?
— Evident, plutôt.
— Pas pour moi.
— Bon sang ! Vous savez bien que cette bactérie s'ingère avec des aliments contaminés...
— Bon, elle aura avalé un truc pourri, et après ?
— Ce n'est pas comme si elle était tombée sur une chips au vinaigre avariée, mon pote. La source de la contamination est quelque part. Qui sait dans quoi ou quelle chaîne de production ? Les épinards, les brocolis, la viande hachée, les tomates en boîte, la laitue... Elle a peut-être consommé une lasagne où s'était glissée la bactérie tueuse, pour ce qu'on en sait. Si jamais l'opinion publique l'apprend, il va souffler un vent de panique. Un pan entier de l'économie...
— Vous parlez de l'industrie de la lasagne ?
— Vous savez parfaitement de quoi je parle.
— Bon, elle a peut-être commandé un hamburger et le cuistot aura oublié de se laver les mains avant de couper les tomates ? ronchonna-t-il en se balançant d'un pied sur l'autre dans ses santiags, le stetson en arrière.

Il commençait à s'attirer des regards étonnés de la part des touristes, qui cherchaient des yeux une caisse à violon ou tout autre réceptacle susceptible de recevoir quelques pennies pour ce pauvre homme. Heureusement, la plupart restaient agglutinés sur Leicester Square, où se produisaient des numéros beaucoup plus spectaculaires que celui de ce gugusse costumé pour jouer dans un western.

— Et de toute façon, poursuivit-il, il n'y a eu qu'un cas jusqu'ici. Une personne, un hamburger, une tomate contaminée.

— Je ne suis même pas certaine qu'ils servent des hamburgers à Lucca.

— Vous savez très bien ce que je veux dire. Ce pourrait aussi bien être une salade. Une salade de tomates, tiens, avec ce fromage italien, c'est quoi son nom déjà, et ces feuilles infectes qu'ils flanquent par-dessus…

— J'ai une tête à manger ce genre de chose, Mitchell ? Voyons, je dépose à vos pieds une nouvelle qui va faire un malheur en Italie d'un jour à l'autre, et vous êtes le seul à en avoir l'exclusivité, parce que, croyez-moi, les gars là-bas n'ont aucune envie que ça se sache et que le monde entier boycotte les produits italiens…

— Et pourquoi devrais-je vous croire ?… Pourquoi vous n'êtes pas déjà dans un avion pour la Toscane, alors ? Ah ! Où est votre papa gâteau, d'ailleurs, en ce moment ?

Il n'était pas question qu'il aille parler à Azhar.

— Je ne sais pas ce qu'il devient. Il est parti à Lucca pour les funérailles. Il doit être rentré. Ou bien il est resté avec sa gamine. C'est bien mon dernier souci. Ecoutez, faites ce que bon vous semble avec ce truc. Moi, je pense que c'est de l'or. Vous pensez que c'est du plomb ? Très bien, ne faites pas de papier. Il y a d'autres journaux qui seront…

— Je n'ai jamais dit ça ! Mais je n'aimerais pas me cogner encore un pétard mouillé.

— Comment ça ?

— Enfin, Barb, la gosse a été retrouvée saine et sauve...

Barbara le dévisagea avec une intensité qui aurait dû inquiéter le journaliste. Elle avait une telle envie de lui écraser la pomme d'Adam qu'elle s'en griffa l'intérieur des paumes.

— Vous avez raison, Mitch, réussit-elle à articuler toutefois, avec l'impression que sa tête était sur le point d'éclater. C'était moche pour vous, ça, et je m'excuse de ne pas y avoir pensé... Cela aurait été tellement plus croustillant de découvrir un cadavre, mutilé de préférence... Ça, au moins, c'est des histoires vraies qui font vendre...

— Je dis seulement... Cette affaire pue, on est d'accord. Mais si elle ne puait pas, on ne serait pas là à bavarder...

— Quoi ? Une collusion entre flics italiens et politiciens italiens pour étouffer la révélation d'une pandémie plus que probable, ça ne pue pas assez pour vous ? C'est à prendre ou à laisser. J'attends votre décision.

Sur ces paroles, elle pivota sur ses talons et se dirigea vers Charing Cross Road. Elle n'était pas tout près de New Scotland Yard, mais une petite marche à pied lui ferait du bien : elle avait vraiment besoin de relâcher la vapeur.

Wapping
Londres

Dwayne Doughty avait plusieurs théories concernant Emily Cass et comment elle pouvait se permettre d'habiter un loft dans Wapping High Street, mais il préférait ne pas trop s'y attarder. Toutefois, il devinait que Bryan Smythe, pour sa part, devait être en train de spéculer sur les différentes sources de revenus permettant d'occuper un deuxième étage dans un ancien entrepôt aménagé avec vue sur la Tamise. Etait-elle propriétaire ? se demandait sûrement Smythe. Le prix de ces lofts était colossal. Elle n'avait évidemment pas les moyens de se le payer avec son salaire. Il y avait sûrement un homme là-dessous. Une femme entretenue ? Ou alors elle vivait avec un riche. C'était plus probable. En échange de prouesses érotiques d'un style accessible seulement aux personnes dans une super forme athlétique, elle était invitée à vivre entre des murs aux briques apparentes, tout comme l'étaient les poutres et la tuyauterie. Naturellement, les appareils ménagers étaient en inox. Il y avait de quoi grincer des dents... Pauvre Smythe, se disait Doughty, il aurait les molaires usées à l'issue de leur séance de débriefing.

Cette réunion à Wapping était l'idée d'Emily. Etant donné ce qu'ils mijotaient, il n'était pas question de discuter dans un endroit où les flics s'étaient déjà pointés et risquaient de revenir montrer leurs trombines. Pas question non plus de choisir un lieu public. Ne restait que son loft, où ils étaient à présent assis sur des sofas en cuir presque au ras du sol, autour d'une table en verre plus basse encore, le tout surplombant la Tamise. Elle avait posé sur la table un service à café en inox, des tasses et les pâtisseries apportées par Bryan en guise de contribution. Quant à lui, Dwayne se régalait d'un croissant fourré à l'abricot et se préparait à faire main basse sur la tartelette aux pommes, sachant qu'Emily n'y toucherait pas.

Dwayne avait conscience que cette migration était directement liée au processus de désintégration que subissait depuis un certain temps la bonne entente de leur « bande des Trois ». S'ils étaient demeurés dans son bureau, elle l'aurait soupçonné d'enregistrer en douce la conversation. Idem pour Bryan en son palais de South Hackney. Ici, au moins, à Wapping, elle avait l'impression d'avoir les choses en main. Dwayne voulait bien lui concéder ça.

L'objectif de cette réunion était de s'assurer qu'ils dansaient tous sur le même air, s'agissant de ce qu'ils nommaient « l'affaire italienne ». Ainsi qu'un groupe de conspirateurs, ils se tenaient penchés au-dessus de la table basse où étaient étalés des documents et prenaient soin de parler à voix basse.

Les documents avaient été fournis par Bryan Smythe qui, avec l'aide d'autres pirates informatiques et d'« amis » infiltrés, s'était chargé de confirmer les dires de Doughty à propos de ses liens avec Michelangelo Di Massimo. Il avait ainsi « bidouillé » sur les sites Internet des banques non seulement les relevés des virements effectués vers le compte du détective de Pise, mais aussi ceux prouvant que ce dernier avait effectué plusieurs versements sur celui de Roberto Squali pour le kidnapping. Dès lors, si quelqu'un voulait vérifier la version de Doughty, il verrait qu'il s'était pratiquement contenté de rembourser Di Massimo de ses frais – carburant, kilométrage, repas... En revanche, le Pisan – toujours d'après le relevé bancaire créé de toutes pièces par Bryan – avait payé de grosses sommes à Squali, toutes transactions dont évidemment, en dépit des accusations de Di Massimo, Doughty ignorait l'existence. Dwayne Doughty était en dehors du coup, point final. Restait à Bryan à effectuer quelques manipulations complexes pour envoyer des mails de confirmation des virements.

Bien entendu, cet échafaudage dans l'espace cybernétique ne tenait qu'à une seule condition : les flics italiens ne devaient pas engager des bidouilleurs informatiques pour fouiller dans les systèmes britanniques. En d'autres termes, Doughty & Cie misaient sur la négligence, l'incompétence et la corruption prétendument coutumières à tous les pays méditerranéens dans les domaines de la justice, de la politique et, fatalement, de la technologie.

Une fois le problème Di Massimo traité de façon à faire avaler la pilule à la police italienne, il ne leur restait pas moins une épine dans le pied, laquelle avait pour nom l'inspecteur Barbara Havers. Cette femme infernale n'avait pas encore rendu les clés USB avec les fichiers de sauvegarde de Smythe, qui pouvaient les faire couler en dévoilant ses forfaits passés sur la Toile. L'empêcher de nuire allait être difficile, mais, Smythe étant un génie, il avait réussi à inclure dans le relevé de compte de Barbara un virement à Di Massimo correspondant au penny près à la somme virée par ce dernier à Squali. Smythe étant aussi un perfectionniste, il avait fait virer la même somme du compte de Taymullah Azhar à celui de Barbara, bien entendu à une date antérieure. Barbara Havers allait être la première étonnée de sa complicité dans l'enlèvement de la petite Hadiyyah Upman.

13 mai

Lucca
Toscane

Aïe ! se dit Salvatore en ouvrant le colis qui était arrivé par le courrier avec un cachet de la poste de Londres. Sur les documents rédigés en anglais, les seuls mots déchiffrables étaient : *Michelangelo Di Massimo*, imprimés sur chaque feuille.

Il était en principe dans l'obligation de remettre ces documents à Nicodemo Triglia. Celui-ci n'était-il pas chargé désormais de l'enquête sur le kidnapping ? Seulement, Salvatore préférait savoir de quoi il s'agissait avant de lui transférer ces nouveaux éléments. Où pourrait-il bien trouver quelqu'un pour les lui traduire, qui n'ait rien à gagner à courir tout raconter à *il pubblico ministero* ? La réponse lui vint instantanément : Birgit !

Son ex-femme refusait qu'il vienne chez elle, de cela elle ne fit pas mystère quand il lui téléphona. Comme s'il avait envie que Bianca et Marco le voient avec le visage tuméfié ! Ils se donnèrent rendez-vous dans le petit square en face de la Scuola Dante Alighieri avant l'heure de la sortie des classes.

Il la trouva assise au fond du square, derrière les jeux

pour les enfants, sur un banc à l'ombre d'un sycomore. Sur des bancs voisins, au soleil, deux mamans avec des enfants en bas âge endormis dans leurs poussettes fumaient en parlant dans leurs portables.

Salvatore s'assit précautionneusement à côté de son ex-femme. Il s'était bandé le thorax afin d'immobiliser ses côtes et, si cela s'était révélé efficace contre la douleur, ses mouvements en étaient limités, au même titre que sa respiration.

— Comment ça va ? lui demanda-t-elle. Tu as vraiment une sale mine, tu sais ?

Elle prit une cigarette dans son paquet et la lui offrit. Il était tenté. Une bouffée de nicotine lui ferait le plus grand bien. Sauf que le simple fait d'inhaler allait le mettre au supplice. Il refusa.

— Ce ne sont que des bleus. Ça va passer. Ce n'est rien.

— Tu aurais dû porter plainte contre lui, Salvatore.

— Auprès de qui ? De lui ?

Elle alluma sa cigarette.

— Alors, tu n'as qu'à lui flanquer une raclée dont il se souviendra. Quel exemple offre un père qui ne sait pas se défendre à son fils ? Qu'est-ce que Marco va penser ?

Des années de mariage avaient appris à Salvatore à ne pas s'aventurer avec elle sur ces questions philosophico-pédagogiques. Il se contenta de sortir de leur enveloppe les documents à faire traduire. Des relevés bancaires, des copies de mails, des relevés téléphoniques… et, surtout, des mémos qui pour l'instant étaient pour lui incompréhensibles.

— Tu devrais apprendre l'anglais, lui dit-elle. Je ne sais pas comment tu peux fonctionner avec une seule langue, et ne me raconte pas que tu parles français, je te rappelle que sans mon aide tu ne te serais jamais fait comprendre de ce serveur à Nice.

Elle lut en silence. Salvatore observa un des petits qui essayait de descendre de sa poussette alors que sa mère continuait à bavarder au téléphone. La deuxième maman raccrocha et se mit aussitôt à envoyer un sms. Salvatore soupira en maudissant la vie moderne.

Birgit fit tomber un peu de cendre par terre, tourna la page et continua à lire avec des « hum » et des hochements de tête. Puis, finalement, elle se tourna vers lui.

— C'est écrit par un certain Dwayne Doughty. Il t'envoie tout cela à la requête d'un officier de Scotland Yard. Ce Doughty décrit comment il a engagé Michelangelo Di Massimo parce qu'il avait lui-même réussi à pister la maman de la petite Hadiyyah jusqu'à l'aéroport Galileo de Pise. Il énumère les différentes méthodes employées par Di Massimo pour la localiser et t'envoie, en guise de preuve, les copies des factures. Di Massimo lui a affirmé n'avoir trouvé aucune trace de la maman et de la fillette. Toujours selon Di Massimo, après enquête auprès des agences de location de voitures, elles auraient été accueillies par des résidents du pays et emmenées quelque part. C'est ce qu'il a dit en tout cas à ce Doughty, qui a transmis l'information au père de la fillette, avec les nom et coordonnées du *signor* Di Massimo au cas où il voudrait vérifier. Il affirme qu'ensuite, si d'autres arrangements ont été faits, c'est entre ces deux hommes. Lui n'a plus rien à voir avec cette affaire.

Ce que déclarait le privé londonien contredisait la déposition de Di Massimo, mais cela n'avait rien d'étonnant, jugea Salvatore. Les suspects avaient tendance à s'accuser les uns les autres.

— Il joint aussi à sa lettre les accusés de réception de virements effectués depuis le compte de…

Birgit laissa sa phrase en suspens pendant qu'elle cherchait la feuille concernée.

— ... Taymullah Azhar. Selon Doughty, s'il y a eu une suite, cela s'est passé entre cet homme et Di Massimo. Il te conseille de vérifier toi-même le compte bancaire du *signor* Di Massimo. Toujours selon lui, longtemps après, le *signor* Azhar aurait contacté Di Massimo, peut-être pour enlever sa fille ? Ce n'est pas écrit noir sur blanc, mais il précise que ses communications avec Di Massimo ont cessé fin décembre – tous les documents ci-joints l'attestent. De même les relevés bancaires de Di Massimo, si tu arrives à les avoir.

Birgit tendit la lettre et les documents annexes à Salvatore, qui les glissa dans leur enveloppe.

— C'est drôle qu'il les mentionne à deux reprises, reprit Birgit... Tu ne trouves pas ? Tu les as vérifiés, Salvatore ? Si tu ne l'as pas encore fait, il est toujours temps.

Salvatore s'adossa au banc et étira ses jambes avec une grimace de douleur.

— *Certo*. Di Massimo a été payé par ce détective, en effet. Mais ce qu'il raconte dans cette lettre est une autre histoire.

— Mais tous ces relevés de banque, toutes ces preuves...

— Aussi peu fiables qu'une déclaration d'amour dans la bouche d'une pute, *cara*. Tu ne peux pas imaginer combien on peut manipuler les données informatiques, ce type me prend pour un demeuré ou quoi ? Il croit qu'il peut me lancer sur une fausse piste avec toute cette paperasse... Il me prend pour un connard de Macaroni imbibé de chianti, un abruti qui ne voit pas qu'on le mène en bateau...

— Tu as de la fièvre ou quoi ?

— Je dis que le *signor* Doughty souhaite vivement que l'on ferme ce dossier, avec Michelangelo Di Massimo et personne d'autre, ou plutôt Di Massimo et le professeur pakistanais, sur le banc des accusés.

— Mais c'est envisageable, non ?

— *Certo*.

— Et même si c'est ce Doughty qui a payé le *signor* Di Massimo pour kidnapper la petite... Il est hors d'atteinte pour toi, ici, à Lucca ? Comment exiger son extradition sans preuves ?

— Tu vois, Birgit, Doughty raisonne comme si je n'avais pas déjà examiné les relevés bancaires de Di Massimo. Il ne sait pas que j'ai déjà une copie de tout ça ni que je vais de ce pas comparer ce que je tiens avec ce qu'il vient de m'envoyer. Et il ignore que j'ai...

Salvatore sortit de la poche de son veston la copie de la carte au smiley que lui avait envoyée le capitaine Mirenda et la lui tendit.

Après avoir lu le message, Birgit lui rendit la carte en disant :

— Ça veut dire quoi, « Khushi » ?

— C'est son petit nom.

— A qui ?

— C'est ainsi que le père surnomme sa fille.

Salvatore lui expliqua le pourquoi du comment, à savoir comment cette carte était passée des mains de Squali à la chambre de la Villa Rivelli, où on l'avait retrouvée sous le matelas. Squali aurait pu à la rigueur écrire le mot, mais comment aurait-il inventé celui de « Khushi » ?

— C'est son écriture ? s'enquit Birgit.

— Celle de Squali ?

— Celle du papa.

— J'ai comparé la carte avec le registre de la *pensione* et, bon, je ne suis pas graphologue, mais il me semble que la même main a écrit sur les deux. Je suppose qu'en la montrant au professeur j'obtiendrai la vérité. Peu de gens savent mentir. Je pense qu'il se classe parmi les gens qui n'y arrivent pas. N'empêche que sa fille l'a cru.

Salvatore expliqua à Birgit grâce à quel stratagème la petite avait été enlevée.

— Mais est-elle capable de reconnaître l'écriture de son père ? dit Birgit. Pense à Bianca. Reconnaîtrait-elle la tienne ? Que lui as-tu jamais écrit d'autre que « Bisous de ton papa qui t'aime » sur une carte d'anniversaire ?

Salvatore pencha la tête de côté. Birgit lui donnait du grain à moudre.

— Et si c'est bien l'écriture du papa, n'est-ce pas la preuve que le privé de Londres dit vrai ? Le papa écrit le petit mot et le poste à Michelangelo Di Massimo, qui engage Squali pour enlever l'enfant en plein marché parce qu'il n'a pas envie d'être impliqué…

— C'est tout à fait juste, approuva Salvatore. Mais pour l'heure, ce n'est plus tellement l'enlèvement qui m'intéresse.

Il se déplaça légèrement sur le banc afin de dévisager son ex-femme. En dépit de leurs désaccords et de la regrettable disparition de son désir pour lui, il reconnaissait que Birgit avait la tête sur les épaules. Le moment était bien choisi pour lui révéler sa principale préoccupation.

— L'enquête sur le kidnapping m'a été retirée officiellement, enchaîna-t-il. Mon devoir me commande de remettre ces documents à Nicodemo Triglia. Sauf que si je les lui remets, je serai dessaisi de tout le reste.

— « Tout le reste » ?

Il lui expliqua que la mort d'Angelina Upman n'était pas aussi simple qu'elle y paraissait.

— Le meurtre est un crime plus grave que le kidnapping, non ? En tenant Nicodemo et... oui, disons-le tout net, Piero Fanucci occupés avec Michelangelo Di Massimo, qu'ils considèrent comme leur suspect numéro un, je me donne la possibilité de continuer mon enquête sur le père de la petite, ce qui me serait impossible si Nicodemo et Piero avaient connaissance de cette carte.

— Ah, je vois, répliqua-t-elle en se frottant les mains. Garde donc la carte et laisse Piero Fanucci patauger dans sa merde.

— Tu oublies que Michelangelo Di Massimo est en train de payer pour les autres.

— Tu ignores à quelle date cette carte est arrivée en Italie. Tu ne sais même pas qui l'a envoyée. Elle pourrait être vieille de plusieurs années et avoir servi en d'autres circonstances, ou avoir été récupérée par une tierce personne qui aura cherché à en tirer profit... Tant de choses ont pu se produire, *caro*.

Rougissant d'avoir laissé échapper un terme d'affection, elle se dépêcha d'ajouter :

— Salvatore. De toute façon, il serait bon que quelqu'un remonte les bretelles à Piero. Je pense qu'il faut le laisser se ridiculiser devant la presse : « Di Massimo est notre kidnappeur ! Nous avons des preuves ! Nous irons au procès ! » Et le jour J, tu enverras anonymement la carte à l'avocat de Di Massimo... Tu ne dois rien à Piero. Comme tu dis, le meurtre, c'est plus grave qu'un kidnapping.

Elle lui sourit.

— Crois-moi, Salvatore, fais-le ! Trouve le coupable du meurtre et de l'enlèvement, et que Fanucci aille au diable !

Au tour de Salvatore de sourire, brièvement, car c'était trop douloureux.

— Tu vois ? s'exclama-t-elle. C'est pour ça que je suis tombée amoureuse de toi.

— Si seulement ça avait duré…

Lucca
Toscane

De retour dans son bureau, Salvatore trouva, posés au milieu de sa table, une pile de photographies et un petit mot de l'ingénieuse Ottavia Schwartz. Elle s'était arrangée pour les faire imprimer dans la plus grande discrétion. Tous ceux qui avaient assisté aux funérailles et à l'enterrement d'Angelina Upman étaient là.

— Bruno était présent, Salvatore.

Il leva les yeux. Ottavia s'était coulée dans la pièce et avait refermé la porte derrière elle. A la vue de son visage bariolé, elle blêmit.

— *Il drago?* souffla-t-elle en appuyant ses paroles d'un geste obscène à l'égard d'*il pubblico ministero*.

Elle vint se mettre debout à côté de Salvatore et lui montra la photo de Daniele Bruno, reconnaissable à ses oreilles en forme de conque marine, debout parmi un groupe d'hommes entourant Lorenzo Mura. Ottavia pêcha un deuxième cliché de lui, penché vers Lorenzo, lui parlant manifestement à voix basse devant la tombe. Mais qu'est-ce que cela prouvait ? lui demanda Salvatore. Qu'est-ce qui le différenciait de toutes les autres personnes venues présenter leurs condoléances à Lorenzo Mura ? Comme ce dernier, Bruno jouait dans le club de foot de la ville. Etait-il le seul de son espèce à assister aux funérailles de la bien-aimée de Mura ?

Non, l'équipe était au complet, répondit Ottavia. Ainsi que les parents des petits élèves de Mura. Les *Lucchese* s'étaient déplacés en nombre. Les seuls étrangers à la communauté étaient le Pakistanais et les proches d'Angelina Upman.

Salvatore sortit une loupe de son tiroir et examina le visage de la sœur d'Angelina. Rarement deux jumelles lui avaient paru aussi identiques. En général, il y avait toujours un détail qui les différenciait. Dans le cas de Bathsheba Ward, il ne voyait pas ce que ce pouvait être. On aurait dit qu'Angelina avait ressuscité. C'était tout à fait sidérant.

Victoria
Londres

L'épouse de Daniele Bruno était bien hôtesse de l'air et faisait partie du personnel navigant des vols entre Pise et Londres, mais si l'on avait pu croire un moment tenir là une nouvelle piste, il fallut vite déchanter, comme l'avait déjà supposé Lynley avant d'effectuer cette recherche pour Salvatore Lo Bianco. La *signora* Bruno atterrissait plusieurs fois par jour à Gatwick, point barre. Elle ne passait jamais la nuit à Londres. Et lorsque, à cause du mauvais temps ou pour toute autre raison, un vol se trouvait annulé, ce qui ne s'était pas produit depuis au moins douze mois, elle restait dormir dans un hôtel de l'aéroport avec ses collègues.

Lynley en informa Salvatore, lequel admit que la piste Daniele Bruno était une impasse. Il avait vu les photos de l'enterrement. Bruno y était, « *certo* », mais tous les autres aussi.

— Je pense qu'il n'a rien à voir avec rien, conclut Salvatore en anglais.

Après tout, se dit Lynley, qui s'abstint de souligner que cette double négation le rendait en fin de compte coupable de quelque chose, cette rencontre entre Lorenzo Mura et Bruno sur le terrain de foot désert était peut-être le fruit de l'imagination embrumée de Carlo Casparia. Il n'oubliait pas qu'ils avaient obtenu cette information alors que le pauvre garçon était en garde à vue depuis des jours, sans rien à manger, ou très peu, privé délibérément de sommeil et de came par les méthodes très personnelles du procureur. Daniele Bruno était sans doute aussi peu impliqué dans leur affaire que son épouse.

Pourtant, il devait bien y avoir quelque part une personne détenant l'élément qui leur manquait…

Et ils pensaient tous les deux savoir qui était cette personne…

L'arrivée de Saint James à New Scotland Yard souleva un nouvel espoir chez Lynley, vite déçu. Il retrouva son ami à la réception et ils prirent l'ascenseur pour la cafétéria.

Saint James n'avait eu aucun mal à visiter le laboratoire d'Azhar. Etant donné ses titres universitaires, sa réputation en matière médico-légale et son statut d'expert auprès des tribunaux, il avait ses entrées partout. Il lui avait suffi de passer quelques coups de fil, en prétextant souhaiter un rendez-vous avec le professeur de microbiologie Taymullah Azhar. Ce dernier étant hélas en déplacement, deux chercheurs lui proposèrent aimablement de lui servir de guides pendant sa visite au labo. « Entre confrères, n'est-ce pas, on doit s'entraider… »

Un laboratoire high-tech, avec des équipements ultramodernes, qui avait impressionné Saint James par ses dimensions. Mais la recherche portait uniquement sur les streptocoques, en particulier sur les mutations de certaines souches.

— D'après ce que j'ai pu voir, il n'y a rien qui cloche.

— Tu peux être plus précis ?

— Le matériel est conforme à ce type de recherche : hottes, centrifugeuses, autoclave, réfrigérateurs pour conserver l'ADN, congélateurs pour les isolats bactériens, incubateurs pour les cultures de bactéries, ordinateurs... Ils travaillent sur deux problématiques : le streptocoque responsable de la fasciite nécrosante et...

— Explique-moi ça.

Saint James versa un sachet de sucre dans son café et remua le tout avec sa petite cuillère.

— C'est une maladie rare de la peau. On parle là de « bactéries mangeuses de chair »...

— Oh, quelle horreur !

— La seconde porte sur le streptocoque responsable de la pneumonie, la septicémie et la méningite. L'un et l'autre de ces germes sont à prendre très au sérieux, mais le deuxième – *Streptococcus agalactiae* – traverse la barrière hémato-encéphalique et peut être mortel.

Après un instant de réflexion, Lynley demanda :

— Est-il possible qu'un des chercheurs travaille sur *E. coli* ?

— Rien n'est impossible, Tommy. Mais pour le savoir, il faudrait être une petite souris. Certains équipements pourraient servir à la culture d'*E. coli*. Seulement, les bouillons ne seraient pas les mêmes, les incubateurs non plus. Le strepto nécessite un incubateur contenant du dioxyde de carbone. Ce qui n'est pas le cas d'*E. coli*.

— Se pourrait-il qu'il y ait un autre genre d'incubateur dans le labo ?

— Oui, bien sûr. Ils sont au moins douze à bosser dans ce labo. L'un d'eux peut très bien tripatouiller du *E. coli* dans son coin.

— Sans qu'Azhar en ait connaissance ?

— Sans doute pas, à moins que cette personne ne soit animée de très mauvaises intentions.

Ils échangèrent un long regard. Saint James reprit :

— C'est une drôle d'affaire, n'est-ce pas ?

— Tu peux le dire.

— Cet Azhar, c'est un ami de Barbara ? Elle serait peut-être plus chanceuse que moi, Tommy. Qu'elle trouve donc un prétexte pour visiter le laboratoire…

— Je crains que ce ne soit pas envisageable.

— Et un mandat de perquisition, alors ?

— Si les choses en arrivent là, oui.

Saint James dévisagea Lynley avant de lancer :

— Mais tu espères que ça va s'arranger avant ?

— Je ne sais plus trop ce que j'espère.

Victoria
Londres

Il aurait aimé pouvoir discuter avec Barbara de ce qu'il venait d'apprendre grâce à Saint James. Cela faisait tellement d'années qu'il s'appuyait sur elle quand il s'agissait d'analyser une situation au cours d'une enquête. Hélas, cette fois, elle se montrerait sans doute peu coopérative, réticente à dire quoi que ce soit qui puisse menacer Taymullah Azhar. Il en était par conséquent réduit à cogiter seul dans son coin.

Son premier constat, c'était que l'esprit criminel responsable de la mort d'Angelina Upman était extrêmement malin. En s'arrangeant pour que nulle autre personne de son entourage ne soit contaminée, on favorisait la thèse d'une mort naturelle : la malheureuse avait succombé à une complication, les médecins ne s'étant pas aperçus de la gravité de sa maladie parce qu'elle était déjà souffrante. En outre, elle avait refusé de rester à l'hôpital.

Personnellement, ses soupçons pesaient sur Lorenzo Mura, mais pourquoi aurait-il voulu tuer la femme qui portait son enfant, celle qu'il aimait et avait l'intention d'épouser... A moins, bien entendu, que sa tendresse n'ait été qu'une façade.

Il tenta de se remémorer son attitude lors de ses différentes rencontres avec lui. Lorenzo avait eu mille et une occasions de verser le biofilm dans la nourriture d'Angelina, étant donné qu'il était aux petits soins pour elle en ce début de grossesse difficile. La question à se poser était plutôt : comment se serait-il procuré ce biofilm ? Un souvenir lui revint brusquement. La première fois qu'il s'était rendu à la *fattoria*. Il l'avait aperçu en train de discuter avec un homme.

Cet homme dont il ignorait l'identité avait donné à Lorenzo Mura une enveloppe joufflue. Qu'avait fourni comme explication Lorenzo ?... Ah oui ! L'argent que le paysan lui devait pour l'achat d'un ânon.

Et si ce paysan lui avait aussi apporté...

Lynley prit son téléphone et appela Salvatore Lo Bianco.

De toute façon, il avait des tas de choses à lui dire. Il commença par la visite de Saint James au laboratoire de Taymullah Azhar et termina par le mystérieux acheteur à la Fattoria di Santa Zita.

— Mura a prétendu que c'était un paiement en espèces pour un ânon. Sur le moment, cela ne m'a pas paru suspect, mais puisqu'il n'y a pas trace d'*E. coli* au labo...

— Il n'y en a peut-être plus aujourd'hui, répliqua Salvatore. Mais aussi il n'en a plus besoin, n'est-ce pas, *ispettore* ?

— Il s'en serait débarrassé à son retour à Londres, une fois qu'Angelina aurait eu ingéré ce qu'il avait emporté en Italie… Mais une pensée m'est venue. Voici. Je vous la livre : Et si Angelina n'avait pas été la victime visée ?

— Qui d'autre ?

— Azhar ?

— Et comment aurait-il ingéré l'*E. coli* ?

— Mura aurait pu lui donner quelque chose…

— Qu'il n'a donné à personne d'autre ? Ça aurait eu l'air de quoi ? « Mangez donc ce *panino*, *signore*, vous avez l'air d'avoir faim » ? Ou bien : « Essayez cette *salsa di pomodoro* spécialement préparée pour vous sur vos pâtes » ? Et puis, comment aurait-il fait pour se procurer la bactérie ?

— Je crois que nous devrions retrouver ce paysan…

— Et comment ce type aurait-il concocté ce rare biofilm ? Dans sa salle de bains ? Il l'aurait trouvé en train de ramper sur une bouse de vache ? Mon ami, vous essayez de vous cacher la vérité. Vous oubliez Berlin…

— Quoi, Berlin ?

— Le symposium auquel a participé notre microbiologiste. Qui sait si un collègue ne lui aura pas refilé une petite colonie de bactéries ?

— C'était en avril. Elle est morte bien après.

— *Sì*, mais il a un labo, non ? Il y aura conservé le biofilm… dans un frigo, ou un bouillon, ou même au congélateur, que sais-je, moi. Il lui colle une autre étiquette. Aucun autre chercheur n'aurait l'idée de tripoter les échantillons portant l'écriture du patron. Et le moment venu, les bactéries sont là, à sa disposition.

— Ce qui signifierait qu'il aurait tout calculé : l'enlèvement de Hadiyyah, la visite d'Angelina chez lui à Londres, son propre voyage en Italie... Une seule erreur, et son plan tombait à l'eau.

— Ce qui est arrivé, non ?

Lynley devait bien admettre qu'il y avait du vrai là-dedans. Il demanda à Salvatore quelle était l'étape suivante, tout en croyant connaître d'avance la réponse.

— Je vais interroger le bon professeur. Et pendant ce temps, quelqu'un de chez nous va vérifier les spécialités de ces messieurs les biologistes présents au symposium de Berlin.

Lucca
Toscane

En fin de compte, Salvatore préféra ne pas faire venir Taymullah Azhar à la *questura*. Mieux valait rester discret afin de ne pas alerter Piero Fanucci. Une fois confié à Ottavia et Giorgio le soin de chercher les noms des différents participants au symposium de Berlin, il partit pour l'*anfiteatro*. En chemin, il téléphona au professeur pour lui dire, dans son anglais exécrable, qu'il ferait mieux d'appeler un avocat.

L'avocat était déjà là lorsque Salvatore débarqua à la *pensione*. Il demanda où était la fillette. Etait-elle retournée à la Scuola Dante Alighieri ?

Pas du tout, lui fut-il répondu. Azhar s'attendait à ce que l'affaire ayant nécessité la confiscation de son passeport soit vite réglée. Dès qu'il l'aurait récupéré, il repartirait pour Londres sur-le-champ. Alors, l'envoyer à l'école...

Salvatore lui conseilla d'organiser la garde de

Hadiyyah, puis le pria d'être attentif à ce qu'il allait lui montrer.

Il passa au professeur et à l'*avvocato* la carte découverte à la Villa Rivelli. Azhar demeura imperturbable. Il retourna la carte comme pour voir s'il n'y avait pas quelque chose d'écrit au dos. Un subterfuge pour gagner du temps, jugea Salvatore.

— Qu'en dites-vous, *dottore* ?

Il attendit qu'Aldo Greco traduise. L'avocat se trémoussa un peu sur sa chaise, fit la grimace, lâcha un pet inattendu, s'excusa et prit la carte que lui tendait Azhar. Puis il voulut savoir où et dans quelles circonstances Salvatore s'était procuré ce document.

Salvatore le lui expliqua volontiers. Sous le matelas où avait dormi Hadiyyah, pendant son séjour forcé au couvent.

Ce qu'il tenait n'était qu'une photocopie ? insista Greco.

La carte était toujours entre les mains des carabiniers qui avaient été appelés par la mère supérieure. Mais l'original serait bientôt dans leur dossier.

— Vous la reconnaissez, *dottore* ? C'est votre écriture, je crois.

Aldo Greco s'interposa :

— L'écriture a été vérifiée par un graphologue, *ispettore* ? Je ne crois pas que vous soyez qualifié...

Salvatore lui assura qu'un expert serait consulté, si nécessaire. Il souhaitait seulement entendre le professeur à ce sujet.

— *Con permesso?* dit Salvatore à Azhar afin de lui signifier qu'il aimerait une réponse de sa bouche.

Le *signor* Greco donna son autorisation d'un hochement de tête.

— Vous pouvez répondre, *professore*.

Azhar affirma qu'il n'avait jamais vu cette carte. Quant à l'écriture... Elle ressemblait à la sienne, certes, mais avec un peu de pratique, n'importe qui pouvait reproduire une graphie quasiment à l'identique.

— Vous savez que dans la police scientifique nous avons des experts graphologues. Ils repèrent les levées de plume, les minuscules marques d'hésitation qui trahissent le faussaire. Vous savez cela ?

— Le professeur n'est pas un imbécile, intervint Greco. Il a répondu à votre question, Salvatore.

Salvatore pointa le mot « Khushi ».

— Et ça ? dit-il à Azhar.

Ce dernier confirma qu'en effet c'était le petit nom qu'il donnait à sa fille depuis sa naissance. Cela signifiait « bonheur ».

— Il n'y a que vous qui l'appelez ainsi... Khushi ?

Azhar acquiesça.

— C'est un petit nom secret ?

— Où voulez-vous en venir, inspecteur ? Non, ce n'est pas un secret. Tous nos proches savent que je l'appelle ainsi.

— Ah.

En songeant qu'il était bon de connaître d'avance la ligne de défense qu'allait adopter Aldo Greco pour son client, Salvatore prit la photocopie de la carte et la remit dans son enveloppe.

— *Grazie, professore*.

Il entendit alors distinctement Azhar pousser un soupir. Un aveu de soulagement, et par conséquent le signe qu'il n'avait pas été aussi détendu que le laissait croire son attitude impassible.

Aldo Greco, lui, savait que ce n'était pas encore terminé.

— Quoi d'autre, *ispettor* Lo Bianco ?

Salvatore eut un petit sourire.

— Je voudrais maintenant que nous parlions de Berlin.

— Berlin ?

Salvatore se pencha vers Azhar pour mieux le dévisager.

— Vous m'avez bien dit, *sì*, que le symposium du mois dernier réunissait de nombreux microbiologistes ?

— Qu'est-ce que Berlin vient faire ici ? s'enquit Greco après avoir traduit pour Azhar.

— Le *professore* sait parfaitement ce que Berlin vient faire ici, murmura Salvatore.

— Pas du tout, protesta Azhar.

— Berlin est votre alibi. Vous y étiez au moment de l'enlèvement de votre fille, non ? Vous l'avez tout de suite mis en avant, je me rappelle. Et tout ce que vous nous avez dit à ce propos a été vérifié. Tout était vrai.

— Alors… ? s'impatienta Greco en jetant un coup d'œil à sa montre, jouant à l'homme trop occupé pour perdre son temps à tourner autour du pot.

— Pouvez-vous me rappeler le sujet traité par votre symposium ? fit Salvatore.

— Mais ça n'a rien à voir avec l'affaire, protesta de nouveau le *signor* Greco. Et puisque l'alibi a été vérifié…

— *Sì, sì*. Mais nous parlons maintenant d'autre chose, mon ami. Il s'agit de la mort d'Angelina Upman.

D'impassible, Azhar devint aussi immobile et figé qu'une statue de pierre. Sans doute tous ses sens lui criaient-ils : Ne bouge plus, ne dis rien, attends, attends, attends. Un bon conseil, au demeurant, approuva Salvatore en son for intérieur. Sauf que la veine battant à sa tempe racontait une tout autre histoire.

Un innocent n'aurait jamais eu cette réaction. Le professeur savait que la mort de la jeune femme n'était pas seulement due à une erreur de diagnostic.

Il s'en était presque tiré. A quelques heures près, il aurait été de retour à Londres. Si Salvatore n'avait pas eu le réflexe de lui prendre son passeport, il aurait fallu demander son extradition, une procédure compliquée à souhait qui se serait éternisée, si elle avait jamais abouti.

— Ne dites rien, laissa tomber Greco d'un ton catégorique.

Puis, se tournant vers Salvatore, il ajouta :

— Veuillez vous expliquer, *ispettore*, avant que je permette à mon client de vous répondre. De quoi parlez-vous ?

— Je parle d'un meurtre.

Victoria
Londres

Lynley attendit la fin de la journée pour parler à Barbara Havers, soit deux heures après qu'Isabelle Ardery l'eut fait appeler dans son bureau. Elle voulait savoir s'il commençait à y voir « plus clair », ce qui n'avait rien d'étonnant. Un des officiers sous ses ordres avait commis un « dérapage » et malgré les semonces s'obstinait à ne pas rentrer dans le rang. La commissaire avait chargé Lynley de compléter le tableau dressé par les rapports de l'inspecteur Stewart sur les activités de Barbara. Seulement Lynley ne voyait pas comment il pouvait s'acquitter de cette tâche sans couler définitivement la carrière de Barbara.

En même temps, il se disait que le sergent Havers, rien qu'à cause de ses magouilles avec Mitchell Corsico, mériterait de se retrouver en uniforme. Et si on ajoutait à cela la rétention de preuves et plusieurs mensonges purs et simples, il y avait de quoi la renvoyer carrément. Mais il écoutait aussi une autre voix que celle de la raison, celle du cœur, et celle-là refusait d'accepter que Barbara Havers soit punie. Ses entorses non seulement au règlement, mais à la plus élémentaire déontologie de leur métier… C'était sans doute pour la bonne cause. Une fois l'affaire résolue, tout le monde le reconnaîtrait.

Bien entendu, c'était un leurre. Personne n'allait tolérer ces agissements de la part d'un policier. Il fallait être fou pour penser le contraire. Lui-même trouvait sa conduite inacceptable. D'ailleurs, s'il était si convaincu que ça que Barbara n'avait rien à se reprocher, il ne se trouverait pas pris dans un tel dilemme.

La bibliothèque de la Met lui avait paru un choix approprié pour un rendez-vous avec Barbara. Le seul endroit, en fait, où ils seraient hors de vue des autres. En fin d'après-midi, il n'y avait plus un chat au treizième étage. Après s'être fait attendre quelques minutes, elle arriva, puant le tabac. Sans doute en avait-elle grillé une dans la cage d'escalier, une infraction mineure au regard de tout le reste.

Ils se dirigèrent d'un commun accord vers une fenêtre. Depuis les nacelles de la grande roue appelée communément « The London Eye », « l'Œil de Londres », des grappes humaines contemplaient les tours du palais de Westminster qui s'élançaient à l'assaut du ciel, un ciel couleur de vieil étain, ce qui correspondait parfaitement à son humeur, songea Lynley.

— Vous y êtes déjà monté ? lui demanda Havers.

Il ne comprit pas tout de suite le sens de sa question, puis il vit qu'elle parlait de la roue. Il lui répondit que non, jamais.

— Moi non plus, dit-elle. Je ne crois pas que ça me plairait d'être au milieu des touristes qui se bagarrent pour prendre une photo de Big Ben.
— Ah, oui.
Puis, rien. Tournant le dos à la vue, il sortit de sa veste la photocopie de la carte au smiley que Salvatore Lo Bianco lui avait envoyée et la tendit à Barbara sans un mot.
— Qu'est-ce que...
Elle lut le message.
— L'autre jour, vous m'aviez affirmé n'avoir jamais entendu le mot « Khushi ». On a retrouvé ça dans le couvent où Hadiyyah était retenue captive. Au fait, Azhar a confirmé que c'était son petit nom pour sa fille. Vous les connaissez tous les deux depuis combien de temps, Barbara ?
— Qui ?
— Barbara...
— Bon, d'accord. Deux ans ce mois-ci. Mais vous le savez aussi bien que moi, alors pourquoi me poser la question ?
— Parce que je n'arrive pas à croire que vous n'ayez jamais entendu son père l'appeler Khushi. Pourtant, c'est ce que vous avez voulu me faire avaler. Et s'il n'y avait que ça...
— N'importe qui pouvait le savoir.
— Qui, exactement ? s'enquit Lynley, sentant affleurer la colère qu'il réprimait depuis le début de cette lamentable affaire. Vous allez maintenant me démontrer qu'Angelina Upman a organisé l'enlèvement de sa fille ? Ou Lorenzo Mura ? Ou... qui d'autre « aurait pu savoir », comme vous dites, que son père l'appelait Khushi ? Un camarade de classe, Barbara ? Un gamin de neuf ans amateur de kidnapping ?

— Bathsheba Ward, par exemple. Si elle envoyait des mails à Hadiyyah, elle l'appelait « Khushi ».

— Et pourquoi l'aurait-elle fait enlever ?

— Par haine de sa sœur Angelina. Ou pour nuire à Azhar. Ou... Bon sang, j'en sais rien.

— Et elle se serait arrangée pour imiter son écriture ? J'aimerais savoir, Barbara, ce qui s'est passé entre le moment où la petite a disparu d'un marché à Lucca et celui où sa mère a été mise en terre...

— Il ne l'a pas tuée !

Lynley s'écarta d'elle pour s'empêcher de la prendre par les épaules et de la secouer comme un prunier. Il avait envie de flanquer un énorme coup de poing dans le mur. Ou encore de casser une de ces fenêtres du treizième étage. N'importe quoi pourvu de ne plus avoir à discuter avec cette femme insupportablement têtue et de mauvaise foi !

— Pour l'amour du ciel, Barbara, ne voyez-vous pas...

— Ces billets pour le Pakistan, l'interrompit-elle, la lèvre supérieure soudain perlée de sueur. Ils sont la preuve de son innocence, voyons. Pourquoi les aurait-il achetés s'il avait eu l'intention de la tuer ? Angelina morte, il avait automatiquement la garde de Hadiyyah...

— Barbara, il savait que le jour où cela se saurait vous feriez exactement cela : refuser de voir ce que vous avez sous les yeux. Demandez-vous aussi pourquoi... Pourquoi torpiller votre carrière dans le seul espoir que nous ne découvrirons pas ce qui s'est passé en réalité ?

A cet instant, il eut l'impression qu'elle se rangeait à ses arguments, qu'elle allait capituler et se délester du poids de ses secrets. Après toutes ces années à enquêter côte à côte, après avoir été témoin de la mort tragique de sa femme et de son terrible deuil, elle devait savoir que d'une part il ne lui voulait que du bien et que d'autre part elle se devait d'adopter une conduite digne d'une personne investie de l'autorité judiciaire...

Barbara tapa du poing contre le rebord de la fenêtre.

— Ces billets pour le Pakistan laissent songeur, je suis d'accord avec vous sur ce point, monsieur. La date à laquelle ils ont été achetés et le fait que ce soient des allers simples... Ce n'est pas bon pour Azhar. En revanche, vous admettrez qu'ils l'éliminent comme suspect pour le meurtre d'Angelina puisque sa mort résout le problème de la garde de Hadiyyah...

— D'un autre côté, disparaître au Pakistan serait sacrément opportun s'il était soupçonné d'avoir prémédité le meurtre d'Angelina.

Barbara fit une grimace, comme si elle avait le soleil dans les yeux ou essayait de distinguer quelque chose au loin.

— Non, non, ce n'est pas ça du tout...
— Vous êtes amoureuse de lui, et l'amour donne...
— Non ! Pas du tout !
— L'amour donne des œillères. Vous n'êtes pas la première à qui cela arrive, et vous ne serez pas la dernière. Je ne demande qu'à vous aider, Barbara, mais si vous ne me dites pas tout...
— Il est innocent ! C'est Angelina qui a enlevé Hadiyyah puis qui est revenue l'accuser, elle était toujours en train de le manipuler et de ne lui apporter que du chagrin...

Sa voix se brisa.

— Il n'a rien fait, rien fait du tout...
— Barbara, je vous en supplie.

Elle sortit brusquement de la pièce, sans un regard en arrière.

Marlborough
Wiltshire

Ils s'étaient accordés sur un lieu de rendez-vous dans le Wiltshire, une auberge à l'est de Bristol. Au milieu d'un bosquet de hêtres, une maison ancienne en brique et à colombages coiffée d'un toit en ardoise pointu. Lynley attendait Daidre Trahair dans la Healey Elliott depuis quarante-cinq minutes quand elle arriva enfin.

Le parking était tellement plein qu'elle se gara pratiquement à l'entrée. Elle avait à peine coupé son moteur que Lynley ouvrait sa portière. Désemparé par sa dernière conversation avec Barbara Havers, il lui semblait que Daidre était la seule personne à qui il pouvait se confier.

— Merci, lui dit-il en guise de bonjour.

— Mais de rien, Thomas, répondit-elle en descendant de voiture.

— Je suppose que vous aviez autre chose à faire à Bristol.

Elle sourit.

— Les Broads se passeront de moi pour l'entraînement de ce soir.

En l'embrassant sur la joue, il huma l'odeur de ses cheveux, le parfum subtil de sa peau.

— Vous n'avez pas dîné, j'espère ?... Bien, alors, je ne sais pas si la cuisine est bonne, ici, mais l'endroit me paraît sympathique.

L'entrée de l'auberge, à l'image de la façade, respirait la vieille Angleterre, avec son parquet de guingois et ses fenêtres à meneaux. Une porte de côté s'ouvrait sur une salle à manger aux murs lambrissés. Au fond, un vieil escalier montait vers les chambres. En principe le restaurant était complet, leur annonça-t-on, mais ils avaient de la chance, quelqu'un venait de téléphoner pour annuler une réservation, si cela ne les embêtait pas d'être à une table près de la cheminée... ? A cette saison, ils n'allumaient pas de feu...

Personnellement, Lynley aurait dîné dans l'escalier s'il avait fallu. Il interrogea Daidre du regard. Elle approuva d'un sourire. Elle avait des taches sur le verre de ses lunettes, ce qu'il trouva charmant. Ses cheveux blonds étaient décoiffés. Manifestement, elle s'était précipitée après son appel sans prendre le temps de se préparer, ce dont il aurait voulu la remercier. Mais le maître d'hôtel les entraînait déjà vers leur table.

— Un apéritif ? De l'eau pétillante ? Le cocktail du jour ? Je vous apporte les menus tout de suite...

Il n'avait pas faim, mais elle, si. Pas étonnant après une journée passée sans doute à soigner de gros mammifères. Un rhinocéros souffrant d'hémorroïdes, une girafe qui s'était foulé la cheville, un hippopotame se tordant de douleur à cause de calculs rénaux... Ça avait dû être une sacrée bagarre ! Après le départ du maître d'hôtel, elle l'interrogea du regard. Il lui devait en effet une explication.

— J'ai eu une horrible journée, lui dit-il. Vous êtes mon antidote.

— C'est moche.

— Qu'est-ce qui est moche ?

— Que vous ayez eu une horrible journée. Que je sois votre antidote ne me déplaît pas.

— Vous plaît, donc ?

Elle ôta ses lunettes, les essuya à l'aide de sa serviette puis les rechaussa en disant :

— Ah, je vous vois mieux maintenant. Et j'aime vous voir.

Tout à coup, il sut qu'il n'avait pas envie de consacrer sa soirée à Barbara Havers et au désarroi que sa conduite provoquait chez lui. Il valait mieux laisser cela de côté, le temps d'une délicieuse soirée avec Daidre. Il la questionna donc sur le poste qu'on lui proposait au zoo de Londres. Avait-elle pris la décision d'abandonner les Boadicea's Broads pour les Electric Magic ?

— Cela dépend de ce que Mark pense de mon contrat. Je n'ai encore reçu aucune nouvelle de lui.

— Et que pense Mark de la perspective de vous voir quitter Bristol ?

— Londres ne manque pas d'avocats qui seront prêts à défendre une pauvre égarée dans mon genre.

— Ce n'est pas ce que je veux dire.

Un serveur déposa sur la table une bouteille d'eau pétillante et une autre de vin. S'ensuivit le rituel du débouchage, reniflement de bouchon et dégustation avec petite moue d'approbation. Le serveur remplit leurs verres.

— Quelle était votre question alors, Thomas ?

Il fit tourner le pied de son verre entre ses doigts.

— Je voudrais savoir si je peux espérer de vous autre chose que votre agréable conversation.

Elle baissa les yeux sur son vin et hésita avant de répondre.

— Je me méfie de mes pensées aussi bien que de mes sentiments en ce qui vous concerne.

— Que dois-je comprendre ?

— Qu'il est plus sage pour moi de me contenter de soigner des mammifères qui ne sont pas doués de la parole. C'est pour cette raison que je suis devenue vétérinaire, après tout.

— Pourtant, vous ne pouvez pas prétendre traverser

l'existence sans vous frotter à nous autres, les hommes ? Ce n'est souhaitable pour personne.

L'entrée arriva sur ces entrefaites : du saumon fumé d'Irlande pour elle, une salade *Caprese* pour lui. Toute cette tomate et cette mozzarella... Quelle idée il avait eue de commander un plat aussi copieux !

— C'est bien là le problème. J'ai bien sûr ce désir en moi, comme n'importe qui. Il y a une partie de moi, Tommy...

— Vous venez de m'appeler Tommy.

— Thomas.

— Je préfère l'autre.

— Je sais. Ma langue a fourché. Vous ne devez pas...

— Daidre, je ne crois pas au hasard.

Elle baissa la tête. Quand elle leva de nouveau les yeux, ils brillaient très fort. Sans doute l'effet de l'éclairage à la bougie, se dit-il.

— Laissons cela pour le moment, déclara-t-elle. Dans une relation, il y a toujours une partie de moi qui n'accroche pas, qui échoue à établir un véritable rapport avec l'autre, qui ne parvient pas à s'épanouir ni à permettre à l'autre de s'épanouir... C'est toute l'histoire de ma vie. Il y a une partie de moi qui est réfractaire à tout contact avec les autres. Celui qui tentera de me connaître se heurtera toujours à quelque chose qui ne peut pas être touché.

— Qui ne peut ou qui ne veut pas ?

— Qui ne peut... Je suis trop indépendante. Il le faut bien, vu le milieu d'où je viens.

Elle ne précisa pas davantage, c'était inutile. Il savait d'où elle venait, elle lui avait montré la caravane décrépite où elle avait grandi jusqu'à ce que les services de l'enfance retirent la garde de leur progéniture à ses parents, elle lui avait raconté les centres d'accueil, son adoption, son changement d'identité. Il savait tout cela, et peu lui importait.

— J'aurai toujours en moi ce quelque chose, enchaîna-t-elle, qui me rend... oui, qui me rend « intouchable ».

— Parce que vos parents étaient des gens du voyage ?

— Si seulement, Tommy.

Elle l'avait de nouveau appelé par son petit nom, mais cette fois il se garda bien de relever.

— Au moins, « les gens du voyage » ont une culture à eux ; des traditions, des souvenirs, je ne sais pas... Nous n'avions rien. Ou plutôt nous n'avions que la folie de mon père... ses sempiternelles questions sur ce qu'il allait faire de sa vie. Et à force de chercher, lui et ma mère ont échoué là où les services sociaux sont venus nous cueillir...

Ses yeux jetaient des éclairs ; elle les détourna vers l'âtre vide.

— Daidre. C'est naturel...

— Non, ça ne l'est pas et ça ne le sera jamais. Je suis comme ça. Cette chose que j'ai à l'intérieur se mettra toujours entre moi et les autres.

Il se tut, pris de remords d'avoir réveillé chez elle une douleur soigneusement enfouie qui, même s'il refusait de l'admettre, était ce sur quoi il butait chaque fois qu'il tentait d'aller plus loin.

Quand elle se tourna vers lui, son regard était affectueux.

— Ce n'est pas à cause de vous, de ce que vous êtes, de votre milieu, de votre arbre généalogique. C'est seulement moi. Moi qui n'ai aucune histoire familiale, en tout cas pas que je sache. Alors que vous, je pense que vous connaissez les prénoms de vos ancêtres à l'époque des Tudors...

— Des Stuarts, rectifia-t-il avec un sourire.

— Vous voyez, vous les connaissez, ces Stuarts, et pour vous, Tommy, ils ont une réalité. Mais il y a des gens, dit-elle en agitant la main vers l'extérieur, qui ne savent même pas qu'ils ont existé. Vous en avez conscience, n'est-ce pas ?

— Daidre, j'ai suivi des cours d'histoire, un point c'est tout... Et vous m'avez de nouveau appelé Tommy.

— Je ne suis pas comme vous, je ne suis pas comme les autres. Et de toute façon, après ce qui vous est arrivé, vous avez besoin... vous méritez quelqu'un qui soit là pour vous à cent pour cent.

Il but une gorgée de vin. Elle mangea un peu de saumon. Au bout d'un moment, il dit :

— Ce n'est pas sain. Personne n'a besoin d'un... parasite. Et puis je pense qu'on est trop influencé par le cinéma. Il n'y a que dans les films où les hommes et les femmes doivent absolument trouver leur alter ego avec qui marcher sans crainte vers l'avenir dans un accord parfait.

Elle sourit, malgré elle.

— Vous méritez quelqu'un qui soit disponible pour vous, qui vous accepte, je ne sais pas comment l'exprimer. Mais je ne suis pas cette personne, je ne pense pas en être capable.

Sa déclaration lui fit l'effet d'un rapide coup d'épée. Il avait à peine senti la lame transpercer sa chair, pourtant déjà le sang commençait à perler.

— Qu'essayez-vous de me dire ?
— Je ne sais pas, en fait.
— Pourquoi, alors ?

Elle soutint son regard. Il tenta en vain de le déchiffrer ; elle était sur ses gardes. Il serait bien mal venu de le lui reprocher.

— Vous n'êtes pas un homme facile à ignorer, Tommy. Je sais que je dois m'éloigner de vous, et en même temps… c'est si difficile.

Ils se concentrèrent une minute sur la nourriture, laissant le brouhaha de la salle les envahir. Le serveur s'approcha pour changer leurs assiettes.

— Ne parlons plus de tout cela ce soir.

Un peu plus tard, après avoir partagé un gâteau au chocolat et commandé un café, ils quittèrent l'auberge avec l'impression que rien n'était résolu, mais qu'ils avaient un peu avancé. Bras dessus bras dessous, Lynley la raccompagna à sa voiture. Daidre se coula tout naturellement contre lui.

Et tout aussi naturellement, il l'embrassa. Les lèvres de Daidre s'entrouvrirent. A mesure que leur baiser se prolongeait, un désir puissant monta en lui, en partie sexuel et en partie spirituel, l'aspiration d'une âme attirée par la flamme si proche, si intime, si chaude, d'une autre âme.

L'auberge loue des chambres, se retint-il de lui dire. Monte cet escalier avec moi, Daidre, couchons-nous dans le même lit…

Tout haut, il dit :

— Bonsoir, mon adorable amie.

— Bonsoir, cher Tommy.

15 mai

Chalk Farm
Londres

Le portable de Barbara sonna alors qu'elle se trouvait sous la douche. Si son angoisse n'allait évidemment pas se dissoudre dans l'eau brûlante, du moins pouvait-elle essayer de se débarrasser de cette odeur de tabac rance. Depuis maintenant plus de quarante-huit heures, elle était tellement à cran qu'elle avait fumé une cigarette après l'autre – quatre paquets de Player's. Elle avait les poumons d'une femme exécutée pour sorcellerie...

A la première sonnerie, elle bondit hors de la cabine de douche et se saisit du téléphone, lequel lui glissa des doigts. Elle le regarda, horrifiée, filer sur le carrelage en perdant en route sa batterie et toute chance de voir qui l'appelait. Avec un juron, elle prit une serviette et remit la batterie dans le portable. L'appel manqué correspondait au numéro de Mitchell Corsico. Elle le rappela tout de suite, assise sur l'abattant des toilettes, ruisselante d'eau.

— De quoi s'agit-il ? dit-elle, à peine eut-il décroché.
— Bonjour à vous. Ou plutôt... *bon... bone jorno* ?
— Vous êtes en Italie ? Ah, Dieu merci !

Maintenant, il s'agissait de le guider dans la rédaction de son article.

— Je vais vous présenter la chose ainsi : *Il grande formaggio*... comprenez Rodney Aronson, mon rédac chef... n'était pas ravi de me financer mon voyage, et mes frais sont réduits à une tranche de *focaccia* et un *espresso* par jour. Je suis obligé de dormir sur un banc... Heureusement qu'il y en a plein sur les remparts... Si je veux une chambre d'hôtel, c'est pour ma pomme. A part ça, Barb, je suis en Italie !

— Et... ?

— Et ce bon professeur a passé une partie de la journée d'hier au poste. Au fait, ici ça s'appelle une *questura*. Il y était dans l'après-midi avec son avocat. Ils sont sortis juste avant l'heure du dîner, alors je me suis dit que c'était finalement pas si grave. Mais ils sont revenus ensuite et sont restés plusieurs heures. J'ai essayé de lui parler après, mais il n'est pas bavard, le gars...

— Et Hadiyyah ?

— Qui ?

— Sa fille, Mitchell. Celle qui a été kidnappée... vous vous rappelez ? Où est-elle ? Qui la garde ? Elle ne peut pas rester toute seule dans une chambre d'hôtel pendant ses interrogatoires...

— Peut-être pas, mais de mon point de vue, Barb, il est coupable de quelque chose et il n'a aucune intention d'en discuter avec moi. Au fait, je n'ai entendu nulle part les mots « *E. coli* ». Je suis tombé sur quatre journalistes, des Italiens... Je suis le seul Anglais assez fou pour être ici... Ils parlent bien notre langue. Eux non plus n'ont pas entendu parler d'*E. coli*. Bon, alors, cette histoire de bactérie : vraie ou fausse ? J'ai beaucoup réfléchi au cours de ces dernières vingt-quatre heures et je me suis dit que vous n'auriez pas envoyé votre pote Mitchell en balade... Vous ne feriez pas une chose pareille, hein ? Rassurez-moi, parce que ça sent le roussi pour vous par ici.

— Epargnez-moi ce salmigondis en cornet, Mitchell, vous avez déjà publié ces photos de moi. Qu'est-ce qu'il vous reste ?

— Je peux les republier, cette fois avec les dates, ma chérie. Je les envoie à votre patron et on verra bien ce qui va se passer. Hé, on sait bien tous les deux qu'on s'est plantés, parce que vous et le professeur...

— Stop !

C'était déjà pénible d'aborder ce sujet avec Lynley. Elle n'avait aucune intention de s'entretenir de son amour présumé pour Azhar avec Mitch Corsico.

— Mon info sur l'*E. coli* est confirmée, enchaîna-t-elle. Vous pouvez me remercier déjà pour ça. Elle me vient de l'inspecteur Lynley. J'étais là quand il a reçu la nouvelle directement d'un flic appelé Lo Bianco. L'inspecteur-chef Salvatore Lo Bianco. C'est lui qui...

— Je sais qui il est. On lui a retiré l'enquête pour incompétence, Barb. Lynley vous a mise au courant ? Je n'ai pas l'impression... Alors, comme ça, ce Lo Bianco lance la thèse d'*E. coli* parce que ça l'arrange...

— Pour se venger de sa suspension dans l'affaire du kidnapping ? Pour brouiller les pistes ? Ne soyez pas stupide. De toute façon, cette histoire d'*E. coli* n'a rien à voir avec l'enlèvement. Les autorités italiennes ne veulent pas avertir la presse. Mais vous, vous savez, alors qu'est-ce que vous attendez pour foncer ? Croyez-vous qu'ils auraient interrogé Azhar pendant des heures pour le kidnapping alors qu'ils tiennent déjà un coupable ? Que dis-je ? Deux coupables ! Il s'agit de tout autre chose. Ils veulent avant tout éviter la panique.

Vous imaginez le tableau. Plus d'exportations italiennes. Leurs produits alimentaires retenus aux frontières pour analyses... Des montagnes de fruits et légumes qui pourrissent. En revanche, s'ils arrivent à trouver la personne responsable et remontent la filière, ils n'ont plus à se faire de souci. Mais en attendant, vous avez un scoop à portée de main.

Alors, qu'attendez-vous ? Au boulot ! se retint-elle d'ajouter. La presse italienne se ferait un plaisir de répercuter la nouvelle d'un bout à l'autre de la péninsule. La police serait harcelée jusqu'à ce qu'elle trouve la source d'*E. coli*. Parce que s'il y avait une chose dont elle était sûre, c'était qu'Azhar n'avait rien à voir avec la mort d'Angelina Upman.

Mitchell Corsico se taisait – s'il avait si bien réussi dans son métier, ce n'était pas sans raison : prudence est mère de sûreté. Il bossait peut-être pour un journal dont l'utilité était moins d'informer le public que de tapisser le fond des poubelles, mais comme il n'avait pas l'intention de rester éternellement à *The Source*, il soignait sa réputation de journaliste pointilleux quant à l'exactitude de ce qu'il avançait. Finalement, il soupira :

— Je crois que vous vous êtes plantée en beauté, Barb. Aucun signe ici que ces mangeurs de pâtes risquent bientôt de tomber comme des mouches à cause d'une fichue bactérie, à moins que le gouvernement n'étouffe l'affaire à grande échelle, ce qui m'étonnerait. Alors, vous suggérez que la dénommée Upman s'est empoisonnée toute seule ?

— Qui sait jusqu'à quel point les autorités peuvent bafouer le droit à l'information ? Qui sait s'il n'y a pas d'autres victimes d'*E. coli* ?

— Taratata. Vous oubliez la sanction encourue par un gouvernement qui omet d'avertir la population d'un risque de pandémie. Imaginez quelqu'un débarquant aux urgences en crachant son sang. La résurgence de la tuberculose ferait aussitôt les gros titres. Personne n'oserait cacher un truc pareil.

Barbara palpa son crâne mouillé et chercha des yeux ses cigarettes. Zut ! Elle avait oublié qu'elle était dans sa salle de bains et venait de se doucher justement pour se débarrasser de l'odeur de tabac.

— Mitchell ? Vous m'écoutez ? D'un côté comme de l'autre, vous tenez un super sujet. Pourquoi n'écrivez-vous pas votre article ?

— Sans doute parce que je ne vous fais pas entièrement confiance.

— Que faudrait-il que je vous dise ?

— Pourquoi vous tenez tellement à ce que je publie cette histoire ?

— Parce que les Italiens devraient le faire et ne le font pas. Ils ne cherchent pas à savoir ce qui s'est passé.

— Hum... Là, vous regardez par le mauvais bout de la lorgnette. Vous et moi savons pourquoi le professeur est coincé à la *questura*. Nous voilà revenus au point de départ. Il y était hier. Il y a des chances qu'il y soit encore aujourd'hui et, si vous voulez mon avis, ils ne sont pas en train de lui demander si le climat en Toscane lui convient ni s'il aime le minestrone. Voyons, Barb, j'ai mené ma petite enquête sur le professeur. Le mois dernier seulement, il était à Berlin à un symposium de microbiologistes. Il est cul et chemise avec tous les amateurs de bactéries de la planète. Les flics le savent aussi bien que moi. Qu'ils découvrent que l'un d'entre eux fricote avec le fameux *E. coli* et ils auront vite fait de l'accuser d'avoir refilé une boîte de Petri à Azhar, qui l'aura aussi sec expérimentée sur sa maîtresse...

— Mitchell, vous voulez bien m'écouter ?

— Bon, son ex-maîtresse.

— Arrêtez ! Je vous répète que les autorités sanitaires italiennes et la police...

— Barb, c'est *vous* qui n'écoutez pas. Tonton Mitchell a des collègues là où vous êtes, à Londres, et ces collègues ont des sources à Berlin qui peuvent facilement vérifier des informations auprès des pontes du symposium de microbiologie. Et qu'ont-ils appris que les flics italiens ne vont pas tarder à découvrir à leur tour ?

Barbara sentit sa gorge se serrer.

— Quoi ?

— Nous avons deux spécialistes d'*E. coli* : une scientifique de l'université de Glasgow et un type de l'université de Heidelberg. Tous les deux ont des labos bourrés de germes... Et tous les deux étaient présents à la conférence. Vous n'avez qu'à remplir les blancs.

Non, pensa Barbara. Non, non et non !

— Vous êtes sur une mauvaise piste, dit-elle tout haut. Angelina avait plusieurs amants en même temps. Alors qu'elle vivait avec Azhar à Londres, elle couchait avec un autre type. Auquel elle a ensuite rajouté Lorenzo Mura. Trois amants. Elle a quitté Azhar pour Lorenzo Mura et je vous parie n'importe quoi qu'elle en a pris un autre une fois que la nouveauté s'est émoussée...

— Vous vous contredisez sur tous les tableaux, Barb. Elle ne peut quand même pas avoir eu un ex-amant disposant d'un stock d'*E. coli et* un amant actuel tout aussi bien équipé en bactéries tueuses... Comment voulez-vous que j'avale ça ? Deuzio, il faudrait choisir : soit vous avez une conspiration gouvernementale pour étouffer un risque de pandémie, soit vous avez un meurtre de sang-froid.

Barbara, à court d'arguments, se trouva réduite à invoquer ce qui n'avait aucune chance d'emporter la conviction de Corsico.

— Mitchell, un peu de pitié.

— Au bout du compte, je vais avoir un scoop formidable dont je dois vous remercier, Barb. Ici, on parle d'*indagato*. Les flics vous ont à l'œil, puis vous êtes suspect, et là, soudain, ça devient officiel, vous êtes *indagato*. Ils lui ont pris son passeport : première étape. Ensuite, ils l'interrogent : deuxième étape. Vous m'avez mis sur une affaire géniale, Barb. Rod va peut-être augmenter suffisamment mes notes de frais pour que je me paye des spaghettis à la bolognaise…

— Si vous partez dans cette veine, vous allez le détruire. Vous en êtes conscient, n'est-ce pas ? Vous avez déjà sorti votre histoire de sergent de la Met et de père de famille indigne. Cela ne vous suffit pas ? Vous ne faites que des suppositions basées sur les circonstances.

— C'est vrai. Mais les suppositions basées sur les circonstances sont notre pain quotidien. Vous le saviez en m'embarquant là-dedans.

Victoria
Londres

Barbara se força à manger, optant pour des aliments plus nutritifs que d'habitude. Au lieu d'une Pop-Tart à la fraise, elle se prépara un œuf à la coque et un toast au pain complet. Bon, elle craqua pour la confiture, en ajouta même une bonne couche, tant qu'à faire, mais ce fut tout. Elle se sentit vertueuse pendant cinq minutes puis vomit le tout.

Heureusement, cela se passa avant son départ pour New Scotland Yard. Elle fut obligée de changer de tee-shirt et de se brosser les dents trois fois de suite. Cela sans se mettre pour autant en retard, ce qui était un tour de force et jouerait en sa faveur.

Elle tenta de ne pas fumer en route. En vain. Elle tenta de se distraire en allumant la radio. En vain. A deux reprises, elle faillit provoquer un accident. Elle fit de son mieux pour ralentir sa respiration, calmer son cœur emballé. En vain, toujours.

Elle fuma deux clopes dans le parking au sous-sol, la première pour anesthésier ses nerfs, la seconde pour se donner du courage. Elle n'arrivait pas à accepter le fait qu'elle avait sauvé Azhar d'une accusation d'enlèvement pour mieux le voir plonger pour meurtre. Elle était décidément une championne de la victoire à la Pyrrhus.

Et où était Hadiyyah ? Que devenait la petite fille pendant qu'on passait son père sur le gril ?

Elle avait appelé son portable, deux fois de son bungalow de Chalk Farm, une fois en voiture et une dernière fois dans le parking de la Met. Pas de réponse. Sans doute était-il de nouveau à la *questura*, comme l'avait prédit Mitch. Pourquoi ne lui avait-il pas téléphoné pour la tenir au courant ?

Il ne voulait sans doute pas qu'elle sache qu'il était suspect, surtout après lui avoir menti à propos de son implication dans l'enlèvement de Hadiyyah.

Refusant d'envisager une seconde qu'il pût être coupable, elle préféra se concentrer sur Hadiyyah. La petite devait se sentir triste, effrayée, perdue. Si jeune et déjà victime d'un sort cruel. En six mois, elle avait connu plus de bouleversements que la plupart des enfants jusqu'à bien après l'adolescence. Après tout ce qu'elle avait traversé, comment allait-elle supporter maintenant l'absence de son père ? Qu'allait-elle devenir, toute seule dans la vie ?

Une fois au Yard, Barbara commença par vérifier sa boîte mail. Comme toujours, John Stewart la surveillait, mais ça, on n'y pouvait rien, se dit-elle. Ne trouvant aucun message à propos de ce qui se passait en Italie, elle décida de se rendre au rapport chez la commissaire Ardery. Il n'y avait qu'une solution, et elle avait besoin de son soutien pour la mettre en pratique.

Avant de gagner le bureau de la commissaire, elle essaya une dernière fois le portable d'Azhar. Elle téléphona même à la *pensione* où il résidait, pour constater que la maîtresse des lieux ne parlait pas un mot d'anglais. En revanche, elle était très forte en italien. Dès que Barbara prononça le nom de Taymullah Azhar, elle se mit à dévider un flot de paroles, qui pouvait aussi bien être la description d'une recette de minestrone qu'un discours sur l'état du monde. Bref, Barbara finit par lui raccrocher pratiquement au nez. Elle partit ensuite à la recherche de la commissaire Ardery.

Elle songea à emmener l'inspecteur Lynley, lui qui savait si bien arrondir les angles. Mais d'une part ce dernier n'était pas encore arrivé – on se demandait bien pourquoi, d'ailleurs ? –, et d'autre part elle ne pouvait plus compter sur son soutien indéfectible. Beaucoup d'eau avait coulé sous les ponts, depuis quelques semaines.

Lorsque Dorothea Harriman leva les yeux de son ordinateur pour les poser sur elle, Barbara eut soudain conscience de son tee-shirt, celui qu'elle avait enfilé ce matin dans la précipitation après avoir rendu son petit déjeuner. Celui qu'elle portait affichait un slogan – *Sous neuroleptiques pour votre sécurité* – qui pouvait à la rigueur amuser la secrétaire du département, mais qui passerait difficilement auprès du patron. Barbara pesta en silence. Pourquoi ne l'avait-elle pas lu avant ? Pourquoi ne pas avoir mis plutôt un tailleur ? Ou au moins une jupe ? Au lieu de faire exactement ce qu'il fallait pour prendre Isabelle à rebrousse-poil.

Elle envisagea un instant de proposer à Dee d'échanger leurs hauts. Mais l'élégante Dee avec ce slogan écrit sur la poitrine, c'était impensable. Aussi se contenta-t-elle de demander si le patron pouvait la recevoir. Elle n'avait pas plus tôt prononcé ces mots que la voix d'Isabelle Ardery lui vrilla les tympans :

— Evidemment, je suis d'accord qu'ils ne peuvent pas prendre le train seuls, Bob !... Je ne voulais pas dire seuls... Sandra ne peut pas les accompagner ?... Je les attendrai à la gare... Elle pourra reprendre tout de suite le train pour le Kent. Et moi je ferai la même chose au retour.

Barbara croisa le regard de Dee. Cette dernière articula sans un son « Son ex-mari ». Isabelle était en train de négocier quelques jours en compagnie de ses enfants, dont la garde incombait à leur père, à cause du bon air qu'ils respiraient dans le Kent. L'explication en tout cas qu'offrait madame la commissaire chaque fois qu'on s'étonnait d'apprendre que ses jumeaux ne vivaient pas avec leur maman. Cela dit, très peu de gens osaient l'interroger. Bref, le moment paraissait mal choisi. Hélas, elle n'avait pas le choix. Elle attendit dans le couloir.

— Très bien. Le week-end suivant... Je pense que j'ai fait mes preuves, non ?... Bob, s'il te plaît, ne te braque pas... Tu en parleras au moins avec Sandra ? Ou je peux le faire moi-même... Oui... Oui. Entendu.

D'après ces dernières paroles, son humeur n'était peut-être pas si mauvaise que ça, finalement. Au hochement de tête de Dee Harriman, Barbara entra dans le bureau pour constater que les choses se présentaient au contraire fort mal.

Ardery, assise à sa table, les yeux fermés et le menton appuyé sur un poing serré à en avoir les jointures blêmes, semblait ruminer des pensées rageuses, car elle prenait de grandes inspirations. C'était le moment ou jamais de décamper, songea Barbara, sauf que le sort de Hadiyyah était en jeu, elle ne pouvait pas laisser tomber... Elle se racla donc la gorge et déclara :

— Chef ? Dee m'a permis d'entrer vous parler une minute.

Ardery ouvrit les yeux, abaissa son poing et ouvrit la main, dévoilant une paume où ses ongles avaient laissé des marques rouges, les stigmates de sa colère. Barbara regretta de n'avoir pas attendu qu'opère l'influence lénifiante de Lynley.

— Qu'est-ce qu'il y a, sergent ?

Le ton de sa voix indiquait qu'il valait mieux ne pas mentionner la conversation téléphonique.

— Je dois aller en Italie.

Ah ! se dit Barbara. Pourquoi avait-elle débité sa phrase d'un trait au lieu de présenter au patron ses arguments les uns après les autres, afin de l'amener lentement à la solution désirée ? Mais comme d'habitude, elle avait oublié toute précaution. La situation était urgente, il fallait agir vite.

— Comment ?! répliqua Ardery, d'un air de dire qu'elle avait parfaitement entendu, mais qu'elle n'arrivait pas à croire que Barbara ait pu prononcer une telle ineptie.

— Je dois aller en Italie, chef, répéta Barbara. En Toscane. A Lucca. La petite Hadiyyah Upman est là-bas toute seule, son père a passé ces deux derniers jours en garde à vue, il n'a pas de famille sur laquelle il puisse compter. Je suis la seule personne en qui Hadiyyah ait confiance, après ce qui s'est passé.

Ardery l'avait écoutée sans changer d'expression. Lorsque Barbara eut terminé, la commissaire sortit de son bureau un dossier beige qu'elle posa devant elle. Barbara vit qu'il y avait quelque chose d'écrit sur l'intercalaire, à cette distance indéchiffrable. En revanche, elle parvint à identifier les documents que contenait la chemise cartonnée. Il y en avait un bon paquet, dont un certain nombre de coupures de presse. Au début, elle crut que le patron allait lui demander de récapituler l'histoire de Hadiyyah ou de consulter ces articles pour l'informer de ce qui se passait avec Azhar. Mais elle se borna à poser sur Barbara un regard d'un calme annonçant une tempête du genre hors normes.

— C'est hors de question.

Refusant de se laisser décourager, Barbara entreprit de lui exposer le déroulement de l'affaire jusqu'à la mort d'Angelina, pour de nouveau conclure que Hadiyyah était seule en Italie.

— L'affaire est entre les mains des policiers italiens, affirma la commissaire.

— Mais ce sont des sujets britanniques !

— A l'étranger, ils peuvent s'adresser à l'ambassade.

— L'ambassade lui a juste fourni une liste d'avocats. D'après eux, quand une personne a des démêlés avec la loi en territoire italien…

— On laisse les Italiens s'en occuper.
— Et qu'est-ce qu'ils font ? Ils vont mettre Hadiyyah dans un centre d'accueil ? Elle va passer de main en main jusqu'à ce qu'ils la collent dans un atelier où ils exploitent les enfants...
— Nous ne vivons plus à l'époque de Dickens, sergent.
— Un orphelinat, alors... Chef, elle n'a que neuf ans. Elle n'a que son papa.
— Elle a de la famille ici, à Londres. Ils seront prévenus. Je suppose que le compagnon de sa mère va aussi s'émouvoir. Il pourra la garder en attendant que sa famille londonienne vienne la chercher...
— Ils la détestent ! Pour eux, elle n'est même pas un être humain. Chef, je vous en prie, elle a déjà assez souffert comme ça.
— Vous êtes hystérique.
— Elle a besoin de moi !
— Personne n'a besoin de vous, sergent.
Comme Barbara avait un mouvement de recul, Isabelle Ardery ajouta :
— C'est-à-dire, votre présence n'est pas nécessaire là-bas et je ne vous autoriserai pas à partir. Maintenant, si c'est tout, vous pouvez disposer, j'ai du travail qui m'attend et vous aussi sans doute.
— Je ne peux pas rester là à...
— Sergent, si vous voulez continuer à discuter, je vous conseille d'aller d'abord réfléchir un peu à ce que vous avez fabriqué avec un certain individu nommé Mitchell Corsico et son journal *The Source*. Ce n'est pas la première fois qu'un flic s'acoquine avec des journalistes. Le résultat est toujours déplaisant. Pas pour les journalistes, bien sûr. Le scandale est leur gagne-pain. Mais pour les flics ? Ecoutez-moi bien, Barbara, je vous

parle très sérieusement : vous devriez reconsidérer votre conduite de ces dernières semaines et penser à ce que vos agissements font présager pour l'avenir. Vous feriez mieux de vous secouer, Barbara. Il y a autre chose ?

— Non.

Pas la peine en effet de discuter plus longtemps. Elle devait aller en Italie, un point c'est tout.

South Hackney
Londres

Pour commencer, elle avait quelques comptes à régler avec Bryan Smythe. La dernière fois qu'elle l'avait vu, elle lui avait donné des instructions. Depuis, elle n'avait plus eu de nouvelles. Elle lui avait téléphoné deux fois, il n'avait pas décroché. Le moment était venu de lui rappeler ce qui lui arriverait si jamais elle refilait son nom au département de Scotland Yard chargé de traquer les cyberpirates.

Le hacker était chez lui, mais pas à son ordinateur : il se préparait à sortir. Dieu merci, il avait épousseté le sel de mer qui en général saupoudrait ses épaules. Il était en veston et cravate. En voyant qu'il avait ses clés à la main, Barbara se félicita d'être tombée pile avant qu'il ne s'en aille.

Elle n'attendit pas d'être invitée dans le saint des saints.

— Cette fois, je me passerai de tasse de thé, lança-t-elle en se coulant à l'intérieur avant de foncer vers le jardin.

Se doutant que le gaillard avait installé des mouchards autour des bancs où ils avaient discuté la dernière fois, elle chercha des yeux un autre endroit.

Au bout d'une bordure de fleurs, elle avisa un abri de jardin enfoui sous une glycine qui devait sans doute sa somptuosité à un terreau enrichi par les restes des chères bébêtes portées disparues par les voisins.

— Dites-moi, fit-il en lui emboîtant le pas, vous ignorez peut-être que la loi interdit à quiconque de pénétrer sur une propriété privée sans permission ?

— Où en êtes-vous avec le bidouillage des billets pour le Pakistan ?

— Vous partez tout de suite ou j'appelle les flics.

— Ah, nous savons tous les deux que vous ne ferez jamais ça. Alors, ces billets ?

— Je n'ai pas le temps, aujourd'hui. J'ai un entretien d'embauche.

— Ah ! ah ! Quel genre d'emploi pourrait bien correspondre à un type avec vos talents ?

— C'est un chasseur de têtes qui m'a contacté de la part d'une entreprise chinoise. Sécurité informatique et Internet. C'est mon métier. Celui que je pratique, si vous voulez savoir, depuis quinze ans.

— C'est ce qui vous permet de collectionner l'art moderne ? demanda-t-elle.

— Je ne vais pas y aller par quatre chemins : vous avez bousillé ma carrière…

— Voyez-vous ça. J'ai l'impression d'entendre un cambrioleur se plaindre qu'on a posé un système d'alarme dans la maison où il veut faire un casse. Mais allez-y, continuez…

— Je ne vous dois rien. Et je n'ai rien à vous offrir…

Il jeta un coup d'œil à sa montre avant d'ajouter :

— Maintenant, si c'est tout ce que vous avez à me dire… Les embouteillages étant ce qu'ils sont…

— Vous bluffez, Bryan. J'ai de meilleures cartes en main que vous, ou ça vous a échappé ? Alors, ces billets pour le Pakistan ?

— Je vous ai déjà expliqué qu'il n'y a pas moyen de pénétrer dans le système du SO12. Vous êtes bouchée ou quoi ?

— Ce que je sais, c'est qu'il y a d'autres gus comme vous dans le cyberespace et que vous vous entendez tous comme larrons en foire. Et vous ne me ferez pas croire qu'il n'y en a pas un à même de jouer l'intrus au SO12 alors que tous les jours des petits malins farfouillent dans les ordis du ministère de la Défense ou du Budget… Alors, si vous n'avez pas trouvé quelqu'un pour faire le boulot, c'est que vous n'avez pas cherché. Et dans votre situation, Bryan, c'est risqué. J'ai vos clés USB, avec les fichiers de sauvegarde. Ça suffirait à vous couler. Vous avez des problèmes de mémoire, peut-être ?

Il secoua la tête, non pas pour répondre à sa question, mais pour montrer qu'il n'en revenait pas.

— Faites ce que vous voulez, vous verrez que nous sommes tous dans le même bain en ce moment, grâce à vous, d'ailleurs.

— Qu'est-ce que cela signifie ?

— Primo, vous avez été stupide de croire que Dwayne accepterait de trinquer pour quoi que ce soit. Secundo, si certaines données peuvent être altérées, d'autres peuvent l'être aussi… Je vous laisse méditer là-dessus. Vous trouverez le tertio toute seule comme une grande… Ou bien non, voilà : c'est terminé pour vous, grosse gourde. Chacun de vos mouvements a été surveillé, en particulier celui qui vous a menée jusqu'à ma porte.

Sur ces paroles, il pivota sur ses talons et traversa la luxuriance printanière du jardin.

— Vos menaces sonnent creux ! lui lança Barbara en le suivant dans la maison.

Il s'arrêta net et se retourna pour lui faire face.

— Ah oui ? J'ai reçu une visite d'un officier de Scotland Yard. Faut-il que j'en dise plus ? Cela n'a pu se produire que pour une seule raison, et elle est ici debout devant moi.

— Je n'ai rien dit, protesta Barbara.

Il eut un éclat de rire déplaisant.

— En effet, mais on vous a suivie jusqu'ici, espèce d'idiote. Vous êtes suivie depuis le début, et on vous a dénoncée aux hautes sphères. Vous connaissez le chemin de la sortie ou vous voulez que je vous aide ? J'ai un rendez-vous et je ne compte pas le rater à cause de vous. Si nous avons jamais eu à faire ensemble, c'est de l'histoire ancienne.

Lucca
Toscane

De toute sa carrière, Salvatore Lo Bianco ne s'était pas une seule fois rendu coupable de rétention de preuves au cours d'une enquête. Cette seule idée le révoltait. Pourtant, c'était bien ce qu'il avait été obligé de faire. Aussi, pour apaiser sa conscience, s'était-il inventé une excuse qui avait l'avantage d'être tellement simple et limpide qu'elle emportait sa conviction : il devait trouver un graphologue afin de comparer l'écriture sur la carte au smiley à celle sur le cahier de la Pensione Giardino où Azhar avait donné son avis sur son séjour. En attendant le résultat de cette expertise, il n'y avait aucune raison de rendre officielles ces pièces à conviction.

Avant de prendre le chemin de la Piazza Grande, Salvatore consulta la très discrète et toujours ingénieuse Ottavia Schwartz. En équipe avec Giorgio Simione, elle en apprenait doucement un peu plus sur le symposium de Berlin. L'aspect international de ces conférences rendait la tâche plus difficile. Elle présenta à Salvatore une liste de noms. Ceux qui étaient cochés avaient été écartés. Pour l'instant, ils n'avaient trouvé personne dont les recherches portaient sur *E. coli*. Mais il y avait encore beaucoup de scientifiques sur la liste, il ne fallait pas perdre espoir.

Salvatore sortit de la *questura* en emportant l'enveloppe que venait de lui envoyer le privé de Londres, et les relevés bancaires de Michelangelo qu'ils avaient saisis au moment des faits. Il avait l'intention de montrer les deux séries de documents à Piero Fanucci. Le procureur allait bientôt lui manger dans la main.

Il pubblico ministero était dans son bureau, lui confirma la secrétaire au Palazzo Ducale avant de disparaître dans ledit bureau. Elle revint en lui annonçant que *certo, il magistrato* avait le temps de le recevoir, il était toujours disponible pour son vieil ami Salvatore Lo Bianco, le tout avec une expression imperturbable façonnée par des années à s'exercer à l'art de transmettre les messages de son patron sans les teinter d'ironie.

Piero l'attendait derrière l'énorme meuble qui lui tenait lieu de table de travail et où s'empilaient des papiers et des chemises cartonnées aussi pleines à craquer qu'écornées qui semblaient peser des tonnes, des tonnes de graves décisions à prendre... Salvatore n'avait aucune intention d'ajouter à la collection. Ce qu'il lui apportait repartirait avec lui une fois qu'il se serait assuré de la coopération du procureur.

Celui-ci s'abstint de tout commentaire sur l'aspect de Salvatore, dont le visage affichait encore des teintes bleues et d'autres vertes, lesquelles toutefois pâlissaient de jour en jour. Bientôt le passage à tabac du Jardin botanique serait à ranger parmi les mauvais souvenirs, mais Salvatore se félicitait d'en garder encore des traces. Il espérait que ce rappel ferait son petit effet.

— Piero, il s'avère que vous aviez raison depuis le départ. Je regrette de ne pas m'en être aperçu avant.

Fanucci prit un air méfiant. Les yeux sur les dossiers que Salvatore avait dans les mains, il se contenta de hocher la tête et de lui signifier d'un geste de ses six doigts qu'il attendait la suite.

Salvatore posa devant lui le premier dossier. L'ensemble des reçus, relevés et rapports postés par Dwayne Doughty. Comme ils accusaient de complicité Taymullah Azhar et Michelangelo Di Massimo dans le kidnapping de Hadiyyah Upman, le magistrat pouvait penser que Salvatore se moquait de lui en affirmant qu'il se rangeait à son opinion sur l'affaire.

— *Che cos'è?* dit Piero, de plus en plus sur ses gardes.

L'explication ne tarda pas à venir. Salvatore lui montra les relevés de compte et téléphoniques du défunt Roberto Squali et ceux de Michelangelo Di Massimo. Si on les posait à côté des documents fournis par le *signor* Doughty, il devenait évident que ce dernier, pour des raisons obscures, s'était rendu coupable de faux et usage de faux dans le seul but de faire accuser Taymullah Azhar. Salvatore indiqua les différents virements sur les premiers documents, d'Azhar à Doughty à Di Massimo, puis de Di Massimo à Squali. Alors que sur les nouveaux, Azhar paraissait être le commanditaire direct avec des virements de compte à compte…

— Ce *signor* Doughty est mouillé jusqu'au cou, déclara Salvatore au magistrat. Michelangelo Di Massimo dit la vérité. Depuis le début, c'est un complot entre ce privé de Londres, Michelangelo et Squali.

— Et pourquoi n'avez-vous pas remis ces éléments à Nicodemo ? demanda Piero d'un ton rêveur.

— C'est prévu, Piero, mais je tenais à vous présenter mes excuses avant. En voyant que vous gardiez en détention Carlo Casparia aussi longtemps, Michelangelo s'est cru en sécurité. Si vous aviez libéré Carlo comme je le voulais, il est probable qu'une fois découvert le corps de Roberto Squali, Di Massimo aurait pris la fuite, se doutant que nous ne serions pas longs à faire le lien entre eux.

Fanucci approuva de la tête, bien que toujours pas totalement convaincu par le numéro de Salvatore. Celui-ci réitéra ses plus plates excuses en rangeant dans leurs dossiers les documents qu'il avait étalés devant le procureur.

— Je vais de ce pas remettre tout ça à Nicodemo. Ainsi vous pourrez tous les deux clore l'enquête.

— L'extradition de Doughty, murmura Piero. Pas facile à obtenir.

— Mais vous y parviendrez, non ? Vous êtes capable de damer le pion au système britannique.

— *Vedremo*, répliqua Fanucci avec un haussement d'épaules.

Salvatore sourit. *Certo*, pensa-t-il, ils allaient voir. Et en attendant, Taymullah Azhar n'aurait plus *il magistrato* sur le dos. Ce qui lui permettait, à lui, Salvatore, de poursuivre son enquête tranquille.

Victoria
Londres

Lynley savait qu'il n'était pas en mesure de remettre à plus tard sa réunion avec Isabelle. Il pouvait essayer d'esquiver ses questions avec des « J'y travaille, chef, mais il me manque encore un élément... ». Isabelle ne mordrait pas à l'hameçon, bien sûr. Elle n'était pas si bête. De deux choses l'une : il continuait à lui mentir concernant les écarts de conduite de Barbara, John Stewart lui ayant rapporté où elle était allée et non ce qu'elle préparait, ou bien il lui disait la vérité.

Il aurait préféré ne rien savoir des intentions de Barbara Havers. Il l'avait mise en garde, mais elle refusait de l'écouter. Pas moyen d'arrêter sa course folle pour la bonne raison qu'elle était dictée par l'amour. Même si le cœur a ses raisons que la raison ignore, un policier dans l'exercice de ses fonctions ne pouvait pas trahir son serment d'allégeance, sa promesse de faire respecter la loi, en protégeant un homme qui était peut-être un assassin.

Pourtant... N'avait-il pas lui-même, quelques années plus tôt, eut la tentation de protéger son propre frère, Peter, à l'époque où celui-ci, embringué dans une sombre histoire de drogue dans les bas-fonds londoniens, avait été soupçonné de meurtre ? Oui, il l'avait envisagé. En dépit des apparences, il refusait de croire son frère coupable, et en effet il était apparu qu'il n'y était pour rien. Ce qui se passait maintenant entre Barbara Havers et Taymullah Azhar était peut-être du même ordre. Sauf que si elle faisait disparaître les preuves, comment Azhar allait-il s'y prendre pour établir son innocence ? C'était en se soumettant à la procédure que Peter avait été blanchi. Lynley avait failli perdre l'amour de son frère en refusant de le couvrir. Et aujourd'hui, Barbara devait prendre le même risque avec Azhar.

Lynley décida de ne pas se terrer comme un lâche en attendant qu'Isabelle le convoque. Dès qu'il l'aperçut au bout du couloir, il indiqua d'un signe de tête son bureau. Avait-elle une minute ?

Elle ferma la porte et se glissa derrière son bureau, mettant ainsi une barrière concrète entre elle et Lynley, qui interpréta son geste comme l'affirmation de sa supériorité hiérarchique.

Il récapitula pour elle tout ce qu'il savait sur l'affaire, tout y compris les initiatives délirantes de Barbara Havers, tout y compris les billets pour le Pakistan. Sur le moment, Isabelle ne manifesta aucune réaction, puis, peu à peu, il la vit blêmir.

— Etes-vous sûr des dates ? La date d'achat et celle du vol, Tommy ?... Bon, bon... Je vous crois. Parce qu'elle a réglé ça en interne, John Stewart n'est pas au courant. Si Barbara les a retrouvés dans notre système informatique, ou plutôt celui du SO12, elle n'a pas eu besoin de quitter la Met. Elle aura même pu téléphoner en prétendant rendre un service à quelqu'un, n'est-ce pas ?

— C'est possible. Et comme elle était sur une enquête pour Stewart, ils auront trouvé normal qu'elle leur pose ces questions. En plus, Azhar avait déjà été lavé par de tout soupçon de terrorisme.

— Quel merdier, lâcha Isabelle, le regard dans le vague, ou plutôt fixant un point invisible au loin.

Lynley songeait qu'elle devait contempler son avenir quand elle ajouta :

— Elle a eu un nouveau rendez-vous avec ce journaliste.
— Corsico ?
— Ils se sont retrouvés à Leicester Square. Il est maintenant en Italie, je préfère ne pas penser à ce qu'il peut fabriquer là-bas.
— Comment le savez-vous ? Pas pour le rendez-vous à Leicester Square, mais pour l'Italie ?
— John, bien sûr, répondit-elle avec un mouvement du menton vers la porte et les salles au-delà. Il ne la lâche pas. Il a un dossier complet : fuites en direction de la presse, désobéissance aux ordres, enquête sur une affaire entre les mains d'une police étrangère... Comment s'appelle ce terrible châtiment que l'on infligeait aux pirates condamnés à mort ? Suspendus dans les airs, leur corps recouvert par la marée ?
— La cage de gibet ? dit Lynley. Cela tient plus de la légende que de la réalité.
— Toujours est-il que c'est ce que John veut lui faire subir, virtuellement, bien entendu. Il ne s'arrêtera pas à moins.

Lynley flairait chez Isabelle Ardery une détresse réelle. Lui-même était inquiet, mais peut-être pas autant qu'elle. La commissaire était parvenue à tenir en bride les instincts prédateurs de l'inspecteur Stewart en lui assurant qu'elle prendrait les mesures appropriées à ce qu'il avait dénoncé dans son rapport sur Barbara. Mais s'il voyait qu'elle mettait du temps à appliquer une sanction, il était capable de s'adresser plus haut, directement à sir David Hillier, lequel ne verrait pas d'un bon œil les frasques de Barbara et ferait retomber la faute sur... Isabelle. Elle devait donc adopter d'urgence une ligne d'action.

— Où est Barbara ? lui demanda-t-il.

— Elle voulait aller en Italie. Je ne lui ai pas donné l'autorisation, évidemment, et je lui ai dit de se remettre à son travail. Je n'ai toujours pas eu son rapport sur le dénommé Dwayne Doughty, Dieu sait à quoi ce rapport va ressembler. De toute évidence, je ne peux pas la recoller sous les ordres de John, et Philip Hale n'a besoin de personne en ce moment. Vous ne l'avez pas vue en entrant ?

Il fit non de la tête.

— Elle ne vous a pas téléphoné ?

— Non.

Après quelques instants de réflexion, elle s'enquit :

— A-t-elle un passeport, Tommy ?

— Je n'en sais rien.

— Ah, ça, elle nous a bien eus !

Sans le quitter des yeux, elle tendit la main vers son téléphone.

— Judi, pouvez-vous me dire si sir David pourrait me recevoir ? Est-il là aujourd'hui ?

La secrétaire de Hillier lui indiqua une heure, Isabelle consulta son calendrier de bureau.

— C'est parfait, dit-elle avant de remercier chaleureusement son interlocutrice.

Elle raccrocha et contempla longuement le téléphone.

— Il y a plusieurs façons de mettre fin à cette histoire, Isabelle...

— Ne me dites pas comment faire mon travail !

Chalk Farm
Londres

Qui pouvaient bien être ces officiers des hautes sphères de la police auxquels s'était référé Bryan

Smythe ? se demanda Barbara. Mais en quittant le domicile du hacker, alors qu'elle se dirigeait vers sa voiture au bout de la rue, elle comprit ce qui s'était passé. Elle avait été tellement absorbée ces derniers temps par ses machinations et autres combines qu'elle en avait oublié sa vigilance habituelle. Mais à présent, elle avait l'œil partout, et ce fut simple comme bonjour.

A une centaine de mètres de l'autre côté de la chaussée, Clive Cratty, un jeune constable aussi zélé que lèche-bottes, tentait de se dissimuler derrière une Ford Transit noire. Elle comprit instantanément que John Stewart la faisait suivre.

Elle était furieuse, mais elle n'avait pas le temps de s'occuper de Stewart et de ses laquais. Qu'ils aillent au diable ! Ils ne réussiraient pas à l'empêcher d'aller en Italie.

Son passeport était à la maison. Elle allait boucler sa valise en vitesse et prendre son billet... Par téléphone ? Ou mieux, en embarquant ses affaires jusqu'à un des aéroports internationaux de Londres pour acheter son billet sur place.

Pendant la journée, les places de stationnement ne manquaient pas dans son quartier. Même l'allée de la maison était vide. Elle courut à son bungalow derrière le bâtiment, jeta son sac sur la table de la cuisine et se mit à arracher ses slips de la corde à linge tendue au-dessus de l'évier. Elle en fit une boule, puis se tourna vers son armoire et à cet instant vit... Lynley, assis dans le fauteuil à côté du sofa. Avec un cri, elle laissa tomber sa boule de slips par terre.

— Bon sang ! Comment vous êtes entré ?

Il leva la clé de secours de sa porte d'entrée.

— Vous devriez faire preuve de plus d'imagination pour vos cachettes, dit-il. Enfin, si vous n'avez pas envie de rentrer un jour chez vous pour trouver quelqu'un de moins bien intentionné que moi assis dans ce fauteuil...

En se penchant pour ramasser ses slips, Barbara profita de ces quelques secondes pour reprendre ses esprits.

— Je pensais que sous le paillasson c'était tellement banal que personne ne songerait à le soulever.

— Les cambrioleurs ne sont pas d'aussi fins psychologues, à mon avis, Barbara.

— Vous non plus, apparemment ! lui lança-t-elle d'un ton faussement désinvolte.

— Isabelle sait tout. Avant mon départ, elle a téléphoné à Hillier. Elle a rendez-vous avec lui. Elle est aussi au courant pour les billets pour le Pakistan. Elle va prendre les mesures qui s'imposent, je suis désolé.

Barbara ouvrit la porte de son armoire et descendit son sac de voyage de l'étagère du haut. Sans se demander quel temps il ferait en Italie, elle y fourra ce qui lui tombait sous la main. Lynley n'allait pas l'empêcher de prendre le premier avion, même si elle s'attendait à un sermon de sa part.

Mais il se contenta de déclarer :

— Ne faites pas ça. Ecoutez, vos tentatives pour disculper Azhar ont toutes échoué. Smythe m'a parlé de...

— Ce type n'a rien à dire, l'interrompit-elle d'une voix qu'elle aurait souhaité plus catégorique.

— Barbara.

Lynley se leva, ou plutôt déplia son mètre quatre-vingt-huit, et soudain le bungalow prit des allures de maison de poupée.

Elle n'en poursuivit pas moins ses préparatifs fébriles. Dans la salle de bains, elle sélectionna rapidement tout ce qu'il lui fallait, du shampoing au déodorant en passant par quelques autres produits de toilette.

Comme elle ne possédait pas de trousse ad hoc, elle emballa le tout dans une serviette.

La haute silhouette de Lynley lui barra le passage.

— Ne faites pas ça. Smythe a tout déballé devant moi et il recommencera devant d'autres. Il a admis avoir supprimé carrément des preuves et bidouillé d'autres fichiers. Il m'a parlé des documents qu'il a créés de toutes pièces, des visites que vous lui avez faites. Il a dénoncé Doughty et son assistante. Il est cuit, Barbara. Son seul espoir est d'émigrer pour échapper à une longue investigation judiciaire et, au bout du compte, à la prison. Et vous, Barbara, vous devez vous interroger sur votre position par rapport à tout ça.

Elle le bouscula pour passer.

— Vous ne comprenez pas. Vous n'avez jamais compris.

— Vous protégez Azhar, voilà tout. Mais enfin, Barbara, le petit travail de Smythe est peut-être spectaculaire, mais il n'est valable qu'en surface. Vous voyez où je veux en venir ?

— Non.

Elle fourra ses affaires de toilette dans son sac de voyage et promena autour d'elle un regard distrait. Avec lui dans la pièce, elle n'arrivait pas à réfléchir. Que devait-elle prendre d'autre ? Son passeport, bien sûr. Jamais utilisé, demandé il y avait déjà longtemps dans l'espoir qu'un jour sa vie prendrait un autre cours. Un cours plus joyeux. Une plage sur une île grecque, la Grande Muraille de Chine, les Galápagos et leur faune étrange… N'importe où, pourvu qu'elle quitte cette vie minable.

— Il faut donc que je vous mette les points sur les i, continua Lynley. Pour réussir ses tripatouillages, Smythe bénéficie forcément de l'aide d'employés des services qu'il veut pirater. On lui refile un mot de passe. Peut-être pas de manière directe, mais le mot de passe remonte au long d'une chaîne de hackers. Le problème pour ces gens-là, c'est que chaque institution préserve des copies de sauvegarde de tous les documents, hors de portée de toute personne qui n'est pas munie d'une commission rogatoire. Vous voyez, rien ne disparaît. Nos experts n'auront qu'à gratter un peu, et ils retrouveront toutes les malversations commises dans ces systèmes…

La respiration coupée, Barbara pivota sur ses talons pour lui faire face.

— Il n'a rien fait ! Vous le savez aussi bien que moi. Quelqu'un veut sa peau. Doughty, je le sais, veut lui coller le kidnapping sur le dos alors que c'est lui-même qui a tout organisé, et une autre personne veut lui faire endosser le meurtre d'Angelina…

— Mais qui cela pourrait-il être, Barbara ?

— J'en sais rien ! Vous voyez bien que je dois aller là-bas ! C'est peut-être Lorenzo Mura. Ou Castro, son ex-amant. Ou bien son père… Ou encore sa sœur, qui la déteste depuis toujours… Qu'est-ce que j'en sais ? En tout cas, nous n'allons pas trouver tant que nous resterons ici à Londres à suivre la putain de procédure !…

Elle fonça sur sa table de chevet, tira le petit tiroir où elle rangeait son passeport, le retourna sur le lit : pas de passeport. Disparu.

Ce fut la goutte qui fit déborder le vase. Quelque chose céda en elle. Elle se jeta sur Lynley en hurlant :

— Rendez-le-moi ! Vous n'avez pas le droit, merde !

Et à sa propre consternation elle fondit en larmes. Il allait la prendre pour une cinglée, mais c'était plus fort qu'elle. Son équipier, son ami… Telle une poissonnière sortie tout droit d'un roman de l'époque victorienne, elle l'insulta, tambourina du poing contre sa poitrine. Il lui attrapa les bras et cria son nom... Il ne pourrait pas l'empêcher d'y aller... Si elle devait le tuer, eh bien, elle le ferait !...

— Vous, vous avez une vie ! s'époumona-t-elle. Moi je n'ai rien. Vous comprenez ?

— Barbara, pour l'amour du ciel...

— Quoi que vous pensiez, je m'en fous. Ce qui m'importe, c'est elle ! Je ne laisserai pas Hadiyyah entre les mains des services sociaux italiens si Azhar est écroué... Rien d'autre ne compte pour moi que ça !

Elle se mit à sangloter. Il la lâcha et la regarda s'effondrer, malade d'humiliation. Malade qu'il ait pu la voir dans cet état, surtout lui, Thomas Lynley. Qu'il ait pu être le témoin de son désarroi, de la solitude qui ne la quittait pas, une solitude dont il n'avait même pas idée, de la tristesse infinie de sa vie avec pour seule perspective d'avenir ce travail de sergent à Scotland Yard.

Il plongea sa main à l'intérieur de son veston et en sortit son passeport, qu'il lui tendit. Elle le saisit vivement et attrapa son sac de voyage.

— Fermez à clé quand vous partirez ! lui lança-t-elle en guise d'au revoir.

16 mai

Lucca
Toscane

Salvatore Lo Bianco s'inspecta dans le miroir de la salle de bains. Ses bleus jaunissaient gentiment. Il n'était plus du tout tuméfié. Les gens devaient croire qu'il se remettait d'une hépatite ! Dans quelques jours, il allait pouvoir revoir Bianca et Marco. C'était sa *mamma* qui allait être contente, elle à qui manquaient tellement ses *nipoti* préférés.

Il sortit de la tour et se dirigea vers l'endroit où était garée sa voiture. Une agréable marche dans l'air frais de ce matin de printemps. En chemin, il fit une halte pour un *caffè* et une pâtisserie. Au marchand de journaux de la Piazza dei Cocomeri, il acheta *Prima Voce*. Un coup d'œil aux gros titres : pour l'instant, Piero Fanucci n'avait pas lâché la bombe *E. coli*.

Soulagé, il monta dans sa voiture et prit la route de la Fattoria di Santa Zita sous un ciel d'azur qui promettait une journée caniculaire en plaine. Mais dans les collines, les arbres offraient de vastes nappes d'ombre. Au-dessus du chemin de terre battue qui menait à la propriété de Lorenzo Mura, les branches se rejoignaient pour former un agréable tunnel de verdure. Salvatore se gara devant la grange aménagée en cave à vin. Des voix lui parvinrent de l'intérieur de la bâtisse en pierre. Baissant la tête sous la tonnelle de glycine, il pénétra dans l'antre où flottait une subtile odeur de fermentation alcoolique.

Lorenzo Mura et un jeune homme qui n'avait pas l'air italien discutaient dans la salle d'embouteillage située à l'arrière de l'espace voué à la dégustation. Ils se tenaient tous les deux penchés sur quelque chose. En s'approchant, Salvatore vit qu'il s'agissait d'étiquettes *Chianti Santa Zita*. Elles ne semblaient pas être au goût du maître des lieux. Le jeune étranger l'écoutait en hochant la tête.

Salvatore se racla la gorge. Les deux hommes levèrent vivement la tête. Etait-il le jouet d'une illusion ou la tache de vin sur la joue de Mura était-elle devenue soudain plus foncée ?

— *'Giorno*, leur lança-t-il en s'excusant d'arriver sans s'annoncer et de les déranger dans leur travail.

Il les dérangeait, c'était certain, mais Lorenzo ne le lui fit pas sentir. Il continua un moment à parler avec le jeune homme au teint clair et aux cheveux blonds, peut-être un Anglais, ou plutôt un Scandinave qui, comme beaucoup de ses compatriotes, parlait l'italien en plus de deux ou trois autres langues utiles. Quoi qu'il en soit, cet étranger – à qui il n'avait pas été présenté, mais peu importait – finit par s'éclipser dans les profondeurs de la bâtisse. Mura désigna d'un geste une bouteille ouverte près de l'étiqueteuse.

— *Vorrebbe del vino?*

Du chianti de si bon matin ? *Grazie mille*, mais non…

Lorenzo n'avait manifestement pas ce style de réticences, car son assistant et lui avaient déjà bu. Deux verres étaient posés non loin, encore à moitié pleins. Il en prit un et le vida d'un trait. Puis il déclara d'une voix monocorde :

— Elle est morte. Je l'ai perdue, elle, et notre enfant aussi. Et vous, que faites-vous ? Rien. Que voulez-vous ?

— *Signor* Mura, je préférerais que tout ça aille plus vite, mais il nous faut suivre la procédure.

— Où voulez-vous en venir ?

— On a ouvert un dossier qui se refermera le jour où l'on aura arrêté le coupable et pas avant.

— Vous me faites rire, avec votre dossier. Je suis venu vous trouver, c'est moi qui vous ai dit qu'elle n'était pas morte de mort naturelle, vous avez pris note et vous m'avez congédié… Alors, que faites-vous ici ?

— Je suis venu vous demander si vous comptez permettre à Hadiyyah Upman de résider chez vous à la *fattoria* jusqu'à ce qu'un arrangement soit trouvé avec sa famille londonienne.

— Ce qui signifie… ?

— Que j'avance lentement, et très prudemment, vers une conclusion. Le moment venu, vous pouvez compter sur ma rapidité. Mais je dois être prévoyant… D'où ma présence ici aujourd'hui.

Mura le dévisagea d'un air méfiant. A juste titre, estima Salvatore. Trop souvent en Toscane, on procédait aux arrestations avant d'avoir les preuves suffisantes, pour mieux ensuite tordre les faits dans le seul but de satisfaire le ministère public. Surtout quand l'enquête était dirigée par un procureur du genre de Piero Fanucci qui, dès qu'un crime était commis, voulait à tout prix, et le plus vite possible, trouver un coupable. Mura, accoutumé à ces méthodes, se demandait bien sûr pourquoi personne n'était encore sous les verrous pour le meurtre de sa maîtresse et de son enfant.

— Pour commencer, expliqua Salvatore, la cause de la mort a été longue à établir à cause de la mauvaise santé de votre Angelina. Nous l'avons déterminée, cependant...

Mura esquissa un pas en avant. Salvatore l'arrêta d'un geste.

— ... il est encore trop tôt pour la divulguer.

— C'est lui ! Je le savais !

— Le temps le dira.

— Combien de temps ?

— Il n'y a pas moyen de savoir. Mais nous progressons. Voilà pourquoi je suis venu vous solliciter pour la garde de Hadiyyah... Cela devrait vous indiquer que nous ne sommes plus très loin du but.

— Il est venu chez nous, il a gagné sa confiance et une fois qu'il l'a eu obtenue... il... il a fait ça. Et vous le savez.

— Nous allons parler tous les deux aujourd'hui, le professeur et moi-même. Nous avons déjà parlé hier et nous continuerons demain. Rien, *signor* Mura, ne sera négligé. Je peux vous le garantir.

Avec un geste du menton désignant l'extérieur, il posa enfin la question qui était le véritable objectif de son expédition dans les collines toscanes :

— Vous élevez des ânes, n'est-ce pas ? Je le sais par l'inspecteur de Londres. Pouvez-vous me les montrer ?

Mura le regarda d'un air perplexe.

— Pour quelle raison ?

— J'ai deux enfants qui adoreraient avoir un âne à la campagne, où nous avons une petite maison, répondit Salvatore avec un sourire. Ce sont bien des animaux de compagnie ? S'ils ne le sont pas, peuvent-ils le devenir ?

— *Certo*, opina Lorenzo Mura.

Lucca
Toscane

Salvatore pouvait se féliciter d'avoir accompli la mission qu'il s'était fixée. En s'attardant à admirer les ânes dans l'oliveraie, il avait exprimé le souhait de s'entretenir avec la dernière personne ayant acheté un de ces animaux afin de s'assurer qu'ils étaient aussi doux qu'ils le paraissaient et ne présentaient aucun danger pour les enfants. Il avait menti sur la maison de campagne, qui n'existait pas. Mura lui avait donné le nom de son dernier client.

Il avait suffi d'un appel téléphonique pour se rendre compte que cet homme n'était pas le fournisseur du biofilm ayant provoqué le décès d'Angelina Upman. Non que sa propriété agricole, non loin de Valpromaro, ait été vierge de toute bactérie, mais parce que au cours de la conversation il avait dit avoir réglé l'ânon du *signor* Mura en espèces afin d'échapper aux mille et une taxes auxquelles les Italiens sont assujettis. Il précisa la date de son achat, qui coïncidait avec celle où l'*ispettor* Lynley avait été témoin de l'échange d'une enveloppe entre lui et Mura.

Il rentra à la *questura* et réunit immédiatement Ottavia Schwartz et Giorgio Simione, lesquels continuaient à éplucher les curriculum vitae des scientifiques présents au symposium de Berlin en avril. Ils avaient repéré un chercheur de l'université de Glasgow qui étudiait *E. coli*, lui précisa Ottavia. Si l'*ispettore* souhaitait qu'ils continuent, ils en trouveraient sûrement d'autres.

Salvatore les y encouragea. Il n'était pas question d'abonder dans le sens de Fanucci. Il exigeait d'avoir tous les faits alignés avant de passer à l'action. Dans l'esprit de Salvatore, le mot *indagato* signifiait plus que la désignation d'un suspect. Cela voulait dire que les enquêteurs avaient la certitude de tenir le véritable coupable.

Lucca
Toscane

Tout bien considéré, il apparut que le plus simple était de prendre un vol pour Pise. Barbara aurait pu atterrir dans un petit aéroport de Toscane en voyageant sur une de ces nombreuses compagnies « low cost » qui semblaient se multiplier comme des petits pains depuis quelque temps, mais elle préférait la sécurité d'une compagnie aérienne connue qui n'égarerait pas son sac et la débarquerait dans un aéroport portant un nom, « Galileo Galilei », chargé d'histoire.

Dès l'aérogare, elle fut assaillie par les sensations provoquées chez tout voyageur par un environnement étranger. Des gens qui criaient au lieu de parler normalement, des panneaux dans une langue incompréhensible et, une fois qu'elle eut récupéré son bagage, des guides brandissant des pancartes, des grappes de touristes qui négociaient avec des chauffeurs de taxi proposant de les emmener voir la Tour penchée.

Heureusement, elle n'eut aucun mal à repérer dans la foule celui qui était venu la chercher, aussi voyant qu'un chimpanzé albinos dans un zoo. En dépit du fait qu'il se trouvait en Italie – le pays de *la moda* – Mitchell Corsico portait sa tenue habituelle. Sans la veste à franges, sans doute à cause de la chaleur, mais le reste de sa personne avait toujours l'air de sortir du même saloon. Pour sa part, Barbara avait eu l'intelligence de laisser tomber les tee-shirts à thème et de mettre un débardeur, s'attendant à trouver exactement ce qui l'engloutit à la sortie de l'aéroport : une chaleur d'enfer.

Mitch était en train de téléphoner. Tout en la guidant vers sa voiture de location, il continua à parler. Barbara, traînant son sac et se traînant elle-même derrière lui, attrapa des bribes de la conversation. « Ouais... Ouais... L'interview va pas tarder... C'est au programme... Qu'est-ce que tu veux que je te dise de plus, Rod ?... » C'était son rédacteur en chef... En raccrochant, il jura entre ses dents :

— Gros nase.

Il s'arrêta devant une Lancia. Barbara était en nage. En fermant à demi les yeux, éblouie par le soleil, elle marmonna :

— Il fait combien de degrés dans ce patelin ?

— Dites-vous que c'est pas encore l'été, Barb.

Pour se rendre à Lucca, ils empruntèrent une *autostrada* terrifiante où les indications de limite de vitesse semblaient plantées ici et là pour leur effet décoratif. Corsico fonçait tout autant que les autres. S'il accélérait encore, se dit Barbara, ils allaient s'envoler.

La vitesse n'empêcha pas le journaliste de l'informer que son premier article était paru dans *The Source* le matin même, au cas où elle n'aurait pas eu le temps de l'acheter à l'aéroport. Il avait adopté un angle qui devait, à l'en croire, générer une douzaine d'autres papiers sur le même sujet.

— Qu'est-ce que ça veut dire ? s'exclama Barbara. Quel genre de papiers ? Qu'est-ce que vous êtes allé raconter encore ?

Il tourna brièvement la tête vers elle. Un bolide gris métallisé les dépassa. Il appuya sur le champignon et doubla un camion tandis que Barbara se cramponnait à son siège.

— Oh, tout ce qu'il y a de plus classique, Barb. Dans cette affaire d'*E. coli*, les Italiens essayent d'éviter de couler leur économie alors qu'ils cherchent à identifier la source de la contamination par une bactérie potentiellement tueuse, ou bien, autre version, quelqu'un – un suspect que je n'ai pas nommé – a délibérément empoisonné la victime. Restez branchés pour la suite...

— Du moment que vous ne vous approchez pas d'Azhar.

Nouveau coup d'œil, cette fois sidéré.

— Hé ! J'ai une enquête à mener, moi. S'il est dans le coup, je ne vais pas l'épargner. Je voudrais qu'on se mette d'accord, tous les deux, maintenant que nous travaillons main dans la main : Quand on refile un tuyau à un journaliste, il le crève.

— Tutut, vous vous emmêlez les pinceaux dans vos métaphores. C'est pas bien du tout pour un écrivain. Ou est-ce aller un peu loin que de vous qualifier d'écrivain ? Scribouillard conviendrait mieux. Et qui vous a dit que nous travaillons main dans la main ?

— On est du même côté.

— Ce n'est pas l'impression que j'ai.

— Nous voulons tous les deux découvrir la vérité. Et puis, je vous répète que le nom d'Azhar a déjà été cité.

— Je vous avais pourtant...

— Vous ne pensiez quand même pas que Rod Aronson allait me payer un petit voyage en Toscane juste parce qu'une Anglaise enceinte y a clamsé ? Nos lecteurs ne mordent qu'à de plus gros hameçons.

— Quoi ? Azhar est devenu un appât ? Ah ben merde alors !

— Il est une composante de l'histoire, que vous le vouliez ou non, ma poulette. Et pour ce que j'en sais, il y a des chances qu'il en soit le clou. Bon sang, Barb, vous devriez me remercier de n'avoir pas parlé de la gosse !

Elle lui prit le bras et planta ses ongles dans sa chair.

— Vous ne touchez pas à Hadiyyah !

Il repoussa sa main d'un geste brusque.

— Arrêtez de distraire le conducteur. Si nous avons un accident, c'est nous qui ferons la première page, demain. De toute façon, pour l'instant, tout ce que j'ai écrit est de l'ordre de : « Au fait, notre bon professeur de microbiologie est en train d'aider la police... » Nous lisons bien sûr entre les lignes, n'est-ce pas ? Rod veut que je décroche une interview avec lui. Vous allez me l'obtenir.

— Vous avez déjà obtenu le maximum de moi. Azhar est hors jeu. Je vous l'ai dit d'emblée.

— Ecoutez. Je croyais que vous m'aviez mis sur la piste pour aller au fond des choses...

— Allez-y ! dit-elle. Azhar n'a rien à voir là-dedans.

Lucca
Toscane

Les abords de la ville de Lucca étaient semblables aux abords de toutes les villes du monde surdéveloppé. Hormis les inscriptions sur les panneaux qui étaient en italien, tout paraissait standard. Des rues encombrées de voitures et bordées d'immeubles modernes, d'hôtels bon marché, de restaurants traiteurs, de boutiques diverses et de pizzerias. Sur les trottoirs, des mères avec des poussettes, des jeunes faisant sans doute l'école buissonnière occupés à s'adonner aux trois vices auxquels les ados sont accros partout : les sms, la clope et le téléphone portable. Ils se distinguaient toutefois de leurs contemporains britanniques par la coiffure – beaucoup plus élaborée et gourmande en gel.

Mais une fois devant les remparts de Lucca, Barbara contempla avec émerveillement les énormes murailles qui fortifiaient la ville. Elle avait déjà visité York, mais ce qu'elle avait sous les yeux était incroyablement plus spectaculaire. Mitch Corsico longea le mur sur une avenue ombragée qui paraissait avoir été tracée pour mettre en valeur la beauté des fortifications. A un moment donné, il tourna autour d'une immense place et franchit une porte monumentale.

Ils débouchèrent sur une deuxième place. Des autocars déversaient des personnes âgées en bermuda, casquette, sandales et chaussettes noires. Corsico trouva un emplacement pour se garer devant un loueur de bicyclettes.

— Par ici, lança-t-il à Barbara en descendant de voiture.

Il ne lui proposa pas de lui porter son sac. Alors qu'elle avait cru voyager léger, au bout de quelques mètres à se traîner derrière Corsico, elle fut tentée de jeter tout ce que ce fichu sac contenait dans la première poubelle venue. Mais comme il n'y avait pas de poubelle en vue, elle s'arma de courage. En quittant la place par une ruelle, ils tombèrent sur des gens massés devant une église.

— Il y en a des centaines comme ça, annonça Mitchell en fonçant sans vergogne dans la foule de touristes, étudiants, ménagères, religieuses... beaucoup de religieuses.

Elle faillit le perdre de vue au moment où il tourna au coin de la rue. Quand enfin, à bout de souffle, elle parvint à le rattraper, il s'était adossé au mur d'un étroit passage voûté, de la largeur d'une voiture. Ce tunnel débouchait sur une autre place écrasée par un soleil de plomb.

Elle crut un instant que Corsico allait lui permettre de profiter de cette halte ombragée et peut-être même tendre la main pour lui prendre son bagage, mais nenni... Dès qu'elle fut à sa hauteur, le cœur battant et de la sueur plein les yeux, il lui lança :

— On voyage pas souvent, à ce que je vois. Règle numéro un, Barb : une seule tenue de rechange.

Aussitôt, il sortit du tunnel pour émerger sur la grande place de forme ovale. L'ancien amphithéâtre, l'informa Corsico. A présent, Barbara n'avait plus qu'une seule idée : s'asseoir sur une terrasse à l'ombre et boire de l'eau glacée. Le journaliste lui indiqua d'un geste un tas de cactus devant un petit immeuble. La *pensione* d'Azhar, lui précisa Corsico.

— Le moment est venu de me payer mes services, dit-il. Je veux cette interview, Barb.

Comme elle ouvrait la bouche pour protester, il joua sa meilleure carte :

— C'est moi qui fixe les règles, Barb, pensez-y. Je peux vous planter là et vous laisser vous débrouiller toute seule. Personne ne parle anglais ici, les flics moins que les autres. Ou alors vous vous montrez coopérative et je vous présente à des collègues journalistes qui causent notre langue. Dans tous les cas de figure, vous m'êtes redevable et Azhar sera votre façon de vous acquitter de votre dette.

— Je ne passe pas de marché avec vous. A mon avis, je peux communiquer facilement avec qui je veux.

Mitch sourit et désigna la *pensione* d'un signe de tête en déclarant :

— Si c'est comme ça que vous le prenez, allez-y, je ne vous retiens pas.

Elle aurait dû se douter qu'il y avait anguille sous roche. Mais elle refusait de se soumettre aux ordres de ce mufle. Barbara traversa la place avec son sac qui lui sciait l'épaule, posa son fardeau par terre et actionna la cloche de la Pensione Giardino. Les volets étaient clos, sans doute pour se protéger de la chaleur, comme tous ceux de la place. Une seule fenêtre était ouverte dans un immeuble voisin ; une dame y étendait des draps roses. Sinon, le lieu avait l'air désert. Barbara commençait à se dire que la *pensione* l'était tout autant quand la porte s'ouvrit sur une jeune femme enceinte aux cheveux noirs et un petit enfant qui se tenait à ses jambes.

Au début, tout se passa très bien. Elle sourit en voyant le bagage de Barbara et l'invita à entrer. Le vestibule était sombre et, Dieu merci, frais. Sur une table, une bougie brûlait devant une statue de la Sainte Vierge. Un peu plus loin, une porte s'ouvrait sur une salle à manger. La jeune femme indiqua à Barbara qu'elle pouvait laisser son sac sur le carrelage. D'un tiroir de la table, elle sortit une carte, sans doute un formulaire à remplir. Formidable, pensa Barbara en prenant la carte et le stylo à bille qu'on lui tendait. Allez vous faire foutre, Mitchell. Aucun problème.

En prenant la carte remplie, la jeune femme lui demanda :

— *E il suo passaporto, signora?*

Barbara le lui tendit. Elle trouva un peu bizarre de la voir partir avec, mais fut vite rassurée quand elle le déposa sur un meuble de la salle à manger. La femme lui adressa quelques phrases dans une langue qui devait être de l'italien. Barbara comprit qu'elle avait besoin de garder son passeport un petit moment, et espéra qu'elle n'avait pas l'intention de le vendre au marché noir.

— *Mi segua, signora*, ajouta la femme avec un sourire en calant son enfant sur son flanc, au-dessus de son ventre arrondi.

Comme la femme se mettait à gravir l'escalier, Barbara supposa qu'elle la priait de la suivre. Bon, tout se passait comme sur des roulettes, sauf qu'elle avait une ou deux questions à poser avant de s'installer.

— Une minute, s'il vous plaît, dit-elle.

La femme se retourna vers elle, l'air perplexe.

— Taymullah Azhar est encore ici ? Avec sa fille ? Une petite fille haute comme ça avec de longs cheveux noirs. Je dois leur parler de toute urgence... Enfin, après avoir pris une douche... C'est-à-dire, je dois parler à Azhar de Hadiyyah. C'est le nom de la petite. Vous le savez, sans doute ?

Que n'avait-elle pas dit là ? La femme redescendit les marches en déversant un flot de paroles toutes plus incompréhensibles les unes que les autres.

Barbara la fixa de la mine effarée d'un chevreuil pris dans les phares d'une voiture. En saisissant cependant un « non, non, non », elle en déduisit que ni Azhar ni Hadiyyah ne se trouvaient à la *pensione*. Leur départ était-il définitif ? Mystère.

Dans l'espoir de tarir cette logorrhée verbale, Barbara sortit de son sac son téléphone portable et demanda le silence en l'agitant dans les airs. Elle composa le numéro d'Azhar, pour, une fois de plus, tomber sur sa boîte vocale.

— *Mi segua, mi segua,* s*ignora. Vuole una camera, sì?*

Comme elle pointait le doigt vers le palier, Barbara supposa que *camera* signifiait chambre en italien et non appareil de prise de vues. Elle fit oui de la tête et souleva son sac de voyage pour emboîter le pas à son hôtesse.

La chambre était simple et propre. Pas de salle de bains, mais à quoi s'attendait-elle, dans une *pensione* ? Repoussant à plus tard, et à regret, la douche qu'elle s'était promise, elle chercha dans son portable le numéro d'Aldo Greco.

Coup de chance, la secrétaire de l'avocat parlait aussi bien anglais que son patron. Il n'était pas à son cabinet, mais si Barbara voulait bien laisser son numéro...

Barbara expliqua qu'elle essayait de localiser Taymullah Azhar. Elle était une de ses amies, de passage à Lucca. Elle n'arrivait pas à le joindre au téléphone et elle était très inquiète, pour lui et surtout pour sa fille, Hadiyyah.

— Ah ! Je vais demander au *signor* Greco de vous rappeler tout de suite !

Une fois qu'elle eut raccroché, Barbara se mit à arpenter la chambre. Qu'est-ce que « tout de suite » voulait dire en Italie ? Elle ouvrit la fenêtre et les volets. De l'autre côté de la place, Mitch Corsico était assis à la terrasse d'un café à l'ombre d'un parasol, une boisson fraîche posée devant lui. Il paraissait tout à fait détendu et content de lui. Il savait quelque chose qu'elle ignorait, se dit-elle, et il attendait qu'elle l'apprenne par elle-même.

A cet instant, son portable sonna. Greco.

Taymullah Azhar avait été arrêté, lui annonça-t-il. Pour meurtre. Il avait passé deux jours à entrer et sortir de la *questura*, et ce matin, à neuf heures et demie, il avait été écroué...

Dieu du ciel !

— Où est Hadiyyah ? Qu'est-ce qui est arrivé à la petite ?

En guise de réponse, Aldo Greco déclara qu'il attendait Barbara dans quarante-cinq minutes à son cabinet.

Lucca
Toscane

Elle n'avait pas le choix. Il fallait bien qu'elle emmène Corsico. Même si elle décidait d'y aller sans lui, il la suivrait. En sortant de la Pensione Giardino, elle fonça droit de l'autre côté de la place, se saisit de son verre et le but d'une longue lampée. Une boisson délicieusement sucrée, des glaçons. Du *limoncello*, l'informa-t-il.

— A boire avec modération.

Un bon conseil qui venait trop tard. La liqueur lui monta directement au cerveau, pile entre les deux yeux, à en juger par sa vision subitement floue.

— Bon sang ! Pas étonnant que la *vita* soit si *dolce* dans ce pays... C'est ce qu'on boit en milieu de matinée ?

— Mais non. Ils sont plus décontractés, mais pas fous. Alors, vous avez su pour Azhar ?

— Vous, vous saviez ?

Il prit un air faussement désolé.

— Je croyais qu'on collaborait, vous et moi ?

— Moi aussi, répliqua-t-il. Mais quand il s'est agi de passer à l'action… à propos de ces interviews…

— Vous alors ! Bon, d'accord. Où est Hadiyyah ? Vous le savez ?

Nouveau hochement de tête désolé.

— Mais elle ne peut pas se trouver dans des dizaines d'endroits. Ils ne peuvent pas laisser une enfant de neuf ans prendre une chambre au Ritz quand son papa a été écroué pour meurtre. Plus tôt on la retrouvera, mieux ce sera. J'ai des délais à respecter, moi.

Barbara fut choquée par le manque de compassion que révélait cette dernière remarque. Hadiyyah n'était rien pour Corsico, ou seulement un élément de plus à exploiter dans son papier. Elle se leva. La tête lui tournait un peu à cause des effets de l'alcool. Elle attendit que ça passe et s'empara d'une poignée de chips dans le bol au milieu de la table.

— Nous avons rendez-vous Via San Giorgio. C'est loin ?

Il jeta quelques pièces dans le cendrier vide et se leva à son tour.

— A Lucca, rien n'est loin.

Lucca
Toscane

Aldo Greco était un bel homme distingué. Il ressemblait à son compatriote, citoyen de Lucca comme lui, le compositeur Giacomo Puccini, sans la moustache. Les mêmes yeux mélancoliques, la même chevelure noire aux tempes argentées. Un visage au teint mat sans aucune ride. Il aurait tout aussi bien pu avoir trente-cinq que cinquante ans. Bref, il avait un look de star de cinéma.

Manifestement, il trouvait que Corsico et elle formaient un drôle de couple, mais il était bien trop courtois pour émettre le moindre commentaire autre que « *piacere* » – quoi que cela signifie – quand elle se présenta et livra le nom de son compagnon.

Greco les invita à s'asseoir et leur proposa un rafraîchissement. Barbara refusa poliment. Mitch déclara qu'un café ne serait pas de refus. Greco pria sa secrétaire de s'en occuper. Une minute plus tard, Mitchell avait entre les mains une petite tasse de liquide si noir et si onctueux qu'on eût dit de l'huile de moteur. Cela n'eut pas l'air de l'étonner, mais Barbara, quant à elle, fut stupéfaite de le voir bourrer sa tasse de morceaux de sucre avant d'avaler la mixture.

Une fois la case politesses dûment remplie, Greco se fit plus réservé. Après tout, il ne savait pas vraiment qui était Barbara. Elle aurait pu être n'importe qui – une journaliste par exemple – prétendant connaître Taymullah Azhar. Ce dernier n'avait pas parlé d'elle à son avocat, et cela devait déranger un homme comme Greco, à qui la déontologie de sa profession et son souci personnel de la bienséance interdisaient de dévoiler à qui que ce soit les détails de l'arrestation d'un client.

Elle lui montra sa carte de police. Il ne parut pas tellement impressionné. Elle cita le nom de l'inspecteur Lynley, qui l'avait précédée dans cette ville en qualité d'officier de liaison au moment de l'enlèvement de Hadiyyah. Il se borna à l'écouter en hochant la tête. Elle finit par se rappeler qu'elle avait au fond de son sac quelque part une photo de Hadiyyah que celle-ci lui avait offerte, une photo d'école prise à la rentrée. Au dos, elle avait écrit le prénom *Barbara*, *Friends 4 ever*, son propre prénom et des tas de *xxx*.

— Quand j'ai entendu que la police interrogeait Azhar, je me suis précipitée parce que je sais que Hadiyyah n'a personne ici en Italie. Et la famille de sa maman en Angleterre… eh bien, Angelina était en froid avec eux. Ce que je veux dire… Si jamais il y a un autre drame… Ce qu'elle a déjà traversé a été un enfer, non ?

Greco examina la photo. Comme il n'avait toujours pas l'air convaincu, elle sortit son téléphone portable et, ô miracle, réussit à trouver un vieux message d'Azhar sur sa boîte vocale. Elle passa le portable à l'avocat, lequel consentit enfin à lui livrer de vagues informations sur l'arrestation.

Elle comprenait, n'est-ce pas ? Son client ne l'avait pas autorisé à lui parler. Barbara acquiesça énergiquement pour montrer qu'elle considérait le peu qu'il voulait bien lui dire comme une faveur, en priant le ciel que Corsico ne sorte pas son carnet de notes.

Hadiyyah était retournée à la Fattoria di Santa Zita, auprès de Lorenzo Mura, là où elle avait résidé jusqu'au décès de sa mère. Un arrangement provisoire, bien entendu. Sa famille londonienne avait été avertie de l'arrestation d'Azhar par Mura. Avaient-ils l'intention de venir la chercher ? s'enquit Barbara. Dans ce cas, il faudrait faire vite, car, les connaissant, dès qu'ils mettraient la main sur Hadiyyah, ils allaient se débrouiller, par pure méchanceté, pour qu'Azhar ne puisse jamais récupérer sa garde.

— Je ne sais pas, répondit Greco. La police s'est occupée de l'enfant.

— Azhar n'aurait jamais cité les parents d'Angelina pour garder Hadiyyah, il aurait donné mon nom à moi !

Greco devint songeur.

— Peut-être, mais la police souhaite sans doute qu'elle soit prise en charge par quelqu'un de sa famille, et rien ne prouve que le professeur est vraiment son père. Vous mesurez maintenant combien il lui est difficile de faire entendre sa propre voix en la matière ?

Barbara voulut ensuite savoir où se trouvait cette Fattoria di Santa Zita. Elle jeta un coup d'œil à Mitchell. Il avait revêtu le masque du journaliste impassible. En fait, il était en train de mémoriser tout ce que disait l'avocat. Finalement, il n'allait peut-être pas lui être aussi inutile que ça.

— Quelles sont les preuves que l'on a contre lui ? demanda-t-elle. Il doit bien y avoir des preuves matérielles si on l'accuse de meurtre, non ?

— Ce moment n'est pas encore venu, lui fit savoir Greco en joignant les mains par le bout des doigts avant de se lancer dans un exposé sur la procédure pénale italienne.

Jusqu'ici, Taymullah Azhar était *indagato*, autrement dit, le suspect numéro un. Un *avviso di garanzia* – une mise en examen – avait été signé officiellement, mais les détails du procès-verbal étaient pour le moment protégés par le *segreto istruttorio*, le secret de l'instruction. A ce stade, il fallait une fuite pour que la presse apprenne quoi que ce soit.

— Mais vous, maître, vous savez sûrement quelque chose !

— Je sais seulement qu'il est question d'un symposium scientifique auquel il a participé en avril. Il y a aussi son métier... Ces conférences réunissaient des microbiologistes du monde entier.

— Je suis au courant.

— Dans ce cas, vous admettrez qu'il est curieux que peu après ce symposium la mère de son enfant décède parce qu'elle a ingéré un de ces micro-organismes...

— Je n'imagine pas Azhar trimballant une boîte de Petri contenant des bactéries *E. coli* dans ses sous-vêtements...

— Comment ? fit Greco, troublé.

— Une façon de parler, murmura Mitchell Corsico.

— Pardon... bredouilla Barbara. Mais ce scénario est tout simplement ridicule. Et invraisemblable... Ecoutez, il faudrait que je parle à ce flic, là... Lo Bianco. C'est bien ça, non ? Pouvez-vous m'obtenir un rendez-vous avec lui ? Je suis l'équipière de l'inspecteur Lynley à Londres. Lo Bianco le connaît. Il n'a pas besoin de savoir que je suis une amie de la famille. Dites-lui juste que je travaille avec Lynley.

— *Certo*, je peux lui passer un coup de téléphone. Mais, je vous préviens, il ne parle pas un mot d'anglais.

— Pas de problème, répliqua Barbara. Vous pourrez venir avec moi, non ?

— *Sì, sì*. Mais l'*ispettor* Lo Bianco ne vous parlera pas aussi ouvertement en ma présence.

— Ah bon, il n'est pas obligé de vous informer des développements...

— Ici, vous n'êtes pas en Angleterre, *signora*... *scusi*, sergent. Je vous ai expliqué la procédure...

— Mais une fois l'arrestation faite ?

— C'est pareil.

— Bon sang, maître Greco, il s'agit de preuves « circonstancielles ». Azhar a participé à ces conférences, c'est un fait, mais il n'étudie pas ni ne manipule les bactéries qui ont provoqué la mort d'Angelina Upman...

— La personne qui lui a enlevé son enfant est morte. Cette personne lui a en plus caché où elle était pendant des mois. Ce n'est pas bon pour lui.

Et ce serait encore pire pour Azhar si son rôle dans le kidnapping de Hadiyyah venait à être révélé.

— On ne peut pas condamner quelqu'un sur des preuves aussi indirectes.

Greco la regarda avec une expression abasourdie.

— Au contraire, sergent. Ici, tous les jours des gens sont condamnés sur la base de preuves beaucoup moins pertinentes.

Lucca
Toscane

Ce fut sans surprise que Salvatore Lo Bianco apprit l'arrivée d'un autre représentant de New Scotland Yard. Depuis qu'il avait procédé à l'arrestation de Taymullah Azhar, il s'attendait à recevoir un signe de Londres. La nouvelle avait dû transiter par l'ambassade d'Angleterre via Aldo Greco jusqu'à la police londonienne. D'autant que cette arrestation avait laissé une petite citoyenne britannique seule, sans famille. Pour l'instant, Lorenzo Mura l'hébergeait, mais il était certain que l'arrangement n'avait rien de satisfaisant. C'était très bien si la police anglaise venait régler ce problème. Cela dit, il ne s'était pas attendu à ce que cette personne débarque aussi rapidement à la *questura*.

Ce n'était pas l'inspecteur Lynley, et il le regrettait. Non seulement il avait de la sympathie pour le gentleman britannique, mais encore celui-ci présentait l'avantage de parler couramment l'italien. C'était assez étrange que les Anglais envoient à Lucca quelqu'un ignorant la langue de la péninsule. Quoi qu'il en soit, quand Aldo Greco lui avait téléphoné pour lui communiquer son nom et quelques autres détails – dont cette difficulté linguistique –, il avait accepté de la recevoir. Greco lui avait en outre précisé que son compagnon

– un cow-boy anglais – connaissait du monde en ville, et il lui avait assuré que la policière serait accompagnée d'une ou d'un interprète.

Salvatore, n'ayant pas réfléchi à ce à quoi pouvait ressembler une enquêtrice britannique, n'était évidemment pas préparé au choc qu'il ressentit en voyant celle qui franchit le seuil de son bureau deux heures après sa conversation téléphonique avec Greco. Peut-être était-il trop influencé par les séries policières de la BBC qu'il regardait, doublées en italien, depuis des années ? Car il aurait plutôt imaginé une de ces actrices flamboyantes à l'allure décidée, dotées de longues jambes, élégantes, séduisantes. Ce qu'il vit entrer était l'inverse exact de cette image virtuelle, sauf pour l'allure décidée. Petite, du genre costaud, attifée d'un pantalon de lin beige chiffonné de chez chiffonné et d'un débardeur bleu marine qui bâillait sur ses épaules rondes. Aux pieds, des baskets rouges. Ses cheveux semblaient avoir été coupés avec un sécateur mal affûté. Mais sa peau était ravissante – les Anglaises avaient ce teint de pêche grâce à l'humidité de leur climat –, quoique perlée de sueur.

Suivie par une espèce de bibliothécaire affligée d'énormes lunettes et d'une chevelure luisante de gel coiffant, l'enquêtrice britannique traversa son bureau avec une telle assurance et une telle indifférence pour son apparence que, malgré lui, il en fut épaté. Elle lui tendit la main. Il la prit. Elle était moite.

— Sergent Barbara Havers. Vous ne parlez pas anglais. Bon. Je vous présente Marcella Lapaglia et je vais être franche avec vous, elle est la compagne d'un dénommé Andrea Roselli. Un journaliste de Pise. Mais elle s'est engagée à ne pas lui divulguer ce qui sera dit ici, à moins que vous ne lui donniez votre feu vert. Elle est ici seulement pour traduire, je la paye, et on a de la chance, parce que en ce moment elle a plus besoin d'argent que de l'approbation d'Andrea.

De tout ce babillage, Salvatore grappilla seulement quelques bribes. Marcella traduisit rapidement. Cela ne lui plaisait pas du tout, à Salvatore, que cette femme soit la maîtresse d'Andrea Roselli. Il ne le cacha pas à cette dernière, qui fit part de sa remarque au sergent. Le dialogue entre les deux femmes s'éternisa, si bien qu'il finit par s'exclamer :

— *Come? Come?*

Marcella marqua une pause pour lui traduire les propos qu'elles venaient d'échanger en aparté.

— C'est une interprète professionnelle, déclara le sergent par la bouche de Marcella. Elle se doute qu'elle pourra dire adieu à sa carrière si elle transmet des informations non autorisées.

— Elle a intérêt, rétorqua Salvatore en regardant Marcella droit dans les yeux.

— *Certamente.*

— Je travaille avec l'inspecteur Lynley, reprit Barbara Havers. Je me suis tenue au courant de ce qui s'est passé ici depuis le début. Si je suis là, c'est surtout pour l'enfant, la fille du professeur. Cela m'aiderait de savoir exactement ce que vous avez comme éléments pour inculper Azhar, je veux dire le professeur. Elle va avoir des questions. Je vous parle de la fille, Hadiyyah, et il faut que je sache quoi lui dire. Vous pouvez m'aider ? Il a été inculpé pour meurtre, m'a expliqué Me Greco. Je sais pour son métier et le symposium de Berlin, etc. Mais si je puis me permettre, inspecteur Lo Bianco, si vous n'avez que ça, c'est un peu mince. En tout cas, il n'y a pas de quoi mettre en accusation quelqu'un. Alors, si vous voulez bien, je vais dire à Hadiyyah que son papa va bientôt revenir auprès d'elle. Mais évidemment, si vous tenez autre chose…

Salvatore écouta la traduction sans lâcher du regard le sergent Havers, qui soutint le sien avec fermeté. La plupart des gens, songea-t-il, baisseraient les yeux ou bien les détourneraient pour les promener autour de la pièce, même si celle-ci était tout ce qu'il y a de plus ordinaire. Mais elle se contentait de tripoter les lacets de la basket qu'elle avait posée sans complexe sur son genou en croisant les jambes. Une fois que Marcella lui eut rapporté la requête du sergent, Salvatore répliqua avec circonspection :

— L'enquête n'est pas terminée. Et comme vous le savez sans doute, sergent, nos procédures sont différentes des vôtres.

— D'après ce que j'ai compris, vous avez à peine des preuves circonstancielles. Une série de coïncidences qui m'incitent à me demander pourquoi le professeur est derrière les barreaux. Mais n'abordons pas ce sujet pour l'instant. Je voudrais le voir. Il faudra m'arranger ça.

Devant ce qui sonnait comme un ordre, il se hérissa. Vraiment, elle était incroyable, cette femme, alors qu'elle était là seulement pour s'occuper de Hadiyyah Upman.

— Pour quelle raison souhaitez-vous le voir ?

— Parce qu'il est le père de Hadiyyah Upman et qu'elle va vouloir savoir où il est, comment il va et ce qui va lui arriver. C'est tout à fait naturel, vous avouerez.

— Il n'est pas certain que ce soit lui le père, riposta Salvatore.

Il eut au moins la satisfaction de constater, pendant

que Marcella traduisait, que ce commentaire faisait son petit effet.

— Bon, d'accord, OK. Un point pour vous. Mais avec un test ADN, tout rentrera dans l'ordre. Ecoutez, de son côté, il va vouloir savoir où elle est, si elle va bien et tout ça. Vous voyez bien qu'il faut m'arranger une visite.

Elle attendit que Marcella traduise. Puis, sans laisser à Salvatore le temps de répliquer, elle reprit :

— Considérez ça comme une concession miséricordieuse. Je ne vous cache pas que vous avez l'air d'un type qui a de la compassion.

Après ces propos stupéfiants, lui coupant de nouveau la parole, elle lança :

— Au fait, vous fumez, inspecteur ? Parce que j'ai vraiment besoin d'une clope, mais je ne voudrais pas importuner.

Salvatore vida son cendrier et le lui tendit. Elle le remercia et se mit à fouiller dans l'énorme sac à main qu'elle avait posé par terre en marmonnant des gros mots – ceux-là, il les connaissait. Si bien qu'il finit par sortir son propre paquet et le lui tendre.

— *Ecco*.

— Vous voyez bien que vous avez de la compassion.

Soudain, elle lui sourit. Il ressentit un nouveau choc. Si du point de vue des canons de la beauté féminine elle était en dessous de tout, elle avait un sourire extraordinairement agréable et, contrairement à son a priori sur les Anglaises négligeant leur dentition, des dents très blanches, droites, ravissantes. Il ne put s'empêcher de lui rendre ce sourire. Elle lui tendit le paquet, il le prit, offrit une cigarette à Marcella, s'en octroya une, et ils fumèrent tous les trois de concert.

— Je peux être franche avec vous, inspecteur Lo Bianco ?
— Salvatore.
Comme elle le regardait d'un air étonné, il ajouta en anglais :
— Moins long.
Et sourit.
— Moi c'est Barbara. Moins long aussi.
Elle inhala profondément, à la manière d'un homme, et retint quelques secondes sa respiration avant de reprendre :
— Alors, je peux être franche avec vous, Salvatore ?
Il opina.
— Dans le dossier d'accusation que vous êtes en train de constituer, figure-t-il la preuve qu'il a eu entre les mains la bactérie tueuse, *E. coli* ?
— Il y a le symposium de Berlin...
— Je suis au courant, pour Berlin. Bon, il y était, et après ?
— Aucune preuve, non, sinon qu'il se trouve qu'il s'est rendu à une conférence avec un scientifique de Heidelberg. Friedrich Von Lohmann. Son laboratoire mène des recherches sur *E. coli*.
Derrière un nuage de fumée, Barbara Havers plissa les paupières.
— Ah ? Je l'ignorais. A mon avis, c'est une coïncidence. Vous ne pouvez pas aller au tribunal avec ça.
— Un de mes hommes est parti en Allemagne interroger le biologiste, l'informa Salvatore. Vous savez aussi bien que moi que rien n'aurait été plus simple pour le professeur que de demander à un de ses collègues de lui passer un biofilm.
— Comme s'il demandait à voir ses photos de vacances ? s'exclama Barbara en riant.

— Une excuse serait facile à trouver : le projet d'un de ses étudiants sur cette souche d'*E. coli*, ses propres recherches peut-être... Il peut avoir trouvé des tonnes de bonnes raisons.

— Mais bon sang, inspecteur... je veux dire, Salvatore, vous ne pensez quand même pas que ces types se trimballent avec des échantillons de bactéries ? C'est tout ce que vous avez ? Azhar donnant une conférence avec Mr Heidelberg... Quel est son nom, déjà ?

— Von Lohmann.

— Ah oui. OK. Bon. Vous imaginez Azhar tendant la main et Von Lohmann pêchant un peu d'*E. coli* au fond de sa valise ?

Salvatore commençait à s'impatienter. Faisait-elle exprès de ne pas comprendre ce qu'il lui disait ou était-ce Marcella qui traduisait de travers ?

— Je ne suis pas assez stupide pour penser que le professeur Von Lohmann l'avait sur lui, bien sûr. Mais le professeur Azhar aura manifesté son intérêt pour le biofilm dès cette conférence. Une fois le kidnapping effectué avec l'aide du privé de Londres, il lui suffisait d'en réclamer un échantillon.

Barbara garda quelques instants sa cigarette levée devant sa bouche pendant que Marcella lui traduisait cette dernière tirade.

— Qu'est-ce que vous voulez dire, au juste ? demanda-t-elle ensuite.

— J'ai en ma possession la preuve que l'enlèvement de Hadiyyah a été organisé depuis Londres, et pas du tout d'ici. Ce privé qui me fournit des informations, vous savez ? Il voudrait me faire croire que notre Michelangelo Di Massimo a commis son forfait commandité par le seul professeur Taymullah Azhar.

— Attendez ! Il n'est pas po...

— J'ai justement des documents qui prouvent le contraire. Toutes sortes de papiers, de relevés, de factures qui ont été falsifiés. Il suffit de les comparer aux premiers relevés que je détiens aussi dans mon dossier. Ce que je veux dire, c'est que les choses ne sont pas si simples. Le professeur Azhar a été inculpé pour meurtre. Mais je crains que ça ne s'arrête pas là...

Le sergent fit tourner sa cigarette entre son pouce, son index et son majeur, avec une dextérité qui laissait à penser qu'elle fumait depuis des lustres. Elle tenait sa cigarette comme un homme. Salvatore se demanda vaguement si elle n'était pas lesbienne. Aussitôt, il se dit que son jugement était stéréotypé. Et puis qu'est-ce que cela pouvait lui faire, enfin ? Elle était bizarre, assurément.

— Seriez-vous assez aimable pour m'expliquer ce qui vous mène à cette conclusion ?

Salvatore s'efforça à la plus grande circonspection, se contentant de répéter qu'il y avait des différences entre les deux lots de documents.

— Et alors ? Pour autant que je sache, rien ne montre du doigt le professeur Azhar...

— Quoi qu'il en soit, il faudra qu'un technicien de chez nous, un expert en informatique, remonte la piste dans les banques de données des différentes institutions. Ce qui sera fait, d'un jour à l'autre.

— D'un jour à l'autre ?

Elle laissa passer quelques instants, fronça les sourcils, ajouta :

— Vous n'êtes plus responsable de l'enquête, n'est-ce pas ? Quelqu'un m'a rencardée.

Salvatore patienta pendant que Marcella se débattait avec la traduction de « rencardée ».

— Maintenant que la petite est en sûreté et qu'on a arrêté plusieurs personnes impliquées dans son kidnapping, il me semble, et vous serez d'accord, que l'affaire de meurtre est prioritaire. Tout se fera au moment voulu. C'est ainsi que cela se passe chez nous, en Italie.

Barbara écrasa son mégot. Un peu trop vigoureusement, car de la cendre tomba sur son pantalon. Elle essaya de l'épousseter mais, en frottant, ne fit qu'élargir la tache.

— Bon sang... Oh, tant pis... Je veux voir Azhar. Vous pouvez arranger ça, pas vrai ?

Il acquiesça. Il le ferait d'autant plus volontiers que le professeur Azhar avait le droit de parler à l'officier de liaison de son pays. Pourquoi avait-il la curieuse sensation qu'elle en savait plus sur Azhar qu'elle ne le disait ? Lynley pourrait sans doute l'aider à éclaircir quelques mystères à propos de cette femme pour le moins étrange.

Victoria
Londres

A la vérité, non seulement Lynley ignorait s'il était encore possible de sauver Barbara Havers, mais il ne savait pas non plus s'il aurait la force de lutter contre l'inévitable.

Au début, il s'était dit que cette femme exaspérante n'avait de toute façon pas sa place dans les rangs de la police. Elle était rebelle à toute forme d'autorité. Elle avait un complexe de supériorité gros comme un char d'assaut. Elle était d'un laisser-aller épouvantable. Elle avait des comportements scandaleusement non professionnels, et pas uniquement en matière vestimentaire.

Elle était intelligente, certes, mais la moitié du temps ne se servait pas de son cerveau. Et quand elle s'en servait, c'était souvent pour faire n'importe quoi. Comme maintenant.

Et pourtant… Quand elle était sur une enquête, elle s'y plongeait tout entière et donnait le meilleur d'elle-même. Elle n'avait jamais peur de tenir tête à quelqu'un dont elle ne partageait pas l'opinion. Elle ne faisait jamais passer ses chances de promotion avant la résolution d'une affaire. Et quand elle tenait ce qu'elle pensait être une piste, on ne pouvait pas plus la lui faire lâcher qu'à un pitbull un morceau de steak. Son esprit frondeur et sa faculté à ne se laisser démonter par personne, si haut placé que soit ce personne… En un mot, Barbara était hors normes, et c'était exactement le genre d'officier dont on avait besoin dans une équipe.

En outre, elle lui avait sauvé la vie. Ce n'était pas rien. Jamais il ne l'oublierait. Elle se serait bien gardée de le lui rappeler, mais lui se souvenait…

De fil en aiguille, il en arriva à la conclusion qu'il devait tenter le tout pour le tout pour sauver cette fichue bonne femme. Et la seule façon d'y parvenir consistait à prouver qu'elle avait raison sur toute la ligne concernant la mort d'Angelina Upman.

Cela n'allait pas être commode.

Il demanda à Winston Nkata de vérifier les alibis de tous ceux qui connaissaient à Londres Angelina Upman : où étaient-ils à l'époque de sa maladie en Toscane ? Avaient-ils la possibilité de se procurer de l'*E. coli* ? Il fallait commencer par Esteban Castro – l'ex-amant d'Angelina – et ne pas oublier d'interroger son épouse. Ensuite Nkata devrait aller trouver la famille d'Angelina : Bathsheba Ward, son mari Hugo et les parents de la défunte. Quoi qu'il arrive, il devait être attentif à tout ce qui pourrait mener à une tierce personne. Pendant ce temps, lui-même se rendrait au laboratoire d'Azhar à l'University College afin de voir de ses propres yeux ce que Saint James lui avait décrit.

Winston fit un peu la tête, comme s'il avait des doutes sur l'intérêt de ces vérifications.

— Vous ne pensez pas vraiment que ces gens sont impliqués, n'est-ce pas ? Il me semble qu'une intoxication à l'*E. coli* ne peut être le fait que d'un spécialiste...

— Ou de quelqu'un qui connaît un spécialiste, rectifia Lynley. Dieu sait, Winston. Quand on navigue à vue, on y va au pif.

— On croirait entendre Barb.

— Que Dieu me protège ! lui lança Lynley en s'éloignant.

Quelques minutes plus tard, il était dans sa voiture et roulait vers le quartier de Bloomsbury, quand son téléphone sonna. Lo Bianco, de Lucca. En guise d'entrée en matière, il s'enquit :

— Qui est cette femme extraordinaire que nous a envoyée Scotland Yard, *ispettore* ?

Ainsi, Barbara ne s'était pas calmée une fois les deux pieds dans la péninsule... Par chance, Lo Bianco n'attendit pas sa réponse. En fait, il tendit même une perche à Lynley :

— N'est-ce pas bizarre, un officier de liaison qui ne parle pas italien ? Pourquoi ne vous ont-ils pas envoyé, vous ?

Lynley répondit que, hélas, il n'avait pas été disponible cette fois. Salvatore aurait-il la gentillesse de lui décrire un peu à quoi le sergent Havers s'employait en Toscane ?

Il apprit ainsi que Havers prétendait avoir été dépêchée à Lucca pour s'occuper de Hadiyyah Upman.

Taymullah Azhar n'était en effet plus seulement *indagato* mais incarcéré. L'affaire évoluait rapidement vers sa conclusion.

Salvatore informa par ailleurs Lynley de la série contradictoire de documents qu'il détenait. D'une part les relevés bancaires de Michelangelo Di Massimo, qu'il avait lui-même fait saisir il y avait déjà quelque temps, et d'autre part des relevés postés par le détective londonien, qui paraissaient avoir été falsifiés.

— Nous avons à Londres un faussaire, lui confirma Lynley. On ne peut plus se fier à rien. Le mieux, ce serait que vous engagiez un spécialiste de l'informatique pour qu'il nous explique comment ce pirate a réussi à pénétrer dans les systèmes des banques et des télécoms, et surtout à manipuler les données. De notre côté, nous pourrions demander une commission rogatoire qui nous permettrait d'obtenir les relevés originaux tels qu'ils sont stockés dans les systèmes de sauvegarde. Mais cela prendra du temps, beaucoup de temps.

— Pourquoi ?

— C'est un crime commis en Italie. On aura toutes les peines du monde à décider un juge à signer une autorisation. A vrai dire, ce serait plus facile de nous en prendre directement à ceux qui ont produit ces faux, or j'en connais un, il s'appelle Bryan Smythe. L'autre vous est familier... Dwayne Doughty.

Salvatore approuva chaleureusement. Et pour l'étrange officier de liaison... ?

— C'est vraiment un bon flic, dit Lynley.

— Elle veut parler au professeur.

Lo Bianco lui expliqua les raisons invoquées.

— Cela me paraît logique, fit Lynley. A moins que vous ne préfériez maintenir la pression sur Azhar en l'empêchant d'avoir des nouvelles de sa fille...

Lo Bianco répliqua par un silence, puis :

— Ce serait utile, en effet. Mais si des aveux obtenus sous la contrainte ont bonne presse chez certains…

— Chez un certain *pubblico ministero*, vous voulez dire.

— C'est sa méthode, *vero*. Je ne sais pas pourquoi, j'ai plus de scrupules…

Lynley, lui, savait pourquoi : à cause de Havers et de son pouvoir de conviction. Mais il se contenta d'émettre des bruits d'approbation.

— Quand j'ai parlé avec elle dans mon bureau, j'ai eu une curieuse impression…

— Comment cela ?

— Elle est officiellement ici pour le bien-être de l'enfant, mais elle n'a pas arrêté de me donner son opinion sur l'affaire Taymullah Azhar.

— Ah, c'est typique de Barbara Havers, ça, Salvatore. Il n'y a pas un sujet sur lequel elle n'a pas d'opinion.

— Je vois. Vous m'aidez beaucoup, mon ami. Je m'étais dit que son intérêt n'était peut-être pas d'ordre professionnel.

Ah, dégageons-nous vite de ce terrain miné, songea Lynley.

— Je ne vois pas très bien ce que vous voulez dire…

— Moi non plus, en fait. Mais elle est tellement… passionnée. Elle a absolument voulu discuter de certains éléments du dossier contre le professeur. Des « coïncidences », selon elle. Ou des preuves circonstancielles. Je ne suis pas tellement influençable, vous savez, mon ami, mais je trouve ça curieux, de la part de quelqu'un venu en Italie pour s'occuper d'une enfant…

Lynley dut se retenir de dévoiler les liens entre Barbara et Azhar et la fille de celui-ci, sans parler du fait que son escapade en Toscane était tout sauf autorisée. Salvatore n'aurait plus qu'à interdire à Barbara l'accès à la prison ainsi qu'à Hadiyyah. Ce serait injuste, surtout vis-à-vis de la pauvre petite, qui devait se sentir effrayée et abandonnée. Il répéta donc à l'inspecteur Lo Bianco que c'était dans la nature de Barbara de prendre tout à cœur et de se montrer curieuse de tout. Il s'était personnellement souvent trouvé sur des affaires avec elle. Cette habitude de discuter à tout propos, de jouer l'avocat du diable, de chercher d'autres pistes, de regarder les choses sous tous les angles... Tout simplement son style particulier en tant qu'officier de la Met.

Pressé de changer de sujet, il informa Salvatore qu'il avait l'intention de rendre visite à Dwayne Doughty.

— Je trouverai peut-être quelque chose pour vous aider à boucler le dossier kidnapping, qui sait ?

— Cela ne plaira pas à Piero Fanucci si ça va à l'encontre de sa théorie.

— Pourquoi ai-je la sensation que ça vous fait plaisir ?

Salvatore eut un rire bon enfant. Ils raccrochèrent.

A l'University College, Lynley entra sans frapper dans le laboratoire et présenta sa plaque à un jeune homme en blouse blanche assis devant un ordinateur. Bhaskar Goldbloom. Un nom biculturel, mère indienne, père juif. Il y avait en tout huit chercheurs présents. Aucun n'était au courant de l'arrestation en Italie de leur chef de labo.

Lynley demanda au jeune Goldbloom de lui montrer tous les équipements du laboratoire. Ce dernier lui fit remarquer qu'il n'avait pas de mandat. Lynley avait prévu cette réponse. Il répliqua qu'en effet il pourrait revenir avec un mandat et toute une équipe de policiers... Seulement, avaient-ils envie, eux, qu'on fouille partout dans leurs précieux tubes ?

— Ce qui, croyez-moi, n'est pas du tout à l'ordre du jour pour l'instant.

Goldbloom se plongea dans une méditation dont il sortit en déclarant qu'il lui faudrait téléphoner au professeur Azhar pour obtenir son autorisation. Du coup, Lynley fut bien obligé de les informer de la situation malencontreuse de leur patron en Italie : incarcéré pour meurtre par empoisonnement par une bactérie et pour l'heure hors d'atteinte par téléphone.

L'attitude des chercheurs changea d'un seul coup. Goldbloom s'empressa de déclarer à Lynley qu'il était prêt à lui faire faire un tour complet du labo.

— De combien d'heures disposez-vous, inspecteur ? s'enquit-il d'un ton sardonique.

Sollicciano
Toscane

Le coup de fil de l'inspecteur Lo Bianco trouva Barbara Havers et Mitchell Corsico en train de prendre le frais à une terrasse du Corso Giuseppe Garibaldi, où un marché de plein air déployait plusieurs dizaines de stands colorés proposant en toutes sortes de produits alimentaires. Ils s'employaient à déguster la boisson nationale, un liquide noirâtre qui passait pour être du café, ou plutôt du *caffè*, mais qui, pour être buvable, nécessitait qu'on y ajoute au moins trois morceaux de sucre et plus qu'un nuage de lait. Mitchell avait insisté pour que Barbara accepte au moins d'y goûter.

« Vous êtes en Italie, merde, Barb, vous n'allez pas bouder la culture. »

Elle avait râlé, mais obtempéré. A la première gorgée, elle s'était dit qu'elle n'allait pas fermer l'œil de la semaine.

Lo Bianco lui annonça qu'il avait tout arrangé. Elle allait pouvoir rendre visite à Azhar.

Barbara se tourna vers Mitchell Corsico, un pouce levé.

— Yaouh ! s'exclama-t-il.

Son enthousiasme se dégonfla quand il apprit qu'elle seule avait été autorisée à voir le prisonnier. Il débita un chapelet de gros mots dont elle ne lui tint pas rigueur. Il avait besoin d'un sujet pour *The Source*, et vite. Azhar était son seul espoir.

— Mitchell, dès que nous aurons réussi à le sortir de là, Azhar sera votre homme. Une interview exclusive, des photos. Hadiyyah toute mignonnette sautant sur ses genoux. Tout le toutim. Mais pour commencer, il faut qu'il soit libéré.

— Ecoutez, vous m'avez attiré ici avec des histoires de...

— Tout ce que je vous ai dit s'est avéré, non ? Personne ne vous a poursuivi pour diffamation, il me semble ? Alors, patience ! On le sort de taule, il nous sera reconnaissant et il vous accordera votre interview.

Ce plan ne plaisait guère à Corsico, mais il ne pouvait aller contre. Si Barbara n'avait pas été officier de police, ils n'auraient jamais eu accès à Lo Bianco. Après tout, où la chèvre est liée, il faut qu'elle broute. Il attendait Barbara au tournant quand, à la fin de la journée, il aurait écrit son papier.

La prison – un homme accusé de meurtre pouvait-il loger ailleurs ? – se trouvant à des kilomètres de Lucca, pour s'y rendre il fallut se retaper un long bout d'*autostrada* terrifiante. Ils furent ponctuels. Lo Bianco avait téléphoné à l'avance pour donner ses instructions. Ce n'était pas l'heure, ni même le jour des visites. Mais ces restrictions n'existaient évidemment pas pour la police. Barbara fut introduite dans une pièce qui, à première vue, ressemblait plus à une salle d'interrogatoire qu'à un parloir. Elle avait déposé son sac à l'accueil. On l'avait fouillée en bonne et due forme, interrogée, équipée d'un bracelet d'identification et photographiée sous tous les angles.

Assise derrière l'unique table, en fait l'unique meuble hormis les chaises, elle attendit. La table était vissée au sol, au même titre que les chaises. Un grand crucifix morbide était fixé au mur. Barbara se demanda s'il camouflait un mouchard permettant d'écouter dans la pièce voisine. De nos jours les caméras et les micros étaient miniaturisés de façon à pouvoir tenir dans un des ongles des orteils de Jésus, ou dans une épine de sa couronne.

Elle frotta son pouce contre ses doigts. Si seulement elle avait une clope… Un panneau sur le mur en face du Christ moribond semblait interdire de fumer, à en croire l'image d'une cigarette barrée d'un trait rouge. Une langue universelle.

Au bout d'une minute, comme il ne se passait toujours rien, elle se leva et se mit à arpenter l'espace exigu. Mâchonnant le gras de son pouce, elle songea : pourquoi est-ce si long ?

Un quart d'heure plus tard, tandis que se faisait entendre derrière elle le bruit d'une porte s'ouvrant doucement, elle en était arrivée à la conclusion que l'on avait découvert son subterfuge et que Londres avait mis fin à sa petite comédie. Mais quand elle se retourna, Azhar entra, un gardien sur ses talons.

Dans le même instant, Barbara s'aperçut de deux choses à propos de son voisin et ami. Primo, elle ne l'avait jamais vu pas rasé. Deuzio, elle ne l'avait jamais vu autrement que vêtu d'une chemise blanche classique propre et repassée. En été, les manches roulées ; en hiver, des boutons de manchette aux poignets. Parfois avec une cravate, parfois sous un veston, plus rarement en pull et en jean... Mais toujours en chemise blanche. Cette chemise était sa signature, en quelque sorte.

Aujourd'hui, il portait un costume de détenu. Une combinaison à manches longues d'une couleur verdâtre effroyable. En le voyant ainsi, avec sa barbe de trois jours, les yeux cernés de noir, le regard abattu, elle sentit les larmes lui piquer les yeux.

L'air horrifié de la voir, Azhar se figea sur le seuil, si brusquement que le gardien trébucha derrière lui et glapit :

— *Avanti, avanti!*

Une fois Azhar à l'intérieur, le gardien entra à son tour et referma la porte. Barbara pesta tout bas, mais elle savait qu'elle ne pouvait rien y faire. Elle n'avait pas les privilèges d'un avocat qui voit son client seul.

Sans faire mine de s'asseoir, Azhar déclara :

— Vous n'auriez pas dû venir, Barbara.

— Asseyez-vous, lui dit-elle en désignant la chaise de l'autre côté de la table. Ce n'est pas pour vous. La Met m'envoie auprès de Hadiyyah.

Le mensonge qu'elle avait préparé... Azhar s'écroula sur la chaise et joignit les mains sur la table. Des mains fines. C'était rare de voir un homme avec des mains aussi belles. Elle les avait toujours admirées, mais à présent elle se disait que ces mains ne l'avantageraient pas dans sa vie carcérale.

Elle reprit doucement, presque dans un murmure :

— Comment vouliez-vous que je ne vienne pas alors que je sais que vous êtes ici ?

Elle appuya ses paroles d'un geste circulaire.

D'une voix tout aussi basse, il répliqua :

— Vous en avez déjà fait tellement. Ce qui m'arrive maintenant... Personne ne peut m'aider.

— Vraiment ? Et pourquoi donc ? Vous êtes coupable, peut-être ? Vous avez glissé une dose d'*E. coli* dans le potage d'Angelina ?

— Bien sûr que non.

— Alors, croyez-moi, on peut vous aider. A condition que vous ne me cachiez rien. Je veux tout savoir, de A à Z. A étant le kidnapping. Alors commençons par là.

— Je vous ai déjà tout raconté.

— C'est là où vous vous trompez à chaque fois. C'était vrai en décembre, et depuis... Ne comprenez-vous pas que si vous persistez à mentir pour l'enlèvement...

— Que voulez-vous dire ? Il n'y a...

— Vous lui avez écrit une carte, Azhar. Afin de permettre au ravisseur de la rassurer en lui prouvant que c'était vers vous qu'il allait la conduire. Il devait l'appeler « Khushi » et ensuite lui donner la carte. Ça y est, ça vous revient ?

Sans attendre sa réponse, elle poursuivit :

— Quand cesserez-vous de me raconter des bobards ? L'inspecteur Lynley m'a donné une photocopie de cette carte. Et vous pouvez parier n'importe quoi que les flics d'ici ont sollicité l'expertise d'un graphologue. Vous pensiez à quoi, bon sang ? Pourquoi avoir pris un risque pareil ?

D'une voix à peine audible, il répondit :

— Il fallait la persuader de l'accompagner. Je lui avais dit de l'appeler « Khushi », mais je n'étais pas certain que cela suffise. J'étais désespéré, Barbara. Je ne l'avais pas vue depuis cinq mois. Cinq mois sans aucune nouvelle d'elle... Et si au lieu de le suivre, elle allait trouver Angelina en s'étonnant que quelqu'un l'ait appelée « Khushi » et lui ait demandé de le suivre ? Après ça, Angelina ne l'aurait plus jamais lâchée d'un millimètre. Et moi je n'aurais plus jamais eu accès à Hadiyyah. Elle aurait été perdue pour toujours.

— Eh bien, au bout du compte, c'est revenu au même, non ?

Il la fixa avec une expression horrifiée.

— Vous imaginez de quoi ça a l'air ? Vous engagez un détective privé pour la localiser, ensuite vous la faites kidnapper, puis vous vous pointez ici en jouant les papas fous d'inquiétude, et comble du comble... vous achetez des billets d'avion pour le Pakistan ! Hadiyyah est retrouvée, alléluia, bisous et tutti quanti. Et voilà qu'Angelina meurt... Et de quoi est-elle morte ? D'une intoxication à un micro-organisme alors que vous êtes quoi ? Hein, Azhar ? Un microbiologiste... Vous me suivez, non ? Un enfant pourrait monter le dossier... Vous voyez pourquoi il faut me dire la vérité. Sinon, je ne peux pas vous aider. Je ne peux pas aider Hadiyyah non plus. Point final.

— Ce n'est pas moi, murmura-t-il d'une voix brisée.

— Ah oui ? Alors c'est quelqu'un d'autre, chuchota-t-elle agressivement. Lo Bianco est sur la piste d'un type qui vous aurait refilé une boîte de Petri à Berlin. Oh, il a pu aussi vous la poster par la suite. Un certain Von Lohmann, de Heidelberg. Et puis il y a quelqu'un d'autre, une femme, de Glasgow, qui assistait elle aussi à ce satané symposium. Vous avez fait une intervention à une conférence avec le type de Heidelberg, et pour ce que j'en sais, vous vous êtes envoyé en l'air avec la scientifique de Glasgow, pour mieux lui soutirer un petit bout de biofilm…

Elle se tut. Comme il se renfermait dans le silence, elle soupira :

— Pardon, Azhar. Mais je voulais vous donner une vue d'ensemble du tableau. Vous voyez que ce n'est pas brillant. Alors s'il y a quelque chose, peu importe quoi, que vous m'ayez caché, c'est le moment de m'en parler.

Au moins il ne répondit pas tout de suite. Un bon signe, jugea Barbara, parce que cela indiquait qu'il réfléchissait. Elle avait besoin qu'il réfléchisse, qu'il fouille dans sa mémoire. En outre, il transmettrait les informations qu'elle venait de lui communiquer à son avocat. Tout n'était pas perdu.

— Il n'y a rien d'autre. Vous savez tout, maintenant.

— Avez-vous un message pour Hadiyyah ? C'est là que j'irai dès que je serai sortie d'ici.

Il fit non de la tête.

— Elle ne doit pas savoir, déclara-t-il en levant une main fatiguée pour montrer les murs de la prison.

— Je ne lui dirai rien, promit Barbara. Espérons que Mura ne dira rien, lui non plus.

Fattoria di Santa Zita
Toscane

Mitchell Corsico déplia une carte routière afin de montrer à Barbara l'itinéraire jusqu'à la Fattoria di Santa Zita. Il savait même que Zita était la sainte patronne des domestiques. Pendant ses temps morts à Lucca – et, d'après lui, il y en avait eu un paquet – il avait eu tout loisir de visiter les sites touristiques de la ville. Une des principales attractions était l'église de

San Frediano, qui contenait un cercueil vitré où le cadavre assez bien conservé de santa Zita était exposé dans sa robe de servante. De quoi donner des cauchemars aux petits enfants. Dieu seul savait pourquoi la propriété de Lorenzo Mura s'appelait ainsi.

Barbara avait décidé de ne pas emmener Corsico chez Mura. Pour une bonne raison : la réaction de cet homme à son intrusion était imprévisible et elle n'avait pas envie qu'un journaliste soit en position de l'exploiter. Mais si elle avait craint des protestations de la part de Corsico, elle fut vite rassurée. Après leur visite à la prison, il était pressé d'envoyer un papier à son rédac chef et se déclara trop content de rester à Lucca pendant qu'elle montait à la *fattoria*. Mais, bien entendu, il s'attendait à ce qu'elle lui fasse un rapport, et elle avait intérêt à ce qu'il soit intéressant.

C'est ça, cause toujours, se dit Barbara.

Sur le chemin du retour à Lucca, elle lui fit part de tous les détails racontables de son entretien avec Azhar, en insistant sur la description du lieu et de son atmosphère, l'état physique et émotionnel du prisonnier et l'issue aléatoire de l'enquête. Le reste, elle le passa sous silence ou presque, surtout ce qui concernait le kidnapping.

Mais Corsico était une fine mouche. Il la questionna en long, en large et en travers, et elle eut toutes les peines du monde à se dérober. Pour finir, il lui rappela qu'elle était dans une situation délicate à son égard. Si elle lui faisait un enfant dans le dos, elle le regretterait, lui dit-il.

— Mitchell, on est sur cette affaire tous les deux, répliqua-t-elle.

— Alors, ne l'oubliez pas.

Une fois devant les remparts, Corsico gara la voiture de location Via Borgo Giannotti. Barbara prit le volant pour se rendre à la Fattoria di Santa Zita. En démarrant, elle vit le journaliste disparaître dans un café. Elle mit le cap sur les collines de Toscane.

Au bout de routes sinueuses longeant alternativement des forêts, des champs cultivés, des ravins à pic, des oliveraies et des vignobles, elle avisa la pancarte facilement reconnaissable de la *fattoria*. En s'engageant dans le chemin, elle manqua d'emboutir un cabriolet MG jaune qui dévalait la pente, à croire que le jeune conducteur, distrait par sa passagère qui l'embrassait dans le cou, ne savait plus démêler sa droite de sa gauche. De part et d'autre, les freins crièrent.

— Oups ! Désolé ! s'écria le jeune homme. C'est la faute au sangiovese. Vous devriez aussi vous en acheter une caisse, madame… Aïe ! Caroline, bas les pattes !

Dans des éclats de rire, ils manœuvrèrent habilement pour doubler la voiture de Barbara et redémarrèrent en trombe.

Barbara en déduisit qu'à la Fattoria di Santa Zita on proposait une dégustation de vin. Son soupçon fut bientôt confirmé quand, après quelques centaines de mètres, elle déboucha devant une vieille bâtisse en pierre festonnée de glycine lavande.

Elle se gara non loin de la terrasse aménagée pour accueillir les clients. Pour l'instant, elle était vide. Comme la porte de la bâtisse était ouverte, elle s'avança jusqu'au seuil, clignant des yeux pour s'habituer à l'obscurité.

L'antre paraissait tout aussi désert. Sur un bar primitif, des verres, des bouteilles de vin de la propriété, un panier rempli de biscuits et quatre gros morceaux de fromage sous un globe en verre. Ça sentait si fort le vin que Barbara se dit qu'on devait pouvoir s'enivrer rien qu'en inspirant un peu trop fort. Ce qu'elle s'empressa de faire. L'eau lui monta aussitôt à la bouche. Un verre de bon vin n'aurait pas été de refus, accompagné de quelques bouts de fromage.

De la salle du fond, où Barbara distingua dans la pénombre trois cuves en inox et des rangées de bouteilles vertes, surgit un jeune homme.

— *Buongiorno. Vorrebbe assaggiare del vino?*

Elle le fixa d'un air ahuri. Il eut la présence d'esprit de passer à l'anglais, langue dans laquelle il s'exprimait avec un accent, peut-être néerlandais :

— Vous êtes anglaise ? Vous voulez goûter au chianti ?

En guise de réponse, Barbara lui ouvrit sa plaque de police sous le nez. Elle était ici pour parler à Lorenzo Mura.

— A la villa, indiqua-t-il en désignant d'un geste les profondeurs de la grange, comme si on pouvait accéder à la résidence par l'intérieur.

Puis il lui expliqua comment s'y rendre. A pied ou en voiture, ce n'était pas loin. Suivez le chemin, tournez à la hauteur de la vieille ferme, franchissez le portail, et vous y serez.

— Il est peut-être sur le toit, précisa-t-il.

— Vous travaillez pour lui, je suppose ?

Il devait avoir une petite vingtaine d'années. Un étudiant qui s'était trouvé un job d'été sous le soleil de Toscane ? Il acquiesça. Elle lui demanda s'il y avait d'autres jeunes comme lui sur la propriété. Non, il était le seul. Mais il y avait des employés à la ferme et à la villa.

— Vous êtes ici depuis longtemps ? interrogea-t-elle.

Il était arrivé la semaine précédente. Elle le barra de la liste des suspects.

Elle préféra marcher jusqu'à la villa. Une façon de se faire une meilleure idée des activités de l'exploitation. Car non seulement les pentes des collines environnantes étaient couvertes de vignes, mais elle repéra plusieurs autres corps de ferme, des oliveraies dont on devait extraire une huile de qualité vendue à prix d'or, et même du bétail, broutant dans le fond de la vallée au bord d'un ruisseau.

Une vieille ferme était en cours de rénovation et, apparemment, la villa faisait elle aussi l'objet de travaux de restauration. Barbara remarqua la présence d'échafaudages des deux côtés de la superbe demeure. Sur le toit s'affairaient cinq ou six hommes. Ils étaient en train d'enlever des tuiles, qu'ils jetaient à mesure sur le gravier en contrebas dans un grand fracas, d'énormes nuages de poussière et beaucoup de commentaires en italien échangés à tue-tête. Il faut dire qu'il fallait parler fort pour se faire entendre dans ce vacarme, avec la musique mise à fond. Des paroles en anglais. Une mélodie familière. Chuck Berry demandait à Maybelline « *why she couldn't be true* ».

Un ouvrier l'aperçut – heureusement, car Barbara ne faisait pas le poids, vocalement parlant, à côté de Chuck Berry. L'homme lui adressa un grand signe du bras puis disparut derrière le faîte du toit. A sa place surgit bientôt Lorenzo Mura.

Barbara scruta la silhouette qui se découpait à contre-jour sur le ciel, les mains sur les hanches. Lorenzo Mura allait-il la reconnaître ? Ils ne s'étaient vus qu'une fois, à Londres, plusieurs mois auparavant. Apparemment, il avait bonne mémoire : il se dépêcha de descendre de l'échafaudage, beaucoup trop vite, de l'avis de Barbara.

Le temps qu'elle arrive sur le perron, il s'avançait à sa rencontre depuis le coin du bâtiment. A en juger par sa mine, il ne s'apprêtait pas à dérouler le tapis rouge.

— Qu'est-ce que vous faire ici ? l'interpella-t-il sans même la saluer, dans un anglais toujours aussi approximatif.

Il avait l'air aussi mal en point qu'Azhar. Sans doute à force de ne pas dormir, de travailler trop, de ne pas manger, de se pousser à aller de l'avant malgré son chagrin. Un homme en deuil. Voilà ce qu'elle avait devant elle. Ou bien avait-il été lui aussi intoxiqué à l'*E. coli* ? Elle le trouvait défait, le teint cireux. La tache de vin sur sa joue avait tourné au violet foncé.

— Vous avez été souffrant, Mr Mura ?

— Ma compagne et mon enfant sont au cimetière depuis cinq jours, lui répondit-il. Comment vous voulez que je suis ?

— Je vous présente toutes mes condoléances... Je suis désolée, vraiment désolée.

— Etre désolé sert à rien. Que vous voulez ?

— Je suis ici pour Hadiyyah. Son père souhaite que...

Il fit le geste de trancher l'espace entre eux, un geste dont la violence coupa la parole à Barbara.

— Pas ça. Je connais pas le père de Hadiyyah. Personne connaît le père de Hadiyyah. Angelina dit Azhar, mais elle dit aussi que c'est peut-être un autre.

Il marqua une pause, manifestement satisfait devant l'expression sidérée qui se peignait sur le visage de Barbara.

— Vous ne savez pas. Vous ne savez pas beaucoup de choses. Taymullah Azhar n'était pas le... seul quand Angelina et lui...

— Je sais qu'Angelina avait autant d'amants qu'une pute à marins, mais je ne pense pas que vous ayez envie d'en parler. Le passé éclaire le présent, si vous voyez ce que je veux dire, Mr Mura.

Il devint d'un rouge inquiétant.

— On ne peut pas avoir le beurre et l'argent du beurre, hein ? enchaîna-t-elle. Vous avez voulu une femme avec un passé haut en couleur, eh bien, vous avez eu une femme avec un présent haut en couleur. Vous voudriez qu'Azhar ait des doutes sur sa paternité, et sans doute Angelina pensait-elle comme vous, surtout pour se débarrasser de lui. Mais entre nous, il suffira d'un test ADN pour le prouver. Croyez-moi, je vais m'en occuper tout de suite. Vous n'aurez même pas le temps d'appeler votre avocat pour m'en empêcher...

— Si lui veut Hadiyyah, il faut qu'il vient lui-même la chercher. En attendant...

— En attendant, vous avez une citoyenne britannique sur votre propriété, et je viens vous en retirer la garde.

— Je téléphone à ses grands-parents pour leur demander.

— Et qu'est-ce qu'ils vont faire ? Sauter dans le premier avion pour venir la prendre dans leurs bras et la ramener dans une chambre dont ils ont refait la décoration spécialement pour elle, comme si elle avait jamais dormi chez eux ! Ça m'étonnerait. Croyez-moi, Lorenzo, ils n'avaient jamais posé les yeux sur Hadiyyah avant la mort d'Angelina. Ils sont venus aux funérailles ? Oui ? Sans doute pour danser sur la tombe d'Angelina. Dès qu'elle a été avec Azhar, ils l'ont totalement reniée. Sa mort leur est sûrement apparue comme un juste châtiment après ce qu'elle avait fait : tomber enceinte d'un

Pakistanais musulman. Bon, assez palabré, j'aimerais voir Hadiyyah.

Le teint de Mura était à présent plus foncé que sa tache de vin. Il dut sentir que ce n'était pas la peine de discuter. Après tout, il avait assez de travail sur les bras avec la restauration de sa villa décrépite.

— Bon, Mr Mura, je peux la voir ?

Il fit une grimace, à croire qu'il se retenait de lui cracher dessus. Puis il pivota sur ses talons. Au lieu de gravir l'escalier circulaire extérieur, il se dirigea vers une porte de plain-pied à moitié dissimulée par du chèvrefeuille en fleurs.

Barbara ne put s'empêcher de s'étonner qu'Angelina ait accepté de vivre dans un cadre aussi vétuste. Si gloire passée il y avait eu, elle était loin. La cuisine datait du Quattrocento, pour le moins, et vu la hauteur de plafond aurait dû plutôt servir de donjon. Elle se rappela avec quel enthousiasme Angelina avait redécoré l'appartement de Londres l'année précédente, lorsqu'elle était retournée auprès d'Azhar. Ici, elle n'avait pas levé le petit doigt. Elle n'avait même pas fait le ménage. L'endroit était envahi par la poussière, la crasse, les toiles d'araignée et le moisi.

Barbara suivit Lorenzo Mura dans une enfilade de pièces qui semblaient faire partie de la cuisine. Finalement, ils empruntèrent un escalier de pierre qui émergea dans un gigantesque salon au fond duquel des portes-fenêtres ouvraient sur la loggia. L'endroit n'était guère plus lumineux que la cuisine, mais au moins une certaine propreté y régnait. Des siècles de fumée de bougies avaient rendu illisibles les fresques qui ornaient les murs aussi bien que le plafond.

Lorenzo Mura s'arrêta pour appeler Hadiyyah. Barbara hurla d'une même voix :

— Dis donc, toi, devine qui est là !

Des pas résonnèrent au-dessus d'eux. Quelques secondes plus tard, un petit bolide vint se propulser dans les bras de Barbara.

Hadiyyah jeta comme un cri du cœur :

— Où est papa ? Barbara, je veux papa !

Barbara lança à Mura un regard lourd de sous-entendus : Alors, il n'est pas son père, peut-être ?

— Oui, et ton père veut te voir. Il n'est pas là en ce moment, il n'est pas à Lucca, mais il m'a envoyée te chercher. A moins que tu ne préfères rester avec Lorenzo ? Il me dit que ton grand-père et ta grand-mère veulent te prendre avec eux. Tu peux les attendre, si c'est ce que tu veux.

— Je veux papa, je veux rentrer à la maison, je veux aller avec toi.

— Bien. Bon. Eh bien, ton papa a quelques menus problèmes à régler, mais tu peux loger avec moi en attendant. Allons préparer ta valise. Tu as besoin d'aide ?

— Oui, oui, aide-moi !

La fillette prit Barbara par la main et l'entraîna vers le couloir.

Barbara jeta un coup d'œil à Mura par-dessus son épaule. Il les suivait du regard, imperturbable. Dès qu'elles franchirent la porte, il se retourna pour descendre.

Une agréable surprise attendait Barbara à l'étage supérieur. La chambre de la petite était pimpante. Elle était même équipée d'un poste de télévision en couleur, et sur l'écran Angelina Upman et Taymullah Azhar parlaient à la caméra. On entendait une voix off en italien, mais elle reconnut le lieu de tournage : ils étaient assis sous la glycine devant l'ancienne grange de la *fattoria*.

Elle n'identifia pas en revanche le personnage qui les accompagnait, le type le plus hideux qu'elle eût jamais vu. Un visage couvert de verrues, à croire qu'une sorcière lui avait jeté un mauvais sort.

— Maman, lâcha Hadiyyah en guise d'explication.

Elle avait prononcé ce mot avec une douceur dont émanaient une peine et une détresse indicibles. Elle éteignit l'appareil et retira le DVD du lecteur.

— J'aime bien regarder maman, ajouta-t-elle d'une voix minuscule. Elle parle de moi. Elle et papa parlent de moi. C'est Lorenzo qui m'a donné le DVD. J'aime bien regarder maman et papa, tous les deux ensemble.

Le vœu de tous les enfants dont les parents sont séparés, songea Barbara.

Bow
Londres

En dépit de l'heure tardive, Lynley se dit qu'il avait une chance de trouver Doughty encore à son bureau. Son petit tour dans le laboratoire d'Azhar avait mis au jour un détail susceptible de faire avancer les choses dans l'enquête sur le décès d'Angelina Upman. Maintenant, du privé, Lynley espérait obtenir des renseignements complémentaires sur le kidnapping de Hadiyyah. Doughty, en effet, était en position délicate. S'il s'était servi des talents de pirate informatique de Bryan Smythe pour brouiller les pistes de la police italienne, ses manigances s'étaient retournées contre lui. Désormais il allait devoir se défendre d'une demande d'extradition qui allait lui coûter bonbon. Lynley était prêt à parier que Doughty n'avait pas envie de traverser une épreuve pareille.

Une adolescente occupait le bureau du privé. Sa nièce, lui annonça-t-elle. Elle avait un exposé à faire pour son école. Elle aurait pu choisir de passer la journée avec un de ses parents, expliqua-t-elle à Lynley, mais, sa mère faisant du bénévolat et son père étant agent immobilier, elle était sûre et certaine que ce serait barbant à mourir. Cela dit, elle n'avait pas trouvé la journée de travail d'oncle Dwayne beaucoup plus excitante. Elle qui croyait qu'il avait un pistolet et sortait tirer sur des méchants dans des allées obscures, au milieu de poubelles renversées et de vieilles caisses en bois, elle avait découvert qu'il passait son temps devant une officine de paris à surveiller une espèce d'abruti – marié à une femme tout aussi idiote et en tout cas horriblement jalouse – qui s'obstinait à perdre son argent au lieu d'avoir la liaison extraconjugale qu'il était supposé mener, ce qui aurait peut-être été rigolo.

— Ah, se contenta de répliquer Lynley. Et Mr Doughty, où puis-je le trouver ?

— A côté. Avec Em.

« Em », pensa Lynley. Un nom qu'il n'avait encore jamais entendu. Il remercia l'adolescente, laquelle se remit, avec un énorme soupir, à pianoter sur son clavier.

Le détective discutait avec une belle jeune femme travestie en homme. Doughty, une fesse posée sur le rebord de la fenêtre qui donnait sur la Roman Road ; « Em », renversée en arrière dans un fauteuil, un pied sur la table devant un mur d'écrans d'ordinateurs.

— Qui êtes-vous ? s'exclama Doughty à la vue de Lynley sur le seuil.

La jeune femme descendit son pied de la table et fit pivoter son fauteuil vers la porte.

Lynley leur montra son insigne et se présenta. Doughty parut confus, « Em » méfiante. Il supposa alors que Bryan Smythe ne leur avait pas fait part de la récente visite de Scotland Yard dans ses somptueux pénates. Tant mieux, se dit Lynley.

Il leur expliqua qu'il était venu parler au détective de ses relations avec une femme du nom de Barbara Havers.

— Les affaires que je traite sont confidentielles, inspecteur, déclara Doughty.

— Jusqu'à ce que les Affaires internes s'en mêlent.

— Je ne comprends pas...

— La police des polices, traduisit Lynley, une enquête en interne sur les activités du sergent Barbara Havers. Je suppose que vous saviez qu'elle était officier de la Met. Si vous l'ignoriez, que cela ne vous empêche pas de coopérer, à moins que vous ne préfériez attendre un mandat de perquisition qui nous permettra de saisir vos ordinateurs ? Je vous conseille la première solution, ça fera moins de grabuge.

Doughty demeura impassible. Son assistante – elle s'appelait Emily Cass – contempla ses ongles et passa sa main droite sur le dos de sa gauche comme pour l'épousseter. Ce nom leur était-il familier ? s'enquit poliment Lynley en voyant qu'il n'obtenait pas de réponse. Il répéta : Barbara Havers.

Le détective parut soudain se réveiller.

— Barbara Havers. Emily, ce pourrait être cette femme qui est venue nous trouver l'hiver dernier ? Nous ne l'avons vue que deux fois, mais si tu veux bien vérifier...

— Tu es sûr du nom ? répliqua l'assistante, attrapant la balle au bond. Tu ne peux pas être plus précis, pour la date ?

— Deux personnes nous ont consultés à propos de la disparition d'une petite fille enlevée par sa mère, dit

Doughty. Un musulman et une femme débraillée. Je crois bien qu'elle s'appelait quelque chose Havers. Ce devait être vers la fin de l'année. Novembre ? Décembre ?... Tu dois l'avoir dans les fichiers, ajouta-t-il en indiquant l'ordinateur.

Elle fit mine d'ouvrir quelques documents.

— Ah, je l'ai. Tu avais raison, Dwayne. Taymullah Azhar et Barbara Havers.

Lynley nota sa façon d'écorcher le nom pakistanais, volontairement.

— Ils sont venus pour la fille, je me rappelle, la mère l'avait enlevée. C'est bien ça ?

Lynley, proprement fasciné, décida de les laisser finir leur numéro. Il s'adossa au mur pour mieux jouir du spectacle.

— Oui, oui, ça y est, j'ai le fichier : on les a suivies jusqu'en Italie, à Pise, mais ça s'est arrêté là, déclara Emily d'une voix monocorde comme si elle lisait ce qui était écrit sur l'écran. En... décembre dernier. Tu as conseillé à Mr Azhar d'engager un détective italien. Ou un détective anglais parlant italien...

— On l'avait localisée à Galileo, n'est-ce pas ? L'aéroport...

Doughty parut se plonger dans une profonde méditation. Lynley attendit patiemment la suite sans donner signe de vouloir intervenir. Doughty ajouta :

— Mais oui, Em, bien sûr, on lui a recommandé un détective...

Elle déroula son document et hocha la tête.

— Je trouve... *Mass*. C'est un nom, ça, Dwayne ?

— Je vais vérifier, rétorqua Doughty, puis, se tournant vers Lynley : Si vous voulez bien m'accompagner ? J'ai une autre partie de notre historique dans mon bureau...

— Et si on y allait tous ? suggéra aimablement Lynley.

Les deux privés se consultèrent du regard.

— Pourquoi pas ? dit Doughty.

La nièce se préparait à partir, une opération qui nécessitait un miroir grossissant et un tas de produits cosmétiques. Doughty ne se pressa pas de la mettre à la porte. Il lui dit au revoir avec force bisous et recommandations affectueuses, « Tu embrasseras ta maman de ma part, ma chérie », et après son départ il se fendit d'un large sourire et d'un « Les gosses ! » chaleureux, sans provoquer la moindre réaction ni chez Emily ni chez Lynley.

— Je garde des traces écrites de chacune des affaires importantes que je traite, enchaîna-t-il à l'adresse de Lynley. Des sortes de journaux de bord, si vous voyez ce que je veux dire.

— Certainement, opina Lynley. Ça s'est révélé très efficace pour le Dr Watson, n'est-ce pas ?

Doughty n'eut pas l'air de trouver la plaisanterie à son goût. Il ouvrit le tiroir d'un meuble de bureau bourré de dossiers.

Il finit par en sortir un qu'il feuilleta longuement avant de marmonner :

— Intéressant...

— Ah oui ? dit Lynley.

— Je ne sais pas ce qui m'a dérangé chez elle, mais j'avais fait à l'époque une petite enquête sur cette femme...

— Sur Barbara Havers ?

— Apparemment, certaines sommes d'argent sont passées des mains du Pakistanais à celles de cette Barbara Havers pour se retrouver sur le compte d'un certain Michelangelo Di Massimo...

— Ah oui, ce doit être lui, « Mass », intervint Em Cass. Le détective italien.

Doughty leva le nez de son dossier.

— Je dirais que Barbara Havers et le Pakistanais l'ont employé pendant un bon bout de temps...

— Toutes ces choses que vous savez, Mr Doughty... C'est extraordinaire.

— Je ne fais qu'interpréter une série de virements de banque à banque.

— Puis-je savoir comment vous avez trouvé toutes ces informations ? s'enquit Lynley, souriant.

Doughty eut un geste vague.

— Désolé. Secret professionnel. Scotland Yard sera déjà intéressé de savoir que de l'argent a circulé entre ces trois individus, dont votre Barbara Havers. Tout ce que je sais, c'est qu'elle et le Pakistanais sont venus me consulter cet hiver. J'ai fait tout ce que j'ai pu pour les aider. Je leur ai conseillé de prendre un détective italien...

— Et ces deux individus, Taymullah Azhar et Barbara Havers, combien de fois les avez-vous vus ?

Doughty interrogea du regard Em Cass.

— Deux fois ? La première pour me demander de retrouver l'enfant, et la seconde quand je leur ai fait part du résultat de mon enquête... C'est bien ça ?

— Autant que je sache, acquiesça-t-elle.

— Dans ce cas, vous ne devez pas savoir, probablement, que Barbara Havers était filée par un autre officier de la Met...

Silence. C'était manifestement une éventualité qu'ils n'avaient pas envisagée.

Lynley délogea ses lunettes de la poche de poitrine de son veston et d'une autre poche sortit des papiers pliés en deux. Il les déplia et commença à lire à voix haute le rapport de John Stewart. Ce dernier, fidèle à sa nature obsessionnelle et son animosité à l'égard de Barbara Havers, avait aligné les dates, les heures et les lieux. Lynley ne leur épargna rien.

Quand il eut terminé, il regarda le privé et son assistante par-dessus ses lunettes.

— Tout revient au bout du compte à une question de loyauté, Mr Doughty. Particulièrement chez les malfrats.

Doughty bougonna :

— Entendu. Elle est venue me voir plusieurs fois. C'est d'ailleurs pourquoi j'ai décidé de prendre des renseignements sur elle...

— Non, non. Je ne vous parle pas de votre confiance en Barbara Havers, mais de celle que l'on peut mettre en Di Massimo. S'il n'avait pas sous-traité avec un certain Roberto Squali pour l'enlèvement, si ce Squali n'avait pas été photographié par une touriste à côté de l'enfant au marché, s'il n'avait pas conduit trop vite sa décapotable sur les routes de montagne, si Di Massimo et lui n'avaient pas été en contact sur leurs téléphones portables... Si, enfin, l'enquête n'avait pas été menée par l'inspecteur Salvatore Lo Bianco, qui, soit dit en passant, semble plus astucieux que le magistrat qui le chapeaute, tout aurait pu se passer comme vous l'aviez prévu. Mais ces communications téléphoniques ont très tôt piqué la curiosité de Lo Bianco. Il a suivi la piste plus vite que vous... ici, à Londres... ne l'avez anticipé. De sorte qu'il s'est retrouvé avec une série de documents qui ne correspondaient pas à ceux que vous lui avez fournis après coup... Bon, c'était un peu long, mais reconnaissez que c'était intéressant, non ?

Sa tirade fut accueillie par un profond silence. Sous les fenêtres, dans la Roman Road, deux hommes s'engueulaient dans une langue étrangère. Un chien aboya. Un couvercle retomba avec un bruit de gong sur une poubelle. Dans le bureau, on aurait entendu une mouche voler.

Lynley reprit :

— Je pars du principe que, en parfaite conformité avec d'autres personnages louches dans votre genre, vous vous êtes tiré dans les pattes entre vous. Bon, on va en rester là pour le moment. Il se fait tard et j'ai envie de rentrer chez moi, tout comme vous, je suppose. Mais avant de nous séparer, j'aimerais que vous réfléchissiez à ce qui vous attend, Mr Doughty, et vous aussi, miss Cass... et à ce qui attend votre collègue, Mr Smythe. Pour vous aider dans ce sens, je vous préciserai que l'inspecteur Lo Bianco s'apprête à engager un expert pour sonder les banques de données des banques et autres. La police de Londres en fait déjà de même de son côté. Les ordinateurs, vous le savez sans doute, laissent des miettes de cookies sur leur chemin. Pour les amateurs comme vous et moi, ces miettes sont indétectables. Mais pour le spécialiste, ce travail est du gâteau... ou plutôt du cookie...

17 mai

L'île aux Chiens
Londres

Jusqu'au moment d'aller se coucher, Dwayne Doughty avait réussi à faire bonne figure devant sa femme. Il ne voulait surtout pas l'inquiéter et encore moins voir ses yeux bleus se remplir de larmes à la perspective de devoir quitter le pays comme des voleurs avant que la police ne l'attrape. Il maudissait le jour où il avait accepté de s'occuper de ce merdier avec l'Italie. La frustration de ne pas pouvoir exprimer ses regrets et son courroux lui donnait l'impression qu'on lui plantait des aiguilles dans le cerveau.

Candace se doutait qu'il avait des ennuis. Elle n'était pas idiote. Il avait toutefois réussi à esquiver ses questions avec des « Oh, juste quelques casse-tête au bureau, mon amour », qui l'avaient satisfaite pour un soir, mais n'y suffiraient pas le lendemain. S'il ne parvenait pas à améliorer sa performance de comédien, un projet voué à l'échec étant donné la perspicacité de Candace, il lui fallait trouver une solution à leur petit problème.

A trois heures du matin, il se leva et dans la cuisine de leur modeste maison se prépara du café, qu'il but assis à table, le regard dans le vide. Vide comme le paquet de biscuits aux figues qu'il venait de dévorer – sa friandise préférée depuis qu'il était petit. Tout ce qu'il y avait gagné, c'était de légères brûlures d'estomac et un vague sentiment de culpabilité d'ordre diététique.

Il devait y avoir un moyen de se tirer de ce mauvais pas, se dit-il, il y en a toujours si l'on y consacre assez de temps et que l'on prend celui de mettre au point sa stratégie. Il n'était pas question qu'il tire la chasse sur son gagne-pain, cette agence qu'il avait développée à partir de rien. Jusqu'ici, jamais il n'avait été acculé à jeter l'éponge. Cela n'allait pas arriver aujourd'hui. Surtout à cause d'un inspecteur de Scotland Yard qui parlait comme un lord et crânait dans un costard de Savile Row qu'il avait dû faire porter deux ans à son majordome pour qu'il soit juste assez tapé. Il devait trouver à tout prix quelque chose. Sinon, d'ici deux ou trois jours, il risquait de recevoir une visite qui précipiterait son avenir dans un gouffre sans fond.

C'était sa faute. Pourtant, il avait tout de suite vu, et Em Cass le lui avait assez seriné également, que cette femme était un flic, mais cela ne l'avait pas arrêté. Il avait accepté d'aider le professeur à retrouver sa gosse – haro sur son cœur d'artichaut, il causerait sa perte ! –, et voilà où sa bonté l'avait mené. Vingt ans de carrière post-militaire à se rompre l'échine pour – comme son vieux père – conduire sa famille le plus loin possible des mines de charbon de Wigan. Ses deux enfants étaient en train de décrocher des diplômes universitaires, et il s'était juré que leur progéniture – quand ils en auraient une – réussirait à entrer à Oxford et Cambridge. Il n'était pas envisageable qu'il trace une croix sur cette perspective parce qu'il était forcé de quitter le pays en catastrophe pour éviter de devenir l'esclave sexuel d'un ou plusieurs salopards derrière les barreaux... Que pouvait-il faire, nom de Dieu ?

Une autre tasse de café. Quatre autres biscuits aux figues. Ses pensées dérivèrent vers ses associés. Quel degré de responsabilité avaient-ils dans ce marasme ? Etant un homme précautionneux, il n'avait rien voulu avoir à faire avec leurs manigances. Hormis leur réunion au sommet dans le magnifique loft d'Emily à Wapping, il n'avait jamais eu directement affaire avec Bryan Smythe. Il était par conséquent tout à fait autorisé à lever les bras au ciel et à jeter Em dans la fosse aux lions du système judiciaire. Après tout, c'était elle qui avait dénoncé Smythe. D'un autre côté, pouvait-il faire ça à Em, après toutes ces années de collaboration fructueuse ?

Il devait beaucoup à Em. Il devait beaucoup à Bryan. Il fallait donc les tirer tous les deux de là, eux aussi. Pour son propre malheur, il avait trop d'exigence éthique...

Au cours de sa deuxième heure de rumination, il lui vint une idée : serait-il possible de manipuler les sentiments que l'inspecteur Lynley nourrissait pour Barbara Havers comme il avait si bien réussi à le faire avec la tendresse manifeste de cette dernière pour le professeur pakistanais ? Le hic, c'était qu'il ne parvenait pas à croire qu'il pût y avoir quoi que ce soit entre le sergent et l'élégant inspecteur de Scotland Yard. Le problème restait par conséquent entier, et à lui il ne restait plus que quatre-vingt-dix minutes avant que le réveil de Candace sonne et qu'elle entre à moitié endormie dans la cuisine pour constater qu'il avait englouti tous les biscuits aux figues.

L'idée d'avoir à affronter la désapprobation de sa femme l'incita à cacher le corps du délit. Comme de toute façon il avait besoin de refaire du café, il se leva et froissa le paquet de biscuits. La poubelle ? Non, sa Candace le verrait et il aurait droit à un sermon sur ses mauvaises habitudes alimentaires. Il ramassa sur le tabouret à la porte de la cuisine un journal dans la pile qui attendait d'être mise au recyclage, le déplia sur la paillasse à côté de la cuve de l'évier. Il avait l'intention d'y poser le paquet vide et de le recouvrir de marc de café, lequel devait être recyclé aussi, n'est-ce pas ? Ou bien allait-il dans le bac à compost ? Il n'arrivait pas à retenir les termes utilisés de nos jours pour se débarrasser des déchets, mais pour une fois son café ne servirait pas à la cause de « l'environnement »…

Il étala l'emballage des biscuits aux figues sur le papier journal et était sur le point de l'ensevelir sous une boue noire et granuleuse, quand il se figea. Là, sous son nez, la solution le narguait, noir sur blanc. Du moins un début de solution. L'article abordait un sujet qui lui disait quelque chose : l'Italie et le décès d'une Anglaise, sur le ton « Que nous cachent les autorités ? ». Il balaya d'un revers de main l'emballage et plusieurs noms lui sautèrent aux yeux. Il avait suffi de quelques phrases pour débloquer dans son esprit son ingéniosité créative… Mais il lui fallait le reste de l'article, dont il n'avait que la fin dans les feuillets intérieurs.

Lui qui ne priait jamais, il pria le bon Dieu que Candace ne se soit pas servie de la première page du journal pour jeter le chili con carne de la veille au soir. En fouillant dans la pile de papiers, il trouva ce qu'il cherchait. L'article était signé… Mitchell Corsico. Un patronyme à consonance italienne, se dit Dwayne, mais, italien ou pas, ce journaliste savait écrire en anglais. Il tenait enfin sa solution !

A part ses brûlures d'estomac et des nerfs tendus comme des cordes de funambule – merci, la caféine –, tout allait au mieux pour lui.

Lucca
Toscane

Barbara avait sous-estimé le désir de Hadiyyah de retrouver son père. Pressée de l'éloigner de Lorenzo Mura et de la protéger de ce qui risquait de se produire si ses horribles grands-parents débarquaient en Italie dans l'intention de venir la chercher, elle n'avait eu qu'une hâte : l'emmener au plus vite à Lucca.

Au début, tout alla bien. Elles avaient dîné en ville, dans un restaurant de la Via Malcontenti où l'on servait de la cuisine « internationale » et dont les murs étaient recouverts de sets de table décorés par des clients faisant en toutes sortes de langues l'éloge de la pizza, du goulash et de l'hoummous. En sortant du restaurant, elles achetèrent des glaces à un vendeur non loin de l'office de tourisme de la Piazzale Giuseppe Verdi et les mangèrent sur la promenade des remparts, au milieu des *Lucchese* se promenant à la fraîche. Après cette longue journée, Hadiyyah était prête à se coucher dès son arrivée à la Pensione Giardino – elle s'endormit en posant la tête sur l'oreiller du petit lit que Barbara avait fait installer dans sa chambre.

Ce n'était qu'une trêve. La première balle fut tirée par Corsico, qui lui téléphona à sept heures et demie du matin en réclamant la suite pour son prochain papier, qu'il comptait écrire sous l'angle « La pauvre petite Anglaise pleure son papa emprisonné ». Il était prêt à tout inventer – « la routine, quoi » – si Barbara lui permettait de photographier la petite l'air triste à la fenêtre de la *pensione*. « Son papa lui manque et tout le toutim… » Barbara lui répondit que Hadiyyah dormait encore et qu'elle le rappellerait à son réveil. Ce qui provoqua le tir de la deuxième balle, à savoir le désir de Hadiyyah de voir son père.

C'était bien la dernière chose que souhaitait Azhar : sa fille bien-aimée le voyant en tenue de prisonnier, assis parmi d'autres détenus au parloir. Elle raconta à Hadiyyah que son père aidait l'inspecteur Lo Bianco à enquêter sur le décès de sa mère. Pour le moment, il n'était pas en ville, lui expliqua-t-elle, et il lui demandait de rester avec elle, Barbara.

Ce qui la préoccupait le plus, en réalité, c'étaient les parents d'Angelina. Azhar finirait bien par être innocenté, mais en attendant il était en prison, ce qui donnait à ces gens toute latitude pour réclamer la garde de Hadiyyah. C'était pourquoi Barbara devait sortir celle-ci d'Italie et la cacher quelque part où personne ne pourrait la trouver.

Elle ne tarda pas à savoir où. Mais pour tout organiser elle avait besoin de Lynley. Elle dit à Hadiyyah qu'elles allaient demander à la *signora* Vallera si elle pouvait regarder la télévision dans la partie privée de la *pensione* pendant que Barbara passait quelques coups de fil urgents. Et quand Hadiyyah lui répondit en fronçant les sourcils qu'elle aimerait bien revoir « le film avec maman », elle songea que c'était encore mieux. Si cela pouvait réconforter l'enfant tout en l'occupant…

— Voyons si nous pouvons obtenir un lecteur DVD, répondit-elle en espérant que Hadiyyah parlait assez bien italien pour présenter cette requête.

Peu après, Hadiyyah et la toute petite fille de la *signora* Vallera étaient toutes les deux installées sur le canapé devant l'écran où Angelina Upman et Taymullah Azhar parlaient à la caméra. Barbara, de retour dans la salle à manger, appela l'inspecteur Lynley.

D'emblée, Lynley lui annonça :

— Isabelle a vu Hillier, Barbara.

— J'ai Hadiyyah, répliqua-t-elle comme si elle n'avait rien entendu. Je dois la ramener à Londres. Mura a téléphoné aux parents d'Angelina pour qu'ils viennent la chercher, alors il faut…

— Barbara, l'interrompit-il. Vous n'écoutez donc jamais ce que je vous dis ? Je ne sais pas de quoi il a été question, mais ce n'est de toute façon pas bon pour vous.

— Ce que vous ne comprenez toujours pas, c'est que c'est Hadiyyah qui compte. J'ai ma carte de police, je peux prendre l'avion avec elle pour Londres, mais vous devrez nous retrouver à l'aéroport.

— Et ensuite ?

— Il faut que vous la cachiez.

— Dites-moi que je n'ai pas bien entendu… Que je la cache ?

— Oh, monsieur, juste le temps que je sorte Azhar de prison. J'ai encore quelques pruniers à secouer par ici, si vous voyez ce que je veux dire. Vous et moi savons que, si les Upman mettent la main sur Hadiyyah, Azhar ne pourra jamais la récupérer.

— Vous et moi ne savons rien de la sorte.

— Je vous en prie, monsieur, je vous en supplie… J'ai besoin que vous m'aidiez. Elle peut rester avec vous, non ? Charlie s'occupera d'elle. Il va en être gaga. Et elle va l'adorer.

— Et quand il aura une audition, il l'emmènera avec lui ou lui confiera une tâche ménagère pour la tenir tranquille à la maison... « Ma chérie, tu peux faire l'argenterie pendant que je m'absente ? »

— Il n'aura qu'à l'emmener. Ça plaira beaucoup à Hadiyyah. Ou il peut la déposer chez Simon et Deborah. Le papa de Deborah s'occupera d'elle, ou Deborah elle-même. Elle raffole des mômes. Vous le savez bien. S'il vous plaît, monsieur.

Silence. Quand il reprit la parole, sa voix n'incitait pas à l'optimisme.

— Je me suis rendu à son labo, Barbara.

Elle sentit le sol vaciller sous ses pieds.

— Le labo de qui ?

— J'ai trouvé un autre lien entre Azhar et l'Italie, un lien qui préexistait au kidnapping et au meurtre d'Angelina. Ça va être dur à encaisser pour vous, et il va falloir que vous prépariez Hadiyyah.

— Qu... quoi ? parvint-elle péniblement à articuler.

De la pièce voisine lui parvenait la voix off en italien du bout de film où figuraient Angelina et Azhar. Elle entendait aussi la petite voix de Hadiyyah qui bavardait avec la *signora* Vallera ou parlait à son bébé.

— Il a des incubateurs, Barbara. Deux, en fait. Le premier vient de Birmingham. Le second d'Italie.

— Et alors ? riposta-t-elle en forçant la note de l'incrédulité. Il a peut-être aussi des chaussures italiennes, inspecteur, je ne vois pas le rapport avec la mort d'Angelina. Et s'il avait de l'huile d'olive italienne dans le placard de sa cuisine ? Un paquet de pâtes ? Du fromage ? Il aime peut-être le parmesan ?

— Vous avez fini ? Je peux continuer ?...

Comme elle se taisait, il enchaîna :

— La possession d'un incubateur de laboratoire fabriqué en Italie n'a aucune signification en soi. Mais qui dit incubateur dit qu'il faut le tester afin de vérifier son bon fonctionnement... Ces tests sont pratiqués par le fabricant. Vous me suivez ?

— Moui, murmura-t-elle à contrecœur.

— Et quel meilleur moyen de tester cet appareil qu'en y mettant plusieurs espèces de bactéries...

— Oh, je vous en prie. C'est ridicule. Quoi ? Il serait passé chez le fabricant ? « Salut, les gars. Et si vous me refiliez une très virulente souche d'*E. coli* pour que j'accommode la pizza de quelqu'un ? Juste pour voir si votre incubateur marche... »

— Vous savez très bien où je veux en venir, Barbara.

— Eh bien, non, voilà, pan !

— Vous ne pouvez pas vous permettre de nier cette possibilité.

— Et qu'avez-vous l'intention de faire de cette information ?

— J'ai le devoir de la transmettre à l'inspecteur Lo Bianco, qui décidera comment procéder...

— Mais bon sang ! Qu'est-ce qui vous prend, enfin ? Vous n'y êtes plus du tout. Pour quoi ou plutôt pour qui vous jouez au petit saint ? *Isabelle ?*

Silence. Elle avait dépassé les bornes en nommant la commissaire Ardery, mais au point où elle en était elle envoyait son bonnet par-dessus les moulins. Il finit par répliquer :

— Il vaudrait mieux ne pas s'aventurer de ce côté...

— Si, si, au contraire. Ce que je vois, c'est que vous refusez de m'aider. On jette Hadiyyah avec l'eau du bain et advienne que pourra. C'est ça, votre plan, non ? Vous faites votre devoir ou ce que vous considérez comme votre devoir. Je vous entends d'ici soupirer « C'est comme ça » ou quelque autre insanité pendant qu'il y a des gens dont la vie dépend de nos décisions, mais vous vous en foutez, parce que ce n'est pas la vôtre.

Elle attendit une réaction. Comme rien ne venait, elle reprit :

— Bon, très bien. Je ne vous demanderai donc pas de retenir l'information pendant un ou deux jours. Ce serait vous empêcher de faire votre *devoir* !

— Pour l'amour du ciel, Barbara…

— Je ne vois pas ce que le ciel vient faire là-dedans. Ni l'amour.

Elle lui raccrocha au nez. Des larmes lui piquaient les yeux, ses paumes étaient moites. Bigre ! Elle avait intérêt à se ressaisir. Dans la salle de petit déjeuner, elle trouva sur le buffet un verre de jus d'orange qu'elle but d'un trait en se disant : Woups ! Une main criminelle y avait peut-être versé un peu d'*E. coli*. L'instant d'après, elle crut qu'elle allait éclater en sanglots. Mais elle ne devait pas se laisser aller… Et si elle téléphonait à Simon et Deborah Saint James ? Ou à Winston ? Il habitait chez ses parents, si ses souvenirs étaient bons ? Ils pourraient s'occuper de Hadiyyah. Ou une de ses petites amies ? Il devait en avoir des douzaines. Ou bien, une autre idée, elle pourrait demander à Mme Silver, qui gardait Hadiyyah pendant les vacances scolaires. Sauf que le premier endroit où on irait la chercher serait justement la grande maison de style édouardien où logeait Azhar.

Il devait bien y avoir une solution… Si elle ramenait elle-même l'enfant à Londres, elle abandonnerait Azhar à son sort, et il n'en était pas question !

Pour l'instant, elle n'avait pas le choix, elle devait garder l'enfant avec elle et se débrouiller pour tenir les Upman à distance.

Hadiyyah n'avait pas bougé du canapé. La *signora* Vallera était à présent assise à côté d'elle devant la vidéo, qui devait passer pour la troisième ou quatrième fois.

Barbara s'assit sur une chaise pour regarder avec les autres Angelina Upman et Taymullah Azhar parler de leur fille disparue. La caméra s'attardait sur le visage épuisé d'Angelina, puis sur celui d'Azhar. Ensuite un zoom arrière les montrait assis sous la glycine, derrière une table, en compagnie de l'homme aux verrues. Ce personnage d'une laideur repoussante se lança soudain dans une harangue passionnée qui focalisa toute l'attention sur lui. Le reste s'estompa. Les deux autres personnes, la table, le fond du décor... Tout s'effaçait tandis que ce type crachait et rugissait.

Cela expliquait tout, comprit soudain Barbara, que cette illumination fit sursauter sur sa chaise : pourquoi cette séquence était passée au journal télévisé, pourquoi elle avait été donnée à Hadiyyah et pourquoi elle avait été visionnée un nombre incalculable de fois sans que quiconque remarque ce qui se trouvait pourtant sous le nez de tous.

— Oh, mon Dieu, murmura-t-elle.

Ses pensées jaillirent dans un tourbillon qui lui donna le vertige. Du calme ! Il fallait se montrer pragmatique et procéder petit à petit afin d'aboutir à un plan. Lynley, hélas, refuserait de lui prêter main-forte. Ne lui restait plus qu'une personne vers qui se tourner...

Lucca
Toscane

Mitchell Corsico serait en quelque sorte son port dans la tempête. Il était en Italie depuis assez longtemps pour obtenir le genre de renseignements dont elle avait besoin. Bon, il allait insister pour passer un marché. Il ne lui donnerait rien tant qu'il n'aurait pas sa photo de Hadiyyah. Elle lui téléphona en se préparant à une petite séance de marchandage.

— Où êtes-vous ? lui demanda-t-elle. Il faut qu'on se parle.

— C'est votre jour de chance.

Il se trouvait justement sur une terrasse de la place de l'Amphithéâtre, où il savourait un *caffè* et une brioche en attendant que « Barb » entende la voix de la raison. Au fait, il était en train d'écrire son papier. De quoi faire pleurer dans les chaumières… Garanti. Rodney Aronson allait se frotter les mains. Un gros titre à la une en perspective.

— Vous croyez en votre étoile, vous alors.

— Dans ce métier, il vaut mieux avoir confiance en soi. Et puis, on apprend à flairer le parfum du désespoir.

— Le désespoir de qui ?

— Oh, je parie que vous le savez.

Elle le pria de rester où il était. Elle arrivait !

Installé sous un parasol de l'autre côté de la place en face de la *pensione*, il avait terminé son café et sa viennoiserie. Penché sur son ordinateur portable, il pianotait fébrilement sur le clavier.

Alors qu'elle s'approchait, elle l'entendit se féliciter :

— Bravo, mon vieux, tu es génial !

Debout devant lui, elle sortit de son sac la photo d'école de Hadiyyah qu'elle avait montrée la veille à Me Aldo Greco et la posa sur la table.

Mitchell regarda la photo puis leva les yeux vers elle.

— Et c'est quoi ça ?

— Ce que vous avez demandé.

— Eh… mais pas du tout, dit-il en repoussant le cliché d'un geste avant de se repencher sur son clavier en marmonnant : Je veux bien concocter un brouet indigeste pour le plus grand plaisir de nos lecteurs anglais, mais il faut bien que je leur livre en plus un truc authentique, et ce truc, ce sera une photo de cette pauvre gosse en Italie...

— Mitch, écoutez-moi.

— C'est vous qui allez m'écouter, Barb. Figurez-vous que Rod croit dur comme fer que je prends les vacances de ma vie ici, à Lucca, où en guise de vie nocturne vous avez des centaines d'Italiens à pied, à vélo et en jogging, ou poussant des poussettes, qui font le tour de la ville sur les remparts. Si vous voulez savoir, ils me font penser à des corbeaux guettant les charognes fraîches sur la chaussée. Mais lui, Rod, il n'en sait rien. Pour lui, Lucca est le Miami Beach de l'Italie. Il faut que je lui prouve que je suis une piste sérieuse. Et vous, bien sûr, c'est une piste tout aussi brûlante que vous cherchez. Alors, unissons nos forces ! Commençons par la photo de la gosse – rien que pour leur montrer qu'elle est en Italie. Hein ?

Ce n'était même pas la peine de discuter. Barbara reprit la photo de Hadiyyah et conclut un marché avec le journaliste. Elle se chargeait de lui procurer le cliché qu'il voulait, car il n'était pas question qu'Azhar apprenne qu'elle avait permis à un reporter de tabloïd de photographier sa fille. Elle la ferait poser à la fenêtre de la salle du petit déjeuner, qui donnait sur la place, en cadrant une bonne partie de la façade afin que le rédac chef de Mitchell se rende compte que son envoyé spécial avait le nez dans le guidon. Elle promit à Corsico que Hadiyyah aurait l'air triste à pleurer.

Corsico n'était pas enchanté, mais lui tendit quand même son appareil. Barbara lui annonça alors ce qu'elle voulait en échange de la photo : une conversation avec un de ses nouveaux potes de la presse italienne, un de ceux qui bossaient pour la télé.

— Pourquoi ? fit Corsico, méfiant.

— Ne posez pas de questions, Mitch, faites-le !

Lucca
Toscane

Après avoir parlé au téléphone avec l'inspecteur Lynley, Salvatore raccrocha en se disant que ce qu'il venait d'apprendre ouvrait plusieurs voies d'investigation nouvelles. D'après Lynley, « DARBA Italia » étant le fabricant de deux incubateurs du laboratoire du professeur Azhar, on tenait là un lien entre le microbiologiste et la péninsule. Salvatore avait approuvé cette hypothèse, mais il pensait que l'on devait aussi voir plus loin et plus large. Un symposium comme celui de Berlin devait attirer des fabricants de matériel de laboratoire désireux de faire la démonstration de leurs produits.

Il donna à Ottavia Schwartz des instructions complémentaires concernant le symposium de Berlin : Des fabricants de matériel étaient-ils présents ? Si oui, quelles étaient les marques représentées et par qui ?

— Que cherche-t-on ? s'enquit-elle avec bon sens.

Salvatore lui ayant répondu qu'il n'en était pas sûr, elle soupira et se remit à son travail.

A Giorgio Simione, Salvatore indiqua :

— « DARBA Italia ». Je veux tout savoir sur eux.

— Qu'est-ce que c'est ?

— Je ne sais pas. C'est pourquoi je veux tout savoir.

Salvatore retournait dans son bureau quand il aperçut le sergent Barbara Havers dans le hall d'entrée de la *questura*. Elle n'était pas accompagnée de l'interprète Marcella Lapaglia. Elle était seule.

Il s'avança à sa rencontre. Elle était habillée dans le même style que la veille. Ses vêtements n'étaient pas les mêmes, mais ils étaient toujours aussi débraillés. Pourtant elle avait rentré son débardeur dans son pantalon, ce qui lui faisait une silhouette « pot à tabac » des plus convaincantes. Au fond, elle aurait mieux fait de le laisser sorti.

Dès qu'elle le vit, elle se mit à parler, très fort avec des gestes exagérés, dans l'espoir sans doute de clarifier ses paroles. Il ne put s'empêcher de sourire. Cette femme était d'une audace... Tenter à tout prix de se faire comprendre dans un pays étranger dont on ignore la langue... A sa place, il ne savait pas s'il aurait montré autant de vaillance.

Elle se montra du doigt.

— Moi, dit-elle, je veux que vous (pointant son index vers lui) regardiez (montrant ses yeux) ceci...

Là, elle pointait l'écran de l'ordinateur portable qu'elle avait à la main.

— Ah, vous avez une chose à regarder moi, fit-il dans son anglais exécrable. *Che cos'è? E perchè? Mi dispiace, ma sono molto occupato stamattina...*

— Bordel, grommela la femme, qu'est-ce qu'il vient de baragouiner ?

Elle répéta sa pantomime. Salvatore finit par se dire qu'il aurait plus vite fait de regarder ce qu'elle voulait lui montrer que de trouver quelqu'un pour traduire ce qu'il avait déjà très bien compris. Il lui fit signe de le suivre dans son bureau. En chemin, il pria Ottavia de faire venir leur interprète habituelle. Si celle-ci n'était pas libre, qu'elle en trouve une autre. Mais pas Birgit.

Ottavia haussa un sourcil au nom de Birgit, mais fit oui de la tête. Elle jeta un coup d'œil à la policière anglaise, stupéfaite qu'un membre du même sexe qu'elle puisse se promener en plein jour attifée de pareille manière.

Salvatore fit entrer le sergent dans son bureau.

— *Un caffè?*

Sa proposition déclencha chez Barbara Havers un flot de paroles où il attrapa le mot « temps ». Ah, pensa-t-il, elle lui disait qu'ils n'avaient pas le temps. Bah, on a toujours le temps de boire un *caffè*.

Il l'invita d'un geste à s'asseoir. Quand il revint avec les cafés, elle avait non seulement installé son ordinateur au milieu du bureau, mais avait aussi allumé une cigarette.

— J'espère que c'est *buono* avec vous.

Salvatore lui sourit et ouvrit la fenêtre. Il lui indiqua le *caffè*. Elle y fit tomber deux morceaux de sucre, mais son intérêt pour le café s'arrêta là. Elle n'y toucha plus.

— Prêt ? demanda-t-elle alors qu'il touillait le sien.

Il haussa les épaules pour lui signifier qu'elle pouvait y aller.

— Bon, maintenant, regardez bien, Salvatore.

Il reconnut les images de l'appel à témoins d'Angelina Upman et Taymullah Azhar devant l'équipe du journal télévisé et eut de nouveau l'occasion d'apprécier le réquisitoire féroce de Piero Fanucci jurant qu'il traînerait le criminel devant la justice. Quand la séquence fut terminée, il se tourna d'un air interrogateur vers Barbara. Elle lui fit signe de continuer à regarder.

Le cameraman n'avait en effet pas coupé sa caméra et la vidéo se poursuivait sur fond de conversations à peine audibles alors que les protagonistes détachaient leurs micros-cravates. Salvatore ne voyait pas trop l'intérêt de la chose. Puis Lorenzo Mura surgit, un plateau à la main. Sur le plateau, des verres de vin et des assiettes qu'il distribua à l'équipe de tournage. Après quoi, il posa une assiette et un verre devant tour à tour Fanucci, la présentatrice et Taymullah Azhar. A Angelina, il donna seulement une assiette.

Barbara fit un arrêt sur image. En montrant du doigt l'écran, elle s'exclama, d'une voix qui contenait difficilement son excitation :

— Voilà votre *E. coli*, Salvatore. Il est là, dans le verre qu'il a donné à Azhar.

Salvatore entendit « *E. coli* » et vit où elle avait posé son doigt. Le verre du professeur. Il comprit moins bien la suite, où seulement les noms surnageaient :

— Il visait Azhar, pas Angelina. C'est lui qui devait boire le vin arrosé d'*E. coli*. Seulement il ignorait qu'Azhar était musulman. Il a un vice qu'il ne devrait pas avoir : il fume. Mais il ne boit pas d'alcool. Et il pratique sa religion de A à Z. Le hadj, le ramadan, les aumônes et le reste. Donc il ne boit pas ! A mon avis, il n'a jamais goûté à l'alcool. Angelina le savait, c'est pourquoi elle lui a pris son verre... Là, regardez !

La vidéo se remit en marche. Angelina prenait le vin destiné à Azhar.

— Comme dans *Hamlet*, pas vrai ? déclara Barbara en lui faisant un clin d'œil. Mura a essayé de l'empêcher de boire, mais elle a cru qu'il était juste inquiet parce qu'elle était enceinte. Que pouvait-il faire ? Il aurait pu se ruer sur elle et flanquer d'un revers de main le verre par terre. Mais voilà, tout s'est passé trop vite. Elle a avalé le vin d'un trait. Et là, que pouvait-il faire ? L'obliger à le vomir ? Ou se jeter à ses pieds pour tout lui avouer et implorer son pardon, mais il n'avait jamais été sûr de son amour pour lui, n'est-ce pas ? Aucun de ses amants ne l'avait été. Elle les aimait comme elle les quittait, et parfois elle en avait trois à la fois et c'était comme ça qu'elle était. C'est ce qui la rendait différente de sa sœur, et Dieu sait qu'elles aspiraient à être différentes l'une de l'autre. Mais mettons qu'il lui confesse quand même son forfait – Désolé, ma chérie, mais tu viens d'avaler une dose de bactéries tueuses –, quelle opinion aurait-elle alors eue de lui ?

Comme Salvatore n'avait rien compris, il fut extrêmement reconnaissant à Ottavia lorsqu'elle entra, accompagnée de la traductrice officielle de la *questura*, une femme d'une trentaine d'années à la forte poitrine, dont le décolleté vertigineux lui fit un moment oublier son nom. Il finit cependant par lui revenir : Giuditta... quelque chose.

Ladite Giuditta et Barbara Havers eurent un long échange, que la première restitua en langue italienne à Salvatore, qui posa deux questions, l'une et l'autre capitales pour cibler l'enquête, si l'on pouvait tirer quoi que ce soit de ce tas de suppositions. Comment ? Pourquoi ?

Barbara Havers répondit d'abord à la deuxième :

— Pourquoi Lorenzo Mura voudrait-il éliminer un homme tel que Taymullah Azhar ? Bonne question, Salvatore. Après tout, il lui a volé sa femme qui vit avec lui en Italie, en Toscane, loin de Londres. Elle est enceinte de lui. Ils vont se marier. Quel est l'intérêt ?... Eh bien, n'oubliez pas ceci : quel homme a jamais pu se fier à l'amour de cette femme ? Elle couchait avec Esteban Castro alors qu'elle était avec Azhar. Elle les a plaqués tous les deux pour Lorenzo Mura. Tout le monde pouvait voir qu'il y avait encore quelque chose entre Azhar et elle. En plus, ils étaient liés par Hadiyyah. Azhar présent, on n'allait plus pouvoir se débarrasser de lui. Qui sait ? Elle finirait peut-être par retourner avec lui ? Elle était capable de tout.

— Se débarrasser d'Azhar ne lui garantissait pas la fidélité d'Angelina, fit remarquer Salvatore.

Après avoir écouté la traduction, Barbara opina :

— En effet, mais il raisonnait à court terme. Il a seulement cherché à le rendre malade, dans l'espoir qu'il clamse et lui fiche la paix pour de bon. Salvatore, la jalousie rend idiot. Les jaloux ne pensent qu'à faire disparaître celui qu'ils imaginent être leur rival. Et quoi ? Le papa de Hadiyyah était de retour dans la vie de sa fille. Le papa de Hadiyyah était de retour dans la vie d'*Angelina*.

— Ce genre d'inconvénient est monnaie courante dans l'existence d'un homme…

— Pas quand on est épris d'une Angelina.

C'était possible, après tout, songea Salvatore. Possible, c'est tout. Et un point demeurait sacrément obscur : comment Lorenzo se serait procuré des bactéries *E. coli*, qui plus est une souche mortelle ?

Barbara écouta son objection, mais n'avait rien à répondre. Un silence s'instaura tandis qu'ils méditaient – Giuditta aussi – sur ce problème épineux. Puis Giorgio entra dans le bureau.

Salvatore le regarda d'un air ahuri. Il lui avait confié une mission, mais il ne se rappelait pas ce que c'était. Giorgio annonça :

— DARBA, *ispettore*.

— *Come?*

— DARBA Italia.

La mémoire revint d'un seul coup à Salvatore.

— C'est ici, à Lucca, lui dit Giorgio. Sur la route de Montecatini.

Lucca
Toscane

Mitchell Corsico était sa priorité. Il lui avait fait une énorme faveur en se procurant, par l'intermédiaire de ses contacts italiens, la totalité des rushs de la vidéo qui avait servi à monter la séquence diffusée à la télévision. Il allait non seulement exiger d'être payé de retour, mais encore qu'elle lui refile un tuyau à jeter en pâture au journaliste italien. Et quelque chose de bien, en plus.

Sauf que lorsqu'elle comprit via l'interprète que Salvatore avait l'intention de se pointer à l'improviste chez DARBA Italia, elle tint absolument à l'accompagner. Pas question toutefois d'avoir Corsico dans les pattes. Salvatore et elle avaient besoin de temps pour analyser les faits. A ce stade surtout, des fuites dans la presse étaient la chose à éviter à tout prix.

Elle l'avait laissé dans un café au coin de la rue de la *questura*, en face de la gare, et ne voulait surtout pas que Salvatore Lo Bianco pose son regard ténébreux sur le Lone Ranger démasqué version britannique. Comme il se trouvait relativement loin, et surtout qu'il y avait beaucoup de monde qui circulait dans la rue, elle pensait pouvoir s'échapper sans se faire repérer. Mais si jamais il découvrait le coup qu'elle mijotait, elle le paierait très cher.

Pendant que Salvatore allait chercher la voiture dans le parking de la *questura*, elle téléphona à Corsico.

— Nous tenons peut-être la source d'*E. coli*, lui dit-elle. J'y vais tout de suite...

— Minute papillon ! Vous et moi, on a passé un accord. Je ne vous permettrai pas...

— Vous aurez vos infos, Mitch, en exclusivité... Si vous montrez votre trombine, Salvatore va vouloir savoir qui vous êtes. Et croyez-moi, ce sera pas commode à expliquer. Il me fait confiance, alors pourvu que ça dure. S'il s'aperçoit que je refile des tuyaux à la presse, on est foutus !

— Ah, vous êtes à tu et à toi maintenant ? Qu'est-ce qui se passe, bordel ?

— Enfin ! C'est un confrère. Nous allons visiter une entreprise du nom de DARBA Italia. C'est tout ce que je sais pour l'instant. A Lucca. Et si vous voulez mon avis, c'est là que Lorenzo Mura a eu son biofilm...

— Ou le professeur... Je vous rappelle qu'il était là en avril, après le kidnapping. Il a très bien pu se rendre dans cette entreprise pour faire son emplette.

— Vous voulez dire qu'Azhar, qui ne jacte pas un mot d'italien, s'est pointé chez DARBA avec une poignée d'euros en leur disant : « Les gars, c'est combien, en ce moment, le tube à essai de la bactérie la plus virulente que vous ayez ? J'ai besoin de quelque chose que je ne cultive pas dans mon propre labo, alors vous pouvez éliminer d'office les streptocoques. » Et après, Mitch ? Un vendeur a ouvert le frigo ou je ne sais quoi où ils conservent cette saloperie – sous prétexte de contrôle de qualité sans doute – et a piqué un bout de biofilm, ni vu ni connu ? Ne soyez pas stupide. On va examiner tout ça. Ces trucs-là peuvent décimer une population...

— Dans ce cas, pourquoi aller là-bas ? Ce que vous venez de dire, sauf pour l'italien, s'applique aussi bien à Lorenzo Mura. Et puis de toute façon, comment avez-vous découvert qu'ils ont la bactérie ?

— Je ne suis sûre de rien. C'est pourquoi nous allons leur rendre visite.

— Et après ?
— Oui ?
— Vous m'avez promis quelque chose de juteux, Barb.
— Vous avez votre papier sur Hadiyyah. C'est déjà un début.
— Rod n'est pas enchanté. Il l'a mis en page cinq. Il dit que seul monsieur le professeur Erreur-Judiciaire aura droit à la une. Mais d'après ce que vous venez de m'apprendre, il n'y a peut-être pas erreur sur la personne.
— Je vous ai expliqué comment…
— Je vous ai trouvé les rushs de la télé. Qu'est-ce que j'ai comme cadeau, moi ?

A cet instant, Salvatore Lo Bianco se rangea le long du trottoir et se pencha pour ouvrir la portière côté passager.

— Patience ! susurra Barbara dans son téléphone. Je vous promets de vous tenir au courant. Je vous ai donné DARBA Italia. Demandez à vos potes journalistes italiens de suivre le fil.
— Pour qu'ils me fauchent mon scoop ? Voyons, Barb…
— Je fais de mon mieux.

Elle raccrocha en montant dans la voiture. Avec un hochement de tête, elle lança à Salvatore :
— Allons-y.
— *Andiamo*, lui dit-il avec un sourire.
— Absolument, répliqua-t-elle.

Victoria
Londres

Le rendez-vous d'Isabelle Ardery avec l'adjoint au préfet de police avait duré deux heures. Lynley tenait cette précision de la source la plus fiable qui soit : la secrétaire de sir David Hillier. Toutefois, cette information était arrivée jusqu'à lui par des moyens détournés, puisqu'il l'avait su grâce à la redoutable Dorothea Harriman. Celle-ci cultivait les informateurs comme d'autres les haricots. Elle en avait à la Met, à l'Intérieur, au Parlement... Toujours est-il que Judi MacIntosh lui avait non seulement indiqué la durée de la réunion, mais aussi son climat : tendu à l'extrême. Sans doute à cause de la présence de deux gars des Affaires internes. Elle ignorait leurs noms – « C'est pas faute d'avoir essayé, inspecteur... ». En tout cas, ils venaient du « Bureau d'enquête sur les plaintes », une division appelée CIB1. A ces mots, Lynley fut parcouru d'un frisson glacé. Le CIB1 était chargé d'enquêter sur des cas de brutalité et de corruption policières.

La commissaire ne consentit point à lui faire part de ce qui s'était passé au cours de la réunion. Lynley fit quelques tentatives pour lui tirer les vers du nez, mais elle l'arrêta d'un bref et sec « Il vaut mieux ne pas en parler, Tommy ». Une indication fiable que la situation était aussi grave qu'il l'avait supposé quand Isabelle avait pris son téléphone pour demander à voir Hillier.

Aussi fut-il à la fois surpris et ravi de recevoir un coup de fil de Daidre Trahair. Elle était à Londres pour chercher un appartement, lui annonça-t-elle. Voulait-il la retrouver à Marylebone pour le déjeuner ?

— Vous avez pris le poste ? C'est formidable, Daidre.

— Leur gorille « dos d'argent » m'a conquise. Mais, je ne sais pas encore si c'est réciproque.

— Le temps le dira.

— Comme toujours, n'est-ce pas ?

Elle l'attendait dans un minuscule restaurant sur Marylebone High Street, assise à une toute petite table dans un coin. Il sentit son propre visage s'illuminer au moment où elle leva les yeux de la carte pour découvrir sa présence. Elle lui rendit son sourire et leva une main amicale.

Il l'embrassa comme si c'était la chose la plus naturelle au monde.

— Les Boadicea's Broads sont-elles définitivement en deuil ?

— Mettons que je n'ai plus trop la cote en ce moment.

— Mais les Electric Magic vont vous dérouler le tapis rouge ?

— L'espoir fait vivre.

Il la regarda longuement.

— Je suis content de vous voir. J'avais besoin d'un remontant.

Elle pencha la tête de côté.

— Je dois vous avouer que moi aussi.

— Qu'est-ce qui vous arrive ?

— L'immobilier dans cette ville. En attendant de vendre ce que j'ai à Bristol, j'ai l'impression que je vais devoir me contenter d'un placard.

— On peut toujours s'arranger.

— Je ne lorgne pas sur votre chambre d'amis.

— Ah, dommage pour moi.

— Mais non, Tommy, pas tout à fait.

Le pouls de Lynley s'accéléra. Il lui sourit, ramassa la carte, lui demanda ce qu'elle prenait et passa commande au serveur qui dansait d'un pied sur l'autre à quelques pas de leur table. Combien de temps comptait-elle rester à Londres ? s'enquit-il. Quatre jours. Elle en était à son troisième. Pourquoi n'avait-elle pas téléphoné plus tôt ?

Elle avait écumé les annonces de location, eus plusieurs rendez-vous au zoo, où elle commençait à organiser son lieu de travail, bureau et laboratoire, et avait discuté avec les gardiens des problèmes que posaient certains animaux... Tout ça lui avait pris un temps fou. Mais elle était ravie de le voir.

Il faudrait donc se contenter d'une journée, pensa-t-il, résolu à mettre celle-ci à profit au maximum en se concentrant uniquement sur elle.

Hélas, sa concentration ne tarda pas à être troublée par la sonnerie de son portable. L'écran afficha le nom de Havers.

— Désolé, dit-il à Daidre. Il faut que je prenne cet appel...

— J'ai besoin de votre aide, commença Havers en se passant des politesses d'usage.

— Je ne peux pas faire grand-chose. Isabelle a eu une réunion avec deux types de la pire division des Affaires internes...

— C'est pas grave.

— Vous êtes folle, ou quoi ?

— Vous flippez, je sais. Mais Salvatore et moi, on est sur un coup énorme ici. J'ai besoin que vous m'obteniez un renseignement. Juste un tout petit renseignement, monsieur.

— De quel côté de la loi ?

— Totalement légal.

— Contrairement à tout ce que vous avez fait jusqu'ici, alors.

— Bon, d'accord, monsieur, je mérite le fouet. On verra ça quand je rentrerai. En attendant, juste un petit renseignement...

— Que voulez-vous savoir exactement ?

Lynley jeta un coup d'œil à Daidre. Elle attaquait son entrée. Elle l'interrogea du regard. Il leva les yeux au ciel.

— Les Upman sont en route pour l'Italie. Ils viennent chercher Hadiyyah. Je voudrais éviter qu'ils mettent la main sur elle. Ils ne lui permettront pas de voir Azhar.

— Barbara, si vous croyez que je peux les empêcher de…

— Je sais que vous ne pouvez rien empêcher, monsieur. Ce que je veux savoir, c'est s'ils sont déjà partis. Leur numéro de vol, la compagnie et tout ça. Ah, et le nom de l'aéroport. Lequel va se déplacer, s'il n'y en a qu'un qui vient. Ce sera Ruth-Jane ou Humphrey… et ce pourrait aussi être la sœur, Bathsheba Ward. Si vous voulez bien vérifier auprès des compagnies… Ou bien vous pouvez demander aux gars du SO12 de s'en occuper pour moi. Oui, c'est plus simple. Ce n'est pas pour moi, même pas pour Azhar, c'est pour Hadiyyah. S'il vous plaît…

Il soupira. Havers savait être persuasive.

— Winston enquête sur l'entourage d'Angelina Upman, Barbara. Il cherche du côté de toutes les relations qui pourraient avoir un lien avec l'Italie. Jusqu'ici, il n'a rien.

— Et il n'y aura rien. Mura est notre coupable. Il avait l'intention de faire ingérer l'*E. coli* à Azhar. Salvatore et moi nous sommes en route pour une entreprise appelée DARBA Italia où nous espérons trouver une preuve.

— C'est le nom du fabricant des incubateurs du labo d'Azhar, Barbara. Vous suivez mon regard ?

— Je le suis, oui. Soit dit en passant, Salvatore a fait la même remarque.

— Salvatore ? Comment communiquez-vous tous les deux ?

— Pas mal par gestes. Et puis, il fume, ça crée des liens. Ecoutez, monsieur, vous occuperez-vous de savoir où sont les Upman ? Quitte à mettre les gars du SO12 sur le coup ? Je n'ai pas besoin d'autre chose. Et ce n'est pas pour moi. C'est pour...

— Hadiyyah. Oui, oui, j'ai compris.

— Alors... ?

— Je vais voir ce que je peux faire.

Il raccrocha et contempla un moment non pas Daidre mais le mur, où était accrochée la photographie d'une falaise abrupte au bord de la mer. Son esprit s'envola vers la Cornouailles. Daidre lui demanda :

— Vous avez envie de vous échapper ?

Posant de nouveau les yeux sur elle, après un instant de réflexion, il répondit :

— De certains aspects de ma vie, oui. D'autres, en aucun cas.

Et il posa sa main sur la sienne.

Lucca
Toscane

Dans le meilleur des mondes, Lynley parviendrait on ne sait comment à retenir les Upman en Angleterre ou du moins à les intercepter avant qu'ils embarquent dans l'avion à destination de l'Italie. Hélas, le monde étant ce qu'il était, ils avaient sûrement déjà pris la route. Tout ce qu'elle pouvait espérer apprendre, c'étaient leurs mouvements, afin de tenter de les éviter une fois qu'ils seraient à Lucca. Bien entendu, ils se rendraient tout de suite à la Fattoria di Santa Zita, pensant y trouver

Hadiyyah sous la garde temporaire de Lorenzo Mura. Celui-ci leur dirait que Barbara était venue la chercher. Ils supposeraient que Barbara séjournait dans l'hôtel où était descendu Azhar. Mais pas forcément.

Dans tous les cas de figure, il lui restait peu de temps pour trouver une autre cachette que la Pensione Giardino, qui n'en était de toute façon pas une. Et avant de régler ce problème, elle devait voir ce qu'il ressortirait de leur visite chez DARBA Italia.

Le trajet jusqu'à l'usine s'avéra court. Ils suivirent le boulevard extérieur qui longeait les remparts puis bifurquèrent à quatre-vingt-dix degrés à droite vers les faubourgs. A cinq kilomètres de la ville environ, au fond d'une cour pavée, une belle enseigne métallique au-dessus d'une porte vitrée leur signala qu'ils étaient arrivés chez DARBA Italia. La conjugaison d'un petit nombre d'arbres et d'une zone de stationnement à la chaussée tartinée d'asphalte produisait une chaleur si intense qu'une brume ondoyait au niveau du sol. Barbara se dépêcha de se réfugier à l'intérieur derrière Salvatore.

La réception était climatisée, mais elle ne comprit goutte au dialogue entre Salvatore et le beau jeune homme brun derrière le comptoir. Guère plus de vingt-deux ans, la peau mate, une masse de cheveux bouclés, des lèvres d'ange de la Renaissance et des dents tellement blanches qu'elles avaient l'air peintes. Salvatore lui montra sa plaque de police, désigna d'un geste Barbara et se remit à parler abondamment. Le réceptionniste écouta, jeta un coup d'œil du côté de Barbara, dont il parut tout aussi vite oublier la présence, et se remit à son tour à parler avec force hochements de tête, *sì, no, forse* et *unattimo* – elle ne comprenait que les *sì* et les *no*. Tout à coup, il prit son téléphone, leur tourna le dos et se mit à chuchoter. Une fois ce conciliabule terminé, il se leva et leur demanda de le suivre. En tout cas, Salvatore lui emboîta le pas.

Les événements se précipitèrent ensuite à une vitesse qui déconcerta Barbara. Le réceptionniste les invita à entrer dans une salle de conférences dont le centre était occupé par une longue table en acajou et dix fauteuils en cuir. A Salvatore, il baragouina quelque chose à propos du *direttore*, qu'elle supposa être le directeur général de DARBA. Et en effet celui-ci rappliqua cinq minutes plus tard, vêtu d'un costume dont le raffinement était à l'égal de ses manières, quoiqu'il parvînt mal à dissimuler sa curiosité. Qu'est-ce qui pouvait bien amener des officiers de police dans ses locaux ?

Tout ce qu'elle arriva à attraper au vol, ce fut son nom : Antonio Bruno. Il ne se passa pas grand-chose, même lorsque Salvatore prit la parole. Elle tendit l'oreille pour surprendre « *E. coli* » dans le flot d'italien. Mais rien dans l'expression d'Antonio Bruno ne trahit une émotion quelconque provoquée par la nouvelle qu'une femme avait été tuée par une bactérie issue de ces mêmes locaux. Après sept minutes de palabres, le directeur prit congé.

— Quoi ? Qu'est-ce qu'il y a ? s'exclama-t-elle. Qu'est-ce que vous lui avez dit ?

Evidemment, sa question était inutile puisqu'elle ne recevrait pas de réponse intelligible dans l'immédiat. Mais son besoin de savoir supplantait sa capacité à raisonner.

— Ils ont l'*E. coli* ? continua-t-elle. Ils connaissent Lorenzo Mura ? Ça n'a rien à voir avec Azhar, n'est-ce pas ?

Salvatore lui adressa un gentil petit sourire.

— *Non capisco, Barbara.*

Le retour d'Antonio Bruno ne lui fournit aucun éclaircissement. Il apportait une grande enveloppe beige qu'il tendit à Salvatore. Ce dernier le remercia et prit la porte avec un « *Andiamo, Barbara* », avant de lâcher, au bénéfice exclusif d'Antonio et accompagné d'une légère flexion du buste :

— *Grazie mille, signor Bruno.*

Barbara attendit qu'ils soient dehors pour demander :
— C'est tout ?

Elle lui prit le bras en continuant à l'interroger :
— Qu'est-ce qui se passe ? On part ? Qu'est-ce qu'il vous a donné ?

Salvatore comprit sans doute la dernière question, car il lui passa l'enveloppe. A l'intérieur, Barbara trouva seulement une liste des employés, classés par départements. Des noms, des adresses et des numéros de téléphone. En voyant leur nombre – des dizaines –, son cœur se serra. Salvatore s'apprêtait à patauger dans son enquête : il allait vérifier chaque personne séparément, cela allait prendre des jours et des jours, et ils n'en avaient pas beaucoup avant l'arrivée des Upman...

Barbara réclamait des résultats plus rapides... ici et maintenant ! Elle se mit à réfléchir au meilleur moyen de les obtenir.

Lucca
Toscane

Pour la première fois, Salvatore Lo Bianco se dit que la policière londonienne avait peut-être raison. Il voyait bien à la façon dont elle lui serrait le bras et poussait des exclamations qu'elle aurait voulu savoir pourquoi ils quittaient DARBA Italia aussi abruptement, mais il ne maîtrisait pas assez bien l'anglais pour lui répondre.

— *Pazienza*, *Barbara*, lui dit-il.

Elle sembla comprendre. En Italie, rien n'allait vite, sauf le débit des paroles et les voitures. Tout le reste allait *piano*, *piano*.

— Nous n'avons pas le temps, Salvatore. La famille de Hadiyyah... Les Upman... Ces gens-là... Si vous vous doutiez de leurs intentions... Ils détestent Azhar. Ils l'ont toujours détesté. Il a refusé d'épouser Angelina alors qu'elle était enceinte, mais même sans cela, le fait qu'elle ait été engrossée par un Pakistanais... Ils... Bon Dieu, ils sont comme des méchants au temps des colonies... Ce que je voudrais vous dire, c'est que le temps de passer en revue tous ces noms un par un, expliqua-t-elle en agitant l'enveloppe, Hadiyyah n'aura plus aucune chance de revoir son père...

Il identifia bien entendu quelques noms : Hadiyyah, les Upman et Azhar. Il constata aussi son état d'agitation. Mais tout ce qu'il put lui répondre, en appuyant son propos d'un geste vers la voiture qui bouillait tranquillement au soleil, fut :

— *Andiamo*, *Barbara*.

Elle continua à lui parler en dépit de ses nombreux « *Non La capisco* ». Si seulement il avait eu de meilleures notions d'anglais, il aurait au moins pu lui dire de ne pas s'inquiéter. Elle n'avait en effet pas l'air de saisir le sens de ses « *Non si deve proccupare* ». On eût dit deux habitants de Babel.

Sur la route du retour, le portable de Barbara sonna. Quand il l'entendit s'écrier « Inspecteur ? Dieu merci ! », il supposa qu'il s'agissait de Lynley. Il avait au moins compris que lors de son précédent appel elle lui avait demandé son aide à propos des Upman. Il espérait pour elle que Thomas Lynley avait découvert quelque chose susceptible de calmer son anxiété.

Un espoir aussitôt déçu par le cri d'animal blessé qu'elle poussa :

— Ah, non, bon sang ! Florence ? C'est pas loin d'ici, je crois ?... Permettez-moi de vous l'envoyer... Je vous en supplie, monsieur. Ils la trouveront. Je le sais... Mura leur indiquera où chercher et ce ne sera pas compliqué pour eux de me trouver, hein ? Ils vont l'emmener et je ne pourrai pas les en empêcher et Azhar sera anéanti, détruit... mort... Ça va le tuer, monsieur, et il en a déjà assez bavé, vous le savez, vous le savez !

Salvatore lui jeta un coup d'œil intrigué. C'était curieux, cette passion qu'elle manifestait pour cette affaire. Il n'avait jamais rencontré un confrère aussi déterminé à trouver des preuves.

— Salvatore nous a conduits chez DARBA Italia. Mais tout ce qu'il a réussi à obtenir, c'est de serrer la pince au directeur général. Il a pris une liste d'employés longue comme le bras, mais n'a posé aucune question sur *E. coli*. On n'a pas le temps de procéder comme ça. Il y a trop de choses en jeu. Vous le savez bien, monsieur. Hadiyyah, Azhar, ils risquent tous très gros.

Elle se tut pour écouter Lynley. Salvatore se tourna de nouveau brièvement vers elle. Des larmes brillaient au bord des cils de sa passagère. Elle abattit son poing sur son genou. Puis elle lui tendit son portable en l'informant inutilement :

— C'est l'inspecteur Lynley.

La voix bien modulée du policier de Londres sonna à son oreille :

— *Ciao, Salvatore. Che cosa succede?*

Au lieu de se lancer dans le récit de leur visite à DARBA Italia, Salvatore demanda :

— Je crois, mon ami, que vous m'avez caché quelque chose à propos des relations entre cette femme, Barbara, et le professeur et sa fille. Pourquoi, Tommaso ?

Lynley garda le silence. Etait-il au bureau, chez lui, en train d'interroger quelqu'un ? Finalement, il répondit :

— *Mi dispiace, Salvatore.*

Il expliqua que Taymullah Azhar et sa fille Hadiyyah étaient des voisins de Barbara, en ajoutant qu'elle avait de l'affection pour tous les deux.

— De l'affection ?

— Elle les aime beaucoup.

— Ils sont amants, Barbara et le professeur ?

— Oh, non, pas du tout. Il n'est pas question de cela. Mais elle s'est mouillée jusqu'au cou dans cette affaire. Je m'en veux d'avoir négligé de vous avertir quand elle a débarqué chez vous.

— Qu'est-ce qu'elle a fait ? Pour se « mouiller » ?

— Ah ! Pour commencer, elle est partie pour l'Italie de son propre chef, sans en avertir la Met. Elle est déterminée à sauver Azhar pour sauver Hadiyyah. Je crois que cela résume assez bien la situation.

Salvatore jeta un coup d'œil à Barbara Havers. Un poing sur la bouche, elle l'observait de ses yeux bleus – un très joli bleu – qui le fixaient avec une expression de bête effrayée. Il dit à Lynley :

— Elle tient surtout à l'enfant ?

— Oui et non.

— Que dois-je comprendre, Tommaso ?

— C'est ce qu'elle se dit, et c'est ce qu'elle croit. Mais en réalité ? Je n'en sais rien. Franchement, je crains qu'elle ne se voile la face.

— Moi j'ai plutôt l'impression qu'elle voit les choses très clairement.

— Comment cela ?
— Elle m'a prouvé que j'avais autant d'œillères que Piero Fanucci. J'ai parlé au directeur général de DARBA. Il s'appelle Antonio Bruno... Nous allons...
— Ça alors ! Vraiment ?
— Oui. Je vais de ce pas en discuter avec Ottavia Schwartz. Si je vous repasse Barbara Havers, pouvez-vous lui dire qu'elle peut compter sur moi ?
— Bien sûr. Mais, Salvatore, les grands-parents de Hadiyyah sont à Florence. Ils sont en chemin pour Lucca. Ils viennent chercher l'enfant. La petite ne les connaît même pas. En revanche, elle connaît très bien Barbara.
— Ah, fit Salvatore. Je vois.

Lucca
Toscane

En guise de conclusion, Lynley lui avait dit : « Barbara, vous pouvez faire confiance à Salvatore », sauf qu'elle n'était prête à faire confiance à personne. La seule chose importante pour l'instant était de savoir combien de temps les Upman allaient mettre pour accomplir le trajet Florence-Lucca. Prendraient-ils le train ? Loueraient-ils une voiture ? Une voiture avec chauffeur ? Quel que soit le cas de figure, elle devait arriver avant eux place de l'Amphithéâtre. Salvatore accepta de l'y emmener. Elle lui avait posé la question en anglais, mais les mots *pensione* et *Piazza Anfiteatro* suffirent. Ainsi que la répétition du prénom de Hadiyyah.

Une fois à la *pensione*, elle s'exhorta au calme en inspirant plusieurs fois à fond. Il ne fallait surtout pas que

Hadiyyah panique. Maintenant, où allait-elle l'emmener ? Dans un hôtel des faubourgs de Lucca ? Elle en avait vu des dizaines sur la route de l'aéroport, et sur celle de DARBA Italia. Corsico lui donnerait un coup de main. Ça lui faisait mal au cœur de lui demander son aide, elle qui voulait tant protéger Hadiyyah de sa bave de journaliste, mais elle n'avait hélas pas le choix.

Elle monta quatre à quatre l'escalier. La *signora* Vallera était en train de faire le ménage dans une des chambres.

— Hadiyyah ? dit-elle à cette dame.

Laquelle lui indiqua d'un geste la chambre de Barbara. Hadiyyah, assise à la petite table devant la fenêtre, avait l'air horriblement triste. La résolution de Barbara devint inébranlable : Elle parviendrait à ramener Hadiyyah et son père à Londres.

— Salut, ma choute ! s'exclama-t-elle. Toi et moi, on a besoin de changer d'air. Tu veux bien ?

— Tu es partie longtemps. Je savais pas où t'étais. Pourquoi tu m'as pas dit où t'allais ? Barbara, où est papa ? Pourquoi il vient pas ? C'est comme…

Ses lèvres se mirent à trembler.

— Barbara, il est arrivé quelque chose à papa ?

— Oh, mais non, voyons. Je te jure, il est parti quelques jours aider l'inspecteur Lo Bianco. C'est lui qui m'a fait venir de Londres pour être avec toi et pour pas que tu t'inquiètes.

— Alors, on peut le voir ?

— Oui, bien sûr, mais pas tout de suite. Pour le moment, faisons nos valises.

— Pourquoi ? Si on s'en va d'ici, comment papa va nous trouver ?

Barbara sortit son téléphone portable et le montra à l'enfant en lui affirmant :

— C'est pas un problème.

Ce n'était pas si sûr... En réalité, elle n'était sûre de rien. L'expédition à DARBA Italia sur laquelle elle avait misé pour épingler le coupable s'était révélée décevante. Et maintenant, que pouvait-elle faire ? Les difficultés semblaient prendre un malin plaisir à se multiplier, se dit-elle en fourrant ses affaires dans son sac de voyage. Non seulement il fallait apaiser Corsico, mais aussi trouver pour Hadiyyah et elle un séjour discret d'où elle pourrait poursuivre l'enquête avec Salvatore tout en préservant l'enfant tout à la fois de la presse à scandale et de ses grands-parents maternels. Après avoir vérifié qu'elles n'avaient rien oublié, elle prit un bagage dans chaque main et descendit l'escalier, Hadiyyah sur ses talons. Salvatore les attendait en bas des marches.

Sur le coup, elle crut qu'il était venu les empêcher de partir. Mais pas du tout. Après avoir aimablement payé la chambre à la *signora* Vallera, il ramassa la valise de Hadiyyah et le gros sac de Barbara.

— *Seguitemi, Barbara e Hadiyyah*, dit-il en leur montrant la porte d'un signe du menton.

Il les précéda dehors. Mais au lieu de les emmener à sa voiture il sortit à pied de la place et s'engagea dans un dédale de ruelles. De temps à autre, au détour d'une rue, ils débouchaient sur une place dominée par une église, ou passaient devant une porte cochère grande ouverte sur une cour ou un jardin secrets, devant les devantures de magasins qui rouvraient après l'heure du déjeuner.

Barbara avait renoncé d'emblée à demander où ils allaient. Au bout d'un moment, toutefois, elle songea que Hadiyyah se débrouillait au fond très bien en italien. Elle se penchait vers l'enfant pour solliciter ses talents d'interprète, quand Salvatore Lo Bianco s'arrêta devant un bâtiment carré aussi étroit qu'élevé puisqu'il comprenait beaucoup plus d'étages que les autres. Posant valise et sac devant la porte de cette tour, il se tourna vers elles en claironnant :

— Torre Lo Bianco.

De sa poche, il sortit un trousseau de clés. Barbara avait bien saisi le nom « Lo Bianco », mais quelle ne fut pas sa stupéfaction de le voir ouvrir la porte et appeler :

— *Mamma? Mamma, ci sei...*

L'instant d'après, une vieille dame aux cheveux gris parfaitement coiffés surgit d'une pièce donnant sur le vestibule. Ceinte d'un grand tablier sur une robe noire, elle s'essuyait les mains sur un torchon.

— Salvatore, dit-elle, avant de s'enquérir, sur un ton différent : *Chi sono?*

Ses yeux noirs se posaient alternativement sur Barbara et sur Hadiyyah... Un bon signe, songea Barbara.

— *Che bambina carina...*

La maman de Salvatore se courba et, les mains sur les genoux, rapprocha son visage de celui de l'enfant.

— *Dimmi, come ti chiami?*

— Hadiyyah.

— *Ah! Parli italiano?*

Hadiyyah fit oui de la tête en disant :

— *Un po.*

Un sourire éclaira le visage de la vieille dame.

— *Ma la donna, no*, lui précisa Salvatore. *Parla sono inglese.*

— *Hadiyyah può tradurre, no?* répliqua sa mère, avisant soudain les bagages que Salvatore avait laissés sur le seuil. *Allora, sono ospiti?*

Comme il confirmait d'un hochement de tête, elle tendit la main à Hadiyyah.

— *Vieni, Hadiyyah. Faremo della pasta insieme. D'accordo?*

La vieille dame et la petite fille s'éloignèrent.

— Attendez ! s'écria Barbara. Qu'est-ce qu'elle t'a dit, Hadiyyah ?

— On reste ici avec la maman de Salvatore.

— Et le reste ?

— Elle va me montrer comment on fait des pâtes.

Barbara se tourna vers Salvatore.

— Mer... Han han... *Grazie*. Au moins, je peux dire ça.

— *Niente*...

Il enchaîna par un flot de paroles qu'il appuya d'un geste montrant l'escalier. Sa mère habitait bel et bien la tour baptisée du patronyme de l'inspecteur.

Barbara lança à Hadiyyah :

— Qu'est-ce qu'il vient de dire ?

Par-dessus son épaule, Hadiyyah répondit :

— Il habite ici, lui aussi.

Lucca
Toscane

On était en Italie, il fallut donc d'abord passer à table. Barbara brûlait de s'occuper tout de suite de la liste des employés de DARBA, mais Salvatore paraissait tout aussi décidé à consommer un repas que sa maman à servir celui qu'elle avait préparé. Il téléphona quand même à la *questura*, à une personne du nom d'Ottavia. Barbara entendit à plusieurs reprises « DARBA » et « Antonio Bruno ». Cela signifiait sans doute que quelqu'un allait s'occuper de poursuivre l'enquête... Barbara redoubla d'impatience, mais il n'y avait rien à faire, Salvatore et sa *mamma* tenaient à déjeuner. Barbara et Hadiyyah se joignirent à ce repas simple mais savoureux : des tranches de poivrons rouges et jaunes rôtis, du fromage, de la viande, du pain, des olives, le tout arrosé de vin rouge, et pour le dessert, du café servi avec une assiette de biscuits.

Après avoir débarrassé la table, pendant que la maman de Salvatore sortait les ingrédients pour la leçon de *pasta*, Salvatore et Barbara quittèrent la Torre. Ce n'était pas la seule tour de Lucca, mais Barbara ne les avait jusqu'ici pas spécialement remarquées, surtout qu'elles étaient en général converties en commerces. Toutefois, celle de Salvatore avait conservé son usage premier. En levant les yeux, elle devina, tout en haut, à la profusion de verdure, la présence d'une terrasse.

Salvatore la guida jusqu'à son véhicule. Ils furent à la *questura* en quelques minutes.

— *Venga, Barbara*, lui dit-il en descendant de voiture.

Barbara se félicita de ses progrès en italien : elle avait compris !

Ils n'allèrent pas très loin. Mitchell Corsico se tenait adossé à un mur en face du poste de police. S'il existait des cow-boys heureux, il n'en faisait pas partie. Barbara et lui s'aperçurent en même temps. Il traversa la rue. Barbara accéléra le pas dans l'espoir de le devancer à la porte, mais on ne la lui faisait pas deux fois. Il lui barra le passage. Salvatore s'arrêta net au côté de Barbara.

— Qu'est-ce que vous foutez, bon Dieu ! fulmina le journaliste. Vous savez depuis combien de temps je suis là, à faire le pied de grue ? Et pourquoi vous ne répondez pas à votre téléphone ? Je vous ai appelée quatre fois !

Salvatore posa tour à tour son regard grave sur Barbara et, avec plus d'insistance, sur Corsico, le stetson, la chemise à carreaux, le lacet autour du cou, le jean, les santiags... L'inspecteur était manifestement interloqué, à juste titre bien entendu. Cet individu avait l'air de se rendre à une soirée déguisée, ou alors il venait de descendre d'une machine à remonter le temps qui avait fait une halte au Far West pour le laisser monter à bord. Une question tomba de ses lèvres :

— *Chi è, Barbara?*

Sans répondre à Salvatore, elle déclara à Mitch, d'un ton faussement courtois :

— Si vous ne foutez pas le camp tout de suite, vous allez tout gâcher.

— Je crois pas. Je ne pars pas tant que je n'ai pas mon exclusivité.

— Je vous l'ai déjà donnée. Et vous avez votre photo de Hadiyyah, bordel !

Elle jeta un coup d'œil à Salvatore. Pour une fois, elle se félicitait qu'il parlât si mal l'anglais. Personne n'irait se douter que Mitchell Corsico – étant donné sa tenue – était journaliste.

— Votre truc ne marche pas. Rod n'a pas été impressionné par la photo. Il sort le papier, mais seulement parce que c'est notre jour de chance : aucun homme politique ne s'est fait pincer avec une prostituée derrière la gare de King's Cross hier soir.

— Je n'ai rien de plus pour l'instant, Mitch. Et il n'y aura plus rien si mon compagnon (elle n'osa pas citer le nom de Salvatore, de crainte de lui mettre la puce à l'oreille) découvre qui vous êtes et de quoi vous faites votre beurre.

A ces mots, Mitch lui saisit le bras.

— Ce sont des menaces ? Je refuse de jouer à ce petit jeu.

— *Ha bisogno d'aiuto, Barbara*? intervint Salvatore en s'emparant de la main de Corsico. *Chi è quest'uomo? Il Suo amante?*

— Mais putain ! s'écria Corsico en faisant la grimace, surpris par la force de Salvatore.

— Je ne sais pas ce qu'il raconte, dit Barbara, mais je vous conseille de laisser tomber, ou vous allez vous retrouver en taule.

— Je vous ai aidée ! protesta Corsico. Je vous ai procuré ces putains de vidéos. Maintenant, je veux savoir ce que vous savez. Vous êtes en train de me niquer et bord...

Brusquement, Salvatore écarta la main de Corsico du bras de Barbara et lui tordit les doigts en arrière.

— Aïe ! Dites à Spartacus de me lâcher !... glapit le journaliste en reculant d'un pas, en massant ses doigts et en la foudroyant du regard.

— Ecoutez, Mitchell, répliqua-t-elle d'une voix calme. Nous sommes allés dans une usine qui fabrique des appareils pour les laboratoires scientifiques. « Il » a parlé au directeur pendant cinq minutes et on nous a donné une liste des employés. Elle se trouve dans l'enveloppe qu'« il » a à la main. C'est tout.

— Et comment je fais, moi, pour tirer un papier d'un truc pareil ?

— Oh, j'en ai marre ! Quand j'aurai quelque chose d'intéressant pour vous, je vous téléphonerai, d'accord ? Maintenant, partez. Je vais devoir inventer je ne sais quoi pour expliquer pourquoi vous êtes venu nous emmerder, parce que, croyez-moi, une fois que « lui » et moi aurons franchi ce seuil, il va convoquer une interprète et va m'interroger. Si jamais il pige que vous êtes un « vous savez quoi », on est cuits. Tous les deux. Pas de papier, que dalle. Et qu'est-ce que votre pote Rodney va penser de ça ?

Mitchell Corsico devint hésitant. Il glissa un regard vers Salvatore, lequel l'observait d'un air méfiant et calculateur. Barbara ne pouvait pas lire dans ses pensées, mais elle trouvait que son expression servait parfaitement sa cause.

— Barb, vous avez intérêt à ce que ça soit bon.
— Vous me prenez pour une idiote ?
— Allez savoir.

Sur ces paroles, il s'éloigna à reculons, les mains levées. Il lança quand même à Barbara un dernier avertissement :

— Répondez à votre téléphone quand je vous appelle !
— Si je peux.

Il tourna les talons de ses santiags et se dirigea vers le café en face de la gare. Son quartier général… Il devait à son rédacteur en chef un scoop en échange de son escapade italienne, et il la harcèlerait sans répit jusqu'à ce qu'elle le lui apporte sur un plateau.

Lucca
Toscane

Salvatore regarda le cow-boy s'éloigner à grandes enjambées dans son jean cigarette et ses bottes à talons. Ils formaient un curieux couple, Barbara Havers et cet individu. La nature de l'attirance entre deux êtres tenait toujours du mystère. Il comprenait que le cow-boy soit séduit par Barbara Havers, avec ce visage expressif et ces beaux yeux bleus. Mais que pouvait-elle bien lui trouver, à lui ? Il devait être l'Anglais qui l'avait accompagnée chez Aldo Greco. L'*avvocato* avait bien utilisé le terme « cow-boy anglais » pour désigner ce « compagnon », quel que soit le sens à donner à ce mot.

Bon, mais il n'avait pas le temps de s'appesantir. Et puis ce n'était pas à lui de régler le problème d'un couple qui se dispute sur le trottoir. C'était déjà bien que le cow-boy les ait lâchés, de sorte qu'il puisse enfin mettre Barbara Havers au courant des avancées de l'enquête.

Il savait qu'elle se sentait perdue. Tout ce qui s'était passé chez DARBA Italia était pour elle source d'anxiété. Elle s'était attendue à ce qu'il montre ostensiblement qu'il prenait des dispositions dans le sens qu'elle souhaitait, à savoir qu'il était sur le point d'appréhender un autre que Taymullah Azhar. C'était en effet dans cette direction qu'il s'orientait, mais il lui manquait les mots pour lui assurer que les choses progressaient.

Ottavia Schwartz y veillait. Pendant qu'il aidait Barbara et Hadiyyah à déménager chez sa *mamma*, pendant qu'ils déjeunaient tous les quatre, Ottavia avait suivi ses instructions. Dans une voiture de patrouille, elle s'était rendue à DARBA Italia avec Giorgio Simione. Ils étaient revenus à la *questura* avec le directeur du marketing. Lequel directeur les attendait à présent dans la salle d'interrogatoire où il poireautait depuis – Salvatore consulta sa montre – cent minutes. Quelques-unes de plus ne lui feraient pas de mal.

Il entraîna Barbara Havers dans son bureau, lui indiqua une chaise et en tira une pour lui, qu'il plaça à côté de la sienne. Ecartant quelques paperasses pour faire de la place sur la table, il y posa la liste des employés de DARBA.

— D'accord, mais elle nous sert à quoi, cette liste ?
— *Aspetti.*

Dans un pot, il prit un surligneur et entreprit de mettre en valeur les noms des directeurs des différents départements de l'entreprise. Bernardo. Roberto. Daniele. Alessandro. Antonio. Tous affublés du même patronyme : Bruno...

— Et alors ? Bon, OK, ces types sont les chefs et ils ont le même nom de famille. Mais je ne vois pas...

Il prit un feutre rouge et entoura d'un carré la première lettre de chaque prénom. DARBA.

— *Fratelli.*
— Des frères...

Elle connaissait quand même ce mot. Il leva la main pour appuyer ses paroles :

— *Sì. Sono fratelli. Con i nomi del padre e dei nonni e dei zii. Ma aspetti un attimo*, Barbara.

Il contourna son bureau et ouvrit le dossier Angelina Upman, d'où il tira les photographies prises lors des funérailles et de l'enterrement de la malheureuse Anglaise. Il en sélectionna deux, les posa sur la liste.

— Daniele Bruno, dit-il à Barbara Havers.

Il vit avec satisfaction s'arrondir les jolis yeux bleus. Sur l'un des clichés, Daniele Bruno parlait à Lorenzo Mura, la main posée sur son épaule. Les deux hommes se tenaient penchés l'un vers l'autre, presque front contre front. Sur l'autre, il figurait au sein du groupe de l'équipe de foot de Lucca présent aux funérailles. Après avoir inspecté les photos, Barbara les mit de côté et, comme l'avait prévu Salvatore, ramassa la liste pour trouver le nom de Daniele. Directeur du marketing. Au même titre que ses frères, il allait et venait dans l'usine sans avoir à rendre de comptes à personne.

— Oui, oui, oui ! s'écria Barbara Havers en se levant d'un bond. Vous êtes un génie, Salvatore ! Vous avez mis le doigt sur le lien ! Le voilà ! Le voilà ! C'est comme ça que ça s'est passé !

Elle prit son visage entre ses mains et l'embrassa, *smack*, sur la bouche.

Puis elle recula, stupéfaite.

— Oh, désolée, mon vieux. Désolée, Salvatore. Mais merci, merci. Qu'est-ce qu'on fait maintenant ?

— *Venga*, lui dit-il en indiquant la porte.

Lucca
Toscane

Pendant sa longue attente dans la salle d'interrogatoire, Daniele Bruno avait eu le temps de fumer assez de cigarettes pour remplir la pièce exiguë d'un nuage toxique.

— *Basta!* s'exclama Salvatore en entrant avec Barbara Havers.

Il prit sur la table le paquet et le cendrier qui débordait pour les poser par terre dans le couloir, puis il ouvrit une minuscule fenêtre placée en hauteur. Elle ne laissa pas entrer beaucoup d'air frais, mais au moins ils pouvaient espérer ne pas mourir asphyxiés.

Bruno se tenait dans un coin. Il avait sans doute tué le temps en marchant de long en large. Il se mit d'emblée à réclamer d'un ton acerbe l'assistance de son avocat.

La présence d'un avocat était une bonne idée, jugea Salvatore. Mais pour en tirer le maximum, il fallait que le client soit un peu plus stressé.

— DARBA Italia, *signore*, dit-il à Bruno en lui désignant une chaise.

Ils s'assirent tous les trois, Barbara regardant tour à tour les deux hommes. Salvatore aurait voulu la rassurer. « Je tiens notre affaire bien en main, mon amie », lui aurait-il dit.

Bruno réclama de nouveau son avocat. Salvatore n'avait pas le droit de le retenir, déclara-t-il. Pouvait-il s'en aller maintenant ? Salvatore lui promit qu'il partirait bientôt. Il n'était pas en état d'arrestation. Pas encore, du moins.

Les yeux de Bruno bougeaient dans tous les sens. De toute évidence, il se demandait qui était cette femme et ce qu'elle faisait là. Barbara Havers alimenta opportunément sa paranoïa en tirant de son vaste sac à main un calepin et un crayon. Puis elle croisa les jambes en posant sa cheville droite sur son genou gauche, une position à faire prier une Italienne pour le salut de son âme, et, imperturbable, griffonna quelque chose dans son carnet. Bruno finit par formuler tout haut la question qu'il se posait tout bas.

— *Non importa*, lui répondit Salvatore. Sauf que... Eh bien... Elle est ici pour enquêter sur un meurtre, *signore*.

Daniele Bruno se tut. Salvatore constata qu'il ne demanda pas qui était la victime.

— Parlez-moi de vos fonctions à DARBA Italia, suggéra Salvatore d'un ton amical. C'est une entreprise familiale, je crois ?... Oui ? Et, si j'ai bien compris, vous en êtes le directeur du marketing ?

Bruno haussa les épaules en guise de réponse. A voir la manière dont il agitait les doigts, il devait avoir très envie d'une cigarette. Parfait, se dit Salvatore, qui reprit :

— Votre entreprise fabrique du matériel de laboratoire pour la recherche biologique et médicale, n'est-ce pas ?

Bruno opina et jeta un coup d'œil à Barbara, qui était en train d'écrire dans son calepin, Dieu savait quoi d'ailleurs, songea Salvatore, puisqu'elle ne devait pas saisir grand-chose de cet échange.

— Je suppose, enchaîna Salvatore, qu'avant de mettre en vente un appareil vous testez son bon fonctionnement... Je ne me trompe pas ? Je vois, là, sur la liste des employés que votre frère nous a donnée il y a... (il consulta sa montre)... trois heures, que vous avez un service de contrôle de la qualité dont le responsable est votre frère Alessandro. Votre frère se charge par conséquent de tester les appareils de DARBA, *signore*. Dois-je lui téléphoner pour qu'il me le confirme, ou pouvez-vous le faire vous-même ?

Daniele Bruno parut réfléchir à l'opportunité d'une réponse immédiate. Ses oreilles rosirent tels des pétales de rose accrochés à son crâne. Il confirma en fin de compte que les produits DARBA Italia étaient testés sous la supervision d'Alessandro Bruno. Lorsque Salvatore l'interrogea sur la procédure de ces tests, il prétendit être totalement ignorant en la matière.

— Dans ce cas, nous ferons marcher notre imagination, répliqua Salvatore. Commençons par vos incubateurs. DARBA fabrique bien des incubateurs ? Ces appareils qui servent à cultiver des... choses. Des choses qui pour vivre et grandir ont besoin d'une température égale et d'un environnement stérile.

Cette dernière remarque incita Bruno à réclamer de nouveau son *avvocato*.

— Un avocat, pour quoi faire, mon ami ? Je vais plutôt vous apporter un *caffè*. Ou préférez-vous un verre d'eau ? De la Pellegrino ? Ou un Coca-Cola ? Un verre de lait ? On vous a donné à déjeuner, non ? Personne n'est passé avec un chariot vous offrir un *panino* ? Vous ne voulez vraiment rien ? Pas même un *caffè* ?

A côté de lui, Barbara s'impatientait et murmura :

— *Venga, venga.*

Il retint un sourire devant l'usage qu'elle faisait de sa langue.

— Non ? dit-il à Bruno. Vous savez, *signore*, nous voulons seulement un petit renseignement. Il s'agit seulement de résoudre un meurtre...

— *Non ho fatto niente.*

— *Certo.*

Personne, après tout, ne l'accusait d'un délit quelconque, poursuivit-il. Tout ce qu'ils voulaient, c'était en savoir un peu plus long sur DARBA Italia.

Daniele ne se montra pas curieux de la raison qui les avait poussés à le choisir, lui, plutôt qu'un autre des frères Bruno, pour cet interrogatoire. C'étaient toujours les petits détails, songea Salvatore, qui vendaient la mèche.

— Mettons qu'une bactérie serve à tester un incubateur. C'est possible, non ?... Bon. Cette bactérie se trouverait par conséquent dans le département d'Alessandro.

Bruno acquiesça et jeta un énième coup d'œil à Barbara.

— Je vois, je vois... fit Salvatore avant de prétendre se plonger dans une profonde méditation.

Il se leva, arpenta une ou deux fois la pièce puis ouvrit la porte et appela d'une voix forte Ottavia Schwartz. Pouvait-elle lui apporter les documents qu'il avait « oubliés » sur son bureau ? Il referma la porte et retourna s'asseoir.

— Une entreprise familiale, hein ? DARBA Italia.

Sì. Fondée par son arrière-grand-père, Antonio Bruno, à l'époque où le matériel de laboratoire se limitait aux centrifugeuses et aux microscopes. Son grand-père, Alessandro Bruno, l'avait agrandie. Son père, Roberto, en avait fait ce qu'elle était aujourd'hui, une affaire dont la prospérité faisait de tous les frères Bruno des « héritiers ».

— Elle vous emploie tous, dit Salvatore. *Va bene*, Daniele. Ce doit être agréable de travailler en famille. On se voit tous les jours. On s'invite à dîner. On parle des neveux et des nièces. Ce doit être formidable.

Daniele opina. La famille, après tout, c'était ce qui comptait le plus.

— J'ai deux sœurs. Je suis tout à fait d'accord avec vous. *La famiglia, eh? La famiglia è tutto*. Et vous discutez souvent avec vos frères ? Au bureau, autour d'un *caffè* ou de *vino* ?... Les frères Bruno, tout le monde vous connaît à DARBA Italia. Les employés vous appellent par vos prénoms, je pense.

Daniele fit remarquer que la taille de l'entreprise favorisait les contacts et que tout le monde se connaissait, de fait.

— *Certo, certo*. Vous allez, vous venez, on vous lance en passant : « *Ciao, Daniele. Come stanno Sua moglie e i Suoi figli?* » Vous faites de même. Ils sont habitués à vous voir circuler. Ils vous sont familiers. Vous êtes vous-même semblable à une pièce de mobilier, à un de vos appareils. Vous passez tailler une bavette avec Antonio un jour, avec Bernardo le lendemain, puis Alessandro. Quelquefois, vous bavardez un moment avec chacun de vos frères.

Il s'entendait très bien avec ses frères, lui assura Daniele. C'était un crime ?

— *No*, *no*. L'amitié confraternelle... c'est un don du ciel.

La porte s'ouvrit, livrant passage à Ottavia Schwartz, qui tendit à Salvatore les dossiers qu'il avait demandés. Après avoir salué d'un signe de tête Daniele Bruno et Barbara Havers – et jeté un coup d'œil aux chaussures de cette dernière –, elle sortit. Salvatore posa solennellement les dossiers sur la table, sans les ouvrir.

— *Allora*, dit Salvatore, j'ai une autre question pour vous. Revenons à cette histoire de test. Je suppose que les substances dangereuses... du genre pouvant provoquer des maladies... sont l'objet d'une surveillance draconienne. Sous clé, peut-être ? En tout cas, hors d'atteinte de toute personne animée de mauvaises intentions. J'ai raison, non ? Bien sûr... Et pour tester votre matériel, vous vous servez de substances toxiques, n'est-ce pas ? Ces incubateurs... Ils sont différents les uns des autres. Je veux dire, ils ne servent pas à cultiver les mêmes... germes ?

Le regard de Bruno semblait attiré par les dossiers comme par un aimant. Sa nervosité était la preuve, se dit Salvatore, qu'il n'était pas un méchant homme, au fond. Il avait fait une bêtise, mais toutes les bêtises n'étaient pas forcément des crimes.

— Alessandro connaît les caractéristiques des bactéries dont il se sert pour les tests, non ? Vous n'avez pas besoin de répondre, *signor* Bruno, ma collègue a déjà vérifié. Il les lui a toutes nommées de mémoire. Bien entendu, il a voulu savoir pourquoi on lui posait toutes ces questions. Il nous a déclaré que vous aviez instauré « des mesures de sécurité biologique ». Vous savez ce que cela signifie, *signore* ? En d'autres termes, vous voulez éviter que des employés détournent des toxines microbiologiques de leur usage normal. Mais pourquoi feraient-ils une chose pareille ? Manipuler des bactéries pathogènes ? C'est horriblement dangereux. Quelqu'un pourrait tomber malade. Quelqu'un pourrait même mourir…

Le front de Daniele luisait de sueur à présent. Il se lécha les lèvres. Salvatore songea qu'il devait avoir soif. Il lui proposa un verre d'eau, qu'il refusa encore une fois.

— Mais un frère Bruno… poursuivit Salvatore. Ça va et ça vient à sa guise, un frère Bruno… S'il lui prend l'envie de prélever quelques bactéries, personne ne le remarquera. Surtout s'il passe à l'action après les heures de fermeture. Ou très tôt le matin. Et même si des employés du département d'Alessandro l'ont aperçu, il a le droit d'être là. Les frères sont toujours fourrés dans les bureaux des uns des autres, non ? Personne ne s'étonnera de le voir là. Et personne ne se rendra compte qu'il a pris… mettons un biofilm d'*E. coli*. Non, il n'est pas fou, il n'en prend qu'un petit bout. De toute façon, dans l'incubateur, la colonie de bactéries va se développer toute seule.

Daniele Bruno leva sa main à sa bouche et se pinça les lèvres.

— Tout porterait à croire qu'il s'agit d'une mort naturelle, continua Salvatore. En fait, il n'était pas vraiment sûr que la mort s'ensuivrait, mais il était prêt à tout essayer. Quand on hait à ce point-là…

— Il ne la haïssait pas, protesta Bruno. Il l'aimait, au contraire. Elle n'est pas morte comme vous croyez. Elle était souffrante. Elle avait été hospitalisée…

— L'autopsie ne ment pas, *signore*. Un seul cas d'intoxication à cette souche d'*E. coli* ? Cela n'existe pas, c'est forcément un meurtre.

— Il l'adorait ! Je ne savais pas…

— Non ? Quel usage vous a-t-il dit qu'il voulait en faire ?

— Vous n'avez aucune preuve. Je ne dirai plus rien.

— Comme vous voudrez…

Salvatore ouvrit les dossiers qui se trouvaient sur la table. Il montra à Daniele Bruno les photos de lui parlant à Lorenzo Mura. Le rapport d'autopsie. Le corps sans vie d'Angelina.

— Vous devez vous demander comment une femme qui attendait un enfant a pu mourir dans de pareilles douleurs sans raison…

— Il l'aimait, répéta Daniele Bruno. Et ce que vous avez ne prouve rien du tout.

— Seulement des circonstances suspectes. Si je n'ai pas les aveux de quelqu'un, c'est tout ce que j'ai à présenter au procureur. Mais je ne sais pas si vous le connaissez, Piero Fanucci ne se laissera pas arrêter par de simples circonstances.

— Je veux mon avocat. Je ne vous dirai plus rien sans lui.

Ce qui arrangeait Salvatore. En attendant, il gardait Bruno en garde à vue. C'était bien la première fois que la réputation de Piero Fanucci lui servait à quelque chose.

Lucca
Toscane

L'avocat de Daniele Bruno parlait l'anglais. En fait, il parlait exactement comme un Américain. Rocco Garibaldi. Il avait appris la langue en regardant des vieux films hollywoodiens. Il n'était allé aux Etats-Unis qu'une seule fois, confia-t-il à Barbara, et seulement pour deux jours d'escale à Los Angeles avant de se rendre en Australie. Il était allé voir les empreintes de mains et de pieds de stars défuntes dans le ciment de Hollywood Boulevard, il était allé lire les noms des célébrités sur le *Walk of Fame*... Mais il s'était surtout appliqué à parler le plus possible pour vérifier qu'il avait bien travaillé.

C'était parfait, songea Barbara. Et même au-delà : on aurait cru entendre un mélange de Henry Fonda et de Humphrey Bogart. Manifestement, il aimait les classiques en noir et blanc.

Après un interminable dialogue en italien entre Garibaldi et Lo Bianco dans le hall d'entrée de la *questura*, ils s'empressèrent de monter tous ensemble dans le bureau de l'inspecteur. Salvatore fit signe à Barbara de les suivre et elle obtempéra, quoique ne sachant pas ce qui se passait, Rocco Garibaldi, en dépit de son accent américain, n'ayant pas cru bon de l'éclairer. Une fois dans le bureau, l'inimaginable se produisit. Salvatore montra à l'avocat de Bruno la vidéo de la télévision, la liste des employés de DARBA Italia et un rapport qui devait être le rapport d'autopsie. Qu'est-ce que ce pouvait être d'autre ? Garibaldi le lut en fronçant les sourcils et en hochant la tête.

Barbara se sentait à bout de nerfs. Elle n'avait jamais vu de flic procéder de cette manière.

— Inspecteur, dit-elle doucement d'une voix suppliante. Salvatore...

Comment l'arrêter autrement qu'en lui sautant dessus, en l'attachant à son fauteuil et en le bâillonnant ?

Elle n'avait pas la plus petite idée de ce qui s'était dit dans la salle d'interrogatoire, entre Salvatore et Daniele Bruno. Elle avait attrapé au vol des mots par-ci par-là. « DARBA Italia » était revenu régulièrement, ainsi qu'« *E. coli* » et « incubateur ». Elle avait remarqué la nervosité croissante de Bruno et espérait que Salvatore l'avait mis sur la sellette. Pendant tout l'entretien, il avait eu l'air d'un inspecteur en mal d'une petite sieste. Ce type était tellement relax, on se demandait s'il ne dormait pas à moitié. Pourtant, il devait bien se passer quelque chose derrière ce regard voilé, se dit Barbara.

Lorsqu'il eut terminé sa lecture, Garibaldi se tourna vers Salvatore. Cette fois, cependant, il mit Barbara à contribution en traduisant en anglais :

— Sergent Havers, je prie l'*ispettore* de me permettre de voir mon client.

Barbara ne put s'empêcher de songer que c'était ce qu'aurait exigé en premier n'importe quel avocat américain. Alors qu'elle commençait tout juste à se faire aux mœurs judiciaires italiennes, voilà qu'elle avait droit à une nouvelle surprise.

Salvatore ne fit pas mine d'emmener Garibaldi auprès de son client dans la salle d'interrogatoire. C'est Daniele Bruno qui leur fut amené. Ce n'était pas conforme à la procédure, mais elle voulait bien attendre et voir comment les choses allaient tourner. La suite ne la rassura pas tellement. Au bout de cinq minutes, Garibaldi salua d'une flexion du buste l'inspecteur Lo Bianco – « *Grazie mille* » –, posa sa main sur le bras de Daniele Bruno et l'entraîna dans le couloir. C'était arrivé si vite qu'elle avait à peine eu le temps de se retourner vers Salvatore.

— Bon sang, mais qu'est-ce qui se passe ici ?

Il lui répondit par un sourire et ce petit haussement d'épaules qui était maintenant familier à Barbara.

— Pourquoi l'avez-vous relâché ? Pourquoi lui avoir montré la vidéo ? Pourquoi lui avoir parlé de

DARBA Italia ? Pourquoi lui avoir donné… Oh, je sais, il aurait fini tôt ou tard par voir tout ça, du moins je le suppose parce que je ne comprends rien à ce pays, mais, bougre de bougre, vous auriez pu faire semblant… Vous auriez pu suggérer… Maintenant, il connaît vos cartes et, entre nous, elles ne valent pas un pet de lapin… Tout ce qui lui reste à faire, c'est ordonner à Bruno de la fermer jusqu'à la fin des temps. Tout ce qui nous reste, ce sont des suppositions, et à moins que vous autres les Italiens ne pratiquiez une étrange forme de justice, personne ne va en taule parce qu'on le *suppose* coupable. Daniele Bruno y compris. Oh, bon sang, pourquoi vous ne parlez pas anglais, Salvatore ?

Face à ce discours, Salvatore hocha amicalement la tête. A un moment, Barbara crut même qu'il avait compris ce qu'elle voulait lui dire. Elle fut vite déçue.

— *Aspetti, Barbara.*

Puis, avec un sourire :

— *Vorrebbe un caffè?*

— Non, je ne veux pas un de vos satanés cafés ! hurla-t-elle.

Encore un sourire.

— *Lei capisce! Va bene!*

— Dites-moi seulement pourquoi vous l'avez relâché, nom de Dieu ! Il va téléphoner à Lorenzo Mura et nous serons cuits. Vous ne comprenez pas ça ?

Il la dévisagea longuement, comme s'il espérait lire la traduction de ce qu'elle venait de lui dire dans ses yeux. L'insistance de son regard finit d'ailleurs par la faire rougir. Avec un « Et puis merde » sonore, elle sortit son paquet de Player's de son sac, prit une cigarette et lui en offrit une.

— Et puis merde, répéta-t-il doucement.

Ils allumèrent leurs cigarettes et il l'emmena devant la fenêtre. Elle crut qu'il souhaitait qu'ils soufflent la fumée dehors, mais il lui dit :
— *Guardi.*
Sur le trottoir en contrebas, elle aperçut Garibaldi et Daniele Bruno qui s'éloignaient d'un pas nonchalant, comme s'ils n'avaient aucun souci au monde.
— Et cela devrait me rassurer ?
— *Un attimo, Barbara... Eccolo.*
Elle avisa alors, à une trentaine de mètres derrière eux, un homme coiffé d'une casquette de base-ball orange.
— *Giorgio Simione,* murmura Salvatore. *Giorgio mi dirà dovunque andranno.*
Barbara songea qu'il suffisait que Bruno monte dans une voiture, pour que le policier rentre à la *questura* bredouille. Mais Salvatore avait l'air tellement persuadé que son plan était en bonne voie qu'elle décida de lui faire confiance. De toute façon, elle n'avait pas le choix.
L'attente dura une heure. Salvatore passa quelques coups de fil. Un à la *mamma*, un deuxième à une certaine Birgit et un troisième à une dénommée Cinzia. Un homme à femmes, se dit Barbara. Sans doute les séduisait-il toutes avec son regard aux yeux mi-clos.
En voyant Me Garibaldi se matérialiser sur le seuil du bureau, Barbara fut à la fois soulagée et stupéfaite. Il était seul, ce qui ne lui disait rien de bon, mais cette fois il eut la bonté de traduire la conversation qu'il engagea avec Salvatore.
Son client était de retour dans la salle d'interrogatoire. Il était disposé à tout raconter à l'*ispettor* Lo Bianco parce qu'il était horrifié par la mort de cette jeune femme innocente qui attendait un enfant. Bruno tenait à ce que Garibaldi souligne qu'il ne se sentait

coupable de rien. A aucun moment il ne s'était douté de l'usage que ferait Lorenzo Mura de l'*E. coli* qu'il lui fournissait. A condition que l'*ispettore* reconnaisse d'avance son innocence, il promettait de ne rien lui cacher. Les informations lui seraient fournies en échange de sa liberté : l'avocat exigeait pour son client l'immunité.

Salvatore parut se plonger dans une profonde méditation. Il griffonna quelques mots sur un bloc-notes puis marcha de long en large devant la fenêtre tout en passant un coup de téléphone sur son portable et en parlant tout bas. Pour ce que Barbara en savait, il pouvait être en train d'appeler un traiteur chinois.

Après quoi, l'avocat et lui reprirent leurs palabres. Dans le flot, elle repéra plusieurs « *E. coli* », une douzaine de « *magistrato* », des « Lorenzo Mura », des « Bruno » et des « Angelina Upman ».

Finalement, Garibaldi se tourna vers elle.

— Nous avons passé un marché, sergent.

Sur ce, il se leva et donna une poignée de main à Lo Bianco. Quel marché ? Elle n'en sut rien. Salvatore passa encore un coup de fil. Après quoi, ils retournèrent à la salle d'interrogatoire, où Daniele Bruno attendait assis à la table, le regard vide.

Dès lors, elle ne fut pas longue à saisir la nature du marché. Un technicien de la police scientifique entra avec une boîte en plastique pleine de petits objets soigneusement emballés. Il les déballa sur la table. A la vue de ces gadgets, Barbara comprit les intentions de l'inspecteur.

Salvatore se lança dans une explication du système électronique qu'ils avaient sous les yeux, mais pour une fois Barbara n'avait pas besoin de traduction.

Daniele Bruno allait non seulement tout leur raconter, mais il allait aussi demander un rendez-vous à Lorenzo Mura, et à ce rendez-vous il irait équipé d'un micro.

Lucca
Toscane

A leur retour à la Torre Lo Bianco, ils furent accueillis par un bruit de petits pieds courant sur le sol dallé et les cris de « *Babbo! Babbo!* ». Une petite fille jaillit de la cuisine, avec sur ses talons un garçon guère plus âgé. Hadiyyah les suivait de près. La fillette – que Salvatore appela Bianca – se mit à babiller gaiement et Barbara s'aperçut qu'elle parlait d'elle. La petite Bianca finit par s'adresser directement à elle :

— *Mi piacciono le Sue scarpe rosse.*

Salvatore lui fit remarquer :

— *La signora non parla italiano*, Bianca.

Bianca gloussa, mit sa main devant sa bouche et déclara à Barbara :

— J'aime les chaussures rouges à toi.

Hadiyyah éclata de rire et rectifia :

— Non ! C'est « J'aime tes chaussures rouges ».

Puis elle précisa à Barbara :

— Sa maman parle anglais, mais quelquefois Bianca s'embrouille parce qu'elle parle *aussi* le suédois.

— Pas de problème, dit Barbara. Son anglais est fichtrement meilleur que mon italien.

Et se tournant vers Salvatore, elle ajouta :

— Pas vrai ?

— *Certo*, répondit-il en souriant et en l'invitant à passer à la cuisine.

Sa mère était en train de préparer le dîner. Il y avait de quoi nourrir une armée. Des plateaux recouverts de pâte à *pasta* sur les plans de travail, sur la cuisinière une énorme casserole où mijotait une sauce, un fumet de viande sortant du four et une salade gigantesque trônant déjà au milieu de la table. Ah, et des haricots verts mis à tremper dans un évier en pierre... Salvatore embrassa la vieille dame.

Salvatore prit Barbara par le bras pendant que les enfants restaient avec la *mamma* dans la cuisine. Le premier étage était entièrement occupé par un salon. Salvatore piqua droit sur le buffet, qui penchait un peu sur le sol de guingois. Il en sortit de quoi se préparer un Campari soda. Il proposa un apéritif à Barbara.

Elle ne buvait que de la bière, mais il n'en avait pas. Elle accepta le Campari soda.

De la main, il lui indiqua l'escalier. L'étage suivant était occupé par la chambre de la *mamma* et une salle de bains dont l'installation avait nécessité l'ajout d'une sorte de bulbe sur le côté de la Torre. Le troisième comprenait la chambre de Salvatore, et le quatrième celle que Barbara allait partager avec Hadiyyah. Tout à coup, Barbara se rendit compte qu'il les avait installées dans la chambre des enfants.

— Ah, merde ! Où vont dormir Bianca et son frère ? s'enquit-elle, inquiète.

— Ah, merde, répéta-t-il avec un sourire en levant les yeux au ciel pour lui indiquer qu'il fallait continuer à monter.

Arrivé sur la terrasse, Salvatore déclara :
— *Il mio posto preferito, Barbara.*

La terrasse au sommet de la tour était semblable à un jardin, avec un arbre au milieu, entouré de vieux bancs en bois et de buissons dans des pots. Son Campari à la main, Salvatore se dirigea vers le parapet.

Le soleil couchant dorait les toits de Lucca. Salvatore montra du doigt en les nommant les monuments les plus importants. Barbara comprit en tout cas qu'il aimait sa ville. Et en effet, elle était aimable, avec ses ruelles tortueuses ornées de pavés, ses jardins secrets que l'on devinait à peine, l'ovale parfait de la place de l'Amphithéâtre, ses dizaines d'églises semées un peu partout. Et tout autour, les remparts monumentaux recouverts de verdure et ponctués de bastions. Le soir, une brise fraîche soufflait de la plaine. Il fallait bien l'admettre, ce toit était comme un coin de paradis.

— C'est magnifique. Je n'étais jamais sortie du Royaume-Uni. Je ne pensais pas voir un jour l'Italie. Mais je dois dire que, si les circonstances m'arrachaient à ma supérette Chippy, il pourrait m'arriver pire que d'échouer ici.

Elle leva son verre pour trinquer.

— C'est foutrement beau !

— Vous avez foutrement raison !

— *Bene*, mon vieux. Vous n'allez pas tarder à parler couramment.

— Et puis merde.

Elle éclata de rire.

18 mai

Lucca
Toscane

Barbara fut réveillée par la sonnerie de son portable. Elle s'en saisit vivement en jetant un coup d'œil au lit jumeau du sien. Hadiyyah dormait, ses longs cheveux éparpillés sur l'oreiller. En consultant l'écran, Barbara poussa un soupir.
— Mitchell.
— Pourquoi ces chuchotements ?
— Je ne veux pas réveiller Hadiyyah. Quelle heure il est, bordel ?
— Tôt.
— C'est bien ce qu'il me semblait.
— Quel cerveau ! Venez vite me retrouver. Il faut qu'on discute.
— Où êtes-vous, nom d'un chien ?
— Où je suis toujours, au café en face, qui, à propos, n'est pas encore ouvert alors que j'aurais bien besoin d'un café. Si la *signora* Vallera ne voyait pas d'inconvénient à ce que vous m'en apportiez une tasse...
— On n'est plus à la *pensione*, Mitchell.

— Quoi ? Barb, si vous m'avez fait faux bond, vous allez…

— Du calme. On est toujours à Lucca. Vous ne pensez quand même pas que j'allais rester à la *pensione* avec les grands-parents qui risquent de débarquer d'un moment à l'autre ?

— Ils sont en ville. Au San Lucca Palace.

— Ah, vous voyez ! Et comment vous le savez ?

— C'est mon boulot de tout savoir. Et c'est pour ça que vous allez vous ramener vite fait ici… Non, il me faut un café… Rendez-vous Piazza del Carmine dans vingt minutes. Cela vous donnera le temps de faire votre toilette.

— Mitchell, je ne sais pas où est votre Piazza del Machin…

— Del Carmine, Barb. C'est pas votre boulot de flic ? De trouver ce genre de chose ?

— Et si je ne veux pas ?

— Alors, j'appuie sur « Envoyer ».

Barbara sentit ses tripes se nouer.

— OK.

— Sage décision.

Elle s'habilla à la hâte. Il n'était même pas six heures du matin. Personne n'était réveillé à la Torre Lo Bianco.

Les chaussures à la main, elle commença à descendre l'escalier en espérant qu'il ne serait pas trop compliqué de sortir de la tour. A son grand soulagement, la clé était dans la serrure et il suffisait de la tourner sans faire de bruit. Une fois dans la rue étroite, elle se demanda où était cette fameuse place « del Carmine ».

Se fiant à sa bonne étoile, elle partit dans un sens en se disant qu'elle finirait par tomber sur des citoyens de la ville. Et en effet, quelques centaines de mètres plus loin, un père et son fils, aussi mal rasés l'un que l'autre, tiraient deux carrioles remplies de primeurs dans une ruelle entre une église et le mur d'un jardin.

— Piazza del Carmine ? leur lança-t-elle.

Ils se consultèrent du regard.

— *Mi segua*, dit l'aîné avec ce regard qu'elle savait désormais traduire par « Venez avec moi ».

Elle les suivit en regrettant de ne pas pouvoir laisser des petits cailloux dans son sillage. Comment allait-elle retrouver le chemin de la Torre ?

Ils n'eurent pas à marcher longtemps. La place ne devait pas attirer beaucoup de touristes, car elle était dépourvue de charme. Un restaurant louche côtoyait une supérette fermée. Un grand bâtiment blanc aux murs moisis dont le fronton portait l'inscription *Mercato Centrale* était en revanche ouvert. Le père et le fils y entrèrent, Barbara sur leurs talons.

Elle n'eut aucun mal à trouver Mitch Corsico. Il lui suffit de suivre jusqu'à sa source l'odeur de café. Et voilà qu'il était là, accoudé à un étroit comptoir, à quelques mètres d'un jeune Africain qui vendait du café à la sauvette, dans un Caddie.

Corsico leva son gobelet en carton à la santé de Barbara.

— Je savais que vous aviez du cran.

Elle se doutait que le café serait imbuvable, mais elle en acheta quand même à l'adolescent, déposant dans sa paume quelques pièces en espérant que ça ferait l'affaire.

— Pourquoi vous n'avez pas téléphoné ? lui lança Corsico.

— Ecoutez, Mitchell, quand j'aurai quelque chose à vous dire, là, je vous téléphonerai.

Il la dévisagea un instant puis secoua la tête d'un air gentiment désapprobateur.

— Ça marche pas comme ça, fit-il en tournant vers elle l'écran de son ordinateur portable.

Le titre du document ? *Des parents en deuil de leur fille accusent*. Elle n'avait pas besoin de lire plus loin. Corsico avait mis le grappin sur les parents d'Angelina et ils avaient répandu leur venin sur Azhar.

— Comment avez-vous réussi à les avoir ? lui demanda-t-elle en cherchant ce qu'elle pouvait bien ajouter pour apaiser sa hargne.

— Je taillais une bavette avec Lorenzo à la *fattoria* et ils se sont pointés.

— Quelle chance !

— La chance n'a rien à voir là-dedans. Alors, où ce Lo Bianco vous a-t-il cachées ?

Elle ne répondit pas.

Il poussa un soupir de supplicié.

— Vous n'auriez pas dû le laisser payer votre note d'hôtel. Au fait, la *signora* Vallera est matinale. J'ai toqué à sa porte, et elle m'a ouvert de suite. « *Dove* », ça veut dire « où » dans leur langue. « *Ispettore* » a suffi à m'éclairer. Et d'où nous venons tous les deux, un plus un font toujours deux. A mon avis, les Upman vont être furieux que l'inspecteur vous ait sorties toutes les deux de la *pensione*. Je suppose que vous ne seriez pas contente que j'aille de ce pas interrompre leur p'tit déj pour leur dire où vous créchez…

Il promena le curseur sur son écran afin d'accéder à sa boîte mail – par quel miracle en ce lieu ? En quelques pressions, il attacha le fichier de son papier à un message à son rédac chef. Il ne lui restait plus, en effet, qu'à cliquer sur « Envoyer ».

— Alors, notre accord tient la route ou non ? dit-il. Si je ne donne rien à la bête, c'est elle qui va me bouffer.

— Bon, bon. Oui, c'était de l'*E. coli*. Et oui, il y avait intention de rendre très malade, sinon de donner la mort. La bactérie provenait d'une entreprise du nom de DARBA Italia. Ils fabriquent des incubateurs de laboratoire dans lesquels on cultive ces saloperies-là. Quelqu'un en a refilé à Mura.
— Un nom, Barb.
— Pas encore, Mitch.
Il remua son index sous le nez de Barbara.
— Ne jouez pas à ça avec moi…
— Mitchell, il a accepté de porter un micro. Si je vous dis son nom maintenant, l'enquête va droit dans le mur.
— Vous pouvez me faire confiance.
— Dans vos rêves.
— Je vous jure que je ne me servirai pas de son nom.
— Vous pouvez toujours courir. Pondez votre papier et laissez des blancs. Quand le micro aura fonctionné, je vous donnerai ce que vous voulez.

Il but quelques gorgées de café. Le Mercato Centrale sortait de sa torpeur nocturne. Les marchands affluaient et se disposaient en rond autour de la halle. Le jeune vendeur de café était en surchauffe.

— Le problème, dit Corsico, c'est que j'ai peur que vous me filiez entre les doigts. J'aimerais une garantie…

Elle désigna son ordi d'un mouvement du menton.

— Votre garantie est là. Si je ne fais pas ce que vous voulez, quand vous le voulez, vous n'avez qu'à appuyer sur « Envoyer ».
— Envoyer ça ? s'exclama-t-il en cliquant. Oups ! Ça vient de partir… Barb.
— Et notre accord aussi.
— Je ne crois pas.

— Ah oui, et pourquoi ?
— Regardez.

En quelques glissements de souris, il produisit un deuxième papier. Celui-ci était intitulé *Le papa avait tout organisé*. Barbara le parcourut en grinçant des dents.

Le journaliste avait bénéficié des largesses de Doughty. Ou était-ce d'Emily Cass ou de Bryan Smythe ? Toujours est-il que Mitch Corsico avait été briefé de A à Z sur le kidnapping. Il avait les noms, les dates, les lieux. Autant tenir braqué sur Azhar un fusil chargé. Cela mettrait aussi un terme à sa carrière à Scotland Yard.

Barbara apprenait en cet instant qu'il est impossible de réfléchir lorsque votre cœur fait des bonds de kangourou.

— Vous pouvez pas faire ça, articula-t-elle en levant les yeux de l'écran.
— Vous pariez ?

Il consulta sa montre, ajouta d'une voix glaciale :
— A midi, ça devrait le faire, vous ne croyez pas ?
— A midi ? De quoi vous parlez ?
— C'est le temps qu'il vous reste avant que ce bébé décolle pour le cyberespace.
— Je ne peux rien vous garantir...
— Moi, si.

Lucca
Toscane

Barbara, non sans quelques détours, retrouva miraculeusement son chemin jusqu'à la Torre Lo Bianco. A cause de son jardin suspendu, elle se révéla constituer pour les *Lucchese* une sorte de point de repère. Tous ceux qu'elle arrêtait la connaissaient, même si les indications – en italien – paraissaient plus compliquées les unes que les autres. A son arrivée, tous les habitants de la tour étaient réunis à la cuisine.

Salvatore buvait du café, Hadiyyah un chocolat chaud, et la *mamma* disposait devant la fillette des cartes très bizarres qui ressemblaient un peu à des tarots. Barbara, pour mieux éviter de croiser le regard de Salvatore, se pencha sur ces dernières. La *mamma* présentait à l'enfant une image de femme vêtue d'une longue robe et tenant à la main un plateau qui accueillait deux globes oculaires, sans doute les siens à en juger par son visage couvert de sang. Au-dessus étaient posées d'autres cartes : un pauvre type crucifié à l'envers, un autre enchaîné et à la poitrine criblée de flèches, et un jeune homme dans une grosse marmite que léchaient les flammes d'un bûcher.

— Bon sang ! Qu'est-ce que c'est que ça ?

Hadiyyah leva vers elle un sourire radieux.

— *Nonna* me raconte la vie des saints.

— Elle ne pourrait pas en choisir des moins sanglants ?

— Je crois qu'ils sont tous comme ça, lui confia Hadiyyah. *Nonna* dit que c'est génial parce qu'on les reconnaît à ce qui leur est arrivé. Regarde, saint Pierre à l'envers sur la croix, et ça, c'est saint Sébastien avec les flèches, et ça, dit-elle en tapotant l'image du jeune homme dans le chaudron, c'est saint Jean l'apôtre bien-aimé parce que chaque fois qu'ils essayaient de le tuer, regarde, là, Dieu fait tomber une pluie d'or pour éteindre le feu...

— *Guarda, guarda*, dit la *mamma* à Hadiyyah en tapotant une carte où une jeune femme attachée à un piquet se faisait dévorer par les flammes.

— Sainte Jeanne d'Arc, devina Barbara.

La *mamma* tourna vers elle un visage enchanté.

— *Brava, Barbara!*

— Comment tu as su ? s'écria Hadiyyah, tout aussi ravie.

— Les Anglais l'ont fait brûler, répondit Barbara.

Comme elle ne pouvait pas repousser plus longtemps ce moment, elle salua Salvatore.

— Bonjour !

— *'Giorno, Barbara*.

Il s'était déjà levé poliment et se dirigeait vers la cafetière italienne posée sur la vieille cuisinière. A côté, sur le plan de travail, étaient disposées des bonnes choses.

— Du gâteau pour le p'tit déj ? Je commence à aimer ce pays.

— C'est de la *torta*, Barbara, lui précisa Hadiyyah. *Mamma* enchérit :

— *Una torta, sì. Va bene, Hadiyyah*.

Tout en caressant les cheveux de l'enfant, elle ajouta, au bénéfice de son fils :

— *Una bambina dolce, eh?*

— *Sì, sì*, approuva distraitement Salvatore, l'air soucieux.

Lorsqu'il revint avec le café de Barbara, il posa une question que Hadiyyah traduisit par « Salvatore veut savoir où t'étais » tandis que la *mamma* posait devant elle une autre carte, celle-ci de saint Roch.

Barbara fit marcher ses doigts sur le bois de la table.

— Une promenade matinale.

— *Ho fatto una passeggiata*, traduisit Hadiyyah. C'est comme ça qu'on dit.

— *E dov'è andata?*

— Où tu es allée ? continua la petite interprète.

— Je me suis perdue. Dis-lui que j'ai failli me retrouver à Pise.

Hadiyyah fit part de cette remarque à Salvatore, qui sourit. Un sourire de la bouche seulement, ses yeux restèrent graves. Et quoi ensuite ? se demanda Barbara. Eh bien, le téléphone portable de Salvatore se mit à sonner.

— *Ispettor Lynley*, annonça-t-il en fixant l'écran de l'appareil.

Elle posa un doigt sur sa bouche pour le prier de ne pas dévoiler où elle et Hadiyyah étaient. Il fit oui de la tête.

— *Pronto*, *Tommaso*, dit-il dans son portable avec un sourire.

Son visage ne tarda pas à se décomposer. Après un coup d'œil à Barbara, il quitta la pièce.

Victoria
Londres

Comme il n'avait plus entendu parler de Barbara, Lynley se rassurait en se disant « Pas de nouvelles, bonnes nouvelles », mais il avait quand même des doutes sérieux. Doutes dont il eut d'ailleurs la confirmation dès son arrivée à New Scotland Yard. Winston Nkata lui annonça qu'il n'avait trouvé aucune connexion italienne dans la famille et les proches d'Angelina Upman, sinon que ses parents étaient actuellement à Lucca. Peu après, l'inspecteur John Stewart l'alpagua dans le couloir pour lui fourrer dans les mains le tabloïd *The Source*.

En première page s'étalait une photo de Hadiyyah Upman regardant tristement par une fenêtre que Lynley reconnut grâce à la collection de plantes grasses qui s'épanouissait dessous. Sous le gros titre *Quand rentrera-t-elle chez elle ?*, l'article était signé Mitchell Corsico. Le pire, c'était qu'une seule personne avait pu renseigner le journaliste. Et cette personne, Lynley savait aussi bien que Stewart qui c'était.

— Qu'est-ce que je fais avec ça, Tommy ? demanda Stewart. Je le donne au patron ou à vous ? Si vous voulez mon avis, elle fricote avec ce torchon depuis le début. Que dis-je ? Depuis des années ! Elle livre des infos à ce journaliste. Eh bien, elle est foutue maintenant.

— Vous affichez trop vos antipathies, John. Je vous conseille de baisser d'un ton.

Stewart ébaucha une moue de mépris amusé.

— Ah, vraiment ?

Puis, coulant un regard vers le bureau de la commissaire, il ajouta :

— Elle a eu une réunion avec les Affaires internes. Le CIB1, Tommy. Les chiens sont lâchés.

— Ah bon... Vos sources sont meilleures que les miennes, riposta Lynley en tapotant le journal. Je peux garder ça, John ?

— Il existe en multiples exemplaires... Au cas où celui-ci n'atterrirait pas sur le bureau d'... *Isabelle*, dit-il avec un clin d'œil avant de s'éloigner d'un pas élastique, pour ne pas dire optimiste.

Ils attaquaient le cinquième set, et Stewart était déterminé à l'emporter.

Lynley relut plus lentement l'article. Il était typique de la mentalité du tabloïd. Il y avait les bons d'un côté et les méchants de l'autre. Taymullah Azhar et Lorenzo Mura étaient les méchants, le premier étant soupçonné d'avoir causé la mort d'Angelina Upman et le second d'avoir soustrait la petite Hadiyyah à son père. Etant donné qu'Azhar avait été incarcéré par l'inspecteur Salvatore Lo Bianco (un bon), chargé d'enquêter sur le décès d'Angelina Upman, l'enfant avait résidé un temps chez Mura (photos en page trois) avant qu'un autre arrangement ait été trouvé. Aujourd'hui elle avait l'air triste et abandonnée, pauvre petite victime poursuivie par un sort cruel… Seule entre les mains d'un gouvernement étranger (un méchant). Quand le ministre des Affaires étrangères (un bon mais virant au méchant) allait-il rapatrier cette pauvre petite fille ?

Curieusement, il n'était question à aucun moment dans l'article d'un quelconque officier de Scotland Yard envoyé pour s'occuper de Hadiyyah.

Une omission significative, évidemment, qui tendait à prouver qu'il y avait bien collusion entre Barbara Havers et le journaliste. La nommer serait révéler sa source, et le bonhomme n'était pas stupide. Lynley, quant à lui, savait que sans l'aide de Barbara il n'aurait jamais réussi à localiser l'enfant, et encore moins à la prendre en photo.

Ainsi, se dit Lynley, Barbara avait menti tout du long à propos de ses relations avec Corsico. Elle n'était pas le premier flic à se mettre en cheville avec un tabloïd. Depuis quelques années, c'était un scénario qui se répétait régulièrement, mais restait toujours aussi scandaleux. Avec tout ce qui pesait sur Barbara, cette accusation coulerait définitivement sa carrière à la Met.

Il se dirigea vers le bureau d'Isabelle. Le fait qu'elle ait sollicité l'intervention du CIB1 montrait qu'elle était sûre de son dossier contre Barbara. Si seulement il pouvait trouver une autre explication à cet article…

Il jeta le tabloïd dans la première poubelle venue. C'était reculer pour mieux sauter, puisque, en effet, il suffisait de passer devant le marchand de journaux de

Saint James Station pour en trouver une pile. Cela ne l'aurait pas étonné que Stewart soit déjà redescendu en acheter un autre exemplaire. Il veillerait à ce qu'Isabelle ait la première page sous les yeux le plus vite possible.

La porte d'Isabelle était ouverte, mais elle n'était pas dans son bureau. Dorothea Harriman était en train d'y ranger des dossiers. A la vue de Lynley, elle se contenta d'articuler :

— Hillier.
— Depuis combien de temps ?
— Une heure.
— C'est lui qui l'a appelée ?
— C'était un rendez-vous prévu d'avance.
— Avec les Affaires internes ?

Harriman prit un air attristé.

— Zut ! dit-il. Elle a pris quelque chose avec elle ?
— Un tabloïd.

Dès qu'il fut dans son propre bureau, Lynley téléphona à Salvatore Lo Bianco. Si Barbara avait mal tourné, il était de son devoir de prévenir son confrère italien.

Lo Bianco était encore chez lui. Il entendait des voix féminines parlant en italien. Elles s'estompèrent quand Salvatore changea de pièce.

Lynley fut bientôt au courant des derniers développements de l'enquête.

— J'ai passé un accord avec l'avocat de Bruno. Il va porter un micro, lui apprit Salvatore. A mon avis, nous allons pouvoir clore aujourd'hui.

— Et l'enfant ? Elle est avec Barbara Havers ?
— Oui, elle va bien, et elle est avec Barbara.
— Salvatore, dites-moi. Je sais que c'est une drôle de question, mais... Barbara est-elle seule à Lucca ?
— Comment ça, « seule » ?

— Vous ne l'avez vue en compagnie de personne ?
— Je sais qu'elle a vu Aldo Greco. C'est l'avocat de Taymullah Azhar.
— Je pense plutôt à un Anglais. Il est peut-être habillé comme un cow-boy.

Un silence. Puis Salvatore gloussa.

— Quelle drôle de question en effet, mon ami. Pourquoi voulez-vous le savoir, Tommaso ?
— Parce que c'est un journaliste, il travaille pour un tabloïd ici à Londres et il a écrit un article qui indique qu'il se trouve en ce moment à Lucca.
— Mais… pourquoi Barbara voudrait la compagnie d'un journaliste de tabloïd ? Quel tabloïd, d'ailleurs ?
— *The Source*. C'est son nom.

Lynley se tut. Il ne pouvait pas aller plus loin et décrire à Salvatore la photo de Hadiyyah à la fenêtre de la Pensione Giardino, de même qu'il ne pouvait lui expliquer ce que cela révélait sur Barbara. De toute façon, il pouvait aller lui-même l'acheter dans un *giornalaio* qui vendait des journaux britanniques aux anglophones.

— Cet Anglais s'appelle Mitchell Corsico. Barbara sait qui il est. Il est connu de Scotland Yard. Si elle ne l'a pas encore croisé, pouvez-vous l'avertir de sa présence quand vous la verrez ?

Salvatore ne lui demanda pas pourquoi il n'appelait pas Barbara directement.

— Et il ressemble à un cow-boy ?
— Il a toute la panoplie. Dieu sait pourquoi…

Salvatore gloussa de nouveau.

— Je transmettrai l'information à Barbara quand je la verrai tout à l'heure. Mais personnellement, je n'ai jamais vu de cow-boy à Lucca. Non, non. Je m'en rappellerais.

Lucca
Toscane

Barbara s'efforçait de chasser l'impression qu'elle transportait une bombe à retardement dans son sac en bandoulière. Elle faisait de son mieux pour se concentrer sur les objectifs de la journée. En l'occurrence, équiper Daniele Bruno d'un micro. Mais tout au fond d'elle-même, tandis que Salvatore et elle se rendaient à pied à la *questura*, elle songeait aux aiguilles de l'horloge qui avançaient inexorablement vers l'instant où Mitchell Corsico cliquerait sur « Envoyer ».

En d'autres circonstances, elle aurait profité de la promenade dans les rues de Lucca. Il faisait un temps magnifique, les cloches des églises carillonnaient, les magasins ouvraient, des odeurs de pâte chaude et sucrée flottaient dans l'air, les cafés débitaient des *espressos* aux gens qui partaient travailler. Des étudiants et des ouvriers circulaient à vélo, le dring-dring de leurs sonnettes ponctuant les salutations qu'ils s'échangeaient en se croisant. On se croirait dans un film italien, se dit Barbara, qui n'aurait pas été étonnée d'entendre une voix crier : « Coupez ! »

Salvatore n'était plus d'aussi joyeuse humeur que ce matin au réveil. Depuis le coup de fil de Lynley, son attitude avait changé. Hélas, étant donné l'anglais degré zéro de l'inspecteur et son italien tout aussi nul, elle n'avait aucune chance de découvrir ce qu'ils s'étaient raconté. Bien entendu, elle aurait pu téléphoner à Lynley, mais elle avait la sensation qu'elle n'avait rien à y gagner. Aussi se contentait-elle de jeter à Salvatore des regards inquiets.

Une fourgonnette blanche était garée pile devant l'entrée de la *questura*. Sa vue rassura Barbara. En dépit du logo en italien inscrit sur son flanc, le fait que non seulement elle ne respectait pas les règles de stationnement, mais encore bloquait la circulation vers la gare, indiquait qu'il ne s'agissait pas d'un simple camion de livraison. Barbara en déduisit qu'elle avait devant les yeux la planque sur roues qui allait leur servir à écouter et enregistrer ce que leur transmettrait le micro de Daniele Bruno. Et lorsque Salvatore donna une grande claque à la porte arrière, elle constata qu'elle ne s'était pas trompée.

Un policier en uniforme leur ouvrit, le casque sur la tête. Salvatore et lui discutèrent une bonne minute, au bout de laquelle le premier lâcha un « *Va bene* » avant d'entrer dans la *questura*.

Daniele Bruno attendait en compagnie de son avocat. Encore une conversation rapide en italien. Rocco Garibaldi en traduisit les grandes lignes pour Barbara : son client souhaitait en savoir un peu plus sur la façon de s'y prendre pour amener Lorenzo Mura à s'avouer coupable.

Il semblait pourtant à Barbara que Bruno n'avait pas seulement besoin de bons conseils pour arriver à ses fins avec Mura. Il avait peur de quelque chose, d'autre chose en tout cas que d'échouer dans sa prestation. Elle s'en enquit auprès du *signor* Garibaldi.

— C'est un problème de famille, l'informa l'avocat.

Il parla longuement à Salvatore, sous le regard angoissé de Daniele Bruno. Salvatore écouta attentivement, puis répondit tout aussi longuement à Garibaldi. Barbara aurait volontiers tabassé tout ce petit monde ! Le temps s'écoulait, ils devaient passer à l'action. Et elle voulait savoir ce qui se tramait, bordel !

Finalement, Garibaldi l'informa que ce que craignait le plus Daniele Bruno, ce n'était pas tant de finir en taule. Il redoutait par-dessus tout que ses frères n'apprennent ce qu'il avait fait. Car ils le rapporteraient illico à leur père. Et leur père, forcément, à la *mamma*. Et celle-ci, pour lui infliger un juste châtiment, bannirait dès lors Daniele, son épouse et leurs enfants de la table dominicale qui réunissait oncles, tantes, neveux et nièces, un casting d'importance, apparemment. La situation réclamait que Salvatore émette quelques paroles rassurantes, qu'il se refusait apparemment à prononcer. Barbara dut ronger son frein pendant encore une demi-heure avant que l'on passe à un autre sujet.

Bruno voulut ensuite que Salvatore comprenne bien ce qui s'était passé avec Lorenzo Mura. Ce dernier lui avait dit qu'il avait besoin d'*E. coli* pour pratiquer des tests vinicoles. Daniele l'avait cru, quand il lui avait affirmé ne pas pouvoir s'en procurer autrement que par lui.

Finalement, les sujets de discussion épuisés, ils s'en furent dans une salle d'interrogatoire où Bruno tomba la chemise, exposant un torse impressionnant. L'arrivée du technicien déclencha de nouvelles palabres. Garibaldi expliqua à Barbara que l'on décrivait le fonctionnement du système d'écoute à son client.

Barbara finit par s'abstraire de ce qui l'entourait pour se demander où se trouvait Mitchell Corsico à cette heure et comment elle pourrait l'empêcher d'envoyer à Londres son papier sur Azhar si midi se pointait sans qu'elle lui ait livré des noms et des lieux. Elle pourrait lui téléphoner et lui raconter la messe, mais elle se doutait que cela ne servirait à rien.

La porte de la salle d'interrogatoire s'ouvrit alors sur une jeune femme que Barbara identifia comme étant Ottavia Schwartz. Elle s'adressa à Salvatore.

Barbara entendit plusieurs fois prononcer le nom « Upman ».

— Qu'est-ce qu'il y a ? s'écria-t-elle.

En guise de réponse, Salvatore prit brusquement la porte.

Rocco Garibaldi eut la gentillesse de lui expliquer que les parents d'Angelina Upman étaient à l'accueil et exigeaient de parler à l'*ispettor* Lo Bianco. Ils étaient affolés par la disparition de leur petite-fille de la Fattoria di Santa Zita. Elle serait paraît-il partie avec une Anglaise. Les Upman étaient venus déposer une plainte à ce sujet à la *questura*.

Lucca
Toscane

Comme de toute évidence les Upman ne parlaient pas italien, Ottavia Schwartz, avec sa compétence coutumière, s'était chargée immédiatement de convoquer l'interprète, mais il fallut quand même à Giuditta Di Fazio vingt minutes pour arriver. Les Upman ne furent pas ravis de poireauter dans la salle d'attente en bas, ce dont ne se cacha pas le *signor* Upman quand il fut introduit avec son épouse dans le bureau de l'inspecteur Lo Bianco. Au départ, devant ce visage au teint blafard et aux lèvres blanches, Salvatore crut que le *signor* Upman ne s'était pas remis de son voyage. En réalité, sa pâleur tirait son origine d'un courroux qu'il n'avait aucune intention de cacher.

A peine les présentations faites par l'intermédiaire de

Giuditta Di Fazio, le *signor* Upman se lança dans une véritable diatribe. Giuditta avait beau être calée en langues, elle avait du mal à suivre le rythme.

— Vous n'êtes qu'une bande de flemmards même pas fichus d'enregistrer une plainte ! Nous venons signaler la disparition d'une petite fille ! Une petite qui a été kidnappée. Ensuite, sa mère a été assassinée par son père. Et enfin elle disparaît du seul foyer qu'elle a connu dans ce pays infernal... Qu'est-ce qu'il faut faire pour que vous vous occupiez de la retrouver ? Faut-il que j'appelle l'ambassadeur de Grande-Bretagne ? Je suis capable de le faire, croyez-moi. J'en ai les moyens. J'ai des relations. Je veux qu'on retrouve cette enfant, et je veux qu'on la retrouve maintenant. Et ce n'est pas la peine d'attendre la traduction de Mlle Gros Nichons parce que je sais que vous savez pourquoi je suis ici !

Pendant que Giuditta restituait ces aimables paroles en italien, l'épouse Upman fixait le sol en serrant contre elle son sac à main et en chuchotant « Mon chéri, mon chéri ». Ce qui n'empêcha pas son époux de reprendre, sur le même ton insultant :

— Un policier qui ne parle même pas anglais est chargé d'enquêter sur un crime commis contre des citoyens britanniques ? C'est incroyable ! L'anglais... la langue la plus parlée dans le monde... et vous ne la parlez pas ? Dieu du ciel !

— Je t'en prie, Humphrey...

D'après son intonation, Salvatore comprit qu'elle était plutôt gênée qu'effrayée par l'emportement de son époux.

— Veuillez excuser mon mari. Il n'a pas l'habitude de voyager et il a... Il n'a pas pris de petit déjeuner. Enfin, il n'y avait pas de petit déjeuner convenable pour lui. Nous sommes ici pour notre petite-fille, Hadiyyah.

Nous allons la ramener en Angleterre, où elle restera avec nous jusqu'à la résolution de cette enquête. Nous sommes allés directement à la Fattoria di Santa Zita, mais Lorenzo nous a dit qu'elle était partie avec une Anglaise. Une certaine Barbara, mais il ne se rappelait pas son nom de famille. Juste qu'il l'avait déjà rencontrée avec Taymullah Azhar. D'après sa description, j'ai l'impression que c'est la personne qui est venue chez nous à Londres nous poser des questions sur Angelina. Tout ce que nous voulons...

— Tu crois que tu vas obtenir quoi que ce soit en t'excusant ? la coupa son mari. Ecoute. C'est toi qui voulais venir ici de toute urgence, maintenant nous y sommes, et tu vas te taire et me laisser m'occuper de tout !

Mme Upman rougit de colère.

— Tu ne fais rien pour nous rapprocher de Hadiyyah.

— Oh que si ! Tu verras.

Grâce à Giuditta, qui lui avait traduit à mesure en lui murmurant à l'oreille, Salvatore avait saisi ce qui venait de se dire. Il fixa sur l'Anglais un regard sévère en se demandant si un petit séjour solitaire en salle d'interrogatoire ne lui ferait pas du bien. Il indiqua à Giuditta :

— Dites-leur qu'ils sont venus trop tôt. Au stade où nous en sommes de l'enquête, le père de Hadiyyah est innocenté du meurtre de sa maman. Je ne peux pas en révéler davantage, mais le professeur sera libéré dans quelques heures. Il ne serait naturellement pas content d'apprendre que pendant sa détention nous avons confié sa petite fille à des inconnus qui sont entrés à la *questura* pour la réclamer. Ce n'est pas ainsi que nous procédons en Italie...

— Des inconnus ! s'écria le *signor* Upman, le visage blanc de fureur. Comment osez-vous ? Vous croyez peut-être qu'on a débarqué de l'avion pour… pour faire quoi ? Kidnapper une enfant qui de par la loi nous *appartient* ?

— Vous avez vous-même précisé que vous comptiez la ramener avec vous en Angleterre jusqu'à ce que l'affaire soit résolue, répliqua Salvatore via Giuditta. Moi je vous dis que l'affaire est résolue en ce qui concerne le professeur Azhar. Je suppose que c'est le *signor* Mura qui vous a demandé de venir en Italie ? Je suis désolé, vous vous êtes donné beaucoup de peine pour rien. Le *professore* est innocent, je le répète. Il sera libéré dès aujourd'hui.

— A moi, riposta Upman, peu m'importe que le Pakistanais soit coupable ou innocent.

Sa femme prononça son nom d'un ton ferme en posant sa main sur son bras. Il la repoussa brutalement en criant :

— Tu ne veux pas la boucler, enfin ?

Se tournant vers Salvatore, il ajouta :

— De deux choses l'une : Vous m'indiquez où est passée la mioche d'Angelina, ou je provoque un incident diplomatique qui vous grillera auprès de votre hiérarchie !

Salvatore contint sa colère, mais son visage reflétait son mécontentement. Lui qui pensait que les Anglais étaient un peuple flegmatique. Bien sûr, il était au courant pour les hooligans, dont la réputation les précédait partout où ils se rendaient, mais cet homme n'avait pas l'allure d'un de ces fauteurs de troubles… Qu'est-ce qu'il avait ? Une maladie qui le privait de ses facultés mentales et de ses bonnes manières ? Tout haut, il opina :

— Je vous ai compris, *signore*. Mais j'ignore où cette Anglaise... Comment dites-vous ?

— Barbara, intervint Mme Upman. Lorenzo ne se rappelait pas non plus son nom de famille. Mais comme les hôtels vous prennent votre passeport, nous devrions pouvoir la trouver.

— *Sì, sì*, approuva Salvatore. On la retrouvera. Il suffit de nous indiquer son patronyme. Un prénom ne suffit pas. Je n'ai aucune idée de l'endroit où peut bien se trouver cette... Barbara. Ni pour quelle raison la petite a été enlevée à la garde du *signor* Mura. Il n'a pas pris contact avec nous à ce sujet...

— Elle l'a enlevée à la demande du « Paki », rétorqua Mr Upman. Elle fait tout ce qu'il dit. Je parie qu'elle couche avec lui depuis qu'Angelina l'a quitté, l'année dernière. C'est le genre sans scrupule, et ce n'est pas parce qu'elle est une mocheté que lui...

— *Basta!* coupa Salvatore. Je ne connais pas cette femme. Remplissez un formulaire de personne disparue, et au revoir.

Salvatore quitta son bureau bouillonnant de rage. Il s'arrêta pour prendre un *caffè* avant de rejoindre Daniele Bruno. Pas tant pour calmer ses nerfs que pour s'accorder un peu de temps de réflexion.

Voilà deux fois qu'il mentait dans la même journée à propos de Barbara. Il ressentait le besoin de marquer une pause tout en songeant que tout homme normal se précipiterait pour la jeter tambour battant hors de la *questura*. Cette femme était un danger pour elle-même et pour tous ceux qui l'approchaient, et comme il était lui-même dans une situation pour le moins délicate... Il devrait plutôt se demander pourquoi il la cachait à son propre domicile et prétendait ne pas savoir qui elle était. Et pourquoi, lors de sa conversation avec l'inspecteur

Lynley, il avait déclaré ne l'avoir jamais vue en compagnie de ce cow-boy journaliste... En outre, il y avait la nature de ses relations avec Taymullah Azhar à prendre en ligne de compte. Upman était un forcené, *certo*, mais Salvatore ne s'était-il pas aperçu d'emblée qu'il y avait autre chose que de la sollicitude pour un voisin dans l'attitude de Barbara à l'égard d'Azhar ?

Donc, il ne pouvait pas lui faire confiance. Pourtant, il avait envie de lui faire confiance. Qu'est-ce que cela signifiait ?

Salvatore vida sa tasse et continua son chemin vers la salle d'interrogatoire où Daniele Bruno patientait avec son avocat. Il tournait le coin du couloir quand il vit la porte s'entrouvrir. Il s'arrêta pour reculer d'un pas : Barbara Havers émergeait de la salle avec un air qu'il trouva bizarre.

En entrant dans le *bagno* des dames, elle sortit son téléphone de son sac.

Lucca
Toscane

Tandis que les minutes se muaient en demi-heure puis en trois quarts d'heure, Barbara sentait ses tripes se nouer de plus en plus douloureusement. Une fois Daniele Bruno équipé, il apparut que le système était défectueux et qu'il fallait le remplacer, ce qui signifiait qu'il fallait aller en chercher un deuxième. Barbara surveillait l'horloge avec l'impression que le temps s'écoulait en accéléré. Il fallait qu'elle fasse quelque chose.

Mitchell Corsico n'allait pas attendre cent sept ans. Et même pas au-delà de midi. L'histoire qu'il tenait était plus juteuse que toutes celles qu'il avait obtenues jusqu'ici. A moins qu'elle ne lui en présente une meilleure, il l'enverrait à Londres sans se soucier du mal qu'il faisait. Elle devait l'en empêcher ou au moins le raisonner ou... En tout cas le persuader, d'une façon ou d'une autre, de surseoir à l'exécution de sa menace. Elle devait lui téléphoner. Comme au bout de trois quarts d'heure Salvatore n'était toujours pas revenu, elle s'excusa et fila aux toilettes.

Elle vérifia si les cabines étaient vides avant de s'enfermer dans la dernière.

— Ça prend plus longtemps que je ne le croyais, dit-elle au journaliste.

— Ah oui, vraiment, Barb ?

— Je ne vous mens pas, et ce n'est pas ma faute s'il y a du retard. Ces satanés Upman ont débarqué ici...

— Je les ai vus.

— Bon sang, Mitchell. Où êtes-vous ? Personne ne doit vous voir. Salvatore a flairé quelque chose.

— C'est votre problème, pas le mien.

— Ecoutez-moi, bon Dieu. On a équipé un type d'un micro.

— Son nom ?

— Je vous répète que je ne peux pas vous donner de nom. Si au premier essai on n'obtient pas d'aveux de Mura, il faudra recommencer. Pour le moment c'est la parole de l'un contre celle de l'autre. On ne peut pas s'en servir pour l'inculper.

— C'est nul, Barb. J'ai un très bon papier, que je vais envoyer illico à Rodney...

— Vous aurez votre exclusivité dès que l'affaire sera verrouillée. Voyons, Mitchell. Vous serez ici pour assister à la libération d'Azhar. Vous le prendrez en photo retrouvant Hadiyyah. Il faut juste que vous fassiez preuve d'un peu de patience…

— J'ai une autre exclusivité, et celle-là je la tiens déjà.

— Vous sortez votre papier, Mitchell, et vous plongez.

— Je sors mon papier, et c'est vous qui plongez. C'est ce que vous voulez ?

— Bien sûr que non. Je ne suis pas idiote.

— Content de vous l'entendre dire. Si cela ne tenait qu'à moi, je vous laisserais tout le temps dont vous avez besoin pour me livrer les noms, les dates et tout ça, mais dans mon métier on a des délais à respecter. Des délais. C'est comme ça qu'on dit. Je vis avec, pas vous.

Elle réfléchit à cent à l'heure. Elle savait quelle catastrophe provoquerait, non seulement pour elle, mais aussi pour Azhar, la publication de l'article que Dwayne Doughty avait soufflé au journaliste. Elle se retrouverait à balayer les caniveaux de Southend-on-Sea tandis qu'Azhar moisirait en taule en Italie pour kidnapping.

— Ecoutez, Mitchell. Je vous donnerai tout ce qu'il est en mon pouvoir de vous donner. Il y aura une transcription de la conversation entre le type équipé du micro et Lorenzo Mura. Je vous la remettrai dès que possible. Vous n'aurez qu'à demander à votre pote journaliste de vous la traduire.

— Pour qu'il ait l'exclusivité ? Jamais de la vie.

— Bon, vous n'aurez qu'à la faire traduire par quelqu'un d'autre… Aldo Greco, l'avocat d'Azhar… En tout cas, vous aurez votre scoop.

— Très bien, parfait, merci…

Ouf, songea Barbara.

— … du moment que je l'ai à midi.

Elle n'eut pas le temps de crier son nom qu'il avait raccroché. Elle l'insulta vertement. Un peu plus, et elle jetait le téléphone contre le mur.

En sortant de la cabine, elle tomba nez à nez avec Salvatore.

Lucca
Toscane

Salvatore ne pouvait pas se mentir à lui-même. Elle l'avait appelé « Mitchell » et lui avait parlé avec une intensité plus que suspecte. Et pour couronner le tout, il y avait l'expression de son visage. Il avait eu tort de lui accorder sa confiance, se dit-il, lui-même surpris de se sentir aussi blessé par cette trahison. Ce devait être parce qu'il l'avait reçue sous son propre toit, et qu'elle était un flic. En outre, il venait de la protéger contre les horribles Upman. Il avait l'impression absurde qu'elle lui était redevable.

Elle se mit à babiller. Pour rien, puisqu'il ne comprenait pas un traître mot de ce qu'elle racontait. Il voyait pourtant bien qu'elle essayait de lui expliquer et lui demandait de lui trouver quelqu'un pour traduire. Il reconnut quelques gros mots et remarqua que son discours était émaillé de « Hadiyyah », « Azhar » et « Londres ». Indiquant le téléphone portable de Barbara, il s'enquit :

— *Parlava a un giornalista, nevvero?*

Elle comprit parfaitement ce qu'il lui disait.

— Oui, oui, c'était un journaliste, mais il a des informations d'un type à Londres qui peuvent me faire plonger et faire plonger Azhar et lui faire perdre Hadiyyah, et s'il vous plaît il ne peut pas la perdre parce que s'il la perd il aura tout perdu et toute sa vie sera gâchée, et oh, oh, pourquoi vous ne parlez pas anglais parce que si vous parliez anglais nous pourrions discuter et je pourrais vous éclairer car je vois à votre tête que vous le prenez mal comme si je vous avais planté un poignard dans le cœur et bordel, Salvatore, bordel de bordel de bordel...

Pour lui, cette tirade était semblable à un seul mot étiré en longueur. Il la pria de le suivre.

Une fois de retour dans la salle d'interrogatoire, où Daniele Bruno attendait la suite des événements, Salvatore s'excusa en annonçant qu'il avait encore un petit problème à régler. Là-dessus, il entraîna Barbara Havers dans une autre salle d'interrogatoire.

— *Il Suo telefonino, Barbara*, dit-il en sortant son propre portable de sa poche et en pointant son index dessus.

— Quoi ? Pourquoi ?

Il se contenta de répéter son ordre. Manifestement, elle croyait qu'il allait appuyer sur le bouton « bis ». Ce n'était pourtant pas son intention. Il savait à qui elle avait téléphoné. Seulement, il n'était pas question qu'elle le rappelle. Il glissa le portable de Barbara dans sa poche. Elle protesta par un hurlement qui se passait de traduction.

— *Mi dispiace, Barbara. Deve aspettare qui, in questura adesso.*

Dieu sait quel autre méfait elle pourrait commettre si jamais il la laissait s'échapper. Il n'avait pas le choix. Elle devait rester enfermée dans cette salle d'interrogatoire jusqu'à nouvel ordre.

— Non, non ! Il faut que vous compreniez, Salvatore. Je suis obligée. Il ne m'a pas donné le choix. Si je ne coopère pas... Vous ne savez pas ce qu'il prépare ni ce que j'ai fait, vous ne savez pas ce qui va arriver à Azhar et si ça arrive Hadiyyah va échouer chez ces gens affreux et je sais comment ils sont et comment ils pensent et ils s'en fichent d'elle et ils ne voudront sûrement pas d'elle de toute façon et elle n'a personne d'autre parce que la famille d'Azhar... S'il vous plaît, s'il vous plaît...

— *Mi dispiace*, répéta-t-il.

Et il l'était, désolé. Sincèrement désolé. Il sortit et verrouilla la porte.

Salvatore retourna auprès de Daniele Bruno et Rocco Garibaldi. Après avoir réussi à obtenir un verre de vin pour se calmer les nerfs, Bruno appela Lorenzo Mura sur le téléphone équipé d'un mouchard. Ce n'était pas compliqué. Bruno lui dit qu'il avait besoin de le voir. La police avait fait une descente à DARBA Italia. Ça commençait à chauffer.

Comme Lorenzo Mura se montrait réticent, Daniele Bruno dut insister. Ils se donnèrent rendez-vous à l'endroit convenu avec Salvatore. Un lieu où les deux hommes seraient visibles de loin et où il n'y aurait pas trop de bruits susceptibles de gêner l'enregistrement. Le Parco Fluviale, dans une heure, dans le champ qui servait de terrain de foot aux jeunes élèves de Mura. Ce dernier accepta et promit d'y être. Il paraissait agacé, mais pas soupçonneux.

Rocco Garibaldi les accompagna. Salvatore et lui seraient dans la fourgonnette blanche qui resterait parquée devant un café à une centaine de mètres du terrain. A cette saison, le café serait bondé et son parking plein. Personne ne se poserait de questions. On penserait que le chauffeur avait fait une halte pour boire un coup.

Daniele Bruno s'y rendrait au volant de son propre véhicule. Il devrait se garer dans le petit parc de stationnement à côté du terrain et descendre de voiture pour attendre près d'une table à pique-nique sous les arbres, en veillant à rester visible de Salvatore. On l'avait informé que celui-ci le surveillerait au moyen d'une paire de jumelles, au cas où il aurait eu l'intention de signaler par un geste à Mura qu'il portait un micro.

Comme ils étaient plus près du parc que Mura, ils arrivèrent en quinze minutes. Bruno se mit en position, la fourgonnette blanche aussi. Ils testèrent le micro. Tout était prêt. Ils se préparèrent à attendre quarante minutes.

Mura ne se montra pas. Ils laissèrent passer encore dix minutes. Bruno se mit à arpenter la terre battue devant la table à pique-nique. Salvatore l'entendait répéter : « *Merda, merda, merda...* »

Encore dix minutes supplémentaires. Bruno déclara qu'il ne viendrait pas. Salvatore lui téléphona pour lui enjoindre de patienter encore un moment. Et finalement, Mura débarqua, avec une demi-heure de retard.

Pas plus tôt sorti de sa voiture, il apostropha Bruno :

— De quoi tu veux me parler que tu ne peux pas me dire au téléphone ?

Il n'était pas de bonne humeur, mais il ne se méfiait manifestement pas.

— Je veux te parler d'Angelina et de la manière dont elle est morte, Lorenzo...

— Qu'est-ce que c'est que cette histoire ?

— L'*E. coli*. Tu m'avais dit que tu voulais t'en servir pour ton vignoble. Tu m'as menti, Lorenzo. Tu ne voulais pas faire des expériences avec ton vin...

— C'est pour ça que tu m'as fait venir jusqu'ici ? Tu penses à quoi ? Daniele, je te trouve très nerveux. Ma parole, tu sues comme un cochon.

Il promena les yeux autour de lui. Salvatore eut la sensation qu'il regardait droit dans ses jumelles. Mais il était impossible que Mura distingue autre chose qu'un camion blanc parmi d'autres véhicules.

— La police est venue à DARBA.

— Tu me l'as déjà dit. C'est quoi, ton problème ?

Le moment était venu pour Bruno de proférer le mensonge mis au point par Salvatore et son avocat.

— Quelqu'un m'a vu prendre l'*E. coli*. Au début, il ne s'est pas posé de questions. Il n'y a même plus repensé, jusqu'à l'article sur la mort d'Angelina dans *Prima Voce*. Là, il s'est dit que ce n'était rien. Mais quand il a vu la police à DARBA…

Lorenzo garda le silence. Salvatore le dévisageait à travers les jumelles. Il alluma une cigarette, plissa les paupières à cause de la fumée, cueillit au bout de sa langue un peu de tabac.

— Daniele, reprit-il enfin, de quoi tu me parles, là ?

— Tu le sais très bien. Cet *E. coli*, c'était une souche spéciale… La police nous a interrogés. Si Angelina est morte des suites d'une ingestion d'*E. coli*… L'autopsie… Oh, Lorenzo, qu'est-ce que tu as fait de cette bactérie que je t'ai donnée ?

Salvatore retint sa respiration. Tant de choses étaient suspendues à la réponse de Mura.

— Et c'est pour ça que tu me fais venir de la *fattoria* ? Pour que je te rende des comptes sur cette bactérie ? Mais je l'ai flanquée dans les chiottes, Daniele. Elle ne m'a été finalement d'aucune utilité… Une expérience avec le vin… J'ai tiré la chasse.

— Dans ce cas, comment se fait-il qu'on en ait trouvé dans le corps d'Angelina ? C'est ça que la police veut savoir. C'est l'*E. coli* qui a tué Angelina, Lorenzo.

— Quoi ? Mais je ne l'ai pas tuée. Elle portait mon enfant. Elle allait bientôt être ma femme. Si sa mort a été causée par une bactérie... Tu sais bien qu'on en trouve partout, Daniele.

— Oui, mais pas cette souche particulière, Lorenzo. La police enquête à DARBA...

— Tu me l'as déjà dit.

— Ils ont déjà parlé à Antonio et à Alessandro. Ce sera bientôt mon tour. Je ne sais pas quoi leur répondre, Lorenzo. Si je leur dis que je t'ai donné de...

— Surtout pas !

— N'empêche, c'est vrai, je ne peux pas mentir, quand même... Il faut que je sache...

— Tu n'as rien à savoir ! Ils ne peuvent rien prouver. Qui t'a vu me la donner ? Personne. Qui a vu ce que j'en ai fait ? Personne.

— Je n'ai pas envie d'être arrêté. J'ai une femme, des enfants. Ma famille est tout pour moi.

— Comme la mienne l'aurait été. Comme elle l'aurait été s'il n'était pas venu. Tu me parles de ta famille alors que la mienne a été détruite, comme il l'avait calculé.

— Qui ? De qui parles-tu, enfin ?

— Le musulman. Le père de la fille d'Angelina. Il a débarqué en Italie. Il voulait me la reprendre. Je l'ai vu tout faire pour la récupérer. J'allais la perdre, elle et mon enfant...

La voix de Lorenzo se brisa. Il se mit à sangloter.

— C'était pour lui ? Le *E. coli*, Lorenzo. C'était pour le musulman. Pour le rendre malade ? Pour le tuer ?

— Je ne sais pas, juste pour ne plus voir Angelina le regarder, pour ne plus entendre Angelina l'appeler par son petit nom... Je ne pouvais plus supporter d'être le témoin de cette *chose* qu'il y avait entre eux...

Il marcha en titubant jusqu'à la table à pique-nique, s'écroula sur le banc et se cacha le visage dans les mains, les épaules secouées de sanglots.

A cet instant, Salvatore, dans la fourgonnette, ôta son casque en disant « *Va bene* ». Il se signala par radio aux autres voitures de police mobilisées dans les parages et lança :

— *Addesso andiamo!*

Ils avaient largement de quoi arrêter Lorenzo Mura et le traduire en justice.

Lucca
Toscane

En entendant crisser le gravier du parking, il leva la tête, vit les voitures de police et n'attendit pas d'apercevoir la fourgonnette blanche s'approchant sur la Via della Scogliera pour comprendre ce qui se passait. Il prit ses jambes à son cou.

Il courait très vite, avec la célérité et l'endurance d'un joueur de foot accompli. Il détala à travers le terrain où il enseignait ce sport à ses élèves. Salvatore n'avait pas eu le temps de descendre du camion qu'il était déjà de l'autre côté du champ, avec quatre policiers en uniforme à ses trousses, loin derrière.

Après avoir traversé le champ en diagonale vers le sud-ouest, Mura disparut derrière la haie d'arbres en face. Salvatore savait ce qu'il y avait au-delà : un chemin de terre sur un terre-plein herbeux.

Ses hommes ne faisaient pas le poids derrière un tel athlète. Ils n'allaient pas tarder à le perdre. Peu importait à Salvatore. Il vit dans quelle direction il filait, devina où il allait.

— *Basta*, dit-il plus pour lui-même que pour les autres.

Après avoir félicité Daniele Bruno d'un signe de tête – il avait fait du bon boulot – il le laissa en compagnie de son *avvocato* et des officiers qui s'étaient occupés de l'enregistrement dans la fourgonnette blanche. Ils se chargeraient de le ramener jusqu'à la *questura*. Ensuite, il serait libre de rentrer chez lui. Pendant ce temps, Salvatore poursuivrait Mura.

Il réquisitionna une des voitures et suivit la Via della Scogliera vers le nord-est le long du Serchio. Les eaux du fleuve étincelaient sous le soleil. Il baissa sa vitre pour profiter de la brise.

Une fois sorti du parc, il rebroussa chemin vers le centre de Lucca, mais ne poussa pas jusqu'au boulevard périphérique. Il longea le nord du quartier de Borgo Giannotti et enfila une rue bordée de hauts murs derrière lesquels des maisons étaient assoupies au milieu de leurs beaux jardins. Là, il fut bloqué deux minutes par un *camion carico* manœuvrant tant bien que mal afin de décharger des meubles. Un déménagement… Plusieurs conducteurs s'impatientèrent derrière Salvatore et le firent savoir à coups de klaxon. Mais lui n'était pas si pressé que ça. Il passa ensuite devant le Palazetto dello Sport et le vaste terrain de sport Campo Coni. Finalement, il arriva à destination : le Cimitero Comunale.

Le parking principal accueillait bon nombre de voitures et de bicyclettes, mais a priori aucun enterrement n'avait lieu aujourd'hui derrière les hauts murs silencieux du cimetière. Le portail était ouvert, comme toujours. Salvatore le franchit respectueusement puis marqua un léger arrêt devant la Madone en bronze mouchetée de fientes d'oiseaux pour faire le signe de croix. Se découpant sur la silhouette menaçante du mausolée placé derrière, les visages de la Sainte Vierge et de Jésus étaient sereins.

Il descendit une allée de gravier en respirant les odeurs des fleurs alentour tandis que de tous côtés le soleil se réverbérait sur le marbre des pierres tombales. Dans l'énorme quadrilatère qu'il était en train de traverser, les sépultures se dressaient, tels des témoins muets de sa marche vers Lorenzo Mura.

Il se trouvait là où Salvatore pensait le trouver : devant ou plutôt sur la tombe d'Angelina Upman, puisqu'il s'était jeté de tout son long sur le monticule de terre qui attendait d'être recouvert d'une plaque de marbre. Et dans la poussière chaude, Lorenzo versait toutes les larmes de son corps.

Salvatore se tint à l'écart. Le chagrin de cet homme était pénible à voir, mais il le contempla cependant pendant de longues minutes. Un rappel salutaire du prix à payer quand on aime avec passion. Il se demanda s'il voulait jamais éprouver de nouveau un attachement aussi fort pour une femme.

Finalement, les sanglots de Mura s'étant apaisés, Salvatore s'avança et se pencha pour lui saisir le bras d'une poigne ferme mais sans violence.

— *Venga, signore.*

Lorenzo se leva sans protester.

Salvatore le guida hors du cimetière et l'installa dans la voiture de police.

Lucca
Toscane

Au début, elle tambourina contre la porte à la façon d'une mauvaise actrice dans une dramatique télévisée.

La première fois, Ottavia Schwartz accourut, de crainte qu'elle ne soit blessée ou ait besoin de quelque chose. Barbara fit feu de tout bois, essayant les explications, les menaces, les supplications. Elle tenta même de la bousculer pour s'évader. Mais Ottavia ne parlait pas anglais et de toute façon elle avait des ordres de Salvatore. Comme tous les autres, apparemment, car personne ne prit la peine de répondre à ses cris une fois qu'Ottavia eut de nouveau refermé la porte à clé sur elle.

Tout ce qu'elle voulait, c'était son portable. Elle avait pourtant mimé une scène où elle téléphonait, elle avait même fini par se rappeler le mot – *telefonino* –, elle l'avait suppliée de la laisser passer un seul et unique coup de fil... Une minute suffisait... Quelques secondes... Ottavia ne voulut rien entendre.

Il ne lui restait plus qu'à regarder passer le temps. Elle le vit passer sur l'horloge murale. Elle le vit passer sur sa montre-bracelet bon marché. Quand fut franchi le seuil de midi, le dernier délai imposé par Mitchell Corsico, elle fit de son mieux pour se persuader que le journaliste bluffait. En vain. L'histoire qu'il s'apprêtait à divulguer était trop belle. Grâce à ce papier, il allait retrouver la une. Elle l'avait su dès le départ.

Comme elle avait son paquet de cigarettes, elle fuma en marchant de long en large. On lui apporta un *panino*, qu'elle ne toucha pas, et une bouteille d'eau, qu'elle ne but pas. Une policière l'escorta une fois aux toilettes. Un point c'est tout.

Plusieurs heures s'écoulèrent. Salvatore fut celui qui vint la libérer. Lorenzo Mura avait été arrêté et interrogé. Tout était en ordre.

— *Mi dispiace*, lui dit Salvatore en la couvant d'un regard d'une tristesse infinie.

— Ouais, moi aussi, riposta-t-elle en récupérant son téléphone portable et en le levant immédiatement à son oreille. Ça vous embêterait si je...

— *Vada, Barbara, vada.*

Il la laissa seule. Il ferma la porte, mais sans tourner la clé. Elle se demanda si la pièce était sur écoute. Sans doute. Elle sortit dans le couloir et appela Mitchell Corsico.

Bien entendu, c'était trop tard.

— Désolé, Barb. Mais quand il faut il faut !

Elle lui raccrocha au nez puis se dirigea, la mort dans l'âme, vers le bureau de Salvatore. Il était au téléphone avec un dénommé Piero. Dès qu'il vit Barbara, il termina sa conversation et se leva.

— Si seulement je pouvais vous faire comprendre, dit-elle d'une voix étranglée. Je n'avais pas le choix. A cause de Hadiyyah. Et maintenant c'est en train de tourner au vilain et moi je n'ai toujours pas le choix. Pas vraiment. Pas pour l'essentiel. Vous n'allez pas comprendre ce qui arrive, Salvatore. Vous allez croire de nouveau que je vous ai trahi et dans un sens vous aurez raison, mais qu'est-ce que je pouvais faire ? Demain matin, un scandale va éclater à la une d'un célèbre tabloïd anglais. Azhar est impliqué, moi aussi... C'est à propos du kidnapping, qui l'a commandité, qui l'a organisé, comment l'argent a changé de main et de quelle manière et par qui des documents ont été falsifiés. Vos tabloïds italiens vont reprendre l'article et de toute façon l'inspecteur Lynley va vous téléphoner pour vous dire la vérité. Et moi je ne pouvais pas le permettre, même si je n'ai pas réussi à empêcher le journaliste d'envoyer son article à sa rédaction...

Elle se racla la gorge avec l'impression qu'elle avait les lèvres en sang avant de conclure :

— Je suis désolée, parce que je vous trouve super sympa.

Salvatore avait écouté attentivement. Il déployait la meilleure volonté du monde pour essayer de comprendre son problème. Mais d'après l'expression qui se peignait sur son visage, il n'avait saisi que les noms : Azhar et Hadiyyah. Il lui parla de Lorenzo Mura, d'Azhar et d'Angelina. Elle en déduisit qu'il lui apprenait ce qu'elle avait subodoré, à savoir que Mura avait bien cherché à empoisonner Azhar, et qu'il venait d'avouer.

— *Ha avuto ragione, Barbara Havers. Ha avuto ragione.*

Elle supposa qu'il lui disait qu'elle avait eu raison depuis le départ. Cela lui fit quand même plaisir.

19 mai

Lucca
Toscane

Barbara se leva avant cinq heures du matin. Une fois habillée, elle s'assit au bord de son lit. Hadiyyah dormait. Elle ignorait encore que sa vie, une fois de plus, allait être bouleversée.

On ne pouvait pas organiser un kidnapping dans un autre pays que le sien et penser qu'on allait s'en tirer sans payer les pots cassés. Dans quelques heures, Azhar serait libre de rentrer à Londres avec sa fille, mais, une fois le tabloïd dans les kiosques, commencerait un lent processus qui le mènerait à sa ruine aussi bien personnelle que professionnelle. Interpol y veillerait. Une demande d'extradition de la part des Italiens y veillerait. Une enquête de la police de Londres y veillerait. La famille Upman y veillerait.

Pour éviter cette catastrophe, Barbara devait agir vite. Elle ne savait pas encore exactement comment elle allait s'y prendre, mais elle savait qu'elle avait besoin de l'aide d'Aldo Greco.

Elle avait appelé l'avocat la veille en fin d'après-midi. Il avait été informé de l'incarcération de Lorenzo

Mura. Azhar était innocenté. Lorsque Barbara lui confia qu'étant donné la série d'épreuves subies par Hadiyyah – « La pauvre gamine est dans tous ses états » – il était impératif qu'elle soit réunie au plus tôt avec son père, il n'avait pu qu'approuver.

L'avocat lui avait expliqué qu'il devait plaider le lendemain au tribunal, mais qu'il avertissait immédiatement l'*ispettor* Lo Bianco afin d'accélérer les choses.

« Vous pourriez lui demander… J'aimerais pouvoir le faire moi-même… Mais lui et moi, on est en froid.

— En froid ?

— Nous avons des… divergences d'opinions. Un malentendu. J'ai un mal de chien à me faire comprendre. Mais j'aimerais parler à Azhar avant qu'il retrouve Hadiyyah. Elle a pris durement les derniers événements. Je veux avertir son père, le préparer… Comme il ne cause pas mieux l'italien que moi, Salvatore ne peut pas le faire, et si vous êtes au tribunal…

— Ah, *capisco*. Je vais aussi m'occuper de ça. »

En homme de parole, il avait réglé l'affaire en trente minutes. Azhar serait libéré de bonne heure le lendemain matin. Salvatore irait le chercher, en compagnie de Barbara, et cette dernière aurait le temps de lui parler en privé.

Hadiyyah, bien entendu, était en pleine forme. Dans son innocence, elle ne s'était pas rendu compte de la gravité de la situation. Elle vivait dans le présent, comme beaucoup d'enfants. Bénie soit la maman de Salvatore, songea Barbara. Hadiyyah était attentive aux leçons de cuisine italienne et s'intéressait à la vie des saints. Tout allait bien.

Barbara sortit marcher un peu et en profita pour appeler Mitchell Corsico. Elle espérait sans trop y croire qu'il avait juste voulu lui faire peur, qu'il n'avait pas envoyé son papier et attendait celui qu'elle lui avait promis, un papier encore plus sensationnel que celui qu'il avait rédigé à partir des informations fournies par Dwayne Doughty.

— Désolé, Barb. Mais qu'est-ce que je pouvais faire ? Vous devriez lire mon article. Vous n'allez pas trouver le journal ici à Lucca avant quarante-huit heures... Lisez-le donc en ligne...

Elle lui raccrocha au nez. Maintenant, elle savait à quoi s'en tenir. Il ne lui restait plus qu'à passer à l'action.

Salvatore n'avait plus confiance en elle, mais il était un père de famille, il avait une fille de l'âge de Hadiyyah. Barbara ignorait ce qu'Aldo Greco avait dit exactement à l'*ispettore*, mais ses paroles avaient fait leur petit effet. Avant qu'ils se retirent chacun pour la nuit dans leurs chambres respectives de la Torre Lo Bianco, il l'avait informée de l'heure de leur départ pour la prison.

Le début du trajet se fit dans le silence. En dépit de la barrière linguistique, Barbara voyait bien qu'il était sérieusement ébranlé par ce qu'il devait considérer comme un acte de trahison, en tout cas la preuve qu'elle était un flic corrompu. Selon lui, elle devait être rémunérée par le tabloïd pour ses tuyaux... Et comment lui expliquer que c'était faux ? D'ailleurs, même si elle jactait l'italien, la croirait-il ? Alors qu'on ne la croirait même pas à Londres.

— Dommage, vraiment dommage que vous ne parliez pas anglais, Salvatore. Vous croyez que je vous ai trahi, mais c'est faux, je n'ai jamais voulu vous jouer de sale tour. Ce qui est sûr, mon vieux, c'est que je vous trouve terriblement sympa. Et maintenant... Ce qui va se passer... Je ne cherche pas non plus à vous jouer un tour de cochon. Pourtant c'est ce que vous allez vous dire, Salvatore. Si je pouvais faire autrement, je vous assure… Mon Dieu, j'espère qu'un jour vous comprendrez. Je vois bien que j'ai perdu votre confiance, je le vois à la tête que vous faites quand vous me regardez. Mais je n'ai jamais eu le choix… du moins je n'ai pas vu d'autre possibilité.

Il lui jeta un bref coup d'œil. Ils étaient sur l'*autostrada*, pris dans une circulation intense due au trafic local, aux camions et aux touristes qui passaient d'un site merveilleux à un autre. Il prononça son nom d'une voix si pleine de bonté qu'elle eut un instant d'espoir, mais ensuite il déclara :

— *Mi dispiace ma non capisco. E comunque… parla inglese troppo velocemente.*

Elle savait assez d'italien pour saisir le sens de ces paroles. Surtout qu'elle l'avait déjà entendue plus d'une fois, celle-là.

— Moi aussi, *mi dispiace*, répliqua-t-elle.

Elle se tourna vers la fenêtre pour regarder le paysage, les vignobles verdoyants, les vieilles fermes magnifiques, les oliveraies escaladant les flancs des collines, les villages montagnards au loin, le tout couronné d'un ciel d'azur. Un paradis, se dit-elle en ajoutant, non sans sarcasme : Perdu.

La prison était avertie de la sortie d'Azhar. A leur arrivée, il était prêt, sa vilaine combinaison de prisonnier n'était plus qu'un mauvais souvenir. Il portait sa tenue habituelle de gentleman scientifique, chemise blanche et pantalon sombre, quand on l'amena devant le policier qui avait mené l'enquête et la policière qui était son amie la plus fidèle. L'*ispettor* Lo Bianco se tint respectueusement à l'écart pendant les retrouvailles.

Barbara et Azhar marchaient devant Salvatore. Elle parlait calmement au Pakistanais, son bras passé sous le sien, penchée vers lui comme pour lui faire des confidences.

— Ecoutez, Azhar. Il ne faut pas vous fier aux apparences. Votre libération. C'est pas si simple.

Il lui lança un coup d'œil inquiet.

— C'est pas terminé.

Elle lui résuma ce qui s'était passé avec Corsico. Elle avait essayé d'empêcher ce satané journaliste d'écrire ce papier, sans résultat.

— Qu'est-ce que cela signifie ?

— Vous le savez très bien, Azhar. Les journalistes italiens vont relayer la nouvelle. Il va y avoir un énorme scandale. Quelqu'un va reprendre l'enquête, et ce ne sera pas Salvatore. On va de nouveau vous incarcérer et moi je ne pourrai pas vous aider.

— Mais, Barbara, ils finiront par admettre que je ne pouvais pas m'y prendre autrement, une fois qu'Angelina avait emmené Hadiyyah. Ils auront de la compassion…

— Ecoutez-moi, dit-elle en lui serrant le bras. Les Upman sont ici, à Lucca. Ils sont passés à la *questura* hier, et je vous parie qu'ils reviendront à la charge aujourd'hui. Ils veulent prendre Hadiyyah. Salvatore les en a empêchés, mais une fois que l'histoire du kidnapping sera étalée au grand jour ici… si Bathsheba ne leur téléphone pas avant parce qu'elle a lu la nouvelle dans *The Source*. Et vous faites pas d'illusions, ils obtiendront sa garde, car quel genre de père enlève sa propre fille et l'enferme dans un couvent avec une folle qui se prend pour une religieuse ?

— Ce n'était pas mon inten…

— Vous croyez qu'ils vont s'intéresser à vos intentions ? Ils vous détestent, mon vieux, et ils vont exiger sa garde, rien que par haine pour vous. Et ils l'obtiendront. Elle n'est rien pour eux, mais c'est vous qu'ils visent.

Azhar ne répondit rien. Barbara jeta par-dessus son épaule un regard à Salvatore, qui parlait dans son téléphone, toujours à bonne distance derrière eux. Leur conversation, à Azhar et à elle, avait déjà duré trop longtemps pour s'être limitée au bien-être de Hadiyyah.

— Vous ne pouvez pas rentrer à Londres. Et vous ne pouvez pas non plus rester ici.

— Alors, qu'est-ce que je fais ? dit-il d'une voix faible.

— Azhar, je pense que vous le savez. Vous n'avez pas le choix.

Elle vit à son expression qu'il avait saisi. Il battit des paupières. Elle crut voir une larme briller dans ses yeux. Même si ça lui fendait le cœur, elle poursuivit :

— Vous avez de la famille, là-bas. Ils seront là pour vous accueillir. Elle parle la langue, ou au moins elle en a des rudiments. Vous avez veillé à l'en instruire.

— Elle ne comprendra pas comment je peux lui faire ça après tout ce qu'elle a subi…

— Vous n'avez pas le choix. Vous serez auprès d'elle. Ce sera plus facile. Vous continuerez à l'éduquer comme vous l'avez si bien fait jusqu'ici. Elle s'adaptera, Azhar. Elle aura ses oncles et ses tantes. Des cousins. Elle s'en sortira.

— Comment puis-je…

— Salvatore a vos passeports, l'interrompit-elle, sans doute dans son bureau de la *questura*. Dès qu'il vous les rendra, nous foncerons à l'aéroport. Peut-être nous y conduira-t-il lui-même, mais il ne restera pas à nous tenir la main. Il ne verra pas vers quelle destination vous vous envolez. Moi je prendrai un avion pour Londres et vous… pour là où vous pouvez prendre un vol pour Lahore. Du moment que ce n'est pas en Italie. Paris ? Francfort ? Stockholm ? Du moment que ce n'est pas non plus en Grande-Bretagne. C'est le seul moyen. Vous le savez, Azhar.

Cette fois, les yeux d'Azhar se remplirent bel et bien de larmes.

— Et vous, Barbara ? Que deviendrez-vous ?
— Moi ? répliqua-t-elle avec une désinvolture feinte. Je verrai bien ce qui m'attend à Londres. Je m'en tirerai, ce n'est pas la première fois. Braver la tempête, c'est ce que je fais le mieux.

Lucca
Toscane

A la Torre Lo Bianco, Hadiyyah sauta au cou de son père. Il la serra très fort contre lui.

— Barbara m'a dit que tu aidais Salvatore. Tu l'as beaucoup aidé ? Qu'est-ce que tu as fait ?

Azhar caressa les cheveux de sa fille et lui répondit dans un sourire :

— Oh, j'ai fait des tas de choses. Mais maintenant, le moment est venu de partir, Khushi. Tu peux remercier la *signora* et l'inspecteur Lo Bianco de s'être si bien occupés de toi pendant mon absence ?

Elle embrassa la *mamma*, qui la berça contre sa poitrine et la couvrit de baisers en versant quelques larmes et en roucoulant « *bella bambina* », puis elle embrassa Salvatore, qui à ses remerciements répliqua par des « *niente, niente* ». Elle leur demanda de dire « *arrivederci* » de sa part à Bianca et Marco.

Puis elle se tourna vers Barbara pour savoir si elle rentrait aussi à la maison.

A la *questura*, tout se passa très vite. Azhar récupéra son passeport et celui de sa fille, laquelle resta en compagnie d'Ottavia Schwartz pendant que l'interprète permettait à Salvatore d'expliquer comment Angelina Upman avait pu ingérer l'*E. coli*. Azhar l'écouta, la main devant sa bouche, le regard douloureux. Il fit ensuite remarquer que s'il avait bu le verre de vin empoisonné il aurait sans doute survécu à l'intoxication. Mais Angelina, à cause de sa santé déjà défaillante qui avait de plus induit les médecins en erreur, n'avait pas résisté.

— Je ne lui voulais aucun mal, conclut-il. Il faut que vous le sachiez, inspecteur.

— Mais on vous voulait beaucoup de mal, à vous, Azhar, intervint Barbara. Je parie que vous ne seriez pas allé à l'hôpital. Vous vous seriez dit que vous aviez attrapé une gastro dans l'avion ou en buvant l'eau du robinet, que sais-je ? Et vous auriez laissé traîner jusqu'à ce que vos reins n'en puissent plus. Vous seriez mort, vous aussi. Lorenzo ne le savait peut-être pas, mais il s'en fichait. Ce qu'il voulait, c'était vous faire souffrir et se débarrasser de vous.

Salvatore suivait ce qu'elle disait par l'intermédiaire de la traductrice. Barbara se tourna brièvement vers lui et vit la gravité de son expression, et aussi une grande bonté dans son regard. Elle sut alors qu'il y avait encore une chose qu'elle devait faire avant que le scandale éclate.

Elle pria Azhar de la laisser un moment seule avec Salvatore.

Barbara s'adressa à l'interprète :

— Dites-lui, s'il vous plaît, que je lui demande pardon. Je n'ai pas voulu trahir sa confiance et me servir de lui, même si ça donnait cette impression. Dites-lui... J'ai un journaliste anglais sur le dos. L'espèce de cow-boy qui nous a abordés devant la *questura*. Il est venu ici m'aider à sortir Azhar du pétrin. Vous comprenez, Azhar est mon voisin à Londres et, quand Angelina a emmené Hadiyyah, il était... Salvatore, il était brisé. Je ne pouvais pas lui permettre de ne pas se battre. Hadiyyah est tout pour lui. Et tout ce qui s'est passé ensuite... C'était pour aider Azhar. Voilà, c'est tout. Le journaliste en question va sortir un autre papier... Mais c'est tout ce que je peux dire. J'espère qu'il comprendra.

Salvatore écouta la traduction, qui fut débitée à la même allure que l'original, mais son regard resta fixé sur le visage de Barbara.

Un silence s'ensuivit. Barbara préférait que cela soit ainsi, qu'il ne formule aucune réponse. Lorsqu'il aurait découvert son forfait suivant, il allait être non seulement fou de rage, mais il allait la poursuivre... Obtenir son pardon d'avance n'était pas une bonne idée, ce serait cette fois le trahir pour de vrai.

— Bon, alors je vais vous dire au revoir maintenant. Nous allons prendre un taxi pour l'aéroport...

Salvatore lui coupa la parole. Il s'exprima calmement. Elle attendit qu'il eût terminé puis apostropha l'interprète :

— Qu'est-ce qu'il dit ?

— L'*ispettore* dit qu'il est très heureux de vous avoir rencontrée.

— Il a dit plus que ça. Quoi d'autre ?

— Il a dit qu'il va organiser votre transport.

Barbara accepta d'un signe de tête.

— C'est tout ?

L'interprète interrogea du regard Salvatore puis se tourna vers Barbara avec un petit sourire.

— No. *Ispettor* Lo Bianco dit qu'il a beaucoup de chance, l'homme qui a une amie telle que vous.

Barbara, prise de court, sentit sa gorge se serrer d'émotion.

— Merci. *Grazie*, *Salvatore*. *Grazie* et *ciao*.
— *Niente, arrivederci, Barbara Havers*.

Lucca
Toscane

Salvatore attendit, patiemment comme toujours, dans l'antichambre du bureau de Piero Fanucci. Cette fois, cependant, *il pubblico ministero* ne le faisait pas lanterner volontairement ou parce qu'il était en train d'engueuler quelqu'un. Il n'était tout simplement pas encore rentré de son déjeuner. Celui-ci avait été plus tardif que d'habitude, avait découvert Salvatore, à cause d'une réunion interminable avec les trois *avvocati* de la famille de Carlo Casparia. Ils avaient porté plainte en effet, pour arrestation et incarcération abusives, interrogatoires hors de la présence d'un avocat, aveux obtenus sous la contrainte et diffamation. A moins qu'ils ne trouvent une solution à l'amiable, le procureur devait s'attendre à une enquête sur ses méthodes d'investigation.

Il drago avait réagi comme toujours face à la résistance active d'autrui. Il avait soufflé les flammes du *segreto istruttorio* à la face des placides avocats : le secret de l'instruction ne souffrait aucune exception !

Mais les *avvocati* n'avaient pas paru impressionnés. S'il voulait procéder ainsi, soit. Ils l'avaient planté là en laissant des menaces flotter dans l'air. Le *magistrato* entendrait parler d'eux, bientôt...

Si Salvatore était au courant, c'était grâce à la secrétaire de Piero, qui avait assisté à la réunion parce qu'elle était chargée de prendre des notes. Elle avait été trop contente de raconter la scène à l'inspecteur. Elle ambitionnait de rester à son poste plus longtemps que son patron au sien. Autrement dit, elle avait l'intention d'assister à la chute de Piero Fanucci. Qui semblait proche.

Salvatore profita de ce moment de solitude pour tenter d'analyser les événements de la journée. Ce matin, il avait été infiniment attristé par le départ de l'Anglaise débraillée. Alors qu'il aurait dû être furieux contre elle, il n'avait ressenti à son égard aucune animosité. Au contraire, il avait eu envie de prendre son parti. De sorte que lorsque les Upman avaient débarqué à la *questura*, un peu plus tard dans la matinée, il les avait reçus poliment puis les avait éconduits. Par l'intermédiaire de l'interprète, il leur avait dit que leur petite-fille était avec son père. Pour autant qu'il le sache, ils avaient quitté le territoire italien. Il s'excusait de ne pouvoir être utile au *signore* et à la *signora*. Il ne pouvait en rien les aider à obtenir la garde de l'enfant. « *Mi dispiace e ciao* », telle avait été sa conclusion. S'ils souhaitaient en savoir plus, surtout à propos de leur fille Angelina, ils devaient s'adresser à Aldo Greco, qui parlait un anglais superbe. Et s'ils préféraient ne pas apprendre la vérité sur la mort d'Angelina, il pouvaient reprendre l'avion pour Londres. Là-bas, ils seraient libres d'entamer une procédure pour la garde de Hadiyyah.

La fureur du *signor* Upman avait laissé Salvatore de marbre. Il les avait plantés là, lui et sa femme, devant le comptoir de l'accueil.

Ensuite il y avait eu le coup de téléphone du *telegiornalista* qui avait procuré à Barbara Havers et au cow-boy anglais les rushs de la vidéo où l'on voyait Lorenzo Mura poser le verre de vin empoisonné devant Taymullah Azhar. Cet homme lui avait communiqué une nouvelle qui venait de faire la une dans un *giornale* de Londres, mais qu'il tenait de première main puisqu'il l'avait apprise par le reporter d'un tabloïd appelé *The Source*. Le papa de la petite fille aurait été le commanditaire du kidnapping de sa fille. Les preuves étaient irréfutables : noms, dates, échanges d'argent, alibis fabriqués… L'*ispettore* allait-il rouvrir l'enquête ? s'était enquis le *telegiornalista*.

« *Purtroppo, no* », avait répondu Salvatore. Le journaliste devait pourtant savoir qu'il avait été dessaisi de ce dossier depuis déjà un certain temps, non ? Salvatore n'avait aucune raison de reprendre l'enquête.

Le *telegiornalista*, qui avait eu vent de la libération d'Azhar, avait ensuite voulu savoir où se trouvaient à présent Taymullah Azhar et sa fille… Ou plutôt, où l'*ispettor* Lo Bianco les avait emmenés, lui et la policière britannique. Salvatore lui avait indiqué qu'ils étaient partis.

Partis ? Mais pour où ?

« *Non lo so* », avait répondu Salvatore.

Il préférait ne pas savoir. Ce qui leur arriverait désormais ne dépendait plus de lui.

Lorsque, enfin, Piero Fanucci revint d'*il pranzo*, il semblait tout à fait remis des émotions que lui avait données la réunion avec la famille Casparia et ses *avvocati*. Salvatore songea qu'une demi-bouteille de vin avait sûrement aidé à chasser ses soucis, mais il fut quand même étonné par la cordialité de son accueil. Il suivit le procureur dans son bureau.

Salvatore était venu lui parler de la culpabilité de Lorenzo Mura. Ce dernier avait tout avoué pendant son interrogatoire à la *questura*. En outre, Daniele Bruno était prêt à témoigner au procès et à raconter comment il avait remis le biofilm à Mura lors de leur rendez-vous au Parco Fluviale. Mura n'avait pas eu l'intention de tuer cette femme, expliqua-t-il au *magistrato*. Il ne voulait pas qu'elle boive le vin contenant la bactérie. Le vin était destiné au Pakistanais venu de Londres participer à l'enquête pour retrouver son enfant. Il ignorait que Taymullah Azhar, étant musulman, ne buvait pas d'alcool…

Piero lâcha alors :

— Tout ce que vous me décrivez là, ce sont des preuves circonstancielles.

— Circonstancielles peut-être, mais accablantes, argua Salvatore. A vous de décider, *magistrato*, de quelle manière le ministère public va poursuivre le *signor* Mura. Vous avez eu raison pour beaucoup de choses, et je me fie entièrement à vos décisions, une fois que vous aurez lu les détails de l'affaire…

Il tendit plusieurs dossiers à Piero Fanucci, que celui-ci plaça sur la pile des dossiers en attente.

— La famille Mura… ajouta Salvatore.

— Qu'est-ce qu'elle a ? le coupa le procureur.

— Ils ont embauché un avocat de Rome. Si j'ai bien compris, ils veulent passer un marché avec vous.

— Bah, fit Piero. Des Romains.

Salvatore se fendit d'une légère inflexion du buste pour acquiescer à l'opinion de Piero sur un avocat venant de la capitale, ce vivier de scandales politiques. Il était sur le point de prendre la porte quand Piero le rappela :

— Salvatore ?

Il attendit poliment que Piero trouve les mots pour lui dire :

— Notre petite prise de bec à l'Orto Botanico... Je regrette d'avoir perdu mon sang-froid, Topo.

— Ce sont des choses qui arrivent quand on agit avec passion. De mon côté, tout est oublié.

— Du mien aussi. *Ci vediamo?*

— *Ci vediamo, d'accord*, opina Salvatore.

Il sortit du bureau. Une *passeggiata* s'imposait. Aussi fit-il un détour pour regagner la *questura*. En fait, il marcha dans le sens opposé, en se disant qu'un peu d'exercice lui ferait du bien. Par le plus grand des hasards, ses pas le menèrent à la Piazza dei Cocomeri, où se trouvait le kiosque le mieux pourvu de tout Lucca en journaux étrangers. Toutefois, ils n'avaient pas encore l'édition du jour de *The Source*. Il arrivait en général en fin d'après-midi, via l'aéroport de Pise. Si l'*ispettore* souhaitait qu'on lui en mette de côté un exemplaire...

Salvatore accepta avec reconnaissance. Il paya d'avance, salua d'un signe de tête le *giornalaio* et poursuivit son chemin. *Certo*, il aurait pu chercher la version en ligne du journal sur Internet, mais il avait toujours aimé la sensation du papier journal se froissant sous ses doigts. Et si son anglais se révélait insuffisant pour lui permettre de déchiffrer le sens de l'article, qu'importait ? Il trouverait quelqu'un pour le lui traduire.

Victoria
Londres

La troisième réunion entre Isabelle Ardery et l'adjoint au préfet, sir David Hillier, eut lieu à trois heures de l'après-midi. Lynley l'apprit par le canal habituel. Avant la réunion, Dorothea Harriman l'informa à voix basse qu'il y avait eu une déferlante de coups de fil de la part des Affaires internes, suivie d'un long entretien dans le bureau d'Isabelle avec un membre du cabinet de Hillier. Lequel exactement ? demanda Lynley. Dorothea baissa encore d'un cran pour lui souffler qu'il s'agissait du responsable des ressources humaines. Elle avait essayé d'en savoir plus, mais tout ce qu'elle pouvait lui dire, c'était que la commissaire Ardery avait demandé la veille qu'elle lui apporte le « Police Act », le texte où sont consignées les lois s'appliquant aux policiers.

Lynley sentit son cœur chavirer. Renvoyer un ou une fonctionnaire des forces de police n'était pas une mince affaire. On ne pouvait pas lui dire : « Bon, vous dégagez. Vous pouvez aller vider votre bureau. » Ce genre de remarque avait toutes les chances d'entraîner un procès. Isabelle avait donc procédé avec les précautions d'usage pour monter son dossier, ce qu'il ne pouvait lui reprocher.

Il téléphona à Barbara. Au moins, qu'elle sache ce qui l'attendait à son retour à Londres. Aucune réponse. Il lui laissa un message en lui demandant de le rappeler au plus vite. Puis, après avoir attendu cinq minutes, il téléphona à Salvatore Lo Bianco.

Il dit à l'Italien qu'il essayait de joindre le sergent Havers. Etait-elle avec lui ? Savait-il où elle se trouvait ? Elle ne répondait pas à son portable et...

— Je pense qu'elle est dans l'avion, l'informa Salvatore. Elle a quitté Lucca à midi avec le *professore* et la petite Hadiyyah.

— Ils rentrent à Londres ?

— Où sinon, mon ami ? Ici, on a bouclé. J'ai rendu mon rapport au *magistrato* cet après-midi.

— Quels seront les chefs d'inculpation, Salvatore ?

— Je n'en sais rien. L'affaire de la mort de la *signora* Upman est résolue. Quant au kidnapping de la petite Hadiyyah… ? On m'a dessaisi de ce dossier il y a longtemps. Lui aussi est entre les mains du *magistrato*… Et Piero ? Ah, Piero a des méthodes bien à lui. J'ai appris qu'il vaut mieux ne pas s'en mêler.

Salvatore n'avait rien d'autre à ajouter, mais Lynley eut l'impression qu'il y avait anguille sous roche. Quoi qu'il en soit, il n'en saurait sans doute pas davantage jusqu'à son prochain voyage à Lucca.

Dorothea Harriman lui téléphona dans la foulée de sa conversation avec Lo Bianco. Le sergent John Stewart était en ce moment même en réunion avec la commissaire. Il avait apporté avec lui un exemplaire de journal. Probablement *The Source*, suggéra-t-elle, mais elle n'en était pas certaine.

Lynley rappela Barbara Havers. Il tomba de nouveau sur sa boîte vocale. Un laconique et impatient « Ici, Havers. Laissez-moi un message ». Il la pria de lui téléphoner d'urgence en ajoutant :

— D'après Salvatore, vous seriez dans un avion pour Londres. Il faudra qu'on se parle dès votre arrivée à la Met, Barbara.

S'écoula ensuite une heure épouvantable pendant laquelle il contempla l'inéluctable, l'estomac noué. Lorsque son téléphone sonna, son cœur fit un bond dans sa poitrine.

— Barbara !

— C'est moi, indiqua la voix de Dorothea. La voie est libre. L'inspecteur Stewart vient de quitter son bureau.

— Triomphant ?

— Je ne saurais l'affirmer, inspecteur. J'ai entendu quelques éclats de voix, mais c'est tout. Elle est seule. J'ai pensé que vous aimeriez le savoir.

Il se rendit tout droit dans le bureau d'Isabelle. En chemin, il croisa John Stewart. Comme l'avait spécifié Dorothea, il avait à la main un tabloïd, enroulé sur lui-même comme un tube. Lynley lui fit un petit signe de tête au passage, mais Stewart l'arrêta, et pas en douceur, puisqu'il lui flanqua un coup dans la poitrine avec le tube de papier journal. Il rapprocha son visage si près de celui de Lynley que ce dernier put respirer à loisir son haleine fétide. L'envie le démangeait de plaquer Stewart contre le mur en le serrant par le gosier, mais il se retint.

— Il y a un problème, John ?

— Vous croyez que vous étiez discrets, tous les deux ? Tout le monde savait que vous la baisiez ! Vous allez voir ce que vous allez voir. Ça ne se passera pas comme ça, Tommy.

L'envie de l'envoyer bouler se fit impérieuse, mais il se raisonna. Les enjeux étaient trop graves, et en outre, tout bien considéré, il ne savait même pas ce qu'il en était.

— Je vous demande pardon ? se contenta-t-il de dire.

— C'est ça, ricana Stewart. Jouez les richards d'Eton avec moi. Typique. Maintenant, laissez-moi passer ou…

— John, c'est vous qui m'empêchez de passer, rétorqua Lynley d'un ton calme en se saisissant du tabloïd que l'autre appuyait toujours contre sa poitrine. Merci ! Un peu de lecture pour ce soir…

— Vous êtes une belle saloperie. Tous les deux. Tous les trois. Tous autant que vous êtes, jusqu'au sommet !

Sur ces aimables paroles, Stewart le repoussa avant de s'éloigner dans le couloir.

Lynley déroula le tabloïd. La une signée Mitchell Corsico ne provoqua chez lui aucun étonnement. Ni son titre : *Le père avait organisé le kidnapping*. Il n'avait pas besoin de lire l'article pour se rendre compte que Dwayne Doughty avait été plus fort que lui. Le détective privé était un maître, ou plutôt une de ces souris qui réussissent à piquer le bout de fromage sans que le piège se referme sur elles.

Une fois devant Dorothea Harriman, il indiqua d'un signe de tête la porte close d'Isabelle. Elle prit son téléphone. La commissaire pouvait-elle recevoir l'inspecteur Lynley ? Elle écouta quelques secondes puis lui demanda de patienter cinq minutes.

Les cinq minutes se muèrent en dix puis en quinze avant qu'Isabelle n'ouvre la porte de son bureau.

— Entrez, Tommy. Fermez derrière vous.

Elle poussa un énorme soupir et montra du doigt son téléphone portable en disant :

— Ce ne devrait pas être si dur que ça d'organiser des vacances dans les Highlands… Bob prétend que « ce n'est pas l'Angleterre » et que c'est lui qui a la garde et bla-bla-bla. Pas étonnant que je me sois mise à boire…

Devant le regard de Lynley, elle s'empressa d'ajouter :

— Je rigole, Tommy.

Elle s'écroula dans son fauteuil de bureau, ôta la chaîne qu'elle avait autour du cou et la laissa tomber sur la table. Elle se frictionna la nuque.

— Un pincement discal, l'informa-t-elle. Le stress, je crois. Après tout ça…

— J'ai croisé John dans le couloir.

— Oui, il a été surpris. Qui ne l'aurait pas été ? Il ne se doutait pas qu'on enquêtait sur lui, mais franchement, à quoi est-ce qu'il s'attendait ?

Lynley la dévisageait intensément.

— Je ne vois pas très bien de quoi vous parlez, répliqua-t-il.

Elle continua à se masser les muscles cervicaux.

— Je n'étais pas sûre que ça marcherait, bien sûr, quand je l'ai mise dans son équipe avant de la transférer ailleurs, mais je comptais sur l'antipathie que nous lui inspirons toutes les deux. Elle l'a fait courir aux quatre coins de Londres, et il a couru après elle. Un homme de votre milieu devrait trouver une métaphore bien tournée…

— Je ne chasse pas à courre. Enfin, je l'ai fait une fois, et cela m'a suffi.

— Hum. Je vois, c'est logique, non ? Vous avez toujours été un traître à votre classe, déclara-t-elle avec un sourire. Comment allez-vous, Tommy ? Vous avez l'air plus… léger, ces derniers temps. Vous avez rencontré quelqu'un ?

— Isabelle, que se passe-t-il, pouvez-vous me l'expliquer ? Hillier, le CIB1, le responsable des ressources humaines…

— John Stewart nous quitte, Tommy. Je croyais que vous l'aviez compris.

Elle ragrafa son collier autour de son cou et boutonna le col de son chemisier avant de reprendre :

— Barbara était chargée de l'évaluer. Elle irait fureter partout et ne resterait jamais sur la ligne droite que lui imposerait Stewart. Nous voulions voir s'il allait abuser de son autorité en enquêtant sur elle sans autorisation. Et c'est exactement ce qu'il a fait, comme l'ont prouvé dès le début les rapports qu'il m'a remis. Bien sûr, on ne peut pas se débarrasser entièrement de lui, c'est impossible, mais le CIB1, Hillier et les ressources humaines ont estimé qu'un séjour à Sheffield serait exactement ce qui lui convient. Il y apprendra à optimiser le travail en équipe au sein d'une hiérarchie.

Lynley se sentait immensément soulagé. Il chercha des mots assez forts pour exprimer sa gratitude :

— Isabelle…

— Toujours est-il que Barbara a joué son rôle à la perfection. On aurait vraiment cru qu'elle était en train de dérailler. Vous ne trouvez pas ?

— Mais… mais pour quelle raison ? bredouilla-t-il en retrouvant son calme. Isabelle, pourquoi ? Pourquoi avoir pris pour vous-même un risque pareil ?

Elle le considéra d'un air perplexe avant de rétorquer :

— Je ne vois pas ce que vous voulez dire, Tommy. De toute façon, c'est secondaire. Le principal, c'est qu'on ait réglé le cas Stewart. La voie est libre, Barbara peut rentrer pour recevoir les félicitations que mérite une mission accomplie.

Inutile d'insister : Isabelle voulait manifestement lui faire avaler ce pieux mensonge.

— Je ne sais pas quoi… Isabelle, merci. Je voudrais vous assurer que vous ne le regretterez pas, mais ce serait m'avancer.

Elle le dévisagea longuement avec une expression songeuse. L'espace d'une seconde, il retrouva le visage de la femme dont le corps lui avait procuré tant de plaisir au lit. L'instant d'après, cette femme disparut… sans doute pour toujours, se dit-il. Ce dont il eut aussitôt confirmation.

— C'est « chef », Tommy. Ou « madame ». Ou « commissaire ». Pas « Isabelle ». J'espère que je me suis bien fait comprendre.

20 mai

Chalk Farm
Londres

Elle n'avait pas rappelé une seule fois Lynley. Vu ce qui s'apprêtait à lui tomber sur la tête, elle préférait pour l'instant faire le dos rond. Elle s'était traînée jusqu'à son bungalow, où elle avait renversé le contenu de son sac de voyage sur le sol. En contemplant le tas de linge sale, elle avait décidé que la laverie serait sa prochaine étape. Dans cette étuve où flottait une tenace odeur de moisi, elle avait fait tourner une machine, transféré son contenu dans le sèche-linge et plié ses vêtements. Puis, se résignant à l'inéluctable, elle était rentrée chez elle.

Un pénible sentiment de solitude se glissa insidieusement en elle. Certes, elle vivait seule depuis des années, mais jusqu'à maintenant elle n'avait pas souffert de son isolement, occupée par son travail, ses visites à sa mère dans sa maison de retraite et ses relations inattendues mais toujours bienvenues avec ses voisins. Voisins auxquels elle ne pouvait s'empêcher de penser chaque fois qu'elle passait devant leurs portes-fenêtres aux rideaux fermés.

Personne n'avait versé de larmes en se séparant à l'aéroport de Pise. Ce genre de scène ne se produisait qu'au cinéma. Cela avait plutôt été une course contre la montre. Azhar avait acheté en vitesse deux billets pour Zurich, d'où ils seraient en mesure, Hadiyyah et lui, de rejoindre le Pakistan. Le vol était déjà annoncé et Barbara avait peur qu'en cette époque où sévissaient le terrorisme et l'antiterrorisme internationaux la compagnie ne refuse de vendre un aller simple à un musulman au teint basané. Sans doute la présence de la charmante petite fille, tout excitée à la perspective de passer des vacances en Suisse avec son papa, avait-elle endormi la méfiance des préposés. Leurs passeports étaient valables, tout était en ordre. Pendant ce temps-là, elle s'achetait un billet pour rentrer à Londres. Très vite, ils s'étaient retrouvés en salle d'embarquement.

« Bon, eh bien, voilà, avait-elle dit en cajolant une dernière fois Hadiyyah. Tu me rapporteras un kilo de chocolat suisse, ma choute. Qu'est-ce qu'ils ont d'autre d'intéressant ? Leurs couteaux… ?

— Des montres ! s'était écriée Hadiyyah. Tu veux aussi une montre ?

— Seulement si elle est très chère », avait-elle répondu en se tournant vers Azhar.

Il n'y avait rien à dire, et de toute façon ils ne pouvaient pas parler devant la fillette. Elle se contenta de lui lancer, avec un sourire crispé :

« Quelle aventure, hein ?

— Merci, Barbara. Pour tout ce qui est derrière nous et aussi pour tout ce qui est devant. »

La gorge nouée, privée de ses cordes vocales par l'émotion, elle avait toutefois trouvé en elle la force de lui adresser un petit salut joyeux.

« A la prochaine, alors. »

Il avait répondu par un hochement de tête. Et ç'avait été fini.

Elle avait la clé de leur appartement. A son retour de la laverie, quand elle eut terminé de ranger ses affaires, elle traversa la pelouse pour s'introduire dans le logement du rez-de-chaussée vide – plus d'Azhar, plus de Hadiyyah –, mais encore l'écho de leur présence à tous les deux. Elle passa d'une pièce à l'autre pour échouer dans la chambre qu'Azhar avait partagée avec Angelina. Les effets de celle-ci n'étaient plus là, mais ceux d'Azhar, si. Dans l'armoire étaient accrochés ses pantalons, ses chemises, ses vestons. Au sol s'alignaient ses chaussures. En haut, sur l'étagère, s'empilaient des écharpes et des gants d'hiver. Derrière la porte étaient suspendues ses cravates. Elle palpa l'étoffe de ses vestes, y enfouit le visage pour humer son odeur.

Elle passa une heure dans le séjour qu'Angelina avait si joliment redécoré. Elle caressa les meubles, regarda les tableaux au mur, tripota les livres sur les étagères. Et finalement, elle s'assit et ne bougea plus.

Au bout d'un moment, elle se décida à aller se coucher. En tout, elle avait reçu huit messages de Lynley sur son portable et deux sur le répondeur de son fixe. A chaque fois qu'elle entendait le son de sa voix grave et distinguée, elle effaçait le message sans l'écouter. Il lui faudrait tôt ou tard affronter les conséquences de ses actes, mais elle n'était pas pressée.

Elle dormit d'un meilleur sommeil que prévu et se prépara avec plus de soin que de coutume. Elle parvint même à assembler une tenue qu'une personne un tant soit peu distraite aurait pu qualifier de décente. Pour une fois, elle renonça au pantalon de jogging à taille élastique pour un pantalon de toile avec des passants pour mettre une ceinture – sauf qu'elle ne possédait pas de ceinture. Au moment de choisir le haut, elle posa la main sur son tee-shirt *Ceci est mon clone. Mon vrai moi est ailleurs en meilleure compagnie*, mais tout en se disant que c'était vrai elle opta pour quelque chose de plus approprié pour le Yard.

Il faisait un temps de rêve quand elle sortit pour se rendre à Victoria Street. En marchant sous les branches chargées de fleurs des cerisiers japonais, elle se dit que le métro serait préférable à la voiture et se dirigea à pied vers Chalk Farm Road. Ce qui la fit passer devant le marchand de journaux. Elle éprouva le besoin de connaître ce qui l'attendait afin de se préparer à la réaction du patron.

Dans cette boutique, l'air était presque aussi étouffant et la température sans doute aussi torride que dans le pays de son propriétaire. L'endroit, étroit comme un couloir, avait un mur couvert de magazines, quotidiens et tabloïds et l'autre de toutes les sortes de bonbons et friandises connues sur terre. Ce qu'elle voulait, toutefois, elle ne le trouverait pas sur ces étagères. Elle se faufila entre trois collégiennes en uniforme qui n'étaient pas d'accord sur ce qui était meilleur pour la santé : les bretzels ou les chips, puis entre la presse du jour et une mère de famille qui essayait désespérément d'empêcher un petit enfant de descendre de sa poussette. A la caisse, elle demanda à Mr Mudali s'il lui restait un exemplaire du *The Source* de la veille. Il répondit que oui, bien sûr, et lui présenta un ballot de journaux invendus. Il n'eut aucun mal à trouver le tabloïd – elle avait de la chance, il n'en restait plus qu'un. Il refusa qu'elle paye le prix fort pour un numéro périmé, mais elle l'obligea à prendre son argent. Pendant qu'elle y était, elle acheta aussi un paquet de Player's et des chewing-gums Juicy Fruit.

Elle attendit d'être sur la Northern Line, où une fois n'est pas coutume elle trouva une place assise, pour ouvrir *The Source*. L'espace d'un instant fou, elle crut qu'il n'avait pas mis sa menace à exécution. Elle redescendit sur terre avec un pincement au cœur. Sous ses yeux s'étalait noir sur blanc, en grosses lettres : *Le père avait organisé le kidnapping*.

Elle referma le journal sans lire l'article. Deux stations plus tard, elle songea aux nombreux appels de Lynley qu'elle avait ignorés, l'indication certaine que la Met était au courant de ses manœuvres dans l'affaire du kidnapping. Même si elle n'avait pas été associée dès le départ au projet d'Azhar, elle avait été complice dès le moment où elle avait incité Mitchell Corsico à manipuler Scotland Yard pour que celui-ci envoie un officier de liaison en Italie. Que pouvait-elle trouver à dire pour sa défense ? Il ne lui restait plus qu'à lire le papier de Corsico.

L'article était accablant. Tout y était, les noms, les dates, les lieux, les sommes d'argent échangées... Un oubli, toutefois : elle n'était mentionnée nulle part.

Mitchell avait effacé toutes les références au sergent Havers avant de cliquer sur « Envoyer ». Avait-il eu pitié d'elle, ou était-ce un de ses plans machiavéliques et l'attendait-il au tournant ? Il y avait deux façons de le savoir. Attendre la suite, ou téléphoner au journaliste. Elle choisit la deuxième solution en arrivant à la station Saint James Park. Sur le trottoir de Broadway, alors qu'elle se dirigeait vers l'entrée ultra-sécurisée de New Scotland Yard, elle l'appela.

Il était toujours en Italie, où il buvait du petit-lait en suivant l'affaire de l'empoisonnement par *E. coli* et l'arrestation de Lorenzo Mura. Barbara avait-elle lu son papier de ce matin ? lui demanda-t-il. Une première page, encore une fois. Il était invité à déjeuner et à dîner par les autres journalistes qui n'avaient pas de réseau de « sources » aussi bien informé que lui. Elle comprit que ses « sources » se résumaient à la seule Barbara Havers.

— Vous avez changé l'histoire.

— Quoi ?

— Celle que vous m'aviez fait lire. Celle qui devait précipiter ma chute. Celle... Mitchell, vous avez omis de me citer.

— Ah tiens, oui, c'est vrai. Maintenant que vous me le dites... Bon, qu'est-ce que vous voulez ? On est de vieux amis, Barb. Et puis n'oubliez pas, on ne tue pas la poule...

— Je ne ponds pas d'œufs, encore moins en or, et nous n'avons pas gardé les cochons ensemble.

Il s'esclaffa.

— Vous inquiétez pas, ça viendra, Barb.

Elle raccrocha. En passant devant une poubelle, elle laissa choir *The Source* sur un sandwich à moitié mangé et une peau de banane, puis elle se mit dans la queue devant l'entrée du Yard. Elle pouvait être rassurée sur un point, mais il y avait le reste...

Winston Nkata fut celui qui l'informa du coup de théâtre. Etrange, devait-elle se dire par la suite, car ce n'était pas son genre de colporter des ragots. Mais dès qu'elle était sortie de l'ascenseur, elle avait senti qu'il se passait quelque chose. Trois constables discutaient avec le grand policier noir et il y avait de l'électricité dans l'air, le genre d'électricité que ne génère pas le début d'une nouvelle enquête ou la constitution d'une équipe. Barbara s'approcha de son collègue sergent. Et quelle ne fut pas sa stupéfaction d'apprendre que John Stewart avait été muté, et qu'on attendait que quelqu'un soit promu à sa place, ou qu'il soit remplacé par un autre inspecteur. Les agents en uniforme qui faisaient cercle autour de Winston étaient en fait en train de lui assurer qu'il avait tous les atouts pour devenir leur prochain patron. Il n'y avait pas d'inspecteur noir sous les ordres d'Ardery. « Vas-y, présente ta requête », lui répétaient-ils.

Nkata, qui, à l'image de son mentor, Thomas Lynley, se conduisait toujours comme un vrai gentleman, refusait de présenter quoi que ce soit sans la caution de Barbara. Après tout, elle était sergent depuis plus longtemps que lui, et la commissaire Ardery n'avait pas plus d'inspecteur femme sous ses ordres que d'inspecteur noir.

Nkata l'entraîna dans la cage d'escalier. Elle se plaça deux marches plus haut que lui, histoire de pouvoir le regarder dans les yeux.

— J'ai passé l'examen il y a déjà un bout de temps, j'en ai pas parlé parce que... J'avais trop peur de me planter. Je l'ai eu, mais... t'as le grade de sergent depuis un bail, Barb. Si tu veux ce poste, je vais pas te faire barrage.

Barbara trouva touchant que Winston lui tienne ce discours alors que ses chances de conserver son grade – sans même parler de son boulot – étaient aussi éloignées que la lune. Et de toutes les manières, Winston Nkata était plus qualifié qu'elle pour mener une équipe de flics. Il jouait selon les règles. Elle, non. Au bout du compte, c'était ce qui faisait toute la différence.

— Vas-y, fonce, lui dit-elle.
— T'es sûre, Barb ?
— Jamais été plus sûre.

Il la gratifia de son sourire éblouissant.

Elle prit le chemin du bureau de la commissaire, le cœur lourd. Mitchell Corsico l'avait épargnée, mais elle reconnaissait la gravité de ses péchés, son escapade en Italie sans autorisation étant le pire. Il y avait un prix à payer, elle le paierait.

Belsize Park
Londres

Lynley trouva une place de stationnement dans la rue, au milieu d'une rangée de maisons identiques attenantes les unes aux autres. Le quartier était en cours de rénovation, mais la maison dont on lui avait communiqué l'adresse n'avait hélas pas encore été touchée par la baguette magique de la « réhabilitation ». Il se demanda, comme toujours lorsqu'il se trouvait dans une zone en transition, si les habitants y seraient plus en sécurité qu'auparavant. Mais à la réflexion, sa question n'avait pas de sens : sa propre femme avait été abattue sur les marches de leur maison, située dans un quartier résidentiel où le pire des incidents était le déclenchement intempestif d'une alarme domestique lorsque le propriétaire éméché oubliait de l'éteindre en rentrant chez lui.

Il souleva ce qu'il avait apporté : une bouteille de champagne et deux flûtes. Il descendit de voiture, verrouilla la portière et pria le ciel que rien n'arrive à la Healey Elliott. Il gravit les marches d'un étroit perron. Le carrelage mural, datant de l'époque victorienne, avait été miraculeusement préservé.

Il était un peu en retard. A cause de Barbara Havers, qu'il avait retrouvée à New Scotland Yard et à qui il avait proposé de la raccompagner en voiture. Puisque de toute façon c'était sur son chemin… Seulement, il n'avait pas prévu les encombrements.

Au bout de quatre-vingt-dix minutes dans le bureau d'Isabelle Ardery, Barbara en avait émergé – à en croire la plus fiable des sources, Dorothea Harriman – pâle et l'air… humble ? Assagie ? Humiliée ? Etonnée ? Sidérée par la chance extraordinaire qu'elle avait ? Dee n'aurait su dire, mais une chose était sûre : il n'y avait pas eu d'éclats de voix en provenance du bureau d'un bout à l'autre de l'entretien. Juste avant que la porte se referme, elle avait entendu la commissaire ordonner au sergent Havers : « Asseyez-vous, Barbara. Nous en avons pour un moment. » Rien d'autre.

Très peu de chose avait transpiré de cet entretien, Barbara s'obstinant à rester muette comme une carpe. Dans la voiture, elle s'était contentée de lui lancer : « Elle a fait ça pour vous. » Il avait protesté, puis il avait voulu savoir pourquoi elle n'avait pas répondu à ses nombreux appels alors qu'il ne cherchait qu'à la prévenir de ce qui se passait au Yard.

« Je voulais sans doute pas savoir. Je vous faisais pas confiance. Ni à personne d'autre. Ni à moi-même. Pas vraiment. »

Alors qu'elle lui sortait cette tirade, il avait vu qu'elle était tenaillée par l'envie de fumer une cigarette. Il savait aussi qu'elle ne se permettrait jamais de fumer dans la Healey Elliott. Profitant de son état de nerfs, il lui avait asséné sans ménagement :

« Vous avez réchappé à plusieurs catastrophes, en fait. J'ai vu l'article de Corsico sur le kidnapping.

— C'est sûr. Il est comme ça… imprévisible.

— Pour lui, tout a un prix… Barbara, vous lui devez quoi ? »

Elle avait tourné vers lui un visage défait. Une femme brisée, avait-il pensé, se doutant que son désarroi avait tout à voir avec Taymullah Azhar. Elle avait prétendu qu'ils s'étaient séparés à l'aéroport de Pise. Il souhaitait passer quelques jours de vacances avec Hadiyyah, pour se remettre de ce qui leur était arrivé en Italie. C'était tout ce qu'elle savait, selon elle.

En ce qui concernait Mitchell Corsico, il fallait s'attendre à ce qu'il vienne montrer son stetson la prochaine fois qu'il aurait besoin d'un tuyau. Elle n'allait pas y couper. Mais elle se sentait assez forte pour se défiler. De toute façon, que faire d'autre ? Bon, c'est vrai, elle pouvait demander à être mutée. Mitchell ne songerait plus jamais à la solliciter si elle se retrouvait, mettons, sergent à Berwick-upon-Tweed. Au pire, avait-elle assuré à Lynley, c'était ce qu'elle ferait. La chef était au courant. La paperasse nécessaire à sa mutation, déjà remplie et signée, dormait pour l'instant dans un tiroir de son bureau.

« Elle me tient par la peau du cou et Dieu sait que je le mérite », avait soupiré Barbara.

Il n'avait pas pu la contredire, mais en la voyant s'éloigner vers son bungalow, les épaules voûtées par le chagrin, il avait été désolé que la vie l'ait si mal traitée. Comment allait-elle faire maintenant ?

Il n'avait pas plus tôt appuyé sur la sonnette de l'appartement, que Daidre lui ouvrit. Le numéro 1 était au rez-de-chaussée et donnait directement dans l'entrée.

— Des embouteillages ?
— Londres, soupira-t-il avant de l'embrasser.

Une fois dans le logement, elle ferma la porte à clé – le clic dans la serrure le rassura. Puis il songea que Daidre Trahair n'avait besoin de personne pour se défendre, merci. Une minute plus tard, alors qu'elle lui faisait visiter, il revint sur cette opinion.

Une suite de pièces étroites plus hideuses les unes que les autres. Ils commencèrent par le salon, peint d'un rose rougeâtre immonde qui jurait avec le bleu du radiateur. Le parquet disparaissait sous une peinture lavande qui avait vu des jours meilleurs. Le mobilier brillait par son absence, ce qui en l'espèce, se dit Lynley, n'était pas plus mal.

L'appartement était traversé dans le sens de la longueur par un couloir bordé d'un côté par la cloison qui le séparait de l'escalier – à une autre époque cet escalier desservait les étages d'une maison particulière. Dans la chambre, le papier peint vintage à grosses rayures était un hommage aux années 1960, à Carnaby Street et au psychédélisme. Inutile de mettre des rideaux à l'unique fenêtre : les vitres étaient peintes. En rouge.

La pièce suivante était équipée d'un cabinet, d'un lavabo et d'une baignoire d'une propreté plus que douteuse. Ici, les vitres étaient peintes en bleu.

La cuisine était un réduit au fond du couloir, où il y avait tout juste la place pour une table et deux chaises. Où était la cuisinière ? Le réfrigérateur ? Le seul indice permettant de conclure qu'on se trouvait bien dans une cuisine était la présence d'un évier. Que cet évier fût dépourvu de robinet constituait sûrement un détail superflu.

Daidre lui expliqua que l'avantage principal qui faisait de ce logement une aubaine était le jardin privatif. Une fois débarrassé des carcasses déglinguées de la cuisinière et du frigo qui gisaient couchées sur le flanc, à moitié recouvertes par les genêts, il serait ravissant. N'est-ce pas ?

Il se tourna vers elle.

— Daidre... ma chérie...

Il hésita une seconde, mais ce fut plus fort que lui.

— Vous ne pouvez pas vivre dans cet endroit.

Elle éclata de rire.

— Je suis bonne bricoleuse. Tout est dans la décoration... Bon, à part la plomberie de la cuisine, qui va nécessiter quelqu'un de plus qualifié que moi. Sinon, il faut penser en termes d'*ossature*...

— Je dirais que votre appartement m'a tout l'air d'être atteint d'ostéoporose.

Elle rit de nouveau.

— Je n'ai pas peur des défis. Vous le savez très bien, d'ailleurs.

— Vous ne l'avez pas acheté... quand même ?

— Hélas, je n'ai pas trop les moyens. Il faut d'abord que je vende à Bristol. Mais j'ai loué avec option achat. Ça me convient. C'est un bail à vie, en plus. On peut pas cracher dessus.

— En effet.

— Je vois que vous n'êtes pas très enthousiaste. Maintenant, il faut considérer les avantages...

— Là, je suis tout ouïe.

— Très bien, dit-elle en lui prenant le bras et en l'entraînant en direction du salon, une opération délicate, l'étroitesse du couloir ne permettant pas d'avancer côte à côte. Primo, ce n'est pas loin du zoo. A vélo, j'y serai en un quart d'heure. J'échappe aux transports en commun. Je pourrais même vendre ma voiture. Je ne le ferai pas, mais, bref, je n'aurai pas à affronter les embouteillages pour aller au travail. En plus, ça me fera de l'exercice. En fait, c'est... l'idéal, Tommy.

— J'ignorais que vous aimiez le vélo, répliqua-t-il. Le roller derby, les fléchettes, la petite reine... Vous êtes pleine de surprises. Que me cachez-vous d'autre ?

— Le yoga, le jogging et le ski. La randonnée, aussi, mais j'ai rarement le temps.

— Vous m'impressionnez. Quand je marche jusqu'au

coin de la rue pour acheter le journal, je m'octroie des félicitations.

— Vous mentez, bien sûr. Vos yeux vous trahissent.

A ces mots, en souriant, il leva la bouteille de champagne qu'il n'avait pas lâchée.

— Je me suis dit... OK. Je m'attendais à autre chose. A ce que nous nous vautrions sur un canapé peut-être. Ou que nous nous asseyions dans un joli jardin. Que nous nous allongions sur un tapis persan... En tout cas, je comptais inaugurer votre nouveau chez-vous, vous souhaiter la bienvenue à Londres et boire à ce que l'avenir nous réserve.

— Rien ne nous empêche de le faire. Vous me connaissez, je suis une fille toute simple.

— Et de quoi cette fille toute simple a-t-elle besoin pour pendre sa crémaillère ?

— De vous.

Belgravia
Londres

Minuit venait de sonner quand il rentra chez lui, sous l'empire d'émotions entre lesquelles il n'était pas encore prêt à faire un tri. Toujours était-il que pour la première fois il avait l'impression de découvrir un sens à sa vie. Petit à petit, il réparait, il reconstruisait ce quelque chose en lui qui était infiniment fragile et qui avait été brisé.

La maison était plongée dans l'obscurité. Mais Denton avait pensé, comme toujours, à laisser allumée la lampe en bas de l'escalier. Lynley monta dans sa chambre. Il chercha l'interrupteur à tâtons, contempla quelques instants le grand lit en acajou, la commode, les deux armoires, puis se dirigea vers le tabouret capitonné devant la coiffeuse. Sur la plaque de verre qui protégeait le bois, les flacons de parfum et de cosmétiques n'avaient pas bougé depuis le jour de la mort de Helen.

Il ramassa sa brosse. Quelques cheveux châtains y restaient accrochés. Pendant un an – moins d'un an – il l'avait regardée tous les soirs se brosser pendant qu'elle babillait. « Tommy, mon chéri, on a reçu une invitation à dîner qui – si je puis me permettre – promet de ridiculiser tous les progrès de la science en matière de somnifères. Penses-tu que nous pourrions imaginer une excuse pour ne pas y aller ? Ou tu as envie de t'imposer ce supplice ? Les deux solutions me conviennent. Tu me connais. Je suis capable de prendre un air fasciné tandis que mon cerveau s'atrophie. Mais je ne suis pas sûre que ce soit ton cas… Alors, que décidons-nous ? » Après quoi, elle se retournait et le rejoignait entre les draps. Elle lui permettait d'ébouriffer sa chevelure qui venait de faire l'objet de tant de soins. Qu'ils aillent ou non dîner en ville, peu lui importait, du moment qu'elle était à son côté.

— Ah, Helen, murmura-t-il, Helen…

Il referma les doigts sur le manche de la brosse, ouvrit le tiroir du haut de la commode et la rangea tout au fond, telle la relique qu'elle était devenue. Il referma doucement le tiroir.

A l'étage supérieur, Charlie Denton dormait à poings fermés. Cela pouvait attendre le lendemain, mais Lynley sentait que c'était le moment ou jamais. Aussi monta-t-il dans la chambre de Denton. Il lui suffit de toucher son épaule et de prononcer son nom pour réveiller le jeune homme.

— Votre frère… ? balbutia Denton en se dressant sur son séant.

Les problèmes de Peter Lynley avec la drogue n'étaient pourtant pas un sujet de discussion entre eux. Mais un drame familial était la première cause probable de ce réveil en sursaut.

— Non, non, tout va bien, Charlie. Mais je voulais…
Il chercha ses mots.

Denton alluma sa lampe de chevet, chaussa ses lunettes et se remit dans la peau de son personnage.

— Avez-vous besoin de quelque chose, monsieur ? Il y a un dîner à réchauffer au frigo…

Lynley sourit.

— Sa Seigneurie n'a besoin de rien dans l'immédiat. J'aurai juste besoin de votre aide demain. Je voudrais ranger les affaires de Helen. Pouvez-vous réunir tout ce dont nous aurons besoin pour ce faire ?

— C'est comme si c'était fait.

Lynley était sur le point de sortir, quand Denton l'arrêta :

— Vous êtes sûr, monsieur ?

Lynley pivota sur lui-même et réfléchit quelques secondes avant de répondre :

— Non, je ne suis pas sûr du tout. Mais est-on jamais sûr de quoi que ce soit ?

Remerciements

Je suis reconnaissante à des gens merveilleux, non seulement aux Etats-Unis et en Grande-Bretagne, mais aussi en Italie.

Au Royaume-Uni, le commissaire John Sweeney, de New Scotland Yard, a éclairé mes premiers pas dans la compréhension de la procédure en vigueur quand une personne de nationalité britannique est victime d'un crime de sang dans un pays étranger. Les règles en sont complexes, impliquant l'ambassade de Grande-Bretagne, New Scotland Yard, la police dudit pays et celle de la localité où est situé le domicile de la victime. Je me suis efforcée tout au long de ce récit de guider le lecteur afin qu'il en suive sans difficulté les méandres. Dans cette entreprise, j'ai bénéficié de l'aide de l'infatigable et ingénieuse Swati Gamble, qui m'a fait profiter de ses talents d'organisatrice et m'a fourni de précieux renseignements à mesure que j'en ai eu besoin. Jason Woodcock m'a expliqué jusqu'où pouvaient aller les détectives privés anglais comme lui. Il m'a fourni d'inestimables informations sur l'usurpation d'identité, mais sachez qu'il ne ressemble en rien au Dwayne Doughty de mon roman. Mon confrère écrivain John Follain m'a exposé par e-mail le caractère labyrinthique du système judiciaire italien, et son ouvrage *Death in Perugia: The Definitive Account of the Meredith Kercher Case* a complété ses informations. L'extraordinaire livre de Douglas Preston et Mario Spezi, *Le Monstre de Florence*, m'a permis de comprendre le rôle du procureur dans une enquête criminelle. M'ont aussi été extrêmement utiles *Murder in Italy*, de Candace Dempsey, et *The Fatal Gift of Beauty*, de Nina Burleigh.

Avec ce roman, je quitte à regret mon éditrice anglaise chez Hodder, Sue Fletcher, qui a pris sa retraite en décembre 2012, et je remercie mon nouvel éditeur, Nick Sayers, en souhaitant longue vie à notre collaboration. Il est aussi grand temps de remercier Karen Geary, Martin Nield et Tim Hely-Hutchinson, pour tout ce qu'ils font pour promouvoir mes livres au Royaume-Uni.

En Italie, Maria Lucrezia Felice m'a initiée aux trésors du centre médiéval de Lucca en me faisant visiter ses églises, ses places, ses jardins et ses boutiques. Elle m'a aussi guidée à Pise autour de la Piazza dei Miracoli. Toutes les deux, nous avons tenté de débrouiller les rôles respectifs dans une investigation de la *polizia di Stato*, de l'*arma dei carabinieri*, de la *polizia penintenziaraia*, de la *polizia municipale* et des *vigili urbani*. La demeure de Giovanna Tronci dans les collines des environs de Lucca – la Fabbrica di San Martino – m'a servi de modèle pour ma Fattoria di Santa Zita. Je lui suis reconnaissante ainsi qu'à son compagnon de m'avoir fait faire le tour de la maison et de la propriété. Par ailleurs, la chance a voulu que dans le train de Milan à Padoue je sois assise à côté de Don Whitley, qui m'a fourni l'élément qui me manquait désespérément : la source de l'*E. coli*. Je le remercie d'avoir si gentiment répondu à mes questions sur son entreprise du West Yorkshire. Enfin, Fiorella Marchitelli a été ma charmante tutrice en italien pendant que je suivais les cours de l'école de langues, la Scuola Michelangelo, à Florence.

Aux Etats-Unis, Shannon Manning, de la Michigan State University, a constitué ma principale source d'informations sur l'*E. coli*, qu'elle étudie dans son laboratoire. Nous avons longuement parlé au téléphone et elle m'a envoyé des photos. Sans sa contribution, ce roman n'aurait tout simplement pas existé. Josette Hendrix et la Northwest Language Academy m'ont entraînée dans un long périple qui est encore loin d'être terminé : l'apprentissage de l'italien. Cela fait plusieurs années que Judith Dankanics et moi pratiquons ensemble, et pour ce roman, Fiorella Coleman, dont la langue maternelle est l'italien, a revu chaque mot et chaque phrase en italien afin de m'éviter des fautes abominables. Si des erreurs persistent, j'en suis la seule responsable.

Toujours aux Etats-Unis, je suis reconnaissante à mon assistante, Charlene Coe, dont la bonne humeur et la gentillesse ne fléchissent pas quoi que je lui demande ; à mon mari, Tom McCabe, qui accepte que je disparaisse des heures durant dans mon bureau ; à ma filleule, Audra Bardsley, qui a été ma première compagne à Lucca et qui est toujours partante pour courir à l'autre bout du monde avec sa marraine ; à mes amis et à mes confrères écrivains de Whidbey Island et d'ailleurs. Soyez remerciés de me dire toujours que je vais y arriver : Gay Hartell, Ira Toibin, Don McQuinn, Mona Reardon, Lynn Willeford, Nancy Horan, Jane Hamilton, Karen Joy Fowler et Gail Tsukiyama. J'en oublie sans doute certains, dont les noms ne me viennent pas à l'instant sous la plume, mais cette omission n'est en aucune manière intentionnelle.

J'ai gardé pour la fin mes remerciements à mon agent littéraire, Robert Gottlieb, qui est le pilote de ce navire ; à mon équipe formidable, Brian Tart, Christine Ball, Jamie McDonald et Liza Cassidy. Et surtout je tiens à remercier Susan Berner, qui est depuis vingt-cinq ans (!) ma première lectrice. Ce livre lui est dédié, pour cette raison parmi bien d'autres.

Elizabeth George
(Whidbey Island, Washington, Etats-Unis)

Composition et mise en pages
Nord Compo à Villeneuve-d'Ascq

Imprimé en Espagne par
Liberdúplex
à Sant Llorenç d'Hortons (Barcelone)
en août 2016

POCKET – 12, avenue d'Italie – 75627 Paris Cedex 13

Dépôt légal : septembre 2016
S26015/01